KB163023

악녀 카루나가 작아졌어요

문이경 장편소설

IV

동아

악녀 카루나가 작아졌어요 IV

초판 1쇄 인쇄일 | 2020년 04월 21일
초판 1쇄 발행일 | 2020년 04월 29일

지은이 | 문이경
펴낸이 | 박성면
펴낸곳 | (주)동아

출판등록 | 제406-2007-000071호
주소 | 경기도 파주시 문발로 115, 세종출판벤처타운 201-A호
전화 | (031)8071-5201
팩스 | (031)8071-5204
E-mail | bear6370@hanmail.net

정가 | 12,000원

ISBN 979-11-6302-335-7 (04810)
      979-11-6302-304-3 (set)

ZERO NOVEL

악녀 카루나가 작아졌어요

문이경 장편소설

IV

동아

목   차

Chapter 9
녹음 아래의 그림자

새싹은 카루나의 손바닥 안에서 자랐다. 여린 줄기가 굵어지고 꽃망울을 드러냈다. 꽃은 기다림 없이 활짝 피어났다 시들고, 벌과 나비의 도움 없이 열매를 맺었다. 그 열매가 바닥에 떨어져 싹을 틔웠다. 순식간에 일어난 일이었다.

카루나의 손 안에서 녹음이 번졌다. 새로운 생명은 카루나를 지키듯 공터 안에 가득한 검은 얼룩을 밀어내기 시작했다.

늑대도, 늑대와 싸우는 존재들도 금방 이변을 눈치챘다. 크르르- 늑대가 뒤를 돌아보았다. 핏빛 눈이 번들거리며 카루나를 탐색했다. 자신에게 위협적인 존재인지 살피는 것이었다.

늑대는 카루나보다는 눈의 땅에서 온 존재들이 좀 더 위협적인 적이라고 판단하고는 다시 그들에게 집중했다. 왜 자신이 그들과 싸우고 있는 건지. 그들이 아무리 공격해도 이 자리에서 벗어나지 않고 싸워야 하는 건지.

이유 따윈 잊었다. 그저 본능에 박힌 단 하나의 생각을 따라 움직일 뿐이었다.

'……를 위해. ……를 ……기 위해.'

눈앞에 놓인 모든 위험한 것들을 찢어발겨야 한다. 생각엔 공백이 있었지만 늑대는 그것을 이상하게 여기지 않았다. 늑대는 다시 눈의 땅에서 온 존재들을 해치우기 시작했다.

더욱 살벌해진 늑대와 달리 눈의 땅에서 온 존재들의 움직임이 둔해졌다. 그들은 늑대에게 물리고 찢겨 사라졌다 다시 나타나면서, 늑대가 아니라 늑대 뒤의 카루나를 바라보았다.

카루나는 그들 중 단 하나를 바라보았다. 유독 그 존재에게 눈이 갔다. 그 존재 또한 카루나를 알아봤다.

—안 돼, 안 돼…… 어째서!

그 존재에게서 청아한 소년의 목소리가 들렸다. 그건 이내 쇳소리 섞인 쉰 소리로 바뀌었다.

—늑대, 네가 내 일을 다 망쳤구나. 너만은 반드시 내가 죽이리라.

그는 여태 길을 막고 있었던 늑대에게 모든 분노를 쏟아 냈다. 눈의 땅에서 온 존재들이 일제히 늑대에게 달려들었다. 늑대는 날카로운 이를 드러내며 기꺼이 그들을 맞이했다.

사방에서 검은 기운이 늑대에게로 쏟아졌다. 그 기운이 날카로운 검이 되고 창이 되어 늑대의 심장에 닿으려 할 때였다.

"안 돼."

카루나가 속삭였다. 어디선가 바람이 불어와 카루나를 감쌌다. 카루나는 바람 속에 잠겨 손을 뻗었다. 발치에 가득 쌓였던 풀잎이 그 바람을 타고 공터 여기저기에 흩날렸다.

녹음의 조각이 닿는 곳마다 검은 기운이 사그라졌다. 까맣게 죽은 땅에 풀이 자라고 꽃이 피었다. 나무를 감고 있던 덩굴이 검은 기운을 휘어 감았다. 검은 기운에 닿아도 말라비틀어지거나 까맣게 썩지 않았다. 오히려 넝쿨과 풀, 꽃잎에 닿아 사라지는 건 검은 기운 쪽이었다. 파스슷— 검은 기운은 재조차 남기지 않은 채 사라졌다. 리센의 어깨가 부서져 내렸듯 그렇게 덧없이.

공터는 단번에 검은 얼룩을 벗었다. 바람의 가호를 입고 녹음에 감싸였다. 녹음은 검은 기운에 당해 쓰러져 있던 사람들을 감싸 안았다. 그들의 몸에서 검은 얼룩을 걷어내고, 그들에게 생기를 불어넣어 주었다.

숨이 붙어 있던 자들은 다시 생명을 얻었다. 이미 마지막 숨을 내쉰 이들은 리센처럼 덤불로 엮은 둥지에 고이 담겼다. 죽음으로 눈의 땅에 맞선 전사에 대한 예우였다.

그워어어어어—

크아아아!

—카, 루나.

카루나와 눈이 마주쳤던 존재가 흔적도 없이 사라졌다.

—……널, 만나.

옆의 존재가 말을 이어받았으나 곧이어 넝쿨에 감싸여 사라졌다.

—……기 위해, 나는.

—기다렸는데.

—……이날, 을.

눈의 땅에서 온 존재들이 연이어 말을 전하며 무너져 내렸다.

—카루, 나.

—……카, 루나…….

—카.

—루……나…….

—카루…….

그들은 사라지며 오직 하나의 이름만을 부르짖었다. 그 음울한 목소리가 녹음으로 가득 찬 공터에 돌림 노래처럼 울렸다. 카루나는 공터에 가득 찬 자신의 이름을 들으며, 자신의 왼쪽 가슴에 손을 얹었다. 심장이 지끈지끈, 아려 왔다.

'왜?'

그 정체 모를 슬픔에 집중하려 눈을 내리감았다. 그러자 미처 흘리지 못했던 눈물이 뺨을 타고 내렸다. 그 눈물은 리센 때문도, 만신창이가 된 늑대 때문도 아니었다. 끝없이 이어지는 저 부름 때문이었다.

낯선 목소리였다. 그런데 어쩐지 그립게 느껴졌다. 그가 부르는 자신의 이름이 서글프게 울렸다.

'그래, 내가 카루나야. 여기에 있어.'

입을 열어 답하고 싶었다.

'왜 날 그렇게 찾는 거야? 당신, 도대체 누구야. 누군데 왜 라안과 리센을, 세나를…… 내가 아끼는 사람들을 그렇게 만든 거야?'

묻고 싶었다.

"……."

하지만 끝내 카루나는 답하지 않았다. 아랫입술을 깨물고 참았다. 자신을 지키기 위해 다치고 죽은 사람들을 배신하는 거라는 생각이 들어, 차마 할 수 없었다.

카루나는 자신을 부르며 소멸하는 그들을 가만히 바라만 보았다. 단 한 번도 그들의 부름에 응답하지 않았다.

―카…… 나…….

마지막으로 남은 하나가 손처럼 생긴 몸의 일부를 카루나에게 내밀었다. 카루나는 물기 진 눈으로 그 손을 바라보았다. 그 손을 잡아야 된다는 생각을 지우며, 바닥에 닿은 손을 주먹 쥐었다.

손안에 녹음이 잡혔다. 싱그러운 풀잎, 부드러운 꽃잎, 촉촉한 한 줌의 흙. 카루나는 눈을 감고 그 존재를 외면했다. 늑대가 발을 들어 마지막 존재를 짓이겼다.

─포, 기…… 할 수 없어. 이게 끝, 이 아니…….

마지막 존재는 카루나가 틔워 낸 흰 제비꽃에 파묻혀 스러졌다.

크르르-

적이 모두 덧없이 사라지자, 늑대가 붉은 눈을 빛내며 주변을 둘러보았다. 눈은 여전히 핏빛이었다. 아직 늑대의 발작은 끝나지 않았다.

'……를 위해. ……를 ……기 위해.'

눈의 땅에서 온 존재들은 모두 사라졌지만 공터에는 아직 위험한 것이 남아 있었다. 자기 자신.

크아악!

늑대는 땅을 박차고 주변의 나무에 자신의 몸을 부딪쳤다. 늑대가 날 뛸 때마다 나무가 그 힘을 이기지 못해 뿌리 뽑혔다. 그래도 늑대는 그 옆에, 또 그 옆의 나무에 자신의 몸을 부딪쳤다.

"라, 라안 님! 그만…… 그만하십시오!"

정신을 차린 세나가 고함을 지르며 늑대를 말렸다. 검을 지팡이 삼아 쥐고 일어서려 했지만 번번이 고꾸라져 성공할 수 없었다. 그토록 약해 진 세나의 목소리는 늑대에게 닿지 않았다.

카루나는 일어서 늑대에게 걸어갔다.

늑대가 계속 나무를 쓰러트리자 나뭇잎에 가렸던 하늘이 조금이나마 열렸다. 눈부신 햇살이 일직선으로 쏟아져 내렸다. 그 빛 속을 걷는 카루나는 성스러워 보이기까지 했다.

깨어난 숲의 일족, 철십자 기사들은 넋을 놓고 그녀를 바라보았다. 카루나가 날뛰는 늑대에게 가까워지자 세나만이 퍼뜩, 정신을 차렸다.

"위험합니다. 카루나 아가씨!"

세나가 목 놓아 외쳤다. 카루나가 살짝 고개를 돌려 세나를 바라보았다. 걱정 말라는 듯 살짝 미소를 지었다.

"카루나 아가씨?"

자신을 부르는 세나의 목소리를 들으며 다시 앞을 보았다.

크아아악!

피투성이 늑대가 보였다. 시꺼멓게 썩어 가는 뒷다리는 당장이라도 카루나를 날려 버릴 듯했다.

"그만해요."

크르르르-

막 나무 하나를 또 아작 낸 늑대가 카루나를 돌아보았다. 나무에 처박아 이마가 찢기며 검은 피가 뚝뚝 바닥에 떨어졌다. 공터를 뒤덮은 푸른 잔디는 그 검은 피를 단번에 정화시켰다.

늑대는 다시금 제 발을 감으려는 녹색 덩굴을 발로 짓이겼다. 카루나를 위협하듯 으르렁댔다. 그러나 카루나를 공격하려고 달려들거나 하지는 않았다.

크르르…….

늑대가 주춤주춤 뒤로 물러섰다. 카루나의 손길을 두려워하며 피하려는 것 같았다.

"그만해요, 라안."

카루나는 늑대가 물러선 만큼 다가서며 말했다. 늑대가 우뚝, 멈춰섰다. 그걸 기다렸다는 듯 녹색 덩굴이 늑대의 네 발을 휘감았다.

크르르-

"라안, 이제 다 끝났어요. 그러니까 그만해도 돼요."

카루나는 늑대에게 더 가까이 다가가 늑대를 끌어안으며 속삭였다. 커다란 늑대를 껴안은 카루나는 조그만 점처럼 보였다. 늑대가 조금만 몸부림 쳐도 저 멀리로 날아가 버릴 듯 작았다.

"흡."

그 모습을 지켜보던 세나는 두 손으로 입을 틀어막았다. 비명이 새는 걸 막으려는 행동이었다. 혹여나 자신의 비명에 흥분한 늑대가 카루나를 짓밟을까 봐 세나는 숨을 쉬지도 못했다.

세나의 염려와 달리, 늑대는 곧 고분해졌다. 그르렁거리며 위협적인 소리를 냈으나 카루나를 밀치지 않았다.

늑대의 몸은 만신창이였다. 살점이 뜯겨 너덜거리고 거기에서 죽은피가 끊임없이 흐르고 있었다. 그 피가 카루나의 드레스를 까맣게 적셨다. 카루나는 아랑곳하지 않고 늑대를 껴안았다.

카루나와 닿은 곳부터 까맣게 썩어 가던 살점이 아물기 시작했다. 숲의 녹음이 늑대의 몸을 덮어 그를 치유했다.

"돌아와요, 원래대로. 라안."

카루나는 까만 털에 얼굴을 묻고 다시 속삭였다.

"제발요."

간절한 바람을 담은 목소리가 늑대를 부드럽게 감쌌다.

'……를 위해. ……를 ……기 위해.'

늑대는 비로소 자신이 잊고 있던, 자신이 살아 있는 이유를 되찾았다.

'카루나를 위해. 카루나를 지키기 위해.'

스스로 발작을 일으켜서라도 지키고 싶었던 단 하나의 존재. 이토록 소중하고 이토록 사랑스러운 사람. 그녀가 그에게 돌아왔다. 그것을 깨닫는 순간.

시뻘건 짐승의 눈에 이지가 돌아왔다. 몸에서 까만 털이 사라졌다. 커다란 덩치가 천천히 줄어들기 시작했다. 이윽고 늑대가 서 있던 곳에는 검은 머리카락과 붉은 눈을 가진 한 사내가 서 있게 되었다.

그의 몸은 상처 하나 없이 깨끗한 나신이었다. 부끄러워할 새도 없이 카루나가 덮고 있던 망토가 풀어지며 그의 몸을 덮었다. 사내는 제 허리를 두 팔로 감고 제 가슴에 얼굴을 파묻은 카루나를 내려다보았다.

보이는 건 흩날리는 긴 갈색 머리, 그리고 사랑스러운 정수리뿐이었다.

"카……루나."

그는 목소리를 겨우 쥐어짜 내 카루나를 불렀다. 그 부름이 얼마나 서글프고 애달프던지. 카루나는 이미 울고 있으면서도 다시 울음이 복받치는 것을 느꼈다.

카루나는 대답하는 대신 그를 껴안은 팔에 힘을 주었다. 그의 품에 파고들었다. 라크안은 그런 카루나를 마주 안아 주려다가 멈칫했다. 용기가 나지 않았다.

혹여나 자신이 그녀를 상처 입힐까 봐, 아프게 할까 봐. 사람의 몸으로 돌아오긴 했지만 혹여나 손에 아직 날카로운 발톱이 남아 있을까 봐. 그래서 카루나를 또 다치게 할까 봐. 감히, 감히 카루나를 안을 수 없었다.

"……카, 루나."

라크안은 자신을 껴안은 카루나를 내려다보며 다시금 그녀를 불렀다.

"카루, 나. 카루나……."

부르는 소리에 울음이 섞였다.

얼굴을 보고 싶었다. 자신을 안아 주고 있는 사람이 정말 카루나인지 확인해야 했다. 아프지는 않은지, 혹여 아직도 아픈 건 아닌지 확인해야 하는데. 할 수 있는 게 고작, 그녀의 이름을 부르는 것뿐이었다. 카루나가 스스로 얼굴을 들어 자신을 바라봐 주길 기다리는 길밖에 없었다.

하지만 야속하게도 카루나는 대답해 주지도, 고개를 들어 라크안을 바라봐 주지도 않았다. 라크안은 제가 뒤집어쓴 망토의 한 부분이 젖어 들어가는 것을 느꼈다. 카루나가 숨기듯 얼굴을 파묻은 가슴 부근이었다.

카루나가 울고 있었다. 라크안은 심장이 덜컥, 내려앉는 듯한 기분을 느꼈다.

"카루나, 제발……."

목이 메어, 잔뜩 쉰 목소리로 다시 한번 카루나를 불렀다. 그제야 카루나가 천천히 고개를 들었다. 카루나는 아무리 세게 끌어안고 있어도 마주 안아 주지 않는 사내를 올려다보았다.

"카루나……."

라크안은 할 줄 아는 말이 그것밖에 없는 사람처럼 계속 카루나만을 부르며, 눈을 깜박였다. 눈물이 채 뺨을 흐르지도 못하고 뚝, 뚝, 떨어져 카루나의 뺨에 떨어졌다.

"……."

카루나는 대답하는 대신, 라크안의 눈가를 매만졌다. 그의 눈물을 닦아 주었다. 라크안이 제 눈물이 떨어진 카루나의 뺨을 닦아 주려 손을 올렸다가 채 닿지 못하고 손을 다시 거뒀다.

카루나는 도망치는 그 손을 붙잡았다. 맥없이 끌려오는 손을 붙잡고 그 손에 자신의 뺨을 가져다 댔다. 흠칫, 떠는 떨림이 고스란히 느껴졌다.

늑대로 변하면 그토록 사납고 잔혹하면서. 삶의 대부분을 전쟁터에서 보내며 숱하게 사람을 죽이고 또 죽였던 제국 최고의 기사가, 카루나에게 닿는 것만으로도 겁에 질려 눈물을 흘렸다.

이토록 연약한 사람이었다, 그녀의 늑대는. 그녀가 좋아하는 사람은.

카루나는 라크안을 바라보았다. 자신을 위해 생명을 버린 리셴의 부름에도 답하지 못했다. 자신을 갖겠다며 숲으로 쳐들어온 눈의 땅에서 온 존재의 애달픈 부름에도 답하지 못했다. 오직, 라크안의 부름에만 답할 수 있었다.

"네, 저예요. 라안."

카루나는 자신의 뺨에 닿은 라크안의 온기를 느끼며 그의 부름에 답했다. 라크안과 카루나는 오래도록 껴안고 있었다.

그 둘을 축복하듯 밝은 햇살이 두 사람을 비추고, 주변 사람들이 두 사람의 재회에 감격하여 눈물 어린 시선으로 바라보며 침묵해 주면 좋으련만. 현실은 동화처럼 아름답지 못했다.

하늘은 붉게 노을이 지더니 금세 어둑해졌다. 카루나의 힘으로 회복한 사람들은 신음하며 몸을 일으켰고, 두 사람을 힐끔힐끔 쳐다보며 어쩔 줄 몰라 했다.

"라안 님, 옷을 입으셔야지요."

무엇보다 세나가 그 둘을 가만 두고 보지 않았다. 언제 준비해 온 건지 여벌의 옷을 찾아와서는 라크안에게 던졌다. 라크안은 한 손으로 날아오는 옷가지를 낚아챘다.

"……."

딱히 입을 열고 말을 하지는 않았으나, 세나를 지그시 노려보며 자신의 마음을 표현했다. 세나는 오리처럼 입을 쭉 내밀며 불만스러운 표정을 지었다.

'그런 불경한 모습으로 카루나 아가씨한테 붙어 있지 말란 말입니다.'

그녀는 언제나 카루나를 최우선으로 생각하며 호위하라고 했던 라크안의 명령을 찰떡같이 잘 따르고 있는 중이었다.

"아, 맞아요. 이러고 있을 때가 아닌데!"

카루나는 그 소란 덕에 정신을 차렸다. 라크안의 품이 너무 따뜻하고 포근해서, 하염없이 그 품에 매달려 있기만 했다.

"잠깐만요."

무엇보다 걱정이 되는 건 샘가에 홀로 있을 리센이었다. 카루나는 두 손으로 라크안의 가슴을 살짝 밀었다. 라크안은 순순히 물러섰다. 얼굴엔 아쉬운 기색이 드러났으나, 고개를 숙이고 있던 카루나는 미처 보지 못했다.

카루나는 두 손으로 눈을 슥슥 문질렀다. 어느새 눈물은 그쳤다. 너무 많이 울어 부은 눈이 화끈하고 따가웠다. 카루나는 눈을 깜박이며 남은 눈물을 털어 냈다.

라크안은 그새 세나가 준 바지와 셔츠를 꿰어 입었다. 리센의 망토를 손에 들고 있다가 다시 카루나에게 둘러 주려다 머뭇거렸다. 망토는 젖어서 축축하고 핏자국까지 선명했다. 그럼에도 카루나는 그걸 직접 받아 자신의 어깨에 둘렀다. 젖은 망토가 몸에 착 달라붙었다.

"카루나."

라크안은 카루나의 발갛게 달아오른 눈가를 손으로 쓸었다. 차가운 손이 닿으니 시원하고, 따끔거리던 게 가셨다. 카루나는 가만히 그의 손길을 받았다.

카루나는 살아 있었다.

죽지 않고, 고통스러워하지 않고. 멀쩡한 모습으로, 두 발로 땅을 딛고 서 있었다. 그것만으로 충분했다.

카루나는 열두 살 소녀가 아니었다. 라크안이 기억하고 있는 마카레나 백작 영애, 클레이엔과 똑같은 모습이었다. 카루나는 라크안과 좀 더 가까워진 눈높이를 괜히 어색해하며 눈을 내리깔았다.

라크안은 그렇게 수줍어하는 카루나가 더 어색했다. 어떤 모습이든 카루나는 카루나였다. 씩씩하게, 오만해 보일 정도로 자신감 있는 당당한 모습이 어울렸다. 라크안은 손을 내려 카루나의 긴 갈색 머리카락을 매만졌다.

"갈색이군."

"난 항상 갈색 머리카락이었어요."

"붉은색일 때도 있었잖소?"

라크안의 말에 카루나가 켈록, 사레들린 소리를 냈다.

"왜 그러는지?"

"마, 말투가……."

카루나가 눈을 깜박이며 라크안을 올려다보았다.

"계속 꼬맹이 취급을 받고 싶으시다면야 기꺼이 맞춰 드리지."

라크안은 피식 웃으며 카루나의 머리카락 끝에 입을 맞췄다. 붉은 기운이 카루나의 눈가에서 뺨으로까지 번졌다.

"어…… 으, 고, 공작 각하?"

카루나가 그녀답지 않게 당황했다. 라크안은 눈 한 번 깜박이지 않고 그런 카루나를 눈에 담았다. 여전히 손으로는 카루나의 긴 머리카락을 만지작거렸다.

라크안은 카루나의 머리카락이 마음에 들었다. 눈이 쨍할 정도로 붉은 색이 아니라, 나무의 여린 줄기처럼 밝은 갈색이어서 좋았다. 아니, 그냥 카루나가 다 좋았다.

라크안은 조심스럽게 카루나의 어깨를 두 손으로 감싸 쥐었다. 손바닥을 타고 따뜻한 온기가 느껴졌다. 울컥, 울음을 닮은 감정이 치솟았다. 라크안은 이를 악물고 그 감정을 삼켰다. 카루나는 그런 라크안을 올려다보며, 망토 속에서 자신의 어깨를 매만졌다.

'이걸 보지 못해서 다행이야.'

샘은 상처를 낫게 해 주었지만 흉터마저 가져가진 않았다. 카루나의 몸엔 마카레나 백작의 심복의 칼에 찔린 흉터와 라크안이 할퀸 흉터가 고스란히 남아 있었다. 카루나는 그 상처를 라크안에게 들키지 않기 위해서라도 망토를 더 꽁꽁 여몄다.

"카루나 아가씨."

세나가 절뚝거리며 다가왔다. 살아 있는 철십자 기사들도 하나둘 몸을 일으켜 다가왔다.

"무사하셔서 다행입니다."

"세나 경도요."

카루나는 세나의 손을 맞잡고 한 명 한 명, 기사들의 이름을 불러 주었다. 철십자 기사들의 얼굴엔 기쁨이 어렸다. 라크안은 어어, 하는 사이에 철십자 기사들에게 밀려 뒤로 두어 걸음 물러서야 했다.

그때.

"······카, 루나라고?"

등 뒤에서 누군가의 목소리가 들렸다. 그리 반가운 목소리는 아니었다.

"살아 계셔서 다행입니다. 장로님."

라크안이 그를 돌아보았다. 숲의 장로였다. 입고 있던 로브는 넝마가 되었지만, 그는 라크안처럼 두 발로 서 있었다. 카루나가 펼친 기적 같은 힘 덕분이었다.

장로는 카루나에게서 눈을 떼지 못했다. 넋을 잃은 사람 같았다. 라크안은 카루나가 세나와 있는 걸 다시 한번 확인하고는 장로에게 걸어갔다.

"저 여인의 이름이 카루나인가?"

장로가 다시 물었다. 목소리에 기이한 열기가 어려 있었다. 라크안은 한 걸음 옆으로 걸어 장로의 눈에서 카루나를 가리듯 섰다.

"그렇습니다만."

목소리에 저도 모르게 으르렁거리는 소리가 섞였다.

'카루나를 노리는 건 아니겠지.'

만약 장로가 조금이라도 그런 기색을 드러낸다면, 라크안은 카루나를 지키기 위해서 장로의 목을 틀어쥘 수도 있었다. 상처 가득한 손등에 뼈가 도드라졌다. 장로는 저를 경계하는 라크안을 바라보다 고개를 숙였다.

"카루나, 카루나라······."

몇 번이고 카루나의 이름을 말하더니 허허, 헛웃음을 지었다.

"정말로 그녀가 숲으로 되돌아왔군."

"되돌아왔다?"

라크안은 장로의 말에서 이상한 어감을 눈치챘다.

"설마 카루나가 숲의 일족인 겁니까?"

"숲의 일족이라······. 글쎄. 어머니가 숲의 일족이었으니 그 딸도 숲의 일족이라 말할 수 있겠지."

"잠깐. 카루나의 어머니가 숲의 일족이었다는 말씀이신 겁니까?"

라크안이 장로에게 가까이 다가가며 물을 때였다. 등 뒤에서 카루나의 목소리가 들렸다. 라크안을 향한 것은 아니었지만, 곤란한 듯 들렸다. 라크안은 당연하게 뒤를 돌아보았다.

"카루나?"

"공작 각하."

카루나가 라크안과 눈이 마주치자 손을 흔들었다. 잠깐 사이에 카루나는 곤란한 처지에 놓여 있었다.

라크안이 장로를 경계하고 있을 때였다.

카루나는 마냥 자신을 반가워하는 세나의 손을 잡고 흔들며 말했다.

"리센 님을, 리센 님을 혼자 놔뒀어요. 데리러 가야 돼요."

"부단장? 부단장님은 무사하신 겁니까?"

"……."

카루나는 차마 대답하지 못하고 입술을 깨물었다. 세나는 상황을 짐작하고는 자신의 망토를 벗어 카루나의 어깨 위에 둘러 주었다. 젖은 리센의 망토를 벗으라고 말하지 않았다. 세나는 망설이다가 조심스럽게 카루나에게 손을 뻗었다. 어색하게 카루나의 어깨를 다독이며 다시 말문을 열었다.

"부단장님은 어디 계십니…… 잠시만, 아가씨."

세나는 카루나를 자신의 등 뒤에 세우고 돌아보았다. 철십자 기사들 또한 카루나를 감싸듯 등을 보이고 섰다.

"세나 경. 무슨 일이죠?"

카루나는 세나의 등을 잡고 물었다. 그녀의 어깨에 가려 앞이 보이질 않았다.

"잠시만요, 잠시만. 적인지 아군인지 파악이 안 되는 녀석들이 있어서 말입니다."

세나의 목소리가 낮게 가라앉았다. 공터에서 살아남은 숲의 일족들이 카루나에게 우르르 몰려들었다. 그들은 뭐에 홀린 듯 보였다. 기웃거리며 철십자 기사들 틈에서 카루나를 보려고 했다.

"그 아가씨는 누구지?"

가장 앞에 서 있던 여인이 세나에게 물었다.

"알 것 없잖아?"

세나가 싸늘하게 대답했다.

세나에게서 카루나를 소개받기 힘들다는 걸 깨달은 숲의 일족은 철십자 기사들 주변을 둘러싸며 목소리 높여 외쳤다.

"이름, 진짜 이름을 알려 주세요."

"아, 우리와도 이야기를 나눠요. 아가씨."

"당신의 이름은 무엇인가요?"

숲의 일족은 굶주린 사람이 김이 모락모락 나는 빵을 발견한 것처럼 카루나에게 달려들었다.

"뭐야, 저리들 못 가? 다들, 카루나 아가씨를 보호한다."

세나는 그들을 거칠게 밀쳤다. 철십자 기사들도 군말 없이 세나를 따랐다. 철십자 기사들은 조금 전 눈의 땅에서 온 존재들을 상대하던 때처럼 잔뜩 긴장했다. 숲의 일족이 카루나를 빼앗아 가기라도 할 것처럼 굴었다.

숲의 일족 역시 마찬가지였다. 카루나가 그들의 몸에서 검은 얼룩을 몰아내 주긴 했으나, 몸의 상처를 말끔히 고쳐 준 건 아니었다. 다들 치료와 휴식이 필요해 보였다. 몸을 움직이기 힘들어 보이는 사람도 꽤 있었다. 그런데도 그들은 아픈 줄 모르겠다는 듯 제 몸을 내던져 카루나에게 다가오려 했다.

철십자 기사들과 숲의 일족 사이가 다시 험악해졌다.

"다들 그만. 뭣들 하는 짓인가."

보다 못한 라크안이 세나와 철십자 기사들을 말렸다. 서늘한 음성에 철십자 기사들이 움찔, 떨며 검을 내려놓았다.

"멈추게. 힘들겠지만 참아 보게나들."

장로 또한 나서서 숲의 일족을 막아섰다. 숲의 일족은 퀭한 눈으로 장로를 돌아보았다. 자신들을 막는 장로를 원망하는 기색이 그득했다.

"공작 각하."

카루나가 손을 들어 라크안을 불렀다.

"카루나."

라크안의 입가에 웃음이 어렸다. 그 순간, 숲의 일족과 철십자 기사들의 눈이 일제히 라크안을 향했다. 라크안을 질투하는 듯한 눈빛들이었다. 태연한 건 오직, 장로뿐이었다.

"이건, 무슨 상황인 겁니까."

라크안은 저를 노려보는 시선들을 보고 의아해하며 장로에게 물었다.

"샘 때문에 그녀의 능력이 증폭되어 그런 거라네. 시간이 지나면 나아지긴 하겠지만…… 당분간은 고생이겠군."

장로가 천천히 설명했으나 라크안은 듣는 둥 마는 둥 하며 바로 카루나에게 걸어갔다.

"자네도, 저 여인도."

장로는 라크안의 뒷모습을 보며 쓸쓸히 미소 지었다.

라크안은 바닥에 떨어져 있던 숲의 검을 들고 숲의 일족을 밀쳤다. 머뭇거리는 철십자 기사들마저 내몰았다. 그러고야 카루나를 되찾을 수 있었다. 라크안은 보란 듯이 그녀를 껴안았다. 카루나는 그의 품에 쏙 안겨 작은 목소리로 속삭였다.

"갑자기 이게 무슨 일인지……."

"괜찮아. 네가 샘에 들어갔다 나와서 그런 거라니까. 곧 괜찮아질 거야. 잠깐만 이러는 걸 거야."

라크안은 장로에게 들었던 말을 전했다. 목소리는 상냥했으나 눈은 싸늘했다. 붉은 눈은 카루나를 바라보고 있는 장로를 향하고 있었다.

카루나는 라크안의 품속에서 놀란 마음을 가라앉혔다. 라크안과 함께라고 생각하니 서서히, 떨리던 어깨가 잦아들었다. 마음이 놓이니, 뒤늦게 죄책감이 몰려왔다.

'리센. 리센에게 돌아가야 해. 이 사람을 도우려고 그 사람을 버리고 왔잖아.'

라크안이 발작에서 벗어났으니 이젠 리센의 시신을 수습하러 가야 했다.

시신 수습.

생각만으로도 피가 식는 기분이었다.

카루나는 라크안을 올려다보았다. 다른 곳을 보며 싸늘하게 굳어 있는 얼굴을 보자니, 그 얼굴이 자신을 향할까 봐 무서워졌다.

'그렇다 해도, 말해야 해.'

카루나는 입술을 깨물고 애써 용기를 냈다. 그게 자신을 살리기 위해 목숨을 바친 리센에 대한 마지막 예의라고 생각했다.

"공작 각하, 리센 님을 데리러 가야 해요. 그곳에 있어요."

카루나는 리센에게 매달려 속삭였다. 다시금 어깨가 떨렸다.

"리센은……."

라크안은 리센이 살아 있는 거냐고 물으려다가 카루나의 떨림을 느끼고는 다시 입을 닫았다. 카루나를 껴안은 라크안의 팔에 힘이 들어갔다.

'말해야 돼. 나를 구하다가 죽었다고.'

'역시 죽은 건가…….'

두 사람은 다른 생각을 하며 서로를 바라보았다.

"……."

"……."

하지만 둘 다 서로에게 아무 말도 하지 못했다. 둘은 잠시간 서로를 바라보았다. 누구도 섣불리 먼저 말하지 못했다. 그나마 먼저 용기를 낸 건 카루나였다.

"공작 각하, 리센 님은……."

"말하지 않아도 알고 있으니까, 그만."

라크안은 고개를 저으며 카루나의 말을 막았다. 카루나는 붉은 눈동자가 슬픔에 젖어 들어가는 걸 바로 눈앞에서 바라보아야 했다. 카루나의 눈가도 그를 따라 다시 촉촉해졌다. 그러나 라크안은 카루나가 자신을 따라 슬픔에 젖도록 놔두지 않았다.

'미안하다, 리센.'

리센을 보내고 길을 막아설 때부터 각오했던 일이었다.

"다들, 정신 차리고 동료들 시신부터 수습해. 몇이나 죽었는지 파악하고, 다른 곳은 피해가 없는지 살펴야 한다. 어서!"

라크안은 카루나를 안아 든 채로 철십자 기사들과 숲의 일족에게 소리쳤다. 숲의 일족은 머뭇거렸으나 이내 라크안의 명을 따랐다. 몸이 성한 사람들은 라크안의 지휘를 따르며 공터의 시신을 수습했다.

철십자 기사가 셋, 숲의 일족은 아홉.

도합 열두 명이 눈의 땅에서 온 존재에게 목숨을 빼앗겼다. 시신이 새까맣게 썩은 상태가 아니라는 게 그나마 다행이었다.

"혹시…… 괜찮으시다면 죽은 이들의 명복을 빌어주시겠습니까?"

"부탁드립니다."

"아가씨, 당신의 능력으로 이들의 평온한 죽음을 기원해 주십시오."

숲의 일족이 카루나에게 부탁했다. 태도는 더없이 정중했다. 조금 전 광신도 같던 모습은 온데간데없었다.

"좋아요. 저도 바라는 일이예요."

카루나는 멀쩡해 보이는 그들의 모습을 보고 안심하며 기꺼이 청을 받아들였다.

원래 숲의 일족의 장례를 주관하는 건 장로의 일이었다. 카루나는 숲의 관습을 모르기에 대수롭지 않게 받아들인 것이나, 그들의 부탁은 카루나를 자신들의 장로로 인정한다는 의미였다.

장로는 그 광경을 그저 지켜보기만 했다. 눈가에는 분노보다는 슬픔이, 노여움보다는 기쁨이 어려 있었지만 아무도 알지 못했다.

카루나는 바닥에 쓰러진 숲의 일족 한 사람 한 사람에게 다가갔다. 그들의 머리맡에 무릎을 꿇고 앉아 이마에 손을 얹고 명복을 빌어주었다.

'부디 평안하게 잠드세요. 당신이 함께 싸워 줘서, 당신의 동료들이 살아남았어요. 그리고 세나 경과 라안…… 내 소중한 사람들도 살 수 있었어요. 고마워요.'

태어나서 이만큼 순수하게 누군가의 죽음을 애도하고 또 감사해 본 적이 있었던가. 생각해 보건대 이번이 처음인 것 같았다. 그만큼 카루나는 진심을 다해 그들의 명복을 바랐다.

화아악- 카루나의 진심이 그녀의 손끝을 타고 빛을 발했다. 눈을 감고 있는 카루나는 몰랐으나 그 주변에 몰려든 숲의 일족들은 모두 똑똑히 지켜보았다.

카루나의 손끝에서 피어오른 꽃들이 서로 엉켜 아름다운 화관을 만들어 내는 것을. 카루나가 눈을 뜨고 손을 거두자 죽은 사람의 이마엔 화관이 씌워져 있었다. 고통스러워 보이던 얼굴은 잔잔히 웃고 있었다. 진정, 평온한 죽음이었다.

"영원히 너를 기억할게. 잊지 않을 거야!"

"내가 죽었어야 했는데, 나를 지키다가 네가……."

죽은 이의 주변에 몰려든 사람들이 비로소 눈물을 흘리며 그의 죽음을 슬퍼했다. 카루나가 가는 곳마다 아름다운 화관이 죽은 이의 머리를 감쌌다. 평온한 죽음의 길로 떠난 이를 위해 사랑하는 동료들이 눈물을 뿌렸다.

숲의 일족 아홉을 돌본 카루나는 철십자 기사들에게 다가갔다.

"내가 그들의 명복을 빌어줘도 될까요?"

"물론입니다. 부디 부탁드립니다. 다만, 숲의 방식대로는 안 해 주셔도 됩니다. 이 녀석들은 제국의 방식을 더 원할 겁니다."

세나가 무뚝뚝한 목소리로 대답했다.

죽은 철십자 기사들은 모두 혼혈이었다. 숲의 관습보다는 숲 밖, 제국의 관습에 더욱 익숙했다. 철십자 기사들은 넙적한 나뭇가지로 시신들을 감싸 묶고 보존 마법을 걸었다.

제국까지 데리고 가 바이켈드 공작가의 묘지에 안장할 예정이었다. 세나의 설명을 들은 카루나는 나란히 누운 죽은 기사들의 머리맡에 앉았다. 그리고 제국의 방식대로, 두 손을 모으고 눈을 감으려 할 때였다.

문득, 죽은 이들의 얼굴이 눈에 들어왔다. 익숙했다. 당연한 말이지만 무척 익숙했다. 그들의 얼굴을 본 카루나의 눈꺼풀이 파르르 떨렸다.

"……."

카루나는 고개를 들어 세나를 보았다. 세나는 고개를 돌려 카루나의 눈빛을 피했다. 무뚝뚝한 목소리와 시선을 피하는 태도. 그 모두가 이해가 갔다.

카루나는 눈을 감고 죽은 기사들의 명복을 빌었다. 신비로운 능력이 그들을 감싸지는 않았지만, 그것으로 충분했다.

"감사합니다, 아가씨."

"먼저 간 녀석들도 아가씨께 감사할 겁니다."

철십자 기사들은 동료를 잃은 슬픔을 드러내지 않았다. 죽은 동료의 시신을 정리하고는 사방으로 흩어졌다. 라크안의 명을 따라 주변을 정찰하거나 경계를 섰다. 세나만이 시신 세 구와 카루나의 곁에 남았다.

카루나는 멍하니 죽은 기사들을 바라보았다. 그들은 카루나에게 의미 있는 사람들이었다.

'왜 하필 당신들이…….'

카루나가 잡화점의 주말 직원으로 바이켈드 공작가에 발을 들였던 날. 라크안에게 깔려 있던 카루나를 구해 주었던 네 기사가 있었다.

그들은 정신을 잃은 라크안의 두 손과 발을 한 짝씩 나눠 들고 씩씩하게 떠났다. 리센의 명령을 받고 카루나를 감시하러 돌아와서는 카루나의 말발에 넘어가, 카루나의 편이 되어 주었다.

'내가 바이켈드 공작저에서 처음으로 만든 내 편⋯⋯이었던 사람들.'

바로 그들이었다.

'라안 슬레이어'라는 영예로운 별명을 만들어 준 것도 이 사람들이었다. 라크안을 밟고 일어선 여전사 카루나의 목각 인형을 깎아 병문안을 오기도 했다.

그 넷 중 셋이 죽었다. 남은 하나는 카루나의 뒤에 서 있었다. 카루나는 몸을 돌려 세나를 올려다보았다. 세나는 울고 있지 않았다. 다만 침묵할 뿐이었다.

'나를 구하러 왔다가⋯⋯ 나를 살리기 위해⋯⋯.'

카루나는 비로소 자신이 어떤 희생 위에서 다시 눈을 뜨게 됐는지를 깨달았다.

리센만이 아니었다. 라크안, 세나, 살아남은 철십자 기사들, 그리고 죽은 철십자 기사들. 그들 모두가 오직 카루나를 살리기 위해 여기까지 왔고, 기꺼이 목숨을 던졌다.

'내가 뭐라고. 왜 나 같은 걸 위해서?'

자기비하는 '카루나'의 인생에 없는 단어였다. 뒷골목 소매치기로 구르며 살아도, 클레이엔의 대역이 되어 마카레나 백작의 감시를 받고 살아도, 카루나는 언제나 당당했다.

누구도 '카루나'를 사랑해 주지 않았기 때문에 자기 자신이라도 스스로를 사랑해 줘야 했다. 그러지 않으면 살아남을 수 없었다.

그랬는데 막상 주변에 자신을 사랑해 주는 사람들이 생기고, 또 그 사람들을 잃게 되니, 카루나는 자기 자신이 얼마나 보잘것없는 존재인지 실감했다.

'내 목숨이 이들보다 귀하다고? 리센보다…… 철십자 기사 세 명의 목숨보다 귀하다고? 이들을 희생할 가치가 있다고?'

도무지 믿기지 않았다.

"세나 경."

카루나는 세나에게 손을 내밀었다. 세나가 붙잡아 주길 바란 건 아니었다.

'뿌리쳐. 날 혐오스럽게, 징그럽다는 듯이 바라봐.'

뒷골목에서 더러운 소매치기를 붙잡은 병사들의 눈빛처럼. 클레이엔의 악녀 짓에 경악한 귀족들의 눈빛처럼.

'화를 내. 그렇게 가만히 있지 말고 나한테 화를 내라고. 때려. 왜 나 같은 거 때문에 이들이 이렇게 죽어야 했냐고 화를 내라고.'

카루나는 세나의 안에 가득 차 있을 분노가 자신에게 쏟아지기를 바랐다.

"세나 경, 나는……."

"알고 있습니다. 당신이 마카레나 백작 영애의 대역이었다는 것. 지난 수년간 그녀가 벌인 끔찍한 일들이 모두 당신이 한 일이라는 것도."

"……."

"카루나 아가씨."

세나가 고개를 한쪽으로 꺾으며 카루나를 내려다보았다. 밤톨처럼 짧은 머리, 짙은 밤색 눈. 크고 작은 상처로 가득한 마른 얼굴. 그 얼굴은 더없이 무표정했다.

"그런데도 우리는 당신을 구하러 온 겁니다. 당신이 우리를 속였다는 걸 다 알면서도, 스스로 원해서."

"세나 경."

"네, 카루나 아가씨."

세나가 카루나의 부름에 답하며 한쪽 무릎을 꿇었다. 그녀의 한쪽 눈에 길게 상흔이 남아 있었다.

"어째서인지 혼자 살아남은 저도, 저기 누워 있는 녀석들도. 모두 다 스스로 선택한 것이었습니다."

"하지만⋯⋯."

"하지만은 없습니다. 설사 제가 저기에 누워 있다 해도 마찬가지입니다. 저는 죽는 그 순간까지 절대 아가씨를 원망하지 않았을 겁니다."

그녀의 목소리는 건조하고 단조로웠다. 한 방울의 눈물도 묻어나지 않았다.

"제 동료들은 아가씨를 위해서 죽었습니다. 그 죽음을 가치 없는 것으로 만들지 말아 주십시오."

"⋯⋯가치 있는, 죽음."

카루나는 세나가 무엇을 말하고 싶어 하는지 깨달았다.

기사에게 있어 최고의 죽음은 모시는 영애를 위해 죽는 것. 지켜진 영애가 자기 자신을 하찮다고 말하며 그들의 죽음을 아까워한다면, 정말로 아깝고 보잘것없는 것이 되어 버린다.

카루나는 거부당하지 않은 손을 뻗어 세나의 상처 있는 눈가를 쓸었다. 세나는 묵묵히 카루나의 손길을 받아들였다.

"그래도 세나 경은 죽지 말아 줘요."

카루나는 몸을 일으켜 세나를 껴안았다. 세나는 갑작스러운 접촉에 놀란 듯 움찔, 몸을 떨었다. 하지만 이내 조심스럽게 카루나를 안았다.

"명을 받듭니다."

그리고 마음속으로 다짐했다.

'하지만 언젠가 아가씨를 구하기 위해 기꺼이, 제 목숨을 바치겠습니다.'

그건 카루나를 처음 만났던 날, 카루나가 상처 입은 자신을 보며 눈물을 흘려 주었을 때부터 결심했던 일이었다.

슬픔을 누릴 수 있는 시간은 길지 않았다.

곧 숲 곳곳에서 소식이 전해졌다. 눈의 땅에서 온 존재들에게 공격을 당한 건 공터만이 아니었다.

눈의 땅과 맞닿아 있던 북쪽 경계가 순식간에 무너졌다. 장로가 리센을 막기 위해 경계를 지키던 정예병 중 일부를 빼 가 경계가 허술해졌기 때문이었으나, 그러지 않았다 해도 오래 버티지는 못했을 것이다.

눈의 땅에서 온 존재들은 숲을 마구 파헤치며 일직선으로 나아갔다. 그들이 가는 방향의 끝엔 공터가 있었으나, 그 길목에 숲의 일족이 모여 사는 마을이 있었다. 싸울 수 있는 자들은 싸울 수 없는 이들을 지키며 싸워야 했다. 피해가 클 수밖에 없었다.

바람새가 전하는 소식을 들은 장로의 안색이 어두워졌다. 공터에서 살아남은 숲의 일족들은 제 반려의 이름을 부르짖으며 숲 곳곳으로 흩어졌다. 카루나나 라크안, 철십자 기사들이 도울 수 있는 일은 없었다.

"숲의 상황이 이러하니 자네들을 대접하기가 힘들겠군."

"바라지 않았습니다. 오래 머물 생각도 없고."

라크안은 바로 대답하며 세나와 함께 있는 카루나를 바라보았다. 카루나는 그의 시선을 눈치채고는 장로와 라크안 쪽으로 걸어왔다.

"우리가 이곳에 오래 머물러 봤자 방해만 될 테니, 준비가 되는 대로 떠나겠습니다. 카루나는 제가 데리고 갑니다."

라크안이 빠르게 말했다. 카루나가 도착하기 전 이 대화를 끝내겠다는 의지가 담겨 있었다.

"글쎄, 자네가 떠나는 건 막을 생각이 없네만. 저 아이는 숲에 두는 게……."

"그녀는 제국민입니다. 제 반……."

라크안은 차마 카루나를 자신의 반려라고 말하지 못했다.

"……약혼녀이기도 합니다. 숲에 속한 존재가 아닙니다."

장로는 그런 라크안을 모른 체했다.

"자네도 보지 않았나."

"샘 때문에 잠깐 신기한 능력이 생겼을 뿐입니다."

"잠깐? 정말 그렇게 생각하는 건가?"

"그게 아니라면 뭐란 말입니까."

"내가 말한다면 들을 생각은 있나?"

"아니요, 없습니다. 듣지 않을 겁니다. 억지로 알려 주셔도 다 잊을 겁니다."

라크안이 단호하게 말했다. 붉은 눈은 한 발 한 발, 자신에게 걸어오는 카루나를 향했다.

"겨우 되찾았습니다. 무슨 능력을 가지고 있든 상관없습니다."

"글쎄, 자네만 그렇게 생각한다고 해서 될 일일까?"

"되게 만들 겁니다."

붉은 눈이 위험스럽게 빛났다. 반려라는 고삐가 없는 늑대. 자신의 존재가 무엇인지 깨달은 사내는 자신이 얼마나 위험한 존재인지 알았다. 자신이 남들에게 얼마나 큰 위협이 되는지도.

"라안."

장로가 뭐라 대답하기 전, 카루나가 두 사람 앞에 섰다. 라크안과 장로는 약속이라도 한 듯 대화를 멈추고 그녀를 바라봤다.

"숲의 장로님이라고 하셨죠."

카루나는 장로에게 먼저 인사했다. 라크안과 장로 사이가 그리 화기애애한 것 같지는 않아 보였지만 크게 개의치 않았다.

"저희가 샘에 갈 수 있도록 허락해 주세요. 그곳에 다시 가기 위해서는 장로님의 허락을 받아야 한다더군요."

"그곳은 오직 장로와 그 후계자만이 갈 수 있는 곳이니."

"그곳에 리센 님이 있어요. 제가 리센 님을 그곳에 혼자 두고 나왔어요.

다시 가서 데리고 올 수 있게 허락해 주세요."

카루나는 물러서지 않고 장로와 눈을 마주쳤다.

장로의 눈동자는 색이 옅었다. 언뜻 보면 눈동자가 없는 것처럼 보이기도 했다. 그래서 숲의 어린아이들은 장로를 똑바로 쳐다보는 걸 무서워했다. 카루나는 장로의 눈을 무서워하지 않았다. 오히려 신기하게 바라보았다.

"옅은 하늘색이네요."

카루나가 혼잣말을 하듯 작게 중얼거렸다.

"뭐라고 했나, 방금?"

"장로님 눈이요. 구름이 낀 하늘색 같아요. 맑지는 않지만 선선하고 시원한 날의 하늘 말이에요. 저는 그런 날씨를 좋아하거든요."

천둥번개가 치는 날보다는 그런 우중충한 날씨가 악녀에게 어울렸다. 그런 날을 기다렸다가 티파티를 열면, 초대받은 영애들은 잔뜩 겁먹은 표정으로 참석하고는 했다. 혹여라도 자신의 심기를 거스르면, 당장이라도 하늘에 먹구름이 끼고 천둥 번개가 내리칠지도 모른다고 생각하는 듯했다.

카루나는 귀족 영애들이 그런 말도 안 되는 착각에 빠져 겁에 질린 얼굴을 보는 걸 좋아했다. 클레이엔의 대역으로 살 때 접했던 몇 안 되는 즐거움이었다.

예전의 기억을 떠올리며 카루나는 피식, 웃음 지었다. 그러다가 뭔가 이상한 느낌이 들어 고개를 들었다. 장로가 이상한 표정으로 카루나를 보고 있었다.

놀람? 당황? ……그리움? 종잡을 수 없는 표정이었다.

"왜 그러시죠?"

"아니, 아니……."

장로는 고개를 저었다. 그 모습마저도 어딘가 어색해 보였다.

"예전에도 누군가가 내게 그런 말을 해 준 적이 있어서, 그때의 기억이 떠올라 그런 거란다."

말투도 달라졌다.

'뭐지?'

꼬집어 말하기는 힘든데, 뭔가 이상한 느낌이었다.

"샘으로 가길 원한다고 했는가?"

"네. 원해요."

"네가 가길 원한다면 난 막을 수 없지."

장로가 손을 뻗어 길을 가리켰다. 장로와 장로의 후계자만 갈 수 있다는 그 길을, 카루나에게 허락해 주었다. 카루나는 그게 무슨 의미인지 알지 못했다.

"허락해 주셔서 감사해요."

다만 감사의 의미로 무릎을 살짝 굽혔다 펴며 인사했다.

"함께 가지."

라크안이 손을 내밀었다.

"당연한 거 아닌가요?"

카루나는 그 손을 잡고 장로에게서 돌아섰다.

장로의 눈이 카루나의 뒤를 좇았다. 라크안은 카루나의 어깨를 감싸 안으며 장로의 시선을 쳐냈다.

"고, 공작 각하?"

"쉿."

"……."

라크안은 잔뜩 긴장한 얼굴로 앞만 보았다. 카루나를 안은 손에서 힘을 풀지 않았다. 두근두근. 겁 없이 심장이 뛰었다.

세나와 철십자 기사들은 길 앞에서 카루나와 라크안을 기다리고 있었다. 카루나는 세나가 보이자 라크안의 품에서 빠져나오려 했다. 하지만 라크안은 끝까지 어깨를 감싼 팔을 풀지 않았다. 결국 카루나는 라크안에게 붙잡히듯 껴안긴 채 오솔길을 걸어야 했다.

"힘들면 말해."

라크안은 계속 카루나의 안색을 살피며 말했다. 조금이라도 힘들다고 하면 아예 안아 들 생각이었다.

"저는 괜찮아요."

카루나는 고개를 저었다.

리센에게 가는데, 그러면 안 될 것 같았다. 죄책감이 자꾸만 두근대는 심장을 콕콕 찔렀다. 샘에 가까워갈수록 카루나는 계속 라크안의 품에서 탈주하려고 시도했다.

"잠깐만 놔주세요. 어디 안 도망갈 테니까."

몇 번 부탁하니, 라크안이 겨우 놓아주었다. 카루나는 라크안과 두 발자국 정도 떨어져 걸었다. 그렇게 샘에 도착했다.

리센은 카루나가 떠났을 때에 봤던 것과 똑같은 모습으로, 그곳에 누워 있었다. 라크안과 세나, 철십자 기사들은 평안해 보이는 그의 얼굴을 보며 잠깐이나마 그가 살아 있을지 모른다는 희망을 가졌다. 오직 카루나의 얼굴에만 슬픔이 드리웠다.

그들은 리센의 앞에 섰다. 그제야 그들은 생기가 한 방울도 남아 있지 않은 리센의 모습을 보았다. 그의 몸은 메마르고 싸늘했다. 산 자의 것이 아니었다.

"부단장님."

세나가 리센에게 손을 내밀려 했다.

"잠깐만요!"

카루나가 세나를 말렸다. 혹시나 자신이 만졌을 때처럼 바스러질까 봐, 걱정되어서였다. 세나의 손이 리센에게 닿기 전 멈췄다. 카루나는 안도의 한숨을 내쉬었다. 그 안도는 얼마 가지 않아 두려움으로 바뀌었다.

"어?"

멈춘 건 세나뿐이 아니었다. 주변에 몰려선 철십자 기사들도 움직이지 않았다.

카루나는 주변을 둘러보았다. 허공에 나비가 멈춰 있었다. 바람에 흔들리던 나뭇잎도, 나뭇가지에 막 내려앉아 날갯짓하던 새도 그 모습 그대로 굳어 있었다. 뒤에서 걸어오던 라크안 또한 마찬가지였다.

세상이 완벽하게 멈췄다. 그 속에서 카루나만이 홀로 숨 쉬고 움직이고 있었다.

'뭐야, 어떻게 된 거야?'

카루나는 두려움에 어깨를 움츠렸다.

부스럭- 라크안의 건너편에서 수풀 움직이는 소리가 들렸다. 카루나는 이 상황이 두려운 마음에 라크안을 지나쳐 그곳으로 걸어갔다.

수풀 앞에 한 사람이 서 있었다. 카루나가 아는 사람이었다.

"설마…… 이거, 장로님께서 이렇게 하신 건가요?"

"시간 정지 마법이란다."

장로의 말에 카루나는 차라리 안심했다. 원인을 알 수 없는 무서운 상황이 아니라는 의미였으니까.

카루나는 다시 한번 주변을 둘러보았다. 정말로 세상의 시간이 멈춘 듯했다.

"이런 일이 마법으로 가능하다니, 신기하네요."

"치유 마법을 응용한 것이란다. 치유 마법은 모든 마법의 기본이지. 치유 마법에서 여러 갈래의 마법이 만들어졌단다. 예를 들면, 이런 시간 정지의 마법."

장로는 어린 제자를 가르치는 선생님처럼 설명해 주었다. 카루나는 딱히 설명을 바라지는 않았지만 그냥 잠잠히 들어 주었다.

"치유 마법의 기본은 상처의 악화를 막고, 상처가 나기 전으로 되돌리는 것이란다. 상처의 악화를 막기 위해 보존 마법이 생겨났고 시간을 멈추는 마법으로 발전했지."

"아무나 할 수 있는 건 아닐 테죠?"

"나 정도는 되어야겠지."

장로가 담담한 목소리로 말했다. 카루나는 픽, 웃었다.

'리센의 아버지라고 하던데, 리센이랑 하나도 안 닮았잖아.'

리센이 살아 있었다면, 리센이 이런 마법을 펼쳤다면, 저렇게 당당하게 뻐기지 않았을 것이다. 신기하다는 말 한마디에도 얼굴을 붉히며, 카루나가 원한다면 언제든 더 대단한 마법을 보여 주겠다고 수줍게 말했을 것이다.

"이 대단한 마법을 그저 제게 구경시켜 주기 위해 시전한 건 아니겠죠? 제게 엄청난 마법 재능을 발견하고 가르쳐 주시려고 한 것도 아닐 테고요."

카루나는 리센과 전혀 다른 리센의 아버지에게 물었다.

"나는 단지 이야기를 나누고 싶을 뿐이란다. 되도록 방해를 받지 않고. 그래서 너와 나를 제외한 이 근처의 시간을 잠시 멈춘 거란다."

장로가 누굴 말하는지 묻지 않아도 알 것 같았다. 카루나는 뒤를 돌아보았다. 라크안의 뒷모습이 보였다.

라크안의 손끝이 움찔, 움직였다.

'내가 잘못 본 건가?'

카루나가 눈을 깜박였다. 그녀가 본 것을 장로라고 못 봤을 리 없었다.

"라안은 혼혈이지만 능력이 대단한 아이지. 내 마법에 저항하고 있구나. 저 아이가 마법을 깨기 전에 서둘러 이야기를 끝내야겠다."

장로가 말했다.

"하시고 싶은 말씀이 무언가요?"

"네 어머니의 이름은 시에나란다. 진명은 시나였지."

"……제 어머니를 아시나요? 아니, 제 어머니가 숲의 일족이었던 건가요?"

아이가 태어나기 위해서는 당연히 어머니와 아버지가 필요하다. 자신이 갑자기 하늘에서 뚝 떨어진 게 아닌 이상은, 분명 어머니와 아버지가 있었을 것이다. 그런데도 카루나는 지금까지 살면서 의식적으로든 무의식적으로든 어머니에 대해 생각해 본 적이 없었다.

'어머니? 어머니라니……. 나한테도 그런 사람이 있다고?'

카루나는 태어나자마자 고아원에 버려진 아이였다. 학대와 굶주림에 지쳐 고아원을 뛰쳐나와 뒷골목을 전전하다 소매치기가 되었다.

어머니, 아버지, 가족. 애초부터 가져 본 적이 없기에 그리워하거나 원망할 여지가 없었다. 가족을 찾고 싶다는 생각조차 해 본 적 없었다. 그냥 카루나의 삶에 있어서 어머니란 게 존재하지 않았다.

그런데 처음 보는 남의 입에서 어머니의 이름이 튀어나왔다.

"그래. 숲의 일족이었지."

"살아 있나요? 지금 이 숲에?"

카루나는 다급히 묻다가 뒤늦게 장로의 말을 이해했다.

"이었다는 건, 지금은 아니라는 거잖아요. 그럼……."

'죽은 건가요?'라는 말이 입 안을 맴돌았다. 장로는 고개를 끄덕였다.

"그래, 너를 낳고 얼마 안 있어 죽었단다."

"아……."

카루나는 입을 벌려 탄성을 내뱉었다. 기분이 이상했다.

'나한테 어머니가 있다고? 근데 죽었다……는 건 결국 없는 거잖아.'

흥분했던 마음이 가라앉았다. 마음에 흥분했던 만큼의 빈자리가 생겼다. 그 빈 곳에 찬 바람이 불어 서걱서걱하게 아려 왔다.

'있는지도 모르고 살았던 어머니가 죽었다니?'

왜 죽었는지, 어떻게 죽었는지, 물어볼 생각조차 들지 않았다. 다만,

괜히 욱하고 성질이 돋았다.

'어머니가 있는지 없는지도 모르고 그렇게 살고 있었는데. 왜 나한테 그런 말을 하는 거야. 무슨 증거로 그런 말을 해? 죽었다고? 나한테 어머니가 있었는데 죽었다고?'

차라리 말을 하지 말지. 안 하느니만 못했다.

'나한테 이런 말을 하는 이유가 뭐야.'

카루나의 눈빛이 매서워졌다.

"네 어머니는 평범한 숲의 일족은 아니었단다. 숲의 장로가 될 여인이었다."

장로의 말이 귀에 잘 들어오지 않았다.

"왜 제게 이런 이야기를 해 주시는 건가요? 장로님은 제 어머니와 잘 아는 사이였나요? 제가 그분, 그러니까 시에나였던가요?"

"시나란다."

"네, 그 시나란 분. 제가 그분의 딸이라고 생각하시는 이유가 뭔가요? 무슨 증거로 그런 말씀을 하시는 건가요."

'나는 제국에서 자랐어. 태어나자마자 고아원에 버려졌다고. 내가 그 사람의 딸이라는 증거가 어디 있어?'

당장 자신과 똑같이 생긴 여자의 초상화를 들고 온다면 모를까.

"네 이름이 너를 증명해 주고 있지 않느냐. 시나의 딸이라고."

"내 이름이?"

"카루나."

장로의 입에서 나오는 이름은 뭔가 달랐다. 노래의 한 음절처럼 운율이 느껴졌다.

"흔한 이름은 아니지. 숲 밖의 생활에 익숙한 네겐 낯설겠지만, 숲의 이름은 그 사람의 영혼에 새겨진단다. 그 사람의 영혼을 증명하는 증표가 되지. 카루나, 네 이름은 시나가 오랫동안 마음에 품고 있던, 이 세상에

단 하나뿐인 이름이란다."

"어머니가 오랫동안 준비한, 세상에 단 하나뿐인 이름? 그런 말은 지나가던 사기꾼도 할 수 있는 말이잖아요. 그런 말도 안 되는 말로 날 속이려고 하지 마세요."

"내가 너를 속여서 무슨 이득이 있다고?"

"그건 내가 알 바 아니지요. 사기꾼의 이득을 함께 고민해 줄 정도로 여유로운 삶을 살지는 않았거든요, 제가."

카루나는 눈을 치켜뜨고 장로를 바라보았다.

"여태껏 숲의 일족을 많이 만나 봤지만 누구도 저의 이름을 듣고 저에게 어머니에 대해 말해 주지 않았어요. 그런데 유독 장로님만 제 이름을 듣고 제 어머니에 대해 말씀해 주시는군요. 이건 어떻게 설명하실 건가요?"

카루나가 따지듯 물어도 장로는 노여워하거나 불편해하지 않았다. 오히려 그런 카루나의 모습을 보며 기뻐하는 듯 보였다. 그의 눈은 카루나를 보고 있되, 카루나를 통해 다른 사람을 보고 있었다.

"다른 사람들은 시나의 딸의 이름이 카루나라는 걸 모르고 있으니까."

"왜 장로님만 알고 있는 건데요? 말이 안 되잖아요."

"말이 안 되는 일은 아닐 거 같구나. 그녀는 내 반려였으니 말이다."

장로가 담담하게 대답했다. 그 바람에 카루나는 한 박자 늦게 그의 말을 이해했다.

"반려가 뭐 어쨌…… 네?"

카루나의 눈이 휘둥그레졌다.

'그렇다면 이 사람이 내…… 아, 버지?'

카루나는 장로를 훑어보았다. 짙은 머리카락도, 옅은 눈동자도, 잘생겼지만 어딘가 모르게 차가운 느낌이 드는 얼굴도. 딱히 리셴과 닮아 보이지는 않지만, 그렇다고 자신과 비슷하게 생기지도 않았다.

"그럼 당신이……."

카루나는 채 말을 잇지 못하고 흐렸다.

'그럼 리센은? 나와 오누이 관계인지 모르고 날 좋아한 건가?'

순간 팔을 타고 소름이 돋았다.

'친오라버니가 날 여동생인 줄도 모르고 좋아해서…… 죽기까지 했다는 거잖아.'

카루나는 저도 모르게 장로를 노려보았다. 장로가 아들을 아꼈다면, 리센이 자신을 위해 그런 선택을 하기 전에 말렸어야 했다. 리센에 대한 슬픔이 장로에 대한 원망으로 바뀌려고 했다. 매서운 눈빛을 마주하면서도 장로의 아련한 눈빛은 바뀌지 않았다.

"어쩌면 네가 내 딸이 될 수도 있었겠구나."

장로는 담담히 말하려 애썼으나 말끝이 살짝 떨리는 걸 막지는 못했다.

"반려, 라면서요. 그런데 왜……."

말을 잇다 정신이 들어 뒷말을 꿀꺽 삼켰다.

'당신이 제 아버지가 아닌 건가요?'

차마 물어볼 수 없었건만.

"네 어머니는 나를 자신의 반려로 선택하지 않았단다."

장로는 너무 쉽게 답을 알려주었다.

"……그런 게 가능한가요?"

"불가능하지. 하지만 그녀는 가능하게 만들었단다. 너도 그렇지 않더냐."

장로가 물었다.

"그게 무슨 말씀이신가요?"

"리센. 그 아이 말이다."

"리센 님이 왜요?"

카루나의 어깨가 가늘게 떨렸다.

"비록 양자이긴 하지만, 리센은 내 아들이었다. 리센이 막 태어났을 때 그 아이의 부모는 눈의 땅의 습격을 막다 죽었고, 나는 그 아이를 거두어 여태까지 길렀단다. 아마 별 탈이 없었다면 그 아이에게 다음 대 장로의 직을 물려주었을 테지."

"그건······."

카루나는 고개를 숙였다.

"죄송합니다."

양부든 뭐든, 어쨌든 장로는 리센의 부모님이었다. 카루나는 그의 앞에서 죄인이었다.

"그 아이의 선택에 대해 내게 사과하지는 말려무나. 나는 그 아이의 죽음을 네게 떠넘기고 싶은 게 아니야."

장로가 한숨을 쉬듯 말했다.

"리센, 그 아이가 네 반려였단다."

"······."

카루나는 아니라고, 그럴 리 없다고 반박하지 않았다. 놀랍게도 장로의 말을 듣는 순간, 마음이 평안했다.

'역시, 그런 거구나.'

누군가를 위해 죽는다는 건 결코 쉬운 일이 아니다. 상대가 숲의 일족이고, 자신이 그의 반려라도 되지 않는 이상은.

계속 알고 있었던 걸 확인받은 느낌이었다. 아니, 좀 더 직접적이고 적나라하게 까발려진 기분이었다. 굳이 말하자면 확인 사살.

"너도 리센을 네 반려로 선택하지 않았지."

장로가 말했다. 여전히 단조로운 목소리였으나 어쩐지, 타박하는 것처럼 들렸다.

"전, 제가 숲의 일족인지도 몰랐어요. 반려라든가 그런 거에 대해 잘 몰랐다구요."

"모르는 상황에서조차 리센을 선택하지 않았잖느냐."

"······저를 탓하시는 건가요?"

"조금 전에 말했듯이, 나는 너를 탓하지 않는단다. 그저 네 어머니도 너와 같은 상황이었다는 걸 알려 주려고 했을 뿐."

"그렇다면 그걸 말씀해 주시려고 시간을 멈추는 마법까지 사용하신 건가요?"

"아니."

장로가 고개를 저었다.

"그러면요?"

"나는 그저, 네게 너의 진명을 말해 주고자 했단다. 네가 모르는 것 같아서 말이다."

"나의 진명?"

카루나가 처음 들어 본다는 듯 고개를 갸웃 저었다.

"아무도 네게 말해 주지 않았겠지."

'내가 너를 숲에서 떠나보낼 때, 알려 주지 않았으니 말이다.'

20년. 숲의 일족의 기나긴 삶에선 그리 길지 않은 시간이었다. 하지만 장로에게 지난 20년은 너무도 긴 세월이었다. 그 긴 기다림 끝에 장로는 다시 숲으로 돌아온 반려의 딸을 맞이했다. 장로는 오랫동안 마음에 품고 있었던 마지막 짐을 그녀에게 건네주었다.

"카루나. 네 진명은 카나란다."

"카나?"

카루나는 두 글자를 입 안에서 굴려 보았다. 카루나, 그리고 카나. 고작 가운데 한 글자가 빠졌을 뿐인데, 낯설게 들렸다.

"네 어머니는 항상 딸을 낳으면 카루나의 카나라고 이름을 지을 거고, 아들을 낳으면 아카론, 아론이라고 부르겠다고 말했단다."

장로가 잠시 숨을 들이쉬고는 말을 이었다.

"카나는 가장 어두운 밤에 빛나는 달을 의미한단다. 아론은 노을 진 하늘에 떠 있는 해를 뜻하는 단어지."

"카나, 그리고 아론."

카루나는 어머니가 자신의 딸과 아들에게 주고자 했다는 이름을 되뇌어 보았다.

그러는 중에도 라크안은 계속해서, 자신을 얽어맨 시간의 마법에 저항하고 있었다. 처음엔 고작 손가락을 까닥이는 정도였지만, 그가 만들어 낸 균열은 점점 커졌다. 장로와 카루나가 이야기를 나누는 새 그의 몸은 조금씩 움직이고 있었다.

'카, 루나.'

감겼던 눈이 뜨이고, 붉은 눈동자가 카루나를 찾았다. 장로는 카루나를 보느라 라크안의 변화를 알아차리지 못했다.

"카나. 내가 잠시 맡고 있었던 숲의 축복을 네게 넘기마. 너에게 숲의 운명이 함께하기를."

장로가 두 손을 뻗어 카루나에게 내밀었다. 그 두 손이 막 카루나의 어깨에 닿으려고 할 때였다. 카루나의 등 뒤에서 거친 숨소리가 쏟아졌다.

"무슨 수작질이야!"

강인한 두 팔이 카루나를 끌어당겼다.

"아…… 공작 각하?"

"말했을 텐데. 숲에 카루나를 넘기지 않겠다고."

성난 목소리가 카루나의 귀 바로 옆에서 울렸다.

'흥분하면 안 돼.'

카루나는 혹시나 라크안이 또 발작을 일으킬까 봐 마음이 다급해졌다.

"라안, 진정해요. 날 봐요."

"……괜찮아."

"하나도 안 괜찮게 들리거든요?"

"이 정도로는 발작 안 해. 나를 뭘로 보는 거야."

라크안이 거친 숨을 몰아쉬며 말했다. 어른이 된 카루나를 예의 있게 대우해 주겠다고 했으면서, 결국 또 꼬맹이 카루나를 대할 때처럼 굴고 말았다.

"뭘로 보긴요. 툭하면 발작 일으켜서 사람 놀라게 만드는 멍청한 늑대로 보지."

말이 끝나기 무섭게 머리 위에서 픽, 웃는 소리가 들렸다. 카루나는 그제야 안심이 되었다.

라크안은 제 품에서 긴장을 푸는 카루나를 느끼며, 눈앞의 장로를 노려보았다.

'감히 날 묶고 카루나를 데려가려 하다니. 야비한 수를 썼군.'

절로 이가 갈렸다.

시간을 멈추는 마법은 꽤 강한 마법이었다. 제국의 마탑에서도 이 정도 규모로 시간 마법을 쓸 수 있는 마법사는 없었다.

라크안은 그 마법을 무식하게 몸으로 깨부쉈다. 당연히 몸에 무리가 갔고, 그 증상 중 하나로 숨이 거칠어졌다. 하지만 머릿속은 그 어느 때보다 차가웠다.

'여기서 날뛰면 카루나를 잃을 거야.'

생각만으로도 섬뜩했다. 심장이 멈출 것 같았다. 발작이 일어나려다가도 도망갈 듯했다. 라크안은 이를 악물고 장로를 노려보았다.

"라안, 그 아이는 숲의 아이다. 네가 감당할 수 있는 존재가 아니야."

장로는 라크안에게 손짓했다. 카루나를 자신에게 내놓으라는 뜻이었다.

"아니요, 이 여인은 내 약혼녀입니다. 장로님께서 함부로 대해선 안 되는 사람이지요."

라크안의 붉은 눈이 선명하게 빛났다.

"봤지 않느냐. 숲의 일족이 그 아이를 따르는 걸. 그리고 그 아이의 발현된 능력을. 그 능력이 바로 숲의 장……."

"그런 말로 내 약혼녀를 현혹하려 하지 마십시오."

라크안은 크게 칼을 휘둘러 허공을 그었다. 유리가 깨지는 듯한 소리가 나며 허공에 금이 갔다. 그 균열에서 시작된 금이 사방으로 뻗어나갔다.

"라안, 네놈!"

장로가 카루나에게는 단 한 번도 보여 준 적 없던 성난 모습을 드러 냈다. 라크안에게 달려들려 했으나 차마 그러지는 못하고 그 자리에서 발을 굴렀다. 라크안은 차게 웃으며 검으로 장로의 목을 겨누었다.

"여러 번 말했을 텐데. 카루나를 건드리지 말라고."

"라안, 네가 이런다고 달라지는 것은 없다."

"제가 장로님께 드리고 싶은 말씀입니다만. 내 말을 듣지 않은 건 장로님이시니, 그 대가도 잘 치러 보시지요."

라크안이 검을 집어 던졌다. 검은 그대로 장로를 통과하여 땅에 박혔다.

큰 마법은 그만큼 큰 힘을 필요로 한다. 마법이 강제로 파헤쳐지면, 그 마법에 쏟은 힘만큼 반동이 일어나 마법을 시전한 사람에게로 돌아 간다. 라크안은 그걸 노리고 마법을 부숴 버린 것이었다.

쩌적, 쩌적- 하늘이 산산조각 나며 무너져 내리기 시작했다. 마법이 부서지며 생기는 잔해였다. 그 조각은 라크안의 어깨에 닿기도 전에 신 기루처럼 사라져 버렸다.

"크흑. 라안, 너는……."

꼿꼿하게 서 있던 장로가 피를 한 움큼 토하며 허리를 꺾었다.

"……!"

놀란 카루나가 라크안의 팔을 꽉 붙잡았다.

장로의 피는 땅에 닿기도 전에 연기처럼 사라졌다. 이어서 피를 토한 장로의 모습도 아지랑이가 흩어지듯 없어졌다.

세상이 다시 움직이기 시작했다.

"만지지 말라고요?"

세나의 목소리가 들렸다. 굳어 있던 세나가 다시 움직였다. 세나는 자연스럽게 리센에게 닿기 직전 손을 거두고 조금 전 카루나가 서 있던 장소를 돌아보며 말했다.

"어?"

카루나가 거기에 없자 눈을 껌벅이며 당황하더니 주변을 둘러보았다.

"거기서 뭣들 하십니까?"

세나가 퉁명스러운 목소리로 물었다. 그 목소리가 유독 반갑게 느껴졌다. 카루나는 세나를 향해 활짝 웃어 보였다. 화답하듯 손을 흔드는, 살아 움직이는 세나를 보며 카루나는 참았던 한숨을 내쉬었다.

"어떻게 된 거예요?"

"환각 마법이야. 이중으로 마법을 펼친 거지. 잘난 척하기는."

라크안은 그렇게 중얼거리며 카루나가 세나를 보는 사이에 입 속에 찬 피를 뱉어냈다.

맨몸으로 마법을 뜯어낸 반동은 라크안에게도 돌아왔다. 온몸이 커다란 망치로 두들겨 맞은 것처럼 욱신거리며, 목구멍으로 핏물이 솟구쳤다. 라크안은 카루나에게 들키지 않기 위해 신음을 참고 아무렇지 않은 척했다.

"뭐가…… 어떻게 된 건지 모르겠어요."

카루나는 라크안의 품에 안긴 채 멍하니 말했다. 시간이 멈추고 세상에 장로와 자신, 단둘뿐이었을 때는 전혀 현실감이 들지 않았다. 그래서 장로에게 마음껏 대들고 말대꾸를 할 수 있었다.

막상 장로의 마법이 사라지고 나니 장로가 했던 말이 메아리처럼 귓가에 울렸다.

어머니의 죽음. 진짜 이름. 그리고 리센의 반려가 자신이었다는 것. 거기에서 카루나는 멈칫, 했다.

'이 사람은 알고 있는 걸까. 내가 리센의 반려였다는 걸?'

카루나는 라크안을 올려다보았다.

"장로가 뭐라고 했어. 이상한 말을 했지?"

라크안은 핏물을 삼키며 물었다.

"못 들었어요?"

"뒤에 이야기하는 것만 들었어. 마법이 걸려 있을 때는 시간과 함께 멈춰 있으니까 들을 수 없었지. 왜, 뭐라고 했는데?"

라크안이 추궁하듯 물었다. 카루나는 고개를 흔들었다. 왜인지는 모르겠지만 라크안에게 말하면 안 될 것 같다는 생각이 들었다.

"이 여인은 내 약혼녀입니다."

조금 전 라크안이 했던 말이 못처럼 심장에 박혔다.

'반려가 아니라 약혼녀라고 했어.'

카루나는 그게 마음에 걸렸다.

"무슨 말을 들었는지는 모르겠지만, 다 잊어. 노망 난 늙은이의 쓸데없는 말이니까 잊어버려. 신경 쓰지 마."

카루나가 침묵하자 라크안은 굳이 그녀에게 답을 강요하지 않았다. 다 잊어버리라고 몇 번이나 반복해서 말했다. 카루나는 고개를 끄덕였다. 하지만 귓가엔 계속 장로의 목소리가 감돌았다.

이후 그들은 리센의 시신을 수습하는 데 집중했다.

기사 중 한 명이 리센의 시신을 수습하던 중 실수로 리센의 발을 살짝 건드렸다. 기사와 닿은 부분은 순식간에 무너져 내려 재가 되었다. 그 뒤로 철십자 기사들은 실수로라도 리센의 몸을 건드리지 않았다.

리센의 시신을 공터로 끌고 나올 동안 카루나와 라크안은 리센의 양옆에 서서 함께했다.

공터로 나오니 숲의 일족이 그들을 기다리고 있었다. 라크안은 리센의 시신을 그들에게 넘겨주었다. 숲의 일족은 나뭇잎을 엮어 만든 관째로 리센을 들어 올렸다. 카루나는 숲의 일족의 어깨에 들려 떠나는 리센을 한참 동안 지켜보았다.

"리센은 숲의 방식대로 장례를 치를 거야."

"나는 그의 명복을 빌어 주지 못했어요."

손에 닿으면 그의 몸이 부서져 내릴까 봐 무서워서 감히 손을 대지도 못했다.

"리센의 아버지가 해 줄 거야. 장로의 아들이니까, 소홀한 취급은 당하지 않을 거고."

"나는 고맙다는 말 한마디도 하지 못했어요."

"리센이 그걸 섭섭해할 거라고 생각해?"

아니라는 걸 알지만, 죄책감은 살아남은 자의 몫이었다.

'내가 정말 리센의 반려라면…….'

장로의 담담한 목소리가 계속 떠올랐다. 리센의 반려인 줄 모르면서도, 결국 넌 리센을 선택하지 않았다고. 장로의 말을 듣는 그 순간, 카루나는 라크안을 떠올렸다.

'나는 내가 이 사람을 좋아해서 미안하다고 말하지도 못했어.'

카루나는 두 손으로 얼굴을 감싸 쥐었다. 오늘 하루 동안 겪었던 감정들이 새삼스럽게 밀려들어 왔다.

"왜 그래, 어디 아픈 거야?"

라크안이 즉시 한쪽 무릎을 꿇고 앉아 카루나를 살폈다.

"아니요, 아니요."

카루나는 제 몸을 가누지 못하고 라크안의 품에 안겼다. 여전히 두 손으로 얼굴을 가린 채로 그의 어깨에 기댔다. 라크안은 잠시 망설이다가 조심스럽게 카루나를 감싸 안았다. 토닥토닥, 어깨를 두드려 주었다.

"돌아가자, 카루나. 제국으로. 바이켈드 공작저로."

라크안이 조심스럽게 카루나에게 속삭였다. 카루나는 말없이 고개를 끄덕였다.

* * *

카루나와 라크안, 그리고 철십자 기사들은 조용히 숲을 나섰다. 슬픔에 빠진 숲의 일족은 그들을 배웅하지 못했다.

공터에서 조금 떨어진 곳에서 피를 토한 채 쓰러져 있는 장로가 뒤늦게 발견되어 마을로 옮겨졌다. 생명에 지장은 없으나 족히 열흘 이상은 깨어나지 못할 거라고 했다.

숲의 일족은 장로가 깨어나길 기다리며 리센과 다른 희생자들의 시신에 보존 마법을 걸었다. 살아남은 숲의 일족은 장로가 눈을 뜨길 기다리며 늘 하던 대로 숲을 지켜 나갔다.

팔다리를 움직일 수 있는 숲의 정예병과 검사들은 다시금 무기를 들고 숲의 북쪽 변경으로 나아갔다. 제국과 숲이 맞닿아 있는 곳에는 도시가 들어서 있지만, 숲과 눈의 땅이 맞닿아 있는 곳에는 아무것도 없었다.

숲에서 한 발자국 나아가면 눈의 땅이었다. 울창한 숲의 끝에 바로 하얀 눈으로 덮인 땅이 펼쳐졌다. 푸르른 녹음과 하얗게 언 땅은 선을 그은 것처럼 구분되어 있었다.

눈의 땅은 1년 내내 눈으로 뒤덮여 있었다. 거친 눈보라가 내리칠 때도 있지만 대개, 눈의 땅은 고요했다.

오래도록 눈의 땅을 바라보면 눈이 멀게 된다고 한다. 혹은, 미쳐 버려서 반려도 가족도 다 잊고 눈의 땅으로 달려가게 된다고도 말한다. 그리하여 북쪽 경계를 지키는 숲의 정예병들은 경계를 설 때 눈의 땅을 눈으로 보지 않고, 귀로 들었다.

고어어어어어-

쿠아아아아아아아-

눈의 땅 저편에서 까만 얼룩이 지면, 바람을 타고 그들의 괴성이 들렸다. 그러면 전투의 시작이었다.

하얀 눈의 땅을 까맣게 뒤덮은 존재들이 숲을 침범할 때면. 눈의 땅의 끝자락, 언제나 눈보라가 휘몰아치는 곳에 갇힌 그들의 주인은 고통에 몸부림쳤다.

"아아아악!"

그의 눈물이 검은 얼룩을 만들어 냈고, 그의 울부짖음이 그들의 괴성으로 번졌다. 그가 주먹으로 바닥을 내리칠 때마다 얼어붙은 바닥이 부서지며 녹색의 돌 파편들이 튀었다.

파편 중 하나가 그의 뺨을 스치자 붉은 피가 한 줄기 흘러내렸다. 상처는 그가 뺨에 손을 대기 전 아물었다. 손끝에 맺힌 피 한 방울이 녹색 바닥 위로 뚝, 떨어져 내렸다.

그 핏방울에 그의 얼굴이 비쳤다. 흰 눈밭 위로 눈보다 더 흰 머리카락이 흩어졌다. 노을 진 하늘에 뜬 해처럼 붉은 눈에서는 끊임없이 눈물이 흘러내렸다.

"카루나…… 카루나…… 카나…… 사랑하는 내 누이…….."

사랑하는 사람을 눈앞에서 잃은 사내는 평소보다 더 심한 고통에 몸부림쳤다.

"으아아아악!"

그가 괴로워할수록 숲을 침범하는 검은 얼룩이 더욱 흉포해졌다.

Chapter 10
미처 매듭짓지 못했던 것들에 대하여

하늘에서 사과 하나가 뚝- 떨어졌다. 나무 아래를 지나가는 카젤인의 머리를 노린 것이었다. 카젤인은 한 걸음 뒤로 물러서며 손을 앞으로 내밀었다. 사과가 손바닥에 딱 맞게 떨어졌다.

"오, 제법인데?"

듣기만 해도 상쾌한 기분이 드는 밝은 목소리가 머리 위에서 들렸다.

"시나. 위험하잖아."

올려다본 카젤인이 한숨을 푹 내쉬며 말했다.

"위험하긴? 누가? 내가?"

"보통은 나무 아래를 지나가는 사람이 위험하다고들 생각하지."

"그래? 하지만 넌 아니잖아? 카인. 숲의 정예병이 웬 엄살이야. 곧 네 삼촌이 은퇴하면 북쪽 경계를 지키는 정예병단의 단장 자리도 이어받을 거면서. 그러면 정말 최연소 단장이 되는 거라고."

"장로의 짝이 되려면 그 정도는 돼야지."

카젤인은 애써 담담한 목소리를 꾸며 내며 말했다. 이렇게 말하는 것 만으로도 마음이 떨려 와 사과를 쥔 손도 살짝 흔들렸다.

"장로의 짝? 설마 내 스승님을 노리는 거야?"

맞받아치는 시에나의 목소리는 티 없이 맑기만 했다. 그의 마음을 모르는 건지, 모르는 척하는 건지 모를 일이었다.

"무슨 소리를 하는 거야."

'당연히 시나, 너를 말하는 거지.'

카젤인은 인상을 찡그리며 위를 올려다보았다. 시에나는 키다리 나무 의 저 높은 곳, 얇은 나무줄기에 아슬아슬하게 걸터앉아 있었다. 나뭇잎 사이로 쏟아지는 햇살이 눈부셨다. 활짝 웃는 그녀는 더욱 눈부셨다.

어깨에 닿을락 말락 한 연갈색 머리카락과 생기로 반짝이는 녹색 눈 동자, 활기찬 웃음소리까지. 그 모습이 그의 눈에 선명히 박혔다. 눈이 멀 것 같았다. 그렇다고 그녀를 보는 걸 포기할 순 없었다.

카젤인은 그녀가 올라가 있는 나무의 둥치에 등을 기대고 서서 계속 위를 올려다보았다. 카젤인의 목이 뻐근해질 때까지 둘은 실없는 대화를 나누었다.

그러는 동안 시에나는 두 번 더 사과를 떨어뜨렸고 카젤인은 두 개 모 두 손으로 받아 냈다. 결국 시에나는 사과로 단 한 번도 카젤인을 맞히지 못했다.

아쉬움도 잠시. 시에나는 나무줄기에 철퍼덕 엎어져서는 언제나처럼 자신의 소망을 말했다.

"나는 나중에 딸을 낳으면 카루나라고 지을 거야. 진명은 카나라고 하고."

"카나는 새벽이 오기 직전 밤에 뜨는 달이라는 뜻이지."

카젤인이 망설임 없이 말을 이었다. 귀에 못이 박히도록 들어서 이제 는 한 구절만 들어도 척척 다음 구절을 읊을 수 있는 수준이 되었다.

"만약 아들을 낳는다면 아론이라고 지을 거야. 아카론, 그리고 아론."

"노을 진 하늘에 뜬 해의 이름으로 말이지. 넌 노을을 좋아하니까."

"그래, 맞아. 카나와 아론. 이 이름을 가진 아이들은 행복할 거야. 내가 사랑으로 키울 거니까."

시에나는 그런 카젤인이 재미있다는 듯 웃음을 터뜨렸다. 그녀가 기댄 나무줄기가 휘영청 휘었다. 위험해 보이건만, 시에나는 놀라거나 다른 줄기를 잡고 피하려고 하지 않았다. 그저 자신의 아래에 서 있는 카젤인에게 손을 흔들 뿐이었다. 결국 나무줄기는 오래 견디지 못하고 와지끈, 부서졌다.

"꺄악!"

시에나는 비명을 지르며 떨어져 내렸다. 카젤인은 몸을 바로 세우고 두 팔을 뻗어 시에나를 안았다.

"역시 카인이야!"

시에나는 방금 나무에서 떨어진 사람답지 않게 밝은 목소리로 말했다. 카젤인은 그런 시에나의 모습에 어이없어했다.

"다칠 뻔했어."

"네가 있는데, 그럴 리가 없잖아?"

시에나는 카젤인의 어깨를 손바닥으로 팡팡 내리치며 씩, 웃었다. 그 웃음이 너무 싱그러웠던지라 카젤인은 굳은 얼굴을 펼 수밖에 없었다.

"시나, 그래도 조심해야 해. 내가 옆에 없을 때 이러면 안 돼."

"네가 왜 내 옆에 없어? 그런 일이 있을 리가 없잖아?"

아무렇지 않게 툭, 던진 말에 불과했으나 듣는 입장에서는 그렇게 들리지 않았다.

"……."

카젤인은 할 말을 잃고 얼굴을 붉혔다.

"네 눈은 하늘을 닮았어. 구름이 많이 낀 하늘 말이야."

시에나는 그런 카젤인을 빤히 바라보다가 또 아무렇지 않게 말했다.

"……탁하다는 소리를 굳이 돌려 말하지 않아도 돼."

카젤인은 약간 잠긴 듯한 목소리로 말했다. 그의 눈은 언뜻 보면 눈동자가 없는 것처럼 보였다. 눈의 흰자위와 눈동자 색이 거의 같아 보여 그런 것이었다. 때문에 그와 눈이 마주치는 사람은 그를 처음 보든 여러 번 보든 상관없이 일단 흠칫, 놀라곤 했다.

놀라기만 하면 다행이었다. 어린아이들은 그만 보면 울음을 터뜨렸다.

'엄마, 이 형, 눈이 없어!'

'눈의 땅에서 온 사람인가 봐, 눈이 하얀색이야. 무서워!'

카젤인은 상냥한 성격은 아닌지라, 자신을 보고 우는 아이들을 상냥히 달래거나 하진 않았다. 그저 팔짱을 끼고 지켜보기만 했다.

'그래, 언제까지 우나 두고 보자.'

내색하진 않지만, 그에게도 그런 상황이 마음의 상처가 되었다. 굳어버린 카젤인과 울어 젖히는 아이들. 그렇게 카젤인의 주변이 울음바다가 되면, 시에나가 귀신같이 알고 달려왔다.

그녀는 능숙하게 아이들을 얼러 달래 주었다. 신기하게도 아이들은 시에나의 품에 안기면 눈물을 뚝 그쳤다. 시에나는 아이들을 달랜 후엔 꼭 카젤인도 위로해 주었다.

"이렇게 예쁜 눈동자를 보고 왜들 우는 걸까. 아이들이 뭘 몰라서 그래."

"괜한 위로 하지 마. 아닌 거 알고 있으니까."

"위로 아닌데. 정말 그렇게 생각하는데?"

시에나는 카젤인의 눈을 똑바로 바라보며 그렇게 말해 주곤 했다. 지금도 마찬가지였다. 시에나는 카젤인과 눈을 마주치는 걸 두려워하지 않았다. 먼저 눈을 피하는 건 언제나 카젤인이었다.

"네 눈은 정말 예뻐. 하나도 탁하지 않아. 맑기만 하다고."

시에나의 목소리에 귓불까지 화끈해졌다. 카젤인은 빨개진 얼굴을 숨기기 위해 고개를 푹 숙였다. 그러는 새 시에나는 카젤인의 품에서 폴짝 뛰어내렸다.

한참 뒤, 카젤인은 겨우 마음을 가라앉히고 고개를 들었다. 당연히 시에나가 있을 거라고 생각하며 말했다.

"네가 그, 굳이 그렇게 생각한다면 어쩔 수 없이 내가 언제나 네 곁에 있을 거…… 시나?"

하지만 그녀는 눈앞에 없었다.

"시나?"

카젤인은 급히 주변을 두리번거리며 그녀를 찾았다.

"카인, 나 먼저 간다!"

저 멀리서 그녀의 목소리가 들렸다. 어느새 나무를 타고 올라가 폴짝폴짝, 뛰어가고 있었다. 사람이 아니라 날아다니는 토끼 같았다. 어느새 멀어진 시에나의 뒷모습을 바라보며 카젤인은 허탈하게 웃었다.

"시나, 나의 반려."

카젤인의 목소리에선 숨길 수 없는 애정이 듬뿍 묻어났다. 시에나는 그의 반려였다.

깨달음은 불현듯 찾아왔다. 이른 아침이었다. 시에나가 머리를 감고 젖은 머리를 말리지도 않은 채 그를 찾아왔다. 카젤인은 언제나처럼 약간은 귀찮은 마음, 약간은 철부지 여동생을 돌보는 마음으로 소꿉친구의 머리를 말려 주었다.

"고마워, 카인."

언제나처럼 평범한 인사말이었다. 늘 보던 웃는 얼굴이었다. 그런데 그 모습이 심장에 푹 박혔다. 카젤인은 넋을 놓고 시에나를 바라보다 깨달았다. 그녀가 자신의 반려라는 것을.

이후 꽤 오랜 시간이 지났다. 숲의 장로마저 카젤인이 시에나를 자신의 반려로 생각하고 있다는 것을 알았다. 숲에 그의 짝사랑이 유명해졌다.

숲의 일족은 대부분, 카젤인과 시에나가 서로의 반려라고 생각했다. 정작 시에나만 깨닫지 못하고 있었다. 그녀는 이런 쪽으로는 영 무뎠다.

때문에 카젤인은 먼저 자각한 마음을 숨기고 그녀의 곁을 지켰다. 내색하지 않으려 애썼다. 쉽지는 않았지만, 그녀가 부담스러워할까 봐 무서워서 필사적으로 노력했다.

시에나 스스로, 자신이 그녀의 반려라는 걸 깨닫기를 기다렸다. 기다림은 길었지만 참을 수 있었다. 앞으로도 얼마든지 기다릴 수 있었다. 그녀가 이렇게, 계속 자신의 곁에 있어 준다면.

카젤인은 시에나가 말했던 두 이름을 조용히 되뇌어 보았다.

"카나. 그리고 아론."

시에나가 자신이 낳은 아이에게 붙여 주고 싶다던 두 이름. 카젤인은 그 이름을 가진 아이의 아버지가 자신이 되리라 믿어 의심치 않았다.

어느 날 밤, 장로의 후계자는 감히 북쪽 경계를 넘어 눈의 땅으로 가고자 했다. 그날, 보초를 서고 있던 카젤인이 그녀를 발견했다.

"보내 줘."

그녀가 부탁했다.

"가지 마."

카젤인은 그녀를 막아섰다. 달빛에 빠진 그녀는 카젤인이 아는 밝고 명랑한 시에나가 아니었다. 사랑에 빠져 그 어느 때보다 아름답고, 처연해 보였다.

"가게 해 줘."

"그럴 수 없어."

"가야 돼."

"안 된다는 걸 알잖아."

"카인."

"넌 내 반려야."

카젤인은 끝내 마음속에만 담아 두었던 말을 피를 토하는 심정으로 토해 내야 했다. 이런 상황에서 말하게 되리라고는 생각하지 못했다.

언젠가 그녀가 자신에 대한 사랑을 깨닫게 되는 날 수줍게 고백하게 될 거라고 생각했건만. 설마, 자신 말고 다른 누군가를 사랑하게 된 그녀를 붙잡기 위해 말하게 될 줄이야.

"시나, 내가 너의 반려야."

"알아."

"안다고?"

"그래."

"그런데도 가야 된다고?"

카젤인의 눈에서 눈물이 흘러내렸다. 그녀가 여러 번, 맑고 예쁜 눈이라고 칭찬해 주었던 눈이 눈물로 흐려졌다. 시에나는 그의 눈물을 닦아 주는 대신 그의 두 손을 잡고 말했다.

"돌아올게. 내가 돌아올 때까지 나 대신 숲을 지켜 줘."

"돌아올 거라고?"

"……응."

시에나는 거짓말이 서툰 사람이었다. 거짓말을 할 때면 꼭 숨을 한번 들이쉬고 머뭇거렸다. 지금처럼. 카젤인은 그녀가 거짓말을 한다는 걸 알면서도, 그녀가 붙잡아 준 손의 온기를 뿌리칠 수 없었다.

"카인, 모든 걸 정리하려고 가는 거야. 난 돌아올 거야. 네게로 돌아와서, 내가 맡은 숲을 지키고 영원히 네 곁에 있을 거야. 약속할게. 그러니까 날 보내 줘."

그녀의 손등 위로 카젤인의 눈물이 떨어졌다. 이토록 간절한 반려의 부탁을 거절할 수 있는 숲의 일족이 어디 있을까. 결국 카젤인은 시에나를 보내 주었다.

다시 돌아오겠다고 그랬으면서, 시에나는 한번 뒤돌아보지도 않고 눈의 땅으로 훌쩍 떠났다. 그리고 오랫동안 돌아오지 않았다.

그렇게 숲에서 장로의 후계자가 사라졌다. 그녀의 행방을 아는 유일한 사람이 입을 다물었으니, 숲의 일족은 당연히 눈의 땅을 의심했다.

이번 장로 후계자는 역대 그 어떤 장로보다 능력이 뛰어났다. 최초의 숲을 일궈 낸 시조의 화신이라 불릴 정도였다. 숲의 장로는 그토록 뛰어난 후계자를 잃을지 모른다는 두려움에 사로잡혔다.

숲의 일족은 장로의 두려움에 쉬이 물들었다. 그리하여 숲의 일족은 고요한 눈의 땅으로 쳐들어갔다. 근 수백 년 동안 일어나지 않았던 일이었다.

다시 넷이 모이기 전까지는 남쪽을 지켜야 한다는 약속이 전설처럼 전해져 내려왔다. 때문에 숲의 일족은 눈의 땅에 먼저 싸움을 걸지 않았다. 언제나 눈이 땅의 침략을 막을 뿐이었다.

눈의 땅으로 쳐들어가는 건 생각조차 못 했건만. 숲의 일족은 그녀를 찾기 위해 금기를 어겼다. 카젤인은 끝까지 침묵했다. 그 대가는 참혹했다.

한동안 고요했던 눈의 땅은 기다렸다는 듯 미쳐 날뛰었다. 쳐들어갔던 숲의 일족은 전멸했다. 선두에 섰던 장로는 시체조차 찾을 수 없었다. 카젤인의 삼촌 또한 돌아오지 못했다.

그 대신에 숲에 남아 숲을 지키고 있던 카젤인의 눈앞에 장로 후계자가 나타났다. 시에나, 그녀는 피투성이 상태였다.

그녀는 최초의 샘으로 갈 수 있는 외로운 오솔길을 걷고자 했다. 품에는 천에 감싸인 갓난아이를 안고 있었다. 카젤인은 한눈에 그 아이가 죽어 가고 있음을 알아차렸다.

아이에게서는 낯선 향과 익숙한 내음이 함께 느껴졌다. 눈의 땅의 차가운 기운이 아이가 품은 숲의 심장을 움켜쥐고 있었다.

"보내 줘."

아이의 엄마가 된 시에나가 다시 카젤인에게 부탁했다. 그 아이의 아버지가 아닌 카젤인은 활시위를 당겨 그녀를 겨누며 말했다.

"나한테 장로 후계자직을 넘겼으니, 넌 더 이상 이곳에 들어갈 자격이 없어."

"난 가야 돼."

시에나가 절뚝이며 카젤인에게 다가왔다. 활시위가 끊어질 듯 팽팽해졌다. 날카로운 화살촉은 시에나의 심장을 향했다가 아래로 내려갔다.

자신의 반려가 다른 사내와의 사이에서 낳은 아이였다. 증오할 수 있으면 좋으련만. 카젤인은 차마 그 아이를 미워할 수도 없었다. 화살촉을 쥔 손이 슬픔으로 떨렸다.

"시나, 멈춰."

"……."

"시나."

"……."

"시나, 제발."

그의 간절한 부탁에도 불구하고 시에나는 그를 향해 걸었다. 카젤인은 가까워지는 그녀를 견디지 못하고 활시위를 놓았다. 화살은 시에나의 뺨을 스치고 지나갔다. 그러나 날카로운 화살촉은 시에나의 뺨에 작은 생채기조차 내지 못했다.

반려를 상처 입힐 수 있을 리 없다. 반려가 낳은 딸을 미워할 수도, 죽일 수도 없었다. 설령 그 아이가 자신의 딸이 아니더라도.

'너는 나를 이렇게 상처 입히는데, 나는 왜 너를 미워할 수도 없는 걸까.'

카젤인은 활을 놓고 두 손으로 얼굴을 감쌌다.

"미안, 카인."

시에나의 목소리가 들렸다. 그 자그만 목소리가 천둥처럼 크게 울렸다.

시에나는 돌처럼 굳은 카젤인의 곁을 스치듯 지나가려 했다. 그녀의 눈은 이미 길의 끝에 가 있었다. 카젤인을 봐 주지도 않았다.

카젤인은 자신을 지나치는 그녀의 팔을 붙잡았다. 그제야 그녀가 멈춰 섰다.

"죽지 마."

"카인."

"날 사랑하지 않아도 괜찮아. 그러니까 죽지만 말아 줘."

"……죽지 않으려고 가는 거야."

"거짓말."

"미안. 미안해, 카인."

시에나가 팔을 뿌리치며 말했다.

"숲을, 내 대신 숲을 부탁해."

마지막까지 시에나는 그에게 잔인했다. 카젤인의 손은 맥없이 그녀를 놓아주었다.

다시 붙잡을 수도 있었다. 바닥에 떨어진 활을 주워 그녀의 등을 겨누고 가지 말라고 협박할 수도 있었다. 달려가 그녀의 어깨를 붙들고 가지 못하게 막을 수도 있었다.

그녀가 카젤인의 반려만 아니었다면.

카젤인은 그녀가 길 저편으로 사라질 때까지, 그리고 그 이후로도 오랫동안 움직이지 않았다.

시간은 덧없이 지나갔다. 노을이 뉘엿뉘엿 질 때 즈음. 카젤인은 굳은 다리를 억지로 움직이며 시에나가 걸어갔던 길을 뒤늦게 좇았다.

길의 끝에는 최초의 샘이 있었다. 숲의 일족 삼분의 일이 눈의 땅에서 전멸당했다. 숲은 장로와 장로 후계자뿐만 아니라 사랑하는 반려와 가족도 잃고 슬픔에 빠졌건만. 최초의 샘은 고요하고 평화롭기 그지없었다.

샘의 중앙에 피어오른 커다란 꽃. 시에나의 아이가 꽃잎에 감싸여 잠들어 있었다. 뺨이 붉었다. 아이는 살아 있었다.

아이의 생명을 갉아먹던 눈의 기운은 더 이상 느껴지지 않았다. 더불어 아이에게서 느껴지던 숲의 심장 소리 또한 들리지 않았다. 아이를 감싼 포대에는 녹색 돌이 박힌 브로치가 달려 있었다.

시에나는 샘가에 쓰러져 있었다. 옆으로 누워 샘에 손을 담근 모습이었다. 얼굴엔 핏기가 하나도 없었다. 잠든 듯 눈을 감은 얼굴엔 엷은 미소가 드리워져 있었다.

카젤인은 그녀의 뺨에 묻은 핏자국을 닦아 주고자 손을 내밀었다. 그녀의 창백한 뺨에 그의 손이 닿자마자. 파사삭- 그녀는 부서져 내렸다. 재조차 남지 않은 채 흔적 없이 사라져 버렸다.

그녀는 그렇게 그의 눈앞에서 사라졌다.

카젤인은 울음소리를 내지도 못하고 오열했다. 반려는 축복이 아니라 저주였다. 적어도 그에게 반려는 그러한 존재였다. 구름이 잔뜩 낀 것 같은 눈동자는 하얀 잔디 위로 흠뻑 비를 내렸다. 그의 눈물이 잔디에 묻은 그녀의 핏자국을 씻었다.

카젤인은 아이를 안아 들고 도시로 내려갔다. 새벽의 도시는 적막했다. 굳이 몸을 숨길 필요도 없었다.

카젤인은 정기적으로 거래를 하던 약초 가게의 창고로 갔다. 숲의 약초를 가득 실은 짐마차가 한 대 서 있었다. 수도로 올려 보낼 것이었다.

창고에 딸린 마구간에서 두런두런 사람의 말소리가 들렸다. 이른 아침, 성문이 열리자마자 제국의 수도로 올라갈 거라는 이야기가 들렸다. 카젤인은 짐마차에 실린 약초 바구니에 아이를 내려놓았다.

아이는 눈도 뜨지 못하고 버둥대는 핏덩이였다. 그 갓난아이는 제게 무슨 일이 일어났고, 또 무슨 일이 일어날지도 모른 채 그저 곤히 잠들어 있었다.

카젤인은 허공에 작은 마법진을 그렸다.

"영혼에 각인된 이름을 새기노니 다른 이름으로 이 존재를 칭하지 말지라. 명하건대 '카루나'라."

마법진의 빛이 아이에게로 스며들었다. 인식 마법이었다. 누구든 처음이 아이를 발견하는 사람은 이 아이의 이름이 무엇인지 알게 되리라.

카젤인은 시에나가 귀에 못이 박히도록 말해 주었던 이름을 그녀의 아이에게 내려 주었다.

"진명은 네가 숲으로 돌아오는 날 알려 주마."

카젤인은 시에나의 아이, 카루나에게 말했다. 이렇게 떠나보낸다 해도 아이는 언젠가 반드시 숲으로 돌아올 것이다. 카젤인은 믿어 의심치 않았다.

숲은 항상 눈의 땅과 맞닿아 있었다. 오랜 세월 동안 눈의 땅에 홀려 사라진 숲의 일족이 시에나 한 명뿐이었을까. 결코 아니었으리라. 그런데도 장로와 숲의 일족은 유독, 시에나의 실종에 예민하게 반응했다. 시에나를 되찾기 위해 눈의 땅에 쳐들어가기까지 했다.

숲을 만든 시조의 현신이라 불릴 정도로 강한 능력을 타고났으며, 숲의 일족의 사랑을 한 몸에 받는 존재. 그녀에게서는 언제나 숲의 내음이 났다. 그녀가 지나가면 풀들은 고개를 숙여 길을 만들어 내고, 꽃망울이 톡- 터져 향기를 뿜냈다.

그녀의 능력을 그녀의 아이가 이었다. 아니, 아이에게 이르러 능력이 더욱 강력해졌다. 시에나는 그저 이 아이의 탄생을 위해 존재했던 거라고 말하듯이.

카젤인은 시에나의 품에 안겨 죽어 가던 아이에게서 느꼈던 숲의 심장 박동을 떠올렸다.

'아마도 숲의 일족 중에 네 말을 거부할 수 있는 사람은 아무도 없을 것이다. 나 말고는.'

카젤인은 아이를 지키고 있는 녹색 브로치를 내려다보았다. 이 녹색 돌이 아이의 심장에서 흘러나오는 숲의 기운을 잠재우고 있었다. 카젤인은 언제부터인가 시에나가 이 브로치를 달고 다니기 시작했던 걸 기억하고 있었다. 시에나가 죽기 전 아이에게 준 것이 분명했다.

아마도 이 브로치는 눈의 땅에서 온 것이리라. 시에나가 자신의 반려 대신 사랑한 사내가 준 것일 터였다. 카젤인의 애정은 어디까지나 시에나와 시에나의 아이에게까지만 닿았다. 그에게서 시에나를 빼앗아 간 정체 모를 사내 따위에게까지 닿을 자비는 없었다.

카젤인은 브로치를 부숴 버릴 듯 차갑게 노려보았다. 어느새 손끝에 날카로운 바람이 감돌았다. 간단한 주문을 외우기만 하면, 바람 칼이 단번에 브로치를 깨트려 버리리라.

"……."

하지만 카젤인은 그러지 않았다.

"눈의 땅에서 온 물건이 눈의 땅으로부터 너를 숨겨 주겠구나."

이 브로치는 카루나를 지킬 수 있는 물건이었다. 시에나의 딸, 카루나를. 눈의 땅의 존재는 분명 카루나를 노릴 것이다. 그러니 아이는 눈의 땅과 멀어져야 했다. 눈의 땅과 가까운 숲은 아이에게 위험했다. 시에나의 아이가 무사히 자랄 수 있으려면, 일단은 숲에서 먼 곳으로 보내야 했다.

눈의 땅으로부터, 또 숲으로부터 숨기 위해서는 이 브로치가 필요했다. 카젤인은 누군가를 향한 분노를 잠재우고 아이에게 속삭였다.

"언젠가 네가 네 운명으로 인해 숲으로 돌아오겠지. 그럼 내가 네게 진명을 말해 주고, 네 어머니가 내게 맡겼던 숲의 운명을 너에게로 넘겨 주마."

시에나의 생명이 아이에게로 넘어갔다. 그러니 시에나의 약속 또한 아이에게로 이어졌다. 아이는 시에나가 카젤인에게 약속했던 것을 지켜야만 했다.

숲의 심장을 가졌으니 반드시, 숲으로 돌아오리라.

언젠가 아이가 성인이 되어 숲으로 돌아와 자신의 능력을 깨닫는 날. 장로는 그날을 기약했다.

"네게도 내게도 긴 세월이겠구나."

그는 한 발자국, 뒤로 물러섰다. 어둠 속에 숨어 짐마차를 지켜보았다.

이윽고 해가 뜨자, 마구간에서 사람들이 걸어 나왔다. 긴 여정을 떠나기 전 배를 두둑이 채우고 뜨끈한 술도 한잔했는지 얼굴이 불그스름했다. 마부와 상인은 짐마차에 올라타 말채찍을 들었다.

덜그럭. 짐마차가 움직이기 시작했다. 카젤인은 그 모습을 숨죽여 지켜보았다. 모습조차 보이지 않을 정도로 멀리 떠나간 뒤에야 카젤인은 숲으로 돌아왔다.

숲은 혼란, 그 자체였다. 숲의 일족은 사랑하는 이들을 잃고 슬픔과 두려움에 잠겨 어찌할 바 몰랐다. 그들의 앞에 카젤인이 나섰다.

"제가 시에나로부터 숲의 축복을 넘겨받았습니다."

숲의 일족은 기꺼이 그의 말을 믿었다. 카젤인이 시에나와 각별한 사이였던 걸 알고 있었기에 조금도 의심하지 않았다. 아니, 의심할 여유 따윈 없었다.

카젤인은 장로가 되어 그들을 이끌었다. 그렇게 스무 해가 지났다. 카젤인에게는 너무도 긴 하루하루였다. 유일한 위안은 언젠가 돌아온다고 했던 시에나의 약속. 그 약속을 이어받은 카루나의 존재뿐이었다.

그리고 비로소, 그녀가 돌아왔다.

장로는 카루나의 생긋 웃던 얼굴과 반짝이던 녹색 눈을 떠올렸다. 시에나와 꼭 닮은 녹색 눈이었다. 그녀가 자신의 운명에 따라 숲으로 왔다.

"드디어 끝났어."

카젤인은 허공을 바라보며 말했다. 탁자에는 나무를 깎아 만든 잔과 둘둘 말린 두루마리가 놓여 있었다. 잔에 그득 담긴 포도주가 찰랑였다.

장로는 옷소매에서 조그만 약병을 꺼내 잔에 쏟았다. 카루나를 짐마차에 실어 떠나보낸 후부터 내내 가지고 다니던 것이었다. 독배는 20년간의 기다림만큼 달았다. 장로는 마지막 한 방울까지 달게 마셨다.

잠시 뒤, 손이 잔을 놓쳤다. 장로는 의자에 등을 기대고 축 늘어져 목을 뒤로 젖혔다. 한 손으로 눈을 가렸다. 그래도 숨길 수 없는 눈물이 눈꼬리를 타고 흘러내렸다.

"……드디어 너의 곁으로 갈 수 있게 됐구나."

주르륵, 입가에서 피가 흘러내렸다.

"네가 없는 세상에서 사는 건 너무도 고단한 일이었는데. 이제야 드디어."

눈이 가물가물해지며 어둠이 몰려들었다. 장로는 눈을 감으며, 마음속 깊이 숨겨 두었던 그녀의 모습을 떠올렸다.

"카인!"

시에나가 카젤인을 불렀다. 그녀는 키다리 나무 꼭대기까지 올라가 얇은 나무줄기에 아슬아슬하게 걸터앉아 있었다. 그녀가 아래에 서 있는 카젤인을 내려다보며 손을 흔들었다.

카젤인은 손에 들고 있던 활과 화살을 내려놓고 그녀에게 두 손을 뻗었다. 시에나는 나무에서 뛰어내려 카젤인의 품에 안겼다.

"시나, 사랑하는 내 반려."

카젤인은 그녀를 품에 꽉 끌어안고, 그녀에게 속삭였다.

시에나가 꺄르륵 웃으며 두 팔로 카젤인의 목을 끌어안았다.

평생 동안 꿈꿔 왔던 그 순간은 금세 어둠에 먹혔다. 슬프게도, 그의 반려는 죽는 순간까지 그를 마중 와 주지 않았다. 장로는 홀로 마지막 숨을 내쉬었다.

* * *

차갑게 식은 시신은 다음 날 아침에 발견되었다.

전날부터 숲의 일족은 장례식을 준비하느라 바빴다. 이른 아침부터 부산스럽게 준비하면서도, 일주일 만에 겨우 눈을 뜬 장로를 귀찮게 하지 않으려 그의 근처에는 얼씬도 하지 않았다.

하지만 장례식 준비가 다 끝났는데도 장로가 나타나지 않자 그를 찾아갔다. 그들은 차갑게 식은 장로의 시신과 독으로 까맣게 썩은 나무 잔, 유언이 담긴 두루마리를 발견했다.

두루마리에 쓰인 건 딱 두 문장이었다.

숲의 축복을 카루나에게.
숲의 운명이 함께하기를.

* * *

숲을 나설 때, 카루나는 어깨에 두르고 있는 망토 위로 무언가 떨어지는 느낌을 받았다. 툭, 투욱, 툭. 누가 자신의 어깨를 건드리는 건가 싶어 주변을 둘러보았으나 보이는 건 사람의 손이 아니었다. 나뭇가지나 덩굴이었다.

그게 시작이었다. 카루나가 숲 밖으로 걸어가는 동안 숲은 그녀를 붙잡으려고 했다. 여린 들꽃의 줄기가 자꾸 발에 걸리고 넝쿨이 그녀의 앞을 가로막았다. 나뭇가지가 머리나 어깨에 떨어졌다.

의아해하며 그것에 손을 대려 하면, 곁에 선 라크안이 먼저 쳐내 버렸다. 카루나가 손을 거두지 않은 채로 라크안을 올려다보면, 라크안은 애써 다른 곳을 바라보며 카루나의 시선을 피했다.

숲을 나서자마자 철십자 기사들은 어디선가 마차를 두 대 구해왔다. 카루나가 탈 마차와 시체들을 실을 짐마차였다. 칠이 다 벗겨진 낡은 것이었으나 없는 것보다는 나았다.

카루나는 세나와 함께 마차에 탔다. 라크안과 철십자 기사들은 말을 타고 마차를 에워쌌다. 죽은 기사 세 명의 시체를 실은 짐마차가 뒤를 따랐다.

돌아가는 길은 더뎠다. 카루나는 긴 마차 여행 중에 계속 잠들었다. 밤에 곤히 자는 거야 당연한 것이지만 낮에도 마차에 앉은 채로 꾸벅꾸벅 졸았다.

"많이 졸리십니까?"

"응…… 네……. 자꾸, 자꾸 졸리네요……."

카루나는 거의 눈을 뜨지 못하고, 세나의 말에도 겨우 대답했다. 보다 못한 세나가 카루나를 제 다리를 베고 눕도록 하면, 카루나는 몸을 웅크리고 금세 잠들었다.

꿈속에서 카루나는 숲을 만났다. 리센이 잠들어 있을 그곳에서 꽃을 틔우고, 나뭇잎이 바람결에 흔들리며 만들어 내는 노래를 들었다.

그렇게 카루나가 잠들면, 마차의 주변에서 식물이 자랐다. 메마른 길에서 싹이 돋았다. 길가의 갈대가 길어지고, 말라비틀어진 나무 덩굴이 생기를 되찾아 마차를 붙들었다. 그때마다 라크안은 나지막한 목소리로 명령을 내렸다.

"잘라 내고 태워. 하나도 남김없이."

철십자 기사들은 주저 없이 검을 들고 넝쿨을 잘라 냈다. 뒤따르는 기사는 횃불로 식물을 모조리 태워 버렸다. 밤에도 마찬가지였다. 마차 주변에 푹신한 덤불이 자라나고 향기로운 들꽃이 피어났다. 카루나가 깨어나기 전에 그것들을 긁어 내 태워 버리는 건 세나의 몫이었다.

먼 하늘에서 동이 터 오는 새벽. 세나는 잠든 카루나를 모포째로 들어 마차에 뉘이고, 카루나가 누워 있던 곳에 불을 붙였다.

"언제까지 이렇게 카루나 아가씨 모르게 처리할 수는 없을 겁니다."

"그래도 할 수 있는 한 해야겠지."

라크안은 마차의 바퀴 밑에서 넝쿨이 자라기 시작하자 단검으로 넝쿨을 끊어 냈다. 세나는 그 모습을 지켜보다 한숨을 푹 내쉬고 곁으로 가 함께 넝쿨을 잡아 뽑았다.

"저도 그렇고 다들 혼혈이라 잘은 모르지만…… 이건 네 명의 시조 중 한 명이셨던 분의 능력 아닙니까? 식물을 자라게 하는 능력 말입니다. 전해져 내려오는 노래로나 들었던 능력인데……."

"하고 싶은 말이 뭔가."

"괜찮은 겁니까, 카루나 아가씨를 수도로 모시고 가도?"

"숲에 놔두고 왔어야 했다고 말하고 싶은 건가?"

라크안의 목소리가 순간적으로 날카로워졌다. 퍽— 단검이 땅에 박혔다.

"아, 아닙니다. 그런 게 아닙니다."

세나가 서둘러 손을 내저었다. 카루나에게 어울리는 건 수도의 화려한 사교계였다. 툭하면 눈의 땅이 습격하는 위험한 숲이 아니었다.

"잠깐 나타나는 부작용이라고 그러시지 않았습니까. 금방 사라질 능력일 텐데, 왜 그거 때문에 아가씨가 숲에 머물러야 한단 말입니까."

말하면서도 세나는 슬며시 라크안의 안색을 살폈다.

'왜 이렇게 예민하게 반응하시는 거지?'

뭔가 수상한 느낌이 들었다. 그리고 항상, 이런 예감은 빗나가지 않았다.

"내 생각도 그러네."

라크안은 세나의 시선을 느끼며 애써 숨을 가다듬었다. 세나와 철십자 기사들은 샘 때문에 카루나에게 기이한 능력이 일시적으로 생겨난 거라고 알고 있었다. 숲의 축복에 대해 잘 모르는 카루나 또한 그렇게 믿고 있었다.

진실을 알고 있는 건 라크안뿐이었다. 그렇기에 홀로 초조해져서는 카루나를 데리고 급히 숲을 빠져나왔던 것이었다.

'멀쩡한 숲의 장로를 두고 왜 카루나가 새로운 숲의 장로가 되어야 한단 말인가. 그건 안 돼. 내가 그렇게 놔두지 않겠어.'

라크안은 자신이 베어 낸 덩굴을 내려다보았다. 덩굴은 라크안의 발치에서 꿈틀거리며 계속 자라나고 있었다. 뾰족한 줄기의 끝이 자꾸 마차를 향했다. 라크안은 덩굴을 잘근잘근 밟아 짓이겼다.

"이 능력을 제어하지 못한 채로 수도에 돌아간다면…… 곤란하실 겁니다."

"그렇겠지."

라크안은 황궁에서 늑대로 변해 난동을 부렸다. 다른 곳도 아닌 백합궁의 정원에서 피를 뿌렸다. 카루나를 구하기 위해 급히 숲으로 오느라 아무런 뒤처리를 하지 못했으니, 그 혼란은 계속되고 있을 터였다.

'그런 곳에 이런 상태의 아가씨를 모시고 가도 되는 걸까?'

세나는 그 점을 걱정했다.

"일단 지방 영지로 내려가시는 건 어떻겠습니까? 잠시만. 카루나 아가씨가 샘 때문에 가지게 된 능력이 사라지게 될 때까지만이라도 말입니다."

"아니, 수도로 간다."

라크안은 고개를 저었다. 카루나가 언뜻 잠에서 깨어난 건지, 마차의 바퀴를 감아 돌던 넝쿨의 자라는 속도가 느려지기 시작했다. 라크안은 몸을 일으켜 마차 안을 바라보았다.

창문 너머로 부스스 몸을 일으키는 카루나가 보였다. 녹색 눈엔 졸음이 그득했다. 그 모습을 보는 것만으로 밤새 머릿속에 가득 찼던 걱정과 고민이 단번에 날아가는 것 같았다.

카루나를 곁에서 떨어뜨릴 수가 없었다.

지금 수도는 세나의 걱정처럼 난장판일 것이다. 라크안은 바이켈드 공작으로서 그 상황을 수습해야 했다. 카루나를 지방 영지로 내려 보낸다면, 헤어져야 한다. 라크안은 그 이별을 견딜 자신이 없었다.

'이제야 겨우 되찾았는데, 곁에 있을 수 있게 됐는데.'

이기적인 욕심이라는 생각이 들었지만. 라크안은 애써 좋은 쪽으로 생각하고자 애썼다.

'마탑에 비밀리에 의뢰를 해서 어떻게든 능력을 봉인할 방법을 찾겠어. 정 안 되면, 수도의 상황이 수습되는 대로 함께 영지로 내려가면 될 테고.'

문득, 누군가의 목소리가 귓가에 울렸다.

'카루나 아가씨는 내 반려야.'

이제 다시는 만날 수 없게 된 친구의 목소리였다가.

'그 아이는 네 반려가 아니다.'

숲의 일족을 다스리는 권위 있는 목소리로 변했다가.

'반려 없이 태어나 다른 늑대의 반려를 빼앗으려 하는구나.'

눈의 땅에서 온 존재의 검은 목소리가 되어 라크안의 심장을 좀먹어 들어갔다.

"젠장."

"괜찮으시겠습니까?"

붉은 눈은 끝내 졸음을 견디지 못하고 다시 꾸벅꾸벅 졸기 시작하는 카루나에게서 떨어지지 못했다. 슬그머니, 땅바닥에서 다시 넝쿨이 자라기 시작했다. 라크안은 그 넝쿨을 짓밟아 뭉개 버리며 말했다.

"괜찮게 만들어야지."

억눌린 목소리가 이른 새벽의 시작을 열었다.

* * *

라크안은 수도 인근에 도착할 때까지 노숙을 고집했다. 카루나의 능력 때문이었다. 여관 건물 하나를 빌려 카루나를 재웠다가 다음 날 아침에 눈 뜨면, 식물로 덮여 있는 여관 건물을 마주하게 될 터였다. 여관 건물을 홀라당 태우기는 힘든 일이었다.

철십자 기사들이야 크게 불편하지 않았다. 기사의 칭호를 달고는 있으나 다들, 반려를 찾아 세상을 떠돌던 숲의 일족 출신이었다. 노숙이 어색하지 않았다. 노숙을 불편하게 여길 유일한 사람인 카루나는 잠들기 바빴다.

수도에 거의 도착했을 무렵이었다. 노숙을 하는 마지막 밤. 새벽이 오기에는 이른 시간에 카루나는 잠에서 깼다. 그동안 내내 거의 정신을 못 차렸던 것이 무색하게, 눈이 반짝 뜨였다.

카루나는 조심히 몸을 일으켰다. 세나가 카루나의 옆에 모로 누워 잠들어 있었다. 검을 베고 누워 있는데 손이 검 손잡이를 잡고 있었다. 카루나가 일어나는 소리에 잠에서 깨려는 듯 움찔거렸다.

그때 카루나를 감싸고 있던 덤불의 가느다란 나뭇가지가 세나의 얼굴을 덮었다. 세나의 숨이 다시 깊어졌다.

덮고 있던 모포를 몸에 두른 채 카루나는 일어섰다. 세나는 잠에서 깨지 않았다. 주변에 둥글게 원을 그리고 잠들어 있는 다른 기사들도 마찬가지였다.

카루나는 주변을 돌아보며 밤의 찬 공기를 한껏 들이켰다 내쉬어 보았다. 몸이 가뿐했다. 정신도 맑았다. 더없이 멀쩡한 상태로 돌아서서 자신을 감싸고 있던 덤불에 손을 내밀었다.

파스스- 덤불은 한겨울을 맞이한 것처럼 시들더니 땅속으로 사라져 버렸다. 흔적조차 남지 않았다. 놀라웠다. 그리고 놀랍지 않았다.

"……."

카루나는 자신의 손바닥을 들여다보았다. 마법진이나 기이한 문양이 새겨져 있는 것도 아니었다. 그저 예전과 다를 바 없는 손이었다. 그런데 그 손이 생명을 틔우고, 다시 잠재웠다. 그게 숨을 쉬는 것처럼 자연스러웠다.

'꿈을…… 꿈을 꿨어. 그런데 무슨 꿈인지 모르겠어.'

카루나는 고개를 들어 하늘을 바라보았다. 달도 없이 까맣기만 한 하늘을 한참 동안 바라보다가 먼 하늘에서 동이 터 오고 나서야 자리로 돌아갔다.

세나는 잠결에 뒤척이며 누군가의 이름을 연달아 말했다. 죽은 세 기사의 이름이었다.

"……."

카루나는 세나의 모포를 끌어 목 위까지 덮어 주고, 어깨를 토닥토닥 두드려 주었다. 세나의 눈가에 희미하게 눈물이 맺혔다가 눈꼬리를 타고 내렸다. 카루나는 숨죽여 그 눈물을 바라보다 눈을 감았다.

그리고.

저편의 나무 아래, 한 사내가 검을 어깨에 기댄 채 앉아 있었다. 그는 카루나의 모습을 하나도 빼놓지 않고 지켜봤다. 어둠 속에서 붉은 눈이 빛났다.

* * *

수도의 성문 앞에 섰을 때.

"드디어 돌아왔다!"

"이야아아!"

철십자 기사들은 몸에 두르고 있던 망토를 바닥에 내팽개치며 괴성을 질렀다. 동료를 여럿 잃었지만 결국 목표를 달성한 여정의 끝이었다. 해방감과 그 밖의 감정들로 마음이 격해진 듯싶었다.

라크안은 눈살을 찌푸리며 그들을 지켜보았다. 철십자 기사단의 위엄을 지키라고 한마디 할까 싶다가도, 이제 와 철십자 기사단에 지킬 위엄이 있나, 싶은 생각에 그냥 입을 다물었다.

"아무튼, 상스럽다니까."

마차 안에서 그 모습을 지켜보던 세나가 툴툴거렸다.

"세나 경은 저러고 싶지 않나요?"

옆에서 함께 창문 밖을 지켜보던 카루나가 물었다.

"아니, 아가씨. 저를 뭐로 보시는 겁니까? 아가씨의 호위이자 하녀였던 저를요. 저런 상스러운 기사들과는 급이 다르지요. 제가 또 한 예절 하지 않습니까?"

세나가 훗, 웃으며 턱을 치켜들었다. 그 모습을 본 카루나가 꺄르르, 웃음을 터뜨렸다. 마차 안에서 웃음소리가 들리자 라크안이 톡톡, 마차 문을 두드렸다. 카루나가 창문을 열어 주자 라크안이 고개를 숙여 얼굴을 보였다.

"안쪽 상황은 어떤가?"

눈은 카루나를 보고 있는데, 질문은 세나를 향했다.

"문제없어요. 안보다는 밖을 챙기시죠, 공작 각하? 그 대단한 바이켈드 공작가의 철십자 기사단이 거지꼴을 해서는 저렇게 소란을 피우고 있는데 괜찮은 건가요?"

카루나가 톡- 쏘듯 말했다.

"아, 뭐……."

라크안이 적당한 대답을 찾지 못한 채 머뭇거렸다.

"바이켈드 공작저에 도착해서 몸을 씻기 전까지, 철십자 기사단이라는 걸 숨기기 위해서라도 내던진 망토를 다시 뒤집어쓰라고 하세요. 알았죠?"

카루나는 생긋 웃으며 쾅- 소리 나게 창문을 닫았다. 바로 코앞에서 창문이 닫히자 라크안이 어벙하게 눈을 껌벅였다. 카루나는 그 모습을 보며 다시 한번 웃음을 터뜨렸다. 세나는 그런 카루나를 자랑스럽다는 듯 바라보면서도 살짝 고개를 내저었다.

'괜찮으신 건가?'

수도에 도착하기 직전.

갑자기 카루나의 기이한 능력이 사라졌다. 동시에 카루나는 예전의 모습으로 돌아왔다. 리센이나 숲에서의 일을 전혀 기억하지 못하는 사람처럼. 더없이 밝고 사랑스러웠다.

라크안과 세나는 그런 카루나의 모습에 감사하면서도 아직까지 완전히 적응하지 못하고 있었다. 그들의 당황스러움을 아는지 모르는지 카루나는 세나를 돌아보며 물었다.

"세나 경, 무슨 문제 있나요?"

세나가, 그리고 라크안이 할 수 있는 대답은 단 하나였다.

"아니요. 전혀요."

거대한 성문이 활짝 열리며 그들을 반겼다. 성문을 지난 일행은 곧바로 바이켈드 공작저로 향했다.

하지만 공작저로 바로 들어갈 순 없었다. 황실 기사단이 바이켈드 공작저를 빙 둘러싸고 있었다. 라크안과 철십자 기사들은 근처 거리의 골목에 몸을 숨기고 상황을 살폈다.

카루나는 마차에서 내려, 가장 먼저 주변 거리를 지나는 사람들을 살폈다. 그들은 아무렇지 않아 보였다. 익숙한 광경을 보듯 바이켈드 공작저와 황실 기사단을 지나치고 있었다.

'그렇다는 건 이런 상황이 꽤 오래 지속되고 있었다는 건데…….'

카루나는 지그시 아랫입술을 깨물었다. 굳이 오래 고민하지 않아도, 왜 저런 꼴이 났는지 알 것 같았다.

"바이켈드 공작은 들으시오. 황명이 내려졌소이다. 공작은 당장 문을 열고 나와 황명을 받으시오. 황제 폐하께서 하명하시길, 바이켈드 공작은 당장 황궁으로 입궁하여 그날의 일에 대해 소명하라고 하시오. 계속 침묵으로 항명한다면 그 죄를 엄히 물을 것이라 하셨소이다!"

황실 기사단의 단장으로 보이는 이가 바이켈드 공작저의 문 앞에 서서 큰 소리로 외쳤다. 그러나 굳게 닫힌 철문은 열리지 않았다.

"바이켈드 공작은 들으시오. 황명이 내려졌소이다!"

목을 가다듬은 남자는 다시금 아까 했던 말을 반복했다.

"정문으로 당당히 들어갈 수는 없을 것 같네요."

카루나가 한숨을 내쉬며 라크안을 올려다보았다.

"글쎄."

"글쎄라니요? 지금 상황이 어떤 상황인지 이해 못 하시는 건 아니죠?"

카루나는 라크안의 팔소매를 붙잡고 흔들어 그의 시선을 자신에게로 돌렸다.

"공작 각하가 저 안에 있는 줄 알고 저러고 있는데, 갑자기 밖에서 나타나 공작저로 들어가겠다고 길을 비켜 달라고 하면, 저 사람들이 가만히 있겠어요? 황제 폐하는요? 황명을 무시하고 딴 짓이나 하고 돌아다녔다고 생각하시고 더욱 진노하시겠죠. 그걸 어떻게 감당하시려고요!"

적어도 지금까지 라크안이 뒤집어쓰고 있는 죄명에 황실 모독죄 정도는 충분히 더해지리라.

'난감하네. 어떻게든 저 안으로 몰래 들어가서, 내내 저 안에 있었다는 듯이 당당하게 걸어 나와야 할 텐데.'

카루나는 아랫입술을 깨물며, 한 발 앞으로 더 나섰다. 정말로 황실 기사단이 한 치의 틈 없이 공작저를 빙 둘러 서 있는지 확인하고자 목을 쭉 내밀었다.

그때, 큰 소리로 황명을 외치던 황실 기사단 단장이 물을 찾으며 뒤를 돌아보았다. 골목에 숨어 고개를 빼꼼 내민 카루나가 눈에 띌지도 모를 순간. 라크안이 카루나의 어깨를 잡아당겼다.

"꺄, 읍!"

카루나는 얼른 두 손으로 자신의 입을 막았다. 라크안은 카루나가 뒤 집어쓰고 있는 후드를 아래로 꾹 눌러 버렸다. 카루나의 얼굴이 반 이상 후드에 가려졌다.

"놀랐잖아요. 뭐하시는 거예요!"

"쉿."

라크안은 카루나의 말을 막고 밖을 살폈다. 다행히 기사단장이 카루 나를 발견하지 못한 듯했다. 라크안은 일단 한숨을 돌렸다.

'카루나가 저놈의 눈에 띄지 않아 다행이야.'

라크안에게는 그들이 숨어 있는 곳을 들키는 것보다 카루나가 그의 눈에 띄지 않은 게 더 다행스러운 일이었다.

"……공작 각하?"

라크안은 자신을 부르는 카루나를 내려다보았다. 로브를 푹 눌러써서 입과 코만 겨우 드러난 상태였다. 그런데도 예뻤다. 하얀 피부와 붉은 입술, 가는 턱선만 봐도 로브에 숨겨진 얼굴이 상당히 아름다울 거라고 충분히 유추할 수 있었다.

멀리서도 눈에 띌 정도의 미인이니, 자칫 잘못했으면 황실 기사단장의 눈에 띄었을지도 모른다. 황실 기사단장은 호색한이었다. 길가에서 허름 한 차림을 한 미인을 보았다면, 절대 그냥 보고 지나치지 않았으리라.

어떻게 되찾은 사람인데. 저딴 놈의 눈에 잠깐이라도 보이고 싶지 않았다.

"이러니까 앞이 하나도 안 보이잖아요."

라크안의 마음을 알 리 없는 카루나는 툴툴대며 로브를 다시 젖히려 했다. 라크안은 그 손을 막으며 다시 한번 후드를 꾹 눌렀다.

라크안은 클레이엔인 척하고 다닐 때의 카루나를 알았다. 제국 사교계의 꽃. 악녀라 불리며 두려움의 대상이 되기도 했지만, 그건 그림자 같은 별명이었다.

단지 악독해서는 사교계의 꽃이 될 수 없다. 그녀는 누구보다 화려하고 당당했다. 아름다웠다. 남성들은 그녀에게 매혹되어, 언제나 그녀의 주변을 맴돌곤 했다. 그녀가 언젠가 황태자비가 될 거라고 생각하면서도, 그녀에게서 눈을 떼지 못했다.

라크안조차도 종종, 무도회장에 들어서는 그녀의 모습에 넋을 잃곤 했다. 언제나 그런 자신을 부정하고, 피곤해서 정신이 나갔나 보다, 라고 스스로에게 변명했지만.

붉은 머리가 갈색 머리가 되었을 뿐. 그녀는 똑같았다. 낡은 로브와 흙먼지로도 카루나의 아름다움을 가릴 순 없었다. 그래서 자꾸 속이 탔다.

황실 기사단장 같은 사내놈들은 카루나를 보는 순간, 반해서 카루나와 가까워지려고 치근덕댈지도 모른다. 생각하는 것만으로 욕지거리가 올라왔다.

할 수만 있다면, 아무도 보지 못하게 품에 영원히 안고 있고 싶다. 할 수만 있다면, 머리카락 한 올 남기지 않고 삼켜 버리고 싶다. 자꾸만, 허기를 닮은 탐욕이 치솟았다.

그러다가도 카루나의 맑은 녹색 눈과 마주치면, 그런 탐욕을 느끼는 게 죄스러워 혀를 깨물고 죽어 버리고 싶어졌다.

"공작 각하, 뭐하는 짓이에요!"

카루나가 짜증을 내며 후드를 뒤로 젖혔다. 긴 갈색 머리와 녹색 눈, 하얀 얼굴이 다시 세상에 드러났다. 오랜 마차 여행에 지쳐 얼굴이 창백하고 해쓱했다. 흙먼지를 뒤집어써서 그리 깨끗하지도 않았다.

하지만 라크안에게는 이 세상 누구보다 아름다웠다. 피곤도 흙먼지도 감히 카루나의 미모를 가리지 못했다. 차라리 가려 주면 좋으련만.

쯧, 라크안이 마음에 안 든다는 듯 혀를 찼다.

"이 급박한 상황에 뭐 하시는 겁니까."

보다 못한 세나가 핀잔을 줬다.

"자신이 어떤 모습인지 한 번만 생각하고 움직여 줬으면 좋겠는데."

라크안은 세나의 말을 못 들은 척하며, 카루나를 자신의 등 뒤에 서도록 했다. 꼭 카루나를 감추는 듯한 모양새가 되었다. 뒤에서 세나가 픽- 하고 바람 빠지는 소리를 냈다.

'내가 뭐 어쨌다고?'

카루나는 인상을 찡그리며 자신의 모습을 살폈다. 리센이 준 로브를 두르고 있어 얼굴만 간신히 드러낸 상태였다. 그 얼굴도 라크안 때문에 후드에 덮여 코와 입만 겨우 드러난 정도였다. 카루나는 후드를 뒤로 젖혀 다시 눈을 드러내고, 이해할 수 없다는 표정으로 라크안을 쳐다봤다.

하아. 라크안은 한숨을 내쉬며 마른세수를 했다. 뭔가 좀 곤란해 보였다.

"아가씨가 예뻐서 눈에 잘 띈다고 말씀하시고 싶으신가 봅니다."

보다 못한 세나가 슬쩍 끼어들어 카루나에게 귓속말했다.

"이제 와서요? 난 항상 예뻤는데?"

카루나는 고개를 갸웃 내저었다. 클레이엔의 대역을 할 때도, 열두 살 모습으로 돌아왔을 때도, 카루나는 항상 예쁘다는 소리를 듣고 살았다. 그런데 스무 살의 몸으로 돌아왔는데 안 예쁠 리가 없지 않은가.

"열두 살과 스무 살은 다른 법이지요. 특히나 이런 침침한 골목에서 미인은 금방 눈에 띄는 법이니까요."

"내가 열두 살 때도 눈에 띄는 미인이긴 했지만 지금은 더 눈에 띈다는 거군요. 뭐, 알았어요. 그게 걱정이시라면, 내가 적극 협력해야겠네요."

카루나는 다시 후드를 뒤집어썼다. 눈과 코를 거의 다 가릴 정도로 쓰진 않았지만, 라크안은 일단 그걸로 만족하기로 했다.

"이제 집중 좀 해 주십시오. 집으로 돌아가야 하지 않겠습니까?"

세나가 슬쩍, 카루나를 라크안의 등 뒤에서 빼내 자신의 등 뒤로 숨기며 말했다. 라크안은 눈살을 찌푸리고 세나의 못된 손을 노려보았으나 그게 끝이었다. 세나 뒤에 찰싹 달라붙은 카루나를 다시 빼내 오지는 못했다.

"확실히 편히 들어가기는 그른 것 같군."

"좀 기다렸다가 밤에 들어가시지요."

세나가 손으로 지붕을 타넘어 가는 흉내를 내며 말했다. 철십자 기사들은 세나의 말에 찬성했다. 낮이야 보는 눈이 많아 힘들겠지만, 밤이면 손쉬웠다. 황실 기사단 따위는 어둠을 틈타 스며드는 라크안과 철십자 기사들을 막을 수 없으리라.

"밤이라……."

라크안은 하늘을 올려다보았다. 해가 중천에 떠 있었다. 적어도 반나절 정도는 밖에서 시간을 때우다 들어가야 한다는 뜻이었다.

"너무 늦어요."

라크안의 마음을 대변하듯 카루나가 말했다.

"아가씨?"

세나가 뒤를 돌아보았다. 카루나는 세나의 어깨 너머로 고개를 내밀며 말했다.

"안에서는 다들 공작 각하의 귀환을 간절히 기다리고 있을 텐데……."

"아가씨의 귀환도 애타게 기다리고 있을 겁니다."

"……그런가요? 뭐, 그러면. 아무튼. 공작 각하와 저를 기다리고 있을 텐데, 바로 앞까지 도착해서 시간을 낭비하는 건 안에서 기다리고 있는 사람들에 대한 예의가 아니죠."

"뭔가 방법이 있으신 겁니까?"

"네, 굳이 해가 질 때까지 시간을 낭비하지 않아도 될 방법이 있어요."

카루나가 자신들이 숨은 골목 저편을 손으로 가리켰다. 그 골목을 지나 큰 대로를 따라 쭉 가다 보면 번화가에서 밀려난 사람들이 모여 사는 저택들이 서 있다. 좀 더 지나면 백성들이 모여 사는 구역이 있고, 꽤 큰 채석장도 있다.

그 근처에는 라크안을 신처럼 생각하는 남자가 운영하는 꽤 큰 잡화점도 하나 있었다. 카루나는 그곳으로 일행을 이끌고 갔다.

"헉."

라크안교의 신자인 잡화점 주인은 라크안을 보자마자 숨을 들이켰다. 그리고 한동안 숨을 내쉬지 못했다. 감격에 목이 메다 못해 숨 쉬는 걸 잊어버린 것이다.

"정신 차려요!"

카루나는 잡화점 주인의 등짝을 매섭게 후려쳤다. 푸핫! 잡화점 주인은 겨우 숨을 내뱉고는, 시뻘게진 얼굴로 라크안을 우러러보았다.

"아, 그……."

라크안은 뭔가 말을 해야 한다는 압박감에 입을 열었으나 채 말을 잇지는 못했다. 이렇게 날것의 존경심을 이렇게 가까이서, 정면으로 받아 본 것은 처음이었다.

변경에서 수도로 올라올 때 황제가 개선식을 열어 주었고, 수도에 사는 백성들이 거리를 가득 메우고 라크안을 환영해 주었다지만. 정작 전투가 일어나는 제국 변경에서는 라크안을 죽음의 신과 동급으로 여겼다. 백성들은 감히 라크안과 눈을 마주치지 못하고 두려워하며 피해 다녔다.

그런 만큼 라크안은 수도 백성들의 그런 모습이 그다지 마음에 와닿지 않았다. 그들의 존경과 찬사가 정말 자신을 향한 것이라고 생각하지 않았다.

'황제가 환영하라고 하니 저러는 거겠지.'

참 황제의 명령을 잘 듣는 백성들이라고만 생각했을 뿐이었다. 이후로도 라크안은 백성들을 직접적으로, 가까이, 개별적으로 만나 본 적이 없었다. 때문에 자신을 향한 백성들의 존경과 애정을 크게 실감하지 못했다. 백성들이 자신을 좋아한다고, 남들이 말하니 그냥 그런 줄 알았을 뿐이었다.

그런데 눈앞에, 자신을 신으로 모신다는 라크안교의 신자가 나타났다. 라크안은 순수하게 당황했다. 당황해서 어찌할 바를 모르고 멀뚱히 서 있는 것뿐인데, 라크안교의 신자에게는 그 모습마저 신성하게 보인 듯했다.

잡화점 주인은 뜨거운 눈물을 흘리며 라크안의 앞에 무릎을 꿇었다. 그것으로도 모자라 넙죽 엎드려서는 자신의 절절한 신앙을 고백했다.

"오오, 라크안 님이시여. 이제 저는 죽어도 여한이 없습니다. 우리 제국 최고의 기사, 제가 믿고 의지하는 라크안 님을 뵙게 되다니. 이게 꿈은 아니겠지요. 등짝이 무진장 아픈 걸 보니 꿈은 아닌 거 같아 정말 다행입니다."

"음, 그런가. 그렇군."

자신이 신이었다는 걸 방금 깨달은 신은 자신의 열렬한 신자에게 무뚝뚝한 한마디를 겨우 건넸다. 신자는 그것만으로도 감동받았다.

"믿습니다! 라크안 님!"

"아……. 그래, 고맙네."

라크안의 목소리가 살짝 떨렸다. 팔자에 없는 신 노릇을 하는 게 그리 쉽지만은 않았다.

"요즘 황궁에서 라크안 님이 머무시는 저택에 황실 기사단을 보내서 라크안 님이 황실에 큰 죄를 지었다고 외치고 있다던데, 그래서 다들 라크안 님이 뭔가 죄를 지은 게 아니냐고 수군대지만, 저는 그런 말에 조금도 귀를 기울이지 않았습니다. 몽땅 다 마카레나 백작의 간악한 음모라는 걸 알고 있으니까요."

잡화점 주인은 열을 올리며 마구 떠들어 대더니, 이내 소원을 빌기 시작했다.

"저의 가게에 강림하신 라크안 님이시여. 제 가게를 좀 굽어살펴 주십시오. 요즘 들어 가게 매상이 뚝 떨어졌습니다. 이게 다 우리 가게에서 일하던 점원 하나가 절 배신하고, 건너편 거리에 새로운 상점을 열어서입니다. 무조건 제가 팔던 것보다 싸게 판다고 하더군요. 제가 부리던 직원들까지 다 빼 가서 요즘 제 형편이 말도 아닙니다. 부디 그 가게를 망하게 해 주시옵고 제 가게가 다시 번창하게 해 주시옵소서."

라크안은 그의 앞에서 어정쩡하게 선 채 카루나를 바라보았다. 수십 명의 적군을 베고도 눈 한 번 꿈쩍이지 않았다는 피의 전사, 제국의 방벽이 식은땀을 흘리고 있었다.

'이게 뭐야.'

라크안이 손으로 제 앞에 엎드린 잡화점 주인을 가리키며 입을 벙긋거렸다.

'님을 믿는 종교의 열성 신자예요.'

카루나 역시 입모양으로 대답해 주었다.

세나는 돌아서 설탕 포대를 껴안은 채 끅끅거리며 웃음을 참느라 바빴다. 한참 뒤에야, 잡화점 주인은 일어서도 된다는 라크안의 허락을 받아 기쁨의 눈물을 흘리며 몸을 일으켰다.

"저, 혹시……."

잡화점 주인은 라크안의 옆에 서 있는, 자신의 등짝을 후려갈겼던 여인을 바라보았다.

"이제야 내가 눈에 들어오나요?"

카루나가 살포시 웃으며 후드를 젖혔다. 카루나의 얼굴을 본 잡화점 주인은 화들짝 놀라며 물었다.

"오, 혹시 카루나의 언니이신 겁니까? 제 상점에서 일하던 카루나라는 아이가 있었는데, 그 아이랑 꼭 닮으셨군요."

매우 적절한 반응이었다. 카루나는 문득, 예전의 기억이 떠올랐다. 어떤 이유에서인지 잠깐 동안 원래의 모습으로 돌아갔던 자신을 본 라크안이 뭐라고 말했던가. 카루나의 엄마가 아니냐고 물었다.

'나보고 내 엄마냐고 묻다니.'

카루나는 입을 꾹 닫고 라크안을 올려다보았다.

"누구와 비교되는 참 올바른 정신 상태 아닌가요?"

"뭐? 누구와?"

"뭐, 됐어요. 기억 못 하신다면 어쩔 수 없고요."

"그게 무슨 말이지?"

라크안이 다시 물었으나 카루나는 대답해 주지 않았다. 카루나는 영문을 몰라 하는 라크안을 뒤로하고, 잡화점 주인과 거래를 했다. 자신이 믿는 신을 영접한 잡화점 주인은 거래가 시작되자 얼굴색을 싹 바꾸고 전투적으로 나섰다.

카루나는 적당한 가격을 쳐줄 것을 약속하고 잡화점의 가장 큰 짐마차를 빌렸다. 라크안은 잡화점 주인이 내미는 양피지에 사인을 해 주었다.

이 가게의 번창을 기원하며
— 라크안 프레이트 자크셀 폰 바이켈드

라크안이 생전 처음으로 자신의 신자에게 축복을 내리는 동안, 철십자 기사들은 짐마차에 물건을 가득 실었다. 어차피 며칠 뒤, 바이켈드 공작 저로 배송할 것들이었다.

가장 아래에는 빈 상자를 실었다. 카루나와 라크안, 철십자 기사들은 그 빈 상자에 몸을 구겨 넣었다. 숲에서부터 가져왔던 죽은 세 기사의 시신은 잠시 잡화점 창고에 숨겨 두었다.

잡화점 주인은 집에서 쉬고 있는 직원을 급히 불러 마차를 몰게 했다. 아무것도 모르는 직원은 태연하게 황실 기사단의 경계를 통과했다.

황실 기사단은 그동안 몇 번이나 공작저를 드나드는 걸 보았던 허름한 짐마차를 딱히 막아서지 않았다. 짐마차가 공작저의 뒷문으로 들어서니,

뒷문을 지키고 서 있던 하인들이 투덜거렸다.

"아니, 다음 주에 오기로 하지 않았나? 왜 갑자기 온 거야, 연락도 없이."

"헤헤, 저는 아무것도 모릅지요. 그저 시키는 대로 왔을 뿐이라."

잡화점 주인은 넉살 좋게 웃으며 마차를 멈추고 짐마차에 있는 물건을 내렸다. 맨 아래에 깔린 나무 상자들은 특히나 무거운지라 하인들의 도움을 받아야 했다. 직원은 짐마차가 비자 곧바로 뒷문을 나섰다. 괜히 오래 있다가 황실 기사단의 의심을 받기 싫어 서두른 것이었다.

하인들은 그를 배웅하며 뒷문을 단단히 걸어 잠갔다. 그리고 돌아서자마자.

"으악!"

"허억!"

"맙소사!"

기겁하며 엉덩방아를 찧었다. 물건이 쌓여 있던 자리에 사람들이 서 있었다. 그들은 텅 빈 나무 상자를 발로 뻥뻥 차고는, 오랜만에 보는 하인들에게 손을 흔들며 인사를 했다. 더럽고 피곤한 행색이었지만 누군지 알아보기엔 충분했다.

"공작 각하!"

"아가씨!"

카루나는 특히나 놀라는 하인의 얼굴을 자세히 들여다보았다.

'아! 그때 그 하인이네.'

예전에 카루나가 열두 살의 모습으로 처음 이곳에 왔을 때. 짐마차를 몰고 온 카루나를 보고는 다른 사람들을 불러오겠다며 기다리라 말하고는 돌아오지 않았던 하인이었다. 그 덕분에 카루나는 멀뚱히 이곳에 서 있다가 늑대로 변한 라크안을 만났더랬다.

다리를 후들후들 떨며 놀라는 모습을 보니, 기분이 후련해졌다. 카루나는 피식, 웃음을 지었다.

일행은 하인들의 안내를 받으며 저택으로 갔다. 먼저 뛰어간 하인이 소식을 알린 덕분에 하녀장과 저택의 사람들이 급히 뛰어나와 그들을 반겼다.

'긴장하지 말자, 괜찮아. 이미 각오했잖아.'

일행을 알아보는 고용인들을 보며, 카루나는 작게 숨을 내쉬었다. 이제 카루나는 그들이 알던 열두 살의 소녀가 아니었다. 그러니 그들의 태도 또한 달라지리라. 카루나는 그걸 각오했다. 그랬는데.

"카루나 아가씨!"

"어서 오세요. 얼마나 걱정했다고요!"

하녀들이 카루나를 감싸 안았다.

"어…… 어어?"

'어떻게 난 줄 아는 거지?'

카루나는 나무 상자 속에서 나름 마음의 준비를 하고 있었다.

'잡화점 주인아저씨처럼 나한테 내 언니냐고 물어보려나? 아니면 진짜 클레이엔이랑 똑같이 생겼으니까, 내 얼굴을 보고 정체가 뭐냐고 물어볼까? 그러면 나는 어떻게 대답해야 하지?'

새삼 두려운 생각도 들었다.

'나를 예전처럼 대해 주지…… 않겠지? 그런 걸 바라면 안 되겠지?'

바이켈드 공작저의 고용인들은 열두 살 카루나에게 한없이 친절하고 상냥했다. 그러나 그들이 스무 살의 카루나를 어떻게 봐 줄지는 감이 잡히지 않았다.

'미리 라안이랑 이야기를 해 놓을걸.'

라크안과 말을 맞추지 않은 것이 후회되기도 했다. 그런 마음으로 돌아왔건만.

"살아 돌아오셔서 다행이에요."

"정말 잘못되시는 줄 알고 얼마나 걱정했는지 몰라요."

"아가씨, 무슨 마법에 걸려서 어려졌던 거라면서요. 웬 마법사 한 놈이 지금 저택에 숨어 있는데, 자기가 그 마법을 만들었다고 엄청 거들먹거리 더라고요."

그간의 고민이 무색하게도, 바이켈드 공작저의 사람들은 스무 살의 카루나를 열두 살의 카루나 대하듯 대했다. 누구도 카루나에게 누구냐고 묻지 않았다. 당신이 클레이엔이었냐고 비난하지도 않았다. 카루나는 얼 떨떨한 상태가 되어, 자신을 반기는 사람들의 인사를 받았다.

'혹시 거짓으로 이러는 게 아닐까? 날 속여서…….'

클레이엔이었던 자신에게 복수를 하기 위해서 애써 증오하는 마음을 숨기고 친한 척하는 게 아닐까. 한 가닥 의심이 들었다. 그간 카루나가 살아왔던 삶은 그랬다. 누구도 진심으로 대하지 못하고, 반갑지 않아도 반가운 척해야 했다.

하지만 아무리 봐도, 저택 사람들의 눈빛은 진심이었다. 거짓된 표정이 아니었다. 그들은 진심으로 카루나가 무사한 것을 기뻐하고 있었다.

"……고마워요."

카루나는 겨우 한마디를 내뱉고는 아랫입술을 꽉 깨물었다. 평생 흘릴 눈물은 이미 다 흘려보냈다고 생각했건만. 눈가가 시큰해졌다.

"고생이 많았네."

"도련님, 어서 오십시오."

라크안은 그 누구보다 하녀장을 먼저 챙겼다. 라크안이 없는 동안 굳건하게 바이켈드 공작저를 지켰던 하녀장은 끝내 눈물을 보였다.

"리센 님은? 사고 쳐서 숲에 잡힌 거야?"

"언제 돌아올 수 있대?"

"아니, 숫자가 비는데? 딴 놈들 어디 갔어? 어? 세나 경!"

고용인들은 보이지 않는 리센과 기사들을 찾았다. 세나와 철십자 기사 들은 애써 태연한 표정을 지었다.

재회의 기쁨을 나누는 건 잠깐뿐이었다.

"바이켈드 공작은 들으시오. 황명이 내려졌소이다. 공작은 당장 문을 열고 나와 황명을 받으시오."

밖에서 황실 기사단장의 고함이 들렸다. 하녀장과 고용인들은 일제히 인상을 찌푸렸다. 내내 저 목소리에 시달린 듯했다.

"일단, 안으로 드시지요. 저들이 가끔 담을 넘어 안을 들여다보기도 한답니다."

하녀장은 방금 저택에 귀환한 일행을 저택 안으로 들였다. 카루나와 라크안은 저택에 들어서자마자 헤어져야 했다.

카루나는 하녀들의 손에 떠밀려 자신이 지냈던 방으로 들어섰다. 오랫동안 비워 두었건만, 방은 깨끗했다. 먼지 한 톨 보이지 않았다.

'정말로 돌아왔구나. 이곳으로.'

라크안과 세나는 집으로 돌아가자고 했다. 카루나는 그 말이 그리 와닿지 않았다.

언제나 카루나에게 돌아가야 할 집은 없었다. 어둡고 더러운 뒷골목도, 마카레나 백작저도 그녀의 집은 아니었다. 바이켈드 공작저 또한 그러하다고 생각했다.

그런데 아니었다. 카루나에게도 돌아올 집이 있었다. 그리고 이제 정말로, 그곳으로 돌아왔다. 방에 들어서니, 실감이 났다. 뭐라 이름 지을 수 없는 감정이 북받쳐 올라서, 카루나는 침대 기둥을 두 손으로 움켜잡고 잠시 숨을 골랐다.

"아가씨."

"카루나 아가씨."

"아가씨이."

자신을 부르는 목소리가 이렇게 반갑게 느껴질 줄이야. 카루나는 태어나서 처음 느껴 보는 감정에 어찌할 바를 모르고 뒤를 돌아보았다.

자신을 여기까지 끌고 온 하녀들이 카루나만큼이나 찡-한 표정을 지으며 서 있었다.

"모두들······."

카루나는 카루나답지 않게 말을 흐렸다.

"어서 씻으셔야죠."

"맙소사, 모습이 그게 뭐예요."

"설마 중간에 여관 한 번 안 들르시고 내내 달려오신 건 아니죠? 아무튼, 공작 각하는 여자를 모른다니까!"

하녀들은 카루나가 감회에 젖을 틈을 주지 않았다. 그들은 카루나를 붙잡아 욕실로 끌고 들어갔다. 카루나가 입고 있던 넝마를 단번에 벗겼다. 사기로 만든 욕조에 뜨거운 물을 가득 채우고, 장미수와 말린 장미꽃을 그득 뿌린 뒤 카루나를 풍덩- 담갔다.

하녀들은 마탑에서 사 온 연고로 팔과 다리를 문질러 주었다. 거칠어진 손과 몸에 났던 크고 작은 생채기들이 말끔히 사라졌다. 다만 가장 큰 상처 두 개는 사라지지 않았다. 어깨와 가슴을 가로지르는, 늑대의 발톱에 긁힌 상처. 그리고 배에 난 칼자국.

정작 카루나는 아무렇지 않건만. 하녀들은 상처에 따뜻한 물을 끼얹으며 눈물지었다.

카루나는 우는 하녀들을 달래기 위해 그들의 손에 자신의 긴 머리카락을 내맡겼다. 문득, 뜨거운 물 위에 둥둥 떠다니는 말린 장미꽃 봉오리가 눈에 들어왔다. 카루나는 두 손을 오므려 그중 하나를 감쌌다. 그리고 잠시 눈을 감았다 떴다.

뭔가 대단한 생각을 하지는 않았다. 그저, 그 꽃을 말리기 전 모습을 상상해 보았을 뿐이었다. 무언가 손바닥을 간지럽혔다. 부드럽고 살랑대는 느낌.

카루나는 손바닥에 닿는 생기를 느끼며 오므린 손을 펼쳐 보았다. 손

안에 장미꽃이 활짝 피어 있었다. 말린 꽃이 아니었다. 갓 화원에서 딴 것처럼 생생하게 살아 있는 꽃이었다. 꽃에서 싱그러운 향기가 났다.

"……."

카루나는 멍하니 자신이 되살려 낸 장미꽃을 바라보았다. 그때였다. 하녀 둘이 커다란 수건을 활짝 펼치며 카루나를 불렀다.

"아가씨, 이제 나오셔요."

"아, 응."

카루나는 손 안에 든 꽃을 욕조 물 깊숙이 눌러 버린 후 욕조를 나왔다. 큰 수건을 몸에 두르고 몸의 물기를 닦는데, 뒤에서 욕조를 정리하던 하녀들이 소리를 질렀다.

"어머나?"

"이게 웬일이람?"

카루나는 눈을 깜박였다.

'아까 그 꽃 때문에 그러는 거겠지?'

어찌어찌 넘어가길 바랐건만, 하녀들의 눈에 띈 듯했다.

'하긴, 생화가 둥둥 떠 있는데 못 알아채는 게 이상한 거지.'

카루나는 터져 나오는 한숨을 삼키며 뒤를 돌아보았다. 그리고 제 눈앞에 펼쳐진 광경을 보고 눈을 크게 떴다.

욕조에 가득 장미꽃이 피어 있었다. 한 송이가 아니었다. 잘 말린 한 움큼의 장미꽃이 모두 활짝 피어난 것이다. 욕실은 단번에 싱그러운 장미향으로 가득 찼다.

"이런."

카루나는 쓰게 웃음 지었다. 그러고는 당황하는 하녀들을 둘러보며 손가락으로 입을 가렸다. 쉿.

"공작 각하와 하녀장…… 아무튼, 밖의 사람들에게는 모두 비밀로 해 줘."

"네, 아가씨."

"……그럴게요."

"네에. 네. 그러고말고요."

하녀들이 멍하니 카루나를 바라보며 고개를 끄덕였다. 술에 취한 사람들 같았다.

'아, 이 사람들도 숲의 일족이었지.'

혼혈이지만, 어쨌든 하녀들 또한 숲의 일족이었다. 그들은 숲에서 봤던 숲의 일족들처럼 카루나의 말을 거역하지 못했다.

'이 능력은 시도 때도 없이 튀어나오네. 내가 제어할 수 없는 걸까?'

카루나는 자신의 손을 내려다보았다. 차라리 신비한 문양이라도 새겨져 있으면 받아들이기 쉬울 것 같은데. 손은 조그만 상처 하나 없이 말끔했다. 카루나가 잠시 고민하는 동안에도 하녀들은 여전히 멍한 표정으로 서 있었다.

"음. 저기 말야. 방금 본 걸 잊어 주겠어? 아니, 아니. 이렇게 하자. 원래 욕조에 생화를 뿌렸던 거야. 그렇지?"

살짝 자신감 없는 목소리였다.

"네."

"네에, 아가씨."

"저는 생화를 뿌렸어요. 욕조에 말이에요."

하지만 그 질문에 대답하는 목소리는 조금의 망설임도 없었다.

"고마워."

어차피 정신을 차리면 기억하지 못하겠지만. 카루나는 하녀들에게 감사 인사를 전했다. 그러고는 손뼉을 쳤다.

"이제 정신을 좀 차려 줬으면 좋겠어."

그게 신호였다.

"웬일은 무슨, 뭐가 어쨌다고 그러는 거야."

카루나를 수건으로 둘둘 말던 하녀가 돌아서며 핀잔을 주었다.

"음? 아, 내가 그런 말을 했나? 왜 그랬지?"

욕조 옆에 서 있던 하녀가 고개를 갸웃거렸다. 그러더니 욕조 안에 둥둥 떠 있는 장미꽃을 물과 함께 두 손으로 떴다.

"분명 내가 아까 장미꽃 생화를 넣었는데, 갑자기 이게 시들어 보였어. 꼭 내가 말린 꽃잎을 넣은 것처럼."

"정신을 어디다 두고 있는 거야. 카루나 아가씨 앞에서 부끄럽게 그러지 말자고."

"미안, 내가 어제 잠을 좀 설쳤더니……. 아가씨, 놀라셨죠? 죄송해요."

하녀는 카루나에게 꾸벅 고개를 숙였다.

"괜찮아."

"목욕물은 얼른 버릴게요. 아가씨는 밖으로 나가 계셔요."

하녀는 민망스러운지 괜히 분주하게 움직이기 시작했다. 가장 먼저 싱그러운 꽃이 가득 피어난 욕조물을 버리려고 했다. 하녀의 손에 잡혀 버려지는 장미꽃을 바라보는데, 이상하게 마음이 불편했다. 하녀가 움켜쥔 장미꽃이 비명을 지르는 것 같달까.

'꽃이 비명을 지르다니, 무슨 말도 안 되는 생각을 하는 거야.'

스스로도 자신의 생각이 어처구니가 없어 헛웃음을 지었다. 하지만 자꾸만 욕조 속 장미꽃이 눈에 밟혔다. 남에게 목욕 수발을 받기 시작한 이후로 처음 있는 일이었다.

클레이엔의 대역으로 살 때도, 바이켈드 공작가에서 라크안의 약혼녀로 살면서도, 한 번도 제 미용을 위해 쓰이는 장미꽃이 불쌍하다고 생각해 본 적이 없었다. 그런데 지금, 저 장미꽃이 불쌍하다는 생각이 들었다.

"그거 버리긴 아까운 거 같아."

"네? 하지만, 목욕용으로 사용한 꽃인걸요."

"그래도. 아직 생생하게 살아 있잖아."

"그렇긴 하지만……."

"……그렇긴 하죠."

확실히, 싱싱하긴 했다. 하녀들은 뜨거운 물에 둥둥 떠 있는데도 새벽 이슬을 머금은 것 같은 꽃을 보며 수긍했다.

"내 방에 장식하면 예쁠 거 같아. 은대접에 물을 받아서 띄워 줘."

카루나는 하녀들에게 그리 부탁하고 욕실을 나섰다.

'갈아입을 만한 옷은 있으려나?'

바이켈드 공작저에 있는 드레스는 열두 살 카루나의 몸에 맞춘 것이었다. 지금의 카루나가 입을 수 없을 터였다.

'내가 입을 만한 게 이 저택에 있었던가?'

혹시나 입고 왔던 그 낡은 걸 다시 입어야 되는 건 아닐까. 잠깐이지만 그런 걱정이 들었다. 카루나의 걱정을 알기라도 한 듯, 침대 위에 드레스가 놓여 있었다. 카루나가 충분히 입을 수 있을 만한 크기였다.

'공작 부인 자리가 오랫동안 비어 있었으니 성인 여성의 옷이 있을 리 없을 텐데.'

카루나는 놀라서 드레스 자락을 뒤적이며 살펴보았다. 하녀장의 것인가 싶었지만, 그렇다고 하기엔 너무 화려했다. 공작가의 귀부인이나 입을 수 있을 법한 것이었다. 요즘 사교계 유행에 맞지 않는 디자인이긴 하지만 입기 싫을 만큼 구식인 건 아니었다. 고풍스러운 멋이 있었다.

"전대 공작 각하께서 입으셨던 거랍니다. 유행이 지난 거지만, 일단 급한 대로 하녀장님께서 준비하라 하셔서요."

하녀들이 카루나에게서 드레스를 뺏어 카루나에게 입혀 주었다. 전대 공작, 라크안의 어머니는 키가 크신 분이었던지 치마 밑단이 끌렸다. 가슴 부분도 조금 많이 헐렁했다.

입을 순 있으나 남의 옷을 입은 것처럼 부해 보였다. 엄마 옷을 입은 딸 같아 보이기도 했다. 카루나는 뚱한 표정으로 전신 거울을 바라보았다.

"조, 조금만 손을 보면 되겠네요."

"너무 잘 어울리세요, 아가씨."

하녀들이 얼른 옷핀과 장신구로 옷단을 잡고 드레스의 맵시를 잡아 주었다.

"입고 오셨던 옷은 버릴게요. 다시 빨아서 입을 수 있는 수준이 아니더라고요."

하녀 한 명이 의자 위에 쌓아 놓은 옷가지를 가리키며 말했다. 드레스는 드레스라고 말하기도 민망할 정도로 해져 있었다. 로브 역시 피가 묻고 흙먼지에 찌들고, 군데군데 찢겨 있어 넝마나 다름없어 보였다.

"잠깐만."

카루나는 옷을 치우려는 하녀를 불러 세워 로브를 건네받았다. 다른 건 몰라도 이건 버릴 수 없었다.

"방금 씻으셔서 겨우 깨끗해졌는데 다시 그걸 만지시면 어떡하셔요."

"이리 주셔요. 원하신다면 버리지 않겠어요. 다만, 깨끗하게 빨아 오기는 해야 할 것 같아요."

하녀들이 앞다퉈 손을 내밀었다.

"응, 버리지는 말아 줘."

카루나는 하녀들에게 로브를 다시 건네주다 로브에 달린 주머니를 보았다. 무언가 들어 있는지 두둑했다. 입고 있는 동안은 알아채지 못했던 것이었다.

주머니에 불쑥 손을 넣어 보니, 뭔가 자잘한 게 손끝을 간지럽혔다. 장미꽃잎보다 단단한 느낌이었다. 카루나는 그것을 한 움큼 쥐어 꺼냈다. 씨앗이었다. 크고 작은 것들이 카루나의 손 안에서 팽그르르 돌았다.

"어머나? 웬 씨앗들인가요?"

"씨앗을 모아 오신 거예요?"

하녀들이 신기해하며 카루나의 곁으로 몰려들었다. 카루나는 로브를 침대 위로 가서 탈탈 털었다.

"으악, 아가씨! 거기서 그러시면!"

"새것으로 갈아 놓은 건데!"

하녀들의 비명이 울리고, 하얀 침대보 위에 씨앗들이 우수수 떨어져 내렸다. 안에는 찢겨진 가죽 주머니도 있었는데 함께 딸려 나왔다. 카루나는 씨앗들을 살살 펴 보았다. 복숭아씨 같은 것도 있었고 해바라기씨와 비슷한 모양도 있었다. 각기 다른 모양의 씨앗들이 수십 종이었다.

"화단을 가꾸려고 씨앗을 사 오신 거예요?"

"숲에 다녀왔다고 하셨잖아. 숲에서 가져오신 거겠지."

하녀들이 카루나 옆에 옹기종기 모여 씨앗을 구경했다. 그러더니 저마다 눈에 익은 씨앗을 가리켰다.

"아, 이건 저도 아는 씨앗이에요. 우리 아버지가 가끔 숲에 다녀오실 때마다 한 움큼씩 가져와서 갈아 먹었던 건데."

"나도 저 씨앗은 어디서 본 거 같은데?"

"나도, 나도."

하녀들이 앞다퉈 자신들이 알고 있는 씨앗이 무엇인지 설명했다. 모두 다 숲과 관련 있는 내용들이었다.

"이 씨앗을 갈아 먹으면 두통에 좋대요."

"이거 키워서 풀은 칼에 베인 상처를 덮는 데 쓴다던데요. 뿌리로는 염증을 가라앉히는 약을 만들 수 있다더라고요."

"이건 뭔지 도통 모르겠네."

진귀한 것들도 있었고 흔한 것들도 있었다. 정체 모를 씨앗도 여러 종이었다. 아무튼 모두 최초의 숲에서 자라는 것들이었다.

'로브랑 씨앗, 이것들만 남았네.'

카루나는 복숭아씨같이 생긴 씨앗을 손끝으로 톡톡 두드려 보았다. 손끝을 타고 소곤소곤, 속삭이는 소리가 들렸다. 자신이 무슨 일을 할 수 있는지 자랑스럽게 말하는 목소리였다.

'손에 꼭 쥐고 네가 말한 대로 되길 바라면 너는…… 아주 큰 나무가 되겠구나.'

달밤 아래에서 자라난 싹이 무럭무럭 자라 단번에 커다란 나무가 되고, 달빛 아래에서 활짝- 하얀 꽃을 피우는 모습이 떠올랐다. 태어나서 한 번도 본 적 없는 모습이건만, 직접 본 것처럼 생생했다.

카루나는 자신이 언제 그런 광경을 봤는지 기억해 냈다. 꿈속에서였다.

끝없이 펼쳐진 숲 속에서 이 씨앗이 싹을 틔우고 커다란 나무가 되었다. 환한 달빛 아래 꽃을 활짝 피웠던 그 모습이 손에 잡힐 듯 가깝게 느껴졌다.

하얗게 변한 민들레꽃처럼, 꽃잎은 사방으로 퍼졌다. 까만 하늘은 금세 하얀 꽃잎으로 뒤덮였다. 달밤 아래 누워 잠든 사람들의 이마 위에 내려 앉은 꽃잎이 스르륵, 사라졌다. 그게 이 씨앗이 가지고 있는 꿈이었다.

'뭐? 씨앗의 말을 알아들어? 씨앗의 꿈을 꿔? 마법의 약을 먹고 어린아이가 되는 것만큼 이상한 일 아닌가?'

카루나는 푸스스, 웃음 지었다.

"저기, 아가씨……."

하녀 중 한 명이 카루나에게 슬쩍, 무언가를 내밀었다. 주머니가 달린 목걸이. 언제나 카루나가 목에 걸고 다녔던 그것이었다.

"어? 그건?"

카루나가 자신의 가슴께를 더듬어 보았다. 목걸이가 없었다. 그제야 카루나는 자신이 그동안 목걸이를 하고 다니지 않았다는 걸 깨달았다.

'……아, 그때.'

백합궁에서 열린 티 파티 때. 늑대로 변한 라크안의 발톱이 어깨와 가슴을 할퀴던 그 순간. 그 발톱에 걸려 목걸이가 끊어졌더랬다. 카루나는 그 순간을 기억해 냈다.

"황궁 정원을 정리하다가 발견했어요. 항상 소중히 보관하셨으니까, 혹시나 해서 보관해 두고 있었어요."

"용케 찾았네."

카루나는 목걸이를 받아 앞뒤를 살펴보았다. 분명 찢어져서 안에 들어 있던 브로치가 부서지고 계약서가 찢겼었는데. 다시 받아 든 주머니는 멀쩡했다. 찢어진 흔적도, 기운 자국도 하나 없었다.

'황궁에 떨어져 있는 걸 보고, 똑같은 걸 만들어 둔 걸까? 아마도 하녀장이겠지.'

그렇다면 안의 내용물은 어떨까. 카루나는 주머니를 펴서 안의 내용물을 꺼내 보았다. 찌그러진 브로치가 보였다. 중앙에 박혀 있던 녹색 돌은 단 한 조각도 남아 있지 않았다. 너덜너덜한 계약서도 함께 있었다. 찢어진 조각을 모아 하나하나 이어 붙인 듯했다.

'엉망이 되었을 텐데, 거길 정리하면서 이것까지 챙겨 주다니.'

카루나는 침대 위의 씨앗들을 주머니 안에 담았다. 흐물흐물하던 주머니가 빵빵해졌다. 무게도 묵직해졌다. 아무래도 목에 걸고 다니기엔 무리가 있어 보였다. 카루나는 그 목걸이를 손에 팔찌처럼 둘렀다.

"다들, 고마워."

"별말씀을요, 아가씨."

"그런데, 저기요. 아가씨."

"장미수 향이 원래 이렇게 좋았던가요? 자꾸 아가씨한테서 너무 좋은 향이 나요."

"아가씨, 저희가 정말 아가씨를 보고 싶었나 봐요. 아가씨 옆에 있으니까 괜히 기분이 좋아져요."

카루나는 라크안이 했던 말을 떠올렸다. 티 나게 무뚝뚝하던 그 목소리라니.

'샘에 들어갔다 나온 부작용이라고 했지. ……거짓말.'

카루나는 팔에 대롱대롱 매달린 주머니를 꽉 움켜쥐었다. 오랫동안 덮고 있던 무거운 껍질을 겨우 벗어 낸 것처럼 상쾌했다. 단지 따뜻한 물에 목욕을 한 뒤라서 느끼는 개운함은 아니었다. 그보다 더 본질적인 개운함이었다.

라크안은 그저, 샘에서 되살아난 부작용이라고만 했다. 곧 사라질 거라고 했다. 하지만 카루나는 본능적으로 알 수 있었다. 이 힘은 단지 잠깐 머물다 갈 힘이 아니었다.

카루나는 자신의 왼쪽 가슴에 손을 대 보았다. 두근두근. 심장이 뛰었다. 힘은 이곳에서 시작되었다. 심장에서 온몸으로 피가 퍼지듯, 심장에서 샘솟는 능력이 온몸으로 퍼져 손끝까지 닿았다.

이대로 소매에 매달린 주머니를 두 손으로 움켜쥐면 어떻게 될까. 단지 손끝으로 꽃과 씨앗, 풀잎을 만지며 생각하기만 하면 됐다. 주머니에 가득 든 씨앗들이 저마다 싹을 틔우며, 바이켈드 공작저를 뒤덮을 것이다. 그러면 제국의 수도 한복판에 숲이 생겨날 것이다. 최초의 숲에 이은 두 번째 숲이.

너무도 당연하게 그렇게 만들 수 있었다. 식물을 자라게 할 수도, 시들게 만들 수도 있었다. 숲의 일족들마저도 그녀의 손길을 따라 움직였다. 카루나는 몽롱한 눈빛으로 자신을 바라보는 하녀들을 바라보았다. 아까 욕실에서보다는 덜했지만 여전히 정상적으로 보이지는 않았다.

수도로 돌아오는 길. 계속 졸려서 잠들기 바빴지만 잠깐씩 깨어 있을 때마다, 이와 똑같은 눈빛으로 자신을 바라보는 철십자 기사들을 발견했다. 세나마저도 잠들락 말락 하는 카루나를 제 허벅지에 뉘어 놓고는 저런 눈빛을 하곤 했다.

"좋은 향기가 나."

"나도 느꼈어."

철십자 기사들은 카루나에게서 감히 거역할 수 없는 좋은 향기가 난다고 했다. 시간이 지나며 더는 향기가 난다고 말하지 않았고, 눈빛 또한 또렷해졌지만. 그건 익숙해져서 그렇게 된 것이었다.

철십자 기사들과 세나는 이전보다 더욱 카루나를 아꼈다. 노숙할 때마다 그들은 너무도 당연하게 카루나를 중심에 두고 빙 둘러 누웠다.

아무리 라크안이 그들보다 강하다지만, 그들이 충성을 바쳐야 할 사람은 카루나가 아니라 라크안이었다. 그걸 모를 리 없을 텐데도, 그들은 라크안을 제쳐 놓고 카루나부터 챙겼다. 졸린 와중에도 카루나는 그런 그들의 모습을 보았다.

'똑같아. 꿈속에서 봤던 거랑.'

제국으로 돌아오는 내내 카루나는 꿈을 꾸었다. 그 꿈은 이어지기도 하고 토막토막 끊어지기도 했다. 하지만 한 사람만큼은 계속 등장했다. 카루나는 그 사람의 꿈을 꾸고 있는 것이었다.

그 사람은 커다란 지팡이를 가지고 있는 여인이었다. 그녀의 옆에는 큰 검을 쥔 창백한 안색의 남자와 긴 창을 든 구릿빛 피부의 여인, 그리고 활을 든 사내가 있었다.

네 명은 끊임없이 싸우고, 함께하며 웃었다.

지팡이를 든 여인은 카루나와 같은 능력을 가지고 있었다. 그녀는 녹색 머리카락을 가진 일족을 이끌고 있었다. 그녀의 손이 닿는 곳마다 꽃이 피고 덩굴이 자랐다. 카루나는 그녀의 옆에서 그녀가 틔워 내는 새싹을 보며, 씨앗과 꽃의 쓰임을 알게 되었다.

그리고 수도에 거의 도착했을 때, 꿈속에서 네 명은 세 명이 되었다. 활을 든 사내가 사라졌다.

지팡이를 든 여인은 하염없이 눈물을 흘리며 피가 흐르고 시체가 쌓인 죽음의 땅 위에 지팡이를 꽂았다. 눈물은 은빛 샘이 되고, 지팡이는 그 샘을 감싸 안는 커다란 나무가 되었다.

지팡이를 잃은 여자는 카루나가 서 있는 쪽을 돌아보았다. 카루나에게 말을 걸듯 속삭였다.

"……서."

그러고는 나무 옆에 쓰러졌다. 여자의 몸에서 온갖 꽃과 풀이 자라나 거대한 숲을 이루었다. 카루나는 꿈속에서 그녀를 보며 하염없이 울었다. 가슴 한구석이 뻥 뚫린 것처럼 허전해서 울 수밖에 없었다.

그날 이후, 카루나는 다시는 그 여인이 나오는 꿈을 꾸지 않았다.

'내가 숲의 일족이고 그 사람의 후손…… 같은 걸까?'

카루나는 전신 거울에 비친 자신을 보았다. 순간 잔상이 어렸다. 꿈속에서 봤던 그 여인의 모습이 덧씌워졌다.

"아……!"

카루나는 손을 뻗어 거울을 만져 보았다. 그러자 그 여인의 모습이 사라지고 카루나의 모습이 나타났다.

"우린 다시 넷이 되어야 해. 그를 구하기 위해서."

카루나는 그 여인이 자신에게 했던 말을 되뇌어 보았다.

"아가씨? 뭐라고 말씀하셨나요?"

"아니, 아무것도."

카루나는 하녀의 물음에 고개를 저었다. 다시 거울을 바라보는데, 아까는 없었던 사람이 한 명 더 거울에 비쳤다. 카루나는 고개를 돌려 뒤를 돌아보았다.

하녀장이 은은한 미소를 띠며 카루나를 바라보고 있었다. 작은 보석함을 든 채였다. 본래의 모습으로 돌아온 카루나에게 어울릴 만한 것들이 담겨 있었다.

카루나는 예의상 큼지막한 에메랄드 브로치를 고르고는 보석함을 닫았다.

"공작 각하는 어디 계시죠? 안내해 줘요."

"안 그래도 기다리고 계십니다."

하녀장은 카루나를 모시고 라크안의 집무실로 향했다. 문 앞에 도착하기 전부터 집무실 안에서 나는 소리가 들렸다.

"기사단장이 와 있나 보네요."

"도련님이 돌아오셨다고 연락하자마자 바로 달려오셨습니다. 오신 지는 얼마 안 되는데⋯⋯."

"공작 각하!"

하녀장의 말을 뚫고 기사단장의 목소리가 복도에 쩌렁쩌렁하게 울렸다.

"마카레나 백작이 그 소문을 부추기고 있는 게 분명합니다. 마카레나 백작 영애가 티 파티에서 수상한 짓을 했던 것마저 공작 각하의 약혼녀께서 하신 일로 소문이 도는 걸 보면 뻔하지 않습니까. 황제 폐하의 진노가 크십니다."

"잠깐, 우리 아가씨의 티 파티에서 이상한 약물을 풀었던 것까지 우리 쪽이 벌인 일로 덮어씌우고 있다구요?"

"그 정도면 다행이지. 티 파티에 참석했던 귀족들이 공작 각하께서 늑대로 변하는 모습을 봤다고 떠들어 대고 있네. 황제파, 귀족파 가리지 않고 말이야. 수도 전체에 소문이 무성하다고!"

고맙게도 철십자 기사단장은 카루나와 라크안이 수도에 없는 사이에 무슨 일이 벌어지고 있는지 구구절절하게 설명을 해 주었다.

"황궁에서 늑대가 사라진 뒤 백합궁의 티 파티에 참석했던 귀족들의 증언이 쏟아졌습니다. 늑대도 늑대지만 문제가 된 건, 늑대가 나타나자마자 기다렸다는 듯 달려와 늑대를 상대하던 철십자 기사들의 모습입니다."

기사단장의 목소리에는 원망이 담겨 있었다.

"그게 왜요. 우리만 다치고 말았는데. 잘 지켜 줬는데, 고맙다는 말은 못할망정."

"입 다물게, 세나 경. 그렇게 간단한 게 아니니!"

기사단장은 비아냥거리는 세나를 다그친 후 말을 이었다.

"철십자 기사들이 능숙하게 늑대를 상대하는 걸 보며 다들, 이 늑대와 철십자 기사들이 무슨 관계인가 의문이 들었겠지요. 그런데 철십자 기사들의 얼굴이 낯설기까지 하니, 귀족들로서는 당황스러울 수밖에요."

카루나는 기사단장의 말을 들으며 낮게 혀를 찼다.

'안 그래도 의심 많은 황제니까. 위기감을 느낀 거겠지. 바이켈드 공작이 자신 몰래 따로 더 많은 기사들을 거느린 건 아닐까 하고.'

철십자 기사단은 황실 기사단과 함께 최고의 기사단으로 손꼽힌다. 때문에 주요 황제파 귀족 가문의 자제들이 입단해 있다. 티 파티에 참석한 귀족들은 단번에, 늑대를 상대하는 철십자 기사들이 그 철십자 기사단이 아니라는 걸 알아챘을 것이다.

라크안이 자신이 발작을 일으켰을 때 막기 위해 따로 결성한 또 다른 철십자 기사단은 숲의 일족 혼혈로만 이루어져 있으니 말이다.

"황제 폐하께서는 일단 각하의 소명을 듣기 위해 소환 명령을 내리셨습니다."

"그냥 평범하게 소환 명령을 내리셨다?"

라크안이 묻는 소리가 들렸다. 바람 빠지는 듯한 웃음소리는 덤이었다.

"……당장 잡아들이라고 하셨으나 황후 폐하와 황태자 전하께서 적극적으로 말리셨다고 합니다. 나중에 일이 다 정리된 후 따로 찾아뵙고 꼭 감사 인사를 드리셔야 합니다."

"황후가?"

"저도 놀랐습니다. 황태자 전하야 그렇다 치더라도 황후 폐하께서 어찌……."

카루나는 영문을 모르겠다는 기사단장의 목소리를 들으며 미소 지었다.

'티 파티가 끝에 가서 엉망이 되긴 했지만, 어쨌든 황후에게는 잘 먹힌 것 같네.'

그나마 다행스러운 일이었다. 황후와 황태자가 모두 라크안의 편을 들고 나서니 황제도 함부로 움직이진 못했으리라.

기사단장은 이어 황제가 얼마나 집요하게 라크안의 입궁을 명령했는지, 또 하녀장과 자신이 얼마나 열심히 그 명령을 방어했는지를 설명했다.

듣다 보니 기사단장이 한 건 그저 황제과 귀족들을 단속한 것뿐이었다. 황제의 명령에 맞서 바이퀠드 공작저를 굳건히 지킨 건 오롯이 하녀장의 공이었다. 카루나는 하녀장을 돌아보았다. 하녀장은 언제나 그렇듯 은은한 미소로 카루나를 바라보고 있었다.

"이 저택의 하녀장과 제가 계속, 공작 각하께서는 그날 크게 다치셔서 움직일 수 없는 상태라고 글을 올렸습니다. 그러자 황제 폐하께서 의원을 보내셨습니다."

"저택에 들였나?"

"아니요, 문전박대했습니다."

"황제 폐하의 의심이 더욱 깊어지셨겠군요?"

"세나 경, 뭐 즐거운 일이라고 그렇게 신나게 묻나?"

기사단장은 차마 라크안에게 뭐라 하지는 못하고 만만한 세나만 꾸짖었다. 세나가 왜 자기한테만 그러냐고 투덜대는 소리가 문밖에까지 고스란히 들렸다.

"도련님과 아가씨께서 돌아오시기 전까지 저택의 문을 굳게 잠그고 지키는 것이 제 임무였습니다."

하녀장이 등 뒤에서 조그만 목소리로 말했다. 기사단장이 세나를 쥐 잡듯 잡는 동안 하녀장이 빠른 목소리로 이후 상황을 설명해 주었다.

"의원을 들이지 않은 다음 날 바로 황실 기사단이 저택을 둘러쌌습니다. 기사단장님의 말로는 황제 폐하께서 저택 문을 부수고 도련님을 잡아오라고 명령을 내리시려고 했는데 황태자 전하께서 만류하셨다고 하더군요."

"그래서 감시하는 수준에서 마무리된 거군요."

"그런 것 같습니다. 아가씨."

"나중에 꼭 황태자 전하께 감사 인사를 드려야겠어요."

카루나가 조그만 목소리로 말했다.

'아무리 친하다고 해도 아버지인 황제를 거스르면서까지 바이켈드 공작의 편을 들어 주다니……. 멍청한 건지 사람이 좋은 건지, 아니면 정말로 배포가 큰 건지 모르겠어.'

뛰어난 신하가 멋대로 날뛰어 일을 벌이고 사라졌는데도 끝까지 감싸 주다니. 차라리 뛰어난 신하를 경계하는 황제가 더 인간적으로 느껴졌다.

"일단 황제 폐하의 분노를 마카레나 백작 쪽으로 돌리고자 했습니다. 먼저 사고를 친 건 마카레나 백작 쪽이지 않습니까. 백합궁에 사병을 들여 각하의 약혼녀를 납치하려 하고, 그분께서 주관하시는 티 파티에 이상한 약을 퍼트리다니요. 그것이야말로 대역죄이지 않습니까."

쾅쾅. 기사단장이 탁자를 주먹으로 내리치는 소리가 들렸다.

"다행히 마카레나의 개…… 아니, 루시온 경이 어쩐 일인지 모든 걸 술술 털어놓길래 일이 쉬워질 거라 생각했습니다. 하지만 그것마저도 계략이었더군요. 안 통할 줄 알고 솔직하게 말한 거였습니다."

으드득, 이 가는 소리가 문밖까지 들렸다.

"황제 폐하께서는 각하께서 입궁해 모든 의문에 답하는 게 먼저라며, 제 보고는 들어 주시지도 않았습니다. 그때 황제 폐하의 옆에 서 있던 마카레나 백작을, 정말이지 죽이고 싶었습니다."

기사단장의 말을 들으며 카루나가 고개를 갸웃했다.

"마카레나 백작은 아무 처벌도 받지 않았나요?"

"네, 아가씨."

하녀장이 한숨을 깊게 내쉬며 말했다.

"오히려 그 사건을 기회 삼아 더욱 날뛰고 있다고 합니다. 저도 저택 안에만 있어서 자세한 사정은 모르겠으나, 황제 폐하의 곁에서 도련님에 대해 멋대로 떠들어 대고 있는 것 같습니다."

"공작 각하가 수도에 없으니, 그 빈틈을 노려 멋대로 날뛰고 있었겠군요. 모든 일을 공작 각하에게 덮어씌우고 말이에요."

카루나는 아랫입술을 깨물었다.

'나나 바이켈드 공작, 둘 중 한 명만이라도 수도에 있었다면 일이 이렇게까지 엉망이 되지는 않았을 텐데.'

숲에서 돌아오는 동안 단 한 번도 마카레나 백작이나 클레이엔에 대해 생각해 본 적이 없었다. 그게 새삼 후회되었다.

"마카레나 백작은 황제 폐하의 옆에서 날뛰고 있고, 마카레나 백작 영애는 또 무슨 꿍꿍이인지 모습을 전혀 드러내지 않고 있습니다. 소문에 따르면 그날 너무 크게 다쳐서 사경을 헤매고 있다고 하는데, 알 게 뭡니까. 또 음침하게 끔찍한 계략이라도 준비하고 있는지!"

분노에 휩싸인 기사단장의 목소리가 복도를 뒤흔들었다. 라크안과 카루나가 없는 동안 혼자 마카레나 백작을 상대하며 꽤나 고생을 한 듯싶었다.

'사경을 헤매고 있다고?'

카루나는 픽, 웃었다. 정작 사경을 헤맸던 건 카루나였다. 진짜 클레이엔은 오히려 카루나의 보호를 받아 멀쩡했다. 딱히 클레이엔을 보호해 주려 한 건 아니지만, 어쩌다 보니 클레이엔의 목숨을 구해 주지 않았던가. 카루나는 클레이엔의 생명의 은인이었다.

'생명의 은인이 죽다 살아났는데, 멀쩡한 주제에 날 모함하고 있어?'

새삼 클레이엔에 대한 분노가 화르륵 솟구쳤다. 카루나는 내내 마음속에서 지워지지 않는 리센에 대한 생각을 미뤄 두기 위해서라도, 일부러 계속 클레이엔에 대해 생각했다.

문 앞에 서서 기사단장의 정황 설명을 듣는 건 딱 여기까지였다. 카루나는 집무실 문을 활짝 열고 안으로 들어갔다. 집무실에는 세 사람이 있었다. 라크안과 기사단장, 그리고 세나. 이전이라면 여기에 한 명이 더 있었을 것이다.

리센.

'카루나 아가씨, 오셨군요!'

누구보다 먼저 카루나를 반기고 활짝 웃었을, 연두색 머리 남자가
이제는 없었다. 넷이 아닌 셋이 카루나를 돌아보았다. 카루나는 마음에
스미는 허전함을 견디지 못하고 치맛자락을 꾸깃꾸깃하게 움켜쥐었다.

리센이 없는 상황에서 문 가까이에 서 있던 세나가 가장 먼저 카루나를
알아보았다.

"카루나 아가씨! 괜찮으십니까?"

세나가 에스코트하고자 손을 내밀었다. 카루나는 당연히 그녀의 손을
잡았다. 에스코트하는 손의 높이와 눈높이가 완전히 달라져 있었다. 하
지만 세나도 라크안도 전혀 당황하지 않았다.

"마카레나 영애? 아, 아니…… 머리카락 색이 다르긴 한데……."

당황한 건 기사단장 혼자였다. 카루나는 그에게 싱긋, 웃어 보였다. 그
모습에서 클레이엔이 생각난 걸까. 기사단장의 얼굴이 새하얘졌다.

"마카레나 백작 영애? 아, 아니 영애가 왜 여기에 있는……."

"설명은 나중에 하지. 일단 마카레나 백작 영애는 아니니 쓸데없는
생각은 말고."

라크안이 관자놀이를 꾹 누르며 말했다. 새삼, 카루나를 어떻게 소개
해야 할지 고민인 듯했다. 모두가 세나처럼 카루나의 변화를 당연하게
받아들이지 못할 거라는 걸 이제야 실감한 듯했다.

흰색 크라바트와 검은색 정장. 가문의 문장이 새겨진 어깨 장식으로 고
정한 망토까지. 라크안은 완벽히 바이켈드 공작으로 돌아와 있었다. 그런
그를 보니, 지금까지의 일이 다 한바탕 꿈같이 느껴졌다. 사실은 그저 욕
실에서 잠깐 잠들었던 것뿐 아닐까, 라는 생각.

'하지만 아니지.'

카루나는 탁자 앞에 서서 가운데 놓인 화병에 손을 뻗었다. 화병에는

꽃망울 진 장미꽃이 세 송이 꽂혀 있었다. 기사단장이 주먹으로 탁자를 내리칠 때마다 아슬아슬하게 흔들리던 것이었다.

카루나는 꽃송이를 손끝으로 톡- 건드렸다. 화악- 그녀의 손길을 기다렸다는 듯 꽃이 만개했다. 향기로운 향이 단번에 방 안에 감돌았다.

"아니, 이게, 무슨!"

기사단장은 다시 한번 놀라 기겁하며 뒤로 물러섰다.

"공작 각하, 이게 어찌 된 겁니까. 저 여인은 대체 누구입니까? 마, 마카레나 영애가 맞습니까? 마카레나 영애와 똑같은 얼굴을 해서는 어찌 이런 능력을……?"

"……."

라크안은 침묵으로 일관하며, 오직 카루나를 바라보았다.

"세나 경!"

기사단장이 세나를 돌아보았다.

"……."

세나 역시 침묵했다.

"참 시끄러우시네요."

"뭐, 뭐라고?"

"시끄럽다고 했어요. 알프 경."

카루나는 기사단장을 면박 주고는 화병에서 꽃을 한 송이 들어 긴 줄기를 꺾었다. 그걸 들고 라크안에게 가까이 다가갔다. 라크안은 딱히 말리지도 환영하지도 않고, 가만히 카루나를 바라보았다.

"내가 도와줄게요, 공작 각하. 제게 방법이 있어요."

카루나가 라크안의 왼쪽 가슴 위에 꽃을 달아 주며 속삭였다.

"무슨 방법을 말하는 건지는 모르겠지만, 혹시나 이 능력과 관련 있는 거라면 필요 없어."

"아니, 필요 있을 거예요."

카루나는 싱긋 웃어 보였다.

그날 밤.

카루나는 가문의 뒷마당에 섰다. 라크안과 세나가 그녀의 뒤를 지키고 섰다. 카루나는 주머니에서 복숭아 씨앗과 비슷하게 생긴 씨앗을 꺼내 땅에 파묻고 그 위를 손바닥으로 감쌌다.

손바닥에 닿은 땅의 감촉은 촉촉하고 부드러웠다. 카루나는 눈을 감고, 낮에 봤던 씨앗의 꿈을 떠올렸다. 무럭무럭 자라나 커다란 나무가 되어 하얀 꽃으로 뒤덮이던 그 광경을.

그러자 흙을 밀치고 새싹이 솟아올랐다. 작은 새싹은 쑥쑥 자라나 카루나의 손을 밀어냈다. 카루나는 두 손을 넓게 벌려 자라나는 줄기를 감쌌다.

'좀 더, 좀 더 자라서 꽃을 피워 줘.'

마음속으로 씨앗에게 속삭였다.

씨앗에서 자라난 줄기는 금세 굵어져 앙상한 나무가 되었다. 그걸로도 부족한지 자꾸 자꾸 자랐다. 나무줄기가 굵어질 때마다 카루나는 뒤로 한 발, 다시 한 발, 물러서야 했다.

이윽고 씨앗은 거대한 아름드리나무가 되었다. 그렇게 되기까지 채 한 시간도 걸리지 않았다. 나무는 바이켈드 공작저의 본관 건물 위를 덮듯 커다랗게 자라났다.

까만 밤하늘 아래 자라난 나무가 꽃망울을 맺었다. 톡, 토옥, 톡- 나무는 금세 새하얀 꽃으로 뒤덮였다. 활짝 핀 하얀 꽃나무 아래에 카루나가 서 있었다.

카루나는 달빛을 받아 하얗게 빛났다. 손을 뻗어 닿기라도 하면 사르륵, 사라져 버릴 것처럼 보였다.

"어때요? 예쁘죠?"

카루나는 라크안과 세나를 돌아보며 달빛을 받은 하얀 꽃처럼 웃어 보였다. 라크안과 세나는 두 사람을 넋 놓고 바라보았다. 먼저 정신을 차린 건 라크안이었다.

"이 나무는 뭐지?"

"모르나요?"

"나무 이름 외우는 취미는 없어서."

"저도 이름은 몰라요. 이 나무가 저에게, 그리고 공작 각하에게 도움이 될 만한 힘을 가지고 있다는 것만 알고 있어요."

카루나가 나무줄기를 손바닥으로 쓰다듬으며 말했다. 그 손길에 화답하듯 나무가 부스스, 흔들렸다. 자신의 이름을 알려 주고 싶은 것 같아 보였다. 밤바람이 불자 꽃들이 사방으로 날렸다.

"설마 이 나무는……"

뒤늦게 정신을 차린 세나가 나무 가까이로 다가왔다.

"아시나요?"

"기억을 지워 주는 나무인 것 같습니다만. 나무로는 본 적 없지만 이 꽃잎은 본 적이 있습니다."

세나가 손을 뻗어 바람에 날리는 꽃잎을 한 움큼 쥐었다. 꽃잎은 세나의 손에 닿자마자 연기처럼 흩어져 버렸다.

"기억을 지워 주는 나무?"

라크안이 인상을 찌푸리며 물었다.

"못 들어 보셨습니까?"

"전혀."

"그럴 리가. 변경에 계실 때 계속 쓰셨을 텐…… 아…… 그럴 수도 있겠군요. 라안 님께서 변경에 계실 동안 뒤처리는 리센 님이나 다른 분들이 하셨을 테니까요."

세나는 이전에 리센과 나누었던 대화를 떠올렸다.

"그 시절 라안에 비하면 지금 라안은 정말 인간이 다 됐지요. 그때는 나도, 다른 숲의 일족 사람들도 감히 라안에게 가까이 다가가지 못했어요."

리센은 질색하며 혀를 내둘렀다.

"왜 그러십니까? 그땐 식탁을 뒤집어 놓고 식사를 하셨던 겁니까?"

세나가 낄낄거리며 물었다.

"시체가 쌓이고 피가 흐르는 곳에서 아무렇지 않게 빵을 씹어 먹었으니, 그보다 더했지요. 그때의 라안은 무서워요. 정말 무섭고 사나웠어요."

리센이 사람 좋아 보이는 미소를 띠며 말했다. 세나는 늑대로 변한 라안의 뒷발에 차여 눈탱이가 밤탱이가 된 상태였다. 약초물에 적신 수건을 말아 눈을 문지르고 있었다.

"지금도 충분히 사나우신 거 같은데요."

세나가 툴툴거리자 리센은 통증을 덜어 주겠다며 약을 만들어 주었다.

리센과의 기억은 불쑥, 떠올랐다. 세나는 한숨을 내쉬며 고개를 설레설레 저었다. 리센의 환한 웃음일랑 저 멀찍이 밀어 놓고, 말을 이었다.

"이 꽃은 숲의 일족이 아닌 사람들의 기억을 지워 준다고 들었습니다. 예전에 아버지께서 늑대로 변하는 걸 마을 사람들에게 들켰을 때 아버지가 사용하는 걸 봤습니다."

세나는 리센과 함께했던 기억 말고, 그보다 더 오래된 기억을 끄집어냈다. 세나가 막 검술 연습을 시작했을 시절, 그러니까 세나가 어렸을 때였다.

세나가 살던 마을은 작은 시골 마을이었다. 계속 그 마을에서 자고 나란 어머니가 숲의 일족이던 아버지를 데리고 왔을 때, 마을 사람들은 연두색 머리를 신기해하며, 계속 아버지 주변을 뱅뱅 돌았다고 했다. 태어나서 연두색 머리를 처음 본 사람들은 '숲의 일족'이 뭔지도 몰랐다.

그런 만큼 아버지가 늑대로 변한 걸 들켰을 땐 파장이 컸다. 마을 분위기는 단번에 흉흉해졌다. 이장은 영주를 찾아가 저 마귀를 죽일 기사를 데려오겠다고 짐을 꾸리기까지 했다.

어머니는 어쩌면 좋으냐고 울음을 터뜨렸고, 아버지는 자신에게 방법이 있다며 어머니를 달랬다. 그러면서 밤이 올 때까지 어머니와 세나를 꽉 끌어안고 놓아주지 않았다.

그날 밤.

아버지는 찬장 구석에 숨겨 두었던 나무 상자를 꺼내 뒷산에 올랐다. 세나는 졸린 눈을 비비며 아버지를 몰래 뒤따랐다.

산 정상에 오르면 마을이 내려다보였다. 그곳에서 아버지는 상자를 꺼내 들었다. 입구를 빙 둘러 단단히 봉한 밀랍을 부수고 상자를 여니, 하얀 홀씨같이 생긴 꽃잎이 가득 들어 있었다.

아버지는 그것들을 후후 불어 마을로 날려 보냈다. 민들레 홀씨는 꽃잎들은 마을 위로 하얗게 내려앉았다가 금방 사라졌다.

다음 날 아침.

마을 사람들은 세나의 아버지가 늑대로 변했던 걸 전혀 기억하지 못했다. 어젯밤, 아버지를 끌어안고 어쩌면 좋으냐고 펑펑 울던 어머니는 온데간데없었다.

영문을 알 수 없어 세나가 울먹이기 시작하자, 아버지는 냉큼 세나를 안아 주었다.

"어젯밤에 내 뒤를 쫓아왔지? 아버지가 밤에 산에서 뭘 했는지 봤지?"

"네…… 꿈이, 아니, 아니었……."

"꿈이 아니었단다. 내 딸. 놀라지 말려무나. 울지도 말고."

세나의 아버지는 세나의 이마에 입을 맞추며 세나를 달랬다. 아버지는 무슨 일이냐고 묻는 아내에게 괜찮다고 말한 뒤, 세나를 데리고 뒷마당으로 갔다.

"혼혈은 늑대로 변할 수 있는 확률이 반반이라, 네가 늑대로 변할 수 있게 되면 말해 주려고 했단다. 네가 놀랄 것까지는 생각하지 못했구나."

"워, 원래 아버지는…… 엄마, 밖에 걱정 안 하잖아요, 나는…… 맨날 찬밥, 이고……."

"너도 나중에 네 반려를 찾으면 네 자식들에게 똑같은 소리를 듣게 될 거다. 뭐, 아무튼. 우리 숲의 일족이 숲 밖으로 나올 때 꼭 지켜야 하는 규칙이 두 가지 있단다. 첫째는 마법을 허투루 쓰지 말 것. 두 번째는, 늑대로 변하는 걸 숲의 일족이 아닌 사람들에게 절대 들키지 말 것."

"하, 하지만 아버지는 들켰잖아요."

"그래서 어제, 기억을 지우는 마법이 담긴 꽃잎을 날려 보낸 거란다."

"마법이요?"

"그래, 마법."

아버지는 나무 상자의 바닥에 남은 꽃잎 몇 개를 세나에게 보여 주었다.

"숲의 일족은 숲 밖으로 나올 때면 이 꽃잎을 꼭 챙겨야 한단다. 아무리 조심해도 늑대로 변하는 모습을 사람들에게 들키는 순간이 올 수도 있으니, 그때를 대비하는 거지. 달이 뜬 밤에, 내가 늑대로 변하는 걸 본 사람들이 있는 곳에 꽃잎을 날리면 된단다. 그러면 꽃잎에 담긴 마법의 힘이 사람들에게 스며들어 기억을 바꿔 준단다. 내가 늑대로 변한 걸 보고 들었던 기억을 잊는 거지."

세나는 아버지가 했던 말을 떠올리며 고개를 들어 꽃이 핀 나무를 바라보았다. 그때 보았던 것과 똑같은 꽃잎이었다. 꽃잎은 숲의 일족의 피가 흐르는 세나에게는, 그리고 라크안과 카루나에게는 어떤 영향도 미치지 못했다.

"오직 숲의 일족이 아닌 사람들에게만 영향을 미치는 마법이지요."

세나는 힐끗, 바이퀠드 저택을 돌아보았다. 불이 꺼진 저택 어딘가에 그녀의 반려가 잠들어 있다. 최근에야 반려인 줄 알고, 반려의 몸에 가해진 제약을 풀어 주려고 팔자에도 없는 도둑질을 했더랬다. 마탑에 몰래 숨어 들어가 속박의 마법을 끊는 마법 스크롤을 훔쳐야 했으니.

반려는 마법사였는데 변신하지 않았을 때의 아버지만큼이나 비리비리했다. 세나가 주먹으로 툭 치면 풀썩 쓰러지기 일쑤였다. 그에게도 이 마법이 통하리라. 세나는 제 반려, 우리겐 길튼을 생각하며 픽 웃었다.

"……이런 게 있어서, 변경에서 내 소문이 그렇게 퍼졌던 거로군."

라크안은 새삼스럽게 카루나가 키운 나무를 바라보았다. 툭하면 발작을 일으켜 늑대로 변해 날뛰었다. 발작이 일어나지 않을 때는 맨정신으로 피를 뿌리며 살았다.

그동안 변경에는 라크안이 피에 굶주린 늑대를 키우고, 때론 전투에 그 늑대를 풀어놓는다는 소문이 돌았다. 라크안이 늑대로 변하는 걸 직접 본 병사들이 많았는데도, 아무도 라크안이 늑대로 변한다고 떠들고 다니지 않았다.

그때는 발작에 지쳐 그저 반려를 찾는 데만 신경을 썼기에 어째서 그렇게 소문이 난 건지 궁금해하지 않았다.

'매번 리센, 네가 이런 꽃잎을 변경에 풀어 주었던 건가?'

새삼, 이제는 만날 수 없는 친구의 빈자리가 느껴졌다. 라크안은 주먹을 꽉 움켜쥐었다. 손톱이 살갗을 파고들어도 아픈 줄 몰랐다. 그러는 동안에도 나무는 끝없이 꽃을 피워 냈다. 꽃잎은 바람을 타고 수도 곳곳으로 퍼져 나갔다.

반달이 뜬 까만 밤하늘은 새하얗게 덮였다. 꼭 베일을 덮은 것 같았다. 꽃잎은 하늘에서 떨어져 내려 지붕을 지나고, 잠들었거나 깨어있는 사람들의 머리 위로 내려앉았다. 사람들에게 닿자마자 스며들었다.

이제 내일 아침이 되면, 수도의 사람들은 어제와 다른 기억을 가지고 살아가게 될 것이다.

라크안이 늑대로 변한 걸 본 사람은 라크안이 늑대를 막으려고 맹렬히 싸웠다고 기억할 것이고, 소문을 들은 사람들도 그런 이야기를 들었다고 당연하게 생각하게 될 것이다.

나무의 꽃잎이 닿는 범위는 제국 수도 전역이었다. 그사이 제국을 벗어나 지방으로 떠났거나 떠난 자들로 인해 퍼진 소문은 어찌할 도리가 없었다.

'그 정도는 괜찮아.'

설사 그들이 수도로 돌아와 라크안이 늑대로 변한 걸 보았다고, 그런 소문을 들었다고 말해도 소용없을 것이다. 수도에 남아 있는 사람들이 잘못 본 거라고, 잘못 들은 거라고 말할 테니까.

카루나는 손을 뻗어 제게 떨어지는 꽃잎을 손바닥으로 받았다. 꽃잎은 카루나의 손바닥 위에서 빙글빙글 돌았다. 꼭 춤을 추는 것 같았다. 카루나의 몸속으로 스며들지 않았다.

'역시 나는 숲의 일족인 거구나.'

카루나는 꽃잎을 움켜쥐며 쓰게 미소 지었다.

"그런데 그대는 이걸 어떻게 알고 있는 거지?"

라크안의 날 선 목소리가 카루나를 향했다.

때마침 두 사람 사이에 바람이 불었다. 꽃잎과 긴 머리카락이 마구잡이로 흩날리며 카루나의 시야를 가렸다. 카루나는 머리카락을 쓸어 넘기며 라크안이 있는 쪽으로 몸을 돌렸다.

다음 순간, 꽃바람 너머에서 커다란 손이 나타나 카루나의 팔목을 움켜잡았다. 겨우 가다듬은 머리카락이 다시 바람에 흩어졌다.

카루나는 어느새 제 앞에 선 라크안을 올려다보았다. 하얀 꽃잎에 파묻혀도 선명한 붉은 눈이 오롯이 카루나를 바라보았다.

"왜 이런 힘을 당연하게 쓰는 거지? 어째서."

찡그린 붉은 눈이 어쩐지, 아파 보였다.

＊ ＊ ＊

이른 아침부터 바이켈드 공작저가 부산스러워졌다. 그간 주인이 없을 때와는 전혀 다른 분위기였다.

화덕은 뜨겁게 달궈진 지 오래였다. 산더미처럼 쌓인 야채를 손질하는 주방장의 손길은 잔상이 보일 정도로 빨랐다. 하녀들은 제 몸보다 커다란 드레스를 번쩍 들어 옮기고, 하인들은 마차를 닦고, 말의 갈기를 쓸어 주었다.

기사들은 무장을 갖추고 대열을 점검했다. 활기 넘치는 표정으로 저택 이곳저곳을 뛰어다니는 하인, 하녀들을 보는 하녀장의 얼굴에도 웃음이 오래도록 머물렀다.

하녀장은 정신없는 와중에도 틈틈이, 저택의 3층에 남향으로 낸 커다란 테라스 창문을 올려다보았다.

한동안 창문이 굳게 닫히고 불이 꺼져 있었건만. 오늘은 달랐다. 창문이 활짝 열리고 얇은 커튼이 펄럭거렸다. 커튼 사이로 하녀들의 밝은 웃음소리와 달콤한 장미향이 흘러나왔다.

3층 창문 아래를 지나는 하인들은 모자를 벗어 가슴에 대고 고개를 숙였다. 그 방의 주인이 내다보지 않아도 경의를 표하는 걸 멈추지 않았다.

저택의 주인 바이켈드 공작의 귀환도 귀환이지마는, 무엇보다 저 방의 주인이 살아 돌아왔다는 게 저택의 사람들이 활기 넘치는 가장 큰 이유였다.

"하녀장님! 잠깐 와 주세요, 다이아몬드 머리핀을 꺼내 주셔야 할 거 같아요. 어서요!"

"아, 잠깐만 기다리게."

하녀장은 저택 안에서 들리는 하녀의 목소리에 서둘러 걸음을 옮겼다. 바이켈드 공작저는 그렇게 아침을 시작했다.

카루나는 잠이 덜 깬 상태로 하녀들에게 붙잡혀 욕실로 옮겨졌다. 장미 꽃잎이 둥둥 뜬 뜨거운 목욕물에 풍덩 담겨서는 머리끝부터 발끝까지 씻겨졌다.

"졸려……. 졸리다고오……."

카루나는 제 팔다리를 하녀들에게 내맡긴 채 욕조 속에서 꾸벅꾸벅 졸았다. 너무 피곤해서 욕조 속 마른 꽃잎을 생화로 바꿀 여유도 없었다. 하녀들은 그런 카루나를 기어이 씻기고 드레스를 입혔다.

"오늘 공작 각하와 함께 황궁에 가신다면서요!"

"그랬, 지……."

"정신 좀 차려 보셔요, 아니, 밤새 무얼 하셨기에 이렇게 피곤해하시는 거예요?"

"어머, 피부 푸석푸석해지신 것 좀 봐!"

화장을 담당한 하녀는 카루나의 얼굴을 살피고는 절망의 비명을 내질렀다. 그 소리 덕분에 카루나는 잠에서 깨어날 수 있었지만, 현실이라는 악몽에서 깨어나지 못한 하녀는 울상을 지었다.

"와아, 너무 예쁘세요!"

그렇게 비명을 질렀던 하녀는 막상 화장이 끝나자 탄성을 내질렀다.

"아부를 그렇게 티 나게 하면 어떡해."

카루나는 호들갑을 떠는 하녀를 장난스레 구박하며 눈을 떴다. 커다란 거울 속에 아리따운 귀족 영애가 앉아 있었다. 그녀가 새초롬하게 카루나를 바라보았다. 카루나는 의자에서 일어서 거울에 손을 내밀었다. 거울 속 여인과 손끝이 맞닿았다.

'안녕. 카루나.'

카루나는 거울 속 여인에게 인사를 건넸다. 거울 속 여인이 답하듯 미소 지었다. 그리 착해 보이는 미소는 아니었지만, 카루나는 그 미소가 마음에 들었다.

'착하고 가련한 건 나한테 안 맞아.'

이렇게 좀 싸가지 없어 보이는 모습이 어울렸다.

"아가씨, 손목이 왜 그러신 거예요?"

카루나의 곁으로 다가온 하녀가 깜짝 놀라며 물었다. 그제야 카루나는 제 손목에 난 붉은 자국을 보았다. 누가 봐도 사람의 손자국이었다.

'아, 그때!'

문득 어젯밤에 있었던 일이 떠올라 눈가가 살짝 흔들렸다.

"아프진 않으셔요?"

"괜찮아."

"괜찮기는요, 누가 이렇게 만든 거예요? 저택으로 돌아오시기 전에, 누구한테 해코지라도 당하신 거예요?"

"정말 괜찮아. 백배로 갚아 줬으니까."

카루나가 생긋 웃으며 하녀의 손에서 팔을 빼냈다. 하녀는 백배로 갚아 줬다는 카루나의 말을 듣고는 안심했는지 따라 웃었다.

"어머나, 내 정신 좀 봐. 목이 긴 장갑을 가져와야겠어요."

하녀는 손목이 드러나는 짧은 비단 장갑을 들고는 급히 돌아섰다. 등 뒤에서 하녀들의 대화가 들렸다.

"긴 장갑을 어디다 뒀지?"

"그걸 쓸 날씨는 아닌데, 왜? 짧은 건 싫으시대?"

"손목에 상처가 있으셔, 그걸 가려야겠어. 가죽 말고 얇은 비단으로 된 건 괜찮을 거야."

카루나는 그들의 목소리를 흘려들으며 붉은 손목을 다른 손으로 감싸 쥐었다. 시큰하거나 아프지는 않았다. 단지 자국만 선명했다. 카루나는 혹시나 하는 생각에 눈을 감고, 손목을 감싼 손에 신경을 집중했다. 손자국이 없어지고 깔끔해진 손목을 생각해 보고는 눈을 떴다.

"……이건 아닌가?"

손목은 여전히 붉었다. 역시나 식물은 키울 수 있는데, 상처를 낮게 하지는 못하는 것 같았다.

'이상하다. 분명, 숲에서는 다친 사람들을 고칠 수 있었던 거 같은데.'

카루나는 고개를 돌려 창밖을 바라보았다.

어제 낮까지만 해도 시야가 훤했던 창문이 나무에 가려 있었다. 어제 낮까지만 해도 없었던 큰 나무가 밤새 자라난 덕이었다. 나무는 밤새 꽃을 다 날려 버리고, 이제는 푸른 잎을 수북이 드리우고 있었다. 그 잎과 가지가 저택의 지붕을 절반 이상 덮고 있었다.

지난밤, 저 나무 아래에서 라크안이 카루나의 손목을 움켜잡았다. 이 손목의 자국은 라크안이 낸 것이었다. 카루나는 어젯밤의 기억을 떠올렸다.

"계속 뭔가 이상하다고 생각했어. 그대는 두려워하거나 무서워하지 않는군. 물론 그대에게 그런 모습이 어울리는 건 아니지만. 그래도 최소한 당황해할 줄 알았는데."

그에게 잡힌 손목이 아팠다. 하지만 카루나는 차마 아프다고 말할 수 없었다. 어째서인지 그녀의 손목을 움켜 쥔 라크안이 더 아파 보였으니까.

"곧 사라질 능력이고, 샘 때문에 우연하게 생긴 능력일 뿐이라고. 그렇게 말한 건 공작 각하세요. 그 말을 믿고 놀라거나 무서워하지 않았을 뿐이에요."

"내 말을 믿고 두려움이 사라졌다고?"

"왜요? 내가 공작 각하한테 살려 달라고, 내가 이상해진 거 같다고, 어떻게 하면 좋겠냐고 매달리길 바라시는 건가요? 만약 그러셨다면 실망시켜 드려 죄송하네요. 전 그럴 생각이 조금도 없으니까요."

카루나는 턱을 치켜들고 오만하리만치 당당하게 말했다.

"이왕 생긴 이상한 능력, 써먹을 수 있는 동안이라도 잘 써먹으면 좋은 거 아니겠어요? 난 그렇게 생각하고 있으니까. 알아들었으면, 이거 놔요!"

카루나는 라크안에게 붙잡힌 손을 흔들었다. 하지만 라크안은 놓아주지 않았다. 오히려 더욱 세게 쥘 뿐이었다.

"그렇게 생각하는 사람이 아무렇지 않게, 이런 일을 벌인다고?"

"아무렇지 않은 거 아니고요. 필요하니까 한 것뿐이에요. 공작 각하한테도, 그리고 저한테도 필요한 일이니까!"

마카레나 백작과 영애, 그 둘을 짓밟기 위해서는 반드시 필요한 일이었다. 그렇기 때문에 능력을 쓴 것이었다.

"아무리 그래도……."

"공작 각하, 이거 놓으라니까요? 안 놓을 거예요?"

"놓으면 도망갈 건가?"

"도망은 무슨, 내가 도망을 왜 가요. 아프다고, 아프니까 놓아달라고 하는 거잖아요!"

"라안 님, 진정하십시오. 일단 아가씨 말대로 놓고, 놓고 이야기 하시죠. 아가씨도 이해할 수 있게 설명을 해 주셔야지요."

어느새 다가온 세나가 라크안을 뒤에서 붙잡고 말렸다.

"끼어들지 마."

라크안은 세나를 밀어내고.

"더 이상 이 능력을 쓰지 않겠다고 약속해."

카루나에게 대답을 강요했다.

"싫어요. 제가 왜 그래야 하죠?"

카루나가 거절하자 라크안의 얼굴이 일그러졌다. 일그러진 얼굴은 겁을 주기 위해서라기보다는, 오히려 겁에 질린 듯 보였다.

'어째서?'

천하의 라크안이 겁먹을 일이 대체 무엇이 있단 말인가. 카루나는 계속 자신을 다그치는 라크안의 태도가 이해되지 않았다. 세나의 말처럼 설명이나 제대로 해 주고 쓰지 말라고 하면, 고려해 보는 척이라도 하겠건만. 무턱대고 쓰지 말라고만 강요하다니.

'역시 뭔가를 알고 있는 거야. 이 사람도.'

카루나는 입술을 앙다물고 라크안을 올려다보았다.

"이 능력이 뭔지도 모르면서!"

"공작 각하는 아나요? 저한테 알려 줄 수 있어요? 그런가요?"

"……."

"아닌 거면 당장 이 손 놓고 물러서세요. 여러 번 말했고, 더 이상은 말로 하지 않겠어요. 저는 분명히 경고했어요."

카루나는 이를 악물고 라크안을 쏘아보았다. 말이 통하지 않는 상대에게 계속 말하는 건 멍청한 짓이었다. 말을 안 들으면 다른 방법을 써야 하는 법.

"그대는 이런 능력에 어울리지 않아. 이건 그대가 가져선 안 되는 능력이야. 그러니 다시는 쓰지 않겠다고 맹세해."

"그걸 결정하는 건 공작 각하가 아니에요."

카루나는 더는 손을 놓고 물러나라 말하지 않았다. 대신 다리를 들어 올렸다. 열두 살 때는 다리가 짧아 닿지 않았지만, 이제는 사정이 달랐다.

스무 살의 카루나는 키가 제법 크고 다리도 길쭉했다. 얇은 드레스를 입고 있어 다리 움직임도 자유로웠다. 놓으라는 말을 못 알아듣는 멍청한 늑대를 혼낼 수 있는 신체적 능력을 되찾은 것이다. 카루나는 이 능력 또한 기꺼이, 필요한 순간에 써먹었다.

단지 한 번의 발길질이면 충분했다. 힘껏, 라크안의 다리 사이를 발로 찼다.

"……!"

라크안이 비명조차 지르지 못하고 무너져 내렸다.

"말로 했을 때 들었어야죠."

카루나가 얼얼한 손목을 문지르며 말했다. 카루나를 바라보는 라크안의 붉은 눈이 특히나 더 붉어 보이는 건, 착각이 아니리라.

"너……어……."

라크안은 채 말을 잊지 못하고 고개를 푹 숙였다.

"오, 각도와 강도 모두 최고였습니다. 과연 라안 슬레이어! 명성이 아깝지 않으십니다."

뒤에 서 있던 세나가 박수쳤다. 짝짝짝. 카루나는 살짝 무릎을 굽혔다 펴며 관객의 찬사에 감사를 전했다.

"카, 루…… 너어……."

라크안이 다시 카루나를 붙잡고자 손을 뻗었다. 하나 그 손은 카루나에게 닿지 못하고 허공을 허우적거릴 뿐이었다. 카루나는 라크안의 손에 좀처럼 잡혀 주지 않았다.

"정신 차려요, 공작 각하. 무슨 물렁한 생각을 하고 있는지는 모르겠지만. 그 생각, 지금 내가 콱 밟아 버렸으니까 깨끗이 머릿속에서 털어 내 버리세요."

"크으…… 그, 게……."

라크안은 쉬이 가시지 않는 고통에 괴로워하며 대답하는 것조차 힘겨워했다. 허공을 맴돌던 손이 바닥을 움켜쥐며, 쉬이 사그라지지 않는 고통을 표현했다. 카루나는 팔짱을 낀 채 그 손을 내려다보았다.

"공작 각하, 제가 이 능력을 남들 보는 앞에서 헤프게 쓰다가 위험에 빠지는 일은 일어나지 않을 거예요. 필요할 때, 내가 알아서 잘 써먹을 테니까 그런 걸 걱정하는 거라면, 쓸데없는 걱정은 하지 마시구요."

"너, 그, 능……력이, 무슨……."

"이 능력이 내 목숨을 갉아먹는다거나 날 아프게 한다거나, 그러지는 않는 거 같네요. 앞으로 좀 더 두고 봐야겠지만 만약 그렇다면 안 쓰면 그만이에요. 그것도 내가 알아서 할 거예요. 내 목숨이니까. 공작 각하가 신경 쓸 일이 아니에요."

카루나는 단호하게 말했다.

'설사 내 생명을 갉아먹는 능력이라 해도 좋아. 이번엔 쓸 가치가 있었어.'

이 나무를 한 그루 키워 냄으로써, 라크안의 수도 복귀에 가장 방해가 되는 문제를 하나 해결할 수 있다. 그걸로 충분했다. 카루나는 제 앞에 무릎을 꿇고 고개를 숙인 라크안을 바라보았다.

밤하늘보다 까만 정수리가 눈에 들어왔다. 그 동그란 정수리를 보는 것만으로도 좋았다.

'이게 좋아하는 마음……'

울컥, 치솟는 감정을 누르기 위해 아랫입술을 꾹 깨물었다.

누군가, 예쁜 연두색 머리카락을 가진 사람은 이 감정 때문에 그녀에게 목숨을 바쳤다. 그만 생각하면 울음이 날 것 같았다. 그는 사라졌지만, 그의 흔적은 그림자처럼 계속 카루나의 발치에 머물며, 틈이 날 때마다 그녀를 뒤흔들었다.

카루나는 그 감정을 떨치기 위해서라도 라크안을 향해 두 손을 뻗었다. 멱살을 잡듯 재킷을 끌어 올리며 말했다.

"나랑 같이 황궁으로 가요. 가서 다 쓸어버려요. 마카레나 백작도, 클레이엔 영애도, 모두 다."

스무 살 여인의 힘찬 손짓에 라크안의 얼굴이 확 들렸다.

꽃잎이 묻어 화환을 쓴 것 같은 까만 머리카락. 눈물이 찔끔 나왔는지 촉촉한 붉은 눈. 고통을 참느라 깨물어서 부어 오른 도톰한 붉은 입술. 창백해진 하얀 얼굴까지.

그 어느 때보다 가까이에서 라크안의 얼굴을 볼 수 있었다. 잘생김은 훌륭한 미덕이었다. 고통스러워하는 얼굴도 달빛을 받아 가련해 보였으니까.

카루나는 그 미모에 또 반하는 대신 라크안의 멱살을 잡고 짤짤 흔들었다.

"정신 차려요. 여긴 제국이에요. 처리해야 할 일이 산더미라고요. 슬픔에 젖어 게을러지지 마요. 그게 공작 각하다운 걸지도 모르겠지만, 이제는 안 돼요. 내 취향 아니니까. 괜히 슬픔에 젖어 우울해하고 처연한 척 굴고, 그런 과정은 건너뛰자고요."

"하, 하지만……."

"하지만은 무슨. 이제 우리 사이에 하지만은 없어요."

카루나는 단호하게 라크안의 말을 잘라 냈다.

"날 살린 리센 님도 그걸 원하진 않을 거야. 어떻게든 나와 당신이 잘 살기를 바랄 테니까. 나는 반드시 공작 각하, 당신을 도와 이 제국 최고의 권력자로 만들고 말겠어요. 마카레나 백작 따위가 감히 손대지 못하도록 만들 거라고요."

이게 카루나의 결론이었다.

'꼭 그렇게 만들겠어.'

카루나는 거울에 비친 자신을 보며 다짐했다.

'일단 현실에 집중하자. 지금 내가 할 수 있는 걸 하는 거야. 나머지는 다 잊어, 아니 나중에 생각하면 돼.'

태어나면서부터 지금까지 이런 생각이 카루나를 살려 주었다. 이번에도 마찬가지이리라.

어머니의 이름, 자신이 숲의 일족이라는 것 등등. 생각만 해도 머리가 꽉 차오르는 골치 아픈 생각들 따위는 저 멀리로 미뤄 두었다. 카루나는 딴생각을 하고자 애썼다.

'제국으로 돌아왔어. 난 지금 바이켈드 공작의 약혼녀야. 그러니까 숲에서 겪었던 일은 잊고 딴생각을 하자. 제국, 바이켈드 공작, 바이켈드 공작, 그래, 바이켈드 공작.'

문득 생각나는 건 지난밤의 라크안이었다. 눈가에 눈물이 맺힌 채로 자신을 올려다보던, 촉촉하게 젖었던 그 붉은 눈. 하마터면, 손을 뻗어 눈물을 닦아 줄 뻔했다.

'멱살을 잡고 있어서 정말 다행이었어.'

손이 두 개뿐이어서, 여분의 손이 없어서 정말 다행이었다.

"으으."

카루나는 진절머리를 쳤다.

'만약 그랬다면…… 오늘, 그 얼굴을 어떻게 봤겠어.'

그때 대략 새벽 2시경이었다. 사람이 가장 제정신이 아닐 때로, 잠자지 않고 깨어 있다가는 해가 뜬 뒤 반드시 후회하게 된다는 마법의 시간이었다.

"아가씨? 왜 그러세요?"

목이 긴 비단 장갑을 가져온 하녀가 카루나의 신음 소리를 듣고는 화들짝 놀라 물었다.

"아니, 아무것도 아니야."

카루나는 한숨을 폭 내쉬며 고개를 설레설레 저었다. 그리고 다시 거울을 보았다. 이번엔 자신이 입은 드레스의 옷맵시를 살폈다.

지금 입고 있는 드레스는 카루나의 몸에 꼭 맞았다. 유행이 지난 디자인도 아니었고, 가슴 부분이 헐렁하지도 않았다. 오직 카루나를 위해 만든 드레스였다. 하녀장이 수완을 발휘하여 하루 만에 구해 온 것이었다. 물론 카루나의 조언 덕분이었다.

"최근 말고, 예전에 마카레나 백작 영애가 자주 이용했던 가게를 둘러봐요. 분명 주문을 받고 만들었는데 백작가에서 찾아가지 않은 드레스와 장신구들이 있을 거예요. 그걸 구해 오면 돼요."

진짜 클레이엔은 수도에 돌아오자마자 카루나가 쓰던 드레스를 버리고 장신구를 자선 경매에 내놓았다. 카루나가 입기 위해 주문해 둔 드레스엔 눈길도 주지 않았으리라.

카루나의 예상대로였다. 안 그래도 가게들은 주인이 찾으러 오지 않는 드레스를 보관만 해 두고 끙끙대고 있었다. 하녀장이 사겠다고 말하니 쌍수를 들고 환영했다고 했다.

그 결과물을 지금, 카루나가 입고 있었다. 클레이엔으로 살았을 때 입었을지도 모를 드레스다. 1년 만에 찾아와 입으니 새삼, 전투력이 샘솟는 기분이 들었다. 당장 황궁에 쳐들어가 마카레나 백작과 클레이엔, 둘과 맞서 싸울 수 있을 것 같았다.

'진정하자.'

카루나는 스스로를 다독이며 치장을 마쳤다. 마지막으로 잠자리 날개처럼 얇은 비단 장갑을 낀 카루나는 라크안의 집무실로 갔다. 라크안은 성장을 한 채 카루나를 기다리며, 그간 제국 수도의 사정을 기록한 서류를 들여다보고 있었다.

문이 열리고 카루나가 사뿐히 걸어 들어왔다. 책상에 걸터앉아 있던 라크안이 고개를 들어 카루나를 바라보았다. 팔랑, 손에 들고 있던 종이가 떨어졌다. 라크안은 주울 생각도 하지 못했다. 그저 멍하니 카루나를 바라볼 뿐이었다.

"공작 각하?"

카루나가 가까이 다가와 말을 걸자, 그제야 잠에서 깨어난 듯 눈을 깜박였다.

"아, 어…… 왔군."

고개를 돌려 카루나와 눈이 마주치는 것을 피하며, 무뚝뚝한 목소리로 말했다.

"어젯밤에 못 주무셔서 피곤하신가 보네요."

"그런 건 아니…… 아니, 그런 거 같군."

라크안은 횡설수설하며 뒤늦게 바닥에 떨어진 종이를 주워 들었다.

"수도의 정세인가요?"

"그래, 기사단장이 훑어보라고 정리해 올렸더군."

라크안은 스스럼없이 종이를 건네주었다. 카루나는 그것을 받아 들며 약간, 이상한 감정에 휩싸였다. 감동, 혹은 어색함이랄까.

'내가 내 본모습으로 이 사람과 이렇게 정보를 주고받는 사이가 되다니.'

열두 살 모습일 때와는 또 달랐다.

'정말 오래 살고 볼 일이네.'

고작 스무 해를 살았지만, 삶이 제법 팍팍하여 남들이 경험해 보지 못한 일을 여러 번 경험해 본 사람으로서 드는 생각이었다.

카루나는 어설픈 감동 따윈 얼른 털어 내 버리고 서류를 빠르게 훑었다. 어제 기사단장이 말한 내용이 좀 더 자세하게 정리되어 있었다. 별다른 특별한 사항은 없었다.

카루나가 서류를 돌려주자 라크안은 그것을 내려놓고, 조금 머뭇거리다가 손을 내밀었다. 카루나는 생긋 웃으며 기꺼이, 그 손을 잡았다.

"가 볼까요?"

"그래."

두 사람이 집무실을 나서자 대기하고 있던 세나와 철십자 기사들이 뒤를 따랐다.

"잠깐만요. 입궁하기 전에 확인해야 할 게 있어요."

계단을 내려가던 중 카루나가 멈춰 섰다. 그녀를 따라 라크안과 철십자 기사들이 일제히 걸음을 멈추고 그녀를 바라봤다.

"무슨 문제가 있나?"

"문제는 아니고. 내게 필요한 걸 확인하고 싶어서요."

카르나가 맑은 녹색 눈을 들어 라크안을 올려다보며 물었다.

"루시온은 어디에 있나요?"

한때 마카레나 백작 영애 클레이엔이었던 여인이 오랫동안 자신의 사냥개 역할을 했던 사내를 찾았다.

티 파티 사건이 일어나기 직전, 루시온에게 납치됐다가 풀려났을 때. 카루나는 분명 라크안에게 말했다. 자신의 사냥개는 자신이 도로 거두어 갈 테니까, 그때까지 손가락 하나 건드리지 말라고. 지금이 그 말을 지킬 때였다.

"그건 왜 묻는 거지?"

붉은 눈을 가진 늑대는 카루나가 자신의 사냥개를 되찾겠다고 하자 불만을 드러냈다.

"루시온을 처리하진 않았겠죠? 만나 봐야겠어요."

"지금 필요한가? 원한다면 나중에……."

"지금 당장 만나게 해 주세요."

카루나는 맞잡은 라크안의 손을 꾹 움켜쥐었다.

"……."

"……."

두 사람은 서로를 바라보았다.

"그대가 원한다면."

먼저 꼬리를 내린 쪽은 언제나 그렇듯 라크안이었다.

라크안은 카루나의 손을 이끌어 다시금 아래로 내려갔다. 그들이 떠나는 걸 배웅하고자 1층에 늘어선 하녀장과 고용인들을 지나쳐, 지하로 내려갔다.

고작 한 층 내려갔을 뿐인데, 분위기가 완전히 달라졌다. 저택의 지하실은 하녀장이 꼼꼼히 관리하는 지상과는 별개의 공간이었다. 어둡고 침침했다.

라크안은 등불 하나 들지 않고 태연히 걸어 내려갔다. 뒤따르는 기사들이 카루나를 위해 등불을 들어 주변을 비춰 주었다. 카루나는 저도 모르게 라크안에게 바짝 기대섰다.

손을 맞잡았던 자세는 어느새 팔짱을 낀 자세로 바뀌었고, 라크안은 아예 카루나를 지탱하듯 받아 주었다. 두 사람의 몸이 자연스럽게 맞붙었다.

"이곳엔 한 번도 안 와 봤겠지?"

"정말 대놓고 지하 감옥이네요."

바이켈드 공작저의 지하 감옥은 정말 그림 속에 나올 법한 모습이었다. 오래된 저택이니 그런 것이리라. 바이켈드 공작가의 오래된 역사를 짐작할 수 있는 곳이었다.

요즘 만들어진 저택은 지하실에 지하 감옥을 잘 만들지 않을뿐더러, 설사 만든다 하더라도 이렇게까지 음산하게 만들지는 않는다. 마카레나 백작저의 지하 감옥 또한 이렇게 어둡고 침침하지는 않았다.

"바이켈드 공작저에 이런 곳이 있다니 신기하네요."

"발 조심하고. 마카레나 백작저에도 있었나?"

"궁금해요?"

"아니."

라크안은 바로 고개를 저었다.

"잘 생각하셨어요."

카루나는 빙긋 웃으며 주변을 둘러보았다.

'이런 곳에 루시온이 갇혀 있다니……'

딱히 라크안에게 루시온을 왜 이런 곳에 가두었냐고 따지고 항의할 생각은 들지 않았다. 카루나 역시 그랬을 테니까. 클레이엔의 대역으로 살고 있을 때 철십자 기사단장이나 라크안의 측근을 잡았다면, 마카레나 백작저의 지하 감옥에 가두었을 것이다.

카루나는 축축한 바닥에 치맛자락이 닿지 않도록 드레스를 들고 걸었다. 쇠창살로 둘러친 방들은 모두 비어 있었다. 그중 가장 안쪽, 가장 어두운 곳에서 사람의 인기척이 들렸다.

"이제야 저를 보러 오셨군요. 바이켈드 공작 각하."

잔뜩 쉰 목소리는 낯설었다. 하지만 카루나는 그게 누구의 목소리인지 바로 알아차렸다.

'루시온?'

카루나가 기억하는 루시온의 목소리는 이런 것이 아니었다. 언제나 감정이 느껴지지 않는 단조로운 목소리였건만.

'설마 고문당한 건가?'

문득 든 생각에 소름이 돋았다.

지하로 내려올 때까지만 해도, 카루나는 태연했다. 자신이 클레이엔인 척할 때 그랬듯, 라크안 역시 루시온을 지하 감옥에 가두어 두는 게 당연하다고 생각했다.

하지만 그건 어디까지나 '생각'이었다. 막상 루시온의 목소리를 들으니, 견딜 수 없었다.

'다른 사람은 상관없지만 내 사람은 안 돼.'

이기적인 생각이었다. 새삼 다른 말로 포장하고 싶은 생각은 없었다. 머릿속에 루시온의 상태가 어떤지 확인해야 된다는 생각으로 가득 찼다. 카루나는 라크안의 팔을 놓고 앞으로 달려갔다.

"위험해!"

라크안이 손을 뻗어 카루나의 허리를 감싸 안았다. 카루나의 발이 허공에 떴다.

"꺄악?"

카루나의 짤막한 비명이 어두운 공간에 울려 퍼졌다. 라크안은 한 팔로 카루나를 든 채로 이를 갈았다.

"저 자식이 뭐 그리 대단하다고."

"아가씨?"

어둠 속에 앉아 있던 사내가 벌떡 일어서 쇠창살 앞으로 나왔다. 철컹! 그가 이곳에 갇힌 이래 처음 울리는 쇳소리였다. 차라리 인형을 가둬 놔도

이 정도로 심심하지 않을 거라고. 감옥을 지키고 선 기사들이 그리 농담 따먹기를 할 정도로 아무 반항 없이 갇혀만 있던 사내가 처음으로, 쇠창살에 제 몸을 들이박은 것이다.

"루시온!"

카루나가 라크안의 팔에 매달린 채로 손을 내밀었다. 쇠창살 사이로 뻗어 나온 손이 정확히, 그 손을 움켜쥐었다. 서늘한 손이 꽉 움켜잡을 듯하다가 감히 그럴 수 없다는 듯 풀어졌다. 솜사탕을 쥐듯 조심스럽게 카루나의 손을 감싸 쥐었다.

"역시 무사하셨군요."

쇠창살 너머에서 한숨이 섞인 목소리가 들렸다. '역시'라는 단어가 다른 의미로 들리는 건 단지, 카루나만의 착각은 아닐 터였다. '역시'는 '다행히도'라거나 '신께 감사를', 혹은 다분히 감정적인 감탄사로 바꿔야 할 터였다.

루시온은 지금 안도하고 있었다. 내내 카루나를 걱정하며, 카루나가 무사하기를 바라고 있었으리라. 카루나는 루시온이 자신을 납치했던 때를 떠올렸다.

'나를 마카레나 백작이 모르는 곳에 숨겨 두고, 죽지 않게 만들 거라고 했지. 마카레나 백작이 날 죽이려 할 때에도 막아서려 했고.'

이후에도 이곳에 갇혀 카루나가 안전하기만을 바라며, 그녀를 기다리고 있었다. 루시온은 끝까지 그녀의 사냥개답게 굴었다.

'진짜 클레이엔이 아니라 나를 따른 거야.'

그런 충성스러운 사냥개를 어찌 버릴 수 있으랴. 루시온이 카루나의 손을 잡아끌었다. 카루나는 기꺼이 자신의 손을 내주었다. 카루나의 손이 쇠창살 가까이로 다가오자 루시온은 그녀의 손등에 입을 맞추었다. 버석하게 메마른, 그리고 차가운 입술이 닿았다 떨어졌다.

"기다리고 있었습니다. 나의 아가씨."

어둠 속에서 남색 눈이 빛났다. 뒤따르던 기사들이 등을 밝히자 철창 속에 갇힌 루시온의 모습이 드러났다.

이전의 깔끔한 모습은 온데간데없었다. 흰 셔츠와 검은 바지를 입고 있었는데, 바지는 남의 것을 입은 것처럼 헐렁했고 셔츠는 풀어 헤쳐져 있었다. 항상 크라바트를 꼼꼼히 매 목 끝까지 단정했던 그답지 않은 모습이었다.

카루나는 그의 판판한 가슴을 확인하고는 안도했다. 고문을 당한 것 같지는 않았다. 다만 얼굴이 반쪽이 되어 있었다. 은발 역시 푸석푸석해서 빛바랜 지푸라기처럼 보였다. 여전한 건 이 순간에도 무너지지 않는 무표정뿐이었다.

"기다리고 있었습니다. 나의 아가씨."

루시온이 카루나의 손을 움켜쥐고 말했다. 어쩐지 차가운 목소리가 달콤하게 들렸다. 카루나는 대답하는 대신 웃어 보였다.

가만히 있는 카루나를 대신해서 라크안이 루시온의 손을 쳐냈다. 루시온은 아쉬운 듯 허공에 손짓을 하다가 이내 손을 거둬들였다. 라크안은 카루나를 안아 든 채로 한 걸음 뒤로 물러섰다.

"잠깐, 잠깐만요. 공작 각하?"

손등의 키스는 아랫사람이 윗사람에게 친애를 표현하는 인사 중 하나였다. 유달리 특별한 것도 아니건만, 라크안은 그것마저도 못 견뎌하며 두 사람의 사이를 갈라놓은 것이다. 카루나로서는 황당할 수밖에 없는 일이었다.

'뭐야, 설마 날 보호해야 할 열두 살 아이로 보고 있는 건 아니겠지?'

딱히 열두 살의 모습일 때에도 라크안의 보호를 받으려 하지 않았지만. 카루나는 라크안의 팔을 주먹으로 툭툭 두드리며 항의했다.

"제 말 안 들려요? 내려 달라고요. 지금 루시온이랑 이야기 중이잖아요. 언제까지 절 열두 살 아이 취급할 건데요! 이렇게 방해하는 게 어디 있어요."

"……."

라크안은 어이없다는 듯 카루나를 내려다보았다.

'아이 취급?'

울컥, 감정이 치솟았다. 그는 지금 엄연히, 자신의 약혼녀를 보호하고 있는 것이었다. 그런데 이 약혼녀는 약혼자의 마음 따위는 모르고, 약혼자의 앞에서 딴 사내와 정답게 이야기를 나누고 스킨십까지 해 대고 있었다.

카루나가 라크안의 마음을 알았다면, 손등의 키스가 무슨 남세스러운 스킨십이냐고 따져 물었겠지만. 아무튼 라크안의 마음은 그러했다.

"계속 날 열두 살 취급할 거라면, 나 역시 열두 살 때 썼던 방법을 쓸 수밖에 없어요. 그래도 좋아요? 다시 한번, 어디 해 보실래요? 누가 이 길지?"

라크안이 묵묵부답, 계속 자신을 들고 있자 카루나가 음산한 목소리로 협박하기에 이르렀다. 라크안은 움찔, 했다.

스무 살의 카루나가 독약과 암살자를 자유자재로 썼다면 열두 살의 카루나는 기상천외한 물건들로 라크안을 궁지에 몰아넣었다. 후춧가루, 포도주통 등, 그녀의 손에 잡히는 모든 것이 잔혹 무도한 무기가 되었다.

몸에 새겨진 기억은 쉬이 사라지지 않는 법이었다. 후춧가루와 포도주통을 생각하니 흥분이 싸하게 가라앉았다. 아무튼 카루나는 라크안의 발작에 효과적이었다.

"……딱히 그게 두려워서 그러는 건 아니지만."

라크안은 슬그머니 카루나를 내려놓았다. 카루나는 가벼운 발걸음으로 다시 루시온에게 다가갔다. 루시온은 카루나가 다시 자신에게 올 것임을 알고 있었다는 듯, 더없이 여유로운 표정으로 그녀를 맞이했다. 라크안을 힐끔, 바라보며 비웃는 것도 잊지 않았다.

으득. 라크안이 이를 악물었다. 눈에서 불똥이 튀었다.

"진정하십시오. 철창에 갇혀 있는 죄인을 상대로 질투를 하시는 겁니까?"

뒤에서 세나가 소곤대자, 라크안은 긴 한숨을 내쉬며 눈을 질끈 감았다. 시야가 차단되니 청력이 더욱 예민해졌다. 카루나의 목소리, 숨소리, 심장 소리. 모든 게 손에 잡힐 듯 선명했다.

"감옥 생활이 할 만한가 봐? 밖에 있을 때보다 감정이 더 풍부해진 것 같은데?"

카루나가 놀리듯 루시온에게 말했다.

"다시 원래 모습으로 돌아오셨군요. 갈색 머리도 잘 어울리십니다."

루시온은 카루나의 농담을 받아 주지 않았다. 카루나도 딱히 기대하지 않았다는 듯 그냥 넘어갔다.

"이게 원래 내 머리카락이니까."

"크게 다치고 납치당하셨다고 들었습니다만."

"감옥 안에 있으면서도 소식이 빠르네? 그런데 아주 빠르지는 않나 봐. 다친 게 다 나아서 되돌아왔다는 소식은 못 들은 거 보니?"

카루나가 두 팔을 펼쳐 보였다. 건강한 상태라는 걸 보여 주려는 것이었다. 루시온은 눈을 가느다랗게 뜨고 카루나의 드레스부터 살펴보았다. 유독 가슴부터 목까지 덧대어 올린 레이스 장식 위에서 오래도록 시선이 머물렀다.

"취향이 조금 바뀌신 것 같습니다만."

"아, 나이를 먹으니까 추운 게 싫어서?"

카루나는 루시온의 시선에서 감추듯 살짝 몸을 틀었다. 루시온이 여러 겹의 레이스로 감춘 어깨와 가슴의 상처를 들여다보는 것 같아서, 무의식적으로 몸이 움직인 것이었다. 루시온은 그것마저도 놓치지 않았다.

"……일단, 그렇다고 해 두지요."

남색 눈이 카루나 너머 라크안을 쳐다보았다. 자신이 카루나의 곁에 없는 새, 카루나를 제대로 지키지도 못한 자를 향한 경멸의 눈빛이었다. 톡톡. 카루나가 손톱으로 철창을 두드려 루시온이 다시 자신을 보도록 했다.

"여기가 바이퀠드 공작의 지하 감옥이긴 하지만, 그래도 날 봐 줬으면 좋겠는데?"

"감옥 주인에게 잘 보여야 하루라도 빨리 나갈 수 있지 않겠습니까?"

"여길 나오면 뭘 하려고?"

카루나가 물었다. 루시온은 바로 답하지 않고 잠시, 카루나를 빤히 바라보았다. 카루나가 그 시선이 간지러워 눈을 깜박이자 루시온이 다시 입을 열었다.

"제가 무얼 할지 정말로 궁금한 건 아니실 테고."

루시온은 마카레나 백작의 사람이었다. 다행히 죽지 않고 풀려난다면, 갈 곳은 뻔했다. 다시 마카레나 백작에게로 갈 것이다.

사냥개는 잠깐 흥분하여 주인의 손을 물었다고 해도 사냥개다. 주인이 분노하여 때려 죽여도 주인의 발치에 엎드려 죽는 법이었다. 혈통이 좋은 사냥개일수록 더더욱.

마카레나 백작이 살아 돌아온 그를 다시 써먹든, 아니면 못 믿어 죽이든, 그건 마카레나 백작이 결정할 일이었다. 루시온은 카루나가 그 점을 모른다고는 생각하지 않았다.

"감옥의 주인인 공작 각하를 두고 제게 하실 말씀이 있으신가 보군요."

어두운 감옥에 갇혀 있어도 예리한 이성은 그대로였다.

"정답."

카루나가 다시 창살을 손가락으로 톡톡 두드리며 말했다.

"루시온, 당신이 필요해."

"그렇군요. 저를 필요로 하시는군요."

루시온은 놀라지도 않고 고개를 끄덕였다.

"주변에 쓸 만한 인물이 없으신가 봅니다."

"뭐야?"

이번엔 라크안이 아니라 세나가 발끈했다.

"내가 카루나 아가씨를 얼마나 완벽하게 호위하고 보좌했는데! 생전 안 입던 치마까지 입어 가면서, 어? 그런데 아가씨를 납치하려 했던 놈이 누구 앞에서 그딴 말을 지껄여!"

"철창 안에 갇혀 있는 죄인이랑 대결해서 어쩌자는 거야. 진정하게, 세나 경."

이번엔 라크안이 세나를 말려야 했다.

"하지만, 라안 님! 라안 님도 방금 저놈이 하신 말을 들으셨잖습니까!"

"그러니까 진정하라고!"

카루나는 한숨을 푹 쉬며 돌아섰다. 루시온과 말 한마디 할 때마다 등 뒤에서 각종 추임새가 들리니, 영 신경에 거슬렸다.

"루시온과 둘이서 이야기할 수 있게 좀 배려해 주시겠어요?"

카루나는 정중히 부탁했다. 순간적으로, 욕실에서 자신의 말에 절대 복종하던 하녀들이 생각났다. 혹시나 라크안과 세나도 그들처럼 변하지 않을까 싶어 두 사람의 눈을 유심히 살폈다.

다행히도 두 사람은 그러지 않았다. 라크안은 인상을 찌푸리고 못마땅하다는 듯 카루나를 바라보았다. 그러다가 이내, 세나와 철십자 기사들을 뒤로 물렸다.

그래 봤자 몇 걸음이었다. 그 정도로 기척에 예민한 세나와 늑대 수준의 청력을 가진 라크안이 자신과 루시온의 대화를 엿듣지 못할 리는 없겠지만.

그래도 카루나는 그 정도로 만족했다. 일단 루시온과 진득하게 이야기할 수 있도록 기다려 주겠다는 무언의 약속을 받은 것이었으니.

"루시온, 나는 마카레나 백작가를 뿌리째 뽑아서 말려 죽일 생각이야. 절대 살아남을 수 없도록, 이 제국에 귀족이랍시고 발을 붙이지 못하도록 만들려고 해."

카루나는 쇠창살에 바짝 붙어, 아까보다 더 작은 목소리로 속삭였다.

루시온은 충성심에 벅차올라 화를 내거나 저주하는 대신, 담담한 어투로 물었다.

"복수를 하시는 겁니까?"

"복수?"

카루나는 배에 손을 얹었다. 마카레나 백작의 하수인에게 칼로 찔렸던 자리였다. 아프지는 않지만, 상처는 고스란히 남아 있었다.

'날 이용만 하고 죽이려고 했지. 내가 살아 있다는 걸 알고는 다시 또 죽이려고 했어. 한 번도 아니고 두 번이나.'

그러니 카루나가 마카레나 백작에게 복수하고자 한다고 생각하는 게 당연했다. 지금의 카루나는 복수할 수 있는 힘도 있었다. 그녀는 아직 바이켈드 공작의 약혼녀였다.

숲으로 돌아온 후에도 라크안은 그녀를 곁에 두었다. 그녀는 여전히 바이켈드 공작가라는 뒷배를 등에 지고 있었다.

"그래, 복수. 그 이유도 있었지."

하지만 카루나는 지금에야 '복수'란 이유를 떠올렸다. 루시온의 눈썹이 살짝 위로 치켜 올라갔다. 카루나는 그런 루시온을 보며 웃었다.

"정말 감옥 안 생활이 체질에 잘 맞나 봐?"

루시온의 얼굴에 여러 감정이 선명히 드러났다. 그동안 자신을 얽어매던 구속복을 풀고 자유를 얻은 사람 같았다.

'철창 안에 갇힌 사람이 자유롭다고 생각하다니.'

카루나는 실소했다. 하지만 자신의 생각을 물리고 싶지는 않았다. 감옥 안의 루시온은 정말로 그렇게 보였으니까.

"마카레나 백작님을 꺾고 싶은 이유가 무엇입니까?"

루시온의 낮은 목소리가 카루나의 귓가에 감겼다. 달래듯, 꼬이는 듯한 목소리였다. 클레이엔의 대역으로 활동할 때, 카루나가 짜증이 나 심술을 부리면 루시온은 언제나 이런 목소리로 카루나에게 말을 건넸다. 루시온

나름의 달래는 말투라는 건 아주 나중에야 깨달았다.

루시온은 지금, 카루나를 살살 얼러 자신이 궁금해하는 답을 얻어내려 하고 있었다. 마카레나 백작을 무찌르려는 진짜 이유. 루시온이 알고 싶은 건 그것이었다.

"바이켈드 공작의 앞길에 방해가 되니까."

"……의외의 이유이군요."

"그렇지? 나도 그렇게 생각해."

카루나가 피식 웃었다.

"누가 알려 줬거든. ……하면 뭐든 다 해 주고 싶다는 걸. 자기 목숨 마저도 아끼지 않고 말이야."

의도적으로 앞말을 흐렸다. 아니, 분명히 말할 수 없었다. 그랬다가는 눈물을 흘려 버릴지도 모르니까.

생각하는 것만으로도 숨이 막힐 만큼, 가슴이 벅차오르는 사람이 있었다. 아무 대가도 바라지 않고, 자기 멋대로 자신의 목숨을 내던져 카루나를 살려 낸 사람.

그 사람만 생각하면 가슴이 먹먹해졌다.

'지금은 아냐, 나중에. 나중에 생각하자.'

카루나는 아랫입술을 꽉 깨물고 고개를 들었다. 눈앞에 살짝 보였다 사라진 연둣빛 흔적을 지워 버리고, 남색 눈을 바라보았다.

"지금 나한텐 루시온, 당신이 필요해."

"제가 가장 듣고 싶었던 말을 다른 사내를 돕기 위해서 말씀하시는군요."

"그래서, 거절하겠다는 거야?"

"속단하기에는 이르십니다. 저를 좀 더 설득해 보십시오. 제가 그 정도 값어치는 되니까, 저를 찾아오신 것 아닙니까."

자신을 추켜세우는 말마저 담담하기 이를 데 없었다.

카루나는 그가 유일하게, 격렬한 감정을 드러냈던 때를 떠올렸다.

자신을 마카레나 백작에게서 빼내, 아무도 모르는 곳에 가두어 두고 싶다고 했다.

듣는 사람에 따라 달콤하게도, 무섭게도 들릴 수 있는 말이었다. 그토록 집요하고 끈적끈적한 감정을 보여 주었던 사내가, 지금은 이처럼 담백하게 굴었다.

"어떻게 하면 마카레나 백작이 아니라 완전한 내 편이 되겠어?"

카루나는 섣불리 무언가를 제안하거나 속단하지 않았다. 루시온에 한해서는 그러면 안 됐다. 그렇기에 그저 루시온에게 물었다.

"제가 얻을 수 있는 대가는 무엇입니까?"

"대가? 이곳에서 풀려나는 자유?"

카루나가 자신의 등 뒤에 서 있을 라크안에게 손짓했다.

"이래 봬도 내 약혼자거든. 내가 부탁하면 당신을 풀어 줄 거야. 날 도울 동안은 당연히 안전할 테고, 마카레나 백작을 쓰러트린다면 그 뒤엔, 저 사람이 당신을 비호해 주지 않아도 당신은 안전하겠지. 마카레나 백작이 없으니까."

"배신의 대가로 고작 자유를 걸다니. 실망입니다."

루시온이 고개를 숙이며 눈을 내리깔았다. 카루나에게 거래의 기술을 알려 준 건 다름 아닌 루시온이었다. 옛 스승은 오랜만에 만난 제자의 모자란 모습에 실망한 기색을 숨기지 않았다.

실망한 스승을 보던 제자가 싱긋, 미소 지었다. 평소보다 기운이 없어 보이는 웃음이었다. 카루나는 언제나 스승의 기대에 부응하는 훌륭한 제자였다. 이번에도 역시나, 스승을 만족시킬 만한 협상을 위한 최후의 카드를 품고 있었다.

그것을 꺼내 보이기 전. 카루나는 멀찍이 떨어진 라크안을 돌아보았다가 그와 눈이 마주치기 전, 고개를 돌렸다.

'저 사람을 좋아해.'

죽을 고비를 넘기고야 겨우 인정하게 되었다. 언제나 살아남는 걸 최우선으로 삼아 왔으면서, 라크안을 위해 기꺼이 제 목숨을 포기했다. 어깨와 가슴에 할퀸 상처가 남아 있었다. 카루나는 버릇처럼, 어깨에 손을 올렸다.

'나 때문에 자기 친구가 죽었는데도 날 비난하지 않았어. 리센을 말리기 위해 쫓아왔으면서도, 나 때문에 리센이 죽었는데도…… 여전히 날 자신의 곁에 두고 있어. 날 미워하는 것조차 못하는 저 물렁한 남자를, 내가 지켜 줘야 돼.'

누군가를 좋아하는 건 자신의 목숨마저 기꺼이 바칠 수 있는 마음이라는 걸 알려 준 사람이 있었다. 연두색 머리카락에 노을빛 눈동자를 가진, 웃는 모습이 참 예뻤던 사람.

카루나는 그에게 배운 대로, 자신이 좋아하는 사람을 위해 기꺼이 자신을 내놓고자 하였다.

"날 줄게."

카루나가 줄 수 있는 가장 귀중한 것이었다. 또한 루시온이 가장 원하는 것이기도 했다.

카루나는 루시온이 자신을 납치했을 때 했던 말을 똑똑히 기억하고 있었다. 루시온은 마카레나 백작의 눈을 피해 카루나를 빼돌리고, 자신만 볼 수 있는 곳에 가둬 두고 싶다고 말했다. 나의 아가씨. 그 말과는 지독하게 어울리지 않는 호칭으로 카루나를 부르면서.

"지금, 본인이 무슨 말을 하고 있는지 아시는 겁니까?"

루시온이 다시 고개를 들었다.

"날 봐. 아닌 거 같아 보여?"

카루나가 손을 들어 자신을 가리켰다. 루시온은 무표정한 얼굴로 카루나를 바라보았다. 아무리 봐도 달라질 건 없었다. 그녀는 루시온이 기억하는 그 모습 그대로였으니까.

총명하게 반짝이는 녹색 눈과 자신만만해 보이는 미소. 진짜 클레이엔과 달리 조금도 흐리멍덩하지 않은 모습. 다른 거라고는 오직 머리색깔 하나뿐이었다.

"……."

불빛이 비친 남색 눈이 일렁거렸다. 무표정한 얼굴 속에 숨겨진, 끈적끈적하고 진득한 감정. 그것은 오직 카루나만을 향했다. 창백한 얼굴에 비로소 만족스러운 기색이 어렸다.

"아가씨……."

"누구 마음대로."

등 뒤에서 으르렁대는 듯한 소리가 들렸다.

철컹! 쇠창살이 세게 흔들렸다. 안에 갇힌 자가 반항해서 그런 게 아니었다. 창살 밖에 선 감옥의 주인이 죄인의 목을 움켜쥐고자 손을 뻗었기 때문이었다. 힘줄 솟은 손이 단번에 마른 목을 움켜쥐었다.

"커흑!"

루시온이 번쩍 들렸다. 허공에 뜬 발이 대롱대롱 흔들렸다. 조금 전 카루나와 비슷해 보이기도 했으나 전혀 다른 모습이었다. 그때의 카루나는 라크안의 품에 안겨 안전했으나, 지금의 루시온은 라크안의 손에 목이 잡혀 죽을지 모를 상황이었다.

"뭐 하는 거예요! 얼른 내려 줘요, 얼른요!"

카루나가 화들짝 놀라며 라크안을 말렸다. 라크안은 피식, 웃으며 카루나가 보란 듯이 손을 더 들어 올렸다. 커흑! 루시온에게서 숨넘어가는 소리가 들렸다.

"공작 각하!"

"카루나."

특유의 저음이 지하 감옥에 울렸다. 붉은 눈이 카루나를 똑바로 바라봤다. 시선을 피할 수 없었다.

"그대는 내 약혼녀인데, 누구 마음대로 딴 사내에게 그대를 준다 만다, 그런 말을 하는 거지?"

성나 있다거나 분노하는 목소리가 아니었다. 오히려 나긋하니 부드러웠다. 목울대에서 울리는 거친 숨소리만 아니라면, 라크안이 정말로 궁금해서 물어보는 거라는 착각이 들 정도였다.

하지만 당장이라도 루시온의 목을 꺾어 버리려는 팔이, 어둠 속에서 빛나는 붉은 눈이 그의 분노를 드러내 주고 있었다.

"어, 어차피 진짜 약혼했던 것도 아니고……."

"누가 그런 말을 했지?"

"그게 무슨……."

두 사람의 약혼 관계가 진짜가 아니고, 상황상 어쩔 수 없이 맺어졌다는 건 하늘이 알고 땅이 알고, 라크안이 알고 카루나가 아는 일이었다.

그런데 그런 말을 누가 했냐니. 그런 말 한 사람이 누구라고 말해 주면 당장에 루시온처럼 목을 비틀어 버릴 기세였다. 카루나는 순간 말문이 막혔다.

라크안에게는 기념비적인 상황이 아닐 수 없었다. 천하의 카루나가 할 말을 잃게 만들다니. 루시온은 그 기념비 바닥에 묻혀야 할 제물이 되어 죽어 가고 있었다.

"일단 놓고 이야기해요! 지금 죽으면 안 된다고요!"

카루나가 라크안의 팔에 매달리며 소리쳤다. 제 팔에 카루나의 온기가 어리자, 그제야 라크안은 루시온을 놓아줬다. 놓아줘도 그냥 놓아주지 않고 던져 버렸다.

허억, 허억. 바닥에 쓰러진 루시온은 급히 숨을 몰아쉬며 제 목을 문질렀다. 어른거리는 엷은 불빛만으로도 목에 시뻘겋게 난 손자국이 선명하게 보였다.

"과격, 하시군요. 여전히."

"주제 모르고 욕심 부리는 것 또한 여전하군."

두 사내의 눈이 마주쳤다. 이내 붉은 눈과 남색 눈의 일렁임이 한 곳을 향했다. 라크안의 팔을 두 손으로 껴안고 있는 카루나에게로.

쯧. 라크안이 다시 혀를 차며 카루나를 품 안에 끌어안았다.

"내 약혼녀가 경을 원하니, 내 약혼녀의 뜻대로 충실하게 움직여 준다면 자유를 주겠다."

약혼녀, 세 글자에 유독 힘이 들어가 있었다.

"다만 내 약혼녀가 말한 조건은 받아들일 수 없군. 꼬맹이에서 어른이 된 지 얼마 안 돼서 사리 분별을 못해서 말이야."

"사리 분별을 못하다니요?"

카루나가 어이없다는 듯 라크안을 올려다보았다. 라크안은 그 눈을 피하지 않고 내려다보며 물었다.

"약혼자가 멀쩡히 살아 있는데, 그 약혼자 앞에서 다른 남자에게 가겠다느니 마느니 하는 게 제정신으로 할 수 있는 말이라는 건가?"

"애초부터 우리 약혼은!"

"제국 수도 사교계의 모든 귀족들이 다 알고 있는 사실이지. 황제 폐하의 인가를 받았고, 황태자 전하의 축복마저 받은."

"그, 그건……."

"무슨 생각을 하고 있는지는 모르겠지만."

라크안이 손을 뻗어 카루나의 턱을 끌어 올렸다. 힘이 하나도 들어가지 않은, 유리 공예품을 쥐는 듯 조심스러운 손길이었다. 카루나는 턱에 힘을 주어 버텨 볼까 하다가 그 상냥한 손길에 놀라 얼결에 고개를 들게 되었다. 라크안이 그녀를 내려다보며 속삭이듯 말했다.

"그대는 내 약혼녀이고, 나는 그 약혼을 절대 무를 생각이 없으니. 딴 생각은 하지 않는 게 좋아. 난 내 약혼녀가 딴 남자랑 바람피우는 것 따위 용인해 줄 생각이 없으니까. 내가 어떻게 미치는지 보고 싶다면 어디 한번, 원하는 대로 해도 좋아."

악다문 잇새에서 아직 생기지도 않은 카루나의 정부에 대한 분노가 새어 나왔다.

"절대 놓치지 않아, 반드시 그대를 되찾아 오고, 그대의 눈앞에서 그대와 바람난 사내를 갈가리 찢어 죽일 테니까."

"……."

"무서운 약혼자를 두셨군요, 아가씨."

기가 질린 카루나 대신 루시온이 감상을 말했다. 갈가리 찢겨 죽을지도 모를 위험에 처한 사람답지 않게 담담한 목소리였다.

그가 겁에 질릴 때는 단 하나, 카루나가 제 손을 벗어나 위험에 처할 때뿐이었다. 눈앞에서 다른 사내의 품에 안겨 약혼녀 운운하는 소리를 듣는 것 정도로는, 그의 마음을 흔들지 못했다.

카루나가 클레이엔의 대역이었을 때, 루시온은 수년 동안이나 자신의 눈앞에서 황태자를 좇아다니고, 다른 귀족 사내들과 어울리는 카루나를 지켜봐야 했다. 그들을 일일이 다 질투해야 했다면 그의 신경이 남아나지 않았으리라.

"사실 아가씨께서 복수를 원하신다면 제 목숨을 바쳐 도와드리려고 했습니다. 아가씨가 복수 말고, 누군가를 돕기 위해 자신을 희생할 생각을 한다거나 하면 당연히 받아들이지 않으려고 했습니다만, 마음이 바뀌었습니다."

감옥에 갇힌 사람이 선택을 운운하는 게 웃기게 들릴 수도 있겠지마는, 루시온의 말은 전혀 그렇게 들리지 않았다.

"아가씨께 다시 한번, 저의 충성을 맹세합니다. 이미 첫 번째 충성을 마카레나 백작님과 클레이엔 아가씨에게 바쳤으니, 두 번째 충성을 지조 없다고 욕하신들 상관없습니다."

그 말에 대답하듯 라크안이 철창의 자물쇠를 움켜쥐었다. 열쇠가 우그러지며 끊어지고 문이 열렸다. 루시온은 태연하게 걸어 나와 카루나의 앞에 한쪽 무릎을 꿇고 앉았다.

"저를 원하시는 대로 쓰십시오. 저는 당신의 사냥개니까요."

그러고는 고개를 숙여 카루나의 구두에 입을 맞췄다. 잠시 후 고개를 든 루시온은 놀랍게도, 빙그레 웃으며 라크안을 올려다보았다. 잘 길든 사냥개와 제멋대로 날뛰는 늑대가 서로를 노려보았다.

"그거 아십니까, 각하. 개와 늑대는 원래 같은 일족이었다고 하던데, 개가 인간에게 복종하면서부터 늑대와는 갈라서게 되었다고 합니다."

"그래서 네놈을 보면 목덜미를 물어뜯어 버리고 싶은 기분이 드는가 보군."

"글쎄요. 물어뜯기는 게 누굴까요. 인간은 자신에게 복종하는 개를 제 발 아래 거느리고 늑대를 사냥하지요. 늑대가 개를 물어뜯으려 하면 기꺼이, 그 개를 구하기 위해 늑대를 죽이기까지 합니다."

"루시온, 적당히 해 둬."

둘 사이가 험악해지자 카루나는 일단 루시온부터 말렸다.

"네, 아가씨."

루시온은 즉각 말을 멈췄다. 사냥꾼의 발치에 엎드리는 혈통 좋은 사냥개처럼 순종하였다.

"일어서고."

카루나가 손짓하자 바로 일어섰다. 안 그래도 키가 큰데 오랜 감옥 생활로 해쓱해지니, 움직일 때마다 휘청휘청했다. 철십자 기사 중 한 명이 부축하고자 다가섰으나 루시온이 손을 뻗으며 그를 제지했다.

"두 분의 모습을 보아하니 황궁에 입궁하시려나 보군요."

"그래, 입궁할 생각이야. 돌아올 때까지 좀 씻고, 쉬고 있겠어?"

"잠시 기다려 주신다면 채비를 마치고 합류하겠습니다."

"지금 당장? 그럴 수 있겠어?"

카루나가 눈을 동그랗게 뜨고 루시온을 바라보았다. 딱히 고문당한 것 같지는 않지만, 당장 움직일 수 있는 상태로 보이지도 않았다. 카루나는 그에게 쉬라고 말했으나 루시온은 한사코 거부했다.

"저를 쓰시겠다고 하셨지요? 아끼지 마십시오. 한가로이 놔두면, 제가 무슨 짓을 할 줄 알고 그러십니까?"

루시온다운 말이었다. 그리 말하면서 어지러운 듯 비틀대는 루시온을, 카루나는 두고 보지 못하고 붙잡아 주었다. 루시온은 조금 전 철십자 기사의 부축은 거부했으면서, 카루나의 손길은 받아들였다. 뿐만 아니라 카루나에게 기대 연약한 척을 했다.

척이라고 말하는 이유는, 카루나에게 기대면서 대놓고 라크안을 쳐다 보고 재수 없게 미소 지었기 때문이었다.

'두 분의 사이가 생각만큼 견고하지는 않은 것 같으니, 일단 그걸로 만족하지요.'

그는 분명, 카루나가 말했던 제안을 마음속에 담고 있었다. 카루나가 무슨 생각으로 자신에게 그런 제안을 한 건지는 중요하지 않았다.

라크안은 그의 목을 부서뜨려서라도 그 제안을 없는 걸로 만들려고 했지만. 개와 인간 사이의 계약이었다. 늑대 따위가 끼어들 여지는 조금도 없는 것이었다.

카루나는 루시온을 데리고 지상으로 올라가 하녀장에게 맡겼다. 바이켈드 공작저의 사람들은 루시온을 보고는 대번 눈을 부라렸다. 초췌한 몰골이 동정심을 자아낼 법도 한데, 누구도 루시온을 불쌍히 여기지 않았다.

클레이엔의 사냥개로서 바이켈드 공작, 라크안을 방해했던 일들. 그리고 이번에 카루나를 납치했던 일까지. 루시온이 바이켈드 공작저의 미움을 받아야 하는 이유는 많았다. 반대로 바이켈드 공작저 사람들이 그를 불쌍히 여겨야 할 이유는 단 하나도 없었다.

카루나는 루시온에게 적대적인 바이켈드 공작저의 사람들을 보며 실소를 머금었다.

'루시온을 사냥개로 부린 건 난데, 정작 나는 저렇게 보지 않으면서.'

만약 바이켈드 공작저의 사람들이, 그리고 다른 누구도 아닌 세나와 하녀장까지 자신을 루시온 보듯 본다면 어떨까. 생각만 해도 어깨가 떨렸다. 어디선가 찬 바람이 불어와 뼛속까지 스며드는 것 같았다.

"추워?"

라크안이 제 망토를 풀어 카루나의 어깨에 둘러 주었다.

"아뇨, 그건 아닌데요."

"저 개자식을 기다릴 거면 마차 안에 들어가 있든지 해."

라크안은 카루나의 말을 들은 척도 하지 않고 마차의 문부터 열었다.

"맞습니다, 아가씨. 숲에서 돌아온 지도 얼마 안 됐는데 찬 바람 오래 쐬시면 몸에 안 좋습니다. 뭐, 마차에 앉아 있다가 마차가 슬렁슬렁 움직이는 거 같아도 그러려니 하시구요."

옆에 선 세나까지도 부추기니, 카루나는 일단 마차에 올랐다. 마차 문을 닫기 전, 카루나는 혹시나 하는 마음에 말했다.

"루시온이 내려올 때까지 기다릴 거예요. 출발하면 안 돼요."

그러자 쯧, 라크안은 혀를 찼고. 칫, 세나는 입을 쭉 내밀며 불만 어린 기색을 드러냈다.

'그럼 그렇지.'

자신을 마차에 밀어 넣고는 루시온이 오기 전에 잽싸게 황궁으로 출발할 생각을 했던 게 분명했다.

'어쩜 주인과 기사가 이렇게 똑같을까.'

하나도 안 닮았지만 하는 짓을 보면 남매처럼 똑 닮아 있었다. 루시온을 대하는 그들의 태도를 보고야 카루나는 자신이 어떤 특혜를 누리고 있는지 실감했다.

'왜일까? 왜 나한테 이렇게까지 잘해 주는 거지?'

마치, 카루나의 존재가 특별하다는 듯이. 루시온이나 마카레나 백작 같은, 다른 어떤 사람들과도 다르다는 듯이.

"……!"

순간, 심장이 덜컥 내려앉았다.

숲에서 검은 얼룩과도 같은 오염된 존재들을 물리쳤던 힘. 처음 보는 숲의 일족들이 무한한 존경과 애정을 품고 자신에게 다가오려 했었던 그 날. 최면에 걸린 것처럼 자신의 말에 무조건 복종하던 하녀들의 모습.

지난 기억들이 수면 위로 떠올랐다.

'……내 안에 있는 그 힘 때문에 나를 이렇게 대해 주는 거라면?'

창문을 움켜쥔 손에 힘이 잔뜩 들어갔다. 처음부터 자신에게 무조건 호의적이었던 세나. 그리고 라크안.

'그를 좋아해, 나는. 하지만 그는…… 나를 좋아할 이유가 없잖아. 나를 죽이고 싶어 해야 정상일 텐데.'

클레이엔의 대역이었던 자신을 경멸하지 않고, 리센을 구하고자 뒤쫓아 왔으면서 저 때문에 리센이 죽었는데도 비난하지 않았다. 오히려 카루나를 다시 제국으로 데려와 지키고 보호해 주고 있었다.

'내가 리센의 반려라서…… 그런 걸까? 친구의 반려라서 날 보호하고 지켜 주려는 걸까?'

이렇게 생각하노라면 가슴이 아팠다. 그러나 그 생각보다 더 끔찍한 건.

'아니면 역시나 내 안에 있는 힘 때문에?'

자신의 능력이 그를 홀려, 그가 자신을 미워하지 못하고 지키고 보호하려 하는 걸지도 모른다는 생각이었다. 마차를 움켜쥔 손에서 뼈가 하얗게 도드라졌다. 라크안과 세나를 내다보는 얼굴 역시 하얗게 질렸다.

"아가씨? 왜 그러십니까."

"역시 몸이 안 좋은 건가?"

세나와 라크안이 마차 문을 열려 했다. 지금의 카루나에겐 이런 배려는 독이었다.

"괘, 괜찮아요. 갑자기 그냥, 어지러워서 그랬어요."

카루나는 얼른 마차 문을 잠갔다. 철컥철컥, 세나는 잠긴 문고리를 잡고 흔들며 버림받은 강아지 같은 눈망울로 카루나를 바라보았다. 라크안의 태도 역시 크게 다르지 않았다. 그는 세나의 옆에 서서 마차 안의 카루나를 뚫어지게 바라보았다.

당장이라도 문을 열고, 이 덩치 큰 늑대 두 마리를 품어 줘야 할 것 같은 의무감이 들었다. 카루나는 그 마음을 외면하며 애써 쌀쌀맞게 말했다.

"루시온이 올 때까지 잠시 쉬고 있으면 괜찮아질 거예요. 어제 잠을 못 자서 그런 거 같으니까, 괜히 소란 피우지 마세요."

창문의 커튼마저 내려 버렸다.

"아가씨!"

"세나 경, 그만하게. 쉬고 싶다니 일단, 좀 쉬게 놔두자고."

라크안은 문짝을 부술 듯 날뛰는 세나의 어깨를 꾹 잡아 눌렀다.

"하지만 라안 님. 저는 언제나 아가씨 곁에 있었습니다. 아가씨가 쉬고 싶으시다면 제가 함께 마차 안에 들어가서, 아가씨 쉬는 걸 지켜봐야 됩니다."

"마차가 출발할 때 곁을 지키게. 지금은 일단 혼자 편히 쉬도록 두고."

세나의 항의와 라크안의 다독이는 말소리가 마차 안으로 고스란히 흘러들어왔다. 카루나는 그들의 말소리를 들으며 몸을 잔뜩 웅크렸다.

몸에 두른 라크안의 망토에서 라크안의 냄새가 났다. 따로 향수를 뿌리는 건지 본연의 체향인지는 알 수 없으나, 언제나 라크안의 가까이에 가면 나는 냄새였다.

카루나는 망토에 얼굴을 묻으며 깊게 숨을 들이쉬었다 내쉬었다. 라크안의 품에 안겨 있는 것 같은 기분이 드는데도 심장이 불안하게 뛰었다. 쿵쾅쿵쾅.

잊어버리려고 해도, 털어 버리려고 해도, 한번 든 생각은 쉬이 사라지지 않았다.

'조금만, 조금만 이러고 있자. 루시온이 올 때까지만.'

카루나는 입술을 꼭 깨물고 떨리는 숨을 내쉬었다.

사랑을 받는다는 건 의심스럽고 두려운 일이었다. 두렵고 무서워서 이 애정이 닿지 않는 곳으로 피해 도망치고 싶은데, 막상 벗어나야 된다고 생각하면 숨이 막혔다.

'이 온기를 잃어버리면 난 어떻게 살아야 하지?'

이미 이 따뜻한 애정에 폭 잠겨 있어 도무지 헤어 나올 수 없었다. 처음 맛보는 보살핌, 애정. 따뜻한 온기. 그건 도박이나 마약, 술 따위와는 비교도 할 수 없을 만큼 중독성이 강했다.

'설령 가짜라 해도 좋아. 내 안에 있는 이 이상한 능력 때문에, 그 능력에 취해 날 좋아해 주고 아끼는 거라고 해도 좋아.'

이 능력이 존재하는 한 자신을 계속 좋아해 줄 테니까.

그렇게 생각하면 가슴이 시렸다. 화려한 드레스와 두꺼운 망토를 두르고 있는데도 추웠다. 자꾸만, 자꾸만, 심장에서 찬바람이 불었다.

가짜일지 모르는데도 좋았다. 아니, '가짜라도 좋아.'라고 생각하면서도 정말 가짜일까 봐 무서웠다. 이 마음을 어떻게 해야 하는 걸까.

'내가 쓸모 있다면…… 계속 쓸모가 있다면, 나중에 이 능력이 사라지게 된다 해도…… 날 좋아해 줄까. 아니면, 이 능력과는 별개로 나를 좋아해 줄까?'

쓸모가 있어야만 곁에 있을 수 있다.

카루나의 삶은 언제나 그랬다. 뒷골목에서 소매치기로 있을 때, 매일 지갑을 훔쳐 들고 가야 빵과 잠잘 곳을 얻었다. 마카레나 백작저로 끌려가서도 대역 클레이엔으로서 버텨야만 그곳에 머무를 수 있었다.

열두 살 카루나가 되어서도 열심히 일해서 쓸모를 증명해야만 여관에서 계속 머물 수 있었다. 바이켈드 공작저에 와서는 라크안의 반려일지도 모른다는 쓸모 때문에 바이켈드 공작저에 머물 수 있었다. 이후에는 마카레나 백작과 클레이엔과 맞설 수 있다는 쓸모 덕분에 바이켈드 공작의 약혼녀가 될 수 있었다.

아니, 어쩌면.

바이켈드 공작저에 머물 수 있었던 게 단지 그것 때문이 아니라는 생각이 들긴 했다. 설령 쓸모가 없었어도, 이런 이상한 능력이 없었어도, 라크안과 세나와 바이켈드 공작저 사람들은 그녀를 받아 줬을지도 모른다. 그들은 마카레나 백작과는 비교도 안 될 정도로 착하니까. 상냥하니까.

하지만 그건 자신이 클레이엔의 대역이라는 게 알려지기 전에 기대할 수 있는 일이었다. 자신 때문에 리센이 죽기 전에나 바랄 수 있던 소망이었다.

라크안과 세나, 그리고 바이켈드 공작저의 사람들이 그걸 다 알면서도 자신을 계속 좋아해 주는 건…….

'이 이상한 능력 때문인 걸까?'

만약 그런 거라면.

'난 어떻게 해야 되는 거지? 이 능력을 계속 써야만 이 사람들 곁에 있을 수 있는 거야?'

처음 가지는 걸 잃고 싶지 않아 발을 동동 구르는, 열두 살의 어린아이가 마차 안에 웅크려 있었다. 몸은 자랐으나 아직도 카루나의 마음은 열두 살, 혹은 그보다 어린 소녀의 모습이었다.

카루나는 눈을 꼭 감고, 계속 자신의 쓸모에 대해 고민했다. 마카레나 백작을, 클레이엔을, 이 능력으로 라크안을 지킬 수 있으면. 그러면, 그러면…….

* * *

루시온이 본래의 모습으로 되돌아가기까지, 그리 오랜 시간이 걸리지 않았다 바이켈드 공작가는 단지 그를 가둬 놓았을 뿐이었다. 지하 감옥에서 풀어 주고, 씻고 옷 갈아입는 시간을 주는 것으로 충분했다.

아니, 보통 사람이라면 그럼에도 당분간은 편히 쉬며 기력을 회복해야 할 테지만 루시온은 그러길 원치 않았다. 자신을 필요로 하는 카루나의 옆에 있는 것이 그가 기력을 회복하는 일이었다.

바이켈드 공작저의 하인들은 그리 친절하지 않았다. 당연한 일이었다. 루시온 또한 그들의 친절과 애정을 기대하지 않았다.

비루먹은 개를 씻기듯 루시온을 씻긴 하인들이 우르르 나가자, 루시온은 스스로 자신의 몸을 닦고 하녀장이 미리 준비해 놓은 옷을 입었다. 라크안의 것은 맞지 않으니, 이전에 리센이 맞춰 놓고 입지 않은 새 옷을 꺼내 준 것이었다.

조금 헐렁하긴 했지만 품이 맞고 옷맵시가 제법 났다. 루시온은 단정히 크라바트를 매고, 젖은 은발을 말린 뒤 단정히 하나로 묶었다. 그리고 거울을 들여다보았다.

무표정한 얼굴의 귀공자가 서 있었다. 얼굴은 그가 기억하는 것보다 창백하고 홀쭉했다. 고문을 당하지 않았더라도 지하 감옥에서 지내는 것이 그리 몸에 좋은 일은 아니었던 게 분명했다. 그래도 보기 싫을 정도는 아니었다. 다행이었다.

'식사를 거르지 않은 보람이 있군.'

뒤늦게라도 정신을 차리고 버틴 게 다행이었다.

사실, 루시온은 지하 감옥에 갇혔을 때부터 협조적으로 군 건 아니었다. 처음에는 그저 침묵했다. 매일 세끼 지급되는 음식에도 손을 대지 않았다. 마카레나 백작을 배신했고, 그를 배신해서까지 얻으려 했던 카루나는 그에게 돌아오지 않았다. 원래 따르던 주인을 배신하고, 자신이 원해서 따르고자 했던 주인에게서도 버림받은 개는 살 이유가 없었다.

클레이엔이 카루나를 죽였기에 카루나가 돌아오지 못하는 것이든, 카루나가 루시온을 버렸기에 루시온을 찾으러 오지 않는 것이든. 그녀가 떠나간 삶은 아무런 의미도 없었다.

조용히 죽어 가던 루시온을 살게 만든 건, 음식을 주러 내려오는 기사들이 나누었던 짤막한 대화 때문이었다.

"이 녀석을 왜 고문하지 않는 거야?"

"먹지도 않고 죽으려고 작정한 녀석을 고문해 뭐 해."

"죽기 전에 고문해서라도 마카레나 백작에 대해 실토하게 해야지."

"라안 님이 계셨다면 모를까. 라안 님도 안 계시는데 그렇게까지 할 이유가 없잖아."

기사들은 식사를 창살 속으로 슥 밀어 넣고는 불빛을 비춰 루시온의 상태를 확인했다. 며칠째 굶은 루시온은 죽은 시체처럼 누워 있었다. 가슴팍이 오르락내리락 움직여 오늘도 죽지는 않은 걸 확인할 수 있을 뿐이었다.

"카루나 아가씨가 자신이 데리러 올 때까지 절대 손끝 하나 건드리지 말라고 하셨나 봐. 그래서 라안 님이 엄명을 내리셨잖아. 계속 저렇게 안 먹으면, 억지로라도 먹이라고 명령이 떨어지겠지?"

"그나저나 카루나 아가씨는 어찌 됐으려나……."

"리센 님이 데리고 가셨잖아. 라안 님도 뒤따라가셨고. 무슨 큰일이야 있겠어. 다들 건강한 모습으로 돌아오실 거야. 우리 임무는 그때까지 버티는 거고."

그들은 쓰러진 루시온이 잠들었거나 정신을 잃었다고 생각하고 경계심도 없이 멋대로 말했다. 그 말을 듣고야 루시온은 살아야 하는 이유를 되찾았다.

루시온은 음식을 먹기 시작했다. 다시 찾아온 철십자 기사단장에게 그가 묻지 않은 마카레나 백작의 비리까지 술술 불었다. 그렇게 기다렸고, 기다림의 대가를 받았다.

루시온은 마지막으로 크라바트를 다시 한번 정돈하고는 방을 나섰다. 사방에서 쏟아지는 따가운 시선을 받으며, 문이 닫힌 마차 앞에 섰다. 마차를 지키듯 서 있던 세나와 라크안이 그를 죽일 듯 노려보았으나 루시온은 조금도 위축되지 않았다. 똑똑, 마차 문을 두드리고.

"아가씨. 루시온입니다."

단조로운 목소리로 자신의 존재를 알렸다. 마차 문이 열리고, 커다란 망토를 뒤집어쓴 카루나가 모습을 드러냈다. 밝은 갈색 머리카락에 녹색 눈. 어쩐지 수심이 드리운 듯 안색이 안 좋았지만, 괜찮았다. 어떤 고민이 있든 자신이 함께하며 이전처럼 다 해치우면 되니까.

"루시온. 늦었잖아."

카루나가 그를 타박하며 손을 내밀었다. 루시온은 그 하얗고 가느다란 손을 조심스럽게 잡으며 고개를 숙였다.

"늦어서 죄송합니다."

입가에 가느다란 웃음이 어렸다.

루시온이 합류한 후, 라크안과 카루나는 황궁으로 향했다.

황실 기사단이 그들을 호위했다. 매일같이 바이켈드 공작저 앞에서 황명을 부르짖던 황실 기사단장은 라크안에게 깍듯하게 굴었다. 라크안 때문에 꽤 오랫동안 고생했건만, 원망을 갖지는 않은 듯했다.

카루나는 그런 황실 기사단장을 보며, 마음속으로 그에 대한 평가를 바꾸었다.

'클레이엔일 때랑 바이켈드 공작의 약혼녀일 때랑 사람을 보는 기준이 달라지네.'

황궁에 입궁한 라크안과 카루나는 갈림길 앞에 섰다. 라크안은 황제와 황태자에게, 카루나는 황후에게로 가야 했다. 두 사람이 갈라져야 하는 상황에 이르자, 함께 입궁하였던 세나와 루시온은 당연하다는 듯 카루나의 뒤에 섰다.

황궁에 입궁할 즈음 따라붙었던 철십자 기사단장이 그 모습을 보고는 슬그머니, 라크안의 뒤에 서 주었다. 라크안을 딱하게 여기고 편을 들어 주는 티가 역력했다. 덕분에 네 편 내 편, 편 가르기를 하는 것 같은 상황이 되었다.

"경, 경이 세나 경을 닮으면 어쩌라는 건가."

라크안은 머리를 감싸 쥐며 한숨을 내뱉었다. 다시 원래 자리로 가서 서라고 해도, 철십자 기사단장은 꿈쩍도 하지 않았다.

"나이도 지긋하신 분이 왜 그리 유치하게 구십니까."

세나가 뻔뻔하게 한 소리를 했다가 철십자 기사단장의 눈총을 받았다. 다시 고개를 든 라크안은 지금 이 상황이 재미있다는 듯 구경하고 있는 카루나에게 손짓했다.

"괜찮겠어?"

"저요? 지금 절 걱정하시는 건가요?"

카루나가 눈을 동그랗게 뜨고 라크안을 올려다보았다.

"제가 공작 각하를 걱정해야 할 상황인 거 같은데요, 공작 각하야말로 괜찮으시겠어요? 저 없이?"

열두 살짜리가 말할 때는 마냥 깜찍하고 귀여워 보였는데, 스무 살짜리가 말하는 건 왜 이리 얄미우면서도 믿음직스럽게 느껴지는 건지 모를 일이었다. 라크안은 걱정되는 마음을 드러내는 대신 웃음 짓고 말했다.

"혼자서 황후 폐하를 대면하는 게 쉽진 않을 텐데."

"공작 각하 혼자서 황제 폐하와 황태자 전하께 모든 걸 다 설명해야 할 텐데. 원래 거짓말 잘 못하시는 성미 아니신가요? 잘할 수 있겠어요?"

두 사람의 생각은 같았다. '나 없이 저 사람이 괜찮을까?' 그걸 지켜보는 세나와 기사단장의 마음 역시 똑같았다. '놀고들 있네.' 루시온은 그 둘보다 좀 더 격렬하게 불만스러웠으나 얼굴에 드러내지는 않았다.

"갑자기 모습이 변한 그대를 보고 다들 놀랄 거고, 누군가는 마카레나 백작 영애와 엮으려고 할 테지."

"다들 늑대에 대해서는 자신들의 상식대로, 믿고 싶은 대로 기억하고 있을 거예요. 그걸 공작 각하가 원하는 방향으로 움직여야 하는데, 잘할 수 있겠죠?"

"……내가 믿음직스럽지 못한가?"

"뭐어……."

카루나는 말을 흐리며 뒤에 선 루시온을 바라보았다. 아무리 거짓말을 숨 쉬듯 자연스럽게 할 수 있는 카루나라 할지라도, 감당할 수 없는 수준이라는 것이 있었다.

"적이었을 땐 무서웠는데 같은 편이 되니 허술해 보이는 법이 종종 있지요. 과대 포장된 경우는 가까이에서 봐야 알 수 있는 법이니 말입니다."

"루시온, 아니, 그 정도는 아니야."

약간의 도움을 구한 것이었는데 루시온이 드물게 의욕적으로 굴었다. 카루나는 놀라 루시온을 말렸으나 루시온은 가증스럽게도 전혀 몰랐다는 얼굴로 라크안을 바라보았다.

"아니었습니까? 아가씨 표정이 딱 그런 표정이었습니다만."

라크안과 철십자 기사단장은 떫은 표정으로 그런 그를 바라보았다. 루시온은 카루나 옆에 서자마자 본래의 기세를 되찾았다.

"저거, 저렇게 두어도 괜찮은 겁니까?"

철십자 기사단장이 당황하여 라크안에게 귓속말을 할 정도였다.

"내 약혼녀께서 필요하시다니."

라크안이 피식 웃으며 대꾸했다. 웃는 표정과 달리 루시온을 바라보는 붉은 눈은 서늘했다. 배부른 늑대가 제 앞에서 겁 없이 팔짝팔짝 뛰어다니는 사냥감을 보는 눈빛이었다.

루시온은 그에게 번거롭고 귀찮은 존재지, 위험한 존재가 아니었다. 카루나가 부탁했기에 살려 둔 것이고, 카루나가 부탁했기에 풀어 둔 것이다.

마음만 먹는다면 물리적인 힘으로든, 권력으로서든 루시온을 흔적도 남지 않게 처리해 버릴 수 있었다. 오직 카루나를 위해, 카루나가 원하니까 놔두는 것뿐이었다.

"아무튼 꼬…… 아니."

라크안은 무심코 카루나를 예전처럼 부르려다 말을 멈추고는, 잠시 뒤 다시 입을 열었다.

"무슨 일 있으면 바로 날 호출하고. 세나를 절대 곁에서 떼어 놓지 말고 곁에 둬. 황궁 안에서는 특히."

"공작 각하도요. 절대 빈틈을 보이지 마세요."

카루나가 생긋 웃으며 라크안을 배웅했다. 황제가 보낸 시종이 재촉하기에 라크안과 기사단장이 먼저 자리를 떴다. 라크안은 가는 중에도 몇 번이고 카루나를 돌아보았다.

카루나는 라크안이 복도 저편으로 사라질 때까지 그 자리에 서서, 몇 번이고 라크안에게 손을 흔들어 주었다. 라크안이 사라진 뒤에야 카루나는 세나와 루시온을 챙겨 들고 백합궁으로 향했다.

백합궁은 원상 복구되어 있었다. 그날의 소동이 애초부터 일어나지 않았다는 양 깔끔했다. 하지만 백합궁에 들어서는 순간, 사방에서 꽂히는 따가운 시선이 그날의 일이 절대 꿈이 아니었다는 걸 말해 주었다.

카루나는 아무렇지 않게 주변의 시선을 받으며 황후에게로 갔다. 황후는 자신의 시녀들, 그리고 사교계에서 명망 높은 귀부인들과 함께 차를 마시고 있었다.

그들은 카루나가 나타나자 일단 깜짝 놀랐다. 표정을 잘 드러내지 않는 황후마저 들고 있던 찻잔을 떨어뜨릴 뻔했다.

"마카레나 백작 영애? 하지만 머리색이……."

황후의 바로 옆에 서 있던 에르케가 눈을 동그랗게 뜨고 카루나를 바라보았다. 카루나는 그녀와 눈이 마주치자 살짝 웃어 보였다. 그러자 에르케의 눈동자가 마구 흔들렸다.

"바이켈드 공작의 약혼녀 카루나가 인사를 올립니다."

카루나가 한 치의 어긋남 없이 황후에게 예를 갖추자, 사람들의 표정은 더욱 볼만해졌다.

"바이켈드 공작의 약혼녀라고?"

"말도 안 돼."

귀부인들은 티스푼을 소리 나게 떨어뜨렸다. 들고 있던 과자를 세게 쥐어 부서뜨리기도 했다. 그 바람에 드레스가 더러워졌지만 그런 줄도 모르고 카루나를 바라보았다.

카루나는 그들이 당황하는 틈을 타 여유롭게, 그들이 누구인지 살폈다. 우연인지 황후의 배려인 건지, 모두 다 황제파나 중립파였다. 라크안과 카루나에게 우호적이면 우호적이지 반감을 가지고 있을 만한 사람은 없었다.

'내가 올 줄 알고 있었으면서 다른 사람들을 불러들이다니. 여전히 나에게 적대적인 걸까? 아니면 날 돕기 위해 자리를 마련해 준 걸까?'

아무래도 후자인 것 같다는 생각이 들었으나 황후와 관련해서 방심은 금물이었다. 카루나는 마지막까지 경계심을 늦추지 않았다. 겉으로는 혼란해하는 귀부인들과 시녀들이 진정할 때까지 기다리는 듯 굴었으나, 눈은 바삐 움직이며 황후와 귀부인들을 살펴보고 있었다.

"차라리 마카레나 백작 영애가 염색을 하고 나타난 게 더……."

"보, 보세요. 뒤에 있는 저 남자는 분명 마카레나 백작 영애의……."

그것도 모른 채 귀부인들은 카루나에게 다 들릴 정도로 저들끼리 이야기를 나누느라 바빴다. 그들에 대한 탐색을 마친 카루나의 눈길이 황후에게 닿았다. 황후가 찻잔을 내려놓았다.

'어? 저건?'

백합 모양의 사기잔에 얇은 은테가 둘러진 찻잔이었다. 카루나가 준비한 티타임의 공을 클레이엔이 채 가려 했을 때, 사정이 밝혀진 후 황후가 선물로 가져가겠다고 했던 그 찻잔이었다.

카루나는 다른 귀부인들의 찻잔을 바라보았다. 그들의 것도 같은 하얀색이었지만 아무 무늬도 없는 것들이었다. 그 찻잔들 속에서 황후의 것은 더욱 눈에 띄었다.

백합궁 밖 사람들은 황후의 것이기에 특별히 금테를 두른 것이라 여길지도 모르지만 카루나와 황후의 시녀들은 그 찻잔이 어떤 찻잔인지 분명히 알고 있었다.

'나한테 넘어왔구나. 내 편이 돼 주겠다는 뜻이야.'

찻잔을 보고야 확신이 들었다. 카루나는 생긋, 웃으며 황후를 바라보았다. 황후는 갑자기 성인이 되어 나타난, 그것도 클레이엔과 쌍둥이처럼 닮아 있는 카루나를 보고는 당황한 듯했으나 여전히 카루나가 바친 찻잔을 소중히 들고 있었다.

"황후 폐하, 허락해 주신다면 제게 일어난 일에 대해 말씀을 올려도 될까요?"

"묻고 싶은 것이 많으나 일단, 무엇보다 지금 영애의 모습과 그날의 일에 대해 영애의 입을 통해 직접 해명을 듣고 싶군요."

황후가 하녀들에게 손짓하여 의자를 내오도록 했다. 의자는 황후의 옆자리에 놓였다. 귀부인들은 수군거림을 멈추고, 놀란 표정을 감추려 부채를 파닥거렸다. 카루나 또한 놀랐으나 내색하지 않고 사뿐히 걸어가 황후의 곁에 가 앉았다.

에르케가 카루나에게 차를 내주었다. 카루나는 차를 한 모금 마신 뒤.

자신에게 쏠린 사람들의 시선을 즐기며 천천히 입을 열었다. 마차를 타고 오는 동안 라크안과 입을 맞춰 둔 이야기가 술술 흘러나왔다.

백합궁에서 소동이 있던 그날.

철십자 기사단은 누군가 카루나의 티 파티를 엉망으로 만들어 버리려 계획하고 있다는 첩보를 입수했다. 라크안은 즉시 황태자에게 비밀리에 허락을 받아 철십자 기사단과 함께 백합궁을 지켰다.

그런데 그 대단한 철십자 기사단의 경계를 뚫고 '누군가'가 카루나를 납치했고 카루나의 티 파티장에 성난 늑대를 풀어놓았다. 미리 대기하고 있던 라크안과 철십자 기사단은 카루나를 구해 냈고, 또한 무서운 늑대로부터 황후와 황태자, 귀족들을 구하기 위해 애썼다.

철십자 기사단이 기다렸다는 듯 짠─ 나타나 늑대를 막아설 수 있었던 건 이 때문이었다. 그러던 중 자신과 라크안이 크게 다쳤다. 라크안은 바이켈드 저택에 옮겨져 치료를 받았으며 자신은 숲으로 가서 치료를 받았다.

숲에서 치료를 받는 동안 마법이 깨져 자신은 본래의 모습으로 돌아왔고, 라크안은 내내 저택에서 치료를 받다 겨우 몸을 움직일 수 있어 함께 입궁했다⋯⋯는 스토리였다.

"내 궁에서 피가 흘렀던 날은 하필 최종 시녀 선발이 있던 날이기도 했지요. 그날에 '누군가'가 영애를 납치하려 했고, 영애의 티 파티를 방해하기 위해 맹수를 풀어놓았다는 건가요? 감히 이 백합궁에 피를 뿌리고자?"

"네, 황후 폐하."

"으음."

황후는 이마를 감싸 쥐고 신음을 내뱉었다. 분위기가 심각해지자 귀부인들은 소리 나지 않게 찻잔을 내려놓고 황후와 카루나의 대화에 집중했다.

"황제 폐하와 나는 그날의 일을 계속 마음에 담아 두고 조사하고 있었답니다."

"백합궁에서 피가 흐르는 일은, 제국 역사 속에서 일어나선 안 되는 일이지요. 그런데 하필이면 제가 준비한 티 파티에서 그러한 일이 일어났습니다. 저는 그날, 납치당할 뻔하였고 늑대의 공격을 받아 큰 상처를 입어 오랫동안 정신을 잃었지만……."

카루나는 손을 들어 자신의 어깨를 감쌌다.

"어쨌든 티 파티를 열었던 주최자로서 황후 폐하를 찾아뵙고 사정을 말씀드리지 못했던 건 큰 죄입니다. 치료를 받고 정신을 차리자마자 급히 제국으로 돌아와 황후 폐하를 뵙고 죗값 받기를 청합니다."

카루나는 자리에서 일어나 황후의 앞에 무릎을 꿇었다. 주변에서 헉- 하는 소리가 들렸다.

"마카레나 백작 영애와 똑같은 얼굴로 저렇게 행동하다니……."

"그래서인지 뭔가 어색하게 보이네요. 내 생전 이런 일을 보게 되다니. 아무리 마카레나 백작 영애가 아니라 해도, 저 얼굴로……."

"저 영애가 마카레나 백작 영애와 전혀 다른 사람이라는 건 확실해진 것 같네요."

귀부인들의 속닥거림이 카루나의 머리 위를 떠다녔다. 카루나는 웃지 않고 표정을 관리하기 위해 애써야 했다.

"일어나요, 영애."

황후는 손을 뻗어 귀부인들을 조용히 시키고 카루나를 일으켜 세웠다. 손수 카루나를 자리에 앉히고, 카루나의 손을 잡아 주었다. 황후가 그토록 친밀하게 누군가를 대하는 건 드문 일이었다. 시녀와 귀부인들뿐 아니라 카루나까지 깜짝 놀라 눈을 크게 떴다.

"영애의 말이 맞는다면 이번 일은 영애의 잘못이 아닙니다. 영애를 해치려 했던 '그 누군가'가 죗값을 치러야 하는 거겠지요."

황후의 목소리는 차분했으나 매서웠다. 그 날카로운 끝은 카루나가 아니라 '그 누군가'를 향했다. '그 누군가'의 얼굴이 황후와 카루나의 머릿속에 떠올랐다. 시녀들과 귀부인들도 어느 정도 예상하고 있는 바였다. 하나 누구도 함부로 입을 열지 않았다.

'드디어 황후가 클레이엔을, 아니, 마카레나 백작가를 쳐낼 결심을 했구나.'

카루나는 바로 황후의 의도를 깨달았다. 흥분으로 어깨가 살짝 떨렸다. 비로소, 황후의 마음을 얻은 것이다.

클레이엔의 대역으로 살 때부터 그렇게 황후의 마음에 들고자 애썼건만. 카루나로서 황후의 마음을 얻고, 황후가 클레이엔과 마카레나 백작가를 적대하게 만들었다.

'10년 전에 나를 마카레나 백작저로 끌고 갔을 때, 마카레나 백작은 이런 날이 올 거라고 생각했을까?'

절대 그러지 않았으리라. 10년간 클레이엔으로 살았던 카루나마저도 꿈에도 생각지 못했던 일이니까. 카루나는 옆에 비껴서 있던 루시온에게 눈짓했다. 루시온은 기다리고 있었다는 듯, 단상 아래로 나아와 한쪽 무릎을 꿇고 앉았다.

"황후 폐하, 소신의 무례를 용서하여 주십시오. 다만, 제 목숨을 바쳐서라도 꼭 드릴 말씀이 있기에 감히 황후 폐하의 자비를 구하옵니다."

"그대는……."

황후가 고운 이마를 찌푸렸다.

제국의 중앙 사교계에서 루시온이 마카레나 백작가의 사람이며, 클레이엔의 사냥개라는 걸 모르는 귀족은 없었다. 황후 또한 루시온에 대해 잘 알고 있었다.

안 그래도 그가 클레이엔이 아니라 카루나와 함께 있는 걸 눈여겨보고 있던 차였다. 그러던 중 그가 자진해서 앞으로 나서니, 황후는 말을 흐렸다. 허락도 없이 앞으로 나선 것을 꾸짖어야 할지, 아니면 그가 하고 싶다는 말을 들어야 할지, 마음을 정해야 했다.

"황후 폐하, 부디 루시온 경의 말을 들어 주시겠어요?"

카루나는 황후에게 부탁했다. 황후는 고개를 끄덕이며 루시온에게 손짓했다.

"카루나 아가씨께 '그 누군가'의 음모를 고발한 것은 바로 저입니다."

티 파티가 열리는 날 카루나를 납치했던 납치범은 이렇게, 내부 고발자가 되었다.

황궁으로 오는 중 카루나와 루시온이 궁리했던 것이었다. 둘은 마차 안에서 온갖 음모를 꾸몄다. 모두 다 어떻게 하면 그간 있었던 모든 일을 마카레나 백작의 죄로 몰아 버릴지에 대한 내용들뿐이었다.

그러는 동안 카루나의 곁에 앉아 있던 세나는 얼떨떨한 표정으로 반대편에 앉은 라크안을 바라보았다. 라크안은 팔짱을 낀 채 눈을 감고 있었다.

원래라면 마차에는 카루나 혼자 탈 예정이었다. 라크안은 다른 마차를 타고 앞서 갈 예정이었고, 하녀가 아니라 기사로 복귀한 세나는 말을 타고 카루나가 탄 마차를 호위할 예정이었다.

하지만 루시온이 끼어들어 모든 게 어긋났다. 카루나는 황궁에서 일어날 일을 의논하기 위해 루시온과 함께 마차에 오르겠다고 했다. 그러자 세나는 말을 버리고 카루나의 옆자리를 꿰찼다. 아직 루시온을 믿을 수 없다는 이유에서였다.

그걸 본 라크안은 아무 말 없이 원래 자신이 타고 가기로 했던 또 다른 마차의 바퀴를 발로 툭, 찼다. 그 '툭'이 조금 과격해서 바퀴가 부서졌다. 마차는 풀썩 내려앉았다.

"나 없는 동안 관리가 소홀했나 보지? 마차가 많이 삭았나 보군. 어쩔 수 없이 남은 마차에 합승해야겠어. 난 말을 타는 게 질색이라."

라크안은 정성으로 마차를 관리했던 마구간지기를 절망의 구렁텅이에 밀어 넣고는 카루나의 마차에 올랐다. 그리하여 카루나 혼자 타면 카루나가 이리 데굴, 저리 데굴, 굴려도 넉넉할 정도로 넓은 마차에 네 사람이 앉아 꽉 찬 만석 마차가 되었다.

그 안에서 카루나와 루시온은 딱 붙어 가열하게 이야기를 나눴던 것이었다.

'그때도 언제나 이렇게 루시온과 이야기를 나눴었는데…….'

꼭, 클레이엔이었던 시절로 돌아간 기분이 들었다. 딱히 그때가 그립다거나 한 건 아니지만, 그래도 묘한 향수를 느꼈다. 카루나의 녹색 눈이 생기로 반짝였다.

누군가를 궁지에 몰아넣기 위해 머리를 짜내 음모를 꾸미는 건, 언제나 늘 새롭고 즐거운 일이었다. 그 일이 성공했을 때의 짜릿함을 생각할수록 더더욱, 기분이 좋아졌다.

클레이엔인 척할 때 그녀에게 이런 기분을 선사해 주었던 건 언제나 바이켈드 공작, 라크안이었다.

그런데 이제 상황이 바뀌어, 카루나와 루시온은 마카레나 백작을 곤경에 빠뜨리기 위해 고민하게 되었다. 옆에 라크안을 앉혀 두고서.

이 상황마저 좋은 자극이었다.

"일단 클레이엔을 공격해야 합니다. 마카레나 백작의 가장 큰 약점은 그의 딸이니까요."

루시온의 말에 세나가 으으, 질색했다. 루시온 또한 라크안과 세나가 눈치챌 정도로 기쁜 기색을 드러냈다. 그동안 진짜 클레이엔이 벌인 일을 뒷수습하러 다녔던 터였다. 다시금 카루나를 만나 음모를 꾸미니 숨통이 트이는 듯했다.

"바로 어제까지 모시던 주인을 그렇게 헌신짝 버리듯 버릴 수 있다니. 근본 없는 잡종견의 충성심도 그 정도로 얕지는 않겠군."

"제가 충성을 다해야 하는 분은 오직 한 분뿐. 제 앞에 있는 카루나 아가씨뿐입니다."

"그래도 너무 급작스럽게 태세 전환하는 거 아닌가?"

"제가 마카레나 백작과 클레이엔을 그리워하며 질질 짜기라도 바라시는 겁니까? 나의 카루나 아가씨를 앞에 두고?"

팔짱을 낀 채로 눈을 감고 있던 라크안은 '나의 아가씨'라는 말에 한쪽 눈썹을 들어 올렸다. 하지만 그뿐, 불쾌한 감정을 굳이 드러내지 않았다. 라크안 대신 세나가 날뛰었다.

"나의 아가씨? 카루나 아가씨가 왜 너의 아가씨입니까? 내 아가씨면 내 아가씨지!"

"제가 경보다는 훨씬 오래 카루나 아가씨를 모셨습니다만."

'훨씬'이라는 단어를 유독 힘주어 발음한 것같이 들리는 건 착각일까. 카루나는 고개를 갸웃했다.

"뭐? 기간이 중요한가? 어? 나는 말이야, 기사였다가 하녀였다가 신분을 바꿔 가며 아가씨를 모셨다고. 경처럼 중간에 주인을 휙휙 바꾸지 않고 오직 꾸준하게 카루나 아가씨만 모셨다고! 어디 내 순정을 경의 변심과 비교해!"

세나의 목소리가 마차 안에 웅웅 울렸다.

"과도하게 흥분하시는군요. 정신 상태가 불안정하다는 증거. 이런 상태로 어떻게 아가씨를 모셨던 겁니까. 아, 그러니까 호위랍시고 곁에 붙어 있으면서도 아가씨가 납치되는 걸 막지 못하셨겠지요."

"뭐야? 납치한 사람이 누군데, 경이 그딴 말을……!"

"자신의 잘못을 깨닫고 다시는 그런 일을 반복하지 않겠다는 반성조차 없이, 남 탓만 하다니."

루시온이 고개를 설레설레 젓고는 세나가 아니라 라크안에게 말했다.

"공작 각하, 아가씨의 안전을 위해 호위 교체를 건의드립니다."

"라안 님! 이걸 그냥 놔두실 겁니까?"

루시온과 세나가 으르렁거리며 동시에 라크안을 바라보았다.

"……시끄럽군, 경들은."

그제야 라크안이 눈을 떴다. 가느다랗게 뜬 붉은 눈이 세나와 루시온에게 닿았다. 두 사람은 저도 모르게 흠칫, 몸을 떨었다. 하지만 고개를 돌려 라크안의 시선을 피하거나 하지는 않았다.

"공작 각하. 저는 아가씨의 사람으로서 아가씨의 안전을 원합니다."

"라안 님! 저런 걸 아가씨의 옆에 놔두면 안 됩니다!"

루시온의 차분한 목소리와 세나의 부글부글 끓어오르는 목소리. 둘 다 라크안이 자신의 편을 들어줄 거라고 믿어 의심치 않는 듯했다.

세나는 그렇다 치더라도 루시온까지 이렇게 나오다니. 지하 감옥에서 나온 지 얼마 되지도 않았는데, 바이켈드 공작가에 완전히 적응한 모습이었다. 카루나의 곁에 있기 위해서는 일단은 라크안의 권위에 복종하는 척이라도 해야 한다는 걸 안 듯했다.

이 놀라운 적응력에 놀라야 하는지, 아니면 기가 막히다고 해야 할지. 라크안은 마음에 안 든다는 표정으로 루시온과 세나를 바라보고 있는 카루나를 보았다.

그리고 보면 카루나 또한 놀라운 적응력을 보여 주었다. 바이켈드 공작저에 오자마자 바이켈드 공작저에서 나고 자란 사람인 양 적응했을 뿐 아니라, 바이켈드 공작저의 사람들을 모두 제 편으로 만들었다.

그때 카루나가 클레이엔이었다는 걸 알았다면, 라크안은 그녀에게 바이켈드 공작저를 빼앗겼음을 인정하고 패배를 선언했을지도 모른다.

'개는 주인을 닮는다, 이건가?'

픽, 웃음이 나왔다. 정말로 루시온이 자신에게 복종하는 거라고 착각하진 않았다. 잘 훈련받은 사냥개는 사냥감을 낚아채기 전, 바닥에 엎드려 숨죽일 줄 아는 법.

라크안은 감히 제 앞에서 양의 탈을 쓰고 양인 척 구는 사냥개를 가만 지켜보았다. 그를 보며 드는 감정은 '가소롭다.'라는 말 정도로 표현하면 적당할 듯했다.

'감히 사냥개 따위가.'

애써 참고 있던 본성이 울컥 치솟는 순간. 라크안의 붉은 눈이 갈라지며 짐승의 눈으로 변할락 말락 했다. 그걸 알아차린 건 기적에 예민한 세나뿐이었다. 세나가 눈을 부릅뜨고 라안을 바라보았다.

'발작?'

루시온이 깔짝거리자니 라크안이 심기가 상해 발작을 일으키는 건지도 모른다. 그 '깔짝거림'에 자신은 쏙 빼놓고 생각한 세나는 슬쩍, 허리춤에 손을 얹었다.

손에 검만 잡히면 어떤 적 앞에서도 마음이 편안했건만, 라크안 앞에서는 전혀 든든하지 않았다. 얼마나 버틸 수 있을까, 따위만 생각하게 되었다. 세나가 잔뜩 긴장하여 라크안을 살피는 동안, 라크안은 천천히 숨을 내쉬며 눈을 감았다 떴다.

반으로 갈라졌던 눈동자가 다시 원래대로 돌아오고, 가느다랗게 피어올랐던 살기가 씻은 듯이 사라졌다. 라크안은 세나에게 눈짓하여 긴장을 풀도록 했다. 세나는 눈을 끔뻑거리며 그런 라크안을 멍하니 바라보았다.

'분명 발작이 일어날 때의 기적이었는데?'

이렇게 쉽게 사라지다니? 세나는 약간 어안이 벙벙했다.

'역시 카루나 아가씨 곁에 계셔서 그런 건가?'

세나는 일단 한숨을 돌리며, 검 손잡이에서 손을 뗐다.

"둘 다 그만해요. 내 옆에 누굴 둘 건지는 내가 결정해요. 말하고 싶은 게 있으면 공작 각하가 아니라 나한테 직접 말해요!"

잠깐 새 일어났던 상황을 눈치채지 못한 듯, 카루나가 나섰다. 카루나는 도대체 어디까지 싸우나 두고 보자, 라는 심정으로 루시온과 세나를 지켜보고 있던 차였다.

'아주 칼부림까지 하려고?'

세나가 허리에 찬 칼에 손을 올리기까지 하자, 더는 지켜보지 못하고 입을 연 것이었다. 라크안은 피식 웃으며 다시 팔짱을 끼고 눈을 감았다. 세나는 눈치를 보듯 그런 라크안을 자꾸만 바라보았다.

"왜요? 이 좁은 마차 안에서 칼이라도 뽑으려고요? 루시온을 푹 찌르면 기분이 좀 나아지시겠어요?"

카루나가 뾰족한 목소리로 세나를 다그쳤다.

"카루나 아가씨, 그, 그런 게 아닙니다."

세나는 쩔쩔매며 아니라고 말하였으나 카루나의 마음을 풀지는 못했다.

"그리고 지금은 그런 말로 시간을 낭비할 때가 아니거든요? 둘 다 협조해 주세요."

카루나는 손가락으로 창문을 가리키며 말했다. 어느새, 창문 너머로 보이는 황궁이 가까워져 있었다.

"공작 각하도 남 일인 것처럼 태평하게 있지 말고요!"

카루나는 라크안을 흘기며 타박하는 것도 잊지 않았다. 그렇게 카루나는 마차 안의 분위기를 휘어잡고 황궁 안에서 어떻게 행동하고 말해야 할지 말을 맞췄다.

그 계획의 시작이 바로 지금, 루시온의 고백이었다.

루시온은 카루나와 입을 맞춘 대로 백합궁의 시녀 선발 과정에서 클레이엔이 저질렀던 부정을 모두 다 털어놓았다. 대부분은 황후 또한 이미 알고 있었고 적당히 눈감아 주었던 것들이었다. 하지만 그건 백합궁 내부의 사정일 뿐.

백합궁 밖의 사람들과 함께, 클레이엔의 심복이었던 자의 입에서 흘러나오는 고백을 듣는다는 건 클레이엔을 쳐내겠다는 카루나의 의지였다. 황후가 루시온의 고백을 들어 주는 건, 카루나의 뜻을 받아들이겠다는 의미였다.

거기에 더하여 루시온은 자신이 카루나를 납치하려 했던 것과 카루나의 티 파티장에 늑대가 나타난 것까지 모두 클레이엔이 저지른 일인 양

말했다. 클레이엔이 이 자리에 있다면 억울하다고 펄쩍 뛸 일이겠으나, 안타깝게도 클레이엔은 이 자리에 없었다.

"어떻게 그런 일이!"

루시온의 말을 들은 귀부인들의 얼굴이 새파랗게 질렸다.

귀부인들은 모두 사교계에서 잔뼈가 굵은 이들이었다. 왜 굳이 황후가 이 자리에 자신들을 초대했는지, 카루나가 황후와 둘이서만 나누어도 될 이야기를 왜 굳이 자신들이 다 있는 자리에서 까발리고 있는 건지 금세 눈치챘다.

'화, 황후 폐하와 바이켈드 공작의 약혼녀가 마카레나 백작 영애를 내치시려는 거구나.'

'우리를 증인으로 이용하시려는 거야.'

'황제 폐하께서도 같은 뜻이신 걸까? 귀족파를 향해 칼을 드시려고 결심하신 건가?'

귀부인들의 얼굴이 사색이 될수록 카루나의 얼굴에는 홍조가 돌았다.

"저는 카루나 아가씨의 오랜 설득에 마음을 바꿔, 제 평생의 주인인 마카레나 백작님을 배신하고 카루나 아가씨의 편에 서게 되었습니다. 황후 폐하, 부디 제 말을 믿어 주십시오. 허락해 주신다면 황제 폐하 앞에서도 그대로 증언하겠습니다."

고백을 마친 루시온이 다시 고개를 숙였다.

황후는 루시온이 말하는 내내 침묵했다. 어차피 루시온이 말한 내용은 황후 또한 대부분 알고 있던 내용들이었다. 루시온의 말을 적당히 듣고 적당히 흘리던 황후는 문득 귀에 박힌 한 단어에 관심을 가졌다.

'아가씨라……'

사석에서야 편히 부를 수 있는 호칭이나 황궁에서, 그것도 황후의 앞에서 쓸 수 있는 호칭은 아니었다. 다른 멍청한 귀족 영식도 아니고 루시온이 그걸 모를 리 없었다.

그럼에도 황후의 앞에서 그렇게 부른다는 것은.

'바이켈드 영애에게 완전히 넘어갔다고 말하고 싶은 걸까?'

황후는 앞에 놓인 찻잔을 드는 대신 루시온에게 물었다.

"경은 바이켈드 영애를 마음 깊이 섬기고 있는 것 같군요."

"저의 남은 삶은 모두 카루나 아가씨의 것입니다."

루시온은 조금도 주저하지 않고 답했다. 루시온의 고백을 듣고 겁에 질렸던 귀부인들이 순간, 두려움을 잊고 얼굴을 붉혔다. 황후의 시녀들 역시 눈을 뎅그렇게 뜨고 루시온을 바라보았다.

영원히 녹지 않을 얼음 같았던 루시온의 입에서 저런 말이 나오다니. 듣고도 믿어지지 않는 듯했다.

황후만이 어떤 로맨틱한 상상을 하는 대신 약간의 불안감을 느꼈다.

'정말 마음에서 우러나 저렇게 부르는 건지, 아니면 단지 보여 주기 위해 기꺼이 예법에 어긋난 단어를 쓰는 건지는 내 알 수 없으나. 어쨌든 바이켈드 영애가 마카레나 백작 영애의 심복을 완벽하게 자신의 사람으로 만든 건 분명한 일이군. ……바이켈드 영애가 바이켈드 공작가의 안주인이 된다면, 누구도 사교계에서 당해 내지 못하겠어.'

황후는 앞에 놓인 찻잔을 바라보았다. 금테를 두른 백합 모양의 찻잔. 카루나가 바친 바이켈드 공작가의 충성 맹세의 증거였다. 황후는 카루나를 향한 경계심을 억누르며 찻잔을 움켜쥐었다.

'날 경계하는 걸까?'

카루나는 황후의 생각을 바로 알아채고는, 루시온을 물러나게 했다. 그러고는 치맛자락을 살짝 들고 단상 아래로 내려가, 조금 전 루시온이 섰던 자리에 섰다. 무릎을 꿇는 대신 살짝 무릎을 굽혔다 펴는 것으로 인사를 대신하고는 황후에게 말했다.

"황후 폐하. 심기가 어지러우시겠지만 부디, 저의 말을 좀 더 들어 주시겠습니까?"

"무언가요. 우리가 찾아야 하는 그날, 그 소동을 벌였던 범인에 대한 것이라면, 이 정도로 충분할 것 같은데."

황후가 이마에 살짝 손을 얹으며 말했다. 피곤하다는 뜻인 걸 알면서도 카루나는 물러서지 않았다.

"황후 폐하께서 근심하시는 그날의 소동과도 무관하지 않기에 용기를 내어 말씀드리고자 합니다."

"영애가 기어이 말하고 싶다면 어디 한번, 말해 보세요."

황후가 작게 한숨을 내쉬며 손짓했다.

'그만하는 게 좋겠어요. 이 정도면 충분할 거예요. 더 마카레나 백작 영애를 몰아세웠다가는 황후 폐하의 마음이 바뀌실지도 몰라요.'

황후의 옆에 앉아 있던 에르케는 카루나를 보며 고개를 저었다. 황후는 카루나를 제 곁에 두고, 카루나를 이용하여 마카레나 백작가를 치려 하고 있었다.

지난번 백합궁에서 있었던 소동으로 마카레나 백작가의 오만이 도를 넘어섰다는 것은 증명되었다. 황제도, 황후도 더는 마카레나 백작가를 가만두어서는 안 된다고 생각했다. 다음 대 황제가 될 황태자를 위해서라도 지금의 마카레나 백작과 클레이엔은 짓밟아야 했다.

하나 황후가 바라는 것이 마카레나 백작이라는 아름드리나무를 제국이라는 숲에서 아주 뽑아내려는 건지, 아니면 적당히 가지치기를 하는 수준에서 멈추려는 건지는 알 수 없었다.

카루나와 바이켈드 공작가는 황후가 선택한 도구였다. 이를테면 도끼나 톱과 같은. 도구가 제 의지를 가지고 과하게 날뛰었다가는 제2의 마카레나 백작, 클레이엔으로 의심받을 터였다.

황후는 카루나가 끊임없이 바친 충성의 징표에 마음을 열었지만, 그렇다고 해서 카루나에게 완전히 마음을 연 것은 아니었다. 그렇기에 에르케는 카루나가 과하게 뛰어난 모습을 보여 황후의 경계를 살까 걱정했다.

카루나는 저를 걱정해 주는 에르케에게 감사의 의미로 살짝, 고개를 끄덕여 보였다.

'알고 있으니까 걱정 말아요.'

알고 있기에 지금, 말해야만 했다.

"저는 지난 10여 년간, 제 모습과 제 얼굴을 남에게 빼앗긴 채 살았습니다. 그리하여 원래의 모습을 잃고 열두 살, 어린 시절의 모습을 한 채로 살아야 했지요."

카루나는 눈을 내리깔며 최대한 가련한 표정을 지어 보였다. 목소리도 살짝 떨었다. 황후는 당연히 마카레나 백작과 클레이엔을 더 모함하는 말을 할 거라고 예상했다. 그랬기에 카루나가 전혀 생뚱맞은 말을 꺼내자 이마에서 손을 떼고, 고개를 들었다.

"마, 법? 그러고 보니 아까 마법에 걸렸었다고 말했지요?"

황후가 기억을 더듬으며 물었다.

"네, 마법. 아주 끔찍하고 사악한 마법이었습니다. 황후 폐하."

카루나가 천연덕스럽게 대답하자 귀부인들이 부채를 파닥이며 수군댔다.

"마법이라니?"

"갑자기 어른이 되어 돌아온 사연에 대해 말하려는 걸까요?"

그들의 목소리 때문에 카루나가 말을 멈추자 황후가 손짓하여 그들의 입을 봉했다. 카루나가 단상 아래에 내려가는 걸 지켜볼 때와는 태도가 전혀 달랐다. 황후는 카루나의 말에 흥미를 느끼며 다음 말을 재촉했다.

"10여 년 전, 저는 사악한 마법에 걸렸습니다. 누군가가 정체 모를 마법을 사용하여 저의 모습을 빼앗아 갔지요. 때문에 성인이었던 저는 열두 살, 어린아이가 되었습니다."

"그런 마법이 있다고?"

"네, 저도 제가 겪어 보고야 이런 마법이 존재한다는 것을 알게 되었습니다. 듣도 보도 못한 마법이지요."

정말 듣도 보도 못한, 세상에 존재하지 않는 마법이기에 카루나는 얼른 맞장구를 쳤다. 황후는 전혀 믿지 못하겠단 얼굴로 카루나를 내려다봤다.

'나도 내 말을 쉽게 못 믿을 거 같은데, 이 정도에서 믿어 주길 바라진 않았다구요. 황후 폐하?'

카루나는 개의치 않고 말을 이었다.

"오랫동안 제게 걸린 마법을 풀기 위해 애썼으나 끝내 방법을 찾지 못했습니다. 그런데 우연히 숲에 들른 라안 님께 제국의 한 영애에 대한 이야기를 듣게 되었습니다. 라안 님께서 말씀해 주신 그 영애분의 이목구비가 놀랍도록 원래 저의 모습과 똑같더군요. 그래서 저는 라안 님께 부탁하여 제국의 수도로 오게 되었습니다."

입에 침 한 방울 안 묻히고 거짓말을 하는 건 평소 카루나에게 식은 죽 먹기나 다름없었다. 그러나 이번엔 좀 어려웠다. 스스로가 듣기에도 소설 속에서나 나올 법한 이야기였기에, 그 이야기를 진짜인 것처럼 말하고자 하는 노력이 필요했다.

'진짜다, 난 진실을 말하고 있는 거야. 실제로 어려지는 마법의 약물을 먹고 어려졌잖아? 사실은 시간을 되돌리는 약인 줄 알고 먹긴 했지만. 그런 약도 있는데, 남의 모습을 빼앗아 가는 마법도 있지 않겠어? 지금 당장 없어도 앞으로 생길지도 모르지. 나한테 그딴 약물을 먹인 마탑의 마법사 같은 놈이 또 나타나서 만들지도 몰라. 아니, 만들 거야. 아니, 이미 만들었다. 그 마법에 내가 걸렸다.'

카루나는 속으로 중얼거리며 자신의 거짓말을 일단, 자신부터 믿고자 애썼다.

"그리고 수도에 와서 그 영애를 봤을 때 알게 되었습니다. 제 모습을 빼앗아 간 사람이 바로 그 영애라는 것을요. 저는 숲의 마법에 대해서만 알지 숲 밖의 마법에 대해서는 잘 모릅니다. 제국에 있다는 마탑의 뛰어난 마법사가 그런 요상한 마법을 만들어 냈을지도 모를 일이지요."

"그런 일은 있을 수 없어요. 마탑의 마법사들은 오직 황실에만 충성을 바칩니다. 그런 마법을 만들었다면 당연히 황실에 먼저 보고했을 것이고 당연히 내가 알고 있을 겁니다. 마카레나 백작이 마탑의 마법사들과 연관이……."

카루나의 말에 발끈했던 황후가 뒷말을 흐렸다. 카루나는 그런 황후를 보며 살며시 미소 지었다.

'완벽하게 아니라고 생각하지는 못하겠지. 마카레나 백작이 마탑의 마법사 한둘쯤은 빼돌릴 수 있을지도 모른다는 생각이 들었겠지?'

카루나는 그날, 제가 뿌린 과실주에 젖은 클레이엔의 얼굴이 어떻게 변했는지 똑똑히 기억하고 있었다. 그 모습은 마법에 의한 것이라고밖에 볼 수 없었다.

'분명 마탑의 마법사를 빼돌려서 내 얼굴을 똑같이 만들어 냈을 거야.'

확신할 수 있었다.

"황후 폐하."

카루나는 황후를 올려다보았다.

"제가 바라는 건 단 하나뿐입니다. 제 약혼자인 공작 각하와 저의 행복."

일부러 꾸민 것도 아닌데 목소리 끝이 살짝 떨렸다. 저도 모르게 말 속에 진심이 담긴 것이었다. 시녀와 귀부인들은 아까 전부터 카루나의 말에 푹 빠져 있었기 때문에, 지금 한 말에도 별다른 의심 없이 얼굴을 붉혔다.

"좋을 때네요."

"그러게 말이에요."

"바이퀼드 공작 각하께서 나이 차 많이 나는 분과 약혼을 하셨다 해서 놀랐는데, 그런 사연이 있었네요. 하긴, 바이퀼드 공작 각하께서 그럴 분은 아니시지요."

그들의 태도는 호의적이었다. 옆에 비켜서 있던 루시온만이 못마땅한 눈빛으로 카루나를 바라보았다. 하지만 카루나는 루시온의 마음을 헤아릴 틈이 없었다. 카루나의 두 눈은 오직 황후를 향했다.

"마법에 걸려 제 모습을 빼앗긴 뒤로, 제 약혼자는 계속 저를 기다려 줬습니다. 설사 평생 원래의 모습으로 돌아오지 못한다 하더라도 기다려 주겠다고 하셨지요."

"어머나?"

"로맨틱해요."

"영원히 곁을 지켜 주겠다니?"

주변에서 적당한 추임새가 쏟아졌다. 덕분에 카루나는 자신감을 가지고, 입에 침도 안 바르고 거짓말을 이어 나갈 수 있었다.

"하지만 제가 기다릴 수 없어서, 공작 각하, 그러니까 제 약혼자인 라안 님을 졸라 이 제국으로 왔습니다."

카루나는 슬쩍 라크안을 애칭인 '라안'으로 불렀다. 루린토프가 라크안을 '라안'이라 부르며 쫓아다닌 덕에, 라크안의 애칭이 라안이라는 걸 모르는 사교계 인사는 없었다.

루린토프가 라크안을 라안이라고 부를 때면 흰 눈을 뜨고 혀를 차던 귀부인들이 카루나가 '라안'이라고 부를 때면 흐뭇한 미소를 지어 보였다. 그것이 정식으로 약혼한 약혼녀의 위치였다.

"어린 모습을 한 저와 약혼한 사이라는 걸 밝히면 라안 님께서 어떤 추문에 휘말리게 될지 알면서도 말이지요. 라안 님께서는 절 위해 자신의 명예가 더럽혀지는 걸 마다치 않으셨습니다."

카루나의 말에 귀부인들이 안타까운 마음이 담긴 한숨을 내쉬었다. 그들도 대부분, 라크안이 열두 살 모습의 카루나를 약혼녀라고 소개할 때 뒤로 험담을 했었다.

"이런 사연이 있는 줄은 몰랐지."

누군가 조그만 목소리로 말하자 다른 귀부인들이 고개를 끄덕이며 동의했다. 카루나는 그들에게 괜찮다고 말하듯 살짝 웃어 보이며 말을 이었다.

"저는 그런 라안 님을 위해서라도 하루빨리 원래의 모습을 되찾고 싶었어요. 그래서 마카레나 백작 영애와 무작정 맞서려 했고, 끝내 마법이 풀리고 원래의 모습을 되찾긴 했지만……."

카루나가 말을 멈추고 머뭇거렸다. 한창 카루나의 이야기를 잘 듣고 있던 사람들이 몸을 앞으로 굽히며 귀를 기울였다.

후우. 카루나는 작게 한숨을 내쉬고는, 겨우 결심했다는 듯 두 손으로 드레스 자락을 움켜잡았다.

"이 이후에는 어떻게 해야 될지 모르겠어요. 전혀 모르겠어요. 그래서 황후 폐하께 감히 자비를 구합니다. 저를 도와주세요, 아니, 저를 지켜 주세요."

카루나는 드레스 자락을 움켜쥔 손으로 남몰래 허벅지를 세게 꼬집었다.

'아파!'

눈가가 시큰해지며 금세 눈물이 고였다. 그 눈물을 유지하기 위해, 카루나는 애써 슬픈 생각을 했다.

클레이엔의 대역이었을 때는 울기 위해 슬픈 생각을 해야 할 때마다 뒷골목을 떠돌던 어린 시절을 떠올렸다.

고아원에서 도망쳐서 소매치기 기술조차 익히지 못했던 때는 항상 배가 고팠다. 쓰레기통을 뒤지며 썩은 야채를 씹고 삼켰다가 토하고, 오물이 그득한 뒷골목을 뒹굴며 죽지 못해 살아야 했다. 그때만 생각하면 억울하고 열불 나서 눈물이 났다.

하지만 이번엔 아니었다. 그보다 더 끔찍하게 슬픈 생각이 떠올랐다.

최초의 숲 공터에서, 라크안이 걸어 나왔다. 카루나는 바닥에 주저 앉은 채로 라크안을 올려다보았다.

'리센을 구하러 왔는데…… 결국 리센은 죽고, 너만 살아남았군.'

라크안의 목소리가 싸늘했다.

'…….'

카루나는 미안하다는 말조차 못 하고 멍하니 라크안을 올려다보았다. 라크안은 카루나를 경멸하고 있었다. 클레이엔의 대역이었던 시절에 봤던 그 표정이었다.

'내 반려라 생각했는데 그것도 아니고, 클레이엔인 줄 알고 감시하려 옆에 붙여 줬더니 약혼녀인지 뭔지 떠들어 대며 괜히 일이나 벌이고, 결국 리센까지 죽게 만들었군.'

그의 말 한마디 한마디가 비수가 되어 심장에 박혔다. 숨이 멎을 것 같았다. 상상일 뿐이라고, 알고 있는데도 견디기 힘들었다. 정말로 라크안은 자신에게 이렇게 말하고 싶었던 게 아닐까, 라는 생각이 들었다.

'하여튼, 내겐 아무런 쓸모가 없어.'

언제든 라크안이 이렇게 말하지 않을까. 카루나가 계속 두려워하고 있던 그 말이 라크안의 입에서 튀어나왔다.

'…….'

카루나는 아무 말도 하지 못했다. 라크안은 그런 카루나를 놔두고 매몰차게 돌아섰다.

'쓰, 쓸모 있는 사람이 될게요. 날 버리지 말아요.'

뒤늦게 손을 내밀어 라크안의 망토를 붙잡았지만, 라크안은 냉정하게 카루나의 손을 쳐냈다.

'리센…… 네가 살았어야 하는데…….'

그가 혼잣말을 하듯 중얼거리고는 카루나를 떠났다. 뚜벅뚜벅, 발소리가 멀어졌다. 라크안은 한 번, 뒤돌아보지도 않았다.

라는 상상.

생각만으로도 눈물이 흘러내렸다. 단상 위에서 소란이 일었다.

"지, 지금 우는 건가요?"

"왜 우는 거죠?!"

시녀와 귀부인들이 깜짝 놀라며 어쩔 줄 몰라 했다.

"바이켈드 영애?"

황후마저도 놀란 기색이었다.

'아, 이런. 이렇게까지 울 필요는 없는데. 그냥 눈물이 고이는 정도면 되는데…….'

놀란 건 카루나도 마찬가지였다. 그 무서운 생각을 떨쳐 내도 눈물은 그치지 않았다. 두 손으로 닦아 내면 닦아 낼수록 더 많이 흘러내렸다. 그뿐이 아니었다.

"저는, 저는……."

말을 해야 하는데 자꾸 울음이 나왔다. 목이 메고, 말이 잘 나오질 않았다.

"아가씨."

루시온이 카루나에게 손을 뻗었다. 하지만 그의 손은 이내 막혔다. 옆에 서 있던 세나가 그의 손을 쳐낸 것이다.

'보는 눈이 많다.'

세나가 입모양으로 루시온에게 벙긋거렸다. 세나 역시 당장이라도 카루나에게 달려가고 싶은 듯했다. 그걸 꾹 참고 있는 얼굴은 성난 황소 같았다.

평소 거칠 것 없는 사람처럼 굴던 호위 기사까지 이렇게 참고 있는데. 자신이 나서 일을 망칠 뻔했다. 루시온은 자신의 경솔함을 반성하며, 물러섰다.

세나의 말대로 보는 눈이 많았다. 황후에 시녀들, 귀부인들까지. 여기서 루시온이 카루나를 끌어안고 눈물을 닦아 준다면, 카루나의 눈물은 의미 없는 것이 되고 만다.

'일부러 울고 있으신 거야 알고는 있는데…….'

루시온은 카루나에게서 눈을 떼지 못했다. 예전에 그녀는 귀족과 최고 권력자의 딸 노릇을 하며 사교계를 마음껏 휘저었다. 악녀라고 불리기도 하고 악의 꽃이라 불리기도 했다.

내가 우느니 남을 울리겠다는 식으로 살던 그녀였지만, 필요하다면 언제나 눈물 흘릴 준비가 되어 있었다. 주로 황태자 앞에서 그랬다. 황태자는 악어의 눈물을 보는 듯 질색했지만, 그래도 우는 여인에게 매몰차지는 못했다.

카루나는 황태자의 여린 성격을 파고들기 위해 수없이 제 허벅지를 꼬집었다. 오늘도 그런 날 중 하나일 뿐인데. 우는 카루나의 모습을 보는 게 힘들었다. 카루나가 이렇게 섧게 우는 걸 처음 봤기 때문일까.

"······."

루시온은 멍하니, 제 빈 손을 내려다봤다. '이성을 잃었다.'라는 말은 루시온의 인생에서 낯선 말이었다. 그런데 최근 그런 경험을 두 번이나 겪었다. 카루나가 위기에 처한 순간, 라크안에게 묶인 자신 대신 카루나에게 가 보라고 소리쳤을 때.

그리고 지금.

모두 다 카루나 때문이었다. 그리고 언제나 루시온은 카루나에게 다가갈 수 없었다.

루시온은 카루나에게 채 닿지 못한 손을 꼭 주먹 쥐고, 등 뒤로 숨겼다. 손톱이 파고들어 피가 배었지만 아픈 줄 몰랐다. 루시온을 이 정도로 흔들리게 만든 카루나의 우는 모습은 황후마저 흔들었다.

"가서 내 대신 눈물을 닦아 줘요."

황후는 곁에 선 에르케에게 자신의 손수건을 건넸다. 에르케는 두 손으로 그것을 받들고 단상 아래로 뛰듯 빠르게 내려갔다.

"울지 말아요, 바이켈드 영애."

"에, 르케 영애. 나는······ 저는, 그게, 아니라, 이럴, 생각이······."

카루나는 고개를 들어 에르케를 바라봤다. 뚝, 뚝, 눈물이 계속 흘러 내렸다. 에르케가 안쓰러움에 얼굴을 찡그리며 황후의 손수건으로 카루나의 눈물을 닦아 주었다.

"괜찮은가요?"

황후가 물었다. 목소리가 아까보다 훨씬 부드러웠다.

"네, 괜, 찮습니…… 감사, 해요. 폐하……."

카루나는 황후에게 고개를 꾸벅였다. 그리고 울음 때문에 채 못 한 말을 이었다.

"황후 폐하, 저는 바이켈드 공작 각하를, 정말로, 좋아해요……. 곁에, 있고 싶어요. 그런데 그러지 못, 했어요. 마카레나 백작 영애가, 마법이…… 이제야 겨우 원래대로 돌아왔는데, 무서워요. 또 마카레나 백작 영애가 저한테, 마법을……."

"그런 일은 없을 겁니다. 이미 모든 게 밝혀졌잖아요?"

"정말요? 황후, 폐하…… 정말 그런 건가요?"

카루나는 에르케에게서 황후의 손수건을 건네받아 두 손에 꼭 쥐고 황후를 올려다보았다. 지금 이 모습이 황후의 동정심을 자극하기 가장 좋은 모습이라는 걸 알고 있었다. 그래서 일부러 이러는 것이었다.

'이러면 방심하겠지? 내가 그동안 그저 사랑 때문에, 바이켈드 공작 옆에 있고 싶고 마법을 풀고 싶어서 노력했던 거라고 생각할 거야.'

너무 똑똑하고 처세를 잘하면 경계의 대상이 된다. 지금 카루나가 그런 위치였다.

마카레나 백작을 쳐내면 바이켈드 공작을 견제할 수 없게 된다. 그런데 그 바이켈드 공작 옆에 카루나 같은 약혼녀가 붙어 있다면?

황후는 경계할 수밖에 없다. 바이켈드 공작이나 약혼녀, 혹은 둘 모두가 황위에 대한 욕심을 품기라도 한다면 황태자에게 큰 장애가 될 테니 말이다.

그 경계를 느슨하게 만들기 위해 카루나가 선택할 수 있는 건 '사랑'이었다. 내가 그동안 그렇게 똑똑하고 당차게 굴었던 건 다 사랑 때문이라고. 목적이 '권력'이 아니라 '사랑'이라고 드러내는 것만으로도 황후의 경계심을 느슨하게 만들기엔 충분했다.

그래 봤자 황후의 경계심을 완전히 풀 수는 없겠지만. 적어도 카루나를 의식하고 경계하여, 마카레나 백작과 클레이엔을 놔둘 생각은 하지 않으리라.

"도와주세요……. 제발, 절 지켜 주세요……. 무, 서워요. 많이, 많이요……. 폐하, 제발요."

카루나는 울먹이는 목소리로 마지막으로 준비한 말을 내뱉었다. 만약 카루나가 이전처럼 강단 있게 나서서 자신이 클레이엔을 처리하겠다고 말한다면. 황후는 클레이엔을 두둔하며 제대로 처벌받지 못하도록 뒤로 수를 쓸지 모른다.

그걸 막기 위해 카루나는 황후에게 울며 매달려야 했다. 자신은 황후의 도움 없이는 아무것도 할 수 없는 한낱 사랑에 빠진 여인일 뿐이라고. 머릿속은 이런 계산으로 차갑게 가라앉아 있는데, 심장은 뜨겁게 뛰었다.

심장이 쿵쿵 뛸 때마다 눈에서 눈물이 흘렀다. 지금 심장은 피를 만드는 게 아니라 눈물을 만드는 듯했다. 말을 하면서도 스스로의 말이 어색해 팔에 오도독 소름이 돋을 정도였다.

자신의 입에서 이처럼 연약한 말이 나올 수 있다니, 스스로도 놀랄 지경이었다. 그러니 듣는 입장에서는 어떨까. 그간의 당찬 모습을 잊을 만큼 충격적이리라. 그걸 노리며, 카루나는 한껏 어리고 연약하고 가련한 척했다.

"맙소사, 저렇게 어린 영애가……."

"어쩌면 좋누."

"그동안 얼마나 힘들었을까요. 그 마카레나 백작 영애와 맞서야 했으니 말이에요."

귀부인들이 안쓰러워 어쩔 줄 몰라 했다.

"황후 폐하, 도와주세요. 저도 부탁드릴게요. 저렇게 어린 영애가 좋아 하는 사람이랑 행복하게 사는 게 유일한 꿈이라는데……."

"황후 폐하께서도 그동안 마카레나 백작 영애의 나쁜 소문을 들으셨잖 아요."

"시녀 후보로 데리고 계신 동안 직접 보고 들으셨지 않았습니까. 설마 마카레나 백작 영애를 이번에도 감싸 주실 생각은 아니시겠지요?"

시녀들마저 황후의 눈치를 보지 않고 나서서 황후에게 간청했다. 황후는 그들의 성화를 견디지 못하는 척 나섰다. 카루나를 위로하며 에르케에게 손짓했다.

"그만 울어요, 바이켈드 영애. 그러다 지쳐서 쓰러질까 봐 걱정이 되는군요. 일단, 내 곁으로 다시 오도록 해요."

에르케는 카루나를 부축하여 단상 위로 올랐다. 카루나는 울다가 탈진 한 것처럼 일부러, 에르케에게 몸을 기대고 휘청였다. 그때마다 에르케가 울먹거리는 표정을 지으며 황후를 바라보았다. 그게 황후의 경계를 늦추 는 데 결정적인 역할을 했다.

'바로 옆에서 지켜본 에르케 영애가 저런 표정을 지을 정도라면…….'

그제야 황후의 눈빛이 부드러워졌다. 카루나는 에르케의 도움을 받아 도로 자리에 앉고, 미지근한 물을 한 모금 마셨다.

"감사해요, 이제야 정신이 드는 거 같아요."

카루나가 에르케를 밀어 내고 의자에 똑바로 앉으려 했으나 에르케가 놔주지 않았다.

"괜찮으니까, 무리하지 말아요."

"하지만 황후 폐하 앞에서 계속 추태를 부릴 수는……."

카루나는 말끝을 살짝 흐리며 황후의 눈치를 봤다. 두 손은 여전히 황후의 손수건을 꼭 움켜잡고 있었다.

"내게 도와 달라고 했지요?"

카루나와 눈이 마주치자 황후가 물었다.

"네, 황후 폐하."

카루나가 다소곳이 대답했다. 훌쩍, 거리는 소리도 잊지 않았다. 그 모습이 열두 살이었을 적보다 어리게 보여, 황후는 저도 모르게 미소 지었다.

'마카레나 백작 영애와 똑같이 생겼는데. 아니, 아니지. 마카레나 백작 영애가 이 모습을 마법으로 빼앗아 갔던 거라고 했던가?'

황후는 카루나의 말을 완전히 믿지 않았다. 다른 사람의 얼굴을 뺏는 마법이 있다는 소리를 들어 보지 못했을뿐더러, 설령 그런 마법이 존재 한다 해도 직접 보기 전까지는 믿기 힘들었다. 다만, 제 앞에서 울고 있 는 카루나의 모습만은 믿었다.

"그래요, 내가 도와줄게요. 이제 더는 무리할 필요 없어요."

황후가 손을 뻗어 카루나의 손을 꼭 잡아 주었다.

'됐어!'

카루나는 웃음을 참기 위해 아랫입술을 꾹 깨물고 고개를 숙였다. 그 모습은 황후와 에르케의 동정심을 자아내기 충분했다. 둘이 보기에는 카루나가 황후의 말에 감동받다 못해 서러움이 복받쳐서 울음을 참는 것으로 보였다.

"울지 말아요. 영애는 이제 나의 시녀입니다. 그날 내가 그렇게 정했 으니, 내가 지켜 줄게요. 그러니 그만 울어요."

황후의 목소리가 좀 더 다정해졌다.

최종 시녀 후보는 카루나와 클레이엔 둘이었다. 그중 클레이엔이 사고 를 쳤으니 남은 건 카루나뿐이지만, 황후는 이때까지 시녀 선발에 대해

가타부타 말이 없었다. 그런데 지금, 이 자리에서 카루나를 자신의 새 시녀로 인정한 것이다.

카루나는 눈물이 그렁한 눈으로 황후를 바라보다 눈을 감았다. 또르륵, 남은 눈물이 떨어져 내렸다.

"감사해요, 황후 폐하."

인사를 받은 황후는 자애로운 미소를 지었다. 카루나는 황후를 따라 우는 듯 웃는 듯 살짝 미소 지었다.

의도한 건 아니지만 어쨌든, 눈이 녹을 것 같을 정도로 펑펑 운 보람이 있었다.

이후의 일은 머리 아프게 신경 쓰지 않아도 알아서 잘 굴러갔다. 귀부인들은 앞다퉈 클레이엔이 그간 저지른 악행을 고발하듯 말했다. 대부분은 진짜 클레이엔이 아니라 클레이엔의 대역이었던 카루나가 저지른 일이었다.

사람들이 자신이 했던 일을 비난해도 카루나는 눈 하나 깜짝하지 않았다. 대신 살짝살짝 끼어들어 그들의 대화를 다른 방향으로 돌려놓았다. 이를테면 백합궁의 티 파티를 엉망으로 만들어 놓은 일이라거나.

그러면 귀부인들의 대화는 자연히 그쪽으로 이어졌다. 최근 일어난 일이니만큼 저마다 신나게 말을 쏟아냈다. 카루나는 에르케에게 기대 차를 마시며 그들이 하는 말을 들었다.

"정말 바이켈드 공작 각하께서 안 계셨으면 어쩔 뻔했어요. 그날, 제 남편이 그 무시무시한 검은 늑대 옆에 있었는데 하마터면 늑대의 발에 밟혀 죽을 뻔했죠. 바이켈드 공작 각하와 철십자 기사들이 지켜 주셔서 크게 다치지 않고 도망칠 수 있었어요."

한 귀부인이 가슴을 쓸어내리며 라크안을 찬양했다. 그녀의 말이 대화의 물꼬를 텄다.

"어머나, 저는 직접 봤잖아요. 바이켈드 공작 각하께서 검은 늑대와 싸우는 모습을요!"

"저는 입구 쪽에 서 있어서 바로 피하느라 보지 못했는데…… 아쉽지는 않지만, 부럽긴 하네요. 바이켈드 공작 각하께서 활약하시는 모습을 지켜보셨다니 말이에요."

귀부인들은 하나둘, 그날 라크안이 어떤 활약을 벌였는지 앞다투어 말했다.

어릴 적, 이와 비슷한 상황을 경험해 본 적 있는 세나는 태연했다. 루시온은 무심코 고개를 끄덕거릴 뻔했다가 그런 자신을 깨닫고는 얼굴을 굳혔다.

그 또한 귀부인들과 비슷한 기억을 가지고 있었다. 어디선가 거대한 검은 늑대가 나타나자 라크안과 철십자 기사들이 그 늑대와 맞서 싸웠고, 라크안은 크게 상처를 입어 바이켈드 저택으로 옮겨졌다고.

카루나는 귀부인들의 대화를 들으며 지난밤, 자신이 키워 낸 나무의 마법이 성공했음을 확인했다.

"공작 각하께서 하늘 높이 뛰어올라 늑대의 머리를 발로 밟고, 늑대가 입에 물고 있던 어떤 영애를 구해 내셨다면서요?"

"제가 듣기로는 어떤 영애가 늑대에게 물릴 뻔했는데 그 영애를 지키려다 대신 늑대에게 물려 다치셨다고 들었어요. 그렇게 다치고도 다시 늑대를 막고자 달려드셨다지요?"

대화가 이어질수록 라크안은 소설 속에 나오는 영웅이 되어 갔다. 검은 늑대와 맞서 싸운 라크안의 활약은 과장되게 변했고, 귀부인들은 자신들의 이야기에 심취하여 그것을 진실이라 믿었다.

카루나는 한마디씩 더해 부추기면 부추겼지 방해하지는 않았다. 황후의 티 파티는 그렇게 마지막까지 카루나에게 이롭게 진행되었다. 카루나는 황후와 에르케의 상냥한 인사를 받으며 백합궁을 나설 수 있었다.

"바이켈드 영애, 우리 이렇게 만나게 된 것도 인연인데. 다음 주에 있을 내 살롱에 오지 않겠어요?"

"우리 가문은 오랫동안 바이켈드 공작 가문과 인연이 깊었답니다. 분명 공작 각하께서 우리 가문에 대해 언급을 하셨을 텐데…… 들어 보지 않으셨나요?"

"제 딸이 영애와 또래랍니다. 분명 영애와 좋은 친구 사이가 될 수 있을 거예요."

백합궁을 나오자마자 귀부인들이 카루나를 둘러싸고, 카루나를 자신의 사교 모임에 초대하려고 했다. 카루나 옆에 딱 붙어 있던 세나와 루시온이 곁가지로 밀려날 정도였다.

"말씀만으로도 감사해요. 아, 네. 그럼요. 공작 각하께서 말하셨던 것 같기도 하고 아닌 거 같기도 하네요."

카루나는 적당히 상대해 주고 적당히 웃어 주었다. 클레이엔 대역일 때처럼 마음대로 굴지 않으니, 귀부인들이 좀처럼 떨어지지 않았다. 안 그래도 한참 울어서 눈가가 시큰거리고 머리가 지끈지끈한데, 웃는 얼굴로 귀부인들을 상대해야 하다니. 점점 짜증이 솟구쳤다.

'제발 좀, 적당히 하라고. 아까 나 펑펑 우는 거 봤잖아? 그럼 내가 피곤하고, 좀 조용히 혼자 있고 싶어 할 거란 생각이 들지 않나?'

카루나의 말수가 급격히 줄어들었다. 뒤따르던 세나와 루시온이 그런 카루나의 상태를 알아차리고는 난색을 표했다. 하지만 그들이라고 카루나를 도와줄 방법이 있는 건 아니었다.

뚜렷한 목표를 가진 귀부인 무리는 철십자 기사단이 떼로 덤벼도 이길 수 없을 만큼 막강했다. 차마 겉으로 드러낼 수 없는 짜증이 차곡차곡 쌓여 막 폭발하기 직전.

"카루나, 이제 끝난 건가?"

복도 저편에서 저음이 묵직하게 울렸다.

"어머나?"

"바이퀼드 공작 각하?"

"저분이 여기엔 왜…… 아!"

카루나를 둘러싸고 재잘재잘 떠들어 대던 귀부인들이 그를 먼저 알아보았다. 갑작스러운 그의 등장에 놀란 귀부인들이 입을 다무니 복도가 금세 조용해졌다.

카루나는 지끈거리는 머리를 부여잡으며 고개를 들어 앞을 보았다. 함께 황궁에 입궁했던 그 모습 그대로의 라크안이 거기에 있었다.

"공작 각하?"

그 모습이 현실인지, 아니면 두통을 견디다 못한 머리가 환상을 보는 건지 알 수 없었다. 카루나는 애칭을 부르는 것조차 잊은 채 멍하니 그를 바라보았다.

라크안은 카루나의 부름에 대답하는 대신 그녀에게로 곧장 걸어왔다. 걸어오는 속도가 평소보다 빨랐다. 루시온 저리 가라 할 정도로 무표정하던 얼굴에도 조급함이 드러났다.

'왜 그러는 거지? 무슨 급한 일이라도 있는 건가?'

라크안이 가고자 하는 길은 카루나가 걸어온 길이었다. 이 길대로 쭉 가면 백합궁이 나온다. 방금 나온 백합궁에서 새삼, 급한 일이 생겼을 것 같지도 않은데. 왜 라크안이 저리도 급하게 걸어오는 건지 이해가 되지 않았다.

'길을 비켜서 줘야 하는 건가? 아니면 같이 가자고 따라가야 하는 걸까?'

너무 울어서 머리도 눈물에 다 젖어 버린 걸까. 무슨 행동을 어떻게 해야 할지 감이 잡히지 않았다. 바보가 된 느낌이었다. 일단 길을 막지는 말자는 생각으로 옆으로 물러서려는데, 라크안이 카루나보다 한 걸음 빨랐다.

카루나를 물고 늘어지던 귀부인들은 라크안이 다가오자 언제 그랬냐는 듯, 재빨리 옆으로 비켜났다. 덕분에 카루나와 라크안 사이에 넓은 길이 만들어졌다. 라크안은 당연하게 그 길을 걸어 카루나를 한 팔로 안아 들었다.

"꺄악?"

카루나는 갑자기 몸이 붕 뜨는 느낌에 놀라 비명을 지르며 손을 뻗었다. 라크안의 단단한 어깨에 두 손이 닿았다. 그 어깨를 단단히 움켜쥐고 나서야 숨을 내쉬며 주변을 둘러볼 수 있었다.

"어머나!"

"한창때네요."

"그럼요, 좋을 때죠. 잠시도 떨어져 있기 싫을 때지요."

"공작 각하께 이런 면이 있으신 줄 몰랐네요."

귀부인들이 얼굴을 붉히며 소곤대고 있었다. 그들을 위에서 내려다보며, 그제야 카루나는 제 눈높이가 달라진 걸 깨달았다.

라크안은 가끔 카루나를 이렇게 번쩍 안아 들곤 했다. 열두 살 모습일 때야 아무렇지 않았지만. 아니, 그때도 조금 많이 부끄러웠건만.

카루나의 얼굴이 새빨갛게 달아올랐다. 표정 관리를 할 여유 따위는 없었다. 카루나 인생에 있어 드문 순간이었다. 아무런 계략이나 계획 없이, 순수하게 당황하고 그 당황한 모습을 경계 없이 드러내 보이는 것은.

"고, 공작 각하! 이게 지금, 그러니까, 뭐, 뭐 하시는 거예요!"

카루나는 뾰족한 목소리로 외치며 자신을 안아 든 라크안의 팔을 찰싹찰싹 내리쳤다.

"이, 이거 놔요. 얼른, 얼른 내려놔요!"

라크안은 카루나의 반항에 꿈쩍하지 않았다. 오히려 카루나를 더 단단하게 안아 들며, 다른 한 손을 뻗어 카루나의 눈가를 쓸었다.

"울었나?"

"……!"

그 물음에 답할 수 없었다. 라크안의 손이 뺨에 닿는 순간, 카루나는 돌이 되어 버렸으니까. 새침하게 흘겨보고 예쁘게 눈웃음 짓던 녹색 눈이 댕그랗게 변했다. 경악, 당황, 놀라움. 그런 감정들이 범벅되어, 전혀 꾸미지 않은 날것 그대로의 표정이 드러났다.

울어서 부은 게 분명한, 불그스름해진 눈가와 빨갛게 홍조가 어린 뺨. 거기에 놀란 토끼 눈까지. 카루나는 평소보다 더 앳되어 보였다. 그래서 더더욱, 안쓰러워 보였다.

"울었냐고 물었는데, 내가."

라크안이 천천히, 다시 물었다. 뺨에 닿은 손은 차가웠다. 뜨겁게 달아오른 곳에 얼음처럼 찬 것이 닿으니, 긴장이 풀렸다. 두통도 어디론가 달아나 버린 듯 더 이상 아프지 않았다. 카루나는 저도 모르게 눈을 감았다.

뚝. 아직 남아 있었던 걸까. 눈물 한 방울이 라크안의 손등으로 떨어졌다. 라크안이 얼굴을 찡그리며, 그 눈물을 바라보았다.

"왜 우는 거지?"

"……."

당신이 날 버리는 상상을 하다 울었다고 말할 수 있을 리 없었다.

"그대를 울게 한 게 무엇인지 내게 말해, 내가 다 해결해 줄 테니까."

카루나가 무엇 때문에 울었는지 알 리 없는 라크안은 자신을 자신이 처리하겠다며 말했다. 달래는 듯, 혹은 협박하는 듯한 낮은 목소리가 카루나에게 닿았다.

'하여튼, 내겐 아무런 쓸모가 없어.'

문득, 자신의 상상 속에서 모질게 돌아서던 라크안의 모습이 떠올랐다. 숨이 멎을 것 같아서, 숨을 쉬기 위해 현실의 라크안을 붙들었다. 손바닥에 닿는 강인한 온기가 다시 숨통을 틔워 주었다.

'당신이요, 공작 각하. 당신. 당신 때문에 울었다고. 내가.'

카루나는 라크안의 옷자락을 꽉 움켜쥐었다.

설렜다. 아팠다. 무섭다. 좋아한다. 도망치고 싶다. 좀 더 함께 있고

싶다. 좋아한다. 미안하다. 수많은 감정들이 오직 단 한 사람만을 향할
수 있다는 걸, 이전에는 알지 못했다.

그 감정들이 끝내는 단 하나의 감정으로 뭉쳐서 심장 소리가 될 수
있다는 것 또한.

좋아한다.

좋아한다.

두근, 두근, 심장이 뛰는 소리에 맞춰 끊임없이 좋아하게 된다. 부디,
심장 소리가 라크안에게 닿지 않기를. 카루나는 간절히 바라며 그를 내
려다보았다.

까만 머리카락도, 살짝 찡그린 미간과 붉은 눈도. 굳게 다물린 입술마
저도. 어느 것 하나 보는 것만으로도 떨리지 않는 게 없었다. 카루나는
울고 싶은 마음을 누르며 웃어 보였다.

"내가, 울긴 언제 울었다고."

말도 안 되는 거짓말을 하며 입술을 꾹 깨물었다. 이 사람을 좋아한다.
상상 속에서 모진 말을 들었다고 펑펑 울 만큼. 이 사람을 좋아한다. 고작
이 정도 닿았는데도 이만큼 설레고, 무섭고, 아플 만큼. 계속 심장이 뛰었다.

'이 사람을 위해서 더러운 걸 다 치워 버려야지.'

카루나는 라크안을 내려다보며 다짐했다. 자신을 한 팔로 덥석 안아
들 정도로 힘센 사람이지만 사실 하나도 강하지 않았다. 밤마다 악몽을
꿀 정도로 여리고, 독하지 못한 사람이었다.

무엇이든 다 해결해 주겠다는 말이 하나도 믿음직하지 않았다. 그래서
카루나는 아직 라크안의 곁을 떠날 수 없었다.

'이젠 내가 필요하지 않을 테니 전 안 보이는 곳으로 떠날게요. 당신의
가장 소중한 친구를 죽게 만들어서 미안해요. 다른 것들도, 내가 잘못한
게 있다면 다 미안해요. 날 보면 자꾸 리센이 생각 날 테니까, 내가 떠나
줄게요.'

카루나는 언젠가 그에게 해야 할 작별의 말을 떠올려 보았다. 그렇게 말하고 나면, 카루나의 상상 속 라크안은 무심한 목소리로 이렇게 물었다.

'어디 갈 데는 있는 건가?'

'……'

카루나가 아무 대답도 하지 않으면, 혹여라도 자신의 도움이 필요하면 연락하라 말하고 묵직한 주머니를 건넸다. 주머니 안에는 카루나가 평생 편히 살 수 있을 만큼의 돈과 보석이 들어 있었다. 그 언젠가 마카레나 백작가를 떠날 때 받았던 것과 같았다.

그걸 들고 돌아서도 라크안은 카루나를 잡지 않는다. 끔찍한 상상이었다. 백합궁에서 눈물 흘리게 만들었던 그 상상만큼이나.

'언젠간 그날이 오겠지.'

카루나는 쓴웃음을 지었다. 그날이 최대한 늦게 오길 바랐다. 하루라도 더 라크안의 곁에 머물고 싶었다. 그래서 애써 스스로에게 변명했다.

'이 사람한테는 아직 내가 필요해. 마카레나 백작도 진짜 클레이엔도 완전히 뿌리 뽑지 못했잖아? 그러니까 그것만, 그걸 도와줄 때까지만이라도 더 곁에 있고 싶어.'

살아남아야 한다는 생존 욕구 외에 이만큼 무언가를 욕심낸 적이 있었던가 싶은데. 하필이면 처음으로 가지고 싶어진 게 라크안이었다. 카루나는 라크안의 눈을 피해 슬쩍 눈을 돌렸다. 그 붉은 눈을 자꾸 들여다 보고 있으면, 저도 모르게 툭 말할 것 같다.

내가 좋아한다고, 당신을. 그러니까 계속 곁에 있으면 안 되겠느냐고.

카루나는 혹여나 말실수를 할까 입을 꾹 닫았다. 그때, 루시온과 눈이 마주쳤다. 그는 반듯이 서서 뒷짐을 지고 있었다. 무표정한 얼굴에 박힌 남색 눈이 카루나에게 말하고 있었다.

우리의 약속을 기억하느냐고.

그 눈빛은 차라리 마주하기 편했다. 무언가를 얻기 위해 그에 상응하는 것을 건네는 거래는 숨 쉬는 것만큼 쉬웠으니까. 루시온 덕분에 정신이 들었다.

'감상에 젖어 있을 때가 아니야.'

라크안에게 도움이 되어야 했다. 매 순간, 어떤 일이든. 감상에 젖어 있을 시간이 없었다. 카루나는 한쪽 입꼬리를 올리며 미소 지었다. 루시온의 시선에 답하듯 웃어 보이고는, 저를 든 라크안의 팔을 찰싹, 내리치며 새침하게 말했다.

"제가 무엇 때문에 울었는지는 공작저에 가서 말씀드릴게요. 일단 절 좀 내려 주세요! 지금 제가 몇 살이라고 생각하는 건가요? 설마 아직도 열두 살 꼬마로 보고 있는 건 아니겠죠?"

"……."

라크안은 뭔가 마음에 안 든다는 듯 카루나를 올려다보았다. 붉은 눈은 카루나의 마음을 꿰뚫어 보려는 듯했다. 이렇게 가까이에서 라크안의 눈을 마주 보는 건 심장에 안 좋았다. 카루나는 눈이 마주칠 뻔할 때마다 눈을 돌리며 피했다.

"카루나."

"이, 일단 내려놔 달라니까요!"

카루나는 다시 라크안의 팔을 두들기며 버둥댔다.

"어머나, 영애께서 부끄러우신가 봐요."

"그러게나 말이에요, 공작 각하. 약혼녀분께서 부끄러움이 많으신 거 같네요."

"안 그래도 백합궁에서 황후 폐하께, 공작 각하에 대한 마음을 얼마나 애절하게 드러내셨는지 몰라요. 하우, 저도 그만 울 뻔했답니다."

귀부인들이 호호, 웃으며 라크안과 카루나 주변으로 몰려들기 시작했다. 라크안에 대한 두려움이 어느 정도 가신 듯했다.

사교계를 주름잡는 귀부인들은 라크안에게도 상대하기 버거운 존재였다.

라크안은 카루나를 든 채로 뒤로 슬금슬금 물러섰다. 여전히 얼굴은 굳은 채였으나 조금 전, 카루나가 우는 모습을 보고 성큼성큼 다가올 때와는 분위기가 달랐다.

귀부인들은 본능적으로 라크안이 자신들을 부담스러워하고 있다는 걸 깨달았다. 그건 다른 말로 하자면, 라크안이 자신들을 만만하게 보지 않는다는 의미였다. 귀부인들의 얼굴에 여유로운 미소가 어렸다. 공격 개시의 신호였다.

"공작 각하, 다음 주에 영애와 함께 제 살롱에 방문하지 않으시겠어요?"

"저희 가문은 선선선대부터 바이켈드 공작가와 인연이 깊었답니다. 선선대 바이켈드 공작 각하께서 선물해 주신 와인이 아직 마개도 뜯지 않은 채 보관되어 있지요."

조금 전 카루나에게 쏟아지던 공격이 고스란히 라크안을 향했다. 라크안은 얼굴을 찡그리며 세나와 루시온에게 눈짓했으나 두 사람은 이번에도 귀부인 속에 갇힌 라크안을 돕지 못했다.

"고, 공작 각하. 혼자서 급히 가시면 어쩌……."

헐레벌떡 라크안을 좇아오던 철십자 기사단장이 그 모습을 보고는 바로 멈춰 섰다. 그는 곧바로 돌아서 이곳에 존재한 적 없다는 듯 달아나려 했다. 라크안은 감히 상전을 버리고 도망가는 기사의 배신을 용서하지 않았다.

"알프 경."

라크안의 목소리가 묵직하게 복도에 울렸다. 기사단장은 덫에 걸린 토끼처럼 멈춰 서서는 라크안 쪽을 돌아보았다.

"백합궁에서 제 약혼녀를 돌봐 주신 것에 감사드립니다. 모임에 초대해 주시는 것 또한 감사드립니다."

라크안은 절도 있게 인사하며 귀부인들이 잠시 말을 멈추고 자신을 보게 만들었다.

"다만, 이제 막 몸을 가누고 황제 폐하를 뵙고 나온 터라, 사교 모임에 참석하려면 좀 더 시간이 필요할 듯합니다. 대신이라기에는 뭐하지만."

라크안은 귀부인들에게 기사단장의 존재를 알렸다.

"철십자 기사단의 단장인 알프 경을 부탁드려도 될는지요. 업무에 바빠 좀처럼 사교 모임에 나가지 못해 좋은 인연을 만나지 못하고 있으니, 참 안타까운 일이 아닐 수 없습니다."

그 뒷말은 굳이 하지 않아도 되었다. 귀부인들은 알아서 라크안이 무슨 말을 하고 싶어 하는지 알아들었다. 그들은 라크안이 저를 대신해 던져 준 먹음직스러운 먹잇감을 보고는 눈에 불을 켰다.

"그럼 공작 각하, 부디 다음번에는 꼭 제 살롱에 방문해 주시겠어요? 초대장을 보내도록 하겠습니다."

"저희 가문에서도 공작 각하와 영애를 초청하여 오랫동안 이어져 내려온 가문 간의 인연에 대해 심도 있는 대화를 나누고 싶습니다만."

물론 떠나기 전, 라크안에게 다음번을 기약해 두는 것도 잊지 않았다.

"기꺼이."

라크안은 고개를 까딱이며 그들의 호의를 받아들였다. 그제야 귀부인들은 만족해하며 라크안을 풀어주고 복도 저편으로 날듯이 걸어갔다.

"고, 공작 각하!"

기사단장이 라크안을 부르짖었다. 라크안은 그 비명을 들으며 매몰차게 돌아섰다.

"어서 가시죠. 다시 이쪽으로 올까 두렵습니다."

세나가 얼른 라크안을 채근했다. 루시온은 소리 없이, 카루나를 안아든 라크안의 팔 옆에 섰다. 기사단장의 희생 덕에 귀부인들에게서 벗어난 네 사람은 곧장 마차가 대기하고 있는 곳으로 향했다.

마차에 올라탈 때까지 라크안과 세나, 루시온은 아무 말도 하지 않았다. 오직 빠른 걸음으로 걷기만 할 뿐이었다. 카루나는 몇 번이나 라크안에게 내려 달라고 말했지만 라크안은 들은 척도 하지 않았다.

"그대로 계십시오. 아가씨 걸음 속도로는 따라잡힐지도 모릅니다. 단장님의 희생을 헛되이 하지 말아 주십시오!"

세나가 딱 한 번, 숨도 쉬지 않고 말했다.

뒤이어 올라탄 루시온은 평소와 달리 세나에게 과민반응이라고 핀잔하지 않았다. 그 역시 아직 미혼이었다. 귀부인들이 뒤쫓아 오면 다음 제물이 될지 모른다는 위기감을 가지고 있었던 듯했다.

카루나를 마차 앞에 내려 준 라크안은 한숨을 푹 내쉬며 자신의 심정을 대신했다. 그런 세 사람을 보며 카루나는 풋, 웃음을 터트릴 수밖에 없었다.

"아가씨? 지금 웃으시는 겁니까?"

세나가 배신당한 표정을 지으며 카루나를 바라봤다. 그러면서도 카루나가 편히 마차에 올라탈 수 있도록 손을 내밀어 주었다.

"그러게요. 왜 웃음이 나는 걸까요?"

카루나는 세나의 옆자리에 앉아 구겨진 드레스 자락을 손으로 펴며, 마차 안을 둘러보았다.

마차에 꽉 끼어 앉은 라크안과 루시온, 그리고 세나. 이 셋만 있다면 세상 두려울 게 없을 듯했다. 그런데 설령 황제가 나타나도 눈썹 하나 꿈쩍하지 않을 사람들이, 사교계를 주름 잡는 귀족 부인 몇 명을 상대하지 못해 두려움에 떨고 있었다.

그게 신기하고, 재미있고, 평화롭게 느껴졌다. 클레이엔의 대역이던 시절에는 한 번도 느껴 보지 못한, 어떤 따뜻한 감정이 심장에 가득 찼다. 뿌듯한 느낌까지 들었다. 이제야 카루나는 제국에 돌아왔다는 걸 실감할 수 있었다.

숲에서 리센을 잃고 라크안과 돌아오며, 카루나는 모든 게 변하리라 생각했다. 하지만 아니었다. 라크안도 세나도, 이제는 루시온까지 여전히 그녀의 곁에 있었다.

이렇게 별것 아닌 일로 야단을 떨며 도망 다니고 한숨을 내쉬고 웃고 걱정을 하고, 그렇게 함께하고 있다. 숲에서 있었던 일이 꿈같이 느껴졌다.

"그래서 왜 운 거지?"

라크안이 카루나를 보며 물었다.

"……저택에 가서 말씀드린다고 했잖아요."

"무슨 일이기에. 세나 경, 경이 말해 보게."

"아가씨께서 저택에 가서 말씀드린다고 하셨는데 말입니다?"

"그래서, 말을 못 하겠다?"

"라안 님께서 아가씨의 명령을 가장 우선시하라고 명령하시지 않으셨습니까."

"안전을 우선시하라고 했던 걸로 기억하네만."

"아, 아닙니다. 분명 아가씨의 명령을 우선시하라고도 하셨을 겁니다."

세나가 라크안의 눈을 피해 고개를 돌리며 딴청을 피웠다. 라크안은 쯧, 혀를 차며 세나에 이어 루시온을 바라보았다.

"……."

"……."

두 사내는 말이 없었다.

잠시 후 라크안은 더 큰 소리로 혀를 차고는 고개를 돌려 버렸다. 얼굴엔 떨떠름한 표정이 역력했다. 카루나는 그런 라크안을 보며 다시 한번 웃음을 터뜨렸다.

복도 저편에서 나타나 단번에 자신을 안아 들었던 라크안도, 왜 울었냐고 계속 물으며 안절부절못하는 티를 감추지 못하는 라크안도, 좋았다. 그와 함께하는 순간순간이 모두 다 카루나의 평범한 일상이 되었다.

* * *

네 사람은 바이퀠드 저택에 도착하자마자 라크안의 집무실에 틀어박혔다. 하녀장이 내온 따뜻한 차를 마시며 황궁에서 있었던 일에 대해 이야기를 나누었다.

카루나는 자신이 계획적으로, 필요에 의해 울었고 그 덕에 황후를 자신의 편으로 만들었다고 설명했다.

"아가씨께서 얼마나 진짜처럼 우는지, 옆에서 지켜보는데 진짜 힘들었습니다."

세나가 자랑스럽게 감상을 말했다.

"그래도 그렇지, 그렇게까지 울 필요가 있었던 건가?"

라크안은 여전히 마음에 안 든다는 듯 얼굴을 구겼다.

"그런 말씀 마세요. 황후 폐하께서는 예민하신 분이라고요. 지금까지 황후 폐하와 공작 각하 사이가 어땠는지 기억하신다면, 그렇게 말씀하실 수 없을 텐데요?"

카루나의 말에 세나와 하녀장이 고개를 끄덕끄덕 흔들었다. 루시온은 무표정한 얼굴로 라크안을 바라보았다. 라크안은 세나와 하녀장이 카루나의 편을 드는 것보다 루시온이 자신을 그렇게 쳐다보는 게 더 불쾌했다.

"어? 잠깐, 잠깐만요."

카루나는 문득 든 불안함을 그냥 지나치지 못하고 손을 들었다.

"공작 각하는 제대로 하고 오신 거 맞아요? 황제 폐하 말이에요."

황태자는 어차피 라크안의 편일 테니, 걱정하지 않았다. 문제는 황제였다. 자신이 아무리 잘하고 온들, 라크안이 황제에게 뻗대고 왔다면 모든 게 다 허사가 되고 만다.

황후와 황태자가 라크안의 편이면 무엇 하나. 황제가 라크안 말고 마카레나 백작 쪽으로 기운다면, 황후와 황태자가 라크안 편인 게 더 큰 문제가 될 것이다. 황후가 예민하다면 황제는 의심이 많으니. 황후 이상으로 라크안을 견제하려 들지도 모른다.

'설마 사고 치고 온 건 아니겠지?'

내 편이 아닐 땐 나름, 무섭기도 하고 최고의 정적이라고도 생각했었는데, 왜 이렇게 내 편이 되니 걱정스럽고 챙기고 싶은 마음이 드는지. 카루나는 불만스러운 눈빛으로 라크안을 바라보았다.

"꼬맹이, 너 지금 나를……."

라크안은 카루나의 눈빛만 보고도 카루나의 속마음을 알아차리고 울컥, 했다. 하나 채 말을 잇지 못하고 입을 꾹 닫았다.

자신이 또 카루나를 열두 살 카루나 대하듯 굴 뻔했다는 걸 깨달아서였다. 1년 남짓한 시간 동안 열두 살 카루나와 함께 지냈다. 그래서 그런지 자꾸만 예전에 카루나를 대할 때의 태도가 튀어나왔다.

지금도 그럴 뻔했다. 라크안은 저도 모르게 뻗었던 손을 다시 거둬들였다. 탐스러운 갈색 머리카락을 마구 헤집거나 옳을 말을 새침하게 하고는 도망치려는 카루나의 뒷덜미를 잡아채 번쩍 들어 올릴 뻔했다.

라크안은 가볍게 헛기침했다. 그걸 본 하녀장은 작게 미소 지었다. 민망해하는 라크안의 표정을 읽은 것이다.

'역시 카루나 아가씨와 함께 있을 때 가장 편해 보이시는구나.'

라크안은 카루나와 함께 있을 때만 화를 내고 속상해하고 민망해하고 부끄러워하고 웃고 목소리가 높아졌다. 딱 그 나이대의 청년의 모습이었다. 아니, 그보다 앳돼 보이기도 했다.

하녀장은 그런 라크안을 보는 게 좋았다. 오랫동안 떨어져 지냈던 '도련님'을 되찾은 기분이랄까. 그래서 열두 살 카루나를 기꺼이 바이켈드 공작의 약혼녀로 받들었다. 이제 원래의 모습으로 돌아온 카루나 역시 깍듯이 대하고 있다.

카루나가 지난 세월, 클레이엔으로 살며 라크안을 괴롭혔다는 걸 알고 있으면서도.

카루나에게 정이 들기도 했지만, 단지 그것만으로 그녀가 클레이엔이었다는 걸 받아들이긴 힘들었다. 저택의 다른 사람들처럼 숲의 일족의 피가 흘러 카루나에게 이상한 영향을 받는 것도 아니었다.

하녀장은 오직 라크안과 바이켈드 공작가에 충성하는 마음으로 카루나를 모시고 있는 것이었다.

'도련님께서 카루나 아가씨를 구하기 위해 황궁에서 검은 늑대와 맞섰고, 크게 다치고 돌아오신 후에도 몸을 추스를 새도 없이 바로 카루나 아가씨를 찾아 떠나셨지. 그만큼 아끼고 좋아하시니.'

하녀장은 카루나가 바이켈드 공작 부인이 될 거라 믿어 의심치 않았다. 고맙게도 카루나가 성인이 되어 돌아왔는데 지난 과거 때문에 못 받아들일 이유는 무엇일까.

그리 생각하는 하녀장의 기억은 다른 사람들과 마찬가지로 왜곡되어 있었다. 하녀장은 라크안이 늑대로 변할 수 있는 숲의 일족이라는 걸 알고 있다. 그럼에도 숲의 일족이 아니기에, 지난밤 카루나가 키워 낸 나무의 마법의 영향을 받았다.

하녀장의 기억 속에서 백합궁에서의 일은 갑자기 나타난 거대한 늑대로부터 라크안과 카루나가 공격당했다는 식으로 바뀌었다. 그렇기에 그 일을 꾸며냈다고 생각되는 마카레나 백작과 진짜 클레이엔에 대한 적의가 강해졌다. 자연히 그들과 함께 그 일을 꾸몄을 거라 의심되는 루시온을 바라보는 눈초리가 고울 수 없었다.

아예 감정이 없는 듯 구는 루시온과 달리, 하녀장은 자신의 감정을 잘 갈무리할 줄 아는 사람이었다. 그런 그녀가 드물게도 저택의 지하 감옥을 벗어나 위로 올라온 루시온에게는 싸늘했다.

안 그래도 마음에 안 드는데 더더욱 마음에 안 드는 이유가 방금 생겼다. 그가 카루나 옆에 딱 달라붙어 있는 것 때문이었다.

루시온은 황궁에서 저택으로 돌아온 이후, 당연하게 카루나의 옆자리에 서서 카루나의 차 시중을 들었다. 하녀장이 건네는 찻잔과 스푼, 모든 게 일단 루시온을 한번 거쳐 카루나에게 갔다.

"이젠 하인 노릇인가? 엉덩이에 꼬리라도 달아 주고 싶군."

세나가 들으라는 듯 중얼거렸다. 루시온은 듣고도 아무 말도 하지 않았다. 카루나가 살짝 난처한 듯 웃으며 세나에게 눈웃음 지었다.

'……편한 걸 어떡해.'

아차 싶긴 했지만, 어쩔 수 없었다. 루시온은 10년 동안 카루나의 곁을 지킨 사람이었다. 단지 비서였다는 말 한마디로 설명할 수 있는 수준이 아니었다.

그는 카루나에 대해 누구보다 잘 알고 있었다. 1년여 떨어져 있던 동안 에도 자신에 대해선 조금도 잊지 않았던 듯했다. 루시온은 어떻게 해야 카루나가 편하게 느끼고 좋아하는지 정확히 알고 있었다. 떨어져 있던 간 격이 실감나지 않을 만큼 완벽하게 수발을 들었다.

손을 내밀면, 찻잔을 건넸다. 뜨거운 차에 우유와 연유를 넣어 딱 먹기 좋은 온도로 식혀 주고 달콤하게 만들어 주었다. 하녀장이나 바이켈드 공 작저의 다른 사람들이 해 줄 수 없는 미세한 부분까지 완벽했다.

그동안 누리지 못했던 편안함을 다시 누리게 되자, 카루나의 입가에 만족스러운 미소가 어렸다.

"눈이 뜨거우시겠군요."

루시온은 하녀를 시켜 약초물에 적신 손수건을 가져오도록 했다. 여기가 마카레나 백작저라도 되는 양 너무도 자연스럽게 명령했기에 하녀는 불퉁 한 표정을 지으면서도 손수건을 가져다주었다.

카루나는 약초물에 적신 손수건으로 눈가를 꾹꾹 누르며, 라크안에게 황제와 무슨 일이 있었는지 설명해 달라고 했다.

"별일 없었다."

라크안은 어깨를 으쓱이고는 길게 설명하지 않았다. 그 모습이 카루나를 더욱 불안하게 만들었다.

"무슨 별일이 없었는지 말해 달라구요. 나는 다 말해 드렸잖아요!"

"내 입으로 말해야 하는 건가? 별일이 없었는데도?"

라크안이 살짝 미간을 찡그리며 말했다.

"당연……!"

카루나가 다시 한번 라크안을 닦달하려 할 때였다. 때마침 철십자 기사단장이 도착했다. 문을 열고 들어오는 그는 무척 피곤해 보였다. 라크안은 수고했다고 짧게 말하며 그를 제 옆자리로 불렀다.

기사단장은 담담하게 자신을 반기는 라크안을 바라보며 잠시 침묵했다. 카루나와 세나에게도 그가 배신감에 잘게 몸을 떠는 게 느껴졌으나, 라크안은 모르는 건지 모르는 척하는 건지 태연했다.

보다 못한 세나와 카루나가 나서서 그를 반가워하고 차를 권했다. 기사단장은 제 덩치에 비하면 손톱만 해 보이는 조그만 찻잔을 양손으로 조심히 들고 한숨을 푹 내쉬었다. 축 처진 어깨가 그의 마음을 대변하는 듯했다. 그럼에도 기사단장은 라크안에게 뭐라 하지 못했다. 미련스러울 정도의 충성이었다.

기사단장의 심정이 어떠하든 그가 돌아온 건 카루나에게 반가운 일이었다. 기사단장은 이야기를 들려 달라는 카루나의 말을 거절하지 않았다. 오히려 기다렸다는 듯, 가슴을 활짝 펴고 당당하게 황궁에서 있었던 일을 말해 주었다.

라크안과 기사단장이 황제를 알현하러 갔을 때 황제의 옆에는 마카레나 백작이 서 있었단다. 라크안과 철십자 기사단장은 일단 그의 수완에 감탄했다. 그 일이 있고 나서도 황제의 옆에 붙어 있다니.

카루나의 생각은 둘과는 달랐다.

'나와 리센을 쫓다가 기회를 놓쳐서 그래. 라안이 수도에 남아 있었다면 마카레나 백작이 어떻게 감히 그러고 있을 수 있었겠어?'

카루나는 아랫입술을 잘근 깨물었다. 이어서 기사단장은 카루나에게 기쁜 소식을 들려주었다. 마카레나 백작은 그 일로부터 시간이 꽤 지난 뒤인데도 상태가 영 안 좋았다.

양다리가 부러져 붕대를 칭칭 감고 있었는데, 황제는 그런 그에게 앉아 있으라고 권하지 않았기에 하인 둘이 양쪽에서 그를 붙들고 있었다. 숨 쉴 때마다 얼굴을 찡그리는 걸 보니 갈빗대도 몇 대 나가 있었던 것 같다고 말을 덧붙였다.

"엄살 아닐까요? 황제 폐하의 동정심을 유발하려고요."

"저도 그렇게 생각했지만, 아니었습니다. 정말 다친 것 같더군요."

하인 하나가 계속 서 있어 힘들었는지 잠시 비틀댔는데, 마카레나 백작이 제 몸을 가누지 못하고 뒤로 넘어져 엉덩방아를 찧었다고 했다. 붕대를 감은 다리가 바닥에 떨어지니 고통스러운 비명까지 내질렀다고. 그 말을 듣고야 카루나의 입가에 만족스러운 웃음이 어렸다.

그날, 백합궁에서 검은 늑대의 난동으로 크게 다친 사람은 공식적으로는 단 넷뿐이었다. 라크안과 카루나, 그리고 마카레나 백작과 클레이엔.

다른 사람들은 철십자 기사들의 빠른 대처 덕분에 모두 몸 성히 달아날 수 있었다. 급히 달아나다 자기들끼리 부딪쳐 넘어져 찰과상을 입은 걸 제외한다면.

"마카레나 백작은 자신과 마카레나 백작 영애가 크게 다친 걸 이유로 들어서 그 일이 결코 자신이 저지른 일이 아니라고 주장했습니다. 공작 각하께서 저지른 일이며, 책임을 면하기 위해 다쳤다고 거짓말하고 숨어 있거나 도망친 게 분명하다고 황제 폐하께 주장했다고 하더군요."

"이런."

카루나는 혀를 차며 라크안을 바라봤다.

'이 모습으로 당당히 황제를 찾아갔으니.'

라크안은 더없이 완벽했다. 조금도 다친 모습이 아니었다.

"황제 폐하께서 의심하셨겠군요."

황제는 멀쩡히 걸어오는 라크안을 보고 마카레나 백작의 말이 사실이라고 믿었으리라.

'그걸 생각 못 했어. 막 다친 척하고, 아파 보이게 만들어서 데리고 갔어야 했는데. 나도 마찬가지고.'

아픈 척을 해야 했다! 크게 다친 척을 해야 했다.

'왜 그 생각을 못 했지?'

카루나는 뒤늦게 후회했다. 열기가 올라 불그스름했던 얼굴이 약간이나마 창백해졌다. 기사단장은 카루나가 낙심하는 걸 보고는 화들짝 놀라며 두 손을 내저었다.

"아, 아닙니다. 그렇지 않습니다. 황제 폐하께서 왜 공작 각하를 의심하시겠습니까? 공작 각하의 두 손을 잡고, 눈물을 흘리기까지 하셨습니다만."

"……네? 공, 작 각하를 보고, 황제 폐하가 눈물을요?"

카루나가 놀란 얼굴 그대로 라크안을 돌아보았다.

"보지 마."

라크안은 손으로 눈을 가리고 고개를 옆으로 돌렸다.

"왜 부끄러워하십니까. 나오셔서, 제게 감명 깊은 그런 말씀도 하셨으면서."

"알프 경, 입 닥치게."

"그런 말이라니요?"

라크안과 카루나가 동시에 물었다.

"공작 각하께서 말씀하시길."

조금 전 라크안에게 심각한 배신감을 느꼈으나 그럼에도 라크안을 향한 충성심을 지킨 철십자 기사단장은 라크안의 입 닥치라는 말에도 불구하고, 그 투철한 충성심으로 입을 열었다.

"자기가 직접 우는 건 하수고 상대편을 울게 하는 게 고수라고 말씀하셨습니다."

크으- 기사단장이 술 마실 때나 내는 소리를 내며, 라크안을 존경의 눈빛으로 바라보았다.

"정말 대단하지 않습니까? 그 알현실에서 마카레나 백작이 어떤 표정을 짓고 있었는지, 저만 봤다는 게 아쉬울 따름입니다."

기사단장의 목소리에는 한 점 거짓이 없었다. 오직 감탄만이 가득했다.

"아아……."

그래서 직접 울었던 하수, 카루나는 떨떠름한 표정으로 라크안을 바라볼 수밖에 없었다.

"고단수셨군요, 공작 각하. 제가 미처 못 알아 뵀네요."

카루나가 손수건으로 눈가를 꾹꾹 누르며 뚱한 목소리로 대꾸했다.

"그렇게 나올 줄 알았지."

라크안이 고개를 설레설레 저었다. 황제를 울게 만드는 고단수면서, 그런 작은 태도가 카루나를 더 열받게 한다는 건 모르는 듯했다.

"아가씨 한정으로는 하수 중에 하수시군요."

쪼르륵- 루시온이 카루나의 찻잔에 뜨거운 찻물을 따르며 중얼거렸다. 혼잣말인 듯했으나 테이블에 둘러앉은 모든 사람들이 똑똑히 들었으니 혼잣말이라 하기엔 뭐했다.

라크안의 붉은 눈이 순식간에 싸늘해졌다. 그가 한없이 관대해지는 건 오직, 카루나에게만이었다. 아무리 카루나의 그늘 아래 있는 자라고는 하나 루시온은 자비를 베풀 대상이 아니었다.

"루시온, 당신답지 않게 왜 그래."

카루나는 루시온을 말리며 찻잔을 들었다.

"죄송합니다. 아직 감옥 생활의 후유증이 남아서 가끔, 혼잣말을 하게 됩니다. 앞으로 주의하겠습니다."

루시온은 카루나에게 깍듯이 사과했다. 기사단장과 세나의 얼굴이 팍 구겨졌다.

그 둘은 루시온이 지하 감옥에서 어떤 고문도 당하지 않았다는 걸 알고 있었다. 또한 그가 돌로 만든 석상 저리 가라 할 정도로 입을 꾹 닫고 자기가 하고 싶은 말만 하는 걸 보고 들었다.

'가증스러운 놈.'

'말 같잖은 소리 하고 앉아 있네. 저 정도로 낯짝이 두꺼우니 아가씨한테 들러붙을 수 있는 건가.'

두 기사는 표정 관리를 하지 못했다.

"루시온!"

카루나는 다시 한번 루시온을 다그치고는 그를 대신하여 기사단장과 세나에게 미안하다는 듯 웃어 보였다. '우리 애가 원래 이런 애가 아닌데, 오늘따라 컨디션이 안 좋나 보네요.' 같은 모양새였다. 그러고는 기사단장에게 황제를 만났던 상황에 대해 좀 더 자세히 이야기해 달라고 부탁했다.

"음, 어떻게 말씀드려야 그 상황을 정확히 전달드릴 수 있을지 모르겠습니다만."

기사단장은 조심스럽게 입을 열었다.

"공작 각하께서는 평소와 다를 바 없으셨습니다. 본래 황제 폐하를 알현할 때에도 검을 패용할 수 있는 권리를 가지고 계시나 검을 시종에게 맡긴 채 무방비하게 알현실로 들어가셨지요."

마카레나 백작은 라크안이 황제 앞에서도 검을 지닐 수 있는 걸 무척 부러워했다. 카루나는 여러 번, 그런 백작의 모습을 봤던 터라 기사단장의 말이 아쉬웠다.

'그냥 가지고 들어가지.'

물론 아쉬운 마음에 투정을 부리듯 생각한 것일 뿐. 정말 라크안이 그렇게 행동하려고 했다면 기겁하며 말렸을 것이다.

기사단장은 이어 말했다. 라크안이 무뚝뚝한 얼굴로 고개를 숙여 인사했고, 곁에 선 마카레나 백작을 보고서도 크게 동요하지 않았다고. 거기 까지 말한 기사단장은 슬쩍, 라크안의 눈치를 보았다. 좀 더 장황하게 말하고 싶으나 그러지 못하는 답답함이 느껴졌다.

라크안은 한숨을 내쉬며 다시 손으로 눈가를 가렸다. 그러자 기사단장은 허락을 받았다고 생각하고는 신이 난 목소리로 좀 더 자세하게 설명하기 시작했다.

황제는 그날, 백합궁에서 있었던 일들이 라크안의 소행이냐고 물었다. 기사단장은 마카레나 백작이 모함했기 때문에 황제가 그렇게 믿고 있었던 거라고 말을 덧붙였다. 하나 카루나는 기사단장과 달리 생각했다.

'라안을 시험한 거야. 어떻게 나올지 반응을 보려고.'

카루나는 라안이 어떻게 반응했는지를 알고자, 바짝 긴장한 채로 기사단장의 목소리에 귀를 기울였다.

"공작 각하께서는 아무 변명도 하지 않으셨습니다. 대신 이렇게 말씀하셨지요."

크흠, 기사단장이 목소리를 가다듬더니 라크안을 따라하듯 목소리를 낮췄다.

"저는 그날, 백합궁에 피가 흐르는 걸 막지 못했습니다. 어떤 이유에서든 그 죗값을 치러야 한다고 생각합니다. 폐하, 저를 벌하시길 원한다면 벌하여 주십시오. 폐하께서 내리는 모든 명령과 처벌을 달게 받겠습니다."

이 말을 다 기억하고 있다는 것에서 기사단장의 충성심이 어느 정도인지 느껴졌다.

"정말, 그렇게 말씀하셨다구요?"

물론, 카루나가 놀란 건 기사단장의 충성심이 아니라 라크안이 했다는 말, 그 자체였다.

"제가 옆에서 똑똑히 들었습니다. 황제 폐하께서 계신 단상 아래에 한쪽 무릎을 꿇고, 오른손을 주먹 쥐어 왼쪽 가슴 위에 올리신 채로 그리 말씀하셨습니다. 그야말로 기사도와 충성의 표본이셨지요."

기사단장이 주먹을 불끈 쥐며 부르짖었다. '라크안의 기사도와 제국을 향한 충성심을 의심하는 자, 누구든 나의 칼을 받아야 될 것이다.' 이렇게 말하는 듯했다.

'그런 낯간지러운 말을 아무렇지도 않게 했단 말이야?'

카루나는 기사단장과는 다른 방향으로 감동하여, 뜨악한 표정으로 라크안을 바라보았다.

"알프 경, 그만."

카루나의 시선을 눈치챈 라크안이 기사단장을 말렸으나, 폭주한 기사단장을 진정시키기엔 역부족이었다.

"그때 마카레나 백작의 표정이 예술이었습니다. 아마도 자신처럼 가볍게 혀를 놀려 변명 하거나 백작을 역으로 공격할 거라고 생각했던 게 분명합니다. 하지만 공작 각하께서는 그런 분이 아니셨지요. 그런 사특한 잔재주로 황제 폐하를 속이려 하다니. 공작 각하의 묵직하고도 정통인 기사도에 산산조각 날 수밖에요."

가볍게 혀를 놀려 황후를 제 편으로 돌려세운 카루나는 그저 웃어 보였다. 저를 깎아내리려는 게 아니라 라크안을 추켜세우려 그러는 거라고 애써 생각했다.

"어휴."

옆에서 세나가 한숨을 푹 내쉬며 고개를 설레설레 저었다. 카루나의 하해와 같은 배려심을 아는지 모르는지, 기사단장은 침을 튀기며 말을 이었다.

"황제 폐하께서 무엇이든 좋으니 변명해 보라고 믿어 주겠다고 말씀하시는데도 공작 각하께서는 끝까지 아무 말씀도 하지 않고 묵묵히 고개를 숙이셨습니다. 그걸 본 마카레나 백작이 당황하여 계속 공작 각하를 도발하려 하였으나 공작 각하께서는 단단한 바위처럼 꿈쩍도 하지 않으셨지요. 마카레나 백작의 말에 움직인 건 황제 폐하셨습니다. 당장 그 입을 다물지 못하겠느냐며 화를 내시고는…….”

이 부분이 기사단장이 생각하는 클라이맥스인지 목소리가 커졌다.

“단상에서 내려와 공작 각하의 손을 덥석 잡고, 손수 공작 각하를 일으키셨습니다. 몸은 어떠냐고 물으시고, 오해를 해서 미안하다고까지 말씀하셨지요. 황태자 전하께 이번 일의 처리를 맡기겠다고 말씀하시면서 그간 보고 싶고 그리웠다고 눈물을, 눈물을 흘리셨습니다.”

기사단장의 목소리가 집무실 안에 쩌렁쩌렁하게 울렸다. 황제가 눈물을 흘린 건지 고함을 쳤다는 건지 분간이 안 갈 정도였다. 하녀장과 루시온은 태연했으나 세나는 대놓고 두 손으로 귀를 틀어막았다.

“거 적당히 좀 하십시오. 단장님.”

“네가 네 아가씨를 칭찬할 때는 상관없고, 내가 내 상전을 칭찬하는 건 듣기 싫은 건가? 세나 경. 사람이 한결같아야지.”

기사단장이 기세등등하게 세나를 타박했다.

‘고지식해도 차분하고 냉정한 면이 있는 사람인 줄 알았더니, 그런 것만도 아니었네.’

카루나는 그에 대한 평가를 마음속으로 수정했다. 물론 세나에게 고함을 치는 모습 때문에, 안 좋은 쪽으로 조금 더 기운 상태였다.

카루나는 냉정하게 기사단장의 말을 되짚어 보았다. 라크안에 대한 충성심이 과해 행동과 목소리가 과장되기는 했으나 거짓말이 섞이진 않은 것 같았다. 만약 그랬다면 라크안이 가만히 있었을 리 없다.

그의 말이 모두 사실이라면, 꽤 놀라운 일이었다.

‘완벽해. 그 의심 많은 황제를 알아서 물러서게 만들었잖아.’

다친 척하고 가지 않을 바에야, 황제에게 평소와 다름없는 모습을 보여주고 납작 엎드려 죄를 구하는 것이 최선의 방법이었다. 만약 라크안이 어쭙잖게 변명을 늘어놓았거나 황제의 옆에 서 있는 마카레나 백작이 범인이라고 반박했다면, 황제는 눈물 대신 차가운 분노를 보였으리라.

라크안은 그 최선의 방법을 한 치의 흠 없이 완벽하게 행동으로 옮겼다. 그래야 한다는 건 누구든 생각할 수 있으나, 그렇게 행동에 옮기는 건 쉬운 일이 아니었다. 제게 모든 죄를 뒤집어씌우려는 자가 황제에 옆에 서 있는 상황에서는 더더욱.

'그런데 그걸 라안이 했다고?'

믿기지 않았다.

'알고 행동한 걸까? 황제가 자신을 의심하고 있다는 걸 알고 말이야.'

카루나는 새삼스럽게 라크안을 바라보았다.

"왜 아주 온 제국을 떠돌며 말하고 다니지 그러나. 내 기꺼이 영지 순례 판사로 임명해 줄 테니 한 5년 정도, 제국 전역의 바이켈드 공작령을 떠돌며 실컷 떠들다 오겠나?"

라크안은 나직한 목소리로 기사단장을 협박하고 있었다. 아마도 알현실에서 황제를 만났을 때는 저 모습보다 더 진중하고 딱딱하고, 고지식한 기사의 모습을 하고 있었으리라.

새삼 카루나는 라크안이 자신의 최고의 정적이었다는 사실을 깨달았다. 클레이엔이 아니라 카루나가 되어 라크안의 옆에 있으며 어느새 그걸 잊고 있었다. 카루나는 쓴웃음을 지었다.

'상대는 바이켈드 공작이야. 아무리 게을러 보이고 아무것도 하지 않는 것 같아 보이고, 내가 지켜 줘야 할 것 같아 보여도 말이야.'

늑대는 웅크려 잠들어 있어도 늑대인 법이었다. 기사단장의 입에 자물쇠를 채운 라크안이 고개를 돌려 카루나를 바라보았다. 얼굴엔 웃음기가 없었지만 붉은 눈은, 클레이엔이었을 때 마주했던 것처럼 마냥 차갑지만은 않았다.

"이제 어떻게 하고 싶은지 알고 싶은데."

라크안이 물었다. 답을 알고 있으면서 묻는 게 분명했다.

"당연히 마카레나 백작가를 이 제국에서 뿌리 뽑아야지요."

카루나가 빙긋, 웃으며 말했다.

"백합궁에 피를 뿌린 귀족은 파멸해야 마땅하죠. 그게 황후 폐하의 뜻이니, 황후 폐하의 충실한 시녀인 제가 당연히 따라야 하지 않겠어요?"

어느새 치맛자락 속으로 숨어 버린 손은 꽉 주먹을 쥐고 있었다.

'라안, 당신을 위험에 빠트린 마카레나 백작과 클레이엔을 절대 용서하지 않을 거야.'

자신을 이용했고 죽이려 했던 것에 대한 복수는 두 번째였다. 맑은 녹색 눈에 독기가 서렸다.

"의욕이, 넘치는군."

라크안은 예상보다 더 의욕에 찬 카루나를 보며 잠시 고개를 내저었으나 이내 납득했다.

'자신을 10년간 이용해 먹고, 끝내 죽이려 했던 자들이니. 당연히 원한이 깊을 수밖에.'

그리 생각하니, 라크안 역시 의욕이 솟구쳤다.

'감히 내…… 약혼녀를 건드렸으니, 그 대가를 치러야 할 것이다.'

이전까지 느껴 본 적 없는 강렬한 감정에 사로잡혔다. 라크안은 끓어오르는 분노를 차갑게 내리누르며 웃어 보였다.

"그대가 원한다면, 기꺼이."

* * *

황궁을 다녀온 후 카루나와 루시온은 바빠졌다. 두 사람은 머리를 맞대고 마카레나 백작의 세력도를 그리고, 어떻게 하면 이 세력들을 모조리 잘라 낼 수 있는지 고민했다.

그러는 중 틈틈이 황궁에 입궁하여 황후의 시녀로서 곁에 서고, 사교계 모임에 참석하여 귀부인들과 교류했다. 카루나가 활약할수록 모습을 드러내지 않는 클레이엔의 입지는 형편없이 좁아졌다.

라크안 또한 정신없이 바빴다. 그가 없는 동안 밀려 있던 바이켈드 공작가의 일을 처리하고, 황제파 귀족들의 내분을 다독였다. 보쉬엔 자작이 있었다면 라크안이 자리를 비운 사이에 황제파를 잘 이끌었겠으나, 그는 이미 제거된 존재였다.

철십자 기사단장이 그 빈자리를 감당하고자 애썼으나 아직은 여러모로 부족함이 많았다. 라크안은 이전과 다르게 적극적으로 황제파의 세력을 끌어모으고, 앞장섰다.

낮잠을 자던 늑대가 몸을 일으키고 이빨을 드러낸 것이다. 늑대가 잠든 동안 마음껏 뛰어놀던 토끼와 다람쥐, 기타 등등의 존재들은 납작 엎드려 숨을 골랐다.

바이켈드 공작가, 그러니까 라크안과 카루나는 드러내 놓고 마카레나 백작과 클레이엔에게 적의를 드러냈다.

물론 마카레나 백작과 귀족파 귀족들도 당하고만 있지는 않았다. 라크안에게 맞서며 반격하려 애썼으나 쉽지 않았다. 카루나와 루시온이 먼저 눈치채고 맥을 끊어 놓은 덕이었다.

곧 바이켈드 공작가와 마카레나 백작가가 맞붙는 날이 올지도 모른다는 불안감, 혹은 기대가 제국의 중앙 사교계에 감돌았다. 황제파든 귀족파든, 수도에 거주하는 귀족들은 숨을 죽이며 그 전쟁의 도화선이 되지 않고자 했다.

그런 불안한 분위기 속에서 황태자가 공식적으로 바이켈드 공작가에 방문했다.

황태자는 백합궁에서 일어났던 소동의 진짜 범인을 찾으라는 황제의 명을 받아 수사대를 꾸리고 일하고 있었다. 진짜 범인이 마카레나 백작과 클레이엔이라고 믿어 의심치 않고, 그 증거를 찾느라 고생 중이었다.

"라안, 정말로 그날의 소동이 마카레나 백작과 영애가 벌인 일이라면. 그 증거를 찾아내 그들의 죄악을 낱낱이 밝혀낸다면 내 약혼도 없었던 일이 될 거야."

황태자는 따라온 귀족들 앞에서 라크안과 정답게 어깨동무를 하고 친분을 과시한 후, 모두를 물리고 둘이서만 앞서 걸으며 이렇게 말했다.

후원에서는 카루나가 차 마실 준비를 해 놓고 그 둘을 기다리고 있었다. 황태자가 불편해할 것을 헤아려 루시온은 저택 안에 처박아 두고, 세나만이 카루나의 곁을 지켰다.

"황태자 전하는 오늘 나를 처음 보실 텐데, 많이 놀라시겠죠?"

카루나는 옷매무새를 점검하며 세나에게 물었다.

"기절만 안 하시면 다행일 것 같습니다. 아, 참고로 전 아가씨를 보자마자 도망가실 것 같다는 쪽에 제 월급 반을 걸었습니다."

세나는 웃으며 어깨를 으쓱였다. 잠시 후, 황태자와 라크안이 저편에서 모습을 드러냈다. 카루나는 활짝 웃으며 두 사람을 반겼다.

황태자는 제 앞에 나타난 카루나를 보자마자 멈칫, 걸음을 멈추었다. 오랜만에 라크안을 만나 편하게 웃고 있던 얼굴이 단번에 굳었다.

"마, 카레나 백작 영애?"

주춤주춤, 뒤로 물러서는 얼굴엔 경악과 두려움이 서려 있었다.

"라안, 네가 어째서 내게!"

황태자는 고개를 돌려 라크안을 노려보았다. '내 앞에 마카레나 백작 영애를 데리고 오다니!' 내지는 '마카레나 백작 영애와 동맹을 맺고, 날 대가로 주려는 건가? 날 배신했어!'라고 말하는 눈빛이었다.

라크안은 픽, 웃을 뿐 굳이 대꾸하지 않았다. 어쩔 수 없이 카루나가 나서야 했다.

"황태자 전하, 바이켈드 공작의 약혼녀인 카루나가 인사를 올립니다."

카루나는 앞으로 나서 무릎을 살짝 굽혔다 폈다. 그사이 라크안은 황태자 옆에서 카루나 옆으로 자리를 옮겼다.

"······카루나라고?"

도망치려던 황태자가 걸음을 멈추고 다시 카루나를 바라보았다. 카루나는 생긋 웃으며 자신의 갈색 머리카락을 흔들어 보였다.

"머리색이······."

황태자는 카루나를 뚫어져라 바라보았다. 위아래로 훑어보기까지 했다. 무례한 일이었으나 카루나는 황태자가 자신을 마음껏 보도록 기다려 주었다. 그래 봤자 황태자가 알고 있는 클레이엔과 똑같이 생긴 모습이었다. 다른 거라고는 갈색 머리카락뿐일 터.

"맙소사, 정말로?"

한참 뒤에야, 황태자가 손으로 마른세수를 하며 입을 열었다. 카루나의 갈색 머리. 그리고 카루나 옆에 꼭 붙어서는 잔뜩 풀린 눈으로 카루나를 바라보는 라크안 덕분이었다.

머리카락이야 염색할 수 있다 쳐도, 라크안이 진짜 클레이엔을 저렇게 바라볼 리 없었다. 황태자는 너무 놀라 두근두근 뛰는 심장을 애써 진정시켰다.

"네, 정말로요."

"······목소리까지 똑같군."

황태자가 어깨를 부르르 떨며 한 발 뒤로 물러섰다. 클레이엔이 아니라 카루나라고 머리로는 생각해도 몸이 거부하는 듯했다.

'어쩌면 저게 정상적인 반응이긴 하지.'

자신의 비가 될 여인이었다. 아무리 싫어해서 도망 다녔다고는 하나 못 알아볼 리가 없다. 본능적으로 카루나가 지난 10년간의 클레이엔의 대역이었다는 걸 느끼고 있는 건지도 몰랐다.

황태자는 계속 반신반의하면서 카루나가 정말 카루나인지 확인하고자 했다. 카루나가 잠시 황태자의 구빈원에 머물러 있었던 때나, 바이켈드 공작저에서 만났을 때의 일을 물었다. 카루나는 인내심을 가지고 하나하나 대답해 주었다.

꽤 오랜 시간이 지난 뒤에야 황태자는 겨우겨우 카루나가 클레이엔이 아니라는 것을 인정했다.

"그런 마법이 있었다니⋯⋯ 언제나 느끼는 거지만, 최초의 숲은 대단한 곳이군."

뒤늦게 열두 살에서 스무 살로 훌쩍 커 버린 카루나의 모습을 보고 놀라워했다.

카루나는 라크안과 황태자를 티 테이블로 인도했다. 황태자는 자신에게 달려들지 않는 카루나의 태도를 보고는 완전히 마음을 놓은 듯했다. 카루나가 따라 주는 차를 연거푸 세 잔이나 마셨다.

'만약 내가 진짜 클레이엔이어서 연기라도 하고 있는 거면 어쩌려고?'

카루나는 사람 좋은 황태자의 모습을 보며 내심 혀를 찼다.

"마법 자체는 마카레나 백작이 몰래 빼돌린 마탑의 마법사가 시전했을 거예요."

"어쨌든, 그 뿌리에는 최초의 숲의 마법이 있지 않겠어?"

황태자는 카루나에게 편히 말했다. 카루나가 자신이 봤던 그 열두 살 카루나라고 생각하기에 그리 대하는 것이었다.

'바이켈드 공작의 약혼녀로서 황태자와 격 없이 지내는 건 나쁘지 않지. 나중에 진짜 클레이엔에게 보여 줄 수 있으면 더 좋고.'

카루나는 이렇게 생각하며 가볍게 받아들였다. 옆에 앉은 라크안의 얼굴에 마음에 안 든다는 기색이 어리는 걸 보고 황태자는 크게 웃음을 터뜨렸다. 그러고는 다시금 최초의 숲에 대해 말을 이었다.

"제국에 있어 최초의 숲은 미지의 공간이고 숲의 일족은 미지의 존재지. 오랜 시간 동안 제국과 국경을 나란히 하며 존재해 왔지만, 최소한의 교류만

해 왔을 뿐인지라 제대로 아는 게 없어. 그래서 라안의 부모님께서 혼인하실 때, 할아버님과 아버님께서는 꽤 큰 기대를 하셨다고 하더군. 그 결혼으로 인해 숲과의 교류가 늘 거라고 말이야. 하지만 현실은 역시나 아니었지."

황태자는 고개를 설레설레 저었다.

"우리는 숲 너머에 무엇이 있는지, 어떤 나라가 있는지, 우리 제국 같은 규모의 국가가 있는지조차 몰라. 때로는 숲이 우리를 그 너머로 못 가도록 막고 있는 것 같기도 하고, 때로는 그 너머로부터 우리를 지켜 주고 있는 건 아닌지, 그런 생각도 들곤 하는데."

황태자는 쓰게 웃으며 뒷말을 덧붙였다.

"물론 내 개인적인 생각이지만. 아버님께선 내가 이런 말을 하는 걸 별로 좋아하지 않으셔. 어머니의 피가 섞여서 바닷사람 특유의 허황된 상상을 즐겨 하는 버릇이 생긴 거라고 하시지. 제국을 이끌 황제는 언제나 냉철하고 이성적이어야 하니 좋은 버릇은 아니라고 생각하시고."

의외의 한탄이었다.

황제는 단순히 허황된 망상이라 치부하며 황태자를 구박하고 있지마는, 최초의 숲을 다녀왔고 그 너머의 존재에게 위협당했던 카루나로서는 황태자의 말이 놀라웠다.

숲 너머의 공간, 그곳에 사는 존재들.

라크안과 숲의 일족은 그곳을 '눈의 땅'이라 불렀고, 그들을 '눈의 족속, 혹은 눈의 땅에서 온 존재들'이라고 불렀다. 숲을 집어삼킬 듯 날뛰던 그들은 카루나가 가진 힘에 밀려 사라졌다. 카루나는 그때의 기억을 떠올리며 주먹을 쥐었다.

'너를 만나, 기 위해…….'
'카, 루나……'
'……카, 나.'

검은 얼룩과 같던 존재들이 외쳤던 말들이 떠올랐다. 생각하는 것만으로도 입 안에 침이 말랐다. 늑대로 변할 수 있고, 신체적 능력이 뛰어난 숲의 일족들조차 버거워했던 그 존재들이 숲을 넘어 제국으로 온다면 제국의 사람들이 감당할 수 있을까?

'아니, 절대로.'

카루나는 고개를 저었다. 숲이 의도했든 의도하지 않았든, 숲은 황태자의 말대로 제국을 지켜 주고 있는 셈이었다. 그들로부터. 직접 보고 겪어도 믿기지 않는 일을 황태자는 추측하고 있었다.

'황태자가 맞긴 맞구나.'

카루나는 새삼스럽게 황태자를 바라보았다. 황태자는 황궁, 넓게는 제국 수도를 벗어나 본 적 없는 인물이었다. 그가 최초의 숲에 대해 알고 있는 건 카루나가 클레이엔의 대역 시절에 알았던 것처럼 단편적인 지식에 불과했다.

숲의 혼혈인 라크안이 곁에 있다 하나, 숲의 일족에 대해 많은 걸 알려 주지는 않았을 터. 그런데도 그 정도 지식만으로 이 정도까지 생각해 내다니.

'그동안 내가 황태자를 너무 얕봤던 건지도 몰라.'

그는 태어날 때부터 다음 대 황제가 될 존재로 정해진, 황태자로 태어나고 자란 사람이다. 그런 사람이 단순히 동정심만 많은 사람일 리 없다. 클레이엔을 싫어하며 도망 다니는 모습만으로 판단해선 안 되는 사람이었다.

'마냥 라안의 편이 될 거라고 속 편하게 생각하면 안 될지도.'

예민한 황후, 의심 많은 황제. 바이켈드 공작인 라크안을 위해 경계하고 조심하면서, 어떻게든 라크안에게 호의적으로 만들어야 된다고 생각한 이는 단둘뿐이었다. 황태자는 당연히, 라크안의 편이고 순진하게도 라크안을 끝까지 믿어 줄 거라고 생각했지만. 그게 아닐지도 모른다.

확 긴장됐다. 자신을 클레이엔이 아니냐고 골백번 묻는 황태자의 말에 무료하게 식었던 녹색 눈이 다시 반짝, 빛났다.

"아, 이런. 무례를 범했군. 부디 용서를. 어쩌다 이야기가 이리로 새버린 건지 모르겠군."

황태자는 카루나가 눈빛으로 자신을 타박한다고 생각했는지 사과하였다. 미안해하는 얼굴은 다시금, 카루나가 원래 알고 있는 정 많은 황태자의 모습이었다.

조금 전, 최초의 숲과 숲의 일족에 대해 말하던 예리한 눈빛은 사라지고 없었다. 하지만 카루나는 이전처럼 그 모습을 보며 황태자를 얕보지 않았다.

"최근에 북서쪽 국경을 맞댄 올벤과 분쟁이 좀 있어서 말이야. 며칠 그쪽과 관련해 고민하다 보니, 아버지 말대로 망상 버릇이 도졌는지 최초의 숲에 대해 쓸데없는 생각을 하게 되네. 라안, 네가 카루나와 함께 거기 갔다는 이야기를 듣고 걱정이 되기도 했고."

하하, 황태자가 힘없이 웃어 보였다. 의자 팔걸이에 팔을 대고 턱을 괸 모습은 말 그대로 그림 같았다. 제목은 〈우수에 젖은 동화 속 왕자님〉 하나 안타깝게도, 지금 이 자리에는 그 아름다움을 칭송하고 싶어 하는 사람이 아무도 없었다.

"올벤과 마찰이 생기다니……."

라크안의 얼굴이 진지해졌다. 발작 때문에 반쯤 제정신이 아닌 상태로 있었다고는 하나, 그렇다 해도 수년간 변경을 지켜 왔다. 제국의 공작으로서, 또한 변경을 지키던 기사로서 국경 문제에 관심을 안 가질 수 없었다.

"국경을 맞댄 곳에 도적떼가 극성이야. 올벤 쪽에서도 꽤 골치가 아픈가 보더군. 올벤에서 내몰리면 우리 쪽으로 넘어오니, 우리 또한 모른 척할 수는 없고. 국경 분쟁이 생길 위험이 커. 이 문제 때문에 조만간 올벤에서 사절이 올지도 몰라. 아니면, 우리 쪽에서 보낼지도 모르고. 일단 올벤 쪽에 방법을 강구해 달라 요구하긴 했는데."

황태자가 고개를 절레절레 저었다.

"골치 아픈 일이야. 그곳도 최초의 숲만큼이나 교류가 거의 없는 곳이니."

그런 황태자를 보며 라크안이 툭툭, 손가락으로 의자를 두드렸다. 붉은 눈이 차분히 가라앉았다. 하필이면 찻잔에 그려진 그림이 대륙의 지도였다. 요즘 들어 대륙 지도 문양의 그릇이 인기를 누린다던데, 하녀장이 때맞추어 갖춰 둔 듯했다.

대륙의 중앙을 가로지르는 광활한 숲이 있었다. 이를 최초의 숲이라 불렀다. 그 숲이 미처 닿지 못한 서쪽엔 사막이 펼쳐져 있었다. 대략 제국의 절반 정도 크기로 짐작되는 사막에 세워진 나라의 이름이 올벤이었다.

제국은 대륙 남부에 위치하고 있어 숲과 사막, 전혀 이질적인 두 지역을 머리에 이고 있는 모양새였다. 올벤은 제국과 서로 침범하지 않는 정도의 관계만을 원할 뿐, 그 이상으로 우호를 쌓길 원하지 않았다. 이는 최초의 숲에 사는 숲의 일족과 같은 태도였다.

그러나 광대한 숲에 일족이라 불리는 소수의 일족이 사는 걸 묵인하는 것과 거대한 영토에 들어선 국가를 별다른 외교적 교류 없이 곁에 두는 건 엄연히 다른 문제였다.

제국은 대륙 남부의 대부분을 차지하고 주변에 자잘한 왕국들을 거느렸다. 영토 확장을 위해 북진에 욕심낼 만한 조건을 충분히 갖추었다. 제국에 호전적인 황제가 등장하면, 그 황제는 언제나 영토 확장을 꿈꿨고, 그 대상은 숲이 아니라 사막이었다.

역사를 거슬러 올라가 보면 제국은 여러 번, 전쟁을 해서라도 이 지역을 손에 넣으려고 시도했다. 그리고 그 시도는 언제나 실패했다.

올벤은 단지 사막뿐인 나라가 아니었다. 척박한 사막에서 생명이 흐르는 오아시스를 지키며 살아가는 민족의 나라였다. 올벤의 백성은 남녀노소를 불문하고 한 명 한 명이 훌륭한 전사였다.

풍요로운 남부의 땅에서 자란 말 탄 기사들과 병사들은 그들을 꺾지 못했다. 말은 사막에서 오래 견디지 못했고, 기사의 철갑옷은 고철덩이가 되었다. 병사들은 한 방울의 물이 없어 말라 죽었다.

그렇게 몇 번이고 수천, 수만의 목숨을 담보로 한 침범을 한 후에야 제국은 올벤을 침략하기를 포기했다. 그런데 정작 올벤은 먼저 제국을 공격해 오는 법이 없었다.

제국이 공격해 오면 기꺼이 맞서 싸웠으나 패배해 도망치는 제국군을 쫓으면서도 사막이 끝나는 국경선 너머로까지는 나오지 않았다. 그들은 단 한 번도 제국 땅을 밟지 않았다.

역사상 그러한 과정이 수없이 반복되었고, 오늘에 이르러 제국은 사막 국가 올벤을 최초의 숲과 비슷한 취급을 하고 있었다. 그러니 올벤과의 문제는 남부 다른 왕국들과 국경에서 문제가 있는 것과 비슷하게, 혹은 그보다 더 가벼운 일로 취급되어야 마땅했다. 황태자가 이렇게나 골머리를 썩일 문제는 아니었다.

그런데도 황태자가 올벤과의 문제를 중요히 생각한다는 건, 그만큼 내부에서 압박이 들어왔다는 의미일 터. 라크안과 카루나는 마카레나 백작과 귀족파를 의심했다.

'귀족파가 올벤과의 국경 마찰 문제를 심각한 문제인 양 들고 일어선 거겠군.'

'마카레나 백작은 큰일이 생기면 항상 더 큰일로 덮어 버리곤 했어. 황태자가 백합궁 일을 제대로 조사하려고 나서니 외교 문제로 덮어 버리려고 하는 거야.'

마카레나 백작의 의도는 뻔했다. 황태자가 한창 백합궁에서 있었던 일을 들추며 마카레나 백작을 의심하고, 증거를 찾아다니니. 황태자를 압박하기 위해 올벤과의 국경 마찰 문제를 꺼내 든 것이다.

"자치령에서 올라온 보고에 의하면 최근에 왕이 바뀌었다고 하던데, 젊은 자라고 하더군. 역대 올벤 왕들이 그렇듯 그 젊은 왕이 제국에 우호적이고, 영토에 대한 큰 의욕이 없기를 바랄 수밖에."

황태자가 골머리가 아픈지 두 손으로 머리를 감싸 쥐었다. 제국의 황태자는 황태자로 임명될 때 최초의 숲과 맞닿아 있는 제국의 최북단 이아크 자치령과 올벤과 맞닿아 있는 오시스 자치령의 영주 칭호를 받는다. 그 때문인지 대대로 제국의 황태자는 대외 외교 임무를 맡곤 했다.

제국은 대륙의 남부 대부분을 차지한, 대륙 최고의 국가였다. 마음만 먹는다면 국경을 마주한 인근 국가들을 무력으로 쓸어버릴 수 있는 힘을 가지고 있었다.

때문에 외교를 그다지 중요시 여기지 않았는데, 그 때문에 황태자에게 내치보다 외교를 먼저 맡기는 걸지도 몰랐다. 적어도 황태자와 귀족들은 이 오랜 관습의 이유를 그렇게 생각했다.

현 황태자 역시 제국의 외교 업무를 전담하고 있었다. 그리고 황태자는 제국 역대 그 어떤 황태자보다 편안하게 외교 문제를 해결해 왔다. 라크안 덕분이었다. 제국의 압도적인 무력이 변경의 분쟁을 쓸어버리니, 주변 나라들은 그 어느 때보다 제국에 순종적이었다.

그러니 황태자는 참으로 오랜만에, 국경 분쟁에 관한 일로 골머리를 앓고 있었다. 이전이라면 라크안을 그곳으로 보내면 그만이었다. 라크안이 올벤의 도적떼를 소탕하면 됐을 테니.

하지만 황태자는 라크안에게 그러라고 명령, 혹은 부탁을 하지 않았다. 이제 라크안을 변경으로 내돌릴 시기가 지났다는 걸 알고 있기 때문이었다.

황제가 일러주었기 때문이든, 황태자가 스스로 깨우쳐 라크안을 자신의 곁에 두고자 하는 것이든, 어느 쪽이든 카루나로서는 만족스러웠다. 시작이 어떻든 간에, 바이퀠드 공작인 라크안이 수도의 중앙 정치에 자리를 잡게 된 것이니까.

그렇게 되기까지는, 클레이엔의 대역으로서 열심히 활약한 카루나의 덕도 없잖아 있었다. 마카레나 백작과 클레이엔을 그나마 상대할 수 있는 건 라크안뿐이라는 공감대가 황제와 황태자, 황제파 사이에 공유되고 있는 것이다.

이제, 황제와 황후는 백합궁에서 피를 보이고 소동을 일으킨 마카레나 백작이 도를 넘었다 생각하여 라크안을 마카레나 백작을 무찌를 칼로 휘두르고자 하고 있다.

사냥이 끝나면 죽임을 당하는 사냥개가 아니라, 사용이 끝난 뒤에도 언제든 훗날을 도모하며 잘 관리하고 보관해 두어야 하는 날카로운 검. 라크안은 그들에게 사냥개가 아니라 검이 되어야만 했다. 카루나는 그들이 라크안을 그리 생각하도록 만들 계획이었다.

"역사적으로 봤을 때, 제국에서 올벤으로 사절을 보냈던 일은 거의 없어요. 있어도 일단 올벤에서 먼저 사절이 오고 나서 그에 대한 답으로 보내곤 했지요. 그러니 이번에도 올벤이 먼저 사절을 보낼 확률이 커요."

카루나가 황태자에게 말했다.

"그렇지. 언제나 변수는 존재하겠지만 나 역시 그렇게 생각하고 있어. 아니, 있답니다."

황태자는 뒤늦게 우왕좌왕하며 말을 더듬었다. 이제야 카루나에게 어떻게 말을 해야 할지 고민이 되는 듯했다. 카루나는 지금까지 그랬듯 편하게 말하라고 권한 뒤, 말을 이었다.

"외국에서 사절이 오면 그들을 대접하는 건 황후 폐하의 일이지요. 하지만 위대한 제국의 황후 폐하께서 직접 나서는 건 제국의 격에 맞지 않으니, 대개는 결혼한 황녀님이나 공작의 배우자가 담당하고는 하구요."

"그와 관련해서는 어머님과 이야기를 나누어야 하겠지만, 이번에는……."

황태자가 살짝 얼굴을 찌푸렸다. 황태자에게는 여동생이 있지만 아직 혼인을 하지 않아 이런 일에 나설 수 없었다. 미혼의 황녀를 내보냈다가는 자칫 잘못해, 제국이 올벤과 혼사를 맺고 싶어 한다는 오해를 살 수도 있었다. 그걸 피하기 위해 결혼한 황녀로 하여금 주관토록 하는 것이었다.

황녀가 미혼이니 그다음 순번은 공작의 배우자다. 황태자는 제 앞에 앉아 있는, 제국 유일의 공작인 라크안의 약혼녀를 바라보았다. 카루나가 생글생글 웃어 보였다.

"아직 혼인을 하지는 않았지만 약혼을 했으니 자격은 갖춘 셈이지요. 또한 저는 황후 폐하의 정식 시녀이기도 하니, 더할 나위가 없지요?"

"그렇기는 한데……."

황태자가 명쾌하게 대답하지 않고 말을 흐렸다. 그가 굳이 이 혼잡스러운 상황에 공식적으로 바이켈드 공작가에 방문한 이유도 이 때문이었다. 라크안과 친분을 보여 귀족파, 정확히는 마카레나 백작을 압박하기 위해서이기도 했지만 말이다.

부탁하기 위해 찾아왔으면서도 황태자는 카루나가 판을 깔아 주니, 정작 중요한 말은 하지 못하고 머뭇댔다.

'괜찮을까? 카루나에게 맡겨도?'

카루나가 똑똑하다는 건 잘 안다. 황태자가 보기에 그녀는 영리하고, 사교계에도 능숙하고, 예법과 상식에도 밝고, 황후의 마음을 돌릴 만큼 지혜롭기도 하고…….

'……그러고 보니 더할 나위 없는 적임자로군.'

카루나에게 올벤 사절 대접을 부탁하는 게 걱정되는 이유를 생각하던 중, 오히려 카루나야말로 이 임무에 적격인 사람이라는 걸 깨닫게 되었다.

"황태자 전하?"

카루나가 가벼운 목소리로 황태자를 불렀다.

'어차피 나한테 맡길 거면서, 아닌 척하기는.'

황태자의 표정이 바뀌는 걸 보고, 황태자가 무슨 생각을 하고 있는지 알아챈 것이다. 카루나의 예상대로 마음을 바꾼 황태자는 품속에서 편지 한 통을 꺼냈다.

황실의 문장을 금박으로 입힌 봉투는 도톰했고, 황후의 인장이 찍힌 밀랍으로 봉해져 있었다.

"바이켈드 공작의 약혼녀, 카루나 폰 바이켈드. 내 어머님이신 제국의 황후 폐하께서 그대에게 내리신 명령을 전달한다. 제국의 국익을 위해 최선을 다해 주시오."

봉투를 내미는 황태자의 표정은 엄숙하기 그지없었다. 황태자의 존재만으로 티 테이블은 황궁의 높은 단상이 되었고, 후원의 잔디밭은 붉은 융단이 깔린 황궁이 되었다.

"명령을 받들겠습니다. 황태자 전하."

카루나는 자리에서 일어서 무릎을 살짝 굽히며 황태자에게 고개를 숙였다. 그러고는 두 손으로 공손히 봉투를 받아 들었다. 라크안은 구경꾼이 되어 예의상 두어 번 박수를 쳐 줬다. 짝짝. 그러다가 황태자의 눈총을 받았다.

"어차피 줄 거였으면서 뭘 망설였던 겁니까."

"망설이긴."

"황후 폐하께서 어렵히 결정하셨으려고."

"어머님과 똑같은 말을 하는군. 어머님께서도 그렇게 말씀하셨지, 당신께서 어렵히 잘 결정했겠느냐고 말이야."

"그렇습니까?"

황태자의 말에 라크안은 쯧, 혀를 찼다. 황후와 마음이 통했다는 말이 그리 기분 좋게 들리지는 않은 듯했다.

"약혼녀를 소중히 여겨. 대단한 능력을 가진 여인이 분명하니. 라안, 어머니께서 언제 한번 너와 함께 백합궁에 놀러 오라고 하시더라니까? 물론 이 모든 소동이 다 마무리된 후…… 어?"

황태자는 조금 전의 근엄한 모습을 벗어던지고, 라크안과 가볍게 대화를 나누었다. 그러면서 티 테이블을 향해 손을 뻗었다. 예쁘게 차려져 있던 핑거 푸드를 집으려 했건만.

손끝에 아무것도 닿지 않았다. 눈으로는 라크안을 보고 손으로 테이블을 하염없이 더듬던 황태자가 이상함을 느끼고 고개를 돌렸다. 티 테이블이 텅 비어 있었다. 아니, 아주 깨끗했다.

"이게 무슨?"

황태자가 그 짙은 푸른 눈을 깜박였다.

'내가 다 먹었나?'

순간 든 생각은 이것이었다. 하나 말이 안 되는 생각이었기에 금방 머릿속에서 지워 버렸다. 티 테이블 위에는 티스푼 하나 놓여 있지 않았다.

황태자는 바이켈드 공작저가 편했다. 때론 황궁보다 더 편하게 느껴질 정도였다. 그래서 바이켈드 공작저에 오면 주변의 시선 따윈 신경 쓰지 않고 이것저것 잘 집어 먹는 편이었다. 오늘은 특히나 요리사가 실력을 발휘해 온갖 달콤한 간식거리를 준비해 주었으니, 자꾸 티 테이블로 손이 갔다.

라크안과 대화를 하면서도 계속 과자를 집어 먹었다. 평소보다 많이 먹었던 것 같기도 했다. 하나 그렇다고 찻잔이나 티스푼까지 집어 먹지는 않았으니. 티 테이블이 이렇게 깨끗해진 건 자신의 탓이 아니라고, 황태자는 그리 생각하며 카루나를 바라보았다.

카루나는 황태자와 눈이 마주치자마자 생긋, 웃어 보였다. 라크안과 황태자가 잡담을 나눌 동안 카루나는 저편에 서 있던 하녀장을 불러 와 황태자에게서 받은 봉투를 건넸다.

하녀장은 은쟁반에 봉투를 받아 들고 물러섰다. 이어 대기하고 있던 하녀들이 몰려와 티 테이블에 차려져 있던 찻주전자와 찻잔, 과자 등을 모두 치웠다. 공작가의 하녀들답게 소리 없이 빠르게 움직였다.

막 식탁보를 거뒀을 때 황태자가 티 테이블에 손을 뻗은 것이었다.

"내 어머님의 편지를 받았으니 이제 난 필요 없다는 건가? 카루나식의 축객령?"

황태자는 티 테이블을 치운 것이 카루나라고 확신하고는 섭섭한 목소리로 물었다.

"그럴 리가요. 황태자 전하의 용무가 끝나셨으니, 이제 제 용무를 말씀드리고자 할 뿐이랍니다."

황태자가 과자를 양껏 먹을 때까지 기다려 줄 수도 있었겠으나 카루나는 그리하지 않았다. 지난 10년간, 클레이엔의 대역을 하며 겪었던 황태자의 냉대가 새록새록 떠오른 까닭이었다.

'내가 준 과자는 하나도 안 먹었으면서.'

클레이엔의 대역일 때, 카루나는 황태자와 여러 번 티타임을 가졌다. 그때마다 정성껏 차와 과자를 준비했지만 황태자는 거들떠보지도 않았다.

'이 안에 무엇이 들었는지 어찌 알고 먹고 마시라는 거지? 미안하지만 난 그대를 믿을 수 없군.'

황태자는 매몰찼다. 카루나가 먼저 차를 마시고 과자를 먹었으나 그럼에도 황태자는 마음을 돌리지 않았다.

'생각 같아서는 정말, 홍차에 독이라도 타고 싶은 심정이었는데.'

카루나는 예전의 기억을 떠올리며 입술을 삐죽였다.

그렇게 클레이엔인 척하던 카루나에게는 모질었던 황태자가 바이켈드 공작저에서는 이리도 뭘 잘 집어 먹었다. 황태자가 온다는 말에 요리사가 두 팔을 걷어붙이고 급하게 요리할 때부터 알아봤어야 했다.

물론 황태자는 카루나가 지난 10년간, 클레이엔으로 살았다는 걸 모른다. 또한 지금의 카루나에게는 호감을 가지고 친절하게 대해주니 이런 마음을 품는 건 가당치 않았다. 머리로는 이해하나, 그럼에도 이런 마음이 드는 건 어쩔 도리가 없었다.

카루나는 서운해하는 황태자를 못 본 척하며, 옆에 선 하녀에게서 둘둘 말린 양피지를 건네받았다. 그리고 그것을 빈 테이블 위에 쫙- 펼쳤다.

"이건."

"이런……."

라크안과 황태자, 두 사람의 입에서 동시에 신음이 샜다. 두 남자를 당혹스럽게 만든 카루나는 여유롭게 웃었다. 보기만 해도 등골이 서늘해지는 미소였다.

'왜 카루나에게서 마카레나 백작 영애의 사악함이 느껴지는 거지.'

황태자는 어쩐지 그 웃음이, 자신이 기억하는 마카레나 백작 영애, 클레이엔과 매우 닮아 있다는 생각이 들었다.

'신났군.'

과거 클레이엔인 척하던 카루나가 저렇게 웃을 때마다 무슨 일이 생겼던가. 반드시 라크안에게 위험이 닥쳤다. 지금도 본능이 저 여자를 조심해야 된다고 경고했다.

'아니야. 저 여자의 이번 목표는 내가 아니라고.'

라크안은 그 본능을 억누르기 위해 수차례 자신에게 말해야 했다. 이번에 저 사악한 웃음을 감당해야 할 사람은 라크안이 아니라 마카레나 백작이었다.

그 얼마나 다행한 일인지. 라크안은 안도하며, 마음속으로나마 마카레나 백작에게 심심한 위로를 전했다. 그가 지금 무슨 생각으로, 무슨 음모를 꾸미고 있든 카루나에게는 당해 낼 수 없을 듯싶었다.

테이블 위에 펼쳐진 양피지에는 카루나와 루시온이 정리한 마카레나 백작의 세력도가 그려져 있었다.

제국의 내로라하는 상단에서부터 귀족파의 주요 인사들, 뒷골목에서 험한 일을 도맡는 삼류 도둑 길드까지. 겉으로 드러난 세력과 겉으로 드러나지 않은 힘이 일목요연했다.

"이들은 공작 각하께서 나서신다면 회유될 거예요. 여기, 이들은 뼛속까지 마카레나 백작의 사람이니 나중에 함께 쳐내야 할 거구요."

카루나는 먼저 귀족파 귀족들을 분류했다. 이어 마카레나 백작의 숨겨진 세력과 부를 하나하나 설명했다.

"샨 왕국에 라젠카 자작의 명의를 빌려 금광을 두 개나 가지고 있어요. 뮬린 왕국에는 거대한 밀밭을 가지고 있구요. 마카레나 백작의 재력은 드러난 상단과 이렇게, 드러나지 않은 국외 투자에서 나오는 거예요. 일단, 불법적으로 돈을 벌어들이는 루트를 다 잘라 내 버려야 돼요. 몰래 기르고 있는 사병들도 끌어내 해체해야 하고요."

카루나는 거침없이 마카레나 백작의 치부를 드러냈다.

카루나의 설명을 들은 황태자는 당장이라도 황궁에 돌아가 마카레나 백작을 감옥에 처넣겠다고 분노했다. 카루나는 그런 황태자를 말렸다.

"이걸 다 남겨 둔 채로 마카레나 백작만 붙잡으면 무슨 소용이 있겠어요? 황태자 전하께서 아무 준비 없이 마카레나 백작을 붙잡는 순간, 그 밑의 가신들이 재빠르게 움직여 이 모든 걸 묻어 버릴 거예요. 마카레나 백작이 사라진 자리에 그의 유산을 이어받은 또 다른 마카레나 백작이 나타나겠지요."

마카레나 백작은 당연히 자신의 후사로 클레이엔을 염두에 두었을 터. 그는 자신의 진짜 딸이 카루나만큼 영리하지도 않다는 건 잘 알고 있었다. 그럼에도 기어이 클레이엔을 황태자비로 만들고 자신의 후계자로 삼았으니, 그에 대한 대비도 철저하게 해 놓았을 것이다.

카루나는 그것마저 철저히 망가트리고 싶었다. 다시는 이 제국에 '마카레나'라는 성을 단 귀족이 활개를 치지 못하도록.

양피지의 제일 위에는 마카레나 백작과 클레이엔의 이름이 적혀 있었다. 그 아래로 선이 여러 갈래로 갈라졌다. 카루나는 멱살을 잡듯 그 선을 움켜쥐었다. 두꺼운 양피지가 카루나의 손 안에서 형편없이 구겨졌다.

"천천히 숨통을 조여서, 모든 걸 다 잃게 만들 거예요. 끝내는 제 꾀에 넘어가 파멸에 이르도록 말이지요."

'다시는 라안을 건드리지 못하도록.'

녹색 눈이 독하게 빛났다. 카루나는 그 눈을 들어 라크안과 황태자를 바라보았다.

두 사내는 저도 모르게 마른침을 삼켰다. 마카레나 백작과 맞서기로 작정한 카루나의 모습은 한창 때 황태자와 라크안이 경계하고 두려워했던 클레이엔의 모습 그 자체였다.

"제가 왜 굳이 두 분께 이걸 다 보여 드리고 이런 말을 하는지 정도는, 아시겠죠?"

"……."

"……."

두 사내는 동시에 고개를 끄덕였다. 잔뜩 긴장한 표정이 역력했다.

"좋아요. 그럼, 앞으로 두 분의 도움을 감사히 받을게요."

카루나가 화사하게 웃으며 말했다.

그리고 며칠 후.

어디서부터 시작된 건지 알 수 없는 어떤 소문이 제국의 중앙 사교계를 뒤흔들었다.

"어쩌면 좋아. 황태자 전하께서 바이켈드 공작의 약혼녀에게 반해 버리셨다지 뭐야?"

"황태자 전하께서 바이켈드 공작에게 결투를 신청하셨대!"

"어젯밤에 황태자 전하와 바이켈드 공작의 약혼녀가 아리네 자작의 가면 무도회장에 몰래 나타나 실컷 춤을 추고 간 걸 본 사람이 수두룩하대요."

황태자와 카루나의 스캔들이었다.

"그나저나 왜 굳이 우리 둘이 라안을 정신적으로, 그리고 정서적으로 배신한 척을 해야 하는 거지?"

이미 사교계에 소문이 파다하게 퍼져 돌이킬 수 없는 상황이 되었는데도 황태자는 여전히 납득하지 못했다.

"여든아홉 번째로 말씀드리고 있는데요, 황태자 전하. 마카레나 백작의 유일한 약점인 마카레나 백작 영애를 끌어내기 위해서라구요."

카루나가 주변을 의식해 화사하게 웃으며 말했다. 다정하게 황태자의 삐뚤어진 크라바트를 매만져 주기까지 했다. 황태자는 제게 다가오는 카루나의 손길에 움찔, 몸을 떨었다가 매섭게 변하는 카루나의 눈빛을 보고는 바짝 긴장했다.

눈앞의 여인이 마카레나 백작 영애 클레이엔이 아니라 카루나라고 아무리 마음속으로 되뇌어도, 그녀의 눈빛을 보고 있노라면 뱀 앞에 선 개구리처럼 긴장하게 되었다.

"혹시 진짜 마카레나 영애가 아닌지, 윽!"

카루나는 크라바트 매듭을 만지는 척하며 허튼소리를 하는 황태자의 목을 확 졸랐다. 황태자의 아름다운 푸른 눈이 왕방울만 하게 커졌다.

"하루라도 빨리 끝내고 싶으면 적극 협조해 주시길 바라요. 황태자 전하."

이를 꽉 다물고 활짝 웃는 모습은 아무리 봐도 마카레나 백작 영애 클레이엔, 그 자체였다.

황태자와 카루나가 그렇고 그런 사이라는 소문이 퍼진 지 어언 열흘. 둘이서, 아니 정확히 말하자면 카루나 혼자서 황태자를 이리저리 끌고 다니며 신나게 그 소문을 부채질하는 하루가 또 그렇게 마무리되었다.

지난 열흘간, 그리고 또 앞으로도 계속, 황태자의 가장 중요한 업무는 카루나와 함께 시간을 보내는 것이 되었다.

다음 날엔 아침 일찍부터 그 업무가 시작되었다. 수석 시종이 황태자를 은근한 눈빛으로 바라보았다. 황태자는 수석 시종의 태도가 수상쩍어 예의 주시했는데, 수석 시종이 평소와 다른 행동을 했다. 다른 사람들의 눈을 피해 황태자의 옷소매에 분홍색 쪽지를 넣은 것이다.

그 쪽지를 펴 본 황태자는 참담한 심정을 감추지 못했다. 쪽지의 내용은 별다른 게 아니었다. 오늘 아침 식사 후 몇 시까지 황궁의 어디로 와 달라는 내용, 달랑 한 줄이었다.

황태자의 심금을 울린 건 자신의 수석 시종이 카루나에게 돈을 먹고 이 밀서를 전달했다는 것이었다.

수석 시종이야 황태자의 은밀한 사랑을 도우며 황태자의 신임도 받고, 덤으로 묵직한 돈주머니도 하나 받고. 꿩 먹고 알 먹는 상황이라고 생각했겠지만. 황태자로서는 간담이 서늘했다.

'아무리 나와 스캔들이 난 상대라지만, 돈을 받고 내게 은밀히 쪽지를 전달하다니.'

수년간 제 곁을 지켜 왔던 시종을 교체할 마음을 먹을 수밖에 없었다. 황태자는 새로운 시종 후보를 머릿속으로 떠올리며 카루나가 쪽지에 적었던 장소로 향했다.

카루나가 혼자 오라고 하지는 않았기에 황태자는 시종과 호위 기사를 잔뜩 거느리고 갔다. 물론 약속 장소에 도착하기에 앞서 복도 건너편에 시종과 기사들을 떼어놓았다. 누가 봐도 밀회를 즐기러 가는 사람의 태도였다.

카루나는 먼저 와 있었다.

"황태자 전하!"

카루나가 복도 저편의 시종과 기사들에게까지 다 들릴 법한 목소리로 황태자를 불렀다.

"아아, 아아."

황태자는 차마 그렇게까지는 못 하고 그저 고개를 끄덕이기만 했다. 그걸 본 카루나의 눈썹이 삐쭉, 위로 솟구쳤지만, 뭐라고 말하지는 않았다.

'그래, 황태자 성품에 이 정도도 감지덕지지.'

카루나는 황태자에게 그리 많은 것을 기대하지 않았다. 이렇게 자신의 음모, 아니 계획에 착실하게 따라 주는 것만도 고마울 따름이었다. 카루나는 정말 반가운 사람을 만나는 것처럼, 어젯밤에 헤어지고 오늘 아침에 다시 만난 황태자를 끌어당겼다.

그렇게 황궁의 구석진 곳에 두 남녀가 나란히 섰다. 복도 저편에 대기 중인 황태자의 사람들이 시야에서 사라지자 카루나와 황태자는 동시에 한숨을 푹 내쉬었다. 둘 다 피곤하고 지친 기색을 숨기지 않았다.

"전 세 시간밖에 못 잤어요. 어제 늦게 저택으로 돌아가서 잠깐 눈만 붙이고 다시 일어나서 단장을 하고 새 드레스를 입고 여기까지 마차를 타고 왔다고요. 저만큼 힘드세요?"

카루나가 곱게 눈을 흘기며 말했다.

'클레이엔과 똑같이 생긴 걸로도 모자라 똑같이 행동하는 너와 함께 있는 것만으로도 무섭고 힘들어 죽을 지경이란다.'

차마 말할 수 없는 진심은 마음속에 묻어 두고.

"그러게, 카루나, 네가 참 고생이 많구나. 너에 비하면 난 아무것도 아니지."

황태자는 하하, 웃으며 두 손으로 얼굴을 문질렀다. 둘은 그렇게 아침 인사를 나누고는 정다운 건지 어색한 건지 모를 자세로 어정쩡하게 서 있었다.

이 황궁의 차기 주인인 황태자는 새삼스럽게 주변을 휘휘 둘러보았다.

"황궁에 이런 곳이 있을 줄이야."

"사람들은 잘 모르는 곳이지요."

"황궁에서 나고 자란 나도 모르는 곳을 카루나, 네가 잘 알고 있다니 신기한 일이구나."

"아마도 제가 황태자 전하보다 황궁의 지리를 더 잘 알고 있을걸요?"

카루나는 생글생글 웃으며 자신만만하게 말했다. 둘이 있는 곳은 분명 외진 곳이나 또한, 황궁의 후원과도 연결되어 있는 곳이었다.

후원을 산책하다가 길을 잘못 들면 오게 되는 곳인데, 인적이 드물지만 풍경이 좋아 젊은 연인들이 남몰래 시간을 보낼 때 사용하는 장소이기도 했다. 황궁의 주인이 모를 수밖에 없는 곳이었다.

카루나가 차근차근 설명했음에도 황태자는 옅은 배신감을 지우지 못했다. 때마침 후원 저편에서 휘파람 소리가 들렸다. 그러자 카루나는 곧바로, '황태자를 사랑해 버린, 슬픈 사랑을 마음에 품은 가련한 바이켈드 공작의 약혼녀'로 변해 버렸다.

카루나가 물기 진 눈을 깜박이며 황태자를 올려다보았다. 황태자는 팔에 오도독, 소름이 돋는 걸 느꼈다.

"어서요, 어서. 셋 하면 절 보며 사랑에 빠진 것처럼 웃어요."

"사랑에 빠진 것처럼……이란, 어떻게 웃는 걸 말하는 건지, 난 잘 모르겠는데……."

황태자는 살짝 기가 질린 표정으로 중얼거렸다.

"낸들 아나요. 그냥 해 보세요, 얼른요. 하나, 둘, 셋!"

카루나가 '셋!'이라고 말하자마자 저편에서 한 무리의 귀부인들이 나타났다. 사교계에서 힘깨나 쓴다 하는 여인들이었다. 어쩜 이렇게 타이밍이 귀신같은지. 황태자는 속으로 혀를 내두르며 억지로 입꼬리를 들어 올렸다.

'세상에서 가장 소중하고 귀한 것같이 보이는 카루나.'

황태자는 그렇게 중얼거리며 카루나를 바라보았다. 사랑에 빠진 듯한 눈빛을 하라는 카루나의 말을 들으며, 황태자는 얼마 전 바이켈드 공작 저에서 봤던 라크안을 떠올렸다.

카루나와 함께 있는 라크안은 언제 봐도 놀라웠다. 이래도 시큰둥, 저래도 시큰둥하던 라크안이었건만. 카루나가 옆에 있으면 온갖 표정을 풍부하게 드러냈다.

그동안 볼 수 없었던 라크안의 여러 모습을 봐 왔지만, 그중에서 가장 놀라웠던 건 카루나를 바라보는 라크안의 눈빛이었다.

카루나가 뭔가 대단한 걸 하고 있는 것도 아니었다. 그저 차를 마시고 예의상 웃으며 황태자와 대화를 나누고 있을 뿐이었건만. 라크안은 그런 카루나를, 세상에서 가장 소중하고 귀중한 무언가를 보듯 바라보았다.

언제나 시큰둥하던 그 붉은 눈이!

흉내 낸다고 흉내 낼 수 있을 것 같지는 않지만. 황태자는 그때의 라크안을 떠올리며 최대한 비슷하게라도 꾸며 보고자 했다.

지금 눈앞에 있는 카루나는 세상에서 가장 소중하고 귀중한 무언가인 카루나. 머리색을 빼면 어느 것 하나 빠짐없이 클레이엔과 똑같이 생긴 무시무시한 카루나. 그런데 아무튼 가장 소중하고 귀중한 카루나.

······클레이엔하고 똑같이 생긴.

'젠장.'

자신을 보며 활짝 웃고 있는 카루나의 모습 위로 클레이엔의 환영이 덧씌워졌다.

"우욱."

황태자는 참지 못하고 고개를 확 돌렸다. 속이 울렁거리며 헛구역질까지 나왔다. 라크안과 함께 있는 카루나는 확실히 클레이엔과는 달랐다. 라크안을 바라보는 카루나의 녹색 눈은 더없이 따뜻하고 부드러워 보였으니까.

문제는 황태자, 자신과 함께 있는 카루나였다. 자신을 먹음직스럽다는 듯 바라보는 저 빛나는 녹색 눈이라니. 라크안을 바라볼 때와는 전혀 달랐다.

황태자는 저 눈빛을 잘 알았다. 한때, 황태자비가 되겠다며 황태자를 쫓아다니던 클레이엔의 눈빛이 저랬다. 바로 저런 눈으로 그를 바라보곤 했다.

클레이엔과 취향까지 비슷한지, 카루나는 드레스와 장신구마저 옛날 클레이엔이 즐겨 입고 걸치던 것과 비슷한 것을 구해다 하고 다녔다. 이리 보고 저리 봐도 카루나는 황태자가 무서워하고 도망 다니던 그 클레이엔이었다.

한번 이렇게 생각하니, 카루나의 곁에 있는 게 더없이 부담스럽고 무서웠다. 그럼에도 황태자는 카루나를 친구의 약혼녀 이상으로 생각하는 척하면서 카루나의 곁에 꼭 붙어 있어야 했다. 클레이엔을 재주껏 피해 다녔던 과거보다 더 불행한 현재가 아닐 수 없었다.

클레이엔을 피할 때처럼 카루나도 피할 수 있으면 좋으련만. 카루나는 클레이엔보다 더 용의주도했다.

카루나는 매일매일, 꼬박꼬박 황궁에 출석 도장을 찍으며 황태자를 찾아다녔다. 황후의 시녀라는 신분 덕분에 황궁을 돌아다니는 데 큰 문제는 없었다.

혹여나 황후가 오해할까 봐 자신들이 어떤 음모, 아니 계획을 꾸미고 있는지 충분히 설명을 해 두었다. 때문에 황후는 카루나가 시녀의 임무를 소홀히 하고 황태자와 어울리는 걸 못 본 척 눈감아 주었다.

카루나는 황후가 설명을 들으며 슬쩍, 한쪽 입꼬리를 추켜올리는 것을 보았다. 카루나의 계획이 꽤 재미있게 들린 듯했다. 그러한 사정을 모르는 귀족들은 황후마저 카루나와 황태자의 사이를 인정한 게 아니냐고 수군댔다.

주변의 반응이 예상보다 더 격렬하자 카루나는 신이 났다. 주변에서 잘한다 잘한다 하면 더 잘하고 싶어지는 것이 사람의 마음이니.

"어머나? 황태자 전하! 괜찮으세요?"

카루나가 깜짝 놀라는 척을 하며 황태자에게 다가왔다.

"아니, 아니…… 지금은, 잠깐……!"

황태자는 손을 휘휘 저으며 카루나를 물리치려 했지만 카루나는 그 정도로 물러나지 않았다. 아직 저편에 보는 눈들이 많았다. 그들은 카루나와 황태자를 보고는 자리를 피하기는커녕 흥미진진하게 지켜보고 있었다. 카루나는 그들에게 황태자와 다정히 있는 모습을 좀 더 보여주고 싶었다.

"어젯밤 늦게까지 일하시더니, 몸이 이렇게나 약해지셨군요. 힘들면 힘들다고 말씀하시지 왜 이렇게 아무렇지 않은 척하신 거예요."

카루나는 떨리는 목소리로 말했다. 멀리서 보면 카루나가 울먹이고 있다고 착각할 수도 있을 법한 목소리였다. 물론 둘을 지켜보고 있는 귀부인들은 애처로운 목소리보다는 그 목소리에 담긴 말 자체에 좀 더 집중했다.

'어젯밤 늦게까지 일하시더니.'

황후의 시녀이긴 하나 상주 시녀가 아니고, 바이켈드 공작저에서 황궁으로 출퇴근하는 카루나가 어떻게 황태자가 밤늦게까지 무리해서 일했다는 걸 알고 있단 말인가.

그들은 그 미묘한 위화감을 눈치채고는 부채로 입을 가리고 서로 눈길을 교환했다. 카루나는 그들의 반응을 곁눈질로 살피며, 타이밍 좋게 헛구역질을 하고 허리를 푹 숙인 황태자를 살폈다.

"괜찮으셔요? 혹시 토할 것 같으면 마음껏 토하세요. 제 앞에서는 괜찮아요."

황태자가 걱정스러워 어쩔 줄 모르겠다는 목소리로 말하며, 황태자의 등을 퍽퍽 내리쳤다.

"윽! 욱!"

헛구역질은 가셨지만, 황태자는 허리를 펴지 못하고 계속 짧게 끊긴 숨을 내뱉었다. 등짝을 후려치는 카루나의 매운 손맛 덕이었다.

"어머나, 소문이 정말인가 봐요?"

"그러게나 말이에요. 설마설마했는데."

"이곳에서 단둘이 있다면 말 다 한 거 아니겠어요?"

귀부인들의 수군대는 소리가 두 사람에게 고스란히 닿았다.

'내가 왜…… 라안의 약혼녀랑……. 그것도 클레이엔이랑 똑같이 생긴 카루나랑…….'

황태자의 푸른 눈이 촉촉해졌다.

* * *

얇은 초승달이 뜬 밤.

루시온과 카루나는 검게 칠한 마차에 올라탔다. 밤하늘을 잘라 내 만든 듯한 로브를 꾹 눌러써 얼굴을 가린 채였다. 저택에 상주하는 철십자 기사단의 절반이 마차를 호위했다. 다들 검은색 옷으로 갈아입고, 검은 두건을 쓰거나 검은 천으로 입 주위를 가렸다.

번화가 뒤편의 외진 길로 들어서자 마차가 멈춰 섰다. 철십자 기사들은 따라 서지 않고 그대로 나아갔다. 마차는 고요한 어둠 속에 묻힌 채 움직이지 않았고 시간은 하염없이 흘러갔다.

간혹 골목 안쪽에서 비명 소리와 도망치는 듯한 발소리가 들렸으나 이내 잠잠해졌다. 카루나는 무료함을 참지 못하고 발을 들어 휘휘, 흔들었다.

열두 살의 모습이라면 마냥 귀여워 보이기만 하겠으나 카루나는 이제 스무 살의 모습을 되찾았다. 허공에서 드레스 자락이 펄럭일 때마다 얇은 발목이 보일 듯 말 듯 드러나니, 귀여움과는 다른 감정을 불러일으켰다.

맞은편에 앉은 루시온은 작게 한숨을 내쉬며 재킷을 벗어 카루나의 무릎을 덮었다. 드레스 위에 재킷. 한결 거추장스러워졌다.

"뭐야, 이게?"

카루나가 눈을 치켜뜨고 루시온을 쳐다보았다.

"제 임무를 수행하는 것입니다."

"당신의 임무가 언제부터 내 무릎에 담요를 덮어 주는 게 되었는데?"

카루나가 입을 삐쭉이며 재킷을 끌어내리려 하자 루시온이 막아섰다.

"건강을 챙기십시오. 아가씨만의 몸이 아니지 않습니까."

그 말은 클레이엔의 대역일 때도 숱하게 들었던 말이었다. 카루나는 괜히 욱하는 마음에 비웃듯 웃으며 쏴붙였다.

"내 몸이 나만의 몸이 아니면? 이제 와서 새삼, 클레이엔을 위해 아껴야 한다는 둥, 그런 말도 안 되는 소리를 하는 건 아니겠지?"

"그럴 리가요, 아가씨."

루시온이 차분한 목소리로 답했다.

"말만 그렇게 하는 건지, 내가 알 게 뭐람."

흥. 카루나가 코웃음을 치며 고개를 옆으로 확 돌렸다. 단단히 화가 난 눈치였다. 카루나가 이런 태도를 보일 정도로 잘못한 일이 없는 루시온은 잠시 고개를 갸웃, 흔들었다.

'바이켈드 공작 때문인 건가?'

그는 어렵지 않게 카루나가 마음이 상한 이유를 짐작해 냈다.

'반려이니 어쩌니 할 때는 어디 가려고만 해도 따라오려고 했으면서. 이제는 마음대로 돌아다녀라, 대신 자정 전에만 돌아와라?'

루시온이 짐작한 대로였다. 카루나는 라크안 때문에 짜증이 나 있는 상태였다. 거기에 루시온이 잘못 걸려든 것이었다.

카루나는 마차가 떠나기 전, 라크안에게 외출 허락을 받던 때를 떠올렸다.

"필요하다면 얼마든지."

라크안은 조금의 망설임도 없이 허락했다. 대신 자정 전에 돌아오라고 단서를 달았다. 예전 같았으면 어딜 가려고 그러는 거냐, 자신이 함께 가면 안 되는 거냐, 꼬치꼬치 캐물었을 텐데. 이제는 그러지 않았다.

물론 카루나가 왜 나가려는 건지 사정을 설명하긴 했지만. 그렇다 해도 라크안의 태도는 이전에 비해 심하게 무심했다. 카루나는 그게 서운했다.

'서운하다고?'

그런 자신이 어이없었지만, 그래도 서운한 건 서운한 것이었다. 저 한 치 앞도 안 보이는 어두운 골목에서 철십자 기사들이 마카레나 백작의 수하들을 처리하고 있는데. 이 중요한 상황에 제대로 집중하지 못할 만큼.

사실, 단지 오늘 일로만 서운한 건 아니었다. 사실, 서운한 마음은 황태자와 스캔들을 일으킬 때부터 생겨났다. 황태자와 바람피우는 척하겠다고 말했을 때, 카루나는 당연히 예상했다.

'안 돼. 절대 안 돼. 그런 건 내가 허락을 못 해. 카루나, 그대는 내 약혼녀야. 그런데 나를 배신하고 황태자랑 바람을 피우겠다니!'

이렇게 화를 낼 거라고. 아득하게 옛날처럼 느껴지는 그 어느 때, 황태자가 자신을 울렸다고 착각한 라크안이 칼을 뽑아 들려 하며 분노했듯이. 이번에도 그럴 줄 알았다.

하지만 라크안은 그러지 않았다.

"그게 전술상 필요하다면 하는 수밖에. 그대가 원하는 대로 해. 바이켈드 가문의 명예 같은 건 걱정하지 말고. 불편한 뒤처리는 내가 도울 테니."

라크안은 이렇게 말했다. 안색이 약간 창백하긴 했으나 그뿐이었다. 칼을 뽑아 들지도, 황태자를 죽이려 하지도 않았다. 그런 라크안의 태도가 충격적이어서, 카루나는 아직까지도 라크안이 한 말을 토씨 하나 까먹지 않고 모두 기억하고 있었다.

카루나는 라크안을 멍하니 바라보며 한동안 말을 잇지 못했다. 황태자가 왜 그런 조작이 필요하냐고 여러 번 물은 뒤에야, 뒤늦게 정신을 차리고 기계적으로 말을 늘어놓았을 뿐이었다.

카루나는 자신이 심하게 실망했다는 걸 깨달았다. 자신도 모르는 사이에 기대했던 것이다. 라크안이 화를 내 주기를. 자신이 그의 반려라고, 혹은 약혼녀라고 말해 주기를.

오늘의 외출 허락은 그간 가득 쌓인 섭섭함에 한 방울을 더한 격이었다. 참았던 서러움이 폭발했다.

'정신 차려, 카루나. 왜 단념을 못 하는 거야. 리센 때문에, 숲에서 있었던 일 때문에, 라안도 이제는 알게 된 거라고. 내가 자신의 반려가 아니라는 걸. 날 곁에 놔두는 건 오직 마카레나 백작을 물리치는 데 내 힘이 필요해서 그런 거야.'

카루나는 아랫입술을 꽉 깨물었다.

'……어쩌면 리센의 반려라는 날, 친구인 리센을 위해서 곁에 두고 보살피려 하는 건지도 모르지.'

그건 바이켈드 공작저에서 나가라고 내쫓는 것보다 더 비참했다. 깨문 입술에서 피가 비쳤다.

"아가씨. 진정하십시오."

그걸 본 루시온이 손을 뻗었다. 하나 그 손은 카루나의 입술에 채 닿기도 전에 거절당했다. 카루나는 짝- 소리 나게 루시온의 손을 쳐내며 비꼬듯 말했다.

"아가씨는 무슨. 대단한 루시온 경께서 아직까지 날 아가씨라고 부를 필요가 있나? 이렇게 둘만 있을 때는 하대를 하고 날 무시해도 될 텐데?"

마음에도 없는 말이었다. 다른 사람도 아니고 루시온이 그럴 리 없다는 걸 알면서, 괜히 투정하듯 말하는 것이었다. 카루나 자신도, 자신이 말도 안 되는 소리를 하고 있다는 걸 잘 알았다. 그런데도 멈출 수가 없었다.

'왜 이러는 거지?'

카루나는 이를 악 다물고 고개를 푹 숙였다.

루시온과 머리를 맞대고 꾸민 음모, 아니 계획은 잘 굴러가고 있었다. 황태자와 일부러 스캔들을 내 숨어 있는 클레이엔이 기어 나오도록 자극하고. 라크안에게 국정 회의에서 귀족파를 압박하게 하고.

황태자로 하여금 그날 백합궁의 일을 수사하도록 하여 마카레나 백작의 숨통을 조이도록 하고. 또 자신과 루시온이 아는 마카레나 백작의 숨겨진 세력을 처리하고. 지금도 그 일을 위해 일부러 여기까지 나온 것이었다.

모든 일이 계획한 대로 척척 이루어지고 있는데, 이상하게 마음이 편치 않았다. 조급해졌다가 짜증이 났다가 화가 났다가 슬퍼졌다.

'이게 다 그 멍청한 늑대 때문이야!'

속 시원하게 소리 지르고 울고 싶었다. 할 수만 있다면 포도주 통으로 든 뭐로든 라크안을 때리고 싶었다. 그럴 수 없으니 분한 마음만 켜켜이 쌓여 마음을 짓눌렀다. 꾸미는 일이 잘 굴러가도 도통 즐겁지가 않았다.

'도대체 사람들은 이런 감정을 어떻게 견디고 살아가는 걸까.'

문득, 사교계의 모임에서 미혼의 영애들이 첫사랑에 애달파하며 눈물 흘렸던 게 떠올랐다. 라크안을 좋아하기 전까지는 그들을 이해할 수 없었다.

그들은 매순간 감정이 널뛰었다. 좋아하는 사람의 눈짓 한 번에 행복해했다가 손짓 한 번에 펑펑 울며 괴로워했다. 그때마다 비슷한 첫사랑의 열병을 앓았던 영애들이 아직 현재 진행 중인 영애를 얼싸안고 달랬다.

카루나는 첫사랑에 앓는 영애도, 그 영애를 상냥한 말로 달래 주기만 하던 다른 영애들도 이해가 되지 않았다. 그들을 따라 하며 위로하는 흉내만 냈을 뿐이었다.

그때는 몰랐던 감정을 이제는 알 것 같았다. 알다 뿐이랴. 실시간으로 그런 상태를 겪고 있는 중이었다.

'고작 바이켈드 공작, 그 멍청한 늑대 때문에 내가 이렇게 휘둘리다니. 루시온이 뭔 죄가 있다고.'

굳이 죄를 따지자면, 폭발하기 직전인 카루나를 몰라보고 무릎 위에 재킷을 덮어 준 행동이 죄였다.

"……."

뒤늦게 약간이나마 미안한 마음이 들었다. 하지만 차마 미안하다고 말할 수는 없었다. 고개를 들어 루시온을 바라보며 한마디라도 꺼냈다가는, 루시온이 이 마음을 모두 알아챌 것만 같았다. 카루나가 계속 고개를 들지 않자 루시온이 먼저 움직였다.

"카루나 아가씨."

루시온이 마차 바닥에 한쪽 무릎을 꿇고 앉았다. 둘은 서로의 무릎이 맞닿을 정도로 가까워졌다.

"제가 무엇을 버리고 당신의 곁으로 온 건지 모르신다고는 생각하지 않습니다."

그의 말대로였다. 카루나는 잘 알았다.

루시온은 태어나기 전부터 마카레나 백작가의 가신이 될 운명이 지워진 아이였다. 자신의 아버지의 이름보다 마카레나 백작의 이름을 먼저 말했던 아이는 제 힘으로 움직이고 생각할 수 있게 되자 곧바로 마카레나 백작에게 바쳐졌다.

그랬던 루시온이 마카레나 백작을 저버렸다. 클레이엔을 배신하고 카루나의 곁에 서고자 했다. 루시온의 배신이 공식적으로 드러나자, 루시온의 가문은 곤경을 면치 못했다.

귀족파 내부에서 소외되었으며 마카레나 백작이 가문의 숨통을 조이고 있다는 소문이 들려왔다. 부모와 형제들이 남들의 눈을 피해 바이켈드 공작저를 찾아온 적도 있었다. 루시온에게 매달려 마카레나 백작에게 돌아가 달라고 빌었다. 루시온은 눈 하나 깜빡하지 않고 그들을 되돌려 보냈다.

루시온은 그간 살아온 자신의 삶 전부와 자신의 핏줄, 모든 걸 버린 채 카루나의 곁에 선 것이다. 오직 카루나를 제 손 안에 쥐기 위해.

"그럼에도 그렇게 묻는 건, 아가씨에게 바치는 제 모든 행동의 이유를 듣길 원하시기 때문입니까? 아니면, 그런 말로 절 상처 입혀 밀어낼 수 있다는 말도 안 되는 생각을 했기 때문입니까."

루시온이 물었다. 딱히 카루나의 답을 원하진 않았는지, 이어서 말했다.

"원하신다면 언제든 물어보십시오. 당신의 옆에서 숨을 쉬는 매 순간 마다, 제가 무슨 생각을 하는지 고스란히 말씀드리겠습니다. 또한 단지 화풀이를 하고 싶다면, 그 또한 언제든 원하는 대로 하십시오. 그런다 해도 저는 아가씨의 곁을 떠나지 않을 테니."

루시온은 거절당한 손을 다시 내밀었다. 소중한 것을 감싸 쥐듯 카루나의 턱을 들어 눈을 맞추고는 속삭이듯 말했다.

"무슨 이유로 의기소침해지신 건지 짐작 가는 바가 없는 건 아닙니다. 제가 아닌 다른 사내를 향하고 있는 그 마음이, 꽤 마음에 들지 않습니다만. 언젠간 그 마음도 전부 제 것이 될 테니, 조급해하지 않겠습니다. 그러니 아가씨께서도 굳이 조급해하지 마시고 천천히 그 마음을 단념하십시오."

자신감 넘치는 선전포고인 걸까. 아니면 나름의, 위로인 걸까. 루시온의 말은 경계선이 애매했다.

'천천히, 천천히 단념하라고?'

신기하게도 그 말이 위안이 됐다. 독이 바짝 올라 굳었던 어깨가 누그러졌다.

루시온은 무릎 아래로 흘러내린 재킷을 끌어 올려 다시 카루나의 무릎을 덮었다. 그도 모자라 팔 부분을 매듭지어 무릎을 묶듯 감쌌다. 카루나의 발목은 재킷으로 완전히 가려졌다. 그게 꽤나 마음에 드는지, 루시온은 몸을 살짝 뒤로 물리고는 작품을 감상하듯 바라보았다.

"만족스러워? 고작 내 발장난 하나를 막은 게?"

카루나가 물었다. 조금 전보다 한결 편해진 목소리였다.

"물론이지요. 아가씨를 돌보는 일은 10년 전 그날부터, 저의 것이었으니까 말입니다."

루시온은 카루나의 드레스 자락 끝에 살짝 입을 맞추고는 몸을 일으켰다.

"이제야 돌아오나 보군요."

루시온이 마차 문을 열자, 막 문을 열려고 손을 뻗었던 철십자 기사 한 명이 삐끗했다. 복면으로 얼굴을 가리고 있었지만, 카루나는 그가 누군지 바로 알아차렸다. 세나가 근신했을 때 잠시 카루나를 호위하는 역할을 맡았던 기사였다.

"솔토 경."

"네, 아가씨."

그는 이번 밤길에 동행하여 다른 기사들을 지휘하는 임무를 맡았다. 카루나를 호위하는 임무가 아니라는 것에 살짝 실망하기는 했지만, 세나를 제치고 임무를 맡았다는 것에 자긍심을 느끼는 듯했다.

저택을 나설 때부터 과도한 열의에 부풀어 있던 기사는 옅은 피비린내를 몰고 돌아왔다. 입고 있는 옷이 군데군데 젖어 있었다. 뚝, 뚝. 떨어지는 건 피인 듯했다.

"다 끝났습니다."

솔토가 카루나에게 공손히 고개를 숙였다.

"혹시 다친 건가요?"

카루나가 손수건을 꺼내 건네며 물었다.

"아니요, 뭐, 음…… 굳이 그 소중한 걸 저한테 주신다면야 감히 사양할 수는 없긴 한데."

솔토가 입이 찢어져라 웃으며 손수건을 받으려 하다 옆에 선 루시온의 차가운 눈빛에 깨갱하여 한 걸음 뒤로 물러섰다.

"거, 걱정하지 마십시오. 제 피가 아닙니다."

미련을 버리지 못하고 카루나의 손수건을 힐끔힐끔 쳐다보며 말했다.

"그렇군요. 고생했어요."

카루나는 웃으며 솔토의 손에 자신의 손수건을 쥐여 줬다.

"오, 아가씨."

"아가씨."

솔토와 루시온이 동시에 카루나를 불렀다. 하나는 감동의 목소리요, 다른 하나는 타박의 목소리였다.

'아무 말도 하지 마.'

카루나는 루시온에게 손짓했다. 그렇게 루시온의 입을 막고는 마차에서 내려왔다. 솔토와 루시온은 양측에서 동시에 손을 내밀었다.

"……."

"……."

허공에서 두 사람의 눈이 마주쳤다. 카루나는 한숨을 내쉬며 고개를 설레설레 저었다.

솔토가 그러는 거야 이해가 갔다. 저택의 다른 사람들이 그렇듯, 숲의 일족으로서 자신에게 끌리는 거라 생각하면 되니까. 하지만 루시온까지 이러는 건 곤란했다.

'바이켈드 공작저에 사람이 유치해지는 이상한 기운 같은 게 있는 걸까?'

카루나는 조금 전, 마차에 단둘이 남았을 때의 대화 같은 건 가볍게 잊고, 루시온을 흘겨보았다. 그래도 루시온은 내민 손을 거두지 않았다.

"됐어요. 혼자 걸을 수 있어요."

카루나는 한숨을 폭 내쉬며 두 사람의 손을 모두 거절했다. 그러고는 먼저 골목 안으로 걸어 들어갔다.

"위험합니다. 제가 앞서 안내하겠습니다."

솔토가 급히 앞서 걸었고.

"아가씨, 발밑을 조심하십시오."

루시온이 카루나의 옆에 서 거치적거리는 오물을 발로 차냈다. 카루나는 저를 보호하지 못해 안달 난 두 사람을 보며 살포시, 미소 지었다.

'이 중에서 이곳이 가장 익숙한 사람은 나일 텐데.'

열 살이 될 때까지 카루나는 이런 뒷골목을 떠돌았다.

이후 10년간 마카레나 백작 영애로 살며 귀족 행세를 했지만, 그렇다고 어릴 적 기억과 경험이 다 사라지는 것은 아니었다. 카루나는 두 손으로 치마를 붙들고 익숙하게 울퉁불퉁한 흙길을 걸었다.

이럴 줄 알고 굽이 낮은 구두에 덧신까지 겹쳐 신고 온 터라 휘청거리거나 넘어지지 않았다. 처음엔 불안하다는 듯 카루나를 연신 돌아보던 솔토는 자신보다 오히려 카루나가 잘 걸으니, 마음 놓고 앞만 보고 걸었다.

길의 끝에 철십자 기사들이 일렬로 서 있었다. 그들의 앞에는 죽거나 죽어 가는, 혹은 잔뜩 얻어터져 얼굴이 팅팅 부은 채로 무릎 꿇고 앉아 있는 사람들이 즐비했다.

양끝에 선 기사 둘이 작은 등불을 들고 있어 간신히 인식이 가능했다. 기사들 중에 실수로라도 다친 사람은 아무도 없었다. 처참하게 패배하여 무릎 꿇은 이들과 대비되었다. 카루나는 거침없이 그들 앞에 섰다.

"아가씨!"

솔토가 놀라 카루나를 말리려 하였으나 카루나는 그의 팔을 밀어냈다. 루시온은 허리춤에 찬 검에 손을 댄 채로 카루나의 뒤에 섰다. 카루나는 가볍게 그들을 훑어보았다.

죽은 시체들, 죽어 가는 창백한 얼굴들, 그리고 죽을 날을 기다리며 묶여 있는 자들.

"……!"

카루나의 눈이 한 사내에게 꽂혔다. 묶인 자들 중 가장 왜소한 체격의 사내였다. 아니, 어쩌면 죽은 자들까지 다 합쳐도 이 사내보다 작은 자는 없을 듯했다.

'이 사람이…… 이곳의 길드장이었다고?'

카루나는 이번에 그를 처음 보았다. 당연했다. 언제나 마카레나 백작과 루시온에게서 말로만 그의 존재를 전해 들었으니까. 그런데 카루나는 이미 그를 알고 있었다. 이번이 두 번째 만남이었다. 처음 봤던 걸 '만남'이라는 단어로 설명할 수 있다면.

고개를 숙이고 있어 얼굴이 보이지 않았다. 그래서 더, 확실히 알아볼 수 있었다. 카루나는 잠시, 그를 바라만 보았다.

"이자입니다."

루시온이 등 뒤에서 속삭였다.

"……알고 있어요."

왜소한 체구. 겁에 질려 연신 주위를 두리번거리면서도 절대 고개를 들지 않는, 추레하고 비겁한 태도. 누더기나 다름없는 허름한 복장. 하지만 덥수룩한 머리카락 속에 숨겨진 날카로운 눈과 비열한 입매. 누더기 속에 감춰진 근육질의 몸과 굳은살이 가득 박인 손까지.

손이 떨렸다. 뒤늦게 등골이 서늘해지고 아랫배가 쿡쿡 쑤셨다. 카루나는 애써 그에게서 눈을 뗐다. 짐짓, 아무렇지 않은 척하며 고개를 돌려 솔토를 보았다.

밤이라서, 가는 달빛조차 스미지 않는 더러운 뒷골목이라서 다행이었다. 핏기 가신 창백한 얼굴과 흔들리는 녹색 눈동자를 숨길 수 있으니.

"하나도 빠짐없이 다 잡은 건가요?"

다행히 입술 밖으로 내뱉은 목소리는 떨리지 않았다. 평소와 다름없었다. 누구에게 감사해야 할지는 알 수 없으나, 일단 감사했다. 자신이 이렇게 태연한 척할 수 있도록 해 줘서 고맙다고.

"네. 건물에 있는 자들은 놓치지 않았습니다."

"그러면 됐어요. 초승달이 뜨는 날이 이들이 모두 모이는 정기 집회의 날이거든요."

카루나의 말에 살아 있는 채로 무릎 꿇고 있던 자들이 일제히 고개를 치켜들었다. 시시각각으로 부어오르는 얼굴은 표정을 알아보기 힘들 정도였다. 그럼에도 그들이 얼마나 놀라고 있는지, 드러났다.

"어, 어떻게 그걸…… 윽!"

가장 왜소한 몸집의 사내가 함부로 말을 꺼냈다가 뒤에 선 기사에게 발로 차였다.

"예의를 몰라도 예의를 갖춰라. 너 같은 놈 따위가 함부로 쳐다볼 수도 없는 분이시니."

"그만. 죽이면 안 돼요."

카루나가 기사를 말렸다.

"귀중한 정보를 잔뜩 품고 있는 조개인데, 입을 열기도 전에 죽이면 안 되잖아요?"

"……!"

사내가 얻어맞아 푹 꺾였던 고개를 다시 치켜들었다. 얼굴은 경악, 그 자체였다.

"왜? 당신을 바로 알아봐서 놀랐어? 기대했던 것보다 멍청하네, 이 사람들이 당신을 놓치지 않았을 때 바로 알아챘어야지."

붉은 입술이 호선을 그렸다. 로브를 깊게 눌러써 얼굴은 거의 가려졌지만 그 붉은 입술만은 겉으로. 드러나 사내를 비웃었다.

"당신이잖아. 이곳 청부 길드의 길드장 말이야."

카루나의 말에 놀란 건 사내, 그러니까 청부 길드의 길드장만이 아니었다. 솔토를 비롯해 검은 복면을 뒤집어쓴 철십자 기사들까지 놀란 기색을 감추지 못했다. 태연한 건 루시온뿐이었다.

"그래서 당부하셨던 거군요. 펍 구석에서 쓰레기나 비우고 있을, 몸집이 가장 작은 심부름꾼을 놓치지 말라고요."

솔토가 더듬거리며 말하자 카루나는 싱긋, 웃어 보였다.

"당신들, 누구야. 도대체 뭐냐고. 어떻게 내 정체를…… 우리 길드를 그렇게 잘 알고 있는 거야!"

그동안 몸을 웅크리고 있던 길드장은 뒤집어쓰고 있던 움츠린 사내의 가면을 벗어던졌다. 얻어맞아 팅팅 부은 눈을 한껏 크게 뜨고는 카루나를 노려보았다.

"컥!"

그러고는 곧바로, 감히 카루나를 노려본 죗값을 받았다. 카루나는 여유롭게 걸어 그의 앞에 섰다. 재차 말리는 솔토를 뒤로 물리고는 그의 앞에 웅크려 앉아 눈높이를 맞췄다.

"어떻게 알 것 같아? 당신이 지난 10년간, 마카레나 백작님의 그림자에 숨어 온갖 더러운 일을 해 왔다는 걸. 당신의 정체를 알고 길드가 여기에 있는 것까지 아는 사람이 과연 몇이나 될까. 그리고 그들 중 마카레나 백작님의 사람이 아닌 존재가 있을까?"

"뭐?"

길드장은 카루나의 말을 곧바로 알아듣지 못했다. 그러나 그런 멍한 상태는 오래가지 않았다.

"서, 설마……."

그의 눈이 튀어나올 듯 커졌다. 카루나는 아무 말도 하지 않고 웃어 보였다. 그것만으로도 그에게 가해지는 압박은 충분할 듯했다. 카루나의 생각대로, 길드장은 멋대로 소설을 써 나가기 시작했다.

"우리를, 버리시는 건가? 다른 놈들도 아닌 우리를? 나를?"

그는 무척 억울해 보였다. 마카레나 백작이 절대 자신을 버릴 리 없다는 믿음을 가지고 있는 듯했다. 카루나는 조소했다.

"글쎄. 이번엔 내가 묻고 싶네. 그동안 마카레나 백작님께 쓸모없어져서 버림받은 자들을 그 손으로 직접 제거해 왔으면서, 자신이 마카레나 백작님께 버림받을 수도 있다는 생각은 못 해 본 거야? 정말로?"

로브 속으로 손을 집어넣어 자신의 배를 꾹 눌렀다.

분명히 다 나았고 흉터만이 남아 있을 뿐인데. 새삼 그 상처가 욱신

거렸다. 아팠다. 다시 칼이 파고든 것처럼. 이 상처를 만든 사람이 바로 눈앞에 있기 때문이리라.

'고마워해야 하는 걸까? 날 처리하기 위해서 이 정도 되는 거물을 움직인 마카레나 백작에게?'

자신의 배에 칼을 박아 넣은 자가 마카레나 백작이 거느린 암살자 중 한 명일 거라고 생각했다. 그래서 그 암살자를 따로 찾지 않았다. 어차피 제거됐으리라고 생각해서였다. 자신의 시체를 찾지 못한 마카레나 백작이 사건을 덮기 위해 암살자마저 제거했으리라 생각했으니까.

그런데 아니었다. 고작 클레이엔의 대역 인형을 처리하기 위해 청부 길드의 길드장이 직접 나선 것이었다. 그리고 마카레나 백작은 그를 쳐 내지 않고 계속 옆에 두었다.

길드장이 충격을 받은 건 충분히 납득할 만했다. 그는 드러나지 않았 다 뿐이지, 지난 수십 년간 마카레나 백작의 최측근으로 버텨 왔던 자였 으니까.

마카레나 백작은 그를 버릴 생각 따위는 하지 않았다. 그 또한 마카레 나 백작에게 버림받을 거란 생각은 해 본 적이 없을 터였다. 그 손으로 수많은 마카레나 백작의 부하들을 제거해 왔으면서.

뱃속에서 뜨거운 불덩이가 생겼다. 그에게 당한 상처에서 생겨난 불길 이었다. 그 불은 단번에 카루나의 뱃속을 시꺼멓게 태우고 심장을 집어 삼켰다.

'계획을 바꿔야겠어.'

어둠 속에서 녹색 눈이 빛났다.

'이자를 그냥 이 자리에서 죽이지 않을 거야. 이자의 손으로 마카레나 백작을 죽이도록 하겠어.'

절대 버림받을 거라 생각하지 않았던 자의 손으로 이자만큼은 버리지 않으려 생각했던 마카레나 백작을 죽여야 되겠다고. 버림받을 줄 알았고,

끝내 버림받았던 대역이 생각했다.

루시온과 함께 청부 길드와 길드장을 제거할 계획을 세울 때만 하더라도 '아깝다.'고 여겼다. 청부 길드는 마카레나 백작이 수도 귀족들의 정보를 모으기 위해 은밀히 만든 것이었다.

청부 길드는 수도 뒷골목에서 가장 더럽고 비천한 곳이었다. 청부 길드의 존재를 아는 자는 귀족이든 평민이든 상관없이 손가락질했다. 돈만 주면 뭐든 하다니, 노예만도 못한 것들이라고.

밤이 깊어지면 손가락질하고 욕하던 사람들이 청부 길드를 찾았다. 은밀하게 와서는 거리낌 없이, 자신의 마음속 깊이에 품고 있는 비밀을 털어놓았다. 자신이 가장 골치 썩고 있는 문제를 해결하고 싶어 했다.

청부 길드는 비천해질수록 붐볐고, 온갖 청부를 받으며 수도의 비밀들을 끌어 모았다. 그들의 청부 자체가 그들의 목을 죄는 목줄이 되어 마카레나 백작의 손아귀로 들어갔다.

청부 길드는 마카레나 백작이 귀족파의 수장으로서 수십 년간 군림할 수 있었던 이유 중 하나였다. 이런 걸 그냥 없애야 한다니. 너무 큰 낭비이지 않은가.

"정말로 그냥 잘라 내시겠습니까? 당분간은 꽤 쓸모가 있을 겁니다."

루시온 또한 그리 생각하는 듯했다. 길드장은 뼛속까지 마카레나 백작의 사람이었다. 마카레나 백작을 배신하고 이쪽에 서라고 강요하면 배신하는 척하면서 어떻게든 마카레나 백작에게 연락할 기회를 노릴 것이다. 아예 이쪽에 충성하는 척하며 정보를 빼내 갈지도 모른다.

그걸 역이용하면 마카레나 백작에게 거짓 정보를 흘리고 귀족파 내부를 교란시킬 수 있을 것이다. 물론 충성을 증명하라는 명분을 내세워 길드장이 그간 마카레나 백작에게 바쳤던 정보를 공유받을 수도 있을 것이고.

살아 있는 길드장을 이용해 꾸밀 수 있는 흉계는 무궁무진했다. 루시온의 제안을 듣는 와중에도 카루나의 머릿속에 여러 계획들이 떠올랐다.

어느 것 하나 그냥 묻어 두기 아까울 정도로 훌륭했다. 하지만 카루나는 청부 길드와 길드장의 재활용을 포기했다.

"그런 더러운 오물을 라안에게 붙일 순 없어."

얼룩은 저 하나만으로도 차고 넘쳤다. 카루나가 나서서 길드장을 다룬다 하더라도, 어떻게든 추문이 붙는 걸 피할 수는 없을 터였다. 마카레나 백작이 쓰던 검은 손이 바이켈드 공작에게 붙었다고. 카루나 쪽에서 의도적으로 소문을 흘리든, 마카레나 백작이 라크안의 명예에 먹칠하기 위해서 소문을 흘리든.

카루나는 그게 싫었다. 여러모로 쓸모 있는 청부 길드 길드장을 포기할 만큼.

"아가씨께서 그걸 원하신다면 어쩔 수 없지요."

루시온은 깔끔하게 물러났다.

그리하여 오늘 밤, 적어도 청부 길드의 길드장은 죽을 운명이었다. 그가 카루나의 배에 칼을 박은 암살자만 아니었다면.

카루나는 솔토를 불러 속삭였다. 그의 귀에 대고 속삭였으나 목소리는 속삭임이라 말할 수 없을 만큼 컸다.

"모든 건 계획대로 진행하세요. 마카레나 백작님의 뜻대로 말이에요."

등 뒤에 서 있던 루시온의 눈이 살짝 가늘어졌다.

"……명을 받들겠습니다."

솔토는 잠시 머뭇거렸으나 '아가씨, 마카레나 백작이라니요?'라고 소리 내 묻지 않았다. 그것만으로도 세나 대신 카루나를 따라 나올 자격은 갖춘 셈이었다.

솔토가 듣고 루시온까지 들은 걸 발밑에 꿇어 앉아 있는 길드장이 못 들었을 리 없다.

"나, 날 어쩔 셈이냐."

길드장이 물었다. 다시 등 뒤에서 발길질이 날아들었지만, 길드장은 땅바닥을 뒹굴면서도 카루나에게서 눈을 떼지 않았다. 표정을 보아하니 정말로 마카레나 백작이 자신을 버린 건지, 아니면 마카레나 백작의 적이 자신을 속이려 하는 건지, 헷갈려 하는 듯했다.

'마카레나 백작님이 나를 버리다니? 그럴 리가 없어. 이건 뭔가 잘못된 걸 거야. 하지만……'

그러나 자신의 정체는 오직 마카레나 백작과 그가 믿는 최측근 몇 명만 아는 기밀이었다. 이들은 그의 앞에서 거리낌 없이 마카레나 백작을 운운했다. 그게 길드장을 혼란스럽게 했다.

차라리 언젠가 버려질지 모른다는 두려움을 한 번이라도 느꼈었다면 그에 대한 대비를 해 두었을 텐데. 설마 자신이 마카레나 백작에게 버림받을 거라고는 생각해 본 적이 없기에, 그는 이 의혹의 덫에서 깊이 생각하지 못하고 서툴게 날갯짓하여 거미줄을 벗어나려고 하였다.

몸을 뒤틀고, 아니라고 생각하면 이 모든 상황이 진짜가 아니게 될 거라고 믿는 듯이. 카루나는 그를 내려다보며 차게 웃었다. 생각 같아서는, 나불대는 저 입을 발로 짓이기고 싶었다. 치마 속에서 한쪽 발이 들리기까지 했으나 카루나는 참았다.

하이힐이 아니라 굽 낮은 구두로는 그녀가 원하는 만큼 피해를 줄 수 없을뿐더러. 고작 그 정도로는 분이 풀릴 것 같지 않아서였다. 카루나는 더 지독한 복수를 원했다.

카루나는 솔토와 철십자 기사들을 놔두고 돌아섰다.

"아가씨. 어쩌실 생각입니까."

루시온이 뒤따르며 물었다. 그는 이미 카루나의 심경에 변화가 생긴 걸 알아챈 상태였다.

"……"

카루나는 입을 꾹 다물었다. 대신 걸음을 빨리 놀렸다. 루시온은 두 번 묻지 않았다. 두 사람은 금방 마차에 도착했다. 카루나는 루시온의 에스코트도 받지 않고 마차 안으로 들어갔다. 루시온이 따라 들어가며 문을 닫는 것과 동시에 카루나가 입을 열었다.

"아직 유지하고 있지? 개인적으로 키운 사람들 말이야."

"겉으로 드러난 건 마카레나 백작에게 내주었고, 그 외에는 아직 데리고 있습니다."

루시온은 순순히 답했다.

"그들이 필요하십니까?"

"난 그런 걸 키우지 못했으니까. 그렇다고 이번 일에 라안의 철십자 기사단을 끌어들일 수도 없고, 라안이 당신이나 마카레나 백작처럼 그림 자를 키우지도 않았을 테니까."

"그렇지요. 바이켈드 공작이 뒤로 몰래 세력을 키우지는 않았을 테니 까요."

루시온도 그리고 카루나도, 라크안에 대해서는 속속들이 알고 있었다. 물론 루시온은 그가 숲의 일족 혼혈이라 늑대로 변할 수 있고, 반려를 못 찾아 간혹 발작을 일으킨다는 것까지는 몰랐지만.

"굳이 길드장 앞에서 마카레나 백작'님'을 언급하셨지요. 마카레나 백 작 쪽에서 먼저 길드를 배신한 거라고 생각하게 만들어 충성을 유도할 생각이십니까? 추가 작업이 들어가야 하니 시간이 걸릴 텐데요."

루시온이 고개를 가로저었다.

"또한 마카레나 백작 쪽에서 알아채고 손을 쓰면, 길드장은 우리의 말 보다 저쪽의 말을 더 신뢰하게 될 겁니다. 그간의 세월이 헛것은 아닐 테니까 말입니다."

귀담아들을 만한 말이었다. 카루나가 그의 말처럼 길드장의 충성을 원 했다면 말이다. 하지만 카루나가 원하는 건 그런 게 아니었다.

"루시온."

"네, 아가씨."

"당신의 사람들을 은밀히 움직여서 저들을 뒤쫓도록 해."

카루나는 팔을 마차 창문에 기대고 턱을 괬다. 창문 밖은 새까맸다. 딱히 볼만한 게 있지도 않고, 있다 해도 보이지 않지만. 카루나는 창밖의 풍경을 구경하듯 그리 자세를 잡았다. 그녀의 눈에 비치는 건 까만 밤거리가 아니었다. 앞으로 펼쳐질 그녀의 계획이었다.

"철십자 기사단 말입니까? 제 보호가 필요할 정도로 약하지는 않은 듯한데요."

"차라리 약하기를 바라야 할 텐데? 그들에게서 길드장을 **빼내야** 하니까 말이야."

"……아가씨?"

"솔토 경과 철십자 기사들은 이미 죽은 시체들은 눈에 띄지 않게 치우고, 아직 안 죽은 자들은 끌고 가 죽이겠지. 길드장 또한 죽일 거고."

"그게 원래의 계획이었으니까요."

"그들은 그대로 그렇게 움직이게 하고. 루시온, 당신의 부하들을 풀어서 길드장이 탈출하도록 만들어. 구해 내는 게 아니야. 자신이 도망친 거라고 생각하도록 만들어야 해. 솔토 경과 다른 기사들 역시 마찬가지야. 다른 세력이 개입한 걸 몰라야 해."

"어려운 주문이시군요. 그렇게까지 하시는 이유가 뭡니까?"

"길드장을 이용하려고."

"깨끗이 잘라 내기로 결정하신 것 아니었습니까?"

"마음이 바뀌었어."

카루나가 턱을 괸 채로 루시온을 바라보았다. 그제야 루시온은 카루나의 얼굴을 제대로 살필 수 있었다.

카루나의 얼굴은 창백했다. 단지 밤늦은 시간에 깨어 있어서, 화장을 하지 않아서 창백하게 보이는 게 아니었다. 루시온의 눈이 카루나의 입술에 닿았다. 입술은 바싹 말라 있었다.

지금 당장 장미수로 손수건을 적셔 저 입술을 문질러 줄 수 있으면 좋으련만. 루시온은 아쉬워하며 작게 숨을 내쉬었다.

"청부 길드의 길드장 말이야. 저 사람도 가족이 있겠지? 도와 달라고 손 내밀 수 있는 친구도 있겠고 말이야."

카루나가 마른 입술을 달싹여 물었다.

"마카레나 백작에게 버림받을 거라고는 생각지 않았겠지만, 하는 일의 특성상 위험에 처할 수 있을 거라고는 생각해 그에 대한 대비는 해 놓았겠지요. 약삭빠른 쥐새끼일 테니까요."

수십 년간 마카레나 백작의 총애를 받은 건, 그저 우연으로만 가능한 일은 아닐 테니.

"그자를 죽지 않게 구해 주고 계속 뒤를 쫓아. 안심해서 가족을 찾아가든, 위험하다 생각해 친구를 찾아가든, 저자만 남기고 다 죽여. 마카레나 백작이 그의 뒤를 쫓는 것처럼 해서 말이야. 어차피 당신 밑에 있는 자들, 마카레나 백작에게 충성할 때 키웠던 자들이잖아? 그 정도 흉내를 내는 건 쉬울 거야."

할 수 있냐고 묻는 게 아니었다. 하라고 말하는 것이었다.

"계속, 계속 쫓아다니면서 피를 말려. 점점 미쳐 가도록. 반드시. 마카레나 백작이 자신을 죽이려 한다고 믿게 만들어."

그제야 루시온은 카루나의 생각을 눈치챘다.

"저자의 손을 이용할 생각이십니까?"

"왜? 그러면 안 돼?"

깜박. 눈을 감았다 뜨며 되물었다.

"의외의 방법이어서 말입니다. 굳이 그런 번거로운 방법을 쓰시다니."

이건 이용해 먹기 위한 계략이 아니라 원한을 갚기 위한 복수 같지 않은가. 루시온은 '아가씨답지 않으십니다.'란 뒷말을 생략했다.

"무슨 생각을 하고 있는 거야? 꽤 여유롭네."

카루나는 그런 루시온을 보며 입꼬리를 살짝 들며 웃었다.

"당장 움직여야 하지 않을까? 솔토 경은 벌써 길드장을 데리고 떠났을 테니까 말이야."

루시온은 아주 기본적인 고민을 했다. 카루나가 원하는 대로 일을 꾸미기 위해, 카루나를 이곳에 두고 자리를 떠도 되는지.

"……잠시, 다녀오겠습니다."

루시온은 마부로 위장한 철십자 기사와 기적을 죽이고 마차를 호위하고 있는 또 다른 철십자 기사들을 믿어 보기로 했다. 그리하여 카루나에게 묵례하고 마차를 나섰다. 카루나의 말대로 시간이 촉박했기에 마차의 문을 여닫는 손이 평소보다 급해 보였다.

루시온이 떠나고, 마차에 홀로 남은 카루나는 라크안을 떠올렸다.

'만약 이 자리에 당신이 있었다면 나한테 뭐라고 했을까.'

반대했을지 모른다. 저자의 가족과 친구들이 무슨 죄냐고. 아무리 마카레나 백작의 수하라 할지라도 그렇게까지 할 필요가 있느냐고. 아니, 반대일지도 모른다. 자신이 나서서 처리하겠다고 말했을지도 모른다. 방법은 카루나가 원하는 것과는 다르겠지만.

라크안은 모략과 암살을 즐기는 사람은 아니나, 모략과 암살을 당하고 가만히 있는 성격도 아니었다. 카루나가 클레이엔의 대역이었을 때 그에게 암살자를 보내면, 그 역시 카루나에게 암살자를 보냈다. 카루나가 독을 보내면 역시나 더 독한 독을 선물했다.

라크안은 수년간 제국 변경을 떠돌며 숱한 전투를 승리로 이끌었던 제국 최고의 기사였다. 마카레나 백작처럼 음습한 뒷공작을 좋아하지 않을 뿐. 피를 보는 것도, 복수를 하는 것도 꺼려하지는 않으리라.

자신의 반려, 자신의 약혼자를 죽이려 한 자가 저기 있다고 말하면, 그 죗값을 치르게 하겠다고 살의를 불태울지도 모른다. 만약 그가 아직도 카루나를 반려로, 약혼녀로 생각해 준다면.

하아. 카루나는 한숨을 내쉬며 두 손에 얼굴을 묻었다. 라크안이 곁에 있었으면 어땠을지 생각하는 건 아무 의미가 없는 일이었다. 아무튼 그는 그녀의 곁에 없었으니까.

지금 그녀의 곁에 있는 건, 거울을 들여다보는 듯 자신과 똑같은 생각과 음모를 가진, 루시온이었다.

'보여요? 알아요? 이게 나예요.'

카루나는 속으로 조용히, 라크안에게 말을 걸어 보았다. 그러고는 이내, 자조했다.

'이런 상황에서까지 라안을 생각하는 거야? 바보짓을 해도 정도껏 해야지.'

카루나는 황궁으로 가는 내내 마차를 꽉 채웠던 라크안의 존재감을 떠올리며 눈을 질끈 감았다.

오랜만에 악녀다운 짓을 하니 기분이 개운해져야 할 텐데. 그간의 찝찝하고 우울했던 감정을 모두 날려 버리고, 복수할 수 있다는 희열에 차올라야 할 텐데. 이상하게 기운이 나지 않았다. 스스로에게 모진 말을 해도 소용없었다.

밤마실을 다녀온 마차가 자정 직전, 저택으로 돌아왔다. 바이켈드 공작저의 뒷문 앞엔 세나가 서 있었다. 세나는 문에 기댄 채로, 조는 듯 눈을 감고 있다가 마차 소리가 들리니 손을 들어 흔들었다.

"자정까지 오란다고 정말 자정까지 오면 어떡해. 미리미리, 일찍 일찍. 몰라?"

세나가 마부에게 윽박질렀다. 마부 복장을 한 철십자 기사는 이크, 하며 어깨를 움츠리고는 고개를 설레설레 저었다. 자신에게 뭔 힘이 있겠느냐는 것이었다. 마차의 창문을 가린 커튼이 들리고, 하얀 얼굴이 밖을 내다보았다.

"세나 경. 왜 나와 있어요."

"아가씨. 걱정이 돼서 잠을 잘 수가 있어야지요. 아가씨께서 안 돌아오시니, 걱정되어 마중을 나온 것이지요."

세나는 바로 태도를 바꾸었다. 세상에 이만큼 충성스러운 호위 기사가 또 없었다. 라크안이 카루나에게 솔토를 붙여 줘도 평소처럼 자신이 따라가겠다고 나서지도 않았으면서. 뒤늦게 야단법석이었다.

라크안만큼이나 얄미웠지만, 그래도 라크안만큼이나 밉지는 않았다. 적어도 이렇게 배웅은 나와 줬으니까.

"밤바람이 찬데 얼른 안으로 들어가세요. 고생이 많으셨습니다. 루시온인지 뭔지 하는 재수 없는 사냥개는 얼른 떼어 버리고, 오늘 밤도 푹 주무셔요."

루시온이 안에서 듣고 있다는 걸 알면서도 이렇게 말하는 것이었다.

"그리고 하녀장님이 아가씨를 위해 꿀을 탄 따뜻한 우유를 준비해 놓았다고 하니 그걸 꼭 드시고 주무십시오. 밤바람을 맞고 다니신 데다, 험한 꼴도 보셨을 테니. 그러니 꼭 따뜻한 걸 마시고 주무셔야 합니다. 꼭이요."

세나가 유난스럽게 하녀장표 꿀 탄 우유를 강조했다.

"알았어요. 꼭 먹고 잘 테니까 세나 경도 얼른 자요."

"명을 받듭니다. 아가씨가 돌아오시는 걸 봤으니, 공작 각하께 보고드리고 바로 자겠습니다."

세나가 장난스레 웃으며 카루나에게 경례 자세를 취했다. 마차와 마차를 호위한 기사들은 그렇게 세나의 환영을 받으며 저택 안으로 들어갔다. 다시 뒷문이 닫히고, 마차를 끄는 말발굽이 바닥을 치는 소리가 들리지 않을 때까지. 세나는 그 자리에 서서 움직이지 않았다.

잠시 뒤.

카루나의 침실 창문에 불이 켜졌다. 잠옷으로 갈아입은 듯한 카루나의 그림자가 창가에 어른어른 비쳤다. 하녀장이 무언가를 내미는 것도 보였다.

세나가 말한 꿀을 탄 우유이리라. 카루나가 우유를 마시고 침대에 누웠다. 이내 창문이 까매졌다.

"부디, 아침까지 푹 주무시길. 좋은 꿈만 꾸시고."

세나가 불 꺼진 창문을 바라보며 묵례했다. 그리고는 고개를 들어 위를 바라보았다. 거기까지 확인한 뒤에야 세나는 창문에서 눈을 뗐다.

"보고드립니다. 저와 함께 보셨겠지만 아가씨는 무사히 돌아오셨습니다. 딱 자정 직전에 말입니다. 누굴 닮아서 그리도 시간 약속을 철저히 잘 지키는지 모르겠습니다. 그리고 이젠, 그걸 마시고 주무실 것 같습니다."

높다란 담벼락 위에 한 사내가 서 있었다.

"라안 님."

"쉿."

라크안이 손을 제 입술에 대며 세나의 말을 막았다.

"온다."

이내 그 손을 뻗어 닫힌 뒷문 너머를 가리켰다.

"오늘도군요."

세나가 으득, 이를 악물며 허리춤에 찬 검을 빼 들었다.

"다들 위치로."

세나가 휘익- 휘파람을 불었다. 그러자 담벼락 밑에 숨어 있던 기사들이 모습을 드러냈다. 약 스무 명가량의 기사들이 바이켈드 공작저 담벼락을 둘러섰다. 라크안과 기사들은 카루나를 태운 마차가 달려왔던 밤거리를 노려봤다.

밤거리는 고요했다. 쥐새끼 한 마리 지나가지 않았다. 아무리 밤이 늦었다고는 하나 상점이 즐비한 거리에 불빛 한 점 없었고, 오가는 사람 한 명 없었다. 이상하게 느껴질 정도의 적막이었다.

그 너머에서 거리에 내려앉은 밤기운보다 새까만 것들이 스물스물, 몰려오기 시작했다.

그것들은 제대로 된 형체를 갖추지 못한 그림자였다. 벽에, 바닥에, 벽돌 틈에 스며들었다 흘러내려, 바이켈드 공작저를 향해 꾸물꾸물 기어왔다.

"카……루, 나……."

"카……나……를."

"카루, 나아……."

그것들이 원하는 것은 단 하나였다. 그것을 얻고자 우악스럽게, 기어이 이곳까지 온 것이다.

그것들을 바라보는 라크안의 붉은 눈이 살기로 빛났다.

"대충 어제랑 비슷해 보입니다."

"내가 보기에도 그런 것 같군."

라크안은 세나의 말에 대답하며 아래로 뛰어내렸다. 탁, 하는 소리와 함께 가볍게 착지하고서는 주위를 둘러보았다.

"시작하지."

라크안이 손에 들고 있던 검집에서 검을 빼 들었다. 검집이 바닥에 떨어져 묵직한 소리를 냈다. 그걸 신호로, 담벼락에 둘러서 있던 기사들이 일제히 검을 제 얼굴 앞에 치켜 올렸다. 그러고는 손가락으로 검신을 훑어 올리며 주문을 외웠다.

숲의 일족이 쓰는 마법은 길고 복잡한 주문이 필요하지 않은 것이었다. 때문에 마법을 펼칠 때면 본인만 알아들을 수 있도록 작게 중얼거리고 말았다. 하지만 지금, 스무 명가량의 기사들이 펼치는 마법은 달랐다.

모두가 함께 외는 주문은 노래와도 같았다. 한 명의 목소리 위에 세 명의 목소리가 겹치고, 이어 여덟 명의 목소리가 연달아 겹쳤다. 주문에 공명하듯 치켜든 검신이 우웅- 울렸다. 그 떨림을 타고 검이 희게 빛났다.

기사들은 하나둘, 제 검을 아래로 내리꽂았다. 검이 땅에 박히자, 길바닥 벽돌에 난 실금을 타고 검에서 내뿜어진 흰빛이 주변으로 퍼져 나갔다.

바닥에 거미줄처럼 촘촘하게 흰빛이 퍼져 나가 바이켈드 공작저 주변을 뒤덮었다. 대규모 보호 결계였다.

결계를 편 기사들은 검 뒤에 무릎을 꿇어앉았다. 두 손은 여전히 검을 움켜쥔 채였고, 입술은 쉼 없이 노래와도 같은 주문을 읊었다.

"오늘도 고생 좀 해라. 해가 뜰 때까지만 버텨. 라안 님과 나도 잘 버틸 테니까."

세나가 옆에 선 기사를 지나치며 말했다. 무릎을 꿇은 기사는 작게 고개를 끄덕였다. 두 눈을 감은 얼굴에서 식은땀이 한 방울 흘러내렸다. 라크안 역시 그 기사의 어깨를 툭툭, 두드려 주며 지나쳤다.

기사들이 펼친 결계는 숲에서 전해져 내려오는 고대 마법으로, 넓은 지역을 지킬 수 있는 강력한 것이었다. 대륙 전체가 합심하여 눈의 땅과 맞서 싸우던 시절에 썼던 것으로, 결계가 유지되는 동안에는 눈의 땅에서 온 존재들은 절대 결계 안으로 스며들지 못했다.

효과가 큰 만큼, 약점도 컸다. 결계가 유지되는 동안 시전자는 조금도 움직일 수 없을뿐더러 결계의 보호를 받지도 못했다. 또한 시전자 중 단한 명이라도 다치거나 죽어서 빈틈이 생기면 결계는 바로 사라졌다.

그러니 라크안과 세나는 그들을 지키며, 앞에 드글드글한 것들을 해치워야 했다.

"오늘은 제가 오른쪽을 맡겠습니다."

세나가 검을 어깨에 걸치고 한 발을 앞으로 내밀며 말했다.

"그럼 내가 왼쪽을 맡지."

라크안이 그녀와 같은 위치에 서서 검 끝으로 왼쪽의 그림자들을 겨누었다. 그들은 라크안과 세나를 알아보기라도 하는지, 알아들을 수 없는 괴성을 내지르며 달려들었다. 스멀스멀 기어 오던 속도와는 비교가 되지 않을 정도로 빨랐다.

"결계에 닿지 않도록 해!"

라크안이 검은 그림자와 몸을 부딪치려는 것처럼 앞으로 뛰어나갔다. 검은 그림자 하나가 라크안을 통째로 집어삼키려는 듯 몸에 난 구멍을 커다랗게 벌렸다. 구멍 속은 그들의 존재처럼 칠흑 같은 어둠이 펼쳐져 있었다. 라크안은 검을 휘둘러 검은 그림자를 두 동강 냈다.

"카……나……."

입구멍 같은 것이 오물거리며 카루나를 불렀다. 라크안이 이를 갈며 그 구멍을 짓밟았다.

"감히, 내 반려의 이름을 함부로 부르지 마라."

목울대를 타고 짐승의 울음소리를 닮은 거친 숨소리가 샜다.

나의 반려.

숲을 떠나 제국 수도로 돌아오는 동안, 그리고 돌아와서 지금에 이르기까지 내내. 고민했던 결론이었다.

'이 감정이, 반려에 대한 감정이 아니면 뭐라는 거지?'

라크안은 이어 달려드는 검은 그림자들을 족족 베어 내고 찔렀다. 옆에서 세나가 검은 그림자를 어깨로 밀치고, 칼로 찔러 아작 냈다.

검은 그림자들은 당연하게도 두 사람을 지나쳐 바이켈드 저택으로 달려가려 했다. 그것들은 대부분 결계로 몸을 내던져 타 죽었다. 하지만 더러는 결계를 만든 기사들에게 닿았다. 라크안은 그런 검은 그림자들을 족족 베어 냈다.

희게 빛나는 결계 속에서 잠들어 있는 바이켈드 저택이 눈에 들어왔다. 전투 중에 한눈을 파는 게 위험하다는 걸 알면서도, 바로 눈을 돌릴 수는 없었다. 라크안은 카루나가 잠들어 있는 침실 창문이 있을 어딘가를 바라보았다.

보이지도 않는데, 그곳에 카루나가 있다고 생각하는 것만으로도 심장이 뛰었다. 쿵. 쿵. 카루나만이 그의 심장을 뛰게 했다.

'이런 마음이 반려를 향하는 마음이 아니라면 무엇인데. 카루나가 내

반려가 아니라면, 왜 하필 카루나에게만 내 심장이 이렇게 반응하는 거지? 다른 누구도 아닌 카루나에게만.'

라크안은 검은 그림자의 머리통에 칼을 박아 넣으며 이를 악물었다.

검은 그림자들은 사라질 때 폭탄이 터지는 것처럼 몸이 갈가리 찢겨 사방으로 튀었다. 붉지는 않으나 그것 또한 피였다.

검을 휘두르는 것도, 무언가를 죽이는 것도, 언제나 끔찍하다고 생각했다. 하지만 카루나를 지키기 위해서라고 생각하니 이 검은 피가 달았다. 이게 반려를 지키는 기쁨이 아니고 무엇일까.

라크안은 계속해서 검은 그림자를 베어 내며 생각했다.

새벽이 올 때까지의 시간은 길었다.

라크안과 세나, 두 사람은 끝없이 밀려오는 적들을 맞아 잠시도 쉬지 못하고 싸웠다. 싸우고 또 싸웠다. 일방적인 학살이나 다름없었으나, 그들이 소중히 여기는 것을 지키기 위한 전투였고 전쟁이었다.

검은 그림자들은 아예 밤거리를 장악하고 어딘가의 샘에서 퐁퐁 쏟아지듯 밀려들었다. 그들을 상대하기 위해 라크안은 결국, 늑대로 변신해야 했다.

스스로의 의지로 몸을 바꾸는 건, 꽤 기분이 더러웠다. 순혈의 숲의 일족에겐 숨 쉬듯 편안한 일일지 모르나, 평생 발작을 두려워하며 살아왔던 라크안에게는 전혀 다른 의미였다.

그럼에도 라크안은 거리낌 없이 몸 안에 내재되어 있던 거친 본성을 끄집어냈다. 붉은 눈이 갈라지며 짐승의 눈동자로 변하고, 검을 들고 있던 손에 기다란 발톱이 생겨났다.

라크안이 잠시 공격을 멈추고 그 자리에 서자, 검은 그림자들이 미친 듯이 라크안에게 달려들었다. 덕분에 한결 수월해진 세나가 휘익- 휘파람을 불며 기분 좋게 웃어 보였다.

검은 그림자들이 라크안의 몸 위로 켜켜이 쌓였다. 라크안이 그 무게를 이기지 못하고 휘청이다 한쪽 무릎을 꿇고 앉았다. 콰직- 검을 땅에 박고, 그걸 지팡이 삼아 버텼다. 그러는 동안 잎사귀 즙을 묻힌 얇은 가죽 갑옷이 검은 그림자를 버티지 못하고 까맣게 타들어 갔다.

라크안은 금세 검은 그림자 속에 파묻혀 사라졌다. 그걸 보면서도 세나는 다급히 라안을 부르거나, 라안을 돕고자 달려가지 않았다.

잠시 뒤.

크아악! 새까만 털을 가진 늑대가 몸을 일으켰다. 늑대는 제 몸에 들러붙은 검은 그림자들을 털어 냈다. 널브러진 그림자들을 날카로운 발톱으로 긁어내고 짓밟았다.

검은 그림자와 검은 늑대.

그림자도 늑대도, 빛의 결계 안에서 곤히 잠들어 있는 여인을 간절히 원했다. 지독한 갈증을 닮은 탐욕. 그 점에서 둘은 쌍둥이처럼 닮아 있었다.

그렇기에 둘은 서로에게 증오를 드러내며 싸우고 있는 건지도 몰랐다. 끔찍이도 두려워했던 늑대의 몸을 입어서라도 지키려고 하고. 기어이 숲의 경계를 넘어 제국으로까지 스며들어 가려고 하고.

매일 밤, 첫 새벽 별이 떠오르기 전까지. 아무도 알지 못하는 전쟁은 계속되고 있었다.

"카, 나……."

검은 그림자가 소멸하며 카루나를 불렀다.

크르르- 그 검은 그림자를 바로 짓이기는 늑대의 입에서 흘러나오는 소리 역시, 어쩌면 똑같이 카루나를 부르고 있는지도 몰랐다.

* * *

동쪽 하늘에서 새벽별이 빛났다. 그것만으로도 검은 그림자들의 움직임이 둔해졌다. 검은 늑대는 그것들을 물어뜯고 짓밟았다. 세나는 검은 늑대에게 달라붙은 검은 그림자만을 정확하게 베어 냈다.

이윽고 하늘이 새벽빛으로 물들었을 때.

더 이상 저택 앞 거리에는 단 한 점의 검은 그림자도 남아 있지 않게 되었다. 대부분 늑대의 발톱과 세나의 검에 찔려 산산조각이 났다.

미처 처리하지 못한 것들은 새벽빛을 받자마자 눈 녹듯 사라졌다. 사라지는 것들은 감히 카루나를 부르지조차 못했다.

"확실히 새벽까지는 버티지 못하는군요. 무리해 숲을 넘어와서 아침까지 버티지 못하는 것 같습니다."

세나가 밤새 휘둘렀던 칼을 털어 내며 말했다. 칼에는 피 한 방울 묻어 있지 않았다. 대신 세나의 몸이 땀에 흠뻑 젖어 있었다.

헉, 헉. 거친 숨소리가 날 때마다 하얀 숨이 한 움큼씩 사방으로 퍼져 나갔다. 어깨에서 가느다란 연기까지 피어올랐다. 밤새 조금도 쉬지 않고 칼질을 했으니, 몸이 제정상일 리 만무했다.

심장은 터질 듯이 뛰고 온몸은 물먹은 솜처럼 축— 늘어졌다.

'이래서는 오늘도 카루나 아가씨의 호위는 텄군.'

낮에 죽은 듯 고꾸라져 잠들어야 매일 밤, 이런 강행군을 버틸 수 있었다. 카루나를 지키기 위해서 카루나와 점점 사이가 소원해지고 있었다. 새침하게 자신을 보는 카루나를 볼 때마다 카루나가 무슨 생각을 하는지 대충은 짐작이 갔다.

'서운해하고 계신 건 아는데……'

그래서 무리하게라도 낮에 호위를 서 보기도 했지만 몸이 버티지 못해 포기해야 했다. 루시온, 그 돌아 버린 사냥개가 옆에 붙어 있어 불안한데, 솔토만으론 부족하고 자신이 곁에 붙어 있어야 되는데. 그러지 못해서 세나도 답답할 노릇이었다.

그렇다고 이 밤의 일을 나 몰라라 내팽개칠 순 없었다. 이 일이야말로 카루나를 지키는 가장 중요한 일이었으니까. 숨이 벅찬 걸 핑계 삼아 한 숨을 푹 내쉬었다.

뚝, 뚝. 턱에 매달린 땀들이 어깨를 한 번 들썩일 때마다 바닥으로 떨어졌다. 세나는 얼굴의 땀을 대충 훔쳐내며 제가 든 검을 바라보았다. 검 군데군데가 심하게 부식되어 있었다. 검을 바닥에 꽂고 발로 가볍게 차자 뚝- 동강나 버렸다.

"마음에 드는 검이었는데."

세나가 중얼거리며 부러진 검을 챙겨 허리춤에 꽂았다. 검이야 얼마든 사 주겠다고, 옆에서 한 소리가 들려올 만도 하건만. 이상하게 조용했다.

세나는 힐끔, 옆을 보았다. 어느새 라크안이 인간의 몸으로 돌아와 있었다. 한쪽 무릎을 꿇고 웅크리고 있었는데, 어디 다친 것 같지는 않아 보였다.

나신이 새벽빛을 받아 빛났다. 이 세상에서 가장 우아한 빛을 띠는 대리석을 깎아 만든 조각상 같았다. 저택을 지키는 결계를 펴고 있던 기사 중 한 명이 망토를 벗어 라크안에게 둘러 주었다.

라크안은 그 망토로 몸을 가리고 천천히 몸을 일으켰다. 상처 하나 없었고 땀 한 방울 흘리지 않았다. 숨이 거칠어지지도 않았다. 근육통에 시달리며 다리를 절지도, 신음을 내뱉지도 않았다. 밤새 자신과 함께 싸운 사람이 맞는지 의심이 갈 정도였다.

'저 괴물 같은 체력.'

세나는 저택으로 걸어가는 라크안의 뒷모습을 보며 혀를 내둘렀다.

"피해는?"

"없습니다. 모두 무사합니다."

"수고들 했네. 다들 들어가서 푹 쉬어."

라크안은 결계를 편 기사들을 치하하며 그들을 저택으로 돌려보냈다. 그러고는 돌아서 밤새 싸웠던 거리를 바라보았다.

거리는 지난밤 아무 일도 없었다는 듯, 서서히 활기를 되찾기 시작했다. 사람들이 뛰어나오고, 상점들이 닫았던 문을 열었다. 그 한가운데 세나가 서 있었다.

밤새 이 거리를 지켰던 건 세나건만. 해가 뜨니, 거리에서 세나가 가장 이질적인 존재가 되었다. 지나가는 사람들은 누구든 한 번씩 세나를 힐끔 거렸다. 세나야 남의 시선 따위는 신경 쓰지 않았지만 라크안은 아니었다.

세나를 향했던 시선이 라크안에게로 향하며 사람들이 수군대기 시작 했다. 저분, 바이켈드 공작이 아니냐고 서로에게 묻는 말들이 대부분이 었다. 라크안은 세나에게 손짓했다. 사람들이 무리를 이루어 달려들기 전에 세나를 저택 안으로 들였다.

"수고했어. 이제 좀 쉬어."

라크안은 세나의 어깨를 툭툭, 두드리며 말했다. 세나는 그 말이 저주 라도 되는 듯 인상을 찡그렸다.

낮은 카루나의 시간이었다. 이제 해가 떴으니 카루나는 다시 저택 밖 으로 나가 활발히 활동할 텐데, 자신은 죽은 듯 저택 안에서 쓰러져 잠 들어야 하니 심술이 날 만도 했다.

라크안은 가장 마지막으로 저택 안으로 들어가며 천천히 닫히는 철문을 바라보았다.

사람들이 바삐 오가는 거리는 불과 몇 시간 전만 해도 눈의 땅에서 온 존재들로 가득했다. 마치 제국의 수도 한복판이 눈의 땅에서 온 존재들 에게 먹힌 것처럼.

'있을 수 없는 일이야. 눈의 땅에서 온 존재들이 제국 어딘가에 거점을 잡았을 리가.'

라크안은 고개를 저었다.

'매일 숲을 넘어서 이곳으로 오고 있는데, 숲에서는 아무 연락이 없군. 숲은…… 장로는 무슨 생각인 거지?'

숲은 눈의 땅을 막는다. 눈의 땅은 숲에 가로막혀 대륙의 남부, 인간들이 사는 대륙으로까지 침범하지 못한다. 그것이 라크안이 아는 진실이었다.

어릴 적, 숲 언저리에서 두어 번 눈의 땅에서 온 존재들을 본 적이 있었다. 숲의 일족은 그들과 싸우며 라크안에게 말했다. 숲이 있어 저것들이 제국으로 내려가지 못하는 거라고. 숲은 제국을 지키고 있는 거라고.

그런데 라크안이 알고 있었던 질서가 무너졌다. 매일 밤, 눈의 땅에서 온 존재들이 제국의 심장 부근까지 다가왔다.

'카루나 때문이겠지.'

라크안은 틈만 나면 숲에서 있었던 일을 떠올렸고, 고민했다. 그러나 숲에서의 기억은 선명하지 않았고, 고민은 고민 수준에 머물며 답을 향해 나아가지 못했다.

라크안은 손을 꽉, 주먹 쥐어 보았다. 숲에서 카루나를 끌어안았던 그 감촉이, 아직도 생생했다.

생각하는 것만으로도 입 안이 바싹 말랐다. 품에 쏙 들어오던 가녀린 몸. 그 몸을 껴안아 본 지 너무 오래되었다. 부드럽고 가녀려서 조금만 세게 쥐어도 부서질 것만 같던 그…….

"젠장."

라크안은 거칠게 고개를 털었다. 그런다고 영혼에 인이 박인 카루나의 모습이 물방울처럼 눈에서든 손끝에서든 사라질 리 있겠느냐마는.

'카루나는 내 반려야.'

라크안은 스스로에게 세뇌하듯 되뇌었다. 아니라고 말하는 리센과 장로의 망령을 떨치려는 듯 길을 빙 돌아 저택의 뒤편으로 갔다. 거대하다고밖에 말할 수 없는 나무가 정원의 하늘을 뒤덮고 있었다. 라크안은 나무에 기대 나뭇잎 틈으로 하늘을 올려다보았다.

바람이 부니, 잎사귀들이 팔랑팔랑- 떨어져 내렸다. 라크안은 손을 뻗어 그 잎사귀 중 하나를 잡아 보려 했다. 그의 손놀림으론 한 개가 아니라 수십 개도 잡을 수 있으련만. 나뭇잎은 번번이 라크안의 손끝을 스치고 날아가 버렸다. 자신에게 전혀 집중하지 않은 라크안에게 잡히지 않겠다는 듯, 새침하게 굴었다.

라크안은 잎사귀들을 손가락 사이사이로 흘려보내며 카루나를 생각했다.

이유야 어쨌든 그녀와는 아직 약혼이라는 끈으로 묶여 있었다. 자신이 먼저 그 끈을 잘라 내지 않는 한 카루나는 그에게서 도망갈 수 없었다. 발작을 일으키는 늑대의 몸으로든, 숲의 일족 혼혈로서 가지게 된 능력으로든, 아니면 제국의 하나뿐인 공작으로서 가지는 지위와 권력으로든.

아니, 그 모든 걸 이용해서라도 카루나를 붙잡아야 했다. 그래야 자신이 살 수 있었다. 막 나뭇잎 하나가 라크안의 손끝에 내려앉았다. 그걸 움켜쥐려는데 바람을 타고 누군가의 목소리가 들렸다.

'라안. 카루나는 내 반려야.'

"리센?"

라크안은 나뭇잎을 놓치고 주변을 둘러보았다. 바로 저편에서 밝게 웃으며 손을 흔들고 있어야 하는 리센이 보이지 않았다. 나무 아래에서 라크안은 혼자였고, 리센은 이제 다시는 이곳으로 돌아올 수 없게 되었다.

"……."

라크안은 나뭇잎을 잡는 걸 포기하고 두 손에 얼굴을 묻었다. 애끓는 한숨이 터져 나왔다.

"내가 어떻게 해야 되는 거지? 내가 어떻게 해야 되는 거냐고."

카루나를 원한다. 하지만 카루나는 리센의 반려이다. 리센은 카루나를 지키다 죽었다. 카루나는 아직 자신의 약혼녀. 카루나가 자신의 반려일 거라고 생각한다. 간혹 두 늑대가 한 명을 반려로 느끼는 일이 생긴다 하지 않았던가. 하지만 장로와 눈의 땅에서 온 존재는 자신이 카루나의 반려가 아니라고 했다. 그럼에도 카루나를 원한다. 하지만 카루나는 리센의 반려다.

끝없는 도돌이표 속에서 라크안은 어지럼증을 느꼈다. 라크안은 나무에 등을 기대고 미끄러지듯 주저앉았다.

밤새 한숨도 못 잤지만, 잠들고 싶지 않았다. 원한다고 잘 수 있는 것도 아니고 잠들어 봤자 악몽을 꿀 뿐이다. 숲에서 돌아온 후로 악몽은 더 끔찍해졌다. 그를 쫓아다니는, 그의 손에 죽어 간 수많은 사람들의 제일 앞에 리센이 서 있었으니까.

카루나에게 함께 자게 해 달라고 부탁하고 싶었지만, 그럴 순 없었다. 절대로.

매일 밤, 눈의 땅에서 온 존재들과 맞서 싸우며 라크안은 차라리 그들에게 감사했다. 덕분에 밤에 잠들지 않아도 되는 이유가 생겼으니까.

카루나와 함께하지 않으면 밤은 언제나 지독한 악몽과 고통의 시간이었다. 오지 않는 잠을 쫓으려 술을 먹고 약을 먹고, 잠깐이나마 카루나의 손을 잡고 잠들었던 그 황홀함에 목말라하며 갈증에 허덕이고.

……언제까지 이렇게 살아야 할까.

오래 버티지 못할 거라는 걸, 느끼고 있었다. 이대로라면 자신이 갈증을 견디지 못하고 카루나를 제 품으로 끌어들일 것이다. 그게 두려우면 카루나를 멀리 보내면 되는데, 생각하는 것만으로 심장이 터질 듯 뛰었다.

밤마다 찾아오는 눈의 땅에서 온 존재들이 고마운 또 다른 이유이기도 하다. 저들로부터 카루나를 지켜야 한다는 이유를 들어 카루나를 계속 제 곁에 두고 있으니까.

"하- 어떻게 하다 이 지경까지 되었냐. 라크안 폰 바이켈드."

라크안은 스스로에게 환멸을 느끼며 주먹으로 바닥을 내리쳤다. 흙바닥이 움푹 팼다.

* * *

마카레나 백작저에서 가장 크고 아름다운 방은 클레이엔의 것이었다. 남향으로 창문을 크게 내 낮 동안은 해가 질 때까지 따로 불을 켜지 않아도 온 방 안이 환했다. 달빛이 유독 밝은 밤이면 얇은 커튼을 지나친 달빛이 방 안을 은은히 채웠다. 방 안은 황궁에서나 쓸 법한 고급스러운 벽지를 바르고 카펫을 깔았다. 침대는 백금과 진주로 장식되었으며 곳곳에 아름다운 예술품들이 장식되어 있었다.

마카레나 백작가가 자랑하는 그 아름다운 방이 이제는 저택에서 가장 음산하고 추운 곳이 되었다. 창문은 낮이고 밤이고 두꺼운 암막 커튼을 쳐 놓았고, 벽에 달렸던 거울은 모두 산산조각 나 깨졌다.

촛불 한 점 없이 어두운 방 한 귀퉁이에, 같은 무게의 황금보다 비싸다는 귀한 화병은 산산조각 난 지 오래였다. 화병에 꽂혀 있던 꽃은 시들어 말라비틀어졌지만 누구 하나 치울 엄두를 내지 못했다.

하녀와 하인들이 문만 열었다 하면, 벽에 걸려 있고 장식장에 들어가 있어야 할 예술품들이 그들의 얼굴로 날아들었다.

"나가! 보지 마! 날 보지 말라고! 다 나가 버려!"

찢어질 듯한 비명 소리는 이마가 찢어져 피를 흘리는 하녀에게서가 아니라 침대 위에서 들렸다.

침대 위에는 한 사람이 웅크려 앉아 있었다. 오랫동안 갈지 않아 더러워진 침대 시트를 몸에 두르고 얼굴을 가린 채였다. 머리카락이 시트 밖으로 나와도 오랫동안 감지 않아 떡 져 있어 본래의 붉은색을 알아보기 어려웠다.

누구도 감히 문을 열고 들어가 그녀를 수발할 엄두를 내지 못했다. 그나마 방에 들어가서 멀쩡할 수 있는 건 마카레나 백작뿐이었다.

마카레나 백작마저도 일 때문에 자주 찾지 못하니, 하인과 하녀들은 목숨을 걸고 하루에 두 번, 문을 살짝 열고 음식을 들여놓는 게 고작이었다. 그때마다 음식을 들고 들어가는 고용인은 피를 흘려야 했다.

클레이엔은 그렇게 외부의 침입을 차단한 채 빛 한 점 없는 방에서 홀로 존재했다. 시간이 얼마나 지났는지, 지금 자신의 모습이 어떠한지는 전혀 궁금하지 않았다. 그녀에게 중요한 건 오직 자신의 얼굴이었다.

아름답지 않은 얼굴을 누구에게도 보여 줄 수 없었다. 스스로도 보기 싫었다. 온 저택의 거울을 치우는 걸로도 모자라 방 안에서 얼굴이 비친다 싶은 모든 것을 부수고 깨트렸다. 물에 비친 자신의 얼굴을 보는 게 싫어 씻지도 않았다.

누군가 자신의 얼굴을 볼까 무서워 침대 시트를 뒤집어쓰고 침대 구석에 웅크렸다. 그 상태로 하루 종일 있었다. 깜빡 졸다가도, 자신이 잠들었을 때 누가 문을 열고 들어와 자신의 얼굴을 들여다볼까 봐 제풀에 놀라 잠에서 깼다. 얼굴을 잃어버린 이후로 단 하루도 편히 자 본 적이 없었다.

눈은 실핏줄이 돋다 못해 터져 흰자위가 시뻘겋게 변하고 눈 밑이 푹 패어 시커메졌다. 머리카락은 푸석해지고 피부에는 온갖 두드러기가 돋아 올랐다. 입술과 손톱은 항상 물어뜯어 피투성이였고.

그렇게 클레이엔은 세상을 등지고 홀로 곯아 들어갔다.

"그 애만 아니었어도…… 아버지가 그 애만 확실하게 죽였어도, 모든 게 다 잘됐을 거야. 내가 황태자비가 되고, 황태자 전하께서 날 사랑해 주시고…… 날 좋아해 주시고…… 모두들 날 찬양하고 부러워했겠지, 난 언젠가 황후가 됐을 거야. 그랬을 텐데. 그래야 했는데. 모든 걸 걔가 망쳤어. 모든 걸 다."

어둠 속에서 핏빛 눈을 부릅뜨고, 클레이엔은 끊임없이 곱씹었다. 자신이 어떻게 하다 이렇게 되었는지. 자신을 이렇게 만든 게 누구인지. 카루나란 이름을 가진 꼬맹이, 아니 여자. 그녀를 원망하고, 미워하고, 증오했다.

"복수할 거야. 반드시 복수할 거야……. 복수, 복수할 거야."

어떻게 복수할 건지 계획도, 의욕도 없었다. 하지만 복수해야 된다는 생각만은 선명했다. 지금의 클레이엔을 지탱하고 있는 건 오직 그 감정, 한 가지뿐이었다.

"카루나…… 카루나…… 카루나아…… 카루나……."

클레이엔은 손톱을 물어뜯으며 오직 한 사람의 이름만 되뇌었다. 장미 가시에 살짝 찔리기만 해도 기절할 듯 유난을 떨었던 그녀건만. 손톱과 살점이 뜯겨 피가 흐르는데도 아픈 줄 몰랐다.

그렇게 얼마의 시간이 어떻게 흘렀을까.

유독 어두운 밤. 가는 달이 떴던 것도 같으나 짙은 어둠에 가리어진 밤이었다. 클레이엔은 밖이 낮인지 밤인지도 모른 채 언제나처럼 침대 위에 웅크려 있었다.

밤하늘보다 짙은 검은 그림자 하나가 마카레나 백작저로 스며들었다. 그림자는 저택에서 가장 어둡고 음습한 곳으로 향했다. 이 저택에 그림자를 막을 수 있는 건 아무것도 없었다. 그림자는 저택의 사람들 중 누구도 감히 들어가지 못했던 방 앞에 섰다.

끼이익-

그림자가 방문을 열었다.

"카루나, 카루나아……. 카루나…… 복수할 거야, 복수, 복수…… 복수우……."

한 사람을 향한 저주로 가득 찬 방 안의 공기는 텁텁했다. 고약한 냄새가 진동했다. 그런데도 문을 연 그림자는 얼굴을 찡그리지도 손으로 코를 틀어막지도 않았다. 뚜벅. 뚜벅. 그는 굳이 발자국 소리를 내며 안으로 걸어 들어갔다.

지금까지 하인, 하녀들은 고작 문을 여는 것만으로도 그녀가 던진 물건에 얻어맞아 피를 흘리고 쓰러졌다. 그 뒤로는 음식을 들이려 문을 여는 것마저 조심했는데. 이자는 마치 제 방에 들어오는 것처럼 굴고 있었다.

"누구야! 내가아아아아!"

클레이엔이 신경질적으로 비명을 지르며 뒤를 돌아보았다.

'감히 이 안으로 들어오려고 하다니. 내 얼굴을 보려고 하다니. 가만 안 둬! 죽여 버릴 거야! 내 얼굴을 못 보게 할 거야!'

클레이엔은 발작적으로 몸을 떨며, 손을 뻗어 옆을 더듬었다. 던지려고 쌓아 둔 단단한 물건들이 작은 산을 이루고 있었다. 클레이엔은 손에 잡히는 걸 들어 올렸다. 하나 던지지 못했다.

"……너, 너는…….."

클레이엔이 작은 도자기를 든 채로 멍하니, 그림자를 바라보았다.

"너, 네가 왜……."

클레이엔은 비척비척, 엉덩이걸음으로 뒤로 물러났다.

"오, 오지 마! 오지 마! 너 때문에, 네가 그걸 나한테 주지만 않았어도 난 이렇게 되지 않았어. 나가, 나가라고! 나가!"

클레이엔이 빽빽 소리를 질렀다.

"밖에 아무도 없어? 아무도 없냐고! 당장 이자를 끄집어내! 아, 아버지! 아버지! 얼른 와 보세요. 이자가 내 얼굴을 이렇게 만들었어요. 당장 죽여 주세요. 죽여 버려요!"

그녀는 이 방에 틀어박힌 이후 처음으로 누군가의 도움을 바랐으나, 그녀를 도와주러 오는 사람은 아무도 없었다.

문은 반쯤 열려 있었다. 클레이엔이 고래고래 비명을 지를 때마다 복도가 쩌렁쩌렁하게 울렸다. 하지만 아무도 달려오지 않았다. 이마가 찢어진 하녀도, 어깨가 내려앉은 하인도, 언제나 그녀를 '가여운 내 딸'이라고 불러 주는 마카레나 백작도. 아무도 없었다. 저택 전체가 텅-비어 버린 듯했다.

그림자가 침대 앞에 서서 클레이엔을 내려다보았다. 두 개의 눈이 어둠 속에서 알 수 없는 색깔로 빛났다. 붉은빛을 띤 것 같은데, 이상하게 새까매 보였다.

"보, 보지 마. 날 보지 마. 보지 말라고!"

클레이엔은 그림자를 피해 침대 반대쪽으로 엉금엉금 기어갔다. 그러고는 아예 얼굴을 침대 시트로 칭칭 감아 버렸다.

"역시나 그대로군. 모든 걸 남 탓만 하고, 쓰러지면 일어설 줄 모르지. 남이 일으켜 세워 주고, 모든 걸 다 해 주길 바라. 내 카루나와는 완전히 달라."

그림자가 입을 열었다. 미성에 가까운 고운 목소리였다가 쇳소리 섞인 쉰 목소리가 되었다.

"어쩌겠나. 그대의 아비가 그대를 그렇게 키운 것을."

그림자가 손을 뻗어 클레이엔의 턱을 잡아챘다.

"놔아아아!"

클레이엔이 몸부림치며 저항했으나 그림자를 떼어 낼 수는 없었다. 그림자는 클레이엔의 두 눈을 바라보았다. 욕망으로 선명히 빛나던 녹색 눈동자는 빛을 잃고 탁해져 있었다.

"하나도 똑같지 않아."

그림자는 미련 없이 그녀를 버리고 침대를 지나쳤다. 클레이엔은 다시 그림자를 피해 대각선으로 기어가 웅크렸다. 몸이 사시나무 떨리듯 떨렸다.

'차, 차가워…… 차가웠어…….'

방금 그림자에게 잡혔던 제 턱을, 더러운 침대 시트로 마구 문질렀다.

그래도 닿았던 감촉은 지워지지 않았다. 차갑고 딱딱했다. 꼭 시체가 살아 움직이는 것처럼.

"나, 나를…… 나를 왜, 찾아온 거야. 가, 가 버려. 가 버리라고……."

클레이엔이 덜덜 떨며 말했다. 어째서인지 아까부터, 자꾸 추웠다. 그림자와 닿기 전부터 춥다고 느꼈는데, 그림자와 닿고 나니 몸서리쳐지게 추웠다. 아무리 침대 시트를 끌어 모아 몸에 둘러도, 몸의 떨림이 멈추질 않았다.

"클레이엔 아가씨. 왜 찾아왔냐니요."

그림자가 창문 앞에 서서 말했다. 조금 전의 목소리와는 전혀 달랐다. 부드러운 저음. 그 목소리는 익숙하지는 않으나 낯설지도 않은 것이었다. 분명 들어 본 목소리였다.

그가 저 목소리로, 그녀에게 건넸으니까. 빨간 물약이 든 작은 병을.

촤아악- 그림자가 두꺼운 암막커튼을 단번에 젖혔다. 분명, 숨어 있었던 얇은 초승달이 어느새 얼굴을 드러냈다. 희미한 달빛이 오랜만에 방 안에 스며들었다.

그림자는 그 달빛을 즐기듯 눈을 감고 한껏 숨을 들이켰다 내쉬었다. 그리고 고개만 돌렸다.

한쪽 어깨에 닿게 땋아 내린 연두색 머리카락과 부드럽게 눈웃음 짓는 노을빛 눈동자를 가진 사내가 여전히 달빛이 닿지 않는 어둠 속에 숨어 있는 클레이엔을 보았다.

"이번에도 당신을 도와드리려고 왔지요."

chapter 11
그 이름 조종弔鐘으로 들리고

"아가씨, 일어나셔요. 오늘도 일찍 황궁에 가 보셔야 한다고 하지 않으셨나요?"

"으…… 벌써, 아침이라니."

카루나는 비몽사몽, 일어났다. 하녀장이 주는 대로 미지근한 물을 한 잔 마시고, 따뜻한 물로 얼굴을 닦아도 눈이 뜨이지 않았다. 자꾸만 몸이 축축 늘어졌다. 더 자고 싶다는 생각만 들었다.

"왜 이렇게 일찍 깨우는 거예요."

태어나 지금까지 평생 한 번 해 보지도 않았던, 잠투정까지 하게 됐다.

"더 늦게 일어나시면 오늘 일정에 지장 있으십니다. 힘드시겠지만 일어나셔야 됩니다."

하녀장은 살뜰하게 카루나를 챙기며, 잠투정을 다 받아 주었다.

'요즘 들어 자꾸 이러네. 자도 자도 졸려.'

카루나는 두 손을 주먹 쥐어 눈을 비볐다. 그러고야 겨우 눈이 뜨였다.

밤늦게까지 돌아다녀서 그렇다는 건 변명이 안 됐다. 이전엔 그보다 더 늦게 잠들었으나 언제나 해 뜨기 전이면 눈이 뜨였으니까. 마카레나 백작의 말대로 천한 핏줄이라서 그런 건지, 평생을 바짝 긴장한 상태로 살아서 그런 건지, 모를 일이었다.

'내 어머니가 숲의 일족이라면, 그리 천한 핏줄도 아니잖아. 내 아버지가 노예가 아닌 이상.'

카루나는 잠결에 픽, 웃으며 마카레나 백작의 말에 반박했다.

'백작 나리, 내가 숲의 일족이더라고요. 아버지는 뭐 하는 사람인지 모르겠지만 아무튼. 내가 댁 생각만큼 그렇게 천한 핏줄은 아니라니까?'

그렇게 속으로 중얼거려도 쉬이 잠이 깨지 않았다. 하녀장은 그런 카루나를 안쓰러워하며 곁에서 온갖 수발을 다 들어 주었다. 다른 하녀들이 해도 될 일까지 손수 해 주었다. 카루나는 졸음을 이겨 내느라 바빠 그걸 이상하다고 생각하지 못했다.

겨우 잠에서 깼을 때는 하녀장 덕에 황궁으로 들어갈 준비가 어느 정도 끝난 뒤였다. 카루나는 전신 거울 앞에 서서, 벌써 드레스를 입고 머리를 말아 올리고 있는 자신의 모습을 멍하니 바라보았다.

"⋯⋯예쁘네."

윤기가 흐르는 갈색 머리카락과 겨우 잠에서 깨, 물기 진 녹색 눈. 뽀얀 뺨에 붉은 입술까지. 아닌 게 아니라, 본인이 봐도 꽤나 예뻐 보였다.

'잠을 푹 자서 그런 건가?'

카루나는 고개를 갸웃, 했다. 곁에 선 하녀들이 꺄르륵 웃으며 맞장구를 쳐 주었다.

"너무 예쁘시죠, 우리 아가씨."

"아름다우셔요! 제국 최고의 미녀!"

입 발린 말이라는 걸 알지만 이런 칭찬을 받으며 하루를 시작하는 것도 그리 나쁘지는 않았다.

그런데 어째서인지, 오늘따라 유독 예뻐 보인다는 걸 제외하면 하루 일신이 그리 좋지 않았다. 유독, 유독 이상한 날이었다.

시작은 머리를 빗을 때부터였다. 긴 갈색 머리를 모아 묶으려는데 몇 번 쓰지도 않은 머리끈이 툭, 끊어졌다.

새 머리끈으로 머리를 묶어 틀어 올리고 간단히 아침 식사를 하려는데, 이번엔 손이 미끄러져 유리컵을 깼다. 다치지는 않았지만 유리컵을 치운다고 소란이 일어 아침 식사를 제대로 하지 못했다.

대충 배를 채우고 세나 대신 호위를 맡은 솔토의 에스코트를 받아 마차에 오르려는데, 구두끈이 끊어졌다. 이쯤 되면 아무리 무딘 사람이라도 이런 생각을 할 수밖에 없을 것이다.

"뭔가 오늘, 운수가 안 좋을 거 같은데?"

카루나는 마차 바닥을 뒹구는 구두와 횅해진 자신의 발을 보며 말했다.

"쉽게 끊어질 만한 재질은 아닌데, 신기한 일이긴 하군요."

루시온이 구두를 주워 들며 말했다.

마음에 안 든다는 듯 입을 삐죽이던 카루나는 흥, 코웃음을 치며 발을 까닥였다.

"그래 봤자지. 얼마든 끊어지고 깨지라고 해. 고작 나쁜 운수 따위에 흔들릴 내가 아니니까."

"역시 아가씨다우십니다."

루시온은 하인이 고쳐 준 구두를 건네받아 카루나의 발에 도로 신겨 주었다.

왜 아침부터 그리 운수가 나빴는지는, 황궁에 가서야 알게 되었다. 황태자궁 앞에서 마카레나 백작과 마주친 것이다. 마카레나 백작은 귀족들에게 둘러싸여 반대편에서 걸어오고 있었다. 딱, 딱. 그가 걸을 때마다 손에 들린 지팡이가 함께 움직여 바닥을 내리쳤다.

'이래서였구나.'

이럴 때 보면 운명의 신이란 게 존재하는 것도 같았다. 그러니 그렇게 수없이 경고를 한 거겠지. 마카레나 백작을 만날 거 같으니 조심하라고. 카루나는 괜히 머리를 묶은 머리끈을 손으로 한번 쓸어 보았다. 마카레나 백작은 평소와 다름없이 인자한 척 웃고 있었다. 그는 고개를 돌리다가 카루나 쪽을 보았다.

"……."

"……."

두 사람의 눈이 마주쳤다. 둘뿐이 아니었다. 카루나를 따르는 이들과 마카레나 백작을 따르는 귀족들의 시선이 모두 서로를 향했다. 그런데.

마카레나 백작이 슥, 고개를 돌렸다. 마치 카루나를 못 봤다는 듯이.

'어라?'

카루나는 순간 당황했다. 잠깐이지만 카루나는 지난번 클레이엔의 자선 병원에서 마카레나 백작을 만났을 때를 떠올렸다. 그때 느꼈던 두려움이 어깨를 타오르려 했기에, 이번에는 그때처럼 떨지 않겠노라고 다짐하고 각오를 다졌건만. 마카레나 백작은 카루나가 그를 무서워할 틈을 주지도 않고 그녀를 무시해 버렸다.

'먼저 인사하기 싫다는 건가?'

제국에서 후작 이하 남작까지는 원칙적으로 격차를 두지 않는다. 작위는 제국에서 맡은 바 임무를 상징하는 것일 뿐 위계를 상징하는 것이 아니기 때문이다. 이는 오래된 원론이었다.

제국의 역사가 길어질수록 후작부터 남작까지, 눈에 보이지 않는 격차가 생겨났다. 특히나 중앙 정계에서 활약해 왔던 백작의 권세가 한없이 높아졌다.

하나 그건 어디까지나 후작 이하의 작위에 해당하는 인식이었다. 공작위는 애초부터 후작 이하 다른 작위 귀족과 궤를 달리했다.

공작 가문은 기본적으로 황실에서 갈라져 나온 가문이었다. 황실의 피가 직접적으로 흐르고 있으니, 보통의 귀족 가문과 격이 달랐다. 그러니 그 공작가의 약혼녀인 카루나가 서 있으면, 백작에 불과한 마카레나 백작은 먼저 다가와 인사를 해야 했다. 그것이 제국의 예법이었다.

그런데 마카레나 백작은 불과 스무 발자국 앞에 서 있는 카루나를 못 본 척했다. 호위로 따라온 솔토는 제국 귀족의 예법에 익숙지 않아 화를 내지 않았다. 그저 마카레나 백작과 마주쳤다는 것에 기분 나빠할 뿐이었다.

"많이 불안한가 봅니다."

뒤에 서 있던 루시온만이 마카레나 백작의 태도를 주의 깊게 살피며 말했다.

"동감이야."

카루나 역시 작은 목소리로 답했다. 이전이라면, 마카레나 백작은 누구보다 먼저 카루나에게 알은척했을 것이다. 비비 꼬인 말을 던질망정 겉으로는 하염없이 카루나를 존경하는 듯 꾸며 댔을 것을.

지금의 마카레나 백작은 알량한 자존심을 세운답시고, 카루나를 못 본 척하고 있었다.

'이대로 내가 가만히 있으면, 날 아예 유령 취급하고 지나치려나?'

정말로 그럴지 한번 시험해 보고 싶다는 기분이 들었다. 그리고 카루나는 그런 생각을 태연하게 하고 있는 자기 자신에게 놀랐다.

'이제 나한테 마카레나 백작은 고작 이 정도 크기구나.'

마카레나 백작은 모르리라. 자신의 알량한 자존심을 지키기 위한 뻣뻣함이 카루나에게 그에 대한 두려움을 완전히 떨칠 수 있도록 도움을 주었다는 것을.

카루나는 두려움에 젖을 뻔했던 마음을 잘 다독이고, 마카레나 백작의 주변을 살펴보았다. 그러고 보니 마카레나 백작 주변에 몰려든 귀족들도 달리 보였다. 귀족파의 실세라 할 만한 귀족들은 거의 보이지 않았다. 마카레나 백작의 수족이라 할 만한 몇 명 외에는 어중이떠중이들뿐이었다.

'귀족파 내부에서도 당연히 분열이 생긴 건가?'

귀족파 내에서 마카레나 백작의 위치가 예전처럼 단단한 것은 아닌 듯했다. 그러니 마카레나 백작도 이전의 여유를 잃고, 카루나에게 유치한 자존심 싸움을 걸고 있는 것인지도 몰랐다.

"어쩌시겠습니까?"

"어쩌긴? 내가 누려야 할 걸 당연히 누려야지."

카루나는 슬쩍 루시온을 돌아보며 눈웃음 지었다.

또각, 또각. 카루나는 일부러 구두 소리를 내며 걸어가 길 한가운데 우뚝, 멈춰 섰다. 마카레나 백작에게 별 가치 없는 아부를 던지던 귀족파 귀족들이 힐끔힐끔, 길 앞을 바라보았다.

마카레나 백작은 더 이상 카루나를 모르는 척하려야 할 수가 없게 되었다. 따닥거리는 지팡이 소리와 함께 두 사람은 한 발자국씩 가까워졌다. 마카레나 백작과 카루나는 서로를 보며 눈을 피하지 않았다.

다섯 발자국쯤 남았을 때였다. 딱. 지팡이가 멈춰 섰다. 흐음. 마카레나 백작이 입을 꾹 다물고 카루나를 바라보았다. 카루나는 입꼬리를 올려 보였다.

"바이켈드 공작 영애, 오랜만에 뵙습니다."

마카레나 백작이 고개를 숙였다.

"귀한 분이 앞에 계신 줄 이제야 보게 되었습니다."

"저도 인사를 드립니다."

마카레나 백작의 주변에 서 있던 귀족들 또한 우수수 허리를 숙였다. 카루나는 싱긋, 웃어 보였다. 그러고는 마카레나 백작의 인사를 받아 주지도 않은 채 또각또각 소리를 내어 걸어갔다.

주변의 귀족들은 게걸음으로 스르륵 흩어져, 카루나는 마카레나 백작의 바로 옆으로 걸어갈 수 있었다. 허리를 곧게 펴고 고개를 치켜들었다.

그 어느 때보다 우아하고 당당하게 걸었다.

그렇게 마카레나 백작을 무시하고 지나치려던 순간.

"그 늑대만은 내가 벌인 일이 아니란다."

"……백작님의 소행이 아니라고요?"

"너도 알지 않느냐. 내가 한 게 아니라는 걸 말이다."

억울함을 하소연하는 마카레나 백작이라니. 그냥 지나치기에는 아쉬운 상황이었다. 무시해서 창피하게 만들려고 했건만. 그렇게 해서 얻게 되는 즐거움보다 억울해하는 백작을 구경하는 즐거움이 더 클 것 같았다.

카루나는 기꺼이, 고개를 돌려 마카레나 백작을 내려다보았다. 가까이에서 보니 그의 얼굴이 꽤 수척해 보였다. 아닌 척해도 꽤나 마음고생이 심한 듯했다.

'그럴 수밖에. 황태자는 계속 백작이 범인이라고 생각해 수사망을 조여 오고 있을 테고, 거느리고 있던 하수인들은 나와 루시온이 잘라 내고 있으니.'

그뿐이랴. 그토록 아끼는 딸, 클레이엔은 저택 밖으로 한 걸음도 나오고 있지 않다고 했다. 카루나는 그날, 백합궁에서 봤던 클레이엔의 진짜 얼굴을 아직 기억하고 있었다.

'클레이엔 성격에 그 얼굴을 당당히 들고 사교계에 나타나지는 못하겠지.'

그리고 카루나는 그런 클레이엔을 군이 사교계로 끌어내고자 황태자와 스캔들을 만들어 내고 있었다. 클레이엔이 얌전히 소식을 듣고만 있지는 않을 테니, 아마도 마카레나 백작의 속을 꽤나 긁고 있겠지. 마카레나 백작의 얼굴이 왜 저 꼴인지 알 만했다.

만약 자신이 지금, 마카레나 백작의 처지에 놓여 있으면 어떤 기분일까. 카루나는 상상해 보았다. 꽤 할 말이 많을 것 같았다. 그런데 기껏 하는 말이 억울하다는 말뿐이라니.

'고작, 이런 사람이었나?'

마카레나 백작이 생각보다 큰 사람은 아니라는 생각이 들었다. 단지 마카레나 백작이 허리를 굽히고 있어서만은 아니었다.

'나는 고작 이런 사람을 두려워하며 10년을 살아온 거였나?'

어이가 없고 허무해서, 웃음이 나왔다. 상황이 바뀌어서일까. 아니면 다른 이유 때문일까. 아무튼, 이유야 어쨌건, 카루나는 더 이상 마카레나 백작이 두렵지 않았다. 카루나는 마카레나 백작에게 고개를 숙였다. 그리고 그의 귓가에 속삭였다.

"알고 있어요. 당신 잘못이 아니죠."

"역시, 네년 짓이었군."

마카레나 백작의 눈빛이 순식간에 바뀌었다.

'그럼, 그렇지.'

마카레나 백작이 본모습을 드러냈으나 카루나는 아무렇지 않았다. 아니, 오히려 더 즐거워졌다.

'그래, 쉽게 무너지면 심심하지.'

"하지만 당신 잘못이 될 거예요. 반드시."

"내가 그렇게 둘 것 같은가?"

"어디 한번, 막을 수 있으면 막아 보시든가. 그런데, 요즘 계속, 번번이 실패하고 있지 않나요?"

카루나는 손을 들어 하나씩 접어 보였다. 손가락을 하나 접을 때마다 밤마실을 나가 처리했던 마카레나 백작의 조직들을 입모양으로 벙긋거렸다. 새끼손가락은 어젯밤에 처리한 조직이었다.

'청부 길드, 말론.'

마카레나 백작의 얼굴에서 핏기가 가셨다. 카루나는 그걸 가장 가까이에서 지켜볼 수 있었다. 등줄기를 타고 짜릿한 쾌감이 스쳤다.

"옛정을 생각해서 내가 경고를 하나 할까요? 똑똑히 기억해 두는 게 좋을 거야. 당신은 절대로 고귀하게 패배하지 못해. 그건 당신에게 어울리는 결말이 아니니까. 당신은 어이없고, 비참하고, 더럽게 패배할 거야. 당신이 자초한 일로 인해서 말이야."

"네까짓 게 나를 무너뜨릴 수 있을 거라 생각하느냐?"

"이미 무너지고 있는 줄은 모르나 보지?"

카루나는 고개를 들고 까르륵, 소리 내어 웃었다.

"아, 마카레나 백작님. 백작님께서 농담을 하실 줄 아는 분인 줄은 몰랐어요. 재미있는 분이시네요."

마카레나 백작을 차게 비웃던 얼굴은 순식간에, 천사같이 순진한 귀족 영애의 얼굴로 변했다.

"……별, 말씀을요."

마카레나 백작이 똥 씹은 표정으로 고개를 들었다. 뒤에 서 있던 귀족들은 둘이 무슨 대화를 나누는지 궁금해 죽겠다는 표정들이었다. 카루나는 주변을 돌아보며 환하게 웃어 보인 뒤, 마지막으로 마카레나 백작에게 시선을 고정했다.

"다음에 또 만날 날을 기대하겠어요. 이번처럼 재미있는 말씀을 해 주셨으면 좋겠네요."

답을 바라지는 않았기에 바로 몸을 돌렸다.

"루시온, 네놈……."

마카레나 백작이 뒤에 선 루시온에게 이를 가는 소리가 들렸다. 카루나는 굳이 끼어들지 않고 앞으로 걸어갔다. 루시온 역시 별다른 대꾸를 하지 않고 카루나를 뒤쫓아 왔다.

길 저편으로 갈 때까지 딱, 딱. 지팡이가 대리석 바닥을 치는 소리는 들리지 않았다. 카루나는 루시온에게 손짓하여 물었다.

"일은 어떻게 되고 있어? 어제 그, 사내 말이야."

물어보면서도 어젯밤의 일을 오늘 아침에 묻는 건 너무한 게 아닐까 생각했건만. 루시온은 그녀의 기대를 저버리지 않았다.

"걱정 마십시오, 아가씨의 뜻대로 진행 중입니다."

* * *

한 사내가 어둠 속을 달리고 있었다. 그의 이름은 말론. 바로 며칠 전까지는 청부 길드의 길드장으로서 이 세상에서 두려울 게 없었던 사람이었다.

그는 제국의 내로라하는 귀족을 뒷배로 두고, 음지에 숨어 귀족들의 온갖 더러운 일을 처리해 왔다. 세상에서 가장 낮고 어두운 곳에 납작 엎드려 살았지만, 자신의 처지를 자랑스러워하면 자랑스러워했지 아쉬워했던 적은 없었다.

어차피 뒷골목에서 배를 곯다 죽어 갈 쓰레기 같은 삶이었다. 우연한 기회에 고귀한 귀족의 눈에 들어 어디론가 잡혀갔고, 자신과 비슷한 처지의 아이들과 묶여 훈련을 받았다.

그는 투견장에 들어간 개처럼 본능적으로 깨달았다. 이 속에서 최고가 되어야지만 좀 더 오래 살아남을 수 있다는 것을. 그는 그 진실을 미처 깨닫지 못한 다른 아이들을 죽이며 자신의 뛰어남을 증명했다. 살아남기 위해 발버둥 쳤고, 끝내는 쓸모 있는 존재가 되어 귀한 귀족을 만족시키는 그림자가 될 수 있었다.

귀족 나리께서는 지옥 굴에서 살아남은 그에게 이름을 주었다.

말론.

그건 그가 앞으로도 오랫동안 귀족의 발치에서 살아남을 수 있을 거라는 징표였다. 귀족, 그러니까 백작은 자신이 오랫동안 쓸 것과 잠깐 동안 이용할 것을 철저하게 구분한다. 말론은 그 구분이 '이름'이라고 자기 멋대로 착각했다.

'백작은 오랫동안 곁에 두고 쓸 것을 구분하는 증거로, 자신이 직접 지은 이름을 내려 준다. 나는 백작님으로부터 이름을 받았다. 그러니까 나는 백작님이 버리지 않고 오래오래 써먹을 도구이다. 나는 살아남았다.'

그리 자만하는 그의 눈에 한 사내가 비춰졌다. 마카레나 백작의 사냥개라 불리는 루시온. 자신과 다르게 귀족의 탯줄을 타고나 양지에서 백작의 곁에 서 있을 수 있는 사내였다.

말론은 먼발치에서 마카레나 백작의 옆에 서 있는 호리호리한 청년의 남색 머리카락을 볼 때마다 입맛을 다셨다. 어쩐지 그에게서 자신과 비슷한 냄새가 나는 것 같았다. 주인을 모셔야만 살아남을 수 있는 천한 냄새가.

그는 루시온을 자신을 보듯 했다. 그것도 일종의 열등감이고 질투임을, 스스로도 알지 못했다.

'양지의 루시온, 음지의 말론.'

말론은 자신과 루시온이야말로 백작의 양팔임을 자부했다.

10여 년 전쯤, 백작이 조그만 여자애 하나를 저택으로 데리고 들어가 딸처럼 꾸미고 키운다는 소식을 들었다. 말론은 혹여나 그 아이가 제 자리를 대신할까 싶어 신경을 곤두세웠다.

하나 그건 괜한 걱정이었다. 백작이 그 아이를 단지 '클레이엔'이라고 부른다는 걸 알아내고는 마음을 놓았다. 백작은 그 아이에게 따로 이름을 내어주지 않았다. 두고두고 써먹을 도구가 아니라는 뜻이었다.

그의 예상대로, 그 여자아이는 쓸모가 없어지자 바로 버림받았다. 말론은 직접 처리하라는 백작의 명령을 받고 마부로 분해 낡은 마차 앞에서 말고삐를 틀어쥐었다. 그리고 마차에 올라탄 여자를 으슥한 뒷골목으로 끌고 가 죽였다.

처음엔 백작의 같은 도구로서 버려진 처지를 동정하여, 고통 없이 깨끗하게 죽여 주고자 했다. 단번에 죽을 수 있도록 심장에 칼을 찔러

넣었건만. 칼이 튕겨져 나왔다. 살해당할 것을 예상하고 미리 대비를 했던 걸까.

'제법이군.'

하지만 이내 그 평가를 지워 버렸다. 백작 밑에 제법이지 않은 자가 있을 리가. 말론은 곧바로 여자의 배에 칼을 박았다. 심장을 찌르려던 걸 실패했기에 배를 찌를 때는 손에 힘을 주었다. 강철이라도 뚫을 수 있도록.

바로 죽지는 못할 것이다. 한동안 고통스러워하다 죽으리라. 그건 본인이 자초한 일이니 견딜 수밖에. 칼은 쉽게 박혔다. 여자의 입에서 더운 숨이 터져 나왔다.

말론은 잠깐, 여자의 얼굴을 보았다. 녹색 눈이 어둠 속에서도 선명했다. 사람의 눈이 이토록 선명하고 밝을 수 있나? 빛 한 점 들지 않는 어둠 속에서? 죽어 가는 사람의 눈이?

이질감이 들었다. 숱하게 사람을 죽여 봤던 그로서도 익숙하지 않은 눈빛이었다. 죽어 가는 사람이 저런 눈을 하다니? 괜히 등골이 오싹해졌다. 하나 말론은 깊이 생각하지 않았다.

남들보다 좀 더 눈이 선명한 사람일 터였다. 그 눈 때문에 백작의 눈에 띈 게 아니겠는가. 녹색 눈은 흔하지 않지만 희귀하지도 않다. 백작이 굳이 제 딸의 대역으로 이 여자를 고른 건, 이 선명한 녹색 눈 때문이리라.

고작 눈 색깔 때문에 백작에게 선택받아 양지에서 백작의 옆에 10년이나 서 있었다. 자신은 백작의 그림자가 되기 위해 불과 열다섯 살이 되기 전 수십 수백 명을 죽였건만. 여자의 배에 칼을 박을 때 그런 고까운 마음이 들기도 했다.

말론은 그 눈을 후벼 파고 싶은 욕구를 느꼈다. 하지만 참아야 했다. 괜히 눈을 건드렸다가 일이 곤란해질 수 있었다. 어디까지나 평범한 살해 사건으로 보여야만 했으니까.

말론은 여자의 두 눈을 그냥 놔두고 돌아섰다. 죽어 가는 여자를 두고 떠나면서 말론은 우월감을 느꼈다. 결국 녹색 눈을 가진 여자, 마카레나 백작에게 이름을 받지 못한 여자도 죽었다. 결국 마카레나 백작의 곁을 영원히 지킬 수 있는 건 단둘뿐이었다.

음지의 말론과 양지의 루시온.

말론을 아는 사람은 백작의 측근 중에서도 극소수였다. 그들 중 누구도 말론과 루시온을 한 쌍으로 붙여 부르지 않았다. 이렇게 말하는 건 오직, 말론뿐이었다. 말론은 스스로 만든 말이 좋아서 자꾸 스스로에게 되뇌었다.

음지의 말론과 양지의 루시온.

이렇게 말할수록 점점 더, 자신이 루시온만큼이나 중요한 인물이라는 기분이 들었으니까.

그 일이 있고 얼마 지나지 않아, 그 여자의 시체가 발견되지 않아 백작이 꺼림칙해한다는 말을 들었다.

'하여튼 높으신 분들의 예민한 성격이란.'

말론은 백작을 비웃었다. 물론 백작 앞에서는 얼굴을 굳히며 상황을 심각하게 고민하는 척했다.

한밤, 뒷골목에 젊은 여자의 시신이 놓여 있다. 그게 아침 해가 뜰 때까지 그 자리에 고스란히 있을 리가 없었다. 누구든 들고 달아나 팔아먹었으리라. 젊은 여자의 시신은 여러 곳에 쓰임이 많은 법이었다.

그런 뒷골목의 더러움을 고귀한 귀족들은 알지 못하였다. 말론은 백작의 성화에도 죽은 여인의 시체를 찾는 일에 그리 열성을 다하지 않았다.

'이 더러운 밑바닥에 대해서는 아무것도 모르시면서, 괜히 사람을 귀찮게 하시는군. 내가 실패할 리가 없는데. 왜 날 믿지 않으시고 괜한 의심을 하며 사람을 귀찮게 하시는 거지?'

마음 한편으로 백작을 깔보는 마음도 없잖아 있었다. 적어도 이쪽 방면에서는 자신이 백작보다 더 많은 걸 알고, 더 일을 잘 처리한다는 자만심이 자라난 것이었다.

말론은 이 일로 인해 백작이 자신을 멀리하거나, 쓸모없다고 처리하리라고는 조금도 의심치 않았다. 자신은 백작에게 없어서는 안 될 중요한 인물이라고 믿어 의심치 않았으니까.

그러던 중 루시온이 고작 여인 하나 때문에 백작을 배신하고 공작의 편에 붙었다는 소식을 접했다.

'뻣뻣한 귀족 나리라 절대 백작에게서 떨어지지 않을 줄 알았는데, 고작 여자 하나 때문에 백작을 배신하다니. 멍청하긴.'

루시온과는 길게 말해 본 적이 없었다. 그저, 루시온이 백작의 명령을 전하러 왔을 때 몇 번 마주친 게 다였다. 그럼에도 혼자 내적으로 친밀감을 가지고 자신과 한 쌍처럼 묶어 불렀다. 누군가가 말론이 하는 말을 듣고 루시온에게 일러바쳤다는 이야기를 들었다.

그런데도 루시온은 딱히 말론에게 한마디도 하지 않았다. 그래서 말론은 루시온도 내심 자신을 인정하고 있는 거라고 생각했다.

자신이 인정하고, 자신을 인정해 준 사내가 여자 하나 때문에 적의 편으로 넘어가 버리다니.

쯧쯧, 말론은 혀를 차며 루시온을 비웃었다. 그리고는 이제 자신이 마카레나 백작의 유일한, 진정한 하수인이라고 믿어 의심치 않았다. 그런데 그 믿음이 하룻밤 만에 산산조각 났다.

갑자기 검은 복면을 한 사내들이 들이닥쳤다. 그들은 심부름꾼으로 분장해 건물 구석에 쭈그리고 앉아 있던 말론을 정확히 찾아냈다. 말론의 정체에 대해 아는 건 마카레나 백작과 그의 최측근 몇 명이 고작이었다.

처음엔 루시온이 자신에 대한 정보를 마카레나 백작의 적에게 넘긴 게 아닐까 의심했다. 하지만 자신을 죽이라 명령하던 여자의 말을 들으니, 의심이 생겼다. 그녀는 분명 '백작님'이라고 꼬박꼬박 존칭을 쓰며 백작을 불렀다. 거기다가 말론에게 너는 백작에게 버림받은 거라고 말했다.

믿고 싶지 않았다. 개수작이라고 생각했다. 하지만 여자의 말을 완전히 외면할 수는 없었다.

'설마…… 정말로 백작님이 날 버리려고 한다고? 그럴 리가 없어. 다른 누구도 아닌 나를 버릴 리가. ……하지만, 정말이면?'

여자가 뿌린 불신의 씨앗은 그의 마음에서 금방 싹을 틔웠다. 백작이 다 쓴 도구를 버리는 방법은 언제나 똑같았다. 아직 쓸모 있는 도구로 다 쓴 도구를 제거해 버리는 것. 말론은 백작의 뒤처리 방식을 누구보다 잘 알았다.

사나워 보이는 여자와 단번에 청부 길드의 길드원들을 모두 제압한 복면을 쓴 자들. 그들이 백작의 새로운 도구는 아닐까? 자꾸만 의심이 들었다.

말론은 백작이 자신을 버리지 않을 거라고 믿고 있었다. 하나 그 믿음은 어떤, 단단한 근거와 이유를 가지고 있는 게 아니었다. 자신을 자꾸 써먹는 백작을 보며 제멋대로 생각한 것에 불과했다.

그렇기에 조그만 불티 하나만으로도 의심은 걷잡을 수 없이 불어났다. 설사 백작이 그를 버릴 마음이 없고 그를 죽이러 온 사람들이 루시온이 팔아먹은 정보로 자신을 알아낸 것이라 할지라도, 백작은 무죄가 아니었다. 백작은 미리 그걸 예상하고 말론을 대피시켰어야 했다. 말론을 버릴 생각이 아니었다면.

'백작님께 직접 가서, 물어보자. 모든 게 다 오해이고, 적들의 음모라는 게 밝혀질 거야.'

언제나 백작이나 백작의 측근이 말론을 찾아왔다. 말론이 감히 백작을 찾아간 적은 단 한 번도 없었다. 그럴 수 있는 방법도 없었다. 그럼에도 말론은, 백작을 찾아가면 백작이 자신을 따사로이 맞아 주리라 믿었다. 믿고 싶었다.

말론은 복면 쓴 사내들에게 붙잡혀 죽기 직전, 가까스로 탈출했다.

붙잡힌 길드원 중 살아 도망친 건 그가 유일했다. 말론은 허겁지겁, 애인의 집으로 갔다. 애인의 집은 텅 비어 있었다. 집 안은 정신없이 어질러져 있었다. 급히 짐을 싸 도망친 흔적이 역력했다.

"설마?"

말론은 발에 걸리는 걸 모조리 차 내며 옷장 안을 열어 보았다. 깊숙한 곳에 두었던 돈주머니가 사라지고 없었다. 그건 그동안 백작이 그에게 주었던 하사금을 모아 둔 것이었다. 그 전까지는 자신의 집 금고에 두었으나 혹시 부하들이 자신의 자리를 노리고 자신을 죽이러 올까 봐, 돈을 빼앗으러 올까 봐, 걱정하여 잠시 애인의 집에 숨겨 둔 것이었다.

3년 이상 사귄 애인이고 결혼까지 생각했었기에 믿고 맡기었건만. 그 돈주머니가 사라지고 없었다.

말론은 다시 집을 둘러보았다. 바닥에 널브러져 있는 건 말론의 옷가지뿐이었다. 애인의 물건도 더러 보였으나 모두 가져갈 필요가 없는 낡은 것들이었다. 말론이 사 준 값비싼 장신구와 모피, 가죽 구두 같은 건 남김없이 사라져 있었다.

"날 배신하고 도망을 갔다?"

애인으로서는 참으로 절묘한 타이밍에 도망을 친 것이었다. 말론을 도망치도록 도와준 루시온의 수하들은 말론의 뒤를 좇아 애인의 집 주변을 둘러싸고 있었다. 만약 애인이 있었다면 그녀는 필히, 루시온의 수하들에게 죽임을 당했으리라.

애인은 도망쳤기에 돈과 생명을 모두 얻은 것이었으나, 그걸 알 리 없는 말론은 자신을 배신하고 도망친 애인을 원망하고 증오했다. 백작에게 배신당했을지도 모를 상황에서 엎친 데 덮친 격으로 애인의 배신이라니.

"죽여 버릴 거야! 가만 안 둬, 날 배신하는 건 절대 용서 못 해! 으아아악!"

말론은 엎드려, 주먹으로 바닥을 내리치며 짐승처럼 울부짖었다. 밖에서 숨죽이고 대기하고 있던 루시온의 부하들이 그 틈을 노려, 집 안으로 쳐들어왔다.

"말론, 백작님의 이름을 더는 더럽히지 마라."

"더는 귀찮게 하지 말고 어서 죽어!"

백작과 몇 명만이 알고 있던 이름은 이제 공공재가 되었다. 검은 복면을 한 사내들이 말론의 이름을 부르며 그를 죽이려 하였다.

"아냐, 아니야. 그럴 리가 없어!"

말론은 괴성을 지르며 검은 복면의 사내들을 밀쳐 냈다. 엎치락뒤치락하며 몸싸움을 벌인 끝에 말론은 애인의 집에서 빠져나올 수 있었다.

그는 다시 뒷골목을 달렸다. 한동안 애인의 집에 숨어 있으려 했던 계획을 바꿔, 자신처럼 백작의 그늘 아래 기생하는 사람들을 찾아갔다. 백작이 자신을 버릴 리 없다고 생각했기에 기꺼이 그들에게 도움을 구한 것이다.

그들은 기꺼이 말론을 도와주고자 했다. 그들 역시 백작이 말론을 버릴 리 없다고 철석같이 믿고 있었다. 그리고 그들은 여지없이 검은 복면을 쓴 사내들의 손에 죽임을 당했다.

"백작님의 명이시다, 쥐새끼는 한 마리도 남겨 놓지 말도록."

복면을 쓴 사내는 말론이 숨은 옷장을 지나치며 말했다.

"백작님을 위해."

"명을 받듭니다."

복면을 쓴 다른 사내들이 절도 있게 외치며, 말론이 숨은 옷장만 놔두고 주변을 철저히 수색해 말론을 도우려는 사람들을 잡아내 죽였다. 말론은 혼자서만 가까스로 도망쳐 나올 수 있었다.

그런 일이 두어 번 반복되자, 말론은 더 이상 백작과 연관된 사람들을 찾아갈 수 없게 되었다. 그들이 받아 주지 않았다. 그들은 오히려 말론을

의심했다. 한 번이라면 모를까 번번이, 말론만 살아남는 게 수상할 법도
했다.

"너, 설마…… 백작님 명령을 받고 우리들을 처리하러 다니는 거냐?
백작님이 우리를 죽이라고 그러셔서 앞장서서 바람을 잡고 다니느냔 말
이야!"

그나마 배짱이란 게 있는 사내가 자신을 찾아온 말론을 패대기치며
소리쳤다.

그렇게 말론은 항상 자신보다 낮고, 백작에게 이용당하다 죽어 버릴
놈들이라 치부했던, 동료 비슷한 것들에게까지 버림을 받았다. 이쯤 되
니 말론은 받아들일 수밖에 없었다.

백작이 정말로 저를 죽이려 한다는 것. 그것도 모자라 저와 연관이
있는 사람들을 찾아내 그들마저 모조리 처리하려 한다는 것을.

"백작…… 나를, 나를 이렇게…… 버릴 셈인 거야?"

자신은 더 이상 쓸모 있는 도구가 아니었다. 그렇기에 백작은 아무렇
지 않게 자신과 자신의 주변을 모두 쳐내려 하고 있는 것이었다. 평생
백작을 따르고, 백작의 진정한 수하는 자신뿐이라 자부했던 사내는, 절
망하여 그 자리에 고꾸라졌다.

백작이 자신이 죽기를 원하신다면야 기꺼이 죽어 드리리. 그런 생각
따위는 들지 않았다.

"어떻게…… 어떻게 이럴 수 있어. 당신이 어떻게 나를, 쓸모없다고
말해. 내가 당신을 위해 그동안 어떻게 살았는데. 얼마나 더럽게 굴렀는
데. 딴 사람도 아니고 나를, 어떻게 나를 버릴 수 있어!"

흰자위에서 실핏줄이 돋았다. 말론은 시뻘게진 눈으로, 어둠 속에서도
환히 빛나는 어느 귀족가의 저택을 노려보았다. 수도에서 제일가는 권세
를 자랑한다는 마카레나 백작가의 저택. 그 저택의 심장부를 바라보는
눈에서 피눈물이 흘렀다.

"나 혼자······ 이대로는 죽지 않아. 절대로, 절대로!"

적당한 거리에서 기척을 죽이고 그를 지켜보고 있던 검은 복면의 사내가 뒤를 돌아보았다.

"가서 전하도록. 원하시는 대로 더러운 사냥개가 광견병에 걸려, 주인을 못 알아보는 상태가 되었다고."

* * *

마카레나 백작은 아침 일찍부터 황궁으로 갔다. 황제를 만나고, 동요하는 귀족과 귀족들을 다독이기 위해서였다.

황제가 아직 잠에서 깨지 않았는데도, 마카레나 백작은 알현실에 미리 들어 허리를 숙였다. 황제의 시종들은 번갈아 가며 찾아와 아직 황제가 잠에서 깨어나지 않았다는 말만을 반복했다.

'이 빌어먹을 늙은이.'

마카레나 백작은 시종을 돌려보내며 매번, 이를 갈았다.

황제는 젊었을 때부터 아침잠이 없기로 유명했다. 귀족들의 반대가 심할 것 같은 법안을 통과시키고 싶을 때면, 해가 뜨지도 않은 꼭두새벽에 급히 국무 회의를 소집하곤 했다.

늦게 일어날수록 귀족다운 것이라 생각하는 귀족들이 눈을 비비며 양말도 제대로 못 신고 뒤늦게 황궁으로 달려가는 동안, 황제는 미리 작당 모의한 귀족들을 데리고 날치기로 법안을 통과시키곤 하였다.

마카레나 백작의 아버지, 선대 마카레나 백작은 지극히 귀족다운 귀족이었다. 선대는 그런 방식으로 황제에게 여러 번 당하였고, 마카레나 백작은 아버지가 분해하는 걸 바로 곁에서 지켜보곤 했다.

해가 중천에 떴는데도 황제가 아직도 잠을 자고 있다니?

말도 안 되는 소리였다.

'나를 가지고 노는군그래.'

왜 황제가 평생 안 자던 늦잠을 요즘 들어 매일같이 자고 있는 건지는 깊이 생각하지 않아도 답이 나왔다. 마카레나 백작이 자신에게 굽히고 들어오는 걸 즐기고 있는 것이리라.

그동안 마카레나 백작은 아예 국무 회의에 참석하지 않는 방식을 택했다. 자신이 부리는 귀족들로 하여금 국무 회의에서 자신이 전하는 말을 떠들도록 하며 제 자리는 비워 놓았다. 그런 방식으로 황제의 권위를 비웃고, 국무회의 바깥에서 권력을 휘둘렀다.

그랬던 그가 요즘 들어 황제에게 입 안의 혀처럼 굴고 있었다. 매일같이 입궁하여 황제의 곁을 지키며 충성스러운 조언자 역할을 하였다. 황제가 자신 몰래 황제과 귀족들, 군이 콕 집자면 바이켈드 공작인 라크안, 그와 어떤 모의를 하지 못하도록 감시하려는 것이었으나.

어쨌든 황제에겐 그간 굽히지 않고 뻣뻣하게 굴었던 마카레나 백작을 자신의 입맛대로 굴릴 수 있는 기회였다. 황제는 그 기회를 알차게 즐기고 있는 중이었다.

"화, 황제 폐하께서는 아직도……."

적당한 간격으로 황제의 소식을 전하러 오는 시종들은 마카레나 백작 앞에서 감히 고개를 들지 못했다.

그들은 정기적으로 마카레나 백작에게 뇌물을 먹고, 황제의 동태를 그에게 알려 온 자들이었다. 은연중 황제보다 백작을 더 높게 생각해 왔던 그들은, 빈 옥좌를 향해 몇 시간째 고개를 숙이고 있는 마카레나 백작을 보면서 몸 둘 바를 몰라 했다.

"알겠네."

마카레나 백작은 시종을 돌려보내며 눈을 부릅떴다.

'이런 기회가 또 언제 오겠소. 황제여, 어디 마음껏 즐겨 보시오. 언제까지 즐겁기만 할지, 나도 기대가 되니.'

황제는 기어이 마카레나 백작을 두 시간 동안 홀로 세워 둔 후에야 '공식적으로' 잠에서 깼다.

느지막이 시작된 오전의 일정도 별것 없었다. 황제는 중대사는 미룰 수 있는 최대한으로 미루고는 쓸데없는 사교 모임 일정을 잡았다. 황제파와 귀족파를 막론하고, 귀족들에게 보여 주고자 하는 것이었다. 마카레나 백작이 자신에게 굽히는 모습을.

그걸 알면서도 마카레나 백작은 얼굴색 하나 바뀌지 않고 황제의 곁을 지켰다. 그나마 다행인 것은 황제가 그러한 자리에 라크안을 부르지 않는다는 점이었다. 귀족들이 보는 앞에서 황제의 총애를 받기 위해 라크안과 다투는 모습을 보이는 건, 생각하는 것만으로도 끔찍했다.

마카레나 백작은 그런 상황까지는 만들지 않는 황제에게 감사하는 대신, 황제를 비웃었다.

'여전히 나를 완전히 쳐내고 싶지도, 바이켈드 공작에게 힘을 더 실어 주고 싶지도 않은가 보군.'

황제가 바라는 건 양손에 라크안과 마카레나 백작을 움켜쥐는 것이었다. 귀족파나 황제파, 어느 한쪽의 세력이 커지는 걸 원치 않았다. 황제파라 해도 결국엔 귀족일 뿐이니. 황제는 황제파든 귀족파든 모두 다, 제 발밑에 두고 싶어 했다.

'그러니 내가 아직 이렇게 살아남을 수 있는 거겠지만.'

마카레나 백작은 황제의 말에 무조건 맞다고 맞장구를 치며 웃어 보였다. 그 겉모습은 누가 봐도 황제의 충성스러운 신하, 그 자체였다. 그렇게 한나절 동안 황제의 비위를 맞춰 주고 나면, 남은 시간에는 귀족파 귀족들을 만나야 했다. 그들은 매일같이 벌떼처럼 몰려왔다.

"백작님, 아침부터 뵙기만을 기다렸습니다."

"도대체 일이 어찌 되어 가고 있는 겁니까. 어제저녁에 황태자 전하께서 저를 찾아와서는……."

"백작 영애께서는 도대체 어디 계신 겁니까. 황태자 전하께선 바이켈드 공작의 악혼녀와 염문을 뿌리고 있는데, 이게 대체 어찌 돌아가는 일입니까!"

이전이라면 감히 그의 근처에도 못 미쳤을 것들이 그에게 대들고, 말대답을 하고 감히 해명을 요구하였다. 마카레나 백작은 그런 그들을 차게 노려보며 내치는 대신, 자애롭게 웃어 보여야 했다.

"다들 진정하고, 일단 내 말부터 먼저 들어 보십시오. 무엇을 걱정하는 겁니까."

그렇게 한 무리를 상대하고 나면 하루가 저물었다.

마카레나 백작은 뒤따르는 하급 귀족들 몇과 긴 복도를 거닐며 하루 일과를 곱씹었다. 알맹이는 하나도 없는 일정이었으나 어느 것 하나, 안 하면 안 되는 것들이었다.

'내가 고작 이런 일을 하기 위해 직접 움직여야 하다니.'

딱, 딱- 딱. 바닥을 내리치는 지팡이 소리가 유독 크게 들리는 건, 그의 불만이 어느 정도 담겨 있기 때문이었다.

마카레나 백작은 라크안이 수도로 돌아온 이후부터 그 어느 때보다 바쁘게 움직이고 있었다. 이전까지는 자신의 모습을 드러내지 않았다. 다른 사람들을 교묘하게 조종하여 자신의 뜻대로 움직이게 만들곤 했다. 하지만 이제는 그럴 수 없었다. 자신이 직접 나서지 않으면 안 되는 상황이 되었다.

클레이엔이 백합궁에서 벌인 일이 워낙 큰일이었기 때문이기도 하였으나, 무엇보다 치명적인 것은 수족처럼 부리던 최측근을 연달아 '빼앗겨서'였다.

카루나, 그리고 루시온.

그 둘이 제거되었다면 차라리 나았을 것이다. 빈자리는 시간이 지나면 채워지는 법. 마카레나 백작 정도 되는 권세를 가진 사람에게는 언제나 인재가 꼬이기 마련이니 말이다.

문제는 그 둘이 얌전히 제거당하지 않고, 그의 적이 되었다는 것이었다. 둘은 오랫동안 마카레나 백작의 최측근으로 일해 왔다. 특히나 루시온은 마카레나 백작가에 바쳐진 가신이었다. 그들은 그가 부리는 조직들과 수법을 꿰고 있었다.

카루나와 루시온의 빈자리는 생각 이상으로 컸다. 돌아온 클레이엔이 카루나의 빈자리를 채워 주리라는 기대를 잠시나마 했지만, 곧 그 생각 자체를 지워 버리고 루시온에게 좀 더 짐을 지웠다. 카루나를 제거하고 루시온만 남았을 때에는 그래도 버틸 만했건만. 둘 모두가 사라지고, 아니, 적이 되니 상황은 예상보다 급박하게 돌아갔다.

최근, 하루가 멀다 하고 지하 조직들의 궤멸 소식이 들려왔다. 문제는 그 소식마저도 늦게 전달된다는 데에 있었다.

해질녘, 마카레나 백작저로 돌아온 백작은 집사에게서 청부 길드와 그 외 다른 지하 조직 두어 개가 몰살당했다는 소식을 전달받았다. 늦게 도착한 소식은 그나마 정확하지도 않았다.

"다른 지하 조직 두어 개라…… 두 개인지 세 개인지도 확실하지 않다는 건가?"

"그, 그것이…… 두 개는 확실한데, 다른 한 곳이 연락이 되지 않아서…… 가능성이 있을 수도 있다고 합니다."

집사가 더듬거리며 말했다. 무엇 하나 백작의 마음에 드는 게 없었다.

"말론에게 연락하라고 했을 텐데? 자취를 감추고 다른 곳으로 이동해서 내가 연락할 때까지 기다리라고. 그런데 저쪽에서 움직여 쓸어 버렸다니, 이게 어떻게 된 일인가."

"요, 용서를……. 백작님, 그 연락을 전해야 했던 조직이 이틀 전에 그만, 당하는 바람에 전혀 소식이 전달되지 못한 것 가, 같습니다."

집사가 흙바닥에 무릎을 꿇고 엎드렸다. 마카레나 백작은 벌벌 떠는 등을 내려다보았다. 눈빛만으로 사람을 죽일 수 있다면, 지금 마카레나 백작의 눈이 바로 그런 눈빛일 터였다.

"하필이면 말론을."

마카레나 백작이 깊이 숨을 내쉬며 지팡이를 내리쳤다. 딱-. 지팡이가 정확히 집사의 코앞을 내리쳤다.

"요, 용서해 주십시오. 백작님. 미, 미리 알아챘어야 했는데, 여, 연락을 못 받아서…… 죄송합니다. 용서해 주십시오. 죄, 죄송합니다."

집사는 감히 뒤로 물러서지도 못하고, 눈을 질끈 감으며 용서해 달라고 빌었다. 마카레나 백작에게 그는 이미 안중에도 없었다. 시키는 말만 앵무새처럼 반복해 옮기는 걸 인간이라 여기고 부릴 수는 없는 일이었다.

마카레나 백작은 옆에 서 있던 병사들에게 손짓했다. 병사들은 일사불란하게 움직여 집사를 끌고 갔다.

"배, 백작님! 요, 용서를! 용서해 주십, 으읍!"

집사는 끝까지 용서를 빌다가 개처럼 질질 끌려 나갔다. 그의 최후가 어떠할지는 마카레나 백작이 고민할 일이 아니었다.

"저, 저녁 식사를 준, 비해 두, 두었습니다."

집사와 함께 대기하고 있던 하녀장이 집사만큼이나 벌벌 떨며 백작을 저택 안으로 안내했다.

"내 딸은 어찌하고 있지?"

"네, 네? 아…… 그, 그것이……."

하녀장은 백작의 물음에 화들짝 놀라더니 더듬더듬 말을 늘어놓았다. 여전히 방에 틀어박혀 식사도 하는 둥 마는 둥, 짐승처럼 울부짖는다는 것이었다.

마카레나 백작은 서늘한 눈으로 하녀장을 내려다보았다. 집사와 마찬가지로 시키는 일만 하고, 클레이엔을 위해서 무얼 하면 좋을지 생각조차 하지 않으려는 자를 향한 경멸의 눈빛이었다.

하녀장은 집사보다 눈치가 빨랐다. 그녀는 얼른 허리를 깊이 숙이고 사죄드리며, 내일은 어떻게 해서든 클레이엔에게 제대로 된 식사를 먹이겠노라고 맹세했다.

신의 이름까지 운운하는 하녀장의 말을 들으며 백작은 무심히 고개를 끄덕였다. 내일, 클레이엔이 제대로 아침 식사를 하기 위해 하녀들 몇이 다치고 죽어 나가게 될 것인지는 그가 걱정할 일이 아니었다. 대신 마카레나 백작은 지난밤, 전멸했다는 청부 길드에 대해 생각했다.

'그들이 말론을 어떻게 알고 청부 길드를 쳤단 말인가.'

그는 잠시 생각하다 픽, 웃었다.

'당연한 걸 궁금해하다니.'

저쪽에는 카루나와 루시온이 있다. 카루나라면 모를까 루시온이라면 청부 길드의 존재를 알고 있을 터.

"아깝지만 어쩔 수 없지."

쯧, 마카레나 백작은 혀를 차며 손짓했다. 뒤따르던 하급 귀족 하나가 쪼르르 달려와 옆에 섰다.

"말론과 연결되어 있던 지하 길드들을 모두 다 처리하게. 흔적도 남기지 말고. 어차피 저쪽에서 계속해서 잘라 내겠지만. 저쪽이 미리 처리하지 못하는 것까지 정리하라는 말이네. 알아듣겠나?"

"네, 백작님."

"그쪽에서 몰라서 남겨 두는 게 아니라네. 나와 엮으려고 일부러 놔두는 걸 테고, 여차하면 루시온 본인이 나서서 나와 조직들의 관계를 증언하려고 나설 거야."

루시온을 언급하자 귀족의 눈이 번뜩였다. 그는 루시온의 아래에 있던 자로, 호시탐탐 루시온의 자리를 탐내던 청년이었다. 루시온과 마찬가지로 마카레나 백작가에 바쳐진 가신이었다.

"그 계집에게 정신이 나가 눈에 보이는 게 없을 테니, 기꺼이 자신이 중간 다리 역할을 했다고 증언할 생각까지 하고 있겠지. 물귀신 작전으로 날 끌고 들어가지 못하게 말끔히 정리하게."

"예, 백작님. 그런데 그 말론이라는 사내…… 아직 살아 있어서 도망치고 있는 거 같은데, 그자도 처리해야 할까요? 아니면 지금이라도 다른 곳으로 피신을……."

하급 귀족의 말에 마카레나 백작의 눈썹이 꿈틀, 움직였다.

"방금 내가 한 말을 못 들었나?"

"아, 아닙니다."

본인은 아니라고 하지만 딱 봐도 백작의 말을 못 알아먹은 티가 역력했다.

"저쪽에서 왜 그자만 살려 두고 있겠나. 그자가 바로 날 엮어 들일 고리라고 생각해서겠지. 그러니 더욱 깔끔하게 정리해야 되지 않겠나."

말론을 아꼈다. 도구로서. 그뿐이었다.

카루나가 드러내 쓰는 도구였다면 말론은 보이지 않게 쓰는 도구였다. 그래서 수명이 좀 더 길었을 뿐이다. 허튼수작을 부리지 않는다면, 그리고 계속 남들에게 들키지 않았다면 더 오래도록 써먹을 수 있었겠지만. 그럴 수 없게 되었으니 깔끔하게 정리하는 수밖에.

"귀족이고 평민이고 천민이고 쓸 만한 놈이 없군."

끌끌. 마카레나 백작은 혀를 찼다. 카루나에 루시온, 거기에 말론까지. 한동안 잘 써먹었던 도구들이 말썽이었다. 문제는 그 낡은 도구들을 깨끗하게 처리할 새 도구가 눈에 띄지 않는다는 것이었다.

"저는 다릅니다. 백작님, 증명해 보이겠습니다."

옆에 달라붙은 하급 귀족이 호기롭게 외쳤다.

"그래, 어디 한번 능력을 발휘해 보게."

마카레나 백작은 별 기대 없이 답했다. 하급 귀족은 백작의 말 한마디에 눈이 돌아가서는 자신의 목숨을 걸고 일을 깨끗이 처리하겠다고 말했다.

'고작 천것을 처리하는 데 목숨을 걸겠다니.'

그 말 한마디 때문에 그나마 있던 기대감도 모두 사라졌다는 걸, 그는 끝끝내 알지 못하리라.

'주변에 쓸 만한 인재가 없군.'

그럴 수밖에. 마카레나 백작은 매번, 쓸모가 없어지면 잘라내고 처리하고 죽였다. 그의 한탄은 풍성한 나뭇가지를 다 잘라내고서는 앙상해진 나무에게 넌 왜 잘 자라지 않느냐고 구박하는 것과 다름없었다. 스스로만 그걸 깨닫지 못하고 있었다.

"역시 핏줄이 제일이지. 내 딸이 어서 정신을 차려야 할 텐데."

마카레나 백작은 클레이엔의 방으로 향하는 계단을 올려다보며 진심으로 안타까워했다.

서재엔 오늘까지 처리해야 하는 서류가 산더미처럼 쌓여 있었다. 카루나와 루시온이 있었다면 그들에게 맡겼을 일이나, 아직 그들을 대신할 적임자를 찾지 못했으니 온전히 그가 감당해야 할 몫이었다.

그는 바로 책상으로 가는 대신 안락한 소파에 몸을 뉘었다. 하아, 깊이 내쉬는 한숨만으로도 그가 얼마나 피곤한지 짐작이 되었다.

'이대로 무너질 수는 없는 노릇이지. 암, 그렇고말고.'

마카레나 백작은 스스로를 다독였다.

백합궁에 피가 흘렀다. 모두가 마카레나 백작가의 소행이라고 의심하고 있다. 그날 있었던 일의 대부분은 클레이엔과 마카레나 백작이 한 일이었지만, 늑대가 난동을 부려 피를 뿌린 것만은 둘이 벌인 일이 아니었다.

마카레나 백작은 억울했으나 세상 사람들은 그리 생각하지 않았다. 특히나 황태자는. 덕분에 마카레나 백작가의 입지는 단숨에 좁아졌다. 클레이엔은 황태자비 자리에서 물러나야 했고 귀족파는 위축됐다.

그럼에도 아직까지 마카레나 백작가는 건재했다. 다른 가문이었다면 백합궁에 피를 뿌렸다는 의심을 받는 즉시 모든 가문의 사람들이 감옥에

간히고 모진 고문을 당했을 것이다. 백합궁에 피를 뿌린다는 의미는 그 정도로 강력했다. 마카레나 백작은 그 강력한 관습에 맞서 가문과 딸을 지키고 있었다.

그건 바이켈드 공작을 적당히 의심하는 황제와 아슬아슬한 줄타기를 벌이고, 그간 키워 온 모든 정보력과 재력을 바탕으로 귀족파 귀족들을 제 밑으로 강력히 묶어 두었기에 가능한 일이었다. 이게 마카레나 백작의 힘이었다.

황태자와 라크안이 한 편을 먹고 그에게 달려든다 해도 소용없었다. 황태자와 바이켈드 공작 약혼녀의 스캔들?

'재미없는 희극이지.'

마카레나 백작은 기꺼이 비웃어 주었다.

귀족들은 매일같이 황태자와 카루나를 두고 수군대기 바빴다. 더러는 바이켈드 공작과 황태자의 사이가 더 견고해지기 위한 수작질이라고 했다. 더러는 그 사이를 이간질시킬 수 있는 기회라고 했다.

마카레나 백작은 그 어떤 수에도 놀아나지 않았다. 함정인 게 뻔했다. 황태자와 카루나라니.

'어디서 감히 그런 얕은 수를.'

이 얕은 수작질을 계획한 건 분명 그 계집이리라. 한때는 그의 딸 노릇을 했으며, 이제는 바이켈드 공작가에 기어 들어가서 바이켈드 공작의 약혼녀 노릇을 하고 있는 천것.

'내 밑에서 10년간 있었으면서 날 상대하고자 벌이는 수작질이 고작 이런 거라니. 이래서 천한 피는 어쩔 수가 없다니까.'

쯧. 마카레나 백작은 혀를 찼다. 그때였다. 쾅! 소리가 나며 문이 활짝 열렸다. 잠깐의 휴식을 방해받았다. 마카레나 백작은 불쾌한 기색을 숨기지 않았다.

"누구냐!"

딱! 마카레나 백작이 지팡이로 바닥을 내리치며 나직한 목소리로 침입자를 꾸짖었다. 그리고 몸을 일으켜 문 쪽을 바라보았다. 누구든 자신의 휴식을 방해한 대가를 엄중히 치르게 하리라, 그리 생각했건만. 그 생각은 침입자를 보는 순간 말끔히 사라졌다.

"오, 내 딸아. 지금 내가 보고 있는 게 진정 내 딸이 맞는 게냐?"

마카레나 백작은 제 눈을 의심했다. 복도의 불빛으로 역광이 비쳐 얼굴은 잘 보이지 않았지만, 분명 클레이엔이었다. 어느 아버지가 자신의 딸을 알아보지 못할까.

백작을 꼭 닮은 붉은 머리카락이 불꽃처럼 넘실댔다. 또각, 또각. 그녀가 구두 소리를 내며 서재 안으로 걸어 들어왔다. 뛰어온다 싶을 정도로 빠른 걸음이었다.

문을 여는 것부터 걸어오는 태도까지 어느 것 하나 예의에 맞는 게 없었다. 하지만 마카레나 백작의 눈엔 그 어느 것 하나, 그녀의 엉클어진 머리카락 한 올도 거슬리지 않았다.

"드디어 기운을 차렸구나, 내 딸아. 기특하구나, 암. 그래야지. 누구의 딸인데, 어떤 가문의 후계자인데! 그대로 쓰러져만 있을 리가 없지."

마카레나 백작은 두 팔을 벌려 클레이엔을 환영했다. 그러자 클레이엔이 우뚝, 멈춰 섰다. 마카레나 백작과의 거리는 불과 일고여덟 걸음에 불과했다.

훅- 피비린내가 끼쳤다. 마카레나 백작은 저도 모르게 눈살을 찌푸렸다. 그가 죽인 사람이 못해도 수백은 될 터이나, 정작 그는 피 냄새를 낯설어했다. 단 한 번도 자신이 직접 손을 써 본 일이 없기 때문이었다. 그런데 그의 소중한 딸에게서 피 냄새가 짙게 났다.

마카레나 백작은 황급히 클레이엔을 위아래로 살폈다. 혹여나 그녀가 다쳤을까 염려한 것이었다. 다행스럽게도 클레이엔은 다친 곳이 없었다. 작은 생채기도 보이지 않았다.

그런데 그녀의 두 손이 붉은 피로 함빡 젖어 있었다. 처음 봤을 땐 날카로운 것에 손을 벤 건가 싶었으나 그런 게 아니었다. 여린 두 손에 묻은 건 클레이엔의 피가 아니었다. 다른 누군가의 피였다.

손가락에 휘감겨 있는 고슬고슬한 머리카락을 보는 순간, 마카레나 백작은 오늘 아침에 구두를 신겨 주던 하녀 한 명을 떠올렸다. 나이는 어리지만 제법 영특하고 고분고분해서, 오늘부터 클레이엔을 돌보도록 일러두었다. 그 하녀의 머리카락이 꼭 저런 색이었다.

'이런.'

마카레나 백작은 난감했다.

"설마 직접 손을 쓴 게냐. 마음에 들지 않았다면 집사나 하녀장에게 말하면 될 것을. 어찌 네 고운 손으로 그런……."

마카레나 백작이 품에서 손수건을 꺼내 제 코와 입을 가렸다. 천한 하녀의 피 냄새라 생각하니 더욱 역한 기분이 들었다.

"아, 이거요?"

클레이엔이 방긋 웃으며 제 손을 들어 보였다.

"처음 보는 계집애가 이상한 소리를 하지 뭐예요? 고개를 빳빳이 들고 말하는 꼴이 꼭 그 애 같아서요. 예전에 저인 척하던 그 천한 것 말이에요. 그 애 생각이 나서, 도저히 가만히 둘 수가 없었어요. 잠시도, 잠시도 참을 수 없었단 말이에요."

클레이엔은 드레스에 제 손을 문지르려다 말고 인상을 찡그렸다. 손에 더러운 것이 묻었으니 닦고 싶은데 제 드레스를 더럽히는 건 싫었다. 클레이엔은 나비처럼 하늘하늘 걸어 창가로 갔다. 하얀 커튼에 손을 비벼 닦고는 마카레나 백작을 돌아보았다.

"아버지, 이상한 이야기를 들었어요. 황태자 전하 말이에요. 제 남편이 되실 그분이, 절 더 이상 황태자비로 여기지 않으신다지 뭐예요? 저 말고 다른 여인과 어울려 다니신다고도 하고요."

클레이엔의 목소리는 예전과 다름없었다. 아침 식사를 하며 새로운 다이아 목걸이와 반지를 사 달라고 하던 때와 같았다.

"어디서 무슨 말을 들은 건지는 모르겠지만, 잊거라. 머릿속에 담아 두지도 마. 너는 아직 황태자비란다. 지금이야 잠시 상황이 어지럽긴 하지만 곧 정리될 거란다. 모든 게 다 잠잠해지면 황제든 황태자든 너를 황태자비로 받아들이지 않고는 못 배길 거다."

마카레나 백작은 혹여나 클레이엔이 상심해서 다시 방에 틀어박힐까 염려하여 급히 말을 꺼냈다. 그러면서 창문을 통해 쏟아지는 달빛에 비친 클레이엔을 바라보았다.

"그러니 너는 아무 걱정 말고 조금만 더 기다……."

달빛은 공평하게도 클레이엔만큼 마카레나 백작 또한 비춰 주었다. 달빛에 드러난 백작의 얼굴은 경악, 그 자체였다.

"어, 어떻게…… 도대체, 이게 무슨……."

마카레나 백작은 손에 들고 있던 손수건을 놓쳤다. 그는 그걸 다시 주울 생각도 하지 못하고, 빈손을 들어 클레이엔을 가리켰다.

"네, 네 얼굴이……!"

"네, 아버지."

클레이엔이 활짝 웃어보였다.

"제 얼굴이 다 나았어요. 이제 다시 황태자 전하를 뵈러 갈 수 있게 되었어요."

달빛 아래 선 그녀는, 그녀의 얼굴은 예전과 똑같았다. 눈과 뺨을 뒤덮었던 검은 얼룩 같던 흉터는 온데간데없이 사라져 있었다. 마카레나 백작을 꼭 닮았던 얼굴은 다시 누군가의 얼굴을 빼닮은 얼굴로 변한 채였다.

오싹, 소름이 돋았다. 마카레나 백작은 저도 모르게 뒤로 한 걸음, 물러섰다.

"너…… 어떻게……!"

마탑에서 어렵사리 빼돌린 마법사는 장장 10년 동안 클레이엔의 얼굴을 마법으로 뒤덮었다. 백합궁의 소동이 있은 후 그 마법사를 몰래 저택으로 불러들였다. 마법사는 백작에게 분명히 이렇게 말했다.

"그 마법의 시술을 다시 해 드릴 수는 있습니다. 하지만 똑같이 그만큼의 시간이 걸릴 겁니다. 또 10년을 공들여야 한다는 말씀입니다."

마카레나 백작은 일단 마법사를 영지로 돌려보내며, 언제든 마법 시술을 다시 할 수 있도록 재료를 모으고 준비하고 있으라고만 말해 두었다. 그랬는데 지금, 그의 눈앞에 다시 마법 시술을 받은 것 같은 모습으로 딸이 나타났다.

카루나를 꼭 빼닮은 모습으로 나타난 그의 하나뿐인 딸이 말했다.

"아버지, 내일 황궁에 갈래요. 가서 황태자 전하를 만나 뵙고 싶어요."

아무 일도 없었다는 듯, 밝게 웃으며.

* * *

문득, 이상하다는 생각이 들었다.

'내가 이렇게 잠을 푹, 잘 자는 사람이었나?'

루시온과 궁리하여 마카레나 백작의 조직을 깨부수랴, 황태자와 염문을 뿌리고 다니랴 바쁘긴 했다. 하지만 그 정도는 클레이엔의 대역 생활을 하면서도 해 왔던 수준이었다. 고작 그 정도로 지쳐 잠든 거라고 말하기엔, 그간 살아왔던 삶이 너무도 험난하였다.

한창때는 매일같이 쳐들어오는 암살자들 때문에 하루에 두세 시간도 못 잤던 적이 있었건만. 그런 날에도 어김없이 이른 아침에 눈을 떠 입궁할 준비를 하곤 했다.

그런데 요즘엔 해가 뜨고서야 겨우 잠에서 깼다. 그것도 하녀장이 깨워 주니까 겨우 일어나는 수준이었다. 왜 이제야 이상하다고 느끼게 되었는지 이상할 정도였다.

"아가씨, 오늘 하루도 고생이 많으셨습니다. 따뜻한 우유를 드시고 푹 주무세요. 달콤한 꿀을 한 스푼 넣었답니다."

카루나는 우유가 든 잔을 건네는 하녀장을 바라보았다. 언제부터 하녀장이 밤마다 자신에게 따뜻한 우유를 권했던가.

'내가 잠이 많아지기 시작했을 시점이랑, 얼추 맞아떨어져.'

정확히는 수도에 돌아온 지 이틀 뒤부터였다. 카루나는 하녀장이 내민 잔을 가만히 바라보았다. 어제까지만 해도 따뜻한 김이 오르는 우유가 반가워, 사양하지 않고 받아 들었다. 따뜻하고 달달한 맛이 얼마나 좋던지. 먹고 나면 여지없이 졸음이 밀려와 자는 줄도 모르고 침대에 누워 눈을 감게 되었다.

"……고마워요."

카루나는 일단 순순히 잔을 받아 들었다. 하녀장은 얼른 마시라며 한마디를 거들고는 그 자리에 가만히 서 있었다. 카루나가 우유를 마시기를 기다리듯이. 카루나는 잔에 입을 대다가 말고 고개를 들어 하녀장에게 물었다.

"그런데 혹시, 미지근한 물도 한 잔 가져다줄 수 있나요? 매일같이 우유를 먹고 자니까 입 안이 텁텁해서요. 입 안을 헹구고 자고 싶은데."

"바로 준비해 드리겠습니다. 제가 그걸 신경 쓰지 못했군요."

하녀장이 바로 돌아섰다.

카루나는 오늘 밤도 루시온과 외출했다 돌아왔다. 밤이 깊어서인지 하녀장은 홀로 카루나의 침실 시중을 들었다. 따라 보조해 주는 하녀가 없으니 하녀장 본인이 물을 뜨러 나가야 했다.

그동안 늘 우유를 마셔 왔고 오늘도 뭔가 이상한 낌새를 보이지 않아서 방심한 걸까. 하녀장은 카루나를 놔둔 채로 방을 나섰다. 문이 닫히자마자 카루나는 곧바로 우유를 화분에 쏟았다. 그리고 잔에 남은 몇 방울을 손가락에 묻혀 입가에 문질렀다. 입술에서 손을 뗌과 동시에 하녀장이 물잔을 들고 들어왔다.

"아, 고마워요. 오늘도 따뜻해서 좋네요. 몸이 녹는 느낌이에요."

"밤마다 외출을 하시니 감기가 들까 염려스럽기도 하고, 잠들기 전 구진하실까 봐 준비한 거랍니다."

"역시 날 걱정해 주는 건 하녀장님뿐이네요. 라안 님도 세나 님도 요즘엔 얼굴 한 번 보기 힘든데."

카루나가 물을 뱉으며 투덜대자, 하녀장이 인자하게 미소 지었다.

"아가씨께서 바쁘시듯 도련님도 많이 바쁘신 거겠지요. 너무 미워하지는 말아 주세요. 도련님께서 많이 섭섭해하실 겁니다."

하녀장은 그리 말하며 침대 위의 베개를 아래로 잡아당겼다. 지금 서 있는 자리에서 카루나가 뒤로 쓰러지듯 누웠을 때 딱 머리가 닿을 자리였다.

카루나는 곁눈질로 하녀장의 손짓을 보고는, 그 기대에 부응하기 위해 길게 기지개를 폈다.

"섭섭이요? 흥, 퍽이나요."

입술을 삐죽이며 한마디를 하고는, 비틀대다가 침대 위로 쓰러지듯 누웠다. 털썩. 뒤통수가 정확히 베개에 닿았다.

"아, 졸려……."

카루나는 토끼가 굴을 파고들듯 이불 속으로 꾸물꾸물 기어 들어갔다. 하녀장은 이불을 들어 카루나의 가슴께까지 덮어 주었다.

"좋은 꿈 꾸세요, 아가씨."

"고마워요……… 그런데 난, 이제 애가 아니에요. 하아암- 이마에 뽀뽀는 왜 안 해 주시나 몰라아……."

꿈벅꿈벅. 눈꺼풀이 느리게 뜨였다 감겼다. 어둠 속에서도 선명한 녹색 눈동자가 보였다 사라졌다, 사라졌다. 그렇게 카루나는 스르륵, 잠이 들었다.

"부디, 편안한 밤이 되시기를."

하녀장은 이불을 매만져 주며 속삭이고는 허리를 들어 창문을 바라보았다. 이 편안한 밤을 지키기 위해 오늘도 그녀의 도련님은 저 밖에 있을 터였다.

"부디, 도련님을 지켜 주세요. 주인님."

하녀장이 작게 중얼거렸다. 그러고는 촛불을 끄고 방을 나섰다. 탁- 문 닫히는 소리가 들리고 얼마 뒤. 카루나가 눈을 반짝, 떴다. 졸음이라고는 한 톨도 묻어나지 않은, 선명한 녹색 눈이었다.

"흐음?"

몸을 일으켜, 닫힌 문을 바라보았다. 역시나 하녀장의 태도가 뭔가, 이상했다. 우유를 마신 카루나가 바로 잠들 거라는 걸 알고 있는 듯 행동하지 않았던가. 무엇보다 지금, 하나도 졸리지 않았다.

"역시 뭔가 있어."

카루나는 침대 위에서 몸을 일으켰다. 잠깐 누워 있었을 뿐인데, 이불 밖으로 나오니 몸이 오싹- 했다. 카루나는 탁자 위에 놓인 두꺼운 가운을 어깨에 걸치고, 하녀장이 바라보았던 창가 앞에 섰다.

"도련님을 지켜 달라고?"

카루나는 하녀장의 말을 되뇌어 보았다. 주인님이란 선대 공작을 부르는 말일 터였다. 하녀장은 아직도 라크안을 도련님이라고 부르고 있으니까.

'그렇다는 건 저 밖에 라안이 있다는 건데. 이 밤중에 왜 밖에 있는 거지? 하녀장은 왜 걱정하고 있는 거고?'

카루나는 살짝 커튼을 들춰 보았다. 들킬까 봐 불을 켤 수는 없었다. 밖은 고요했다. 그런데 스스슥 얼룩덜룩한 것들이 움직이는 게 보였다.

'어라?'

카루나는 눈을 깜박였다. 착시인가 싶어 다시 주의 깊게 바라보니, 그것들이 또 움직였다.

잘못 본 게 아니었다. 점점 움직이는 것들의 모양이 좀 더 뚜렷해졌다. 그것들은 사람의 모양을 하고 있었다. 걸치고 있는 갑옷이 익숙했다. 철십자 기사단의 갑옷이었다.

카루나는 반대쪽 창문 끝으로 가 커튼을 들췄다. 철십자 기사들이 움직이는 방향을 따라간 것이었다. 어둠 속에서 붉은 눈 한 쌍이 드러났다. 그것만으로도 그가 누구인지 알 수 있었다.

"라안?"

하녀장의 도련님이자 그녀의 약혼자, 라크안이었다.

오늘 카루나가 바빴듯, 그 역시 바빴다. 이르게 황궁에 입궁하여 황태자와 오랜 시간 회의를 했으며 황제과 귀족들의 모임에 참석했다고 들었다. 하루 종일 사람들에게 시달려 그녀만큼이나 피곤했을 그가 이 늦은 시간, 저택의 후문 앞에 서 있었다.

라크안은 계속 손짓으로 철십자 기사들을 움직였다. 그의 옆에는 세나가 서 있었다.

'도대체 뭣들 하는 거지?'

카루나는 아예 창가에 웅크리고 앉아 창문에 코를 박았다.

'매일 밤 나를 재우고 뭣들 하는 거냐고.'

움직이는 모양새를 보아하니 잠이 안 와 달밤에 체조나 하고 있는 건 아닌 것 같았다. 철십자 기사들은 모두 무장을 하고 있었고 검을 빼 들어 쥐고 있었다. 세나는 계속 후문 밖을 내려다보며 허리춤에 손을 얹고 있었다. 밖에서 오는 암살자를 막으려고 준비하는 것 같은 모습이었다.

'아니, 내가 여기 있는데 누가 암살자를 보내?'

카루나는 고개를 갸웃했다. 제일 먼저 의심이 드는 건 역시나 마카레나 백작이었다.

'아니야. 그럴 리 없어. 보낼 부하가 없을 텐데? 내가 가장 먼저 끊어 놓은 게 암살 조직이었는걸. 그렇다고 백작이 다른 암살 길드에 '의뢰'를 했을 리도 없고. 또 지금 상황에서 암살 같은 얕은 수를 쓸 리도 없어.'

카루나는 마카레나 백작을 잘 알았다.

현재 마카레나 백작과 라크안은 한창 백합궁에서 피를 흘린 당사자로 서로를 가리키며 몰아세우고 있었다. 이 판국에 바이켈드 공작저에 암살자가 침입한다면, 라크안은 '감사합니다.' 인사를 하고 넙죽 암살자를 생포할 것이다.

암살자의 증언만으로도 마카레나 백작은 위기에 몰릴 수 있다. 그러면 황제가 더는 봐주지 않을 터. 다른 사람은 몰라도 마카레나 백작은 아니었다. 그렇다고 다른 사람일 리도 없었다. 누가 겁도 없이 라크안에게 암살자를 보낸단 말인가.

'나 정도는 되어야 보낼 수 있지.'

아무도 암살자를 보낼 수 없는데, 왜 라크안과 철십자 기사들은 저리 단단히 무장을 하고 저택 주변을 감시하는 건가. 카루나에게 수면제를 탄 우유를 먹이면서까지.

'설마 나와 관련된 일인 걸까?'

카루나는 자신을 대신해 우유를 먹은 화분에 손을 뻗었다. 잎사귀에 손끝이 닿자마자, 꽃봉오리가 툭- 터지며 꽃이 만개했다. 어둔 밤에 늘어졌던 잎사귀도 고개를 치켜들었다. 잎사귀는 애교를 부리듯 카루나의 손가락에 감겨들었다. 카루나는 애완동물을 쓰다듬듯 잎사귀를 쓸어내리며 창밖을 바라보았다.

'아무튼, 지켜보면 알겠지.'

그간 푹 자 왔으니 하룻밤을 새우는 것 정도야 일도 아니리라. 카루나는 말똥말똥한 두 눈으로 라크안을 바라보며 생각했다. 오늘 밤, 무슨 일이 생기는지 이 두 눈으로 똑똑히 지켜보겠다고.

그렇게 카루나는 그 자리에 웅크려 앉아 꼴딱 하룻밤을 새웠다. 그리고 놀랍게도, 아무 일도 일어나지 않았다. 하늘 저편에서 먼동이 틀 때까지도. 이어 이른 아침이 되어 고요했던 저택이 시끌벅적하게 깨어날 때까지. 정말 아무 일도 없었다.

라크안과 세나, 철십자 기사들은 후문 주위를 왔다 갔다 하기만 했다. 카루나는 밤새 그 꼴을 지켜봐야 했다.

온전히 아침이 되자 라크안과 세나가 두런두런, 이야기를 나누기 시작했다. 무슨 말을 하는지는 들리지 않았다. 그 둘은 연신 문밖을 바라보더니 고개를 설레설레 젓고 저택 안으로 걸어 들어갔다. 철십자 기사들도 자신들의 숙소로 돌아갔다.

"뭐야?"

무슨 일이 일어날 거란 기대와 염려, 걱정으로 밤을 꼴딱 새웠던 카루나는 멍하니 눈을 깜박였다. 밝은 아침 햇살이 그런 카루나를 환히 비춰 주었다.

"뭐냐고! 내가 엿보고 있는 걸 알아채서 아무 일도 하지 않은 건 아니겠…… 윽!"

벌떡 일어서려던 카루나는 비틀대며 쾅당, 넘어졌다. 밤새 웅크리고 앉아 있던 터라, 다리가 굳어 움직여지지 않은 것이었다. 넘어지고 나니 다리에 피가 통하는지 저려 오기 시작했다.

"으으."

카루나는 그 끔찍한 고통을 견디며 몸을 떨었다. 하필 그때, 문이 열렸다. 하녀장이 세숫물을 직접 들고 들어온 것이었다.

"아가씨, 오늘 아침도 좋은 하…… 아가씨?"

"하하, 아, 안녕하세요? 좋은, 아, 침, 이네요."

카루나는 찌르르, 저려 오는 두 다리를 어쩌지 못하고 바르작대며 하녀장을 맞이했다.

그렇게 밤을 꼴딱 새운 카루나의 아침이 시작되었다.

카루나는 왜 거기서 그러고 있느냐는 하녀장의 물음에, 혼신의 힘을 다한 연기를 선보여야 했다. 자고 일어나 보니 거기에 쓰러져 있었다고, 자신이 몽유병 증세가 있는 게 아닌지 걱정스럽다고 말하며 한마디를 덧붙였다.

"예전에 마카레나 백작저에 있을 때, 수면제를 자주 먹었거든요. 그러면 잠은 푹 잤는데 아침에 일어나 보면 이상한 곳에 쓰러져 있었어요. 그때랑 비슷하네요. 이상한 일이죠? 요즘엔 수면제를 전혀 먹지 않는데…….."

그러면서 하녀장을 빤히 바라봤다. 하녀장은 완벽히 표정 관리를 할 줄 알았다. 하나 눈가가 파르르, 떨리는 것까지는 막지 못했다. 카루나는 그렇게 하녀장을 몰아붙이고는, 졸린 눈을 비벼 뜨며 단장을 마쳤다.

하룻밤 새우는 것쯤이야 괜찮다고 생각했건만. 그간 편안한 삶에 익숙해진 건지, 몸이 버티지 못했다.

'이렇게 약해 빠져서야.'

카루나는 느슨해진 자신을 탓하며 혀를 꽉 깨물었다. 그렇게 해서라도 잠에서 깨려는 것이었다. 그런 카루나의 노력을 알아준 것인지, 아침 일찍부터 황궁에서 사자가 도착했다.

그는 황태자궁에서 온 시종이라며 본인의 신분을 밝히고는 곧바로 라크안을 만나게 해 달라고 청했다. 라크안은 카루나에게 소식을 전했고, 카루나는 기꺼이 함께하기로 결정했다.

그리하여 오랜만에 카루나는 라크안을 만날 수 있었다. 똑같이 밤을 새웠는데 라크안은 조금도 피곤해 보이지 않았다. 어젯밤, 창밖을 보지 않았다면 그가 밤새 한숨도 못 잤다는 걸 믿지 않았으리라. 물기가 남은 머리카락이 흠이라면 흠이었다.

"물기도 제대로 안 말리고 다니다가 감기라도 들면…….."

카루나는 저도 모르게 손을 뻗으며 잔소리를 늘어놓았다. 라크안 역시

무의식적으로 고개를 숙였다. 카루나가 제 머리를 편히 만질 수 있도록 들이댄 것이다.

"……."

"……."

두 사람은 그 상태로 굳어 버렸다.

"아, 이런……."

"……."

오랜만의 만남이었는데도 서로가 너무 익숙했다. 그리고 그걸 깨닫는 순간, 놀랍게도 어색해져 버렸다. 황태자의 시종이 그 어색함을 깨부수며 급히 걸어 들어왔다.

"존경을 충분히 표현하지 못하는 것을 용서하십시오. 황태자 전하께서 최대한 빨리, 말씀드리라고 하셨습니다. 공작 각하, 마카레나 백작 영애가 입궁하여 황태자궁에 쳐들어왔습니다! 황태자 전하께서 도움을 청하고 계십니다! 제발 도와주십시오!"

황태자궁의 시종들이 모두 이 사람처럼 충성스러운 건지, 아니면 황태자가 급박한 와중에도 특별히 충성스러운 자를 골라 보낸 건지는 알 수 없으나. 시종의 절절한 목소리는 카루나와 라크안의 마음을 움직이기에 충분했다. 무엇보다 시종의 입에서 튀어나온 '마카레나 백작 영애'라는 단어가 두 사람의 심금을 울렸다.

'드디어!'

카루나가 눈을 반짝였다. 라크안과 카루나는 동시에 서로를 바라보았다.

"……."

"……."

말을 하지 않아도 마음이 통했다. 두 사람은 동시에 미소 지었다. 어느 쪽도 황태자를 걱정하는 표정은 아니었다.

"당장 입궁하지. 자네는 먼저 돌아가게."

라크안은 시종을 내보내고 곧바로 자리에서 일어섰다.

"루시온을 데리고 내려갈게요. 조금만 기다려 주세요."

카루나 역시 바삐 움직였다. 옷을 갈아입고 화장을 하고, 머리를 만지고, 루시온까지 챙겨야 했다. 지금 입고 있는 옷에 망토 하나만 두르고 철십자 기사들을 부르면 그만인 라크안보다는 그녀가 훨씬 할 일이 많았다.

카루나가 황궁에 갈 준비를 마치고 루시온의 에스코트를 받아 계단을 내려오니, 역시나 라크안과 철십자 기사들은 미리 준비를 끝내고 대기하고 있었다. 오랜만에 세나가 마차 앞에 서 있었다.

"아가씨, 오늘은 제가 모시겠습니다."

세나가 루시온을 쏘아보며 말했다.

"세나 경, 오랜만이에요."

카루나는 반가운 마음에 정답게 인사를 했으나 곧 그간 서운했던 감정이 떠올라 입을 삐죽였다.

'내내 얼굴 한 번 안 비치더니, 왜 이제 와서 루시온을 견제하는 거야?'

어젯밤만 해도 아무 일도 없는데 밤새, 라크안과 저택을 어슬렁거리고 있지 않았던가.

'그런 걸 하느라 나랑 함께 있지 못했던 거야?'

정말 할 일 없이 밤을 새운 게 아니라 뭔가 다른 이유가 있을 거라고, 머리로는 알고 있으나 섭섭한 마음은 어찌할 도리가 없었다. 다른 누구도 아닌 세나라서 그랬다. 만약 다른 사람, 솔토가 그랬다면 카루나는 조금도 섭섭함을 느끼지 못했을 것이다.

세나라서, 다른 누구도 아닌 세나라서 이런 기분이 드는 것이었다. 또이런 기분을 솔직하게 드러낸 것이었다. 자신도 모르게 마음을 준 사람에게 투정을 부리는 것이었다.

세나는 그것도 모른 채 루시온 말고 자신이 에스코트하겠다고 손을 내밀었다. 카루나가 자신의 손을 잡아 줄 거라 믿어 의심치 않는 태도였다.

카루나는 그 자신만만한 태도마저도 얄미워서 마차에 오를 때까지 루시온의 손을 놓지 않았다.

"아, 가씨?"

세나는 카루나가 유유히 자신을 스치고 지나가자 충격받은 표정을 지었다.

루시온은 마차에 오르며 세나를 돌아보고는 픽, 웃음을 흘렸다. 표정이 없어 목각 인형이 아니냐는 소리까지 듣는 사내가 굳이 웃는 얼굴을 보여 주겠다며 고개를 돌리는 이유는 단 하나였다. 비웃음.

"젠장."

세나가 이를 악물고 루시온을 노려보았다.

"세나 경, 진정하게."

세나와 루시온의 신경전을 보다 못한 라크안이 세나를 제지했다. 그러는 사이 루시온은 보라는 듯 마차의 문을 닫았다.

"저 자식이 진짜!"

세나가 벌컥 화를 내며 마차로 달려들려고 했다. 안 그래도 매일같이 밤을 꼴딱 새우는 강행군으로 신경이 예민해져 있던 차였다. 더군다나 오늘은, 갑작스러운 부름을 받아 채 두 시간도 자지 못한 상태였다.

숲의 일족 모두가 라크안과 같은 괴물은 아니었다. 잘 만큼 자야 온전한 정신을 유지할 수 있었다. 안 그래도 피곤한데 평소 마음에 안 들어 하던 자에게 도발까지 당하니, 얇디얇은 이성이 팍- 끊어진 것이다.

"쓸데없는 데 신경을 팔지 말게."

"라안 님, 이게 쓸데없는 짓 같으십니까? 저랑 라안 님이 밤새 아가씨를 지키는 동안, 저 족제비 같은 게 아가씨 옆에 딱 붙어서 아가씨의 사랑을 독차지하고 있지 않습니까. 외부의 적도 중요하지만, 내부의 적도 잘 다스려야 하는 법입니다."

세나가 이글이글 타오르는 눈으로 라크안을 바라보았다. 루시온이 짜증 나는 만큼, 라크안이 한심하게 보였다.

"아가씨를 빼앗기지 않으시려면, 라안 님이야말로 정신을 똑바로 차리셔야 되는 거 아닙니까?"

그러다 기어이 마음속으로 생각만 하고 있던 말을 꺼냈다. 그녀가 조금만 더 잘 수 있었다면 결코 입에 담지 않았을 말이었다. 곁에 서 있던 철십자 기사들이 기겁하며 세나를 돌아보았다.

'저게 미쳤나.'

'자던 걸 들고 나왔더니, 저렇게 무례하게 행동하네?'

'내 저럴 줄 알았지. 안 그래도 요즘 맨날 투덜대더라.'

'루시온, 저자를 왜 저렇게 못 잡아먹어 안달이야.'

라크안이 옆에 서 있어 차마 세나를 말리지는 못하고, 뜨악한 표정을 지을 뿐이었다.

"말하는 김에 마저 말씀드리겠습니다. 곁에서 지켜보고, 제 두 눈으로 똑똑히 보고 말씀드리는 겁니다. 라안 님, 좀 이상해지셨습니다. 정확히는 그 숲에 다녀오신 뒤로 말입니다. 아가씨를 멀리하고 있으십니다. 아니라고는 말씀하지 마십시오. 다른 사람은 몰라도 저는 못 속입니다."

세나가 라크안의 턱에 제 머리를 박을 듯 가까이 가서는 라크안에게만 들릴 정도의 목소리로 속삭였다. 혹여나 마차 안에 있는 카루나가 듣고 상처 입을까 봐, 오로지 그 걱정 때문이었다.

"왜요, 아가씨에 대한 마음이 식으셨습니까?"

"세나 경."

"아니라는 거 압니다. 그런 분이 밤마다 눈의 땅에서 온 것들로부터 아가씨를 지키려 애쓰진 않으실 테니까요."

"그만하게."

"아니면 뭡니까. 리센 님한테 미안한 마음이 들어서, 아가씨를 포기해야겠다는 생각이라도 드십니까?"

"그만하라고 했네."

"그만하라고만 하지 마시고, 한번 말을 해 보십시오. 루시온, 저딴 더러운 사냥개가 아가씨 곁에 붙어 있는데도 아무렇지 않으십니까? 화를 내야 하는 건 제가 아니라 라안 님입니다. 그런데 라안 님이 가만있으시니까 제가 이러는 거 아닙니까. 솔직히 옆에서 보면 답답하고 짜증이 나서 미칠…… 윽!"

세나가 미처 말을 끝마치지도 못하고 고개를 숙였다. 허물어지듯 쓰러지는 몸을 뒤에서 받쳐 든 건, 솔토였다. 라크안에게 덤비는 세나를 보다 못해 목덜미를 내리친 것이었다.

세나는 솔토가 제 뒤로 다가와 공격할 때까지 솔토를 알아채지 못했다. 그만큼 라크안과의 대화에 집중해 있었거나, 기척에 둔해질 정도로 피곤한 상태라는 뜻일 터.

"죄송합니다. 요 며칠 잠을 제대로 못 자더니 기어코 사고를 치네요."

솔토가 세나를 대신해 꾸벅, 고개를 숙였다. 라크안은 쓰게 웃으며 고개를 저었다.

"됐네. 틀린 말을 한 것도 아니고."

라크안은 솔토에게서 세나를 건네받았다. 뒷덜미를 잡아 드니, 세나가 기절한 토끼처럼 축 늘어졌다.

"무슨 일인가요? 말싸움하는 소리가 들리는 거 같던데?"

마차 문이 열리더니, 카루나가 비죽- 고개를 내밀었다.

"그대의 호위 기사가 선 채로 잠꼬대를 해서."

라크안이 잡은 사냥감을 보여 주듯 세나를 들어 올렸다.

"세나 경!"

꺅, 카루나가 비명을 지르며 문밖으로 두 손을 뻗었다.

"맙소사, 세나 경에게 무슨 짓을 한 거예요!"

카루나는 제 애완 토끼를 죽인 못된 사냥꾼을 보듯 라크안을 보았다.

세나가 폭발한 이유는 카루나였다. 카루나가 세나를 무시하고 루시온을 신뢰하니, 억울하고 원통해져서는 라크안에게 화풀이를 한 격이었다.

그런데 정작 카루나는 기절한 세나를 보자마자 두 손을 뻗었다. 어서 자신에게 돌려 달라는 듯이. 라크안은 토끼, 아니, 주인도 못 알아보고 발광했던 부하 늑대를 쥔 채 잠시 고민했다.

카루나가 어서 자신에게 달라고 손을 내미니, 주고 싶지 않았다. 괜한 심술이었다. 라크안은 괜히 세나의 목덜미를 꽉 움켜쥐었다. 숨이 막힌지 기절한 몸이 움직였다.

"세나 경! 지금 세나 경을 죽일 셈인가요? 당장 놓지 못해요?"

카루나는 그걸 보고는 아예 마차에서 뛰어내리려고 했다. 옆에 앉아 있던 루시온이 말리지 않았다면, 어디선가 후추 한 통을 구해 와 몽땅 라크안에게 쏟았으리라.

'……애도 아니고.'

라크안은 뒤늦게 제가 어린아이같이 군 것을 깨닫고는 낮게 혀를 찼다. 이래서야 좋아하는 여자아이에게 심술을 부려 미움을 받는 애 같지 않은가.

"라안 님, 세나를 놓고 가시렵니까?"

옆에 서 있던 솔토가 물었다.

"아니, 데리고 가야지. 일어났는데 나도 없고 카루나도 없으면, 무슨 사고를 칠 줄 알고."

"아, 그건 그렇죠."

솔토가 고개를 끄덕였다.

'만일 황태자궁에서 무슨 일이 생긴다면, 카루나를 보호할 사람이 필요하기도 하고.'

라크안의 붉은 눈이 가늘어졌다.

내내 모습을 드러내지 않던 클레이엔이 황태자궁에 나타났다. 카루나는 클레이엔의 갑작스러운 등장이 자신이 황태자와 염문을 뿌려서라고 생각하는 듯하나, 라크안의 생각은 달랐다.

'시종은 마카레나 백작 영애의 외모에 대해 아무 말도 하지 않았어.'

마카레나 백작 영애가 황태자궁에 나타나 황태자를 괴롭히고 있다. 황태자궁에서 온 시종은 이렇게만 말했다.

얼굴이 이상해진, 이전과 다르게 생긴, 혹은 마카레나 백작을 닮은 것 같은데 처음 보는 얼굴의 영애가, 라고 말하지 않았다. 라크안은 그게 신경이 쓰였다.

클레이엔의 등장을 아무 일도 일어나지 않았던 어젯밤과 연관 지어 생각하는 건, 너무 과민한 생각인 걸까.

숲에서 돌아온 후 매일같이 눈의 땅에서 온 존재들이 바이켈드 공작 저를 공격했다. 그런데 어젯밤, 거짓말처럼 그들이 찾아오지 않았다. 어젯밤, 정말 아무 일도 일어나지 않은 걸까? 아니면…….

'조심해서 나쁠 건 없지.'

라크안은 카루나에게 세나를 넘겨주었다. 카루나는 세나의 머리를 소중히 껴안고는 큰 소리가 나게 문을 닫았다.

"음…… 라안 님, 마차를 한 대 더 준비할까요?"

솔토가 머뭇거리며 물었다. 당연히 카루나와 라크안이 같은 마차를 타고 갈 거라 생각했건만. 돌아가는 사정을 보아하니 그건 힘들 것 같았다.

"그래야 할 것 같군."

"당장 준비하겠습니다."

솔토가 급히 돌아섰다. 원래 이렇게나 믿음직한 인물은 아니었던 것 같은데. 그동안 세나에게 단단히 훈련을 받은 듯했다. 자신을 대신해 카루나를 호위해야 하니 자격을 갖추어야 하지 않겠냐며 쥐 잡듯 잡아 댔으리라.

라크안은 새로 준비한 마차에 올라타 팔짱을 끼고 눈을 감았다. 귓가에 세나의 말이 윙윙- 울렸다.

세나의 말은 반은 맞고 반은 틀렸다. 세나의 말처럼 숲을 다녀온 후 라크안은 변했다. 이전처럼 카루나에게 스스럼없이 다가가지 않았고, 손끝이 스치는 것조차 조심스러워했다.

당연한 일이었다. 좋아하는 여인을 어찌 열두 살 꼬맹이를 대하듯 할 수 있으랴.

세나의 말과 달리, 라크안은 넋 놓고 가만히 앉아 있는 것만은 아니었다. 라크안은 카루나에게 닿는 모든 걸 질투하고 있었다. 황태자에 루시온, 세나. 그리고 이제는 곁에 없는 리센까지. 한도 끝도 없이 모든 이들에게 질투를 느꼈다.

이런 추한 마음을 어떻게 드러낼 수 있을까. 꾹 참고 억누르는 것만으로도 힘에 부쳤다.

"나도 내 마음을 모르는데, 곁에서 지켜보기만 한 걸로 어찌 내 마음을 안다는 건지."

라크안은 픽, 웃으며 고개를 들어 창밖을 바라보았다.

황궁이 눈앞에 놓여 있었다. 솟아오른 황태자궁의 지붕이 유독 요사스럽게 보이는 건, 기분 탓이리라.

* * *

황궁으로 향하는 동안 카루나는 세나를 눕혀 편히 쉬도록 했다. 세나의 머리를 제 무릎에 올리고, 새근새근 잠든 세나의 두 눈에 손을 얹었다. 시원한지 세나는 자는 와중에도 기분 좋게 한숨을 내쉬었다.

"꽤나 아끼시는군요."

그 모습을 지켜보던 루시온이 말했다.

"내 호위 기사니까."

"저는 아가씨의 비서입니다만."

"왜? 내가 루시온, 당신보다 세나를 더 아끼는 거 같아?"

카루나가 장난스레 물었다. 루시온은 잠시 고민하더니 물었다.

"제가 기절해도 무릎베개를 해 주실 겁니까?"

"설마."

"답이 나왔군요."

루시온이 무표정한 얼굴로 대답했다. 목소리가 평소보다 더 무뚝뚝하게 들리는 건 착각이 아니리라. 카루나는 픽 웃으며 세나의 머리카락을 쓸어 넘겨 주었다.

처음 만났을 땐 밤송이처럼 짧았는데 어느새 뒷덜미를 덮을 만큼 자랐다. 카루나는 세나의 머리카락을 보며 새삼 시간이 많이 흘렀음을 깨달았다.

카루나는 문에 달린 천을 걷어 밖을 내다보았다. 어느새 황궁이 가까워져 있었다.

"세나 경, 이제 그만 일어나요. 황궁에 거의 다 도착했으니까."

"……."

세나는 눈썹 하나 꿈쩍하지 않았다.

"제가 깨워 드릴까요?"

"아니, 안 그래도 돼. 이미 깨어 있을 테니까."

카루나가 몸을 일으키려는 루시온을 저지하고는 세나를 내려다보며 말했다.

"그렇죠, 세나 경?"

"……이런, 알고 계셨습니까?"

"한참 전부터 깨어 있는 줄 알았어요."

"과연 카루나 아가씨. 대단하십니다!"

세나가 싱글싱글 웃어 보였다. 루시온이 그런 세나를 못마땅하게 쳐다보았다.

"할 짓 없는 늑대로군. 아가씨가 피곤하실 걸 생각 못 하고 꾀병을 부리다니."

"고만 좀 투덜거리지? 그래 봤자 사냥개 주제에, 툭하면 왈왈 짖어 대는 꼬락서니 하고는."

세나와 루시온은 사이좋게 덕담을 한마디씩 나누었다. 덕담이 싸움으로 번지려 하는 것을 막는 건 카루나의 몫이었다. 세나는 루시온에게 한 소리를 듣고도 카루나의 무릎을 벤 채로 일어나지 않았다. 카루나는 그런 세나를 보며 픽, 웃어 보였다.

"편해요?"

"아-주 편하고 너무 좋습니다. 아가씨."

"그럼 평생 여기에 누워 있어요. 난 나갈 테니까. 다 도착한 거 같네요."

카루나의 말대로 마차가 멈춰 섰다.

"어어, 아닙니다. 그건 곤란하지요. 저는 아가씨의 호위! 아가씨가 어딜 가든 따라다녀야 하는 임무를 수행 중입니다."

"그런 사람이 날 솔토 경에게 맡기고 얼굴도 안 비쳐요?"

"음…… 그건, 저도 정말 싫었는데, 라안 님께서 억지로 강요하셔서 어쩔 수 없이……."

벌떡 일어난 세나가 눈에 띄게 시무룩해하며 중얼거렸다. 루시온이 그런 태도 또한 혐오스럽다는 듯 쳐다보았으나 세나는 본 척 만 척 했다. 그녀에게 중요한 건 카루나였지 카루나의 사냥개가 아니었다.

"그래요? 라안 님이 뭘 강요했는데요?"

그제야 세나는 카루나의 함정에 빠진 걸 눈치챘다.

"음…… 그러게 말입니다. 제가 뭘 강요당했을까요?"

하하하, 세나가 어색하게 웃으며 카루나의 시선을 피해 고개를 옆으로 돌렸다.

"세나 경."

"……"

"세나 경?"

"……"

먹기 싫은 음식을 내미는 주인에게 애써 반항해 보는 길든 늑대처럼, 세나는 끝까지 고개를 돌리지 않았다. 카루나는 그런 세나를 지그시 바라보다가 웃음을 터뜨렸다.

"알았어요, 알았어. 말하기 힘들면 말하지 말아요."

"네. 감사합니다!"

세나는 말이 끝나기가 무섭게 고개를 돌렸다.

똑똑- 마차 밖에서 노크 소리가 들렸다. 목적지에 도착했음을 알리는 소리였다. 루시온이 먼저 몸을 일으켜 마차 문을 열고 나갔다. 그러고는 손을 내밀어 카루나의 에스코트를 자청했다. 선수를 빼앗겼다고 분해하는 것도 잠시,

"여기 머리가 뻗쳤네요."

세나는 제 머리에 손을 대는 카루나를 멍하니 바라보았다. 카루나의 손이 머리에 닿는 그 순간, 세나는 뭉클한 감정에 사로잡혔다. 당장이라도 카루나를 위해 목숨이라도 내놓고 싶어진달까.

아무리 생각해도 이상한 일이었다. 반려도 아닌 누군가에게 이렇게나 목매게 되는 날이 오다니.

처음 볼 때는 어린 여자아이였다. 자신이 다친 걸 걱정해 주는 모습이 너무 예뻐서 눈을 뗄 수 없었다. 그다음에는 자신들도 무서워하는, 발작을 일으킨 라크안을 포도주 통이나 후춧가루로 무찌르는 걸 보고 감탄하고 존경하게 됐다.

녹색 눈을 반짝이며 활짝 웃는 얼굴이 너무 예뻐서 한 번 보면, 눈을 뗄 수가 없었다. 자꾸자꾸 보다 보니까 어느새 좋아하게 되었다. 그렇게

싫어했던 클레이엔이라는 걸 알게 되어도, 마음은 바뀌지 않았다.

그런데 이제는 이 녹색 눈을 보면, 존경과 좋아하는 마음을 넘어 복종하고 싶은 마음까지 든다.

'이상한 일이란 말이야. 난…… 반려가 있는데. 반려를 찾았는데, 반려가 아닌 분께 이런 감정을 느끼다니 말이야.'

세나는 고개를 갸웃, 내저었다.

"아, 됐어요."

카루나가 손을 떼자, 세나는 괜히 아쉬운 마음에 머리를 더 들이밀었다. 하지만 카루나는 그런 세나의 마음 따윈 알아주지 않고 휙 하니 돌아서 루시온의 손을 잡고 마차에서 내렸다.

"안 내리고 뭐 해요? 빨리요."

이어 멀뚱하니 앉아 있는 세나에게 손짓했다.

"네, 아가씨. 지금 갑니다."

세나는 카루나의 부름에 바로 답하며 마차에서 뛰어내렸다.

'뭐, 이상하면 어때. 좋은 게 좋은 거지.'

세나는 앞서 걷는 카루나의 뒷모습을 바라보며 웃어 보였다. 목숨을 걸고 지키라는 명을 받았는데, 목숨을 다해 지켜야 하는 상대가 이렇게 좋으니 좋은 거지. 뭘 더 고민한단 말인가. 세나는 그리 생각하며 바삐 걸음을 옮겼다.

"아가씨, 그런 놈은 잡지 마시고 저랑 가십시오!"

* * *

카루나가 마차에서 내리자 먼저 도착한 라크안이 마중을 나오듯 옆에 섰다. 이어 대기하고 있던 황실 기사단의 기사들이 카루나와 라크안을 반겼다.

"어서 오십시오. 기다리고 있었습니다."

황실 기사들의 얼굴이 굳어 있었다. 라크안을 경계하는 것은 아니었다. 라크안을 대하는 자세는 더없이 정중했다.

"……."

"……."

카루나와 라크안은 서로를 바라보았다.

'뭔가 일이 크게 벌어진 것 같죠?'

'일이 생긴 모양이군.'

동시에 낭패라는 기색이 흘렀다.

'시종이 다녀간 그 사이에 상황이 더 나빠진 건가?'

카루나는 불안한 마음을 가라앉히지 못했다.

'아니, 황태자씩이나 돼서 백작가 여식 하나 감당하지 못하면 어떡해?'

괜히 황태자에게 성을 냈다. 클레이엔이 무슨 일을 벌일지 모르니 미리 대비해 두어야 한다. 이건 황태자와 스캔들을 낼 때부터 미리 논의되었던 일이었다.

"황태자 전하. 전하랑 제 사이에 이상한 소문이 난다면, 딴 사람은 몰라도 마카레나 백작 영애는 반드시 반응할 거예요. 마카레나 백작도 말리지 못하겠지요. 백작 영애가 어떻게 나올지는 몰라도 황태자 전하나 저, 둘 중 한 명에게 덤벼들 거예요. 그때 반드시 상대편에 도움을 구하고, 상대편이 도착할 때까지 무사히 버텨야 해요. 하실 수 있겠어요?"

"……내가 하고 싶은 말인데. 마카레나 백작 영애가 나선다면 그대가 위험할 수도 있어. 라안에게 말해 호위를 늘리고, 절대로 혼자 있지 말아."

황태자는 오히려 카루나를 걱정했다. 카루나는 코웃음을 치며 누가 누굴 걱정하느냐는 태도로 황태자에게 단단히 말해 두었다.

"클레이엔은 백합궁을 황금으로 뒤덮고, 모두가 마시는 음료에 이상한 약을 타서 소동을 일으켰어요."

"백합궁에 감히 늑대를 풀기까지 했지. 내 어머니가 다치기라도 했으면, 나는 절대 그녀를 살려 두지 않았을 거야."

황태자가 그답지 않게 화를 내며 주먹을 쥐었다.

"아…… 뭐, 그건. 뭐, 아무튼요. 방법을 동원해서 황태자 전하를 어떻게 할지도 몰라요. 들으셨죠? 예전에 라안 님이 사랑의 묘약이란 마법 약을 먹고 납치, 감금됐던 일 말이에요."

다른 사람은 몰라도 황태자는 사실을 알고 있으니 말을 하기도 편했다. 카루나의 말에 황태자는 하하, 웃으며 말했다.

"언제부터 라안을 라안이라고 부르게 됐어? 둘 사이가 정말 가까워졌나 보군."

기껏 조심하라고 걱정을 해 주었더니, 황태자는 딴소리를 하면서 카루나의 심기를 거슬렸다.

"황태자 전하!"

"알았네, 알았어. 조심한다니까. 내 걱정은 말게. 황궁은 황실 기사단이 철통같이 지키고 있고, 황태자궁에만 해도 호위를 서는 기사가 수십이니. 먹는 음식, 물 또한 각별히 조심하고 신경 쓸 테니까 걱정 말고."

클레이엔과 클레이엔인 척하던 카루나에게 오랫동안 시달렸으나 그건 어디까지나 인간적인 수준의 스토킹이었다. 황태자는 당해 봤자 그 정도가 아니겠느냐고 말하며 사람 좋게 웃어 보였다.

"황태자궁 앞마당에 늑대를 풀어놔도, 라안이 날 구하러 와 줄 때까지 죽지 않고 버틸 테니까 염려 말고, 카루나, 그대야말로 조심하고 또 조심하게. 그대가 조금이라도 다치면 마카레나 백작 영애가 아니라 라크안이 날 죽이려 할 테니 말이야."

그게 재미있는 농담이라고 생각하는지 하핫, 크게 웃음을 터뜨리다가 결국 라크안에게 한 소리를 듣고야 말았다.

그날 보았던 황태자의 모습이 눈에 선했다. 조심하라니까 오히려 자신을 걱정하던 그 쓸데없이 잘생긴 얼굴이라니.

'황태자 주제에 왜 그렇게 잘생겨서 클레이엔 같은 게 반하게 만든 거야. 황태자면 황태자답게 적당하게 생길 것이지.'

카루나는 불안한 마음을 떨쳐 내기 위해 애써 황태자의 뛰어난 미모를 탓하며 라크안을 바라보았다.

"괜, 찮겠죠?"

"당연하지. 내가 갈 때까지는 반드시 살아 있을 거라고 했으니, 약속을 지키겠지. 황태자씩이나 돼 가지고 약속을 어기거나 할 사람은 아니야."

불안이 전염된 것일까. 라크안이 굳은 얼굴로 말했다. 카루나는 그게 자신의 질문에 대한 답이 아니라 본인 스스로에게 하는 말처럼 들렸다. 유독 조용한 황궁의 분위기가 두 사람의 불안함을 부채질했다.

카루나와 라크안은 서둘러 황태자궁으로 향했다. 황태자궁에 도착할 때까지 어떤 귀족과도 마주치지 않았다. 황궁은 텅 빈 것처럼 조용했다. 그게 불안을 더 부채질했다.

"어떻게 된 일이죠?"

"황제 폐하께서 명을 내리셔서 황궁 출입이 봉쇄되었습니다. 황족들은 황제 폐하께서 계신 궁에 모여 계십니다. 황태자궁을 제외하면 그곳이 마법 방어진이 가장 잘 구축된 곳이니까요."

"마법 방어진이라니, 그걸 왜……."

기사에게 되물으려던 카루나는 말을 하다 말고 입을 닫았다.

'마법? 또 마법인 건가?'

그날. 클레이엔은 모든 마법을 무효화시키는 마법 약을 음료에 탔다. 그로 인해 카루나의 티 파티에서 큰 소동이 일어났고, 카루나는 이전의 상처가 벌어져 죽을 뻔했다.

그때의 기억 때문일까. 칼에 찔렸던 배가 쿡쿡, 아파 왔다. 카루나는 아랫배를 꽉 눌렀다.

"무슨 마법인지는 파악됐나?"

라크안이 묻자 기사가 고개를 저었다.

"마탑에서 마법사들이 파견되었으나 하나같이 알 수 없는 힘이라고 말했습니다."

"황제 폐하께는 보고했고?"

"네. 폐하께선 숲의 일족의 마법이 아닌지 의심하고 계십니다. 공작 각하의 아버님께서 숲의 일족이시니 그에 대해 알지 않겠느냐며 기대하고 계시니 부디, 가서 살펴본 후 고견을 말씀해 주십시오."

모든 귀족의 황궁 출입이 통제되었는데 라크안과 카루나만 수월히 들어온 건 그런 이유에서인 듯했다. 단지 황태자의 부름만으로는 황실 기사단의 극진한 호위를 받지 못했으리라.

'숲의 마법이 아니라 눈의 땅의 힘이겠지.'

라크안은 카루나의 뒤에 꼭 붙어 있는 세나에게 눈짓했다. 세나는 말없이 고개를 끄덕였다. 황태자궁 앞에는 황실 기사단이 빙- 둘러서 있었다. 마치 예전에 바이퀠드 공작저를 감쌌던 모습과 같아 보였다.

문제는 그들이 감싸고 있는 것이었다. 황태자궁이 있어야 할 자리에 원 모양의 반투명한 막이 쳐져 있었다. 안쪽에서 아른아른하게 황태자궁의 형체가 비쳤다.

카루나도 라크안도 황태자궁에 무슨 안 좋은 일이 생겼겠거니, 막연하게 생각하고 있었을 뿐이었다. 이런 상황까지는 전혀 예상치 못했기에 둘 다 제 눈을 의심했다. 뒤따르던 세나와 철십자 기사들 역시 마찬가지였다. 태연한 건 황실 기사단뿐이었다.

"오셨습니까."

황실 기사단 단장이 뛰어나와 라크안에게 고개를 숙였다. 예전에 바이켈드 공작저를 둘러싸고 있을 때와는 다른 태도였다.

"무슨 일이지? 왜 황태자궁에 이런……."

라크안은 인상을 찡그렸다. 황태자궁을 뒤덮은 저것을 무어라 불러야 하는지 난감했다. 그건 황실 기사단 단장 역시 마찬가지인 듯했다.

"이른 아침에 마카레나 백작 영애가 황태자궁으로 찾아와 황태자 전하께 알현을 신청했다고 합니다. 황태자 전하께서는 거절하셨는데 자신의 죄를 고백하고 증거를 제출하겠다는 말을 들으시고는 마음을 바꿔 마카레나 백작 영애를 만나셨다고 합니다."

"그러고는?"

"갑자기 마카레나 백작 영애가 난동을 부리며 황태자 전하를 위협했다고 하더군요. 황태자 전하께서는 시종을 불러 공작 각하께 연락을 취하라고 하셨고, 그 시종이 황태자궁에서 나온 직후 저 이상한 것이 생겨났습니다. 저희가 알고 있는 건 여기까지입니다."

바이켈드 공작저를 다녀온 시종을 불러 무슨 일인지 물은 듯했다. 그 시종이 알고 있는 것 외에는 새롭게 파악된 것이 아무것도 없었다.

"저것이 황태자궁으로 들어가려는 모든 것을 막아서고 있습니다. 창과 칼로 찔러도 보고 화살도 쏴 봤지만, 소용없었습니다."

황실 기사단장이 고개를 숙였다. 무력감을 느끼는 듯했다.

"나와 철십자 기사단이 돕겠네. 어떻게 해서든 황태자 전하의 안전을 확보해야 하네."

"황제 폐하의 명령도 그와 같으십니다."

"마카레나 백작은?"

"오늘 입궁하지 않았습니다. 황제 폐하께서 바로 체포령을 내리셔서 지금, 제국 기사단이 백작저로 간 상황입니다."

그때였다.

"……!"

카루나는 이상한 소리를 들었다.

활기찬 왈츠 음. 살려 달라는 비명. 죽어 가는 신음 소리.

카루나는 소리가 들리는 쪽으로 한 걸음, 한 걸음, 걸어갔다. 그렇게 황태자궁을 뒤덮은 반투명한 막에 가까워졌다. 황실 기사단장의 설명을 듣고 있던 라크안이 카루나의 손을 붙잡았다.

"뭐하는 거야."

"잠깐만요, 저기 저 소리 안 들리세요?"

"소리?"

"네, 소리요. 음악이랑 비명이…… 살려 달라는 소리가 들리잖아요."

카루나가 라크안을 돌아보며 말했다.

"……."

"……."

황실 기사단장과 라크안은 동시에 입을 다물었다. 그들 주변에 적막이 흘렀다.

"아무 소리도 들리지 않습니다만. 저희가 이곳에 도착했을 때부터 지금까지, 소리 같은 건 들리지 않았습니다."

황실 기사단장이 그 침묵을 깨고 말했다. 라크안과 주변의 기사들의 귀에도 들리는 소리라고는 황실 기사단장의 목소리뿐이었다.

"세나 경, 어떤가?"

라크안은 카루나의 손을 놓지 않은 채로 세나를 불렀다. 그녀는 누구보다 기척에 예민한 기사였다. 세나는 둥근 막이 감싸고 있는 황태자궁을 향해 귀를 기울였다. 눈까지 감고 집중하는가 싶더니 이내 눈을 뜨고 고개를 저었다.

"아무 소리도 들리지 않습니다."

세나가 그렇게 말하는 동안에도 카루나는 왈츠의 선율과 비명 소리를 들었다. 그 소리는 시간이 지날수록 점점 더 선명해졌다. 처음엔 들릴락 말락 한 수준이었으나 이제는 웅웅 울릴 정도로 크게 들렸다.

"이게 안, 들린다고요?"

카루나는 한 손으로 제 귀를 틀어막으며 라크안을 보았다.

"들린다고? 음악과 비명 소리가?"

"들려요. 너무 크게 들린다구요. 저기서, 저기서 들리고 있어요!"

카루나는 라크안의 손을 뿌리치고 황태자궁을 가리켰다. 그런 카루나를 바라보는 라크안과 세나의 표정이 묘해졌다.

"음악과 비명 소리라니……."

황실 기사단장은 난감한 표정을 지었다. 카루나의 말을 전혀 믿지 않을뿐더러, 황태자궁에 이런 일이 생긴 와중에 또 다른 소란 거리가 생겼다고 생각하고 있는 듯했다.

카루나는 황실 기사단장을 내버려 두고 황태자궁을 향해 걸어갔다. 빙 둘러서 있는 기사들을 헤치고 가까이 다가가니, 반투명한 막을 칼로 내리치고 창으로 찌르고 있는 기사들이 보였다.

그들이 번갈아 가며 힘껏 내리칠 때마다, 팅- 팅- 무기가 튕겼다. 더러는 검과 창이 동강 나기도 했다. 한쪽에는 마탑의 마법사들이 서 있었다. 그들은 로브를 벗고 얼굴을 드러낸 채 모여 서서 이야기를 나누고 있었다. 그들에게도 이 반투명한 막을 없애는 건 쉬운 일이 아닌지, 표정이 안 좋았다.

반투명한 막에 가까이 다가설수록 왈츠와 비명 소리는 선명해졌다. 이제는 귀가 아플 지경이었다.

'이 소리가 나한테밖에 안 들린다고?'

이유는 하나다. 이 반투명한 막이 자신에게는 통하지 않는다는 것. 카루나는 반투명한 막 앞에 서서 손을 내밀었다.

"함부로 만지지 마!"

뒤따라온 라크안이 카루나의 어깨를 붙잡았다. 카루나를 뒤로 끌어

내려는 것이었으나 그보다 카루나의 손이 반투명한 막에 닿는 게 먼저였다.

슈웅- 푹 꺼지는 소리가 들리더니 카루나의 손바닥 크기만큼 반투명한 막이 사라졌다. 카루나의 손에 닿아 없어진 것이었다. 카루나는 놀라 라크안을 돌아보았다. 라크안 역시 놀랐는지 눈을 크게 떴다. 그러면서도 카루나의 어깨를 쥔 손은 놓지 않았다.

"방금, 봤어요?"

"……."

"놔 봐요, 잠깐만요. 한 번만 더 확인해 봐야겠어."

카루나는 라크안의 손을 털어 내고 다시 반투명한 막으로 다가갔다. 그리고 이번에는 두 손을 내밀었다. 슈웅- 카루나의 손이 닿은 만큼 반투명한 막이 사라졌다.

이번에는 뒤따라온 세나와 황실 기사단장이 그 광경을 보았다. 그리고 세 사람은 카루나가 들었다는 그 소리를 들었다. 빠른 템포의 왈츠 음과 살려 달라고 애원하는 소리를. 황실 기사단장의 얼굴이 창백해졌다.

"황태자 전하, 당장 황태자 전하를!"

황실 기사단장이 막에 뚫린 구멍으로 손을 뻗었다. 그 구멍을 두 손으로 찢어서라도 안으로 들어가려는 것이었다.

"으아악!"

그 시도는 핏빛 실패로 끝났다. 황실 기사단장의 손이 닿자마자 반투명한 막이 다시 생긴 것이다. 빈 구멍에 집어넣었던 황실 기사단장의 손이 밖으로 밀려나면서, 손 전체에 칼날이 스친 것처럼 상처가 났다. 피가 분수처럼 쏟아져 반투명한 막을 적셨다.

카루나의 눈앞에서 벌어진 일이었다. 그 광경을 지켜본 카루나의 얼굴에선 반대로 핏기가 가셨다.

"마, 마법사! 마법사들! 치료 마법을 할 수 있는 마법사! 어서!"

세나가 쓰러지는 황실 기사단장을 받아 들며 소리쳤다. 구석에 서 있던 마탑의 마법사들이 달려와 기사단장의 손에 매달렸다.

"우리겐만 있었어도!"

"지금은 당장 상처를 아물게 하는 게 고작이야."

"어서 마탑에 연락해서 마법진을 준비하라고 해!"

마탑의 마법사들이 마법의 힘으로 피를 멎게 하고 상처를 봉합했다. 그 분주한 틈에서 라크안과 카루나, 세나는 무엇을 해야 할지 갈피를 잡지 못하고 멍하니 서 있었다. 가장 먼저 정신을 차린 건 카루나였다.

'왜 나한테만?'

카루나는 다시 반투명한 막으로 다가섰다.

"안 돼!"

라크안이 카루나를 붙잡았다. 그러다가 반투명한 막에 손을 댔는데, 그것은 칼과 창을 튕겨 내듯 라크안의 손을 튕겨 냈다.

"크윽."

라크안의 입에서 짧은 신음이 샜다.

"괘, 괜찮아요?"

카루나가 깜짝 놀라 라크안의 팔을 잡아당겼다. 다행히 라크안의 팔은 멀쩡했다. 겉으로 보기에는.

"……."

라크안은 굳은 얼굴로 자신의 손을 바라보더니, 다시 손을 내밀었다.

"뭐하는 거예요! 미쳤어요?"

카루나가 비명을 지르는 것과 동시에 반투명한 막이 라크안의 손을 다시 튕겼다. 라크안은 인상을 찌푸리며 반투명한 막에 부딪친 손을 털었다.

"겉으로는 막고, 들어가려 하면 소멸시킨다는 건가?"

손은 단단한 돌에 부딪친 듯 얼얼했다. 주먹을 쥐는 것도 할 수 없었다.

통증이 가실 때까지 검을 쥐지 못할 것 같았다. 피를 흘리고 찢어지지만 않았을 뿐 몸에 무리가 오는 것 같았다. 막에 뚫린 구멍이 사라지니 왈츠 음과 비명 소리도 다시 들리지 않았다. 오직 카루나에게만 들렸다.

'내게만 통해. 그렇다면…… 아마도, 그때랑 똑같은 거겠지?'

카루나는 숲에서의 일을 떠올렸다.

가장 먼저 생각나는 건, 잠들 듯 눈을 감은 리센의 모습이었다. 그를 떠올리는 것만으로도 마음 한구석이 시큰하게 아려 왔다. 이어 생각나는 건 자신의 힘에 밀려 사라진, 검은 얼룩과도 같은 존재들이었다. 반투명한 막을 만졌을 때, 그때와 같은 감각이 느껴졌다.

"이거, 숲의 마법인가요? 아니면 그 눈의 땅? 그곳의 마법인 건가요?"

카루나는 라크안과 세나에게 물었다. 이미 답을 알고 있으면서도 확인 차 물은 것이었다.

"……."

"……."

라크안과 세나는 대답하지 않았다. 두 사람의 굳은 얼굴을 보는 것만으로도, 카루나는 자신이 생각한 답이 정답이라는 걸 알 수 있었다.

"내가…… 들어가 볼게요."

카루나가 말했다.

"안 돼!"

"안 됩니다!"

당연하게도 라크안과 세나는 반대했다. 라크안은 아예 카루나의 손목을 세게 움켜잡았다.

"절대 안 돼. 혼자서는 못 들어가."

"방금 봤잖아요? 나밖에 안 되는 거요."

반투명한 막에는 아직 황실 기사단장의 피가 묻어 있었다. 카루나는 손을 뻗어 반투명한 막을 건드렸다. 손끝이 닿으려는 순간, 잔잔한 호수에 돌을 던진 것처럼 반투명한 막이 흔들리더니 작게 구멍이 났다. 이 작은 구멍에 카루나 말고 다른 누군가가 또 손을 댄다면 황실 기사단장과 같은 꼴이 되리라.

여전히 반투명한 막 안에서는 비명이 들렸다. 황태자의 비명이 섞여 있을지도 모른다고 생각하니, 마음이 급해졌다.

'황태자가 잘못되면 안 돼. 절대로 안 돼.'

황태자는 라크안을 형제처럼 여기고, 바이켈드 공작가와 라크안에게 호의적인 황위 계승자. 황태자가 안전해야 라크안이 무사할 수 있다.

'황제는 이 일이 숲의 마법 때문에 일어난 걸로 의심하고 있다고 했지?'

그러면서 황제는 다른 귀족들의 황궁 출입을 금지하면서, 라크안만은 황태자궁까지 들여 이 괴이한 마법을 살피게 했다. 단지 황태자를 걱정하여, 라크안의 도움을 받기 위해서만일까?

'아니, 황제가 단지 그 하나만 생각했을 리 없어. 만약 황태자가 잘못된다면, 그걸 빌미로 라안까지 쳐낼 생각인 거야.'

마카레나 백작은 백합궁의 소란으로 발목이 붙잡혔다. 그는 충성스러운 신하 흉내를 내며 매일같이 입궁하여 황제의 곁을 지키고 있다. 마카레나 백작을 눌렀으니, 이제는 점점 커지는 라크안의 세력에 곤란해졌을 것이다.

여전히 라크안을 필요로 하고, 라크안의 충성을 받길 원하면서 한편으론 끊임없이 라크안을 견제하고 쳐낼 생각을 하는 게 황제라는 작자였다. 만약 황태자가 잘못된다면, 황제는 그 분노를 오롯이 라크안에게 쏟아낼 것이다.

황태자와 가까이 지내는 귀족 중 숲의 일족과 연관된 사람은 오직 라크안 하나뿐이니. 황태자가 숲의 마법 때문에 잘못되었다면, 라크안이 황위를 욕심내고 일을 벌인 거라고 몰아세우기 충분했다.

'절대 그렇게 만들지 않겠어.'

카루나가 뭐가 있을지 모를 저 안으로 들어가려는 건 그 때문이었다. 라크안은 그런 카루나의 마음을 알지 못하고, 그저 답답하다는 듯 그녀를 바라보았다.

"무언가 방법이 있을 거야."

그러니 나서지 말라는 말이었다. 카루나는 고개를 저었다.

"시간이 없어요. 안에 비명 소리 들었잖아요? 황태자 전하가 위험할지도 몰라요."

"그렇게 나약한 사람이 아니야. 훌륭한 기사고……."

"훌륭한 황태자 전하죠. 그러니까 신하 된 도리로, 당신은 그분의 안전을 위해 최선을 다해야 해요. 그게 당신의 맹세였잖아요? 당신이 할 수 있는 최선이 바로 여기 있어요."

카루나가 자기 자신을 손가락으로 가리켰다.

"……."

"제가 들어가 볼게요. 뭔가 이상하다 싶으면 바로 빠져나올게요. 그러니까."

"들어갈 거면 나도 같이 들어가. 그게 아니면 안 돼. 절대로 안 돼."

라크안이 카루나의 말을 중간에 끊어 내며 말했다.

"혼자서는 절대 못 가."

라크안이 카루나의 손을 더 세게 쥐었다. 자신보다 커다란 사내가 얼굴을 굳히고, 손목이 아플 정도로 세게 잡고 있다. 위협적으로 느껴지거나, 하다못해 위압감이 느껴져야 마땅하건만. 카루나는 어째서인지 그가 안쓰럽게 느껴졌다. 그가 화를 내는 게 아니라 두려워하고 있다는 느낌이 들었다.

'왜? 내가 잘못될까 봐? 뭐야, 내가 꼭 황태자보다 더 소중한 것처럼.'

카루나는 픽, 웃으며 고개를 저었다.

'그럴 리가 없지.'

뭐, 아무튼. 고맙기는 했다. 어쨌든 자신을 걱정해 주고 있으니까. 자신이 그를 걱정하는 것만큼은 아니라 할지라도. 그가 자신을 걱정하고 있다는 걸 알게 되니 더더욱, 저 안으로 들어가야겠다는 각오가 굳어졌다.

"라안."

카루나가 라크안의 손등 위에 손을 올렸다. 라크안이 흠칫, 떨었다. 하나 카루나의 손길을 피하지는 않았다. 말하는 사람도, 듣는 사람도, 카루나가 처음으로 그를 편안하게 불렀다는 걸 의식하지 못했다.

"괜찮아요. 괜찮을 거예요."

카루나가 어린아이를 다독이듯 부드럽게 말했다. 단지 라크안을 달래기 위해 마음에 없는 말을 하는 게 아니었다. 카루나는 정말, 그런 확신이 들었다. 자신의 몸 안에 머무는 힘을 느꼈다.

"내 능력 알잖아요? 아직 살아 있어요. 그것도 이 힘 때문에 그런 건지 몰라요."

카루나는 옆에 서 있는 조각상을 향해 손을 뻗었다. 조각상은 황태자궁을 향해 두 손을 뻗으며 축복을 내리는 듯한 모양이었다. 천사의 날개엔 꽃 넝쿨이 얽혀 있었다. 카루나는 꽃 넝쿨을 움켜쥐었다가 라크안에게 손바닥을 내보였다.

피어날 때를 기다리며 꼭 웅크려 있던 꽃봉오리였다. 그것이 카루나의 손바닥 위에서 포르르, 떨더니 이내 화려하게 피어났다. 순식간에 벌어진 일이었다. 그 진한 꽃내음에 머리가 어지러울 지경이었다. 라크안은 향기를 피해 뒤로 반걸음 물러서면서도 굳은 얼굴을 펴지 않았다.

"그래도 안 되는 건 안 되는 거야."

그때였다.

"미안해요."

카루나가 마음을 굳게 먹고 라크안의 손을 쳐냈다. 어릴 때, 소매치기하다가 경비대에게 붙잡혔을 때 썼던 방법이었다. 허를 찔린 라크안은 어이없게 카루나를 놓쳤다. 다시 그녀를 붙잡으려 했지만, 카루나가 한 박자 빨랐다.

카루나가 반투명한 막을 향해 손을 뻗었다. 반투명한 막이 카루나의 손바닥 크기만큼 열리며, 안에 가득 차 있던 비명이 쏟아져 나왔다. 라크안은 저도 모르게 몸을 굳혔다. 그 틈에 카루나는 손바닥 위의 꽃송이를 라크안에게 던졌다. 꽃송이는 길고 억센 넝쿨을 뻗어 라크안의 몸을 칭칭 감쌌다.

"내가 해 볼게요."

카루나는 반투명한 막을 향해 몸을 던졌다. 반투명한 막은 딱 카루나만큼의 크기로 구멍 났다. 카루나의 몸이 그 속으로 쏙- 빠져들었다.

"카루나!"

라크안이 그녀를 부르짖으며 몸에 잔뜩 힘을 주었다. 푸드득- 넝쿨이 갈가리 찢겼다. 라크안은 즉시 손을 뻗었다. 막 손끝이 카루나의 옷소매에 닿으려 할 때였다. 반투명한 막이 둘 사이를 가로막았다. 라크안의 손이 반투명한 막에 튕겼다.

"크윽!"

라크안은 신음을 뱉으면서도 멈추지 않고 바로 검을 들어 반투명한 막을 내리쳤다. 어찌나 세게 내리쳤는지, 검신에 금이 갔다. 하지만 반투명한 막은 여전했다. 작은 흠집도 나지 않고 검을 튕겨 냈다.

"젠장!"

라크안은 금이 간 검을 집어 던지고 옆에 서 있던 철십자 기사의 허리에서 검을 뽑아 들었다.

"아가씨!"

세나 역시 바로 검을 뽑아 들고 라크안이 내리친 곳에 연이어 검을 휘둘렀다. 그러나 아무리 쉴 없이 검을 박아 넣어도, 검만 상할 뿐 반투명한 막은 꿈쩍도 하지 않았다.

"누가 마법을 걸어 줘!"

세나가 소리치자 철십자 기사 두 명이 다가왔다. 그들이 라크안과 세나의 검에 주문을 걸려 할 때였다.

"황실 기사단 외엔 누구도, 전하의 궁에서 검을 들 수 없습니다! 잊으셨습니까."

황실 기사단의 부기사단장이 나서서 소리쳤다. 하나 무의미한 외침이었다. 라크안과 세나는 그의 경고를 귓등으로도 듣지 않았다.

"공작 각하, 그건 반역입니다!"

보다 못한 황실 기사단의 부기사단장이 라크안에게 검을 겨누었다. 황실 기사들 역시 검을 뽑아 들었다. 동시에 철십자 기사단이 라크안과 세나 주변을 에워쌌다. 제국을 대표하는 두 기사단이 서로에게 검을 겨누었다.

"공작 각하!"

"공작 각하는 지금 황태자 전하를 구하려고 하시는 것 아닙니까. 보고도 모르시겠습니까."

솔토가 더 큰 목소리로 황실 기사단을 상대했다. 그사이에도 라크안은 계속 반투명한 막에 검을 박았다. 그가 들고 있던 검이 반으로 동강 났다. 비슷하게 세나의 검도 산산이 조각났다. 두 사람의 검에 씌웠던 숲의 마법은 파스슷, 흩어졌다.

라크안은 둘러선 두 기사단의 대치에 신경 쓰지 않았다. 그따위 건 하나도 중요하지 않았다. 반역이든 뭐라고 떠들든 귀에 들어오지도 않았다. 그의 모든 신경은 오직 반투명한 막에만 쏠려 있었다.

'왜 이렇게 무모한 거야. 혼자서 뭘 할 수 있다고!'

저 안에 카루나가 홀로 뛰어들었다. 한시라도 빨리 이것을 부수든가 해서 그녀를 뒤쫓아야 했다. 카루나가 자신이 상상할 수 없을 정도로 거대한 힘을 가지고 있다 해도, 그걸 믿고 그녀 혼자 위험한 곳에 보낼 수는 없었다.

어떤 마음으로 곁에 두고, 지켜보았는데. 바로 눈앞에서 사라졌다. 자신을 놔둔 채. 악다문 잇새에서 거친 숨소리가 샜다.

"라안 님, 이거 아무래도."

"눈의 땅에서 온 거겠지."

라크안이 붉은 눈을 빛내며 말했다.

"역시나."

세나는 손잡이만 남은 검을 내던지고는 발로 꽉꽉 밟으며 이를 갈았다.

"지난밤에 나타나지 않은 이유가 이거였습니까? 우리 쪽에 오지 않고 황태자궁에 나타나다니."

세나가 채 말하지 못한 뒷말은 듣지 않아도 알 수 있었다.

'내내 카루나를 노렸으면서 왜 이제 와서 황태자를?'

라크안은 지금 우리들의 꼴을 보라는 듯 고개를 기울였다.

"이런."

세나가 바로 알아듣고는 얼굴을 구겼다. 눈의 땅에서 온 존재들이 원하는 건 단 하나였다. 카루나.

그래서 매일 밤, 바이켈드 공작저로 달려왔으나 번번이 라크안과 세나, 그리고 철십자 기사들에게 막혔다. 그리고 오늘. 바이켈드 공작저가 아니라 황태자궁을 덮친 이들은 이 얇은 막 하나로 카루나와 그들을 떼어놓았다. 그들이 원하는 대로 된 것이다.

막 안에는 카루나가, 밖에는 라크안이.

"하지만 이상합니다. 지금은 아침이지 않습니까."

세나가 하늘에 뜬 해를 바라보며 말했다.

"어떻게 이렇게까지 강한 힘을 발휘할 수 있는 걸까요. 백합궁에서도 그간의 습격에서도, 항상 밤 시간만 노리지 않았습니까. 새벽이면 여지없이 사라졌는데 말입니다."

"무언가 매개가 있는 거겠지."

라크안은 마법의 약이랍시고 눈의 땅의 마법이 든 약을 팔던 루치아네라는 마녀 노파를 떠올렸다. 그 노파를 처리한 건 리센이었다.

"눈의 땅과 제국 사이에는 우리의 숲이, 그리고 서편에는 사막이 방패처럼 존재하지. 우리가 그들을 막고 그들의 힘이 이 남쪽까지 내려오지 못하도록 막고 있는 거야."

"이번의 경우는 막지 못한 건가?"

"간혹 이렇게 틈을 비집고 남쪽 땅에 스며들 때가 있다고 들었어. 하지만 오래 버티지 못하고 알아서 소멸한다고 했어. 숲과 사막의 기운이 그들이 눈의 땅과 연결되는 걸 끊어 내니까."

"하지만 그 마녀가 마법의 약이랍시고 활동했던 건 꽤 오래전부터였던 거 같은데."

"이런 경우는 매우 특이한 경우야. 남쪽 땅에서 매개가 될 만한 그릇을 발견해 그 그릇 안에 자신을 채워 넣은 거니까. 그래서 버틸 수 있고, 낮에도 움직일 수 있었던 거야."

리센의 말처럼, 매일 밤 바이켈드 공작저를 찾아오던 눈의 땅에서 온 존재들이 또 어디선가 매개가 될 만한 그릇을 찾아냈다면. 이렇게 강력한 힘을 발휘할 수 있었던 이유가 설명된다.

'그 '매개'라는 게 황태자궁 안에 있는 건가?'

뒤이어 생각나는 건 당연하게도 클레이엔이었다. 이미 한번 이용당했던 적이 있으니, 두 번째는 더 쉬웠을지 모른다. 만약 그런 거라면 이번에는 더 잔인하고 철저하게 이용당하고 있으리라.

순간 등골이 서늘해졌다. 클레이엔은 카루나에게 안 좋은 감정을 가지고 있다. 그 카루나가 홀로 저 안으로 들어갔으니, 카루나가 위험할지 모른다.

카루나. 위험.

이 세상에서 절대 함께 어울려서는 안 될 두 단어가 하나로 모인 것이다. 그의 손이 닿지 않는 곳에서.

"당장, 무슨 방법이든 찾아내야 해. 이 안으로 들어가야 해. 무슨 방법이 없겠나?"

라크안은 다급한 마음에 세나를 돌아봤다. 세나라고 별수가 있겠느냐 싶었건만. 세나의 표정이 뭔가 이상했다. 라크안처럼 답답해하는 게 아니라 무언가를 고민하는 눈치였다. 라크안은 이상한 낌새를 바로 알아차렸다.

"세나 경?"

"네, 라안 님."

"할 말이 있다면 해 보게. 뭐든 좋아."

"확실하지는 않지만 방법이 있을 거 같습니다. 성공한다면, 어쩌면 이 안으로 들어갈 수 있을지도 모르겠습니다."

그녀답지 않게 애매한 말투였다. 그런데도 라크안은 반색하여 그녀의 말을 재촉했다.

"무엇이든 좋네. 말해 보게. 방법이 있겠나?"

"라안 님. 제 반려를 이용해 보시는 건 어떻습니까?"

"……뭐?"

무엇이든 좋다고는 했으나 이런 대답을 들으리라고까지 생각한 것은 아니었다.

라크안은 싸늘한 눈빛으로 세나를 바라보았다.

"제 말을 조금만 더 들어 주십시오. 음, 그러니까 말입니다. 듣자 하니 제 반려가 꽤 신기한 걸 연구하고 있다고 합니다."

세나가 다급히 말을 이었다.

"지금 상황에 도움이 될 법한 연구인 것 같습니다. 뭐, 그리 대단한 연구는 아닐지 몰라도 오직 그 사람만이 할 수 있는 마법이고, 또 그 사람이 좀 비리비리하고 약골이긴 하지만 허튼소리를 하는 사람은 아니어서 말입니다."

말을 하다 보니, 어째 반려에 대한 자랑인 것 같았다. 말하는 사람도 듣는 사람도 그렇게 느꼈으니, 세나는 민망한지 뒷덜미를 긁적였다. 라크안은 그녀의 반려가 누구인지 떠올렸다.

'어쩌면……'

세나의 말대로 도움이 될지도 모른다는 생각이 들었다. 의도했든 의도하지 않았든 그는 이미 한 번, 사람의 신체 시간을 과거로 돌리지 않았던가.

시간 마법은 어려운 마법이다. 숲의 일족 중에서도 죽은 장로나 시간을 멈추는 마법을 대단위로 펼 수 있었다. 만약 시간을 되돌리는 마법을 또 한 번 성공할 수만 있다면. 이 반투명한 막이 생기기 전으로 시간을 되돌릴 수 있을지 모른다.

"가능할 것 같은가?"

라크안이 물었다.

"가능성이 큽니다. 저는 그렇게 생각합니다."

세나는 그리 자신 있어 보이지 않았다. 하나 그런데도 물러서지는 않았다. 피곤함에 찌든 얼굴에 반려에 대한 믿음의 감정이 드러났다. 라크안은 부럽다는 생각이 들었다. 물론, 그런 감상은 금방 털어내 버렸다.

"그럼 데리고 오게. 당장."

"예! 명을 따르겠습니다."

세나는 곧바로 곁에 선 솔토의 어깨를 툭, 쳤다.

"조심히 다뤄라. 약해서 잘못 건드리면 픽픽 쓰러지고 다치니까."

솔토는 걱정하지 말라고 답하고는 급히 자리를 떴다. 이제 라크안과 세나, 두 사람에게 남겨진 건 기다림뿐이었다. 라크안은 차분하게 가라앉은 붉은 눈을 들어 반투명한 막을 바라보았다.

어른어른하게 황태자궁의 모습이 비칠 때마다 주먹 쥔 손이 흔들렸다. 잠깐씩 들렸던 그 비명에 혹여라도 카루나의 비명이 더해진다면.

"……."

생각만으로도 온몸의 피가 빠져나가는 기분이 들었다.

'내가, 제정신으로 버틸 수 있을까?'

이 질문은 무의미했다. 이미 제정신이 아니니까. 카루나가 눈에 보이지 않는 곳에 있다. 손을 뻗어 잡을 수 없다. 그것만으로도 심장이 차갑게 얼어붙었다.

카루나가 위험에 처했을지 모른다는 불안이 온몸을 잠식해 들어갔다. 이대로 이 감정에 먹힌다면 이성을 잃고 발작을 일으키리라.

카루나가 저 안으로 사라졌을 때, 손끝에 닿을락 말락 하였던 옷소매를 붙잡지 못한 게 계속 생각났다. 붙잡을 수만 있었다면, 설사 온몸이 난도질당한다 하더라도 결단코 놓지 않았으리라.

라크안은 궁금했다. 도대체 카루나가 무슨 생각으로 이런 말도 안 되는 짓을 벌인 건지.

'도대체 왜 이렇게…… 내 곁에 가만히 있으면서 내 보호를 받지 않는 거야. 왜 계속 내 품에서 벗어나서, 위험해지는 거냐고.'

라크안은 참지 못하고, 주먹 쥔 손으로 반투명한 막을 쳤다. 우웅─ 반투명한 막이 울리며 그의 손을 튕겨 냈다. 손은 겉으로 보기에는 멀쩡했으나 속으로는 근육이 찢기고 뼈가 바스러지는 것처럼 아팠다. 얼얼하다 못하다 시리기까지 하여 손을 펼 수도 없었다.

그래도 그 고통은 견딜 만한 것이었다. 가슴속에 쌓인 울분과 걱정보다는. 라크안은 피처럼 붉은 눈으로 반투명한 막을 노려보았다.

* * *

막 안은 별다른 게 없었다. 막 안이라는 사실만 뺀다면. 카루나는 돌아서 반투명한 막을 바라보았다. 건너편에 서 있는 라크안과 세나의 모습이 어른거렸다.

카루나는 저도 모르게 손을 뻗었다가 얼른 뒤로 물렸다. 혹시라도 막이 다시 열리기라도 한다면 라크안이 저를 붙잡을지도 몰랐다.

'정신 똑바로 차리자. 내가 해결해야 해. 이 능력으로 해결할 수 있을 거야.'

카루나는 돌아서 황태자궁을 바라보았다. 그곳에서 왈츠와 비명이 들려오고 있었다. 카루나는 혹시나 하는 마음에 옆에 서 있는 나무를 만져 보았다.

가느다란 묘목 나무가 금세 자라나더니 길게 가지를 뻗고 무성하게 나뭇잎을 드리웠다. 사락사락. 카루나의 머리 위에서 나무 그늘이 흔들렸다. 뭐라 이름을 붙여야 할지 알 수 없는 능력은 아직 그녀와 함께 하고 있었다.

'괜찮아. 할 수 있어. 할 수 있을 거야.'

카루나는 숲에서의 일을 떠올렸다. 자신의 능력인지 리센의 목숨을 이어받았기 때문인지는 알 수 없으나. 아무튼, 이 힘이 있어 그들을 물리칠 수 있었다.

그때처럼 이번에도 할 수 있으리라. 황태자를 구하고, 무사히 라크안에게 돌아갈 수 있으리라. 그렇게 되뇌다가 풀썩, 웅크려 앉았다.

두 손으로 입을 틀어막았다. 그렇게 하지 않으면 비명이 튀어나올 것 같았다. 그런 와중에도 왈츠와 비명 소리는 계속됐다. 그 소리들이 날카로운 화살이 되어 귀에 파고들고, 온몸에 내리꽂혔다.

정신이 어떻게 될 것만 같았다. 괜찮다고, 할 수 있을 거라고 아무리 생각해도 두렵고 무서웠다. 라크안도 세나도 곁에 없다. 혼자서 황태자를 구하러 가야 한다.

'가능할 리가 없잖아! 맙소사, 내가 지금 뭘 한 거야. 라안도, 세나 경도 곁에 없는데 내가 혼자서 뭘 어쩐다고?'

옛날의, 그러니까 오로지 살아남는 데에만 집중했던 시절이었다면 결단코 이렇게 행동하지 않았을 것이다. 살아남는 게 인생 최고의 목표건만. 위험 속으로 스스로, 혼자 걸어 들어오다니?

전혀 그녀답지 않은 일이었다. 그런데도 카루나는 그렇게 했고, 두려워하면서도 돌아서서 라크안과 세나가 있는 저 밖으로 돌아가지 않았다.

'해야 해. 내가 해야 해.'

카루나는 입술을 꼭 깨물고 고개를 들었다. 두 다리에 힘을 주고 다시 일어섰다.

'라크안을 위해서.'

황태자궁을 바라보는 녹색 눈이 굳은 의지로 반짝였다.

카루나는 황태자궁으로 걸어갔다. 궁에 가까워질수록 왈츠 선율이 선명해졌다. 음악에 섞인 신음도 마찬가지였다. 잘 정돈된 정원을 지나 아치형의 커다란 문 앞에 섰다. 그때까지 카루나는 누구와도 마주치지 않았다.

만약 공격을 받았다면 피를 뿌리고 쓰러진 시체라도 보여야 할 텐데, 정원과 궁으로 향하는 길은 을씨년스러울 만큼 썰렁했다. 음악과 비명이 들리지 않았다면, 황태자궁이 텅 비어 있다고 오해했을지도 몰랐다.

궁으로 들어가는 정문 앞에 서니, 왜 음악과 신음이 함께 들렸는지, 왜 여기까지 오는 동안 아무도 보이지 않았던 건지 알 수 있었다.

황태자궁의 정원사와 하녀가, 시종과 시종장이, 하인과 짐꾼이, 서로의 손을 맞잡고 춤을 추고 있었다. 왈츠의 화려한 선율에 따라 팔과 다리가 기우뚱, 기우뚱 흔들렸다.

그들의 몸에선 모락모락, 까만 김이 피어오르고 있었다. 등 뒤에선 그림자가 어른거렸다. 정작 그들의 발끝에서는 그림자가 보이지 않았다.

카루나는 본능적으로 깨달았다.

'눈의 땅에서 온 존재들……'

라크안과 세나가 말하던 그 존재들이었다. 그것들이 사람들에게 들러붙어 그들의 몸을 조종하고 있었다. 정신까지 지배하는 건 아닌지, 사람들은 눈물을 줄줄 흘리며 고통스러워하고 있었다.

"아악!"

하녀가 발을 접질렸다. 발목이 확 꺾였지만, 몸은 쓰러지지 못했다. 팔다리는 실에 묶인 것처럼 허공에서 허우적댔다. 구두 굽이 부러져 바닥에 데굴데굴 굴렀지만, 하녀는 절뚝거리면서도 계속 춤을 추었다.

"이제 그만, 제발 그만……."

"살려 주세요. 누구라도 좋으니까, 제발 멈추게 해 주세요."

"발이, 발이 너무 아파……."

사람들은 눈물을 줄줄 흘리며 고통스러워하고 있었다. 일그러진 얼굴은 비명과 신음을 토해 내는데, 몸은 팔다리를 기괴하게 꺾으며 춤을 추었다. 왈츠인데 몸을 망가뜨리는 왈츠였다. 크게 한 바퀴 돌 때마다 팔다리에서 우드득, 우두둑, 뼈 소리가 났다.

"아가씨, 아가씨! 사, 살려 주세요! 오, 신이시여."

그들 중 한 명이 카루나를 발견했다. 그는 마치 천사라도 본 것처럼 기뻐하며 카루나에게 손을 뻗었다. 그 손은 부웅- 소리를 내며 등으로 꺾였다.

"까아악!"

하녀가 비명을 질렀다. 마치 카루나에게 손을 내민 죄로 형벌을 받는 것 같았다.

"아, 안 돼!"

카루나는 한 발, 다가서며 손을 내밀었다. 그러다가 멈칫, 했다. 검도 창도, 아무것도 없는 제 빈손이 나약하게 느껴졌다.

'내가 정말 할 수 있을까?'

숨이 멈췄다. 숨을 쉴 수가 없었다. 사람들을 집어삼킨 그림자는 짙고 거대했다. 그녀 역시 단번에 집어삼킬 듯 사나웠다. 저것들 손에서 사람들을, 황태자를 구할 수 있을까. 단지 이 두 손으로?

'······해야 돼. 내가 해야 해!'

카루나는 늘 몸에 지니는 씨앗 주머니를 꽉 움켜쥐었다. 주머니에서 작은 풀줄기가 자라나 그녀의 손목을 감쌌다. 주머니의 씨앗 중 하나가 잠에서 깨어난 듯했다.

풀줄기는 여리고 얇았다. 손목에 감기는 느낌은 든든하다기보다는 간지럽고 소소했다. 그랬던 풀줄기는 계속 자라나 카루나의 손목을 여러 겹 감싸고, 이어 손등과 손가락을 덮었다. 잠자리 날개처럼 얇은 베일을 두른 것 같았다. 카루나는 그 풀줄기의 싱그러움에 위안을 받으며, 의지를 굳혔다.

'할 수 있어.'

그렇게 마음을 다지고 고개를 들자, 상쾌한 바람이 그녀를 감쌌다. 긴 머리카락이 살랑살랑 흔들렸다. 숨이 확- 트이며 눈앞이 밝아지는 기분이 들었다.

카루나는 제게 손을 내밀었던 하녀에게로 다가가 홀로 빙글빙글 도는 그녀의 팔을 붙잡았다. 그러자 치이이익- 하녀의 몸에서 시꺼먼 연기가 피어오르더니, 몸에서 검은 그림사가 떨어져 나갔다.

풀썩, 하녀는 정신을 잃고 카루나에게로 쓰러졌다. 카루나는 그녀의 몸을 지탱하며 허공에서 우쭐거리는 검은 그림자를 바라보았다. 검은 그림자는 하녀 대신 카루나를 잡아 삼키려는 듯 입을 크게 벌리며 달려들었다.

"······!"

카루나는 눈을 질끈 감으며, 풀줄기로 덮인 왼손으로 얼굴을 가렸다.

그 순간, 그녀의 팔목을 휘감고 있던 풀줄기가 채찍처럼 튀어나가 그림자를 휘갈겼다. 이어 그림자를 칭칭 얽어매더니 퍽- 하고 터뜨려 버렸다.

그림자 조각들이 산산이 흩어져 카루나에게로 쏟아졌으나 카루나에게 닿기도 전에 흔적조차 남기지 않고 사라졌다.

"……."

카루나는 실눈을 뜬 채로 그 광경을 지켜보았다. 그림자가 완전히 소멸한 뒤에야 제대로 눈을 뜨고, 제 왼손을 바라보았다. 풀줄기는 다시 얇은 베일처럼 카루나의 손에 감겨 있었다.

카루나는 하녀를 조심스럽게 바닥에 내려놓았다. 눈물 자국이 그득한 얼굴은 아까보다는 편안해 보였다. 카루나는 치켜 올라간 치맛자락을 내려 부은 발목을 가려 주었다. 부은 발끝에는 그녀의 원래 그림자가 매달려 있었다.

주변을 둘러보니 음악은 계속되고 있는데 사람들은 더 춤을 추지 않았다. 사람을 먹은 그림자들이 카루나의 주변을 에워쌌다.

"사, 살려 주세요. 제발요."

"한 번만 도와주세요. 저도 살려 주세요!"

"아가씨…… 제발, 자비를……."

사람들은 하나같이 카루나를 바라보며 울음을 터뜨렸다. 그와 반대로 그림자들은 눈구멍이라 생각되는 것을 휑하게 드러낸 채로 카루나를 노려보았다. 얼굴이 없어 표정을 볼 수는 없으나 화가 난 것처럼 보였다.

음악은 계속 들리는데도 주변에 정적이 흐르는 것 같았다. 카루나가 마른침을 삼키며 몸을 일으키려는 순간.

카, 루나!

카아아아아!

그림자들이 입이라 생각되는 구멍을 크게 벌렸다.

"꺄아아악!"

"싫어어!"

"으아악!"

사람들은 실에 묶인 인형처럼 기괴하게 팔다리를 꺾으며 카루나에게 달려들었다. 웅크려 앉은 카루나 위로 사람들이 겹겹이 쌓였다. 그림자들은 아예 카루나를 사람들에게 눌러, 납작하게 만들어 죽이려는 것 같았다.

십수 명의 사람이 제 몸을 던져 탑을 쌓으니 카루나는 머리카락 한 올 보이지 않는 수준이 되었다. 검은 그림자들이 우쭐거리며 춤을 춰 댔다.

"으윽. 수, 숨이……."

"사, 살려……."

아래에 깔린 사람들이 팔다리를 버둥대며 신음할 때였다. 움찔. 그들의 아래에서 무언가 움직였다. 그에 따라 사람들의 몸이 들썩였다. 다시 한번, 움찔. 좀 더 크게 위로 올려치는 힘에 켜켜이 쌓인 인간 탑이 흔들렸다.

곧 그 움직임의 정체가 밝혀졌다. 퍽, 소리가 났다. 누군가, 혹은 무언가가 인간 탑 가장 아래에서 요동치고 있었다. 그 힘에 밀쳐진 사람들이 인간 탑에서 떨어져 나가 바닥을 뒹굴었다.

아래에 쌓여 있던 사람들이 그리 사라지자 탑은 오래 버티지 못하고 와르르 무너졌다. 바닥을 데굴데굴 구르는 사람들 속에서 인간 탑을 무너뜨린 존재가 모습을 드러냈다.

그건 풀로 엮은 바구니를 엎어 놓은 것 같은 생김새였다. 얼기설기 엮여 빈틈 사이로 속이 고스란히 들여다보였다. 안에는 카루나가 무릎을 꿇고 앉아 있었다. 그녀의 손에서 시작된 가느다란 풀줄기가 엮이고 엮여 그녀를 보호하고 있었다.

곧, 카루나가 몸을 일으키자 그녀를 보호하던 보호막이 알아서 풀어져 바닥으로 툭, 툭, 떨어져 내렸다. 바닥에 수북한 풀줄기를 밟고 선 카루나는 주변을 둘러보았다.

달려오는 사람들을 막아야 한다고 생각했을 뿐인데, 사방에서 풀이 자라나 그녀의 주변을 감쌌다. 카루나는 그 안에서 완벽히 안전했다. 위에 십수 명의 몸뚱이가 쌓여도 카루나의 머리카락 한 올 건드리지 못했다.

카루나는 손을 뻗어 저를 감싼 안락한 풀의 벽을 만지고, 그 손등에 이마를 댔다.

'따뜻해.'

풀잎들이 손바닥을 간지럽혔다. 간지럽고 따뜻한 느낌이었다. 그 생명의 속살거림을 들으며, 카루나는 자신이 뭘 어떻게 해야 하는지 알아차렸다.

카루나는 주먹을 쥐고 풀의 벽을 내리쳤다. 툭, 작은 손짓에 따라 쿵- 풀의 벽 전체가 크게 요동쳤다.

그렇게 세 번. 카루나는 제 위에 쌓인 인간 탑을 무너뜨렸다. 흩어진 사람들이 몸을 일으켰다. 아니 그림자에게 일으킴을 당했다. 그들은 카루나에게 다시 비척비척 걸어왔다.

"……."

카루나는 아무 말 없이 그들을 바라보았다. 조금도 두렵지 않았다. 조금 전 망설였던 마음이 오히려 거짓말 같았다. 그런 자신을 카루나도 알고 있었다.

'참 이상한 일이야.'

정신이 아득해지면서 나른해졌다. 구름 위를 걷는 기분이랄까. 술에 취한 것도 같았다. 문제는 그녀를 취하게 하는 술이 그녀의 심장에서 퐁퐁, 솟는다는 것이었다.

카루나는 제 손을 내려다보았다. 빈손이지만 빈손이 아니었다. 보이지 않지만, 무엇이든 할 수 있는 힘이 계속해서 흘러나오고 있었다. 그 힘을 어떻게 써야 하는 건지 곤란해할 필요도 없었다. 저절로 머릿속에 떠올랐으니까.

숨을 들이쉬고 내쉴 때마다 누군가 옆에서 귓속말로 속삭여 주는 것 같았다. 카루나는 그 속삭임을 쫓아 몸을 굽히고 바닥에 흩어진 풀줄기를 한 움큼 움켜쥐었다.

그러자 카루나로부터 사방으로 녹음이 퍼져 나갔다. 그건 맑은 호수에 카루나라는 녹색 물감이 떨어진 것과 같았다. 순식간에 번져 나간 녹음은 그림자에 먹힌 사람들의 발목을 감싸들고, 몸을 타고 올라가 온몸을 칭칭 감아 버렸다.

"꺄아아아악!"

"아아악!"

비명이 울렸다. 치이익- 타는 냄새가 진동했다. 사람들을 감싸 안은 녹음이 여전히 푸르니, 타는 건 그 녹음에 붙잡힌 그림자일 터였다. 카루나는 사람들의 몸에서 타오르는 검은 그림자를 똑바로 바라보았다.

그림자들은 곧 재도 남기지 않고 사라졌다. 그림자로부터 풀려난 사람들은 고개를 푹 꺾고 쓰러졌다. 녹음은 카루나에게 그랬듯, 사람들을 풀어 주고는 바닥으로 흩어져 그들의 폭신한 침대가 되어 주었다.

풀썩, 사람들은 녹음에 폭 잠겨 그대로 정신을 잃었다. 그 표정은 이제 고통스럽지 않았다. 카루나의 주변에 십수 개의 풀잎 침대가 생겨났다. 더 이상의 비명과 신음은 그녀의 곁에 없었다.

하지만 그런데도 왈츠의 음은 계속되었고, 그 음악에 섞인 또 다른 비명과 신음이 카루나의 귀를 파고들었다. 카루나는 돌아서서 황태자궁 입구를 바라보았다.

활짝 열린 문 안쪽은 달도 뜨지 않은 깊은 어둠을 잘라 놓은 듯 까맸다. 분명 한낮이고, 커다란 창을 통해 햇살에 쏟아져 들어갈 텐데도 황태자궁은 칠흑 같은 어둠을 품고 있었다.

"……."

카루나는 풀줄기에 둘러싸인 제 팔을 한번 내려다보고는 황태자궁을 향해 걸어갔다. 걷는 걸음걸음마다 녹음이 피어났다. 카루나의 구두가 닿은 자리마다 꽃이 피어나고 풀이 자라났다. 흙바닥과 돌계단을 가리지 않았다.

점점 커지는 왈츠 음을 좇아 긴 대리석 복도를 걷는데, 카루나가 다가갈 때마다 황태자궁 안에 가득 드리웠던 어둠이 그녀에게 닿은 만큼 뒤로 물러났다.

카루나의 뒤쪽은 해가 비치고 대리석 위로 꽃과 풀이 자라는 세상이었다. 카루나가 마주 보는 앞은 달도 별도 없는 까만 어둠이었다. 어둠을 몰아내며 도착한 곳은 커다란 홀이었다.

백합궁의 백조 홀만큼은 아니나 이곳은 황태자궁에서 가장 크고 가장 아름다운 공간이었다. 천장엔 투명한 에메랄드와 수정으로 만든 거대한 샹들리에가 달려 수정의 홀이라 불리기도 했다.

그곳의 문이 활짝 열려 있었다. 그곳만은 어둡지 않았다. 오히려 카루나가 가져온 햇살보다 환하고 화려했다. 왈츠는 그곳에서 흘러나오고 있었다.

그곳에 수많은 귀족이 있었다. 그들 역시 검은 그림자에 먹혀 억지로 춤을 추고 있는 것이었다. 얼굴은 고통에 일그러져 있었고, 여인들의 발은 퉁퉁 부어올랐다. 여인들을 높이 들었다 내려놓는 남자들의 얼굴 역시 피로에 젖어 있었다.

"이제, 그만……."

"살려 줘요. 더는 출 수 없어……."

"신이시여, 이 지옥에서 저를 구하소서."

신음과 비명은 그들의 것이었다. 왈츠를 연주하는 음악대 역시 마찬가지였다. 이미 정신을 잃고 혼절한 음악가도 여럿이었다. 그들을 집어삼킨 그림자들은 축 늘어진 인간의 몸을 멋대로 움직여 대고 있었다.

바이올린 활이 바이올린뿐 아니라 음악가의 팔과 목을 스쳤다. 흐르는 피가 활과 악기의 현을 적셔 피의 왈츠를 만들어 내고 있었다. 다른 악기 역시 마찬가지였다.

카루나는 그들 속에서 황태자와 클레이엔을 찾아보려 했으나 금방 눈에 띄지 않았다.

'그 둘은 이곳 말고 다른 곳에 있는 건가?'

그리 생각하며 한 발, 홀 안으로 내디디려던 때. 붉은 비단으로 덮인 단상이 눈에 들어왔다. 은으로 만든 사자로 장식된 커다란 의자에 황태 자가 그림자에 묶여 있었다. 그 옆에 클레이엔이 서 있었다. 클레이엔은 은의 의자 뒤에 서서 몸을 기댄 채, 손을 뻗어 황태자의 얼굴과 목을 쓰 다듬고 있었다.

"황태자 전하. 드디어 우리가 모두의 축복을 받으며 결혼식을 올리게 되었네요."

활짝 웃으며 한껏 물오른 행복감에 젖어 있는 얼굴은 카루나와 똑같 았다. 다른 것은 오직 머리카락 색뿐이었다.

'얼굴이…… 다시, 마법의 힘을 빌린 건가?'

카루나는 멈칫했다. 클레이엔의 등 뒤에도 검은 그림자가 어른거리고 있었다. 황태자는 의자에 꼼짝없이 묶여 클레이엔의 손길을 피하지 못하 고 있었다. 표정만 보자면 그녀의 손길을 끔찍해하고 있는 듯하건만. 황 태자는 그녀의 손길을 거부하지 못하고 있었다.

"크으, 흑."

황태자 역시 괴로워하고 있었다. 그런데 왈츠를 추고 있는 귀족들과는 달랐다. 황태자는 저를 뒤덮은 그림자와 싸우며 버티고 있었다.

그림자에 먹힌 손이 자꾸 들렸다. 그 손은 클레이엔이 황태자에게 그러 듯 클레이엔의 얼굴을 쓰다듬으려고 했다. 고개 또한 자꾸 뒤로 돌아가 클레이엔을 바라보려고 했다. 황태자는 이를 악물고 그걸 막고 있었다.

"누가…… 너 따위, 에게, 이, 런…… 수모를……!"

황태자가 이를 악물고 신음했다. 악다문 잇새에서 피가 주르륵, 흘러 내렸다. 아름다운 푸른 눈 또한 실핏줄이 터져 흰자위가 시뻘겠다. 몸이 한계에 이를 정도로 저항하고 있는 것이었다. 그러던 황태자가 우연히 문 쪽을 바라보다 카루나와 눈이 마주쳤다.

"……."

"……."

서로를 바라본 건 아주 잠깐이었다.

"커흑!"

황태자가 심하게 몸부림치며 피를 한 움큼 토해 냈다. 그 덕에 조금 이나마 자유를 얻은 걸까? 황태자가 사자가 조각된 팔걸이를 움켜쥐며 외쳤다.

"도, 망가! 어서 피해, 카루나! 네가 왜 여기에!"

그 순간. 사랑스럽기 그지없다는 듯 황태자를 바라보던 클레이엔의 녹색 눈이 표독스럽게 빛났다.

"카, 루나?"

그 녹색 눈이 황태자를 쫓아 문 쪽을 향했다.

"이런. 저 천한 게 여기가 어딘 줄 알고 기어들어 왔을까?"

클레이엔이 피식, 웃으며 카루나를 내려다보았다. 입술은 웃고 있으나 두 눈은 조금도 웃고 있지 않았다.

"안, 돼! 카루나는 안 돼! 라안, 라안은 어딨는……!"

황태자가 몸부림쳤으나 그는 손끝 하나 클레이엔에게서 벗어날 수 없었다. 클레이엔이 두 팔을 뻗어 황태자의 목을 감싸 안았다.

"커흑!"

클레이엔에게서 더 짙은 그림자가 몰려오자 황태자가 견디지 못하고 다시 피를 한 움큼 토했다.

"전하, 그러시면 안 돼요."

클레이엔이 손끝으로 황태자의 입술을 쓸어내렸다. 클레이엔의 손이 황태자의 붉은 피로 젖었다. 이내, 그녀는 마치 다이아몬드 반지를 끼고 자랑하듯 손을 쫙 펼쳤다. 뚝, 뚝. 그녀의 손가락을 타고 황태자의 피가 흘러내렸다.

"전하 때문에 죽게 돼 버렸잖아요. 저 버러지 같은 게 말이에요."

클레이엔이 활짝 웃으며 말했다. 더없이 행복하다는 듯이. 그녀의 손은 황태자의 뺨과 목에서 떠나지 않았다.

"으으, 으."

황태자는 진절머리 치며 조금이라도 그 손길로부터 떨어지고자 고개를 틀었다. 그런데도 목을 쓰다듬는 그녀의 손길, 그 감촉이 적나라하게 느껴졌다.

그림자는 더욱더 그를 옥죄며 그의 항복을 바랐다. 당장이라도 황태자를 집어삼키려 하다가도 황태자가 혀를 깨물며 정신을 다잡고 버티면, 기이한 소리를 내며 물러섰다.

그러고 나면 귓가에 대고 속살거렸다. 포기하라고. 그냥 눈을 감고 다 포기하라고. 다른 사람들처럼 그저 신음하고 고통스러워하면서 클레이엔의 손아귀에서 놀아나라고.

'절대, 절대 그럴 순 없어!'

그 말이 오히려 황태자의 저항에 불을 붙인다는 걸 모르는 듯했다. 황태자는 눈을 부릅뜨며 저 멀리 서 있는 카루나를 바라보았다. 당장 자신을 놔주라고 소리치고 있는 그녀를 보는 것만으로도 눈물이 날 것만 같았다.

'내가 조금만, 조금만 더 정신을 차렸어도!'

오늘 아침, 자신을 찾아온 클레이엔을 무방비하게 맞이한 게 화근이었다. 이미 수없이 후회했지만, 황태자는 자신을 구하러 온 카루나를 보며 다시 한번 후회했다.

* * *

최근, 황태자는 꽤 바쁜 나날을 보내고 있었다.

이전보다 이른 아침에 일어나 원래라면 하루 동안 처리해야 할 국정 업무를 미리 처리하고. 이어 황제와 아침 식사를 한 뒤, 기사단을 이끌고 백합궁에서 일어난 소동을 조사한다. 틈틈이 시간을 내서 카루나를 만나 다정한 모습을 연출하고, 저녁에는 기다리고 있는 귀족들을 만난다.

늘어놓으면 별것 아닌 것 같으나 저 일정을 매일 소화하는 사람으로서는 내일 해가 뜨는 게 겁이 날 지경이었다. 새벽에 일어나 서너 시간 동안 급히 서류를 볼 때가 가장 행복하다고 하면 누가 믿을까.

하루 중 가장 많은 비중을 차지하는 백합궁 소동 관련 일을 하는 것도 할 만했다. 황제가 자꾸만 의욕을 꺾지만 않는다면.

제일 견디기 힘든 건 황제와의 아침 식사 시간과 황제에게 백합궁 소동과 관련된 내용을 보고하는 시간. 그러니까 황제와 함께하는 시간이었다.

황태자는 지난번 백합궁에서 있었던 소동이 마카레나 백작이 저지른 일이었다고 믿어 의심치 않았다. 하지만 의심하는 것과 죄를 확정 짓는 건 엄연히 다른 일이었다. 마카레나 백작은 자신이 범인이라는 증거가 어디 있냐면서 제 죄를 부인하고 황궁을 활보하고 있었다.

황태자는 황궁에서 마카레나 백작을 마주칠 때마다 반드시 저자를 지하 감옥에 처넣겠다고 전의를 불태웠다. 그의 인생에 있어 이렇게 열정에 가득 차오르는 건 매우 드문 일이었다.

'반드시 죗값을 치르게 하고야 말리라!'

라크안의 약혼녀를 납치하려 한 것도 모자라, 위험한 마법 약을 제국 귀족들 상당수에게 먹여 위험에 빠트렸다. 무엇보다 황궁에 거대한 늑대를 풀어 백합궁에 피를 뿌렸고, 라크안과 그의 약혼녀를 다치게 했다.

그 죗값은 어마어마한 것이었다. 마카레나 백작과 클레이엔은 사형을 당하고, 마카레나 백작가가 멸문을 당해도 모자랄 일대의 사건이건만.

황실은, 황제는, 그리고 자신은 그 범인이 누구인지 알고 있으면서도 아무 손도 못 쓰고 있다. 황제의 경우에는 손을 안 쓰고 있는 것일지도 모르지만.

라크안이 다쳐서 나서지 못하고, 황태자인 자신이 상황을 제대로 파악하지 못해 머뭇거리는 동안 마카레나 백작은 모든 증거를 인멸했다. 그러고서는 자신은 억울하다며 무죄를 주장했고, 역으로 라크안을 범인으로 몰아세우기까지 했다.

'라크안이야 다쳐서, 심하게 다쳐서 그랬다지만. 나는 도대체 그때 뭘 하고 있었단 말인가. 이래서야 제국의 황태자라고 할 수 있겠는가?'

황태자는 뒤늦게 땅을 치고 후회했지만, 지나간 시간을 돌이킬 수는 없었다.

백합궁의 소동이 있고 나서 라크안은 황제의 입궁 명령에 침묵으로 일관하며 저택에 칩거했다. 그럴수록 황제의 분노는 커질 따름이니, 보다 못한 황태자는 남몰래 바이퀠드 공작저를 찾아갔다.

라크안의 상태가 심각하다면 자신이 직접 보고 황제에게 알리고자 한 것이었고, 만약 라크안이 몸을 움직일 수 있는 상태라면 자신이 설득하여 함께 입궁하고자 했던 것이었다.

그러나 라크안은 공작저에 없었다. 황실 기사단장이 와도 문을 열어 주지 않던 공작저의 하녀장이 황태자에게 그 사실을 밝힌 건 도움을 구하기 위해서였다.

"카루나 아가씨께서 생명이 위독한 지경입니다. 그분을 살리기 위해, 도련님께서도 심하게 다치신 상태인데도 불구하고 숲으로 가셨습니다. 황태자 전하, 도련님을 도와주십시오."

황태자는 정신이 아득해지는 것을 느꼈다. 황제가 바이퀠드 공작저에 라크안이 없다는 걸 알게 되면 어떻게 될까. 라크안을 모함하는 데 모든 힘을 쏟고 있는 마카레나 백작은?

답은 뻔했다. 황태자는 황궁으로 돌아가 라크안을 감싸기 위해 애썼다. 라크안은 공작저에 누워 있다고, 심하게 다쳐서 일어나지도 못하고 있다고. 그렇게 황제에게 거짓을 고했다.

그렇게 버티는 것도 한계에 도달할 때 즈음, 라크안이 입궁하였다. 황태자는 진심으로 안도하였다.

'이제 모든 것이 원래대로 돌아갈 거야. 라안이 나선다면 모든 게 다 해결되겠지.'

황태자는 기꺼이, 제 어깨에 얹어진 무거운 짐을 라크안에게 떠넘기려 하였다. 하지만 라크안은 그 짐을 순순히 받아 들지 않았다.

"황제 폐하께서는 그날의 사건에 대한 철저한 재조사를 명하실 겁니다."

"그래, 그렇겠지. 라안, 네가 돌아왔으니까. 이전까지 내가 나름 조사했던 건 시종을 시켜 자네 저택으로 보낼게."

"아니요, 그러실 필요 없습니다. 황제 폐하께서는 백합궁에서 일어났던 일의 조사를 황태자 전하께 맡기실 테니 말입니다."

"……뭐? 왜? 어째서?"

"당연하지 않습니까. 백합궁에서 피가 흘렀습니다. 그런 일을 담당할 수 있는 분이, 황태자 전하 말고 누가 있겠습니까."

"있지! 내 눈앞에! 라안, 바이켈드 공작, 제국에 단 하나뿐인 공작인 자네가!"

"저는 범인으로 의심받고 있지 않습니까."

"그건 마카레나 백작이 수를 쓴 거지. 혹시, 아버님을 뵐 때 그 옆에 백작이 있었나? 무슨 말을 했어? 그래서 기분이 상한 거야? 그런 거라면 마음을 풀게, 아버지께서는 그자를 믿고 있지 않아. 지금은 단지……."

"황태자 전하, 전하께서 제 무죄를 밝혀 주십시오."

"내가? 자네를?"

황태자는 제 귀를 의심했다.

"의심을 받는 제가 맡을 수는 없는 일입니다. 그렇다고 마카레나 백작이 맡아서는 안 되지요. 저와 백작, 둘이 할 수 없다면 다른 귀족 또한 누구도 맡을 수 없을 겁니다."

"그래서?"

"곧 황제 폐하의 명을 받으실 겁니다."

"내 아버지에게, 자네가 그리 부탁했나?"

"이미 황제 폐하는 황태자 폐하를 이 일의 적임자로 염두에 두고 계셨습니다. 저는 약간, 분위기만 조성한 것뿐이지요."

라크안이 어깨를 으쓱였다. 그 태연한 모습조차도 황태자를 당황스럽게 만들었다.

'약혼녀뿐만 아니라 자신도 죽을 뻔했는데. 그러고도 오히려 자신이 범인으로 의심당하는데도 이렇게 태연하다니?'

이 대범함에 놀라야 할지, 무심함을 탓해야 할지 도통 알 수 없었다.

'내가 어떻게?'

그 혼란함 속에서 불쑥, 드는 생각은 자기 자신에 대한 불신이었다.

"난 할 수 없어. 라안, 나보단 네가 맡는 게 차라리 나을 거야."

"하실 수 있습니다."

"아니, 나는 할 수 없어."

"하셔야 합니다."

"라안."

"지크."

"……."

"나서 줘."

"……라안?"

황태자는 순수하게 당황했다. 라크안이 자신을 이리 친근하게 부르며 말까지 편히 놓은 게 얼마 만인가. 물론, 예전에 한 번, 카루나와의 사이를 오해받아 죽을 뻔했던 적에 지크라고 불린 것도 같고 아닌 것도 같긴 하지만. 아무튼, 매우 희귀하고 드문 상황인 것만은 분명했다.

그 당혹스러운 마음은 이어지는 라크안의 말에 더욱 놀라 심장과 함께 덜컥, 굴러떨어졌다.

"황제 폐하의 생각은 여전하겠지만, 나는 더 가만히 있을 수가 없어져서 말이야. 욕심이 생겨 버렸어. 황제 폐하께서 가지신 것 중 하나가."

"……!"

라크안의 붉은 눈과 마주친 순간 온몸에 소름이 돋았다. 의욕이라고는 하나도 없던, 그저 싸늘하기만 하던 붉은 눈이 사납게 일렁이고 있었다. 당장 사냥감의 목을 물어뜯으려는 늑대의 눈처럼.

"황위를 원하는 거야?"

저도 모르게 말이 튀어나왔다. 황제가 가지고 있는 가장 귀중한 것. 라크안이 욕심낼 만한 것은 그것뿐이지 않은가. 제국의 단 하나뿐인 공작가의 젊은 공작이 가지지 못한 건 그것뿐이었다.

"아니."

라크안은 조금의 망설임 없이 고개를 내저었다. 그 모습에 마음이 놓이면서도 한편으로는 아쉬웠다. 그리고 아쉬워하는 자신에게 놀랐다.

'나는 라크안이 나보다 황태자 자리에 더 어울린다고 생각하고 있었던 걸까?'

새삼 황태자로서 자신의 정체성을 돌아볼 기회가 생겼건만. 라크안은 무심하게도 황태자에게 또 다른 돌을 던졌다.

"마카레나 백작의 목숨. 그리고 그 가문의 철저한 몰락을 원해."

황제가 가장 집착하는 절대적인 황제권의 가장 큰 방해물이면서도 막상 없어질까 봐 아쉬워할 수밖에 없는 패. 그걸 원하는 것이었다.

"……."

황태자는 멍하니 라크안을 바라보았다.

'너는 또 나를 앞서가는구나.'

마카레나 백작 영애, 클레이엔에게 그렇게 시달리면서도 마카레나 백작이나 그 가문을 쳐 버리겠다는 생각은 꿈에도 하지 못했다. 10년의 세월을 그저 버티는 데에만 써 왔건만.

그의 먼 친척, 어릴 적 놀이 친구는 오랜 잠에서 깨어나 기지개를 켜고는, 곧바로 마카레나 백작을 사냥하고자 했다.

그런 라크안을 존경하면서도 열등감을 느끼게 되는 건, 어찌할 수 없는 일이었다. 그는 제국의 황태자의 열등감을 자극하는 유일한 존재였으니까. 황태자는 제 앞에서 기지개를 켜고 깨어나는 늑대를 보며, 이 사나운 청년이 발치에 굴러다니는 솜뭉치 강아지 같았던 때를 떠올렸다.

황태자와 라크안은 두 사람의 키가 어른들의 허리에도 닿지 않을 만큼 작았을 때 처음 만났다. 그때의 라크안은 순하고 잘 웃는 동생에 불과했다.

라크안은 전대 바이켈드 공작의 손을 잡고 입궁해서는 낯선 사람만 보면 얼른 공작의 뒤에 숨었다. 바이켈드 공작은 그런 라크안을 황태자궁에 던져 놓고는 황제를 알현하고 올 때까지 맡아 달라고 했다. 말이 놀아 달라는 거지, 사실상 황태자의 놀이 친구로 라크안을 데려다준 것이었다.

황태자는 바이켈드 공작의 등 뒤에 숨는 라크안을 처음 봤을 때부터 라크안이 좋았다.

놀이 친구랍시고 황태자궁에 오는 귀족의 아들딸들은 모두 다 판에 박힌 말을 하며 황태자의 비위를 맞추려 했다. 부모에게 미리 훈련을 받은 건지 황태자를 칭찬하는 말만 했고, 더러는 대놓고 황태자에게 제 부모와 저를 잘 봐 달라고 부탁하기까지 했다.

라크안은 그들과 달리 황태자와 굳이 친해지려고 하지 않았다. 조금 친해져서도 뭔가를 바라거나 아부를 한다거나 눈치를 보지도 않았다. 라크안이 눈치를 볼 때는 이럴 때뿐이었다.

'지크, 나가서 저 개랑 놀아도 돼?'

황태자는 그런 라크안이 좋았다. 혈연으로 따지면 먼 친척뻘, 그러니까 피가 섞인 남동생이라는 것도 마음에 들었다.

라크안은 몇 번 만나며 얼굴이 익자 잘 웃고 말도 많아졌다. 황태자는 그런 라크안이 정말 친구 같고 동생같이 느껴졌다. 그래서 바이켈드 공작을 볼 때마다 아버지인 황제 모르게 부탁했다.

'오늘은 왜 라안을 안 데리고 왔어요? 라크안을 데리고 와 줘요.'

그냥 말로 하면 안 들어줄 거 같아서 뇌물도 줬다. 점심 식사 디저트로 나온 과자를 숨겨 두었다가 주곤 했다. 그러면 바이켈드 공작, 라크안의 어머니는 호탕하게 웃으며 황태자가 준 과자를 한입에 털어 먹었고, 다음 날이면 라크안을 옆구리에 끼고 나타났다.

그때 황태자궁에서는 큰 개를 한 마리 길렀는데, 둘은 주로 그 개와 정원을 뛰어다니며 놀았다. 라크안은 그 개를 무척이나 좋아했다. 집으로 가야 할 때면 그 개를 끌어안고, 개와 함께 가겠다고 우는 바람에 황태자와 공작, 두 사람 모두를 곤란하게 만들었다.

그렇게 개를 좋아하니 주고 싶은 마음이야 굴뚝같았으나 그럴 수 없었다. 그 개는 이웃 왕국의 사절단이 황태자에게 바친 선물이었다. 라크안에게 무턱대고 줬다가는 자칫 외교 문제로 비화될 수도 있었다.

황태자가 외교 문제와 라크안과의 우정 사이에서 고민하는 사이, 바이켈드 공작도 나름 난감해했다.

"늑대 새끼가 강아지를 기르겠다니. 그건 곤란하지 않을까? 응? 내 아들아. 네 아버지가 알면 목덜미를 잡고 넘어갈 거 같은데."

알아들을 수 없는 말을 중얼거리며, 눈물까지 보이는 라크안의 목덜미를 잡아채 질질 끌고 가곤 했다. 황태자는 멍멍 짖는 개의 목을 껴안은 채 그런 라크안을 배웅했다.

'조심해서 잘 가. 내일 또 와야 해!'

그렇게 귀엽던 아이가 언젠가부터 황궁에 오지 않았다.

바이켈드 공작 부부의 사망 소식을 들은 황태자는 라크안에게 편지를 보냈다. 보낸 편지에 대한 답장은 끝내 오지 않았다. 황태자는 뒤늦게 소식을 전해 들었다. 라크안이 자진해서 변방의 군사령관으로 내려가겠다고 청했고, 황제가 기꺼이 허락해 주었다고.

인사도 없이 떠난 라크안에게 서운한 마음은 둘째였다. 자신보다 어린 라크안을 변방에 군사령관으로 보낸 황제에 대한 분노가 먼저였다. 황태자는 태어나서 처음으로 황제에게 대들었다.

"그 아이는 어려요. 아직 어리단 말입니다. 아버님, 도대체 무슨 명령을 내리신 겁니까!"

그렇게 말하는 황태자 역시 어렸다. 어린 황태자가 어리다고 말하는 바이켈드 공작가 후계자는 큰 개와 뛰노는 걸 좋아하는, 정말로 어린아이였다.

"늑대 새끼가 어리다 한들 결국엔 늑대거늘. 너는 어찌 겉모습만 보고 사람을 판단하려 하는 게냐. 그 아이 스스로가 원해서 명령을 내려 준 것이다."

"그럴 리가 없어요!"

라크안은 황태자가 나뭇가지에 찔려 살짝 피만 나도 자지러지게 우는 아이었다. 그런 아이가 자진해서 피비린내 나는 전쟁터로 떠나다니?

"그렇게 어린아이도 제 가문을 잇기 위해 공적을 쌓겠다며 변방을 제 발로 찾아가거늘, 너는 내 앞에 와서는 놀이 친구 하나를 잃었다고 징징대는 게냐. 네가 그러고도 이 제국을 짊어질 황태자라고 할 수 있겠느냐!"

황제는 버럭 화를 내며 한참 동안 황태자를 꾸짖었다. 안 그래도 황제는 황태자의 부드럽다면 부드럽고, 유약하다면 유약한 성품을 못마땅해했다.

황태자는 따뜻한 봄바람 같은 사람이었다. 그의 옆에 있으면 누구든 그에게 호감을 느끼고, 순한 양이 되었다. 그가 황태자궁에서 키우는 애완견만 해도 그랬다.

이웃 나라에서 바친 개는 그 나라에서도 길들이기 힘들기로 유명한 사냥개였다. 성격이 거칠고 이빨과 발톱이 날카로워 투견으로도 쓰였고, 종종 그 날카로운 이빨과 발톱으로 사람을 죽이기도 해 어린아이와 노약자들은 그 개에게 가까이 다가가는 것조차 금지됐다.

적당히 눈치를 보느라 새끼를 주긴 했어도, 다루기 힘든 개를 선물로 바친 게 분명했건만. 황태자는 그 개를 토끼처럼 순한 개로 만들었다. 단 하루 만에 잘 길들여서 이웃 왕국 사절단의 코를 납작하게 해 준 것은 반가운 일이었으나, 문제는 그 개의 성격마저 바꿔 버렸다는 것이었다.

사냥 나갈 때 노루와 살진 사슴을 물어 오게 훈련하지는 못할망정, 정원 한쪽에서 풀이나 뜯어 먹는 애완견으로 만들어 버리다니. 황제는 그런 황태자의 성품이 마음에 들지 않았다.

그리하여 어릴 때부터 검술을 가르치고, 예법과 어려운 공부를 시켜 몰아붙였다. 황제에게 시달리며 자란 황태자는 겉과 속이 다른 사람으로 자랐다. 귀족들을 대할 때는 곧잘 차가운 모습을 보이곤 하였으나, 그 속내는 여전히 여리고 순했다.

한 번은 황제가 황태자에게 황태자로서 가장 먼저 해 보고 싶은 국정 업무가 무엇이냐고 물어본 적이 있다. 황태자는 자신의 기사단을 만든다거나 무역을 통해 국고를 채우겠다는 포부 대신, 수도 곳곳에 구빈원을 세우겠다고 대답했다. 황제가 뒷목을 잡고 쓰러진 건 당연한 일이었다.

황제는 라크안이 변방의 전쟁터로 떠난 걸 기회로 삼아 황태자를 더욱 매섭게 몰아쳤다.

'또 시작이시네.'

황제에게 이런 일로 혼나는 건 하루 이틀 일이 아닌지라, 황태자는 황제의 말을 적당히 한 귀로 듣고 한 귀로 흘렸다. 그러면서 자신의 어린 친척을 생각했다.

'변방은 춥고, 항상 전투가 일어나는 곳인데…… 다치지 않으면 좋겠다. 안전한 곳에만 있으면 좋겠는데.'

황태자는 큰 개를 키우고 싶어 했던, 어린 친척이 무사히 되돌아오기를 간절히 바랐다.

그 바람은 수년 뒤에야 이루어졌다.

마카레나 백작의 권세가 하늘 높은 줄 모르고 치솟자 황제는 라크안을 불러들였다. 명분이야 뻔했다. 황실의 먼 친척인, 부모가 없는 라크안의 성인식을 대신 챙겨 준다는 것.

실상은 그를 황제파의 수장으로 세워 마카레나 백작과 맞서게 하려는 수작이었다. 황태자가 라크안을 큰 개와 더 놀고 싶어 엉엉 우는 소년으로 기억했듯이, 황제 역시 그 편견에서 벗어나지 못했다.

양친을 모두 잃은 지 얼마 안 되어, 두 눈에 눈물이 그렁그렁해서는 황제를 찾아온 아이. 예법에 맞춰 인사해야 한다는 것도 잊고, 친척 어른이 읊어 주었을 말을 고대로 외워 국어책을 읽듯이 말하던 아이. 어머니의 작위를 잇기 위해 변방에서 군공을 쌓아 바이켈드 공작이 되겠다고, 자신이 하는 말이 무슨 뜻인지 알기는 할까 싶었던 아이.

그 아이가 변방을 돌며 거대한 군공을 세우고는 있었으나, 수도에 편안히 앉아 있는 이들에게는 그리 와닿지 않았다. 황제는 그의 군공을 과장된 것으로 생각했다. 흔히 그러듯 부하의 공적을 제 것으로 삼고 한껏 부풀린 것이라고 믿었다.

아무리 좋게 봐줘 봤자, 험한 변방 생활에 익숙하고, 예법을 제대로 배우지 못해 행동이 거친 십 대의 청년. 다듬어지지 않은 질그릇, 혹은 제멋대로 벼려진 검.

황제는 라크안을 불러들여 귀족파 수장으로 내세우고, 뒤로는 라크안을 조종하려는 계획이었다. 하나 수도로 돌아온 라크안은 황태자와 황제가 기억하고 있던 어린아이가 아니었다.

사람을 수천 명 죽이고도 남았을 싸늘한 붉은 눈. 강인한 성품을 증명하는 듯한 굳은 입술. 떡 벌어진 어깨와 탄탄한 가슴. 허리에 찬 검에서 흘러나오는 것 같은 피 냄새까지.

검은 갑옷을 입고 검은 망토까지 두른 채 제 가문의 기사단을 거느리고 황궁에 나타난 라크안은 군신, 그 자체였다. 변경의 군대에서 피의 전가, 광전사, 제국의 방벽이라 불리는 존재가 나타난 것이다.

황제는 적잖게 당황했다. 마카레나 백작만으로도 버겁건만, 그 이상의 존재를 수도로 끌어들인 게 아닐까. 황제의 얼굴에 후회하는 기색이 어렸다.

황태자는 황제에게서 짙은 후회를 읽었다. 그리고 자신만이 황제의 속내를 눈치챈 것이라 생각했다. 다른 귀족들은 꿈에도 모르리라.

아, 물론 마카레나 백작은 어느 정도 눈치챘겠지. 그 정도 되는 능구렁이여야 황제의 마음을 짐작이나 해 볼 수 있을 테니. 자신과 마카레나 백작 말고 다른 한 사람이 황제의 마음을 알고 있으리라고는 꿈에도 몰랐다.

'아무리 겉모습이 달라졌어도 라안은 이제 고작 십 대 후반입니다. 아버님. 전쟁터에서 오랫동안 떠돌았으니 겉모습이 거칠어진 건 당연한 일인데, 그걸 가지고 라안마저 의심하고 경계하다니요. 의심이 그 정도로 깊으면 병입니다, 병.'

황태자는 마음속으로 한탄했다. 황제만이 황태자에게 불만인 게 아니었다. 황태자 또한 그런 황제에게 심히 불만스러웠다.

황태자는 라크안과 둘이서만 대화를 나눌 기회를 기다렸다. 돌아오자마자 황제에게 은밀히 의심을 받게 된 제 친척, 오래전의 친구를 위로하고 싶었다.

또한, 하고 싶은 말이 있었다. 라크안이 그렇게 좋아했던 개가 작년에 죽었다. 세월을 이기지 못한 것이다. 황태자는 라크안과 함께 그 슬픔을 나누고 싶었다. 황궁에선 그 누구와도 그런 소소한 슬픔을 나눌 수 없었다.

연회를 따분하게 바라보던 라크안이 홀 중앙에서 마카레나 백작 영애와 마주쳐 몇 마디 대화를 나누는 게 보였다. 황태자는 그걸 보며 바짝 긴장했다. 일단 슬그머니 자리에서 일어나,

주변에 몸을 숨길 데가 있는지 찾아보았다. 옆의 굵은 기둥이 매력적이었다. 그런 궁리를 하는 사이 마카레나 백작 영애가 본격적으로 움직이기 시작했다.

그녀가 황태자를 찾기 위해 돌아서자, 라크안은 그런 그녀의 뒷모습을 뚫어지게 바라보았다. 그는 이내 연회에 흥미를 잃고 외진 곳의 테라스로 걸어 나갔다.

황태자는 마카레나 백작 영애를 피해 기둥 뒤에 숨어 있다가 라크안을 뒤따랐다. 귀족들에게 들키지 않게 숨고 소리 없이 움직이는 건 황태자가 지난 10년간 갈고닦은 재능 중 하나였다. 황제는 그마저도 황태자답지 않은 짓을 한다며 혀를 끌끌 차지마는.

'그건 아버님께서 마카레나 백작 영애에게 시달리지 않기 때문입니다. 이건 일종의 생존 능력이란 말입니다.'

황태자는 이렇게 말하고 싶은 걸 늘 참아야 했다. 테라스로 나가 보니, 라크안은 난간 밖으로 뛰어내리려 하고 있었다. 그러다가 인기척을 느끼고 황태자를 돌아봤다.

까만 밤하늘 아래, 루비처럼 붉은 눈이 번뜩였다. 낯선 것을 보고 경계하는 들개, 아니 굶주린 늑대를 보는 것 같았다. 잠깐이지만 등골이 서늘했다.

"어…… 밑에 경비가 서 있는데?"

"황태자 전하."

"아, 라안. 음…… 예전처럼 편하게 지크라고 불러도 되는데."

"그때는 어렸지 않습니까."

라크안은 뛰어내리려 했던 적이 없다는 양 서서는 황태자에게 고개를 숙였다. 황태자는 눈높이가 달라진 걸 느끼며 세월의 흐름을 실감했다. 단상 위에 서 있을 때는 몰랐는데, 라크안은 키가 무척 컸다.

예전엔 분명 내려다보았는데, 이제는 살짝 고개를 들고 올려다봐야 했다. 많이는 아니고 살짝, 정말 살짝.

황태자는 편히 말하라고 여러 번 권했으나 라크안은 끝까지 사양했다. 그게 꽤 섭섭했다. 그래서 황태자는 라크안에게 '네가 좋아하던 그 개가 죽었다.'는 말을 하지 못했다.

'네가 굳이 나와 거리를 두겠다면야. 내가 일부러 가까이 다가갈 필요는 없겠지.'

황태자는 저도 모르게, 예전에 큰 개를 길들였던 대로 움직이고 있었다. 처음 만났을 때는, 놀라지 않게 적당히 거리를 두고. 너무 들이대지 말고 적응할 시간을 주기.

황태자는 거리를 두고 서서 멀거니 라크안을 바라보았다. 그는 다른 귀족들에게, 특히나 마카레나 백작 영애를 대할 때면 녹지 않는 얼음 같다는 소리를 종종 들었다. 그런데 라크안의 앞에 서니, 자신의 차가움 따위는 아무것도 아니란 생각이 들었다.

라크안은 그저 서 있을 뿐이었다. 그런데도 온몸에서 냉기가 풀풀 흘러나왔다. 손을 대면 베일 듯 싸늘한 얼굴은 무엇으로도 녹이지 못할 것 같았다.

단지 키만 크고, 몸집만 커진 게 아니었다. 라크안은 정말로 차갑고 단단해져 있었다. 그 속내까지. 그 어디에도 큰 개를 껴안고 잔디밭 위를 뒹굴던, 황태자의 어린 친구의 모습은 남아 있지 않았다.

황태자는 자신이 기억하고 있던 어린 라크안과 지금 눈앞에 나타난 라크안 사이의 격차를 감당하지 못하고 잠시 침묵했다. 둘 사이의 침묵을 깬 건, 라크안이었다.

"저는 가만히 있을 겁니다."

"음?"

"황실에서, 특히나 황제 폐하께서 제게 무얼 원하는지 알고 있습니다. 그에 맞춰 행동할 테니, 걱정하지 않으셔도 됩니다."

황태자는 라크안이 무슨 말을 하는 건지 단번에 알아차렸다. 황태자는 잠시 숨을 골랐다. 무슨 말을 어떻게 해야 할지, 난감했다.

무슨 말을 하는 건지 모르겠다고, 아버지이신 황제 폐하와 나는 네가 돌아온 걸 진심으로 환영하고 있다고, 딱 잡아떼야 할까. 아니면, 난 아버지와 다르게 생각하고 있고 널 경계하지 않는다고, 네가 수도에 돌아오기만을 기다렸다고, 황제를 버리고 자신만 살아남아 볼까.

따지고 보면 후자의 말은 전자와 다르게 100% 거짓말은 아니었다. 황위에 위험이 되지 않는 친형제를 대하듯 라크안을 대했으니까. 헤어진 후 꽤 오래까지, 라크안을 기억하고 있었으니까.

그런데도 황태자는 쉽사리 말을 꺼내지 못했다. 의심 많고 매정한 사람이어도 아버지는 아버지인지라. 자신이 살겠다고 아버지의 치부를 드러내는 게 마음에 걸렸다.

"다시 한번 말씀드리겠습니다. 저는 딱히 중앙에서 세력을 구축하고 싶다는 욕심이 없습니다. 황위를 어찌해 보고 싶다는……."

"라안, 그런 말은 조심해야지!"

황태자가 화들짝 놀라며 라크안의 말을 끊어 냈지만, 라크안은 아랑곳하지 않았다.

"의욕도 없습니다."

의욕. 욕심이나 탐욕, 만용이 아니라 의욕.

더없이 적절한 단어였다. 황태자는 저도 모르게 고개를 끄덕일 뻔했다.

지금의 라크안에게는 그런 단어가 어울렸다.

변방의 높은 전공, 제국 기사와 병사들의 절대적인 지지, 백성들의 존경, 거기에 황실의 피가 섞인 제국 유일의 젊은 공작이란 신분. 십수 개의 상단을 거느린 부유한 재정. 무엇보다 검은 머리카락에 붉은 눈을 가진 아름다운 외모.

남들이 부러워할 만한 모든 걸 가지고 있으니, 남들이 감히 꿈꾸지 못하는 절대자의 자리를 꿈꿔 봄 직도 했다. 하지만 그에게는 그런 의욕이 전혀 느껴지지 않았다. 이제 고작 십 대 후반의 청년인데, 라크안은 너무 지쳐 보였고 또 텅 비어 보였다.

황태자는 그에게 손을 내밀어 그를 이해해 보고 싶다는 생각이 들었다. 한편으로는 자신이 그를 절대 채우지 못할 거라는, 예감이 들었다.

어릴 적, 외국 사절로부터 강아지를 선물 받았을 때와 비슷하면서도 다른 기분이었다. 강아지는 함께 온 외국 사절은 물론 황태자까지 물지 못해 안달이 나 있었다. 그 개와 눈이 마주치자 문득―서글픈 감정이 몰려왔다.

'겁먹었구나.'

누구든 보자마자 이런 사나운 개는 처음 본다며 혀를 내두르는 강아지였다. 그런데 황태자는 그 강아지가 무척이나 안쓰러웠다.

'나는 너를 다치게 하지 않을 거야. 우린 앞으로 쭉 함께 살 거거든. 겁먹지 마. 나는 너랑 친하게 지내고 싶어.'

황태자는 그렇게 생각하며 강아지에게 손을 내밀었다. 그러자 몇 번이고 황태자의 손을 물려고 했던 강아지가 얌전히 황태자의 손길을 받아들였다. 마치 황태자가 마음속으로 건넸던 말을 알아듣기라도 한 것처럼.

황태자는 두려움에 질린 강아지의 마음이 가라앉고, 그 속에 자신에 대한 신뢰가 차오르는 걸 느꼈다.

사납던 눈이 순해지고, 으르렁거리던 울음소리가 가라앉았다. 작지만 뾰족뾰족하던 이빨이 숨고, 작고 붉은 혀가 날름거리며 황태자의 손을 핥았다. 그렇게 황태자와 강아지는 친구가 되었다.

강아지의 마음은 그렇게 쉽게 얻을 수 있었지만. 라크안은 아니었다. 그는 황태자가 아무리 눈을 마주치고 옛날의 추억을 떠올리며 마음으로 말을 걸어도, 바뀌지 않았다.

그는 오히려 황태자를 경계했다.

"작위 역시, 제 어머니가 제게 남기신 것이니 이을 뿐. 황제 폐하와 황태자 전하께서 가지신 그 어떤 것도 원하지 않습니다. 그러니 안심하셔도 됩니다. 가능하다면, 황제 폐하께도 제 진심을 전해 주셨으면 좋겠습니다만."

라크안은 황태자가 자신에게 경고하러 왔거나, 아니면 황제의 명을 받고 자신을 떠보려고 왔을지도 모른다고 의심하고 있었다.

"라안, 나는 그게 아니라……."

황태자는 다급히 오해를 풀고자 했으나, 라크안은 그의 말을 귀담아들으려는 의욕 또한 없었다.

"……뭐, 아니라고는 말할 수 없지."

황태자는 금세 해명을 포기했다. 그건 단지 어릴 적 놀이 친구이자 친척인 라크안에 대한 의리 때문만은 아니었다. 곧 자신에게 충성 맹세할 젊은 공작을 보며 황태자가 가져야 하는 기존적인 태도, 성실과 결백의 의무 때문만도 아니었다.

황태자는 라크안의 말에서 '무언가'를 느꼈다.

'나와 아버님이 가진 것 중에는 원하는 것이 없다고? 그럼, 다른 걸 원한다는 건가?'

황태자는 그게 신경이 쓰였다.

"수도에는 왜 올라온 거야?"

어리석은 질문이라는 걸 알면서도 이렇게 물을 수밖에 없었다.

"찾는 것이 있습니다."

역시나. 올라오라는 황제의 명을 받았으니 올라올 수밖에 없었다는 말. 부모님의 작위를 잇기 위해서 돌아온 거라는 말이 아니었다.

"뭘 찾는다는 거지? 내가 도와줄 수 있다면 무엇이든 돕겠어."

"도움은 필요 없습니다."

라크안은 황태자의 제안을 단칼에 거절했다. 그럴지도 모른다고 예상은 했으나 막상 겪으니, 헛웃음이 나왔다. 내 도움을 이렇게 단번에 거절하는 사람은 네가 처음이야, 그렇게 말해야 할까. 뺨을 한 대 얻어맞은 것처럼 싱숭생숭한 마음이 들려는데.

그때. 라크안이 움찔, 몸을 떨더니 고개를 돌렸다. 그는 테라스의 난간 너머를 노려보았다. 황태자는 뭔가 싶어 그곳을 주의 깊게 바라보았다.

눈이 어둠에 익숙해지니, 정원을 빠르게 가로지르는 한 사람의 모습이 보였다. 풍성한 치맛자락이 팔랑팔랑 흔들렸다. 보석 핀을 잔뜩 꽂은 붉은 머리카락이 높은 덤불 사이로 보였다 사라지기를 반복했다. 어째서 진작에 저 모습을 눈치채지 못했는지 이상할 정도로, 눈에 확 띄었다.

"으으."

황태자는 보자마자 진절머리를 내며 고개를 돌렸다.

'내가 도망갔다고 생각해 쫓아 나왔나 보군.'

황태자는 얼른 뒤로 두세 걸음 물러섰다. 까만 그림자에 몸을 숨기고야 안도의 한숨을 내쉬었다. 라크안은 계속 그녀에게서 눈을 떼지 못했다. 영원히 얼어붙어 있을 것 같던 그의 입매에 작은 변화가 생겼다. 그가 한쪽 입꼬리를 추어올리며 웃은 것이다.

'웃었다고?'

황태자는 자신의 눈을 의심했다. 붉은 두 눈은 굶주린 늑대가 사냥감을 내려다보듯 흉흉하게 빛나고 있었다. 그런데도 그건 분명 웃음이었다.

'마카레나 백작 영애를 보며 웃다니…….'

황태자는 떨떠름했다. 뭔가 봐선 안 되는 걸 본 기분이랄까. 어째서 라크안이 웃고 있는 건지, 묻고 싶지도 알고 싶지도 않았다.

'정말 다른 사람이 되어 버렸어.'

황태자는 다시 한번, 자신이 알고 있던 어릴 적 라크안과 다시 만난 다 큰 라크안과의 괴리를 느꼈다. 추억은 추억으로 남겨 두었을 때 가장 좋은 법이었다. 황태자는 다시 라크안과 마음을 터놓는 편한 사이가 되긴 힘들 거 같다고 생각했다.

그래서 황태자는 그 뒤로 계속 라크안을 어려워했다. 라크안은 황태자가 자신을 멀리하거나 말거나 자신이 수도에서 해야 할 일을 달성해 나갔다. 그는 황제의 전폭적인 지지를 받으며 황제파 수장으로 자리 잡았다. 그리고 숨 쉴 때마다 냉기를 뿜어 대며 주변 사람들을 꽁꽁 언 동태로 만들어 버렸다.

황제파 수장으로서 황제파 귀족들을 가까이 대했지만 누구에게도 친밀감을 드러내지 않았다. 그나마 예의를 표하고 곁에 두는 건 보쉬엔 자작 정도였다.

보쉬엔 자작은 라크안이 오기 전까지 황제파 귀족들의 중심점이 되었던 몇몇 귀족들 중 한 명이었다. 전대 바이켈드 공작은 친황제적이었으나 그렇다고 황제파 귀족은 아니었다. 그녀는 굳이 말하자면 중립파였고, 어느샌가부터 그녀의 주변에 중립파를 자처하는 귀족들이 모여들기 시작했다.

"다 같은 제국의 귀족인데, 파를 나누어 싸우는 게 무슨 의미가 있단 말입니까."

"다행히 바이켈드 공작 각하께서 우리와 같이, 그런 걸 무의미하게 여기시니 다행입니다."

"그분 성품상 누구 아래 쉬이 고개를 숙이실 분은 아니지. 설사 황제 폐하라 해도 말일세."

"쉿. 그런 말을 하다니. 혹여나 누가 듣고, 바이켈드 공작 각하를 모함이라도 하면 어쩌려고. 자네는 그 입 좀 조심하게."

전대 바이켈드 공작은 기꺼이 그들을 뭉쳐 황제파도 귀족파도 아닌 중립파를 만들어 냈다. 그 이유는 오직, 화목하고 단란한 가정을 지키기 위해서였다.

전대 바이켈드 공작은 제 남편을 지극히 사랑했고, 사랑스러운 남편을 놔두고 멀리 떠나는 걸 끔찍하게 여겼다. 엄청난 군공의 소유자였던 그녀는 내정이 불안하면 외적이 쳐들어오고, 그러면 자신이 그들과 맞서 싸우기 위해 출정해야 한다는 걸 잘 알고 있었다.

그녀는 사랑하는 남편과 꼬물대는 어린 아들을 수도에 두고 변방으로 출정 나가지 않고자, 내정을 안정시켜야 한다는 역사적 사명을 품었다. 그리하여 중립적 성향을 지닌 귀족들을 끌어모아, 황제파와 귀족파 양쪽에 모두 위협이 될 만치 묵직한 세력을 형성했다.

"황제도 좀 긴장해야 돼. 무턱대고 세력을 키우겠다고 귀족들을 끌어모으면 쓰나. 그럴수록 반감을 가진 귀족들이 마카레나 백작에게 몰려드는 줄은 모르고."

그녀는 큰 개를 키우고 싶다고 매달리는 어린 아들을 높이 던졌다 받으며 그리 말하곤 했다.

"나는 지금 황제한테 반항하는 게 아니라, 황제의 치세가 평화로울 수 있도록 돕는 건데. 이 의심 많은 황제가 그걸 몰라요. 답답할 노릇이라니까."

"오, 내 사랑. 절대 당신을 못 믿는 건 아니지만 그러다가 우리 라안이 떨어지거나 다치기라도 하…… 으헉! 자, 잠깐만! 그렇게 높게 던지다니!"

옆에서 안절부절못하고 라크안의 안전을 걱정하는 라크안의 아버지는 덤이었다. 전대 바이켈드 공작은 그런 남편을 보며 씩, 웃고는 라크안을 더 높이 던졌다.

"까아!"

두 사람의 아들, 라크안은 하늘 높이 날아 팔다리를 허우적대며 웃음을 터뜨렸다. 자신도 황태자처럼 큰 개를 키우고 싶다고, 그 등에 업혀 다니고 싶다고 엉엉 울던 아이는 온데간데없이 사라졌다.

"아아, 내 자식이 하늘을 날다니. 늑대가 하늘을 날면서 좋아하고 있어."

라크안의 아버지는 탄식하며, 창백하게 질린 얼굴로 담대한 두 모자를 바라보았다.

가족에겐 이처럼 다정한 부인이자 아내인 전대 바이켈드 공작의 성격은 좋게 말하면 시원시원했고 나쁘게 말하자면 다혈질에 막무가내였다. 그녀는 여차하면 상대편에 붙어 버리겠다는 협박을 일삼으며, 황제파와 귀족파의 싸움을 저지했다. 그야말로 깡패 같은 중립파 수장이었다.

중립파는 그 세력이 꽤 강했기에 황제파와 귀족파는, 심지어 황제마저도 전대 바이켈드 공작의 심기를 거스르는 걸 두려워했다. 그 덕에 제국의 내정은 평화로웠다. 그리 의욕적이지 않은 황제파와 귀족파의 귀족들마저 그녀를 지지할 정도였다.

하나 그 평화는 그리 오래가지 못했다. 그녀가 이른 나이에 병사했다. 남편은 곧바로 시름시름 앓더니 그녀를 뒤따랐고, 너무 어린 아들은 중립파의 구심점이 될 만한 정치력도, 지도력도 없었다.

결국, 중립파는 뿔뿔이 흩어졌고, 다시 황제파와 귀족파의 대립은 격해졌다. 둘 다 흩어진 중립파 귀족들을 회유하여 세를 불리며 겨루었으나 언제부터인가 귀족파가 우위에 서기 시작했다. 역시나 구심점의 문제였다.

귀족파는 마카레나 백작이라는 든든한 중심이 있었다. 하지만 황제파는 그런 구심점이 오래가지 못했다. 어째서인지 황제파의 수장이라고 할 만한 귀족이 번번이 불의의 사고를 당해 목숨을 잃었다.

독, 마차 사고, 갑작스러운 습격, 계단에서의 실족, 자던 중 심장마비, 하다못해 목욕 중 욕조에서의 익사까지.

사인은 다양하였고, 범인을 반드시 찾아내야 하는 사안에는 언제나 범인이 밝혀졌다. 정부의 내연남, 보석을 훔쳐 달아나려 했던 저택의 하녀,

사이가 나빴던 라이벌 집안의 차남 등. 하지만 그 누구도 그들이 진짜 범인이라고 생각지 않았다.

가위가 장미꽃을 자른다고 하여 그 죄가 가위에게 있는 게 아니듯이. 모든 죽음의 진짜 범인은 누군가가 도구처럼 쓰고 내다 버린 그들이 아닐 터였다.

그나마 1년 이상 버티며 마카레나 백작과 맞섰던 장턴 백작마저 아침 식사를 하던 중 큼지막하게 자른 스테이크 조각이 목에 걸려 비명횡사한 이후. 황제파의 귀족들은 중 누구도 황제파를 이끌겠다고 나서지 못했다.

황제의 회유와 압박, 그리고 전대 비명횡사한 백작들에 대한 의리로, 몇몇 귀족들이 나서 집단 수장 체제를 구축했다. 백작급이 나서지 않아 자작들로 구성되었다. 그중 가장 노련한 이가 장턴 백작의 가신이었던 보쉬엔 자작이었다. 그런 상황에서 라크안이 '겁도 없이' 황제파의 수장을 자처한 것이다.

보쉬엔 자작은 기꺼이 그를 인정하고 먼저 고개를 숙이고 들어갔다. 라크안은 보쉬엔 자작의 도움을 받아 빠르게 중앙 정계에서 자리를 잡았다. 그러니 차기 황제인 황태자는 그와 긴밀한 관계를 유지해야 했다.

황제 역시 황태자에게 자주 라크안과 식사 시간을 가지고, 사냥하라고 권했다. 라크안을 철저히 황태자의 편으로 만들어 '관리'를 하라는 의미였다. 황제파 귀족들 역시 황태자와 바이켈드 공작, 라크안이 친밀한 모습을 보여 귀족파 귀족들을 견제하기를 바랐다.

그럴수록 황태자는 라크안을 가까이 대하기가 더 어려워졌다. 라크안을 서먹하게 대하는 이유가 무엇이냐고 묻는다면, 황태자는 실망해서 그런다고 말할 터였다.

라크안이 수도에 온 지 석 달이 지나고, 황태자궁에 스무 번 이상 드나들었을 때. 그 서운함은 극에 달했다. 라크안이 그때까지도 어릴 적 황태자궁에서 키웠던 개가 어디 갔냐고 물어보지 않았기 때문이었다.

'황태자로서 자격이 없다고 말해도 상관없어. 서운한 건 서운한 거라고.'

그랬던 황태자가 라크안을 다시 제 먼 친척이자 믿을 만한 친구로 여길 수 있었던 것은 역시나 '개' 때문이었다.

어느 날.

정체 모를 암살자들이 황태자를 습격했다. 라크안은 홀로 황태자를 지키고, 십수 명의 암살자들을 죽였다. 라크안은 머리끝부터 발끝까지, 그의 눈 색깔과 똑같은 피로 물들었다. 그의 등 뒤에 숨어 있던 황태자는 피 한 방울 묻지 않은 순백의 상태였다.

"괜찮으십니까?"

마지막 한 명의 심장에 칼을 꽂아 넣은 후 라크안이 황태자를 돌아보았다.

"……!"

기사 작위를 가지고 있는 황태자라 할지라도 그 순간에는 움찔, 몸을 떨 수밖에 없었다. 라크안은 지옥에서 올라온 피의 악마처럼 보였다. 하나 황태자는 그 피의 악마가 자신을 구하기 위해 피를 뒤집어썼다는 사실 또한 잊지 않았다.

"난 괜찮아. 자네는 괜찮은가?"

"걱정해 주셔서 감사합니다만, 저는 괜찮습니다."

라크안이 칼에 묻은 피를 털어 내며 대답했다.

'피를 털어야 하는 건 그 검이 아니라, 자네인 거 같은데.'

황태자는 차마 입 밖으로 꺼내지 못할 말을 마음속으로 중얼거렸다. 십수 명의 암살자를 죽이고도 여전히 무표정한 얼굴과 붉은 눈빛이 기이하게 느껴졌다.

제국의 사교계에서 감정 없는 것으로 유명한 건, 마카레나 백작 영애의 비서인 루시온이었다. 그러나 요즘 들어 라크안이 함께 손꼽히고 있었다.

'그도 마카레나 백작 영애를 구하기 위해 십수 명의 암살자를 제 손으로 죽이게 되었을 때. 저렇게 무감각한 표정을 지을까?'

아닐 것 같았다. 적어도 옷이 더럽혀졌다고 짜증을 내지 않을까. 아니, 그건 마카레나 백작 영애의 반응일지도 모른다.

'뭐 하는 거야, 내 드레스에 피가 묻었잖아! 루시온, 암살자 처리를 그따위로밖에 못하겠어?'

루시온에 대해 생각하고 있건만 어째서인지 마카레나 백작 영애가 떠올랐다.

"으으."

황태자는 고개를 흔들며 머릿속에서 마카레나 백작 영애를 털어냈다. 대단한 여자였다. 시도 때도 없이 생각나게 만들다니.

아무튼, 루시온보다는 라크안이 더 메마른 사람이 아닐까. 그런 생각이 들었다. 그의 생각을 증명이라도 하듯 라크안은 암살자 시체를 하나하나 살피며 정말로 죽었는지 확인까지 마쳤다.

이후 황태자는 괜찮다는 라크안을 황태자궁으로 데려와 방을 내어주었다. 생명의 은인을 대접하기 위해서였다. 자신만 사용하는 욕실에 라크안을 밀어 넣어 씻도록 하고, 자신의 의복을 내주었다.

시종장을 불러 바이켈드 공작저에 정중하게 예물을 보내도록 지시를 하고는 라크안을 찾아갔다.

'다 씻었겠지.'

목욕하고 나온 라크안과 오늘 암살자의 배후에 대해 논의하고자 했건만. 물론 마카레나 백작 아니면 마카레나 백작 영애일 테고, 증거는 애초에 완벽히 사라졌겠지마는.

라크안은 방에 없었다. 침대에는 앉은 흔적조차도 없었다. 황태자는 라크안을 찾으러 황태자궁 후원으로 갔다. 목욕하자마자 시종에게 길을 물어 그곳으로 갔다는 라크안은 후원 한구석에 서 있었다.

매일 해가 비치는 양지, 은은한 향이 나는 작은 나무 아래. 거기에 작년에 죽은 개의 무덤이 있었다. 황태자가 직접 묻고, 비석을 주문해 세운 것이었다. 라크안은 그 앞에 서 있었다.

'기억하고 있었구나.'

괜한 반가움, 그리고 새삼스러운 서러움과 억울함. 그런 이상한 감정들이 황태자를 뒤덮었다. 황태자는 숨을 죽이고, 라크안이 충분히 개의 죽음을 묵념할 수 있도록 기다렸다.

라크안은 울지도, 웃지도 않았다. 평소와 다름없는 무표정한 얼굴이었으나 어째서인지, 그 붉은 눈은 평소와 다른 색으로 빛나고 있었다.

"······병이 있었던 겁니까?"

"크게 아프거나 하지는 않았어. 나이가 들어 잘 뛰지 못하고, 눈이 침침해져서 그런지 여기저기 쿵쿵 부딪치기는 했지만. 다만 한 달 전부터 먹는 양이 줄더군. 움직이는 것도 귀찮아하고 누워만 있고."

황태자는 라크안이 보고 있는, 작은 무덤을 함께 내려다보았다. 무덤 옆에는 작은 비석이 세워져 있었는데 비단 끈이 감겨 있었다. 어린 라크안이 개의 목에 걸어 주었던 리본이었다.

"계속 자네가 오길 기다렸어. 예전에 자네가 왔던 날, 그 시간만 되면 문 앞에 서서 고개를 한참 동안 들고 있더군. 먹이를 먹으라고 해도 보지도 않고."

어린 라크안이 찾아오면 도망 다니기 바빴으면서. 막상 라크안이 오지 않으니 개는 라크안을 기다렸다. 꽤 오랫동안. 황태자는 개가 품고 있던 그리움에 대해 말했다. 그 말엔 황태자의 기다림 또한 한 움큼 정도 담겨 있었다.

듣는 라크안의 표정은 역시나 변화가 없었다.

"오전에 정무 회의를 다녀왔더니, 잠자는 듯 죽어 있더군."

황태자는 죽은 개를 발견했을 때를 떠올리며 눈을 질끈 감았다. 아직도 그때의 감촉이 선했다. 낮잠을 자는 거냐고 개의 등을 쓰다듬었을 때, 그 뻣뻣하고 서늘한 감촉이라니.

"그거참 부럽군요."

황태자의 말을 듣고만 있던 라크안이 혼잣말을 하듯 중얼거렸다.

'……부럽다고?'

황태자는 처음엔, 자신이 잘못 들은 게 아닌가 의심했다. 다행이군요, 가 아니라 부럽군요, 라니. 황태자는 라크안을 바라보았다. 라크안은 어느새 무덤에서 눈길을 거두고 황태자를 바라보고 있었다. 여전히 무표정한 얼굴, 서늘한 붉은 눈이었다.

"기억하고 있었던 건가? 전혀 묻지 않기에, 잊었을 거라 생각했는데."

황태자가 내내 마음에 담아 두었던 말을 물었다.

"잊었을 리가요. 황태자 전하보다 이쪽이 더 보고 싶었는데."

라크안이 비석을 손가락으로 툭 건드리며 말했다.

"뭐?"

황태자가 저도 모르게 인상을 찌푸렸다. 라크안은 그런 황태자를 보더니 어깨를 으쓱이고는 돌아섰다.

"거슬러 올라가면 전하보다 더 가까운 친척이었을지도 모르니 말입니다."

라크안이 말했다. 이해할 수 없는 말이었다. 하지만 어째서인지, 그 말이…… 라크안 나름의 농담인 게 아닐까, 란 생각이 들었다.

"잠깐, 같이 들어가지. 옷은 어때, 입을 만한가?"

"바짓단이 좀 짧은 것 빼고는 뭐, 괜찮습니다."

"……."

"물론, 전하의 은총에 감사드리고 있습니다. 전하의 옷을 내어 주셔서 감사합니다. 바짓단이 좀 짧긴 하지만, 뭐 어떻습니까. 전하께서 내려 주신 옷인걸요."

"……바짓단 얘기는 좀 그만했으면 좋겠군. 바이켈드 공작."

"여부가 있겠습니까. 전하."

라크안은 여전히 무표정하고 싸늘했지만, 더는 그가 어색하고 낯설게 느껴지지 않았다.

그날 이후로 황태자는 조금씩 라크안과 친해졌다. 물론 이건 전적으로 황태자의 생각이었다. 라크안은 여전히 황태자를 깍듯이 대하고, 무뚝뚝했다. 그런데도 인기가 많았다.

그는 그다지 사교 모임을 즐기는 것 같지도 않은데 사교 모임에 꼬박꼬박 참석했다. 그 잘난 얼굴을 보이니, 사교계 여성들의 마음이 흔들리지 않을 수 없었다. 하지만 사교계의 어떤 아름다운 영애도, 마음씨 착한 영애도, 농염한 매력을 자랑하는 귀부인도 라크안의 마음을 가지지는 못했다.

"뭐 저런 목석, 아니, 얼음덩이가 좋다고 다들 매달리는 건지."

황태자는 라크안의 마음 한 조각 얻고자 애쓰는 영애들을 보며 고개를 설레설레 젓다가도, 자신 또한 그들과 비슷한 처지가 아닌가, 하는 한탄에 사로잡혔다.

그래도 그나마 라크안이 제게는 무르다는 것이 위안이었다. 충성을 맹세한 미래의 황제여서인지, 아니면 어린 시절을 함께 보낸 친구 사이여서인지. 황태자는 후자이기를 간절히 바라고 있지마는.

황태자 역시 제게 무른 라크안에게 심하게 물러졌다. 라크안과 좀 친해지라고 닦달하던 황제가 이제는 그만 좀 친해지라고 경고할 정도였다. 언제나 그랬듯 황태자는 황제의 말을 적절히 걸러 들었다.

'아버님께서 이렇게 말씀하실 정도면, 내가 정말로 라크안과 친해진 게 맞군.'

황태자는 라크안이 좋았다. 피 섞인 관계임을 증명하려면 몇 대를 거슬러 올라가야 하지만, 호시탐탐 황태자 자리를 노리는 여동생보다 더 친동생처럼 느껴졌다.

그건 라크안이 단지 황위에 아무 의욕이 없어서, 또는 어릴 적 추억을 공유하고 있어서가 아니었다.

황태자는 라크안과 자신이 비슷하다고 느꼈다. 마카레나 백작 영애를 끔찍이 싫어하는 것은 물론이거니와 그리고 많은 사람 사이에 둘러싸여 있지만 정말로 제 사람, 믿고 의지할 수 있는 나만의 사람을 찾지 못하고 있다는 점에서.

황태자는 라크안이 찾는다는 것이 바이퀠드 공작 부인이 될 제 짝이라는 걸 알았다. 라크안이 말해 줘서 안 것은 아니었다. 라크안을 지켜보자니 자연히 알 수 있었다.

아무 의욕이 없다는 사내가 성실하게 온갖 사교 모임에 드나드는데, 그것 말고 다른 이유가 무엇이 있겠는가.

'전대 바이퀠드 공작이 사랑하는 남편을 얻었듯, 라안 또한 사랑하는 아내를 찾고자 하는 걸까? 바이퀠드 공작은 대대로 로맨티시스트로군.'

황태자는 그렇게 짐작했다. 그리고 그가 앞으로도 오랫동안 그의 짝을 찾지 못하길 바랐다. 마치 자신처럼.

라크안이 떠난 후에도 여러 놀이 친구가 생겼지만, 누구도 라크안처럼 편하게 느껴지지 않았다. 나이가 들어 황태자란 자리의 무게를 알게 되니, 제 주변에 다가오는 사람들이 부담스러워졌다. 모두들 '황태자'에게 바라는 것이 있는 자들이었다.

부모님도 여동생도, 가족으로서의 애정과는 별개로 역시나 황태자에게 부담을 주는 사람들이었다. 황궁에서 유일하게 마음을 터놓을 수 있는 존재는, 우습게도 이웃 왕국 사절이 선물한 큰 개뿐이었다.

그 개마저 세월을 이기지 못하고 죽고 나니, 황태자의 곁엔 아무도 없었다. 적어도 황태자는 그렇게 생각했다. 남들이 함부로 우러러보지 못하는 지고한 위치에 선다는 건, 그런 외로움을 감당해 내야 하는 것이었다.

마음을 나눌 수 있는 여인을 아내로 맞이하여 서로 의지하며 살면 어떨까.

이런 바람을 가진 적도 있었다. 그게 황태자란 지위에 선 사내가 온전한 제 사람을 가질 수 있는 방법일 테니.

결국엔 정략결혼을 하게 되겠지마는 사이가 안 좋은 부모님처럼 살고 싶지는 않았다. 그래서 아내를 맞이하게 된다면 좋은 관계를 유지하기 위해 노력할 거라 다짐했건만.

그 마지막 바람마저 산산이 조각났다. 마카레나 백작 영애, 클레이엔 때문이었다. 그녀는 어릴 때부터 찰거머리처럼 들러붙었다. 도무지 피할 방도가 없었다. 이대로 가다가는 황태자비는 클레이엔이 될 게 뻔했다.

믿고 의지할 수 있는 아내를 얻는 그것마저 불가능해지니, 황태자는 더욱 고독해졌다.

'드디어 네가 철이 들어 가는구나. 그래, 그래야지. 황제는 누구를 믿어서도, 의지해서도 안 된단다.'

아버지인 황제는 그런 황태자를 오히려 기쁘게 여겼다. 절대자는 무릇 그래야 하는 법이라고, 그런 말을 위로랍시고 건넸다.

'내 아들, 지크. 내가 너를 낳아 네게 나의 운명을 물려주고 말았구나. 등대도 없는 이 황량한 황궁에서, 홀로 항해하게 된 내 아들.'

황후는 황태자의 손을 토닥이며 애석해했다. 그녀 역시 이 황궁에 갇혀 성격이 예민해지고 만성적인 우울증에 시달리고 있었다. 그녀는 황태자를 불쌍히 여겼지만, 황태자를 지지하고 끌어안아 줄 온기는 가지고 있지 않았다.

고독을 즐기는 아버지와 고독에 지친 어머니에게서 태어난 황태자는 제가 감당해야 하는 고독이 서글펐다.

사실 황태자는 누구보다 뛰어난 공감력을 가지고 있었다. 그는 어릴 때부터 남들이 무슨 생각을 하는지, 어떤 기분인지, 어떤 상태인지 금방 알아차렸다. 클레이엔을 황태자비로 받아들일 수 없는 이유도 그 때문이었다.

'정말로 날 사랑하는 게 아니야. 그저 황태자비가 되고 싶은 생각뿐.'

분명 열 살쯤인가, 어릴 적 봤을 때는 자신을 좋아하는 마음으로 가득 차 따라붙고 귀찮게 했던 것 같은데. 다시 만난 클레이엔은 완전히 달라졌다.

사랑한다고 말하는 목소리에는 사랑의 감정이 요만큼도 담겨 있지 않았다. 그녀는 그저, 황태자를 밑거름으로 삼고 싶다는 욕심으로 가득 차 있었다. 그러니 황태자는 그녀를 마주칠 때마다 얼굴을 찡그릴 수밖에. 이 황궁에서 자신을 사람으로 안 보고 수단이나 목적으로 대하는 최고봉은 황제가 아니라 클레이엔이었다. 황태자비가 되고야 말겠다는 그녀의 열정이 너무도 거대해서일까.

그녀와 마주치거나, 어쩔 수 없이 그녀의 손을 잡고 춤을 추고 난 이후엔, 이상하게도 남에게 공감하는 능력이 잠시나마 강해지곤 했다. 그러면 클레이엔과 귀족들의 탐욕이 더욱 선명히 느껴졌기에, 도망치듯 구빈원을 만들고 운영하는 데 공을 들인 건지도 몰랐다.

구빈원의 보호를 받는 백성들은 황태자에게 고마워했다. 나중에 가서는 뭔가 더 받아먹고 싶다는 욕심을 내비치는 사람들도 없지는 않았으나, 그건 귀족들이 황태자에게 바라는 탐욕에 비하면 간지러운 수준이었다.

그런 상태에서 라크안을 만났다. 라크안은 황태자가 이전에 만났던 귀족들, 백성들, 그 누구와도 달랐다. 라크안의 속은 텅 비어 있었다. 그런 자신을 채우기 위해 황태자를 이용하려는 생각조차 없었다.

황태자는 그와 이야기를 나누며 어떤 감정에도 물들지 않았다. 그저 황태자 자신일 수 있었다. 황태자는 라크안과 함께 있을 때마다 이루 말할 수 없는 편안함을 느꼈다.

황태자는 자신만큼이나 고독한, 하지만 자신과 달리 속이 텅 비어 있는 라크안이 좋았다. 그래서 부디 그가 그토록 애타게 찾는 제 짝을 찾지 못하기를, 아니, 찾게 되더라도 되도록 늦게 찾게 되기를 바랐다.

그랬기에 누구보다 먼저 눈치챘다. 라크안이 점차 채워지고 있다는 걸. 그토록 애타게 찾고 있던 짝을 찾아냈다는 걸.

누군지 궁금해서 바이켈드 공작저에 연락도 없이 찾아갔을 때, 황태자는 카루나를 보았다. 그 작은 꼬마 숙녀가 라크안의 짝이었다. 라크안은 카루나와 함께 있는 황태자를 보며 '분노'했으며, 카루나의 장난에 '화'를 내고 '짜증'을 냈다. 카루나를 보며 자연스럽게 '웃기'까지 했다.

루시온과 함께 사교계의 얼음 인형으로 불리던 사내답지 않은 모습이었다. 황태자는 그런 라크안을 축하하고 카루나에게 고마움을 느끼면서도 한편으로는.

외로움을 느꼈다.

'나는 여전히 제자리걸음인데, 결국 네가 또 나를 앞서가는구나. 너는 끊임없이 네 짝을 찾기 위해 노력하고 노력하여, 결국 찾아냈구나. 너만의 사람을.'

그러고 보면 라크안은 항상 황태자를 앞서갔다. 모든 면에서 그러했다. 평생을 함께할 짝을 찾아내는 것마저 그가 월등했다.

카루나와 함께 있는 라크안을 보며, 황태자는 내내 제 마음속에 자리 잡고 있었으나 이때까지 깨닫지 못했던 저열한 감정을 깨달았다. 열등감이었다.

어릴 때 그 마음을 자각했다면 라크안을 질투하거나 미워했을지 모른다. 하지만 황태자는 이미 어른이었고 제 마음을 다스릴 줄 알았다. 황태자는 열등감을 긍정적으로 해소하기 위해 노력했다.

라크안 못지않게 열심히 일하고 공부해 좋은 황태자가 되고자 노력했다. 또한, 클레이엔으로부터 벗어나기 위해 애썼다.

어째서인지 한동안 아프다며 모습을 감췄다가 다시 나타난 클레이엔은 이전과 달랐다. 이미 황태자비 자리를 약속받아서일까? 더 이상은 황태자비란 자리에 집착하지 않았다. 대신 황태자, 그에게 일방적으로 집착했다.

'왜 이러는 거야. 새삼. 지난 10년간 나를 그렇게, 황태자비가 되기 위한 도구로만 취급했으면서.'

황태자는 그런 클레이엔이 몹시도 당황스럽고 어이가 없었다.

'이제 와서 그런다고 지난 10년간의 모든 감정이 사라질 리가 없잖아. 이미 늦었어, 마카레나 백작 영애. 내가 그대를 내 비로 맞이할 일은 없을 거야.'

이미 황태자비는 결정되었지만, 황태자는 희망의 끈을 놓치지 않았다. 라크안이 해냈으니 자신도 할 수 있을 거라고. 클레이엔 말고, 정말로 자신의 짝을 찾을 수 있을 거라고. 그렇게 믿고 싶었다.

그리고 기다리고 기다리던 기회가 찾아왔다. 마카레나 백작과 클레이엔은 끝내 자신들의 탐욕을 이겨 내지 못하고 사고를 쳤다. 이전에도 클레이엔이 크고 작은 사고를 쳤으나 모두 마카레나 백작 선에서 무마될 수준이었다.

하지만 이번만큼은 아니었다. 백합궁에서 피를 흘렸다. 이는 반역죄로도 다스릴 수 있을 만한 중죄였다.

이런 일을 벌인 게 마카레나 백작과 클레이엔이라는 확실한 증거를 얻어, 그들을 재판정에 세우면 황태자는 자유를 얻을 수 있었다. 클레이엔을 비로 맞이하지 않아도 되는 자유를.

이번에야말로 자기 뜻대로—평생토록 믿고 의지할 수 있는 여인을 찾아 비로 들일 수 있게 되는 것이다. 그리 생각하는 순간, 머릿속에 카루나의 모습이 떠올랐다. 마법이 풀렸다며 스무 살 성인이 되어 돌아온 카루나가.

그건 아주 잠깐에 불과했다. 황태자는 얼른 고개를 휘저어 머릿속에서 카루나를 털어 내려 애썼다.

'무슨 생각을 하는 거야. 정신 차려! 그녀는 라안의 약혼녀야. 곧 둘이 결혼할 거라고!'

그리고 그 결혼식 제일 앞자리에는 황태자가 앉을 것이며, 그는 진심으로 두 사람의 결합을 축하할 것이었다.

어린 카루나를 꽤 오래 지켜봐 왔고, 라크안을 채워 주는 그녀에게 고마움을 느꼈건만. 자신의 의지로 황태자비를 고를 수 있을 거라는 가능성을 움켜쥐자마자 왜 카루나가 떠올랐을까.

'그래, 내 자신에게는 솔직해지자. 솔직히, 그녀가 내 이상형이긴 하지.'

그 가녀린 몸 어디에서 그런 용기와 기백이 뿜어져 나오는 건지. 카루나는 라크안을 제 손에 잡힌 강아지 다루듯 했다. 제국의 차기 황제인 황태자를 대하는 데도 거침없었다.

"황태자 전하, 일단 마카레나 백작 영애를 끌어내야 하니까 황태자 전하랑 제가 편을 먹어서 한동안 소란을 피울 거긴 한데. 위험하긴 해요. 마카레나 백작이 어찌 나올지도 모르고, 마카레나 백작 영애가 이성을 잃고 황태자 전하께 무슨 짓을 벌일지도 모르고. 그러니까 조심하셔야 해요! 호위를 배로 늘리고, 항상 누군가와 함께 계세요. 혼자 계시면 안 돼요! 그리고 혹시 무슨 일이 생긴다, 예를 들어서 마카레나 백작 영애한테서 만나자는 연락이 온다든가, 그러면 무조건 저나 라안 님한테 연락을 하셔야 해요! 절대 혼자서 마카레나 백작 영애를 만나면 안 돼요. 알았지요?"

카루나는 제국의 황태자인 그를 물가에 내놓은 어린애 다루듯이 했다. 어머니인 황후도 황태자에게 이렇게 길고 소란스러운 잔소리를 해 준 적이 없었다.

허리춤에 손을 대고 말하는 카루나의 모습이 반짝반짝 빛나서, 너무 눈이 부셔서 계속 눈을 깜박여야 했다. 물론 카루나가 무서워 식은땀을 흘리기도 했다.

이후 황태자는 카루나에게 쩔쩔매면서도 카루나에게 꼼짝도 못 하고 휘둘렸다. 그러면서도 자신을 마음대로 휘두르는 카루나의 매력에 폭 빠져 버렸다.

'이런 여인이라면 이 험한 세상 속에서 한평생을 믿고 의지할 수 있을 거 같아.'

카루나에게 무능력하다는 구박을 받지 않기 위해, 또 클레이엔이 앞으로 영원히 황태자비 자리를 넘보지 못하게 하려고. 그리고 가능하다면 카루나…… 같은 여인을 비로 맞이하기 위해.

황태자는 백합궁 소동을 열심히 조사했다. 하나 마카레나 백작은 그리 만만한 인사가 아니었다. 황태자가 그를 잡아넣으려 노력하면 할수록 라크안은, 특히나 카루나는 걱정스러워했다.

"황태자 전하, 열심히 하는 건 좋은데, 너무 무리하진 말아요."

카루나는 스캔들을 널리 널리 퍼트리기 위해 황태자와 만날 때마다 잔소리를 쏟아냈다.

"내 건강을 걱정해 주는 건가?"

황태자가 웃으며 물으니 카루나는 금방 새침한 표정을 지으며 그의 발을 꾹 밟았다.

"아니요, 전하의 생명을 걱정하는 건데요?"

"윽. 내, 생명?"

"제가 전하랑 이렇게 꼭 붙어 다니는 것만으로도 마카레나 백작 영애를 자극하는 건 충분하거든요."

카루나가 황태자의 팔을 제 두 팔로 꼭 감싸 안으며 생글생글 웃어 보였다. 주변에 서 있는 귀족들 보라고 그러는 거겠지만. 황태자는 덜컥, 심장이 내려앉을 뻔했다.

"어, 어어?"

"뭐예요, 그 어리바리한 대답. 아직도 마카레나 백작 영애를 그렇게 몰라요? 무조건 조심하시라고요. 마카레나 백작의 뒤를 쫓는 것두요!"

카루나는 황태자에게 단단히 일렀다. 황태자는 알았다고 고개를 끄덕이면서도 카루나의 걱정을 그리 심각하게 생각하지 않았다.

'해 봤자 내 궁으로 쳐들어오거나 하는 정도겠지.'

카루나의 잔소리를 듣는 건 좋은 일이나, 카루나가 자신을 너무 물로 보는 건 아닌가 걱정이 들 즈음. 클레이엔이 황태자궁으로 찾아왔다. 카루나의 염려대로, 황태자의 심드렁한 생각대로.

황태자는 아침부터 기분이 꽤 좋지 않았다. 두말할 필요도 없이 황제와 마카레나 백작 때문이었다. 마카레나 백작은 요리조리 잘도 도망치고 있었다. 황태자가 무슨 증거를 내밀어도 자신과는 관련 없다고 부정했다.

그뿐이랴. 평소에는 그렇게 입궁하라고 명령을 내려도 온갖 변명을 들어 입궁하지 않던 황궁에 매일같이 입궁해서는 황제의 곁을 지키며 충성하는 척을 일삼고 있었다.

문제는 황제였다. 당장 마카레나 백작의 목을 자르겠다고 화를 냈던 게 고작 얼마 전이건만. 황제는 입 안의 혀처럼 구는 마카레나 백작을 보며 만족하고 있었다. 이제 황제는 백합궁의 일을 조사하는 것 자체를 귀찮아하고 있었다. 그러니 황태자는 오기가 생길 수밖에.

황태자는 더욱 열심히 조사하여 황제를 찾아갔다.

"결국, 진전이 없다는 게 아니냐. 그렇게 조사했는데도 마카레나 백작이 범인이라는 증거가 나오지 않는다는 건, 마카레나 백작이 그 날의 일에 결정적인 관여를 하지 않은 거겠지."

황제는 딱하다는 표정을 지으며 오히려 황태자를 훈계했다. 황태자가 비서관들과 밤을 새워 준비한 보고서는 쳐다보지도 않고.

"아버님, 지금 그걸……."

'말이라고 하시는 겁니까?'

황태자는 뒷말을 가까스로 참았다. 황태자가 기막혀하자 황제가 쯧쯧, 혀를 차며 오히려 황태자를 꾸짖었다.

"아직 멀었구나. 나는 점점 늙어 가는데 너는 여전히 준비되어 있지 않으니, 내 어찌 마음 편히 네게 이 자리를 물려줄 수 있겠느냐.”

황제는 자신을 만족시키지 못한다면 후계자 자리를 여동생인 황녀에게 넘겨주겠다는 식의 협박을 빙 둘러 말했다. 황태자는 황제의 이런 화법이 지긋지긋했다.

‘계속 이렇게 내 비위를 거스르고 제멋대로 굴었다가는 황태자 자리를 네 여동생에게 줘 버리겠다. 너보다는 네 동생이 그 자리에 더 어울리는 것 같으니 말이다. 내가 언제든 그 자리를 빼앗을 수 있다는 걸 기억해 두거라.’

차라리 대놓고 이렇게 말한다면.

‘괜한 협박이란 거 알고 있습니다. 어차피 여동생에게 물려줄 생각 요 만큼도 없으면서 괜히 그런 말 해서 저와 제 동생 사이를 갈라놓지 마십시오. 아버님께서 계속 그런 식으로 말씀하시니까 동생이 정말로 그럴 수 있는 줄 알고 자꾸 제게 덤비지 않습니까.’

이렇게 편하게 말할 수 있을 텐데.

“제가 수사를 대충 하고 끝내기를 바라시는 겁니까? 그렇게 되면 그날의 혐의는 다시 바이켈드 공작에게 갈 수밖에 없습니다.”

“그 또한 나쁘지 않지.”

“진심입니까? 아픈 몸을 겨우 추슬러 황궁에 찾아온 라안을 보고 눈물을 흘리신 건 아버님이십니다!”

“라안이라니, 바이켈드 공작이겠지.”

“네, 제가 지크가 아니라 황태자니 말입니다?”

“정신 좀 차리거라!”

황제가 호통쳤다.

“언제까지 그 녀석 뒤꽁무니나 쫓아다닐 생각이냐. 그래, 내가 우는 시늉까지 해서 그놈을 다독였지. 그런데 너는 그놈의 누명을 벗겨 주겠다고 발에 불이 나도록 뛰어다닌단 말이냐!”

"아버님? 이 일은 라안의 누명을 벗기는 것뿐만 아니라 황실의 위엄을 되찾고, 마카레나 백작을 쳐낼 수 있는 절호의 기회입니다."

"마카레나 백작 없는 바이켈드 공작은 어떻게 감당하려고! 황제가 눈물을 보여야 하고, 황태자가 부하라도 된 것처럼 뛰어다녀 누명을 벗겨 줄 정도로 대단한 그놈을 말이다."

그리 소리치는 황제는 황태자가 가장 싫어하는 표정을 짓고 있었다. 누군가를 극심히 경계하는 얼굴. 이전에는 제 아내인 황후를 저런 표정으로 바라봤고, 또 얼마 전까지는 마카레나 백작을 입에 담을 때마다 저 얼굴을 했었다. 그리고 이제는 바이켈드 공작, 라크안을 향했다.

'도대체 저 의심병은, 약도 없단 말인가.'

황태자는 속으로나마 이를 뻑뻑 갈았다. 황제는 그런 황태자의 속도 모른 채 라크안을 조심하라는 말을 반복했다.

"이참에 그 잘난 콧대를 꺾어 놓는 것도 나쁘지 않겠지."

오히려 라크안을 범인으로 몰라는 듯 말하기까지 했다.

"……."

황태자는 아무 말도 할 수 없었다. 이 이상 황제 앞에서 라크안의 편을 든다면, 정말로 큰일이 날 것 같았다. 그렇다고 거짓으로 황제 앞에서 라크안을 험담하고 모함하고 싶진 않았다. 황태자는 그렇게 끔찍한 시간을 보내고 돌아와 밤새 잠들지 못했다.

'나도 황제가 되면 내 아버지처럼 될까?'

생각만 해도 끔찍했다. 뒤척이고 또 뒤척이다가 겨우 잠이 들려는 찰나, 시종이 손님이 찾아왔다며 침실 문을 두드렸다. 창가를 보니, 이르긴 하나 이미 아침이었다. 황태자는 겨우 든 잠을 깨운 시종을 탓하지도 못하고 무거운 눈꺼풀을 들어 올려야 했다.

황태자는 또 다른 시종의 부축을 받아 침대 맡에 등을 기대고 비스듬히 앉아, 소식을 전하러 온 시종을 내려다보았다. 소식을 가져온 시종은 몸을 떨며 주춤주춤 물러섰다. 시종이라고 황태자가 자신이 들고 온 소식을 반기지 않는다는 걸 모를 리 없었다.

"내가 조사하고 있는 일과 관련된 자들이 변명하러 날 찾아올지도 모르니, 내게 묻지 말고 바로 쳐내라고 말했을 텐데?"

"저, 전하. 늘, 전하의 명을 따르고 있습니다."

"지금도 그러한가?"

"그, 그것이…… 전하께 꼭 드릴 말씀이 있다고 하여……."

"내 궁이 언제부터 하고 싶은 말이 있는 자들이 자유롭게 드나들 수 있는 곳이었지?"

"그, 그것이…… 황태자 전하께 모든 걸 고백하겠다고 하여서……."

시종이 울상을 지으며 더듬더듬, 말을 늘어놓았다.

"뭐? 죄를 고백하겠다고 했다고?"

그의 말에 황태자의 귀가 번쩍 뜨였다.

"네. 분명히 그렇게 말했습니다. 그래서 전하께 말씀을 올리는 것입니다."

시종은 열렬한 목소리로 황태자에게 클레이엔을 변호했다. 얼마나 안색이 파리하니 안 좋았는지, 모습은 또 얼마나 초라해 보였는지. 그 말대로라면 클레이엔은 이 세상에서 가장 처량하고 불쌍한 여인이었다.

황태자는 시종의 얼굴을 확인한 뒤 손짓하여 시종을 내쫓았다. 시종이 머뭇거리며 나가지 않자.

"그녀를 알현실로 들여라. 내가 곧 갈 테니."

기어이 그가 듣고 싶어 하는 말을 해 주었다. 그제야 시종은 물러났다. 황태자는 시종들의 시중을 받아 씻고 옷을 갈아입었다. 클레이엔을 오랫동안 기다리게 하고자 한없이 느리게 준비했다.

'갑자기 죄를 고백하겠다니, 무슨 일이지? 카루나의 말대로인가?'

자신과 카루나의 스캔들 소식을 듣고 견디지 못하고 뛰쳐나온 것일지 모른다. 그렇다면, 곧 마카레나 백작이 제 딸을 말리러 황태자궁으로 찾아올지도 모른다.

'안 돼, 그건 절대 안 되지.'

세월아 네월아 흐느적대던 황태자의 움직임이 빨라졌다.

"어서, 빨리 준비를 마쳐라. 내 당장 마카레나 백작 영애를 보러 가야겠으니."

황태자는 서둘러 준비를 마쳤다.

짙은 남색 바탕에 화려한 금술을 달고 금실로 자수를 놓은 정복을 입고 꾸민 모습은 활짝 핀 장미처럼 화려했다. 매일 지근거리에서 황태자를 모시는 시종들은 오늘도 감탄을 금치 못했다. 황태자는 시종들의 찬사를 듣는 둥 마는 둥 하며 알현실로 향했다.

그런데 알현실이 텅 비어 있었다.

"마카레나 백작 영애는?"

황태자가 미간을 찌푸리며 시종을 돌아보았다.

"죄, 죄송합니다. 죽을죄를 지었습니다. 전하."

맨 처음 소식을 들고 온 시종이 갑자기 바닥에 엎드리더니 고개를 땅에 박았다.

"무슨 일인가."

"이곳이 아니라, 꼭 수정의 홀에서 전하를 뵈어야겠다고 하여서……."

말인즉, 클레이엔이 황태자궁에서 가장 아름다운 장소인 수정의 홀에서 황태자와 만나고 싶다고 억지를 부려 알현 장소를 멋대로 옮겼다는 것이었다. 황태자궁의 시종들은 아무도 그녀의 막무가내 행동을 막지 못했고.

"……."

황태자의 푸른 눈이 차가워졌다. 아무리 제 사람에게는 무르다는 황태자지만, 자신의 권위를 넘겨다보는 아랫사람에게까지 관용을 보이는 사람은 아니었다.

아니, 황태자가 그렇게까지 관용을 보이는 상대가 없는 건 아니었다. 이를테면 바이켈드 공작인 라크안. 그는 황태자가 제 친동생처럼 여기는 사람이었다.

하나 지금 눈앞에서 몸을 수그리고 있는 자는 라크안이 아니었다. 라크안만큼 황태자에게 총애받는 자도 아니었다. 나중에 처리하려고 얼굴을 기억해 두었지만, 생각해 보니 굳이 나중을 기약할 필요도 없을 것 같았다.

"끌고 가라."

황태자가 호위 기사들에게 명령했다.

"저, 전하?"

시종이 깜짝 놀라며 고개를 들더니, 황태자의 굳은 표정을 보고는 기겁하며 바닥에 엎드렸다.

"요, 용서해 주십시오! 잘못했습니다, 저는 그저, 그저…… 잘못했습니다!"

"제 주인이 누군지 모르는 종은 거둘 필요가 없지."

황태자는 싸늘히 말하며 손짓했다. 기사 둘이 시종을 끌고 사라졌다. 살려 달라는 시종의 목소리가 복도에 쩌렁쩌렁하게 울렸다.

남은 시종들은 새삼, 황태자의 차가움에 몸을 떨었다. 아름다운 외모. 그리고 라크안에 비하면 상대적으로 상냥하게 느껴지는 성품. 그로 인해 황태자를 마냥 선하게 착각할 수 있으나, 그는 일국의 황태자 자리를 10여 년간 지켜온 존귀한 황족이었다. 잔인한 위엄은 고귀한 푸른 피의 권리이자 의무였다.

"그래서 마카레나 백작 여식은, 어디에 있다고?"

"이, 이쪽으로 모시겠습니다. 저, 전하."

시종들이 바짝 긴장하여 황태자를 수정의 홀로 안내했다. 수정의 홀에 도착하자마자 시종들이 문을 열려고 했다.

"잠깐."

황태자가 손을 들어 시종들을 막았다. 시종들은 문을 열려다 말고 황태자를 바라보았다.

'마카레나 백작 영애가 찾아오면, 절대 혼자서 맞이하면 아니 되어요! 저나 라안 님을 불러야 해요. 반드시. 꼭이요!'

카루나의 목소리가 귀에 쨍-하게 울렸다.
'……지금이라도 바이켈드 공작가에 연통을 넣어야 하려나?'
황태자는 잠시 고민했다.
'하지만 라안이 올 때까지 기다릴 수 없어. 그러다가 마카레나 백작이 와서 백작 영애를 끌고 가기라도 한다면…….'
요즘의 클레이엔은 어째서인지, 이전까지 사교계를 쥐락펴락하며 활약하던 클레이엔과 전혀 달라 보였다. 마카레나 백작은 여전히 바늘 하나 들어갈 구석 없는 상태이고.
'이대로 마카레나 백작을 상대하는 건, 쉽지 않은 일이지. 그를 무너뜨릴 수 있는 약점은 마카레나 백작 영애뿐이야. 어떻게 해서든 증언을 받거나 증거를 찾아야 해.'
황태자는 마음을 굳혔다.
'그러려면 이 기회를 놓치면 안 돼.'
황태자는 시종들에게 명령했다.
"아니, 문을 열어라."
황태자의 명이 떨어지자마자 시종들이 있는 힘껏 문을 열어젖혔다.
문이 열리자, 홀 안이 드러났다. 황태자궁에서 가장 아름다운 홀은, 크기도 넓어 무도회를 열기 적합한 장소였다. 그 넓은 곳에 클레이엔이 서 있었다. 그런데 홀로 서 있지 않았다.
"황태자 전하를 뵙습니다."

클레이엔이 황태자를 보자마자 활짝 웃으며 고개를 숙였다.

"전하께 인사 올리옵니다."

"제국을 이으실 존귀한 분이시여, 인사드리옵니다."

"제국에 영원한 영광을. 전하를 감히 뵈옵나이다."

클레이엔의 뒤에 서 있는 귀족들이 동시에 허리를 숙여 황태자에게 인사했다. 못해도 수십여 명은 넘을 것 같았다. 모두 다 아직도 귀족파 랍시고 마카레나 백작 옆에 붙어 있는 귀족들이었다.

황태자의 얼굴이 처참히 구겨졌다.

클레이엔의 안색은 전혀 불쌍해 보이지 않았다. 그녀의 얼굴은 잘 먹고 푹 잘 쉰 사람처럼 말끔하니 빛이 났다. 오히려 황태자의 안색이 파리해 보일 정도였다.

행색도 초라하지 않았다. 붉은 머리카락은 선명한 에메랄드와 진주로 장식했고, 목에는 마카레나 백작가의 가보라는 다이아몬드 목걸이가 걸려 있었다. 드레스 역시 다이아몬드를 박고, 금실로 수를 놓은 것이었다.

짙은 남색의 드레스는 황태자와 함께 맞춘 듯 비슷한 디자인이었다. 양어깨에 금색 술을 달아 장식한 것마저 똑같았다.

'여전히 내 궁에 마카레나 백작의 사람이 남아 있단 말인가.'

황태자는 이를 갈며 시종들을 돌아보았다. 남은 시종들이 움찔, 몸을 떨며 고개를 숙였다.

'내 반드시 궁에서 마카레나 백작의 간자들을 뿌리 뽑으리라.'

황태자는 다짐하며 홀 안으로 걸어 들어갔다. 클레이엔은 황태자가 고개를 들라고 말을 건네지도 않았는데 허리를 폈다. 그것도 모자라 생글생글 웃으며 황태자와 눈을 마주쳤다.

이미 황태자비 자격을 거두어들였건만, 이미 황태자비가 된 듯 굴었다. 황태자는 그런 클레이엔을 그대로 지나쳐 단상에 올랐다. 간단한 인사말마저 건네지 않으며, 철저히 그녀를 무시했다.

귀족들은 둘의 모습을 보며 수군댔다. 그들은 여전히 허리를 굽히고 있었으나 각자의 방법으로 황태자와 클레이엔, 두 사람의 모습을 지켜보았다. 황태자가 귀찮다는 듯 손을 내저으며 귀족들을 일으켜 세웠다.

"황태자 전하, 내내 뵙고 싶었어요. 전하께서는 제가 안 보고 싶었나요?"

클레이엔이 애교 있게 웃으며 한 발자국, 앞으로 걸어 나왔다. 가만 놔두면 단상 위로까지 올라올 기세였다.

"더 가까이 오지 말게."

황태자는 시종들에게 손짓하였다. 시종들은 잠시 머뭇거렸다. 황태자의 명을 거역하려는 게 아니라 클레이엔이 무서워서였다. 지난 10년간의 악명은 시종들을 겁먹게 하기 충분했다. 하나 그도 오래가진 못했다. 시종들은 이내 각오를 굳히고는 클레이엔에게 달려들었다.

"까아악!"

가냘픈 비명이 수정의 홀에 가득히 울려 퍼졌다. 시종들이 클레이엔의 양팔과 어깨를 잡고 눌렀다. 최대한 조심스럽게 손을 댄 것이나 가녀린 귀족 영애가 감당하기엔 무리였다.

클레이엔은 여지없이 대리석 바닥에 무릎을 꿇고 허리를 굽혀야 했다. 시종들 누구도 클레이엔의 머리까지 누르지는 못해, 고개는 들 수 있었다.

"저, 전하! 어찌 이런!"

"전하, 너무 과한 처사시옵니다."

"그래도 그녀는 한때 전하의 비 후보였고……."

귀족들이 앞다퉈 목소리를 높였다. 마카레나 백작의 기세가 많이 사그라들었다지만, 그는 여전히 귀족파의 수장이었다. 대다수의 귀족과 귀족들은 여전히 마카레나 백작의 영향력에서 벗어나지 못했다.

이 시국에 단지 클레이엔의 초청을 받았다며 황태자궁까지 따라오는 것만 봐도, 그 영향력을 짐작할 수 있었다. 하나 그 열기는 곧 수그러들었고, 누구 하나 용기 있게 나서 시종들을 밀치지 못했다. 단상 위에서 차갑게 웃고 있는 황태자 때문이었다.

"내가 알현을 허락한 건, 마카레나 백작가의 여식이 고백할 것이 있다고 하여 그걸 듣기 위해서이다. 그대들 중 누구라도 같은 취급을 받겠다며 나선다면 말리지는 않겠다."

도망 다니면 다녔지, 대놓고 클레이엔을 함부로 대하지 못하던 황태자는 여기에 없었다. 황태자가 다시 한번 손짓하자 이번엔 호위 기사들이 나섰다.

"그대들 말대로 그녀가 한때 내 비 후보였으니 이 정도에서 그치는 것이다. 하지만 그대들은 다르지. 누구도 그녀가 나에게 과한 처사를 당했다고 말하지 못하게 될 것이다. 그 이상 험한 처벌을 받을 테니까."

황태자가 싸늘하게 말했다.

"그, 그래도 과한 처사이긴 한데……."

"영애가 스스로 고백한다고 하셨다니, 뭐."

귀족들은 찔끔하며 뒤로 물러섰다.

"전하! 너무하십니다!"

클레이엔이 울 듯한 표정을 지으며 황태자를 부르짖었다. 지난 10년 동안 클레이엔이 무슨 짓을 저질렀는지 모르는 사람이 본다면. 그런 사람이 이 제국에 있을까 싶지만, 아무튼. 괜한 모함을 받아 사랑하는 남자에게 버림받은 비련의 여주인공인 줄 알 터였다.

하지만 적어도 이 수정의 홀 안에 그런 사람은 단 한 명도 없었다. 이제 와서 여린 척하는 건 황태자는 물론이거니와 귀족과 귀족들에게도 통하지 않았다. 그동안 그녀가 얼마나 악독하게 굴었던가. 같은 편이라고 하여도, 그녀를 마냥 동정할 수 없을 만치 대활약을 벌였던 터였다. 그러니 그녀의 가녀린 모습은 누구에게도 감흥을 주지 못했다.

본인만이 그런 사정을 알지 못하고, 황태자를 사랑하지만 황태자에게 핍박받을 수밖에 없는 가녀린 자신의 모습 자체에 취했다. 클레이엔은 끝내 눈물을 보이기까지 했다. 하얀 뺨 위로 눈물이 또르륵, 흘러내렸다.

'가증스럽군.'

황태자에게는 그게 악어의 눈물로 보일 따름이었다. 흑흑, 클레이엔이 소리 내 울었다. 정말 입으로 흑흑, 소리를 냈기에 황태자는 잠깐이나마 제 귀를 의심했다.

"저를 이렇게 핍박하시다니요. 카루나, 그 계집애 때문에 잠깐 눈이 삐신 거군요. 어떻게 저한테 이러실 수 있어요."

"마카레나 백작가 여식은 말을 조심하라. 그녀는 바이켈드 공작의 약혼녀다. 또한 황후께서 직접 시녀로 임명하여 약혼자와 동급의 권위와 직위를 인정하셨지 않은가."

"전하!"

황태자의 말이 끝나기 무섭게 클레이엔이 고개를 치켜들었다. 물기 어린 녹색 눈에 독기가 어렸다.

"절 앞에 두고 끝까지 그 계집의 편을 드시는 건가요?"

클레이엔이 몸을 일으키려 하자 시종들이 더욱 힘을 주어 그녀를 눌렀다. 그런데도 그녀의 몸이 들썩였다.

"어, 어어?"

"어어!"

시종들이 당황했다. 조금 전만 해도 잘못 움켜쥐면 어깨나 팔뼈가 부러질 듯 가녀리기만 한 아가씨였건만. 어째서인지 이제는, 아무리 힘을 주어 눌러도 눌리지가 않았다. 꼭 강철로 만든 인형을 붙잡고 있는 것 같았다.

'여인 한 명도 제대로 잡고 있지 못하다니.'

황태자는 클레이엔 하나 어쩌지 못하는 시종 넷을 못마땅하게 바라보았다. 그런데 클레이엔의 어깨 위로 검은 연기 같은 것이 스멀스멀 흘러나왔다.

"……!"

황태자는 제 눈을 의심했다. 눈을 감았다 다시 뜨니 역시나, 검은 연기 같은 것은 보이지 않았다.

'잘못 본 건가?'

황태자는 미간을 꾹꾹 눌렀다.

"나한테 고백할 게 있다고 하지 않았나?"

"네, 맞아요. 전하께 고백할 것이 있어서 왔어요."

클레이엔이 순순히 대답했다. 황태자는 클레이엔이 어떤 사람인지는 잠시 잊고, '고백'이라는 그 단어에만 집중하기로 마음먹었다.

'마카레나 백작이 들이닥치기 전에 최대한 증언을 받고, 가능하다면 증거가 될 만한 것도 얻을 수 있으면 좋겠군.'

그러기 위해서 카루나의 당부도 무시한 채 홀로 클레이엔을 만나지 않았던가. 성과가 있어야 나중에 라크안과 카루나를 만나도 체면이 설 터였다.

"그래, 죄를 인정하……."

"사랑을요!"

"……."

"……."

오늘따라 자신의 눈과 귀를 의심해야 하는 상황이 여러 번 발생했다. 하아. 황태자가 한숨을 내쉬며 여전히 미간을 누른 채로 다시 입을 열었다.

"죄를……."

"사랑해요."

"……."

"……."

그리고 다시 잠깐의 침묵.

"······뭐?"

황태자가 미간에서 손을 떼고 고개를 들었다. 비로소 클레이엔을 보았다.

"······어, 떻게?"

황태자는 또다시 제 눈을 의심해야 했다. 단상 아래에 클레이엔이 서 있었다. 허리를 꼿꼿이 편 채로, 온몸에서 모락모락- 검은 연기를 내뿜고 있었다. 그녀를 구속하고 있던 시종들은 바닥에 쓰러진 채 뒹굴었다.

"커헉······!"

"사, 살려, 수, 숨이!"

"전하! 저······ 억!"

시종들이 고통스러운 신음을 뱉었다. 그들의 목엔 클레이엔의 몸에서 흘러나온 검은 연기가 감겨 있었다.

"이게, 무슨 짓인가!"

황태자가 자리에서 일어섰다.

"전하, 물러서십시오."

호위 기사들이 단상 위로 뛰어올라 황태자의 앞을 막아섰다. 귀족들이 웅성거리는 소리가 수정의 홀 안을 채웠다.

"저, 저게 무슨 일이야?"

"마법인가? 마탑의? 마법의 채찍이라든가, 뭐 그런 거?"

"이, 이런 말은 없었잖아!"

지금 클레이엔의 행동이 사전에 합의된 일은 아닌 듯했다. 귀족들은 당황한 기색을 감추지 못했다. 그러나 그 정도까지였다. 서로의 발을 밟아가며 뒤로 물러설 뿐, 도망치거나 하지는 않았다. 모두가 당황하는 가운데 오직 한 사람, 클레이엔만이 태연했다.

"전하, 말씀드렸잖아요. 고백을 드리러 왔다구요."

클레이엔이 황태자를 올려다보며 방긋, 웃어 보였다.

"제 사랑을요."

그리고 발을 들어 제 어깨를 억세게 누르던 시종의 손을 밟았다. 콰직, 뼈와 살이 분리되는 소리에 이어 시종의 비명이 울렸다. 그녀는 그렇게, 피와 비명 위에서 제 사랑을 고백했다. 그 사랑을 받고 있는 황태자는 그 누구보다 먼저, 상황이 잘못 돌아가고 있음을 깨달았다.

황태자는 마탑의 마법사들을 자주 만났다. 그들이 연구하는 마법에 대해 설명을 듣고, 지원비를 내려 주곤 했다. 그렇기에 마탑의 마법에 대해서는 꽤 아는 편이었다.

그가 만난 마탑의 마법사들 중 누구도 주문이나 매개물 없이 마법을 쓰지 못했다. 더군다나 저 검은 연기. 클레이엔을 뒤덮은 그것의 존재가 수상했다. 보는 것만으로도 온몸에 개미가 기어 다니는 것 같은 기분이 들었다. 으스스하고, 구역질이 날 것 같았다. 본능적으로 거부감이 들었다.

'역시 카루나의 말을 들었어야 했나.'

딱히 카루나라고 클레이엔이 저렇게 이상한 짓을 할 거라고는 예상하지 못했겠지만. 카루나와 라크안, 두 사람이 이 자리에 있다고 뭔가 달라졌을 것 같지도 않지만.

후회하기엔 너무 늦어 버렸다. 그렇다면 지금이라도, 상황을 수습할 수 있는 방법을 찾아야 했다.

'다행히 살아남는다면 라안과 카루나, 둘에게 엄청난 잔소리를 듣겠군.'

무사히 클레이엔에게서 벗어날 수 있다면, 말이지만.

"얄타, 라안에게로 가라. 어서, 라안을 불러와!"

황태자는 큰 소리로 홀의 입구에 서 있던 시종을 불렀다.

"하, 하지만, 저는 전하를 지켜야 합니다!"

그 시종은 다른 시종들과 함께 홀 안으로 뛰어 들어오려고 했다.

"내 명령이다. 어서!"

황태자가 재차 명령했다. 그제야 시종은 홀을 빠져나갔다. 검은 연기가 날쌘 채찍처럼 시종을 잡아채려 했다.

"막아라!"

황태자의 말이 떨어지기 무섭게 호위 기사 둘이 몸을 날렸다. 검은 연기가 호위 기사 둘의 몸을 파고들었다. 두 기사는 바닥에 쓰러져, 다시 일어나지 못했다.

황태자는 이를 악다물고 다시 클레이엔을 바라보았다. 클레이엔은 수정의 홀 입구를 매섭게 노려보고 있었다. 조금 전까지 황태자의 시선을 한 몸에 받고 있던, 도망간 시종의 뒷모습을 좇는 것이었다.

"감히, 전하의 총애를 받다니."

그녀는 황태자의 눈빛과 명령을 받는 시종을 질투하고 있었다. 눈빛만으로 사람을 죽일 수 있다면, 황태자의 명을 받은 시종은 이미 몸이 열두 조각으로 찢어졌을 것 같았다. 그 눈빛은 단지, 표독스럽다는 정도로 표현할 수 있는 수준이 아니었다. 황태자는 섬뜩함에 몸을 떨었다.

'어떻게 된 거지? 사람이란 존재가 이렇게 자주, 전혀 다른 사람처럼 바뀔 수 있는 건가?'

황태자비 발표가 난 뒤로 모습을 감추었다가 돌아온 클레이엔은 이전과 달랐다. 지난 10년간 황태자를 사냥감 보듯 하던 그 야심만만한 시선은 온데간데없었다. 그녀는 애절한 사랑의 여주인공이 된 양 그를 바라봤다. 그러더니 이제는, 얼굴 표정 하나 안 바꾸고 사람을 죽일 수 있을 만치 잔인해졌다.

이전의 클레이엔은 다른 황태자비 후보에게 신분이 천한 대신 끝내주게 잘생긴 남자를 붙여 사랑의 도피를 하게 할망정, 이렇게 누군가를 대놓고 죽이려 들지는 않았다.

황태자비 발표 후 달라진 클레이엔은 이전과 달리 생각 없이 행동하긴 했으나, 적어도 황태자 앞에서 내숭 떠는 건 포기하지 않았다. 황태자 앞에서는 언제나 착하고 여린 귀족 영애로 보이고자 애썼건만. 이제는 그마저도 포기했는지 황태자의 눈앞에서 사람을 죽이려 들고 있었다. 변하고 또 변한 클레이엔이 황태자를 보며 배시시, 웃었다.

"······!"

소름이 쫙- 돋았다. 뱀 앞에 선 개구리의 심정이 이러할까. 황태자는 겁에 질렸건만, 클레이엔의 눈빛은 여전했다. 사랑에 빠진 여인의 눈빛이었다.

"바이켈드 공작 따위는 저희 사이를 막을 수 없을 거예요. 카루나, 그 계집이 제게서 전하를 빼앗아 갈 수 없는 것처럼요."

"그건······ 두고 보면 알 일이지."

황태자는 자신이 할 수 있는 가장 차갑고 냉정한 목소리로 대꾸했다.

'시간을, 시간을 벌어야 해. 라안이 날 도우러 올 때까지.'

황태자는 팔걸이를 꽉 움켜쥐었다. 손등에 하얀 뼈가 도드라졌다. 카루나의 말을 듣지 않아 위험한 상황에 처하게 되었다는 죄책감. 또다시 라크안의 도움에 기대야 한다는 자책감.

무엇보다.

'왜 제 말대로 하지 않으신 거예요! 혼자서 마카레나 백작 영애를 상대하면 안 된다고 했잖아요!'

화를 내며 실망할 카루나의 얼굴이 떠올라 견디기가 힘들었다. 그러니 방금 클레이엔이 한 말은 이미 틀린 말이었다. 클레이엔과 얼굴을 마주하고 있지만, 그러는 순간에도 황태자는 그녀가 아니라 다른 여자, 카루나를 생각하고 있으니까.

그런 황태자의 마음을 알 리 없는 클레이엔은 활짝 웃으며 태평히 말했다.

"황태자 전하, 제 고백을 받아 주신다고 하셨죠?"

"그럴 리가."

황태자는 조소했다.

"조금 전, 그리 말씀하셨잖아요."

그러자 클레이엔이 축- 가라앉았다. 안쓰러워 보이진 않았다. 가증스
러워 보일 뿐이었다.

"나는, 그대가 죄를 고백하러 온 걸 듣기 위해."

"죄요? 네. 원하신다면 그것 역시 고백할게요."

"고백하겠다고?"

"네. 전하께서 원하신다면요."

클레이엔이 천진난만하게 웃으며 황태자에게 말했다.

"제가 그랬어요. 백합궁에서 말이에요."

"……그대가 했다고?"

"그 일 말하시는 거잖아요? 카루나, 그 계집을 전하로부터 떼 놓기 위
해 납치하려고 했던 일 말이에요. 루시온, 그 멍청한 놈이 제 처지에 걸
맞은 천한 계집한테 홀리지만 않았어도 성공했을 텐데."

까득. 클레이엔이 제 손톱을 물어뜯으며 말했다. 새삼 아쉽고 화가
나는 듯했다.

"그것만이 아닐 텐데?"

"흐음, 그런가요?"

클레이엔이 고개를 갸웃, 했다. 언뜻 보기엔 카루나와 비슷해 보였다.
똑같은 외모, 똑같은 녹색 눈. 똑같은 표정. 그럼에도 황태자에게는 전혀
다른 사람으로 보였다.

"으흠? 그런가요?"

카루나가 고개를 갸웃, 내저었다.

"무슨 말씀을 하시는지 전혀 모르겠는데요?"

"정말? 아닐 텐데."

라크안이 눈을 가늘게 뜨고 카루나를 바라보았다.

"글쎄요오."

카루나는 슬쩍 눈동자를 굴리며 라크안의 시선을 피하다가 황태자와 눈이 마주쳤다.

'비밀 지켜 주세요.'

카루나가 황태자에게 입을 벙긋댔다. 생긋 웃는 얼굴이, 곱게 휘어지는 녹색 눈이 명백하게 협박하고 있었다. '라안 님한테 말하면 가만 안 둘 거예요.' 황태자는 겁이 나는 와중에도 입꼬리가 위로 올라가는 걸 막을 수 없었다.

카루나, 라크안과 함께 보낸 시간을 생각하는 것만으로도 마음이 안정되었다.

"설마 그걸 말씀하시는 건가요?"

그새 클레이엔은 무슨 오해를 한 건지 억울하다는 듯 소리쳤다.

"걔가 제 티 파티를 엉망으로 만들었어요! 황후 폐하께 잘 보이기 위해서 정말 열심히 준비했는데, 그런데 그 애가 그걸 다 망쳐 버렸죠. 그래서 복수하기 위해 그 애의 티 파티를 엉망으로 만들었어요!"

"그렇다고 백합궁에 늑대를 풀었나?"

"늑대는 제가 한 게 아니에요!"

"왜? 늑대를 푼 것만 아니라고 하면, 죄를 덮을 수 있을 것 같나? 그대가 백합궁에 푼 늑대를 막다가 라안이 다쳤어. 라안의 약혼녀까지!"

"또 카루나!"

까아악- 클레이엔이 비명을 질렀다.

"어떻게, 어떻게 내 앞에서 또 그 애를 걱정하시는 거죠? 내가 하지도 않은 일로, 절 의심하시다니요? 황태자 전하. 저한테 대체 왜 이러시는 거예요."

그 말은 황태자가 하고 싶은 말이었다. 황태자가 굳은 얼굴로 클레이엔을 내려다보았다. 클레이엔은 늑대만은 정말로 자신이 끌고 온 게 아니라고 주장하며, 그간 자신이 했던 모든 일들을 술술 다 설명했다.

"제가 황태자 전하를 너무 사랑하기 때문에 한 일이에요. 황태자 전하께서는 제 마음을 아시죠? 그러니까 다 이해해 주실 거죠?"

중간중간, 이렇게 말하며 황태자를 복장 터지게 만들었다. 그렇게 클레이엔은 제가 데려온 수십 명의 귀족들 앞에서 제 죄를 시인했다. 늑대를 끌고 온 것만 제외하고. 황태자는 황당함을 넘어 허탈함을 느꼈다.

"……그렇게 모든 죄를, 인정하는 건가? 늑대를 끌고 온 것만 제외하고?"

황태자가 힘 빠진 목소리로 물었다. 클레이엔은 무슨 말을 하냐는 듯 황태자를 바라보며 힘차게 고개를 저었다. 찰랑, 찰랑- 오색빛으로 빛나는 다이아몬드 귀고리가 영롱한 소리를 내며 흔들렸다.

"아니요. 그건 죄가 아닌걸요."

"백합궁에서 그런 일을 저지르고도, 죄가 아니라고?"

"네."

"뻔뻔하기 그지없군. 그대는."

"뻔뻔한 게 아니라, 사랑하는 거지요. 황태자 전하를."

"아직도 그 입에서 사랑이라는 말이 나오는가?"

황태자가 어이없어하며 클레이엔을 바라보았다.

"그럼요. 제 죄는 단 하나, 황태자 전하를 사랑한 것뿐인걸요. 그 밖에 다른 것들은 황태자 전하를 사랑하기 때문에 저지른 것일 뿐이지요."

클레이엔은 조금의 망설임도 없이 대답했다. 정말로 그렇게 믿고 있는 듯했다.

황태자는 사람이 아니라 단단한 벽을 마주 대하는 것 같은 기분이 들었다. 아무리 단단한 망치와 끌을 가지고 와 두드려도 흠집 하나 나지 않을 것 같았다.

"말도 안 되는 억지를 피우는군. 백합궁에서 피를 흘리는 게 얼마나 큰 죄인 줄 모르는가? 그대는 황실에 반역죄를 저지른 것이다."

"대역죄라니요? 저는 황태자비가 될 몸인데. 그런 무서운 죄를 지을 리가 없잖아요? 전하를 사랑하는 마음에 대고 맹세하건대, 늑대를 끌고 온 건 제가 한 일이 아니에요! 백합궁에 피를 흘리지 않았다구요! 어째서 제 말을 믿어 주시지 않는 거예요?"

그러니 저는, 백합궁에 피를 흘린 범인이 아니란 말이에요!

클레이엔이 데려온 귀족들은 숨을 죽인 채 황태자와 클레이엔을 바라보았다. 아직, 클레이엔이 떨궈 낸 시종들이 바닥을 뒹굴며 괴로워하고 있었다. 그녀의 몸에서 스멀스멀 피어오르는 검은 연기도 여전했다.

그런데 황태자와 클레이엔은 전혀 생뚱맞게도 '사랑'이란 단어를 운운하며 말싸움을 하고 있었다. 이 언밸런스한 상황에서 귀족들은 무섭다며 도망가지도, 재미있다며 두 사람의 말다툼을 흥미진진하게 구경하지도 못했다.

"대체 뭐가 어떻게 돌아가는 거야?"

"저건, 그냥 마법 채찍인 거야?"

"그러게, 대체 뭐가 어떻게 돌아가는 건지……."

귀족들이 수군대며 영문을 몰라 하고 있는 와중에도 클레이엔은 제 사랑하는 황태자와 오랜만에 대화를 나누는 즐거움에 푹 빠져 있었다. 물론 그건 클레이엔 혼자만의 즐거움이었다.

"나를 더 농락했다가는 그대의 그 긴 죄목에 황태자 모욕죄를 추가하게 될 것이다."

황태자는 탄식하며 고개를 설레설레 저었다.

"맙소사, 도무지 말이 통하지 않는군."

"제가 하고 싶은 말이네요."

클레이엔이 양쪽 볼을 부풀리며 말했다.

"뭐라고?"

허, 참. 황태자가 헛웃음을 지으며 되물었다.

"황태자 전하, 저는 전하께 고백하러 왔답니다. 전하께서 까맣게 잊고 계신 제 마음을요. 제가 아파서 잠깐 쉬고 있는 사이, 카루나, 겨우 그런 천것에게 신경을 쓰시다니요? 이상한 소문을 내서 저의 질투심을 유발하려고 했던 거 다 알아요."

클레이엔은 검지를 흔들며 태연스럽게 말했다. 꼭 다른 여자와 시시덕거리는 남편을 혼내는 아내의 모습이었다. 보는 것만으로도 식은땀이 났다.

"⋯⋯그대와는 더 이상 아무 말도 하고 싶지 않군."

원래도 말이 안 통하는 상대였지만, 이번만큼 답답하게 느껴진 적은 처음이었다. 정말 거대한 벽을 마주 대하는 기분이었다. 황태자비 발표 이전에도 이후에도, 이 정도는 아니었던 것 같은데.

'꼭 정해진 대본의 대사만 내뱉는 인형과 대화를 하는 것 같지 않은가.'

황태자는 클레이엔에게서 어떤 위화감을 느꼈으나, 그에 대해 깊이 생각하지는 못했다.

"원래 사랑하는 사이에선 말이 필요 없는 법이잖아요?"

이런 말을 아무렇지 않게 말하는 클레이엔 덕분이었다.

"전하, 사랑해요. 정말로 사랑해요."

"⋯⋯."

황태자는 사랑에 빠진 듯 몽롱하던 눈빛이 순식간에, 사람을 죽일 듯 잔인한 눈빛으로 뒤바뀌는 순간을 다시 한번 목격했다.

"그러니까 절대 용서 못 해요. 감히 나의 황태자 전하를 탐낸, 카루나. 그 계집애를."

클레이엔이 눈을 번득였다. 황태자가 뭔가 이상함을 느끼고 손을 뻗어 클레이엔을 제지하려는 순간. 클레이엔이 황태자를 향해 두 팔을 펼쳤다. 그러자 그녀의 몸에서 검은 연기가 거미줄처럼 펼쳐 나왔다.

"전하 피하십시오!"

"전하를 지켜라!"

호위 기사들이 칼을 뽑아 들었지만, 그 검은 연기로부터 황태자를 지킬 수 없었다. 검은 연기는 단숨에 수정의 홀 안을 모두 집어삼켰다. 연기에 먹힌 사람들은 목을 움켜쥐고 바닥을 뒹굴었다. 그 모습은 귀족들을 공포에 질리게 하기 충분했다.

"까아악!"

"사, 살려 줘!"

"비, 비켜! 앞을 막지 말라고!"

귀족들은 자신들을 덮치는 검은 그림자를 보고는 뒤늦게 도망치려 했다.

도망은 쉽지 않았다. 그들은 클레이엔의 지시대로 특별히 가장 좋은 예복, 치렁치렁한 드레스를 입고 있었다. 화려한 장신구와 풍성한 옷자락이 그들의 발을 묶었다.

귀족들은 서로를 밀치고, 발이 꼬여 넘어지고 짓밟히면서도 어떻게든 홀 밖으로 나가려고 했다. 아비규환이 따로 없었다. 검은 연기는 그들을 먹어 삼켰다. 누구 하나 안전하게 홀 밖으로 도망치지 못했다.

검은 연기는 황태자의 호위 기사들 역시 단번에 집어삼켰다. 칼을 한 번 휘둘러 볼 새도 없었다. 의자에 앉은 황태자는 눈을 부릅떴다. 자신마저 집어삼키려는 검은 연기를, 검은 연기의 숙주라도 된 듯 계속해서 검은 연기를 뿜어내는 클레이엔을 똑바로 바라보았다. 순간 잘못 판단하여, 이 정체 모를 힘에게 굴욕을 당하게 되었지만.

'절대 굽히지는 않으리라. 못난 꼴을 보이지는 않겠어.'

제국의 황태자로서 마지막 남은 자존심이었다.

그때. 누군가의 모습이 눈에 들어왔다. 그는 단연 눈에 띄었다. 모두가 도망치고, 비명을 지르며 쓰러지고 울부짖는 혼돈 속에서 그는 홀로 고요했다.

그는 도망가는 대신, 오히려 검은 그림자에게로 다가갔다. 모두를 집어삼킬 듯 거친 검은 연기가 그에게만은 맥을 못 추고 길을 비켜 주었다. 그리하여 그는 어렵지 않게, 검은 연기를 뿜어내는 클레이엔의 옆에 섰다.

그는 밝은 연두색 머리카락을 하나로 땋아 한쪽 어깨에 걸친 채였다. 검은 어둠 속에서, 그의 두 눈은 노을빛으로 빛났다. 허리를 꼿꼿이 펴고 뒷짐을 진 반듯한 자세로 서서 사람 좋게 웃어 보이는 그 모습은. 황태자에게 제법 익숙했다.

'분명…… 라안의, 집에서 본 적이…… 의사…… 어째서, 라안의 사람이 여기에?'

그게 황태자의 마지막 기억이었다. 클레이엔에게서 뿜어져 나온 검은 연기가 크게 아가리를 벌리고 황태자를 머리에서부터 집어삼켰다.

'미안, 카루나…….'

황태자는 그대로 정신을 잃었다.

* * *

어느, 순간, 정신이 들었다. 눈이 뜨이지 않았다. 물속에 잠긴 느낌이었다. 하지만 편안하지는 않았다

'결국, 난 안 돼.'

황태자는 꼼짝달싹할 수 없는 상황에서 자괴감을 느꼈다. 문득 이런 생각이 들었다. 라크안이라면 어땠을까. 부모님이 죽자마자 스스로 청해 변방으로 떠나 공을 쌓고, 자신의 가문을 지키고 자신의 자리를 자신의

힘으로 거머쥔 라크안이라면.

'이렇게 붙잡히지도 않았겠지.'

애초부터 이런 수모를 당하지도 않았을 터였다. 클레이엔이 무슨 이상한 수를 쓰든 미리 알아채고 역공을 가했을 것이다.

'아버님의 말씀대로 내가, 황태자 자리에 걸맞지 않은 사람인 건지도.'

생각은 점점 더 안 좋은 쪽으로 흘러갔다. 황태자를 감싼 검은 연기가 그를 그런 음침한 생각으로 잡아끄는 듯했다. 고개가 위로 젖혀졌다. 황태자의 의지가 아니었다. 누군가 그의 양 뺨을 잡고 들어 올린 것이었다.

뾰족한 손톱 끝이 뺨에 닿는 걸 보니, 클레이엔인 듯했다. 거부할 힘도, 의욕도 없었다.

'결국, 나는 마카레나 백자 영애의 손에서 벗어나지 못하는 건가.'

패배감만 짙어질 뿐이었다. 자괴감과 패배감이 그를 절망의 나락으로 끌어들이려 할 때였다. 작고 가느다란 손이, 강단 있고 선명한 목소리가 어둠을 뚫고 황태자를 붙잡았다.

"황태자 전하, 정신 바짝 차리셔야 해요!"

카루나의 목소리였다.

'카, 루나?'

황태자의 눈꺼풀이 파르르, 떨렸다.

"늑대 굴에 들어갔어도 정신만 차리면 살 수 있답니다. 제가 경험했으니까, 제 말을 믿고 부디 기억해 두세요."

자신만만한 목소리. 나만 믿으라는 듯 자신의 가슴께를 팡팡 내리치는 손짓. 생긋, 웃는 생기발랄한 얼굴.

얼마 전, 바이켈드 공작저의 후원에서 만났던 카루나가 떠올랐다. 그때는 라크안도 옆에 있었다. 라크안은 늑대 굴의 주인이라도 된 양 시니컬하게 웃고 있었다. 카루나는 그런 라크안을 한 번 곱게 흘기고는 황태자에게 당부했다. 앞으로 정신 똑바로 차려야 한다고.

'그때, 나는 어떻게 하고 있었지?'

황태자는 그 둘과 함께 있던 자신의 모습을 떠올려 보았다. 하하- 소리 내 편안히 웃고 있었던 것 같다.

"카루나, 나를 너무 무시하는 거 같아서 말하는데, 내가 이래 봬도 이 나라의 황태자인 것을."

이런 시답잖은 말도 했었던 것 같았다.

"알고 있어요, 황태자 전하."

입을 삐죽이는 카루나의 모습이 재미있어서 또 한 번 웃음을 터뜨렸다가 카루나에게 미움을 받을 뻔했던 것도 같고.

"아니, 모르는 거 같은데. 이렇게까지 말하고 싶지는 않지만, 이 제국을 건설한 나의 시조는 이 대륙을 악룡으로부터 구원한 영웅이었……."

"아, 동화책에서 본 것도 같고, 누군가에게 들은 것도 같네요."

황태자가 본격적으로 조상의 이야기를 꺼내려고 하자, 카루나가 황급히 대꾸했다. 황태자는 아쉬움에 입맛을 다시며 재차 말했다.

"그래, 나는 그분의 피를 이은 후손이니, 악룡도 아닌 늑대 따위야. 내겐 아무 위협도 되지 못한다네."

황태자가 허리에 찬 검을 내보이며 말했다. 제국 제일의 기사인 라크안만큼은 아니더라도, 황태자 역시 꽤 뛰어난 기사였다. 그건 라크안 역시 인정하는 바였다.

"늑대 한두 마리쯤이야. 아무것도 아니지. 백합궁에서 소동이 있던 그날도, 어머님을 보호하는 게 우선이어서 나서지 못했던 것이었고. 만약 그렇지 않다면 라크안과 함께 그 늑대와 맞서 싸웠을 거요."

황태자가 자신 있게 말했다. 그런데 어째서인지 라크안과 카루나, 두 사람의 표정이 묘했다. 라크안은 기분 나쁜 티를 팍팍 내고 있었고, 카루나는 웃음을 참으려고 안간힘을 쓰고 있었다.

"아아, 그러시군요?"

카루나가 황태자를 존경하는 마음이라고는 조금도 느껴지지 않는 목소리로 대답했다.

"아무튼, 조심하시고 정신 바짝 차리시라고요. 무슨 일이 생겨도 말이에요."

카루나는 꼭 무슨 일이 생길 걸 예지한 사람처럼 신신당부했다.

'늑대 굴에 들어가도…… 포기하지 말고, 정신을 차리라고?'

늑대 굴에 끌려들어 간 게 더 위험한 일일까. 아니면 지금, 정체 모를 마법을 쓰는 클레이엔의 손에 잡힌 게 더 위험할까.

'나는 악룡으로부터 대륙을 지킨 선조의, 피를 이은…….'

둘 중 무엇도 악룡과 맞서 싸우는 것보다는 덜 위험하리라.

'정신을, 차려야 해. 이대로는…… 안, 돼.'

황태자는 안간힘을 쓰며 고개를 저었다. 그렇게 제 뺨을 붙잡은 클레이엔을 거부했다.

"이게 어떻게 된 거지? 더는 나에게 반항할 수 없을 거라고 했잖아!"

누군가의 목소리가 들렸다. 마음을 달리 먹어서 그런 걸까. 황태자 주변을 감싼 검은 연기가 조금은 옅어진 것 같았다. 멍-하고 아득하기만 했던 정신도 조금씩 선명해졌다.

아무것도 듣지 못하던 귀가 들리고, 눈꺼풀도 열렸다. 아직은 시야가 어둡고 흐릿했지만, 자신의 앞에 두 사람이 서 있다는 것 정도는 식별할 수 있었다. 들리는 건 단지, 클레이엔의 고함만이 아니었다. 웬 음악이 왱왱- 울렸다.

'왈……츠?'

눈가가 부르르 떨렸다.

"신기하군. 내 힘을 거부하다니. 설마 자각한 건가?"

연두색 머리 남자는 불경스럽게도, 황태자의 머리카락을 한 움큼 움켜쥐어 확 잡아당겼다.

"……윽!"

황태자의 목이 뒤로 확 젖혀졌다.

"뭐 하는 거야, 황태자 전하께! 당장 놓지 못해!"

"흐음."

연두색 머리 남자는 당근이 잘 익었나 살피는 듯 황태자의 머리를 좌우로 흔들더니 미련 없이 내려놓았다.

"아직 자각한 건 아닌 거 같은데…… 그 아이에게 자극을 받았나 보군. 꽤 오랫동안 함께 있었을 테니."

목소리에서 원한이 느껴졌다.

"황태자가 이상한 능력을 보인 적이 있었나?"

연두색 머리 남자가 클레이엔에게 물었다. 클레이엔은 황태자의 머리를 소중하게 껴안고는 연두색 머리 남자를 노려보았다.

"전하께서는 언제나 완벽하시고, 못하는 게 없으셔. 무슨 능력이든 다 가지고 계시다고!"

"모르나 보군. 하긴, 10여 년이나 떨어져 있었으니 알 리가 있나."

"닥쳐! 감히, 감히 그런 말을 하다니! 전하께서 들으시면 어쩌려고!"

클레이엔이 황태자의 얼굴을 제 가슴에 파묻으며 빽- 소리를 질렀다. 이런 상황에 이르러서까지, 카루나를 대역으로 세운 걸 들킬까 봐 두려워하고 있었다. 연두색 머리 남자는 그 어리석음에 감탄하며 웃음을 흘렸다.

"정말이지, 놀랍도록 어리석군. 오직 황태자를 가지고 싶은 욕망뿐이라니. 순수한 건지 멍청한 건지, 알 수가 없어."

목소리는 더없이 다정하였으나, 황태자는 소름이 돋을 정도로 거부감이 들었다. 덕분에 좀 더 빠르게, 정신을 차릴 수 있었다.

"쓸데없는 말을 해서 황태자 전하의 심기를 어지럽히지 마. 넌 어서, 카루나, 그 계집이나 데리고 꺼져 버리라고!"

클레이엔의 말에 황태자의 눈이 뜨였다.

'카루나를?'

이들이 노리는 건 단지 자신만이 아닌 듯했다. 카루나마저 자신처럼 해코지를 당할지도 모른다는 생각이 들자마자 심장이 철렁, 내려앉았다.

"이런, 이런. 이렇게 화려한 결혼식에 초대해 주고는, 그 끝을 다 보기도 전에 추방하려는 건가? 새로운 황태자비는 꽤나 냉정한 분이시군."

연두색 머리 남자가 야속하다는 듯 말했다.

"새, 새로운 황태자비?"

클레이엔은 고작 그 단어에 마음이 사르륵- 풀렸고.

'결혼식?'

황태자는 또 다른 단어에 경악했다.

"⋯⋯안, 돼!"

황태자는 젖 먹던 힘을 다해 몸부림쳤다. 그래 봤자 미약한 몸부림이지만, 그것만으로도 클레이엔을 놀라게 하기엔 충분했다. 클레이엔이 연두색 머리 남자를 닦달했다. 약속과 다르지 않느냐고, 황태자가 다시 정신을 차리려 한다고, 신경질을 부렸다.

"걱정 마라, 약속을 지키지도 못한 비겁자의 후손 따위가 내 힘을 이겨 낼 수는 없으니. 제대로 자각도 못 한 반푼이 따위가 반항을 해 봤자."

연두색 머리 남자가 황태자의 머리 위에 손을 올렸다.

"더는 반항하지 마라, 고통만 심해질 뿐이니."

사내의 몸에서 새까만 그림자가 확- 번져, 팔을 타고 황태자를 덮쳤다.

클레이엔을 뒤덮고 있는 검은 연기와는 비교도 되지 않을 만큼 찐득하고, 어두웠다.

다시 어둠이 몰려왔다.

"커, 흑!"

달콤한 속삭임이 몰려들어 왔다. 카루나의 목소리는 아니었다. 황태자를 얽어맨 검은 그림자가 꾸며내는 꼬임이었다. 이대로 눈을 감고, 다 포기하면 편해진다고. 모든 게 다 끝날 거라고.

귀가 아플 정도로 밀도가 빽빽했다. 제정신을 유지하기 힘들 정도였으나 황태자는 이를 악물고 버텼다.

'안 돼, 포기하면 안 돼.'

늑대 굴에 들어가서도 살아남을 방법을 알려 준 사람이 있다. 등을 마주 대고 늑대와 싸울 친구이자 부하도 있다. 그들에게 부끄럽지 않으려면, 이대로 무너질 수는 없었다.

그들에게 당당히 말하지 않았던가.

자신은 세상을 집어삼키려는 거대한 악룡과 맞서 싸워 이긴 시조의 후손이라고. 그 둘의 행복한 미래를 축복해 줄 수 있는, 제국의 차기 황제가 될 몸이라고. 그러니 이쯤은 아무것도 아니어야 했다.

"그, 만해. 이 정도로…… 나를, 그럴…… 없을, 거다."

황태자는 이를 악물고, 앞을 노려보았다. 어느샌가 연두색 머리 남자는 사라지고 보이지 않았다. 클레이엔만이 그의 곁에 남아 있을 뿐이었다.

"전하, 이제 그만하세요. 그래 봤자 달라질 건 없답니다. 보세요, 다들 저희의 결혼을 축하해 주고 있잖아요?"

클레이엔이 황태자의 허벅다리에 걸터앉아, 두 손으로 황태자의 목을 껴안고는 귓가에 속삭였다. 황태자는 고개를 들어 앞을 바라보았다. 검은 연기에 붙잡힌 귀족들이 남녀 짝을 이루어 춤을 추고 있었다.

"사, 살려 주세요. 전하!"

"언제까지 이렇게 춤을 춰야 하는 거야."

"그만, 그만! 제발 그만!"

귀족들은 남자, 여자 할 것 없이 울면서 괴로워하고 있었다. 황태자궁의 악단은 한쪽 구석에서 끊임없이 왈츠를 연주하고 있었다. 그들 역시 검은 연기에 당한 듯, 온몸에서 검은 연기가 폴폴 피어올랐다. 클레이엔의 말대로, 수정의 홀에서는 왈츠와 비명으로 얼룩진 파티가 한창이었다.

"저와 전하의 약혼식 겸 결혼식이랍니다."

행복하다는 듯 웃는 클레이엔의 녹색 눈은 탁하게 흐려져 있었다. 그녀의 몸에서도 끊임없이 검은 연기가 일렁이고 있었다.

'마카레나 백작 영애 역시 당한 건가?'

이 끔찍한 소동은 어쩌면, 클레이엔이 벌인 일이 아닐지도 모른다. 오히려 클레이엔은 이용만 당하고 있을 뿐이며, 진짜 범인은 다른 사람일지도 모른다.

황태자는 수정의 홀 여기저기를 휘젓고 다니는 연두색 머리 남자를 바라보았다. 그는 여유롭게 음식을 맛보고, 한 귀족 사내에게서 파트너를 넘겨받아 춤을 추며, 이 끔찍한 파티를 즐기고 있었다.

'어째서? 왜?'

이해할 수 없었다. 클레이엔이라면 모를까, 한때 라크안의 곁에서 일하던 자가 왜 제국의 황태자를 공격한단 말인가. 어떻게, 무슨 힘으로?

'숲의 일족이 부리는 마법인 건가.'

연두색 머리카락은 그가 숲의 일족임을 짐작하게 해 준다. 그렇다면 그가 쓰는 이 해괴한 마법은 숲의 마법일 터.

'숲의 일족이 어째서 제국에서 이런 난동을 부리는 거지? 숲의 마법이라는 게, 이렇게 대단한 것이었나? 제국의 심장부를 제멋대로 헤집을 수 있을 만큼?'

만약 이 사실을 황제가 안다면? 생각만으로도 숨이 막혔다. 전쟁이,

전쟁이 일어날 것이다. 수백 년 동안 평화로웠던 이 제국에. 오직 한 사람의 의심과 두려움으로 인하여.

황제는 무슨 수를 써서라도 숲의 일족을 전멸시키거나 황실에 봉사하도록 만들 것이다. 또한, 숲의 일족 혼혈인 바이켈드 공작, 라크안 또한 고난을 면치 못하리라.

자신의 생명과 존재가 위협받는 상황 속에서도 황태자는 라크안을 생각했다. 그리고 그의 약혼녀, 카루나를 떠올렸다. 분명 조금 전, 클레이엔은 연두색 머리 남자에게 소리쳤다. 카루나를 데리고 당장 꺼지라고.

'……설마, 저자가 원하는 목표는 내가 아니라, 카루나인 건가?'

거기까지 생각이 이르렀을 때였다. 거짓말처럼 카루나가 황태자의 앞에 나타났다.

"아, 안 돼! 도망쳐! 피해! 도망쳐야 해! 어서, 라안에게, 라안에게 돌아가!"

황태자가 몸부림치며 외쳤다. 어디서 그런 기운이 남아 있었던 건지, 자신도 알 수 없었다. 그저, 한 가지 생각만이 그를 지배하고 있을 뿐이었다.

'지금 여기에 카루나가 있어서는 안 돼.'

그녀는 라크안의 옆에 있어야 했다. 가장 안전한 곳. 이런 어둑한 그림자가 닿을 수 없는 밝은 곳에.

"황태자 전하, 구해 드리려고 왔어요. 걱정하지 마세요."

카루나는 황태자를 안심시키려는 듯 풀 넝쿨로 감겨 있는 제 손을 들어 보였다. 그러고는 황태자의 말을 들은 척도 하지 않고 단상 위의 클레이엔을 노려보았다.

그 전에 수정의 홀을 한번 둘러보았으나 귀족들 틈바구니에 서 있는 연두색 머리 남자를 아직 발견하지는 못했다. 그래서 카루나는 제가 물리쳐야 할 적이 오직 클레이엔, 하나뿐이라고 생각하고 단상을 향해 걸어왔다.

'아, 안 돼. 그게 아니야. 안 돼!'

황태자는 귀족들 틈에 숨어 있는 연두색 머리 남자를 쳐다보았다. 역시나, 그는 카루나를 바라보고 있었다.

노을빛 두 눈은 흉흉하게 빛났고, 입은 기괴할 정도로 쭉 찢어져 웃고 있었다. 그 온화한 껍데기로도 미처 가려지지 않는 극심한 탐욕이 고스란히 드러났다. 지켜보는 것만으로도 구역질이 올라올 만큼 지독했다.

태어나서 지금까지, 얼마나 많은 사람을 만났고, 그들의 마음을 들여다보았던가. 제국의 차기 지배자인 황태자를 만나며, 탐욕스러운 마음을 품지 않는 자는 거의 없었다. 있다면 라크안과 죽음을 앞둔 대신관 정도였다.

수많은 사람의 탐욕의 대상이 되어 왔건만. 그런 황태자가 느끼기에도 연두색 머리 남자가 담고 있는 탐욕은, 끔찍하리만치 깊었다. 카루나가 저 감정에 닿는다면, 닿는 순간 빨려 들어가 익사당할 것이다.

"황태자 전하를 당장 풀어 주지 못해? 도대체 지난 10년간, 어디서 이런 못된 짓만 배워 온 거야. 응?"

그런 집착과 탐욕을 한 몸에 받으면서도, 카루나는 연두색 머리 남자의 음습한 눈빛을 눈치채지 못했다. 그녀의 신경은 온통 클레이엔을 향해 있었다. 카루나는 클레이엔을 도발하며, 단상에 다가오려고 했다.

"카루나, 제발!"

그가 카루나에게 다가가기 전에, 카루나가 그를 발견하기 전에, 카루나가 수정의 홀 밖으로 나갈 수만 있다면. 도망갈 수만 있다면 좋으련만.

간절히, 간절히 바랐건만.

신은 황태자의 바람을 들어주지 않았다. 귀족들 사이에 서 있던 연두색 머리 남자가 탐욕을 숨기고 온화한 미소를 드러내며,

"카루나 아가씨."

카루나를 불렀다.

그의 목소리는 크지 않았다. 그런데도 요란한 왈츠 음을 넘고, 귀족들의 신음과 비명을 이겨 내 카루나에게 닿았다.

"……!"

당장 클레이엔의 머리채를 휘어잡을 것 같던 기세는 눈 녹듯 사라졌다. 황태자는 놀라서 커다래진 카루나의 녹색 눈을 바로 앞에서 바라보아야 했다.

손을 뻗어 그 눈을 가리고, 다른 손으로 그녀를 끌어안고, 두 발로 대신 도망쳐 줄 수 있으면 좋으련만. 단상에 묶여 있는 황태자는 카루나를 구할 수 없었다.

"안 돼, 안 돼. 제발 도망쳐. 도망쳐, 카루나."

황태자가 쉰 목소리로 외치며 눈을 질끈 감았다 떴다. 미지근한 눈물이 그의 뺨을 타고 내렸다.

제국의 황태자. 황제의 뒤를 이을 고귀한 푸른 피.

그게 다 무슨 소용일까. 아끼는 동생의 약혼녀, 자꾸 바라보게 되고 보기만 해도 기분이 좋아지는 여인 한 명도 지켜 줄 수 없는데. 저 거대하고 지독한 탐욕 앞에서 이리도 무력한 것을.

"카루나, 제발. 제발……."

황태자의 간절한 부름도 카루나와 연두색 머리 남자가 마주치는 걸 막을 수 없었다.

카루나가 고개를 돌려 춤추는 귀족들을 바라보았다. 살려 달라고, 힘들다고 신음하는 귀족들의 화려한 옷자락 사이사이로 누군가가 보였다가 사라졌다가를 반복했다. 그래도 그의 연두색 머리카락만은 또렷이 보였다.

넝쿨을 꽉 움켜쥐고 있던 손이 풀렸다. 클레이엔에 대한 적의로 가득 차 있던 녹색 눈이 순식간에 텅- 비어 버렸다.

"마, 말도 안 돼."

황태자를 구하기 위해 위풍당당하게 들어섰던 몸이 파르르, 떨렸다. 카루나는 한 발, 두 발, 뒤로 물러섰다.

그런 카루나를 보며, 사람들 틈에 서 있던 연두색 머리 남자가 밝게 웃어 보였다. 사람 좋아 보이는 미소였다. 카루나가 기억하고 있는 그의 미소와 더없이 똑같았다. 부드럽게 휘어지며 눈웃음 짓는 노을빛 눈동자마저.

춤추는 귀족 한 쌍이 서 있는 그의 어깨를 툭― 쳤다. 그 바람에 로브에 숨어 있던 그의 한쪽 어깨가 드러났다. 팔랑. 옷소매가 맥없이 흔들렸다. 어깨와 팔이 있어야 할 자리가 텅 비어 있었다.

"죽지 않아요. 당신은 절대 죽지 않아요. 내가 반드시 당신을 살릴 거예요. 그러니까 조금만 더 힘을 내 줘요."

내내 속삭여 주던 목소리를 아직도 기억하고 있었다. 그리고 끝내 그 목소리의 주인공이 자신을 살리려 무엇을 희생했는지조차. 카루나는 저도 모르게, 늑대로 변한 라크안의 발톱이 박혔던 제 어깨를 감싸 쥐었다.

상처만 남았을 뿐이건만. '그날' 이후로 단 한 번도 아픔을 느낀 적 없었건만. 지금, 이 순간. 그 상처가 시리도록 아파 왔다. 마치, 그 죽음으로부터 자신을 건져 내 준 사람을 잊지 말라는 듯이. 카루나는 참지 못하고 두 손으로 입을 틀어막았다.

"읍…… 윽……. 우윽."

막지 못한 두 눈에서 눈물이 터져 나왔다.

소리 내 부르지 않았다고 해서 그를 잊은 게 아니었다. 언제나, 언제나, 마음속에 무거운 돌처럼 얹혀 있었다. 아마도 영원히, 잊지 못할 거라 생각했다.

아무 대가 없이 자신을 사랑해 준 사람.

그 사랑의 대가로, 자신의 사랑조차 바라지 않았던 사람.

끝내 목숨마저 주었던 사람.

미안하다는, 고맙다는 말 한마디 하지 못했다. 자신에게 모든 걸 바치고 죽은 그의 시신 앞에서 뒤늦게 미안하다고 말하는 게 고작이었다. 그렇게 떠나보냈던 사람이 다시, 그녀의 앞에 나타났다.

"……리, 센?"

카루나가 겨우 목소리를 쥐어짜 내 그를 불렀다.

"저를 기억해 주시는군요."

연두색 머리 남자, 리센이 환히 웃으며 하나 남은 손을 뻗었다.

"보고 싶었어요, 카루나 아가씨."

"……."

"소중한 나의 반려."

"……."

카루나는 더는 견디지 못하고 그 자리에 주저앉았다. 그녀가 놓친 풀잎과 넝쿨은 바닥에 버려져 생기를 잃어 갔다. 리센이 천천히 걸어와 카루나의 앞에 섰을 때. 그의 발에 밟힌 풀 넝쿨이 단숨에 까맣게 타들어 갔다.

"정, 말로…… 리센, 리센 님인가요?"

카루나가 덜덜 떨리는 목소리로 물었다.

리센은 싱긋 웃으며, 무릎을 굽혔다. 세상에서 가장 소중한 것. 오래도록 그리워하고 또 그리워했던 것을 보듯, 오래도록 카루나를 살펴보고는 더없이 행복하게 웃어 보였다.

"보고 싶었어요."

"어, 어떻게……."

"보고 싶어서. 너무나 만나고 싶어서."

리센이 하나 남은 손을 뻗어 카루나의 엉클어진 머리카락을 쓸어내렸다.

카루나에게 닿자마자 손끝이 타들어 갔다. 리센은 눈썹 하나 찡그리지 않았다.

"너무나 만지고 싶어서. 그래서 찾아왔어요."

리센은 손목에 가죽 끈을 감고 있었다. 그는 한 손으로 능숙하게 그것을 풀어내 카루나의 목에 걸어 주었다.

"⋯⋯!"

카루나는 그 목걸이를 보고는 깜짝 놀라 다시 리센을 올려다보았다. 가죽 끈에는 엄지손톱만 한 녹색 돌이 중앙에 박힌 펜던트가 달려 있었다. 그 펜던트는, 카루나가 이전에 가지고 있던 브로치와 똑같은 모양이었다.

"이걸⋯⋯ 어, 떻게?"

"내가 주는 첫 선물이네요. 아니, 아닌가?"

리센이 고개를 내저으며 환하게 웃어 보였다.

"아가씨에게 내 목숨을 바쳤으니 이건 두 번째 선물이네요."

"⋯⋯!"

펜던트를 만지작거리던 손이 일순간 굳어 버렸다. 자신이 가지고 있던 브로치와 똑같은 모양의 펜던트. 가운데 박힌 녹색 돌조차 똑같은 감촉, 똑같은 느낌.

뭔가 이상함을 느끼려던 찰나, 리센의 그 말에 머릿속이 하얗게 변해 버렸다. 카루나는 더는 아무것도 생각하지 못했다. 리센은 한쪽 팔로 그녀를 끌어안았다. 카루나는 줄이 끊긴 인형처럼 얌전히 그의 품에 안겼다.

"두 팔이었으면 좋았을 텐데. 그럼 좀 더 꽉 끌어안을 수 있었을 테니 말이에요."

리센이 속삭이듯 말했다. 더없이 아쉽다는 뉘앙스였으나 그 말 한마디 한마디가 날카로운 화살이 되어 카루나의 심장에 박혀 들었다. 카루나는 그의 품속에서 꼼짝달싹하지 못했다. 검은 그림자 때문은 아니었다.

황태자를 결박한 검은 그림자는 여전히 카루나의 곁에 얼씬도 하지 못했다. 분풀이하듯 카루나를 지키려 드는 녹색 식물들을 까맣게 태워 버릴 뿐이었다.

죄책감이란 감정으로 묶여 버린 카루나를 끌어안으며, 리센은 더없이 만족스럽게 웃었다. 잠시나마 상냥한 웃음에 가려져 있던 탐욕이 다시 드러났다. 카루나를 끌어안은 리센과 황태자를 품에 안은 클레이엔의 눈이 마주쳤다.

탁한 녹색 눈과 텅 빈 노을빛 눈동자가 서로에게 기꺼이 웃어 보였다. 그들이 얻은 건 절망에 빠진 사랑이었다.

"사랑하는데. 이토록 사랑하는데."

리센이 탐스러운 갈색 머리카락에 입을 맞추며 속삭였다.

"어떻게 해서든 되찾을 수밖에 없지 않겠어요? 안 그런가요, 내 사랑?"

어깨를 적시는 카루나의 눈물마저 그가 되찾은 전리품이었다.

"한 곡 추시겠습니까?"

리센이 손을 내밀었다. 카루나는 주춤거리며 뒤로 물러섰으나 리센이 한 발 다가와 손을 내밀었다. 카루나는 주저하며 그 손을 잡을 엄두를 내지 못했다. 갑자기 살아 돌아온 그가 의심스러워서도, 무서워서도 아니었다.

'내가 만지면 또⋯⋯.'

카루나의 눈은 리센의 헐렁한 옷소매에 고정됐다.

"괜찮아요."

리센이 부드럽게 웃으며 카루나의 손을 붙잡았다. 그는 부서지지도, 사라지지도 않았다. 카루나는 그런 그를 거부할 수 없었다.

'내가 헛것을 보고 있는 게 아닐까? 진짜 클레이엔이⋯⋯ 만든 함정인 걸까?'

당연하게도 의심부터 들었다. 하지만.

'클레이엔은 리센을 몰라. 그런데 어떻게 리센을…… 만들어 낼 수 있겠어?'

카루나는 리센과 맞잡은 손을 보았다. 이 손은 환각이 아니었다. 얼음처럼 차갑기는 하나, 진짜 사람의 손이었다. 리센의 손을 움켜잡아 보았다. 그러자 리센이 카루나를 보며 방긋, 웃어 보였다. 카루나가 기억하는 리센의 미소였다.

클레이엔이 무슨 수로 이렇게 완벽한 리센을 만들어 낼 수 있단 말인가. 자신의 얼굴을 고치는 데에만 10년을 써 버린 그녀가. 이렇게 빨리, 이렇게 완벽하게.

리센의 한쪽 소매는 헐렁했다. 자신이 부주의하게 리센을 만져서, 그의 시신은 온전히 보존되지조차 못했다. 리센은 그 모습 그대로 카루나의 앞에 다시 나타났다. 카루나는 그런 그를 거부하지 못했다.

리센은 능숙하게 카루나를 리드하며 귀족들 사이에 섰다. 자신 있게 카루나를 이끌었던 것과는 달리, 춤 솜씨는 그리 훌륭하지 못했다. 하마터면 카루나의 발을 밟을 뻔했다가 제풀에 놀라 뒤로 물러섰는데, 그러다가 어느 귀족과 몸이 부딪혀서 휘청이기까지 했다.

우스꽝스러운 모습을 보이고는 민망하다며 슬쩍 눈웃음 짓는 모습마저도 리센다웠다. 카루나는 픽, 웃고야 말았다.

"드디어 웃어 주시네요."

"……."

하지만 리센의 말을 듣고는 웃음을 유지할 수가 없었다. 리센과 카루나, 두 사람은 귀족들 사이에 섞여 춤을 추었다. 사실 카루나는 자신이 춤을 추는지도 몰랐다. 그저 리센에게 이끌려 몸을 움직이는 것뿐이었다.

카루나는 어느새 자신이 그 귀족들과 다를 바 없는 모습이 되었다는 걸 알지 못했다. 왈츠 음도, 귀족들의 비명과 신음도, 도망치라는 황태자의 목소리도 더는 들리지 않았다. 카루나는 아무것도 듣지 못하고, 멍하니 리센을 올려다보았다. 녹색 눈에 비치는 것 역시, 리센뿐이었다.

"카루나 아가씨, 그렇게 계속 바라보시면 부끄럽네요."

리센이 수줍게 웃으며 카루나의 허리를 감싸 안았다. 정상적인 왈츠 동작이 아니었지만, 카루나는 그마저도 눈치채지 못했다. 어느새 카루나는 그의 품 안에 안긴 상태가 되었다.

카루나와 리센, 두 사람이 수정의 홀 한가운데에서 멈춰 섰다. 검은 연기에 휩싸인 귀족들은 카루나와 리센을 피해 가며 춤을 추었다. 누구도, 무엇도 두 사람을 방해하지 않았다.

황태자만이 핏발 선 눈으로 그 둘을 바라볼 뿐이었다. 조금 전까지 카루나를 부르짖던 입은, 클레이엔의 손에 막혀 있는 상태였다.

"나의 반려, 혹시 나를, 기억해 주고 있었나요?"

"기억, 하고 있었어요……. 내가, 내가 당신을 잊을 리가 없잖아요."

답하는 카루나의 목소리가 떨렸다. 카루나는 저를 감싸 안는 리센에게서 벗어날 생각도 하지 못한 채, 그의 차가운 가슴에 얼굴을 기댔다.

……심장 소리가 들리지 않았다.

차가운 몸. 뛰지 않는 심장. 그런데도 제 앞에 나타난 리센. 생각해야 했다. 생각이란 걸 해야 했다. 하지만 아무 생각도, 아무 의심도 할 수 없었다. 다른 사람은 몰라도 리센 앞에서는 그럴 수가 없었다.

기억하고 있었냐고?

카루나는 그 질문에 한 치의 망설임 없이 대답할 수 있었다. 단 한 순간도 잊은 적이 없다고.

'당신이 날 위해 무얼 희생했는지 아는데. 내가 어떻게 당신을 잊어?'

누군가가 자신을 위해 죽는다? 그리 익숙하지도 달갑지도 않지만, 마냥 낯선 일도 아니었다. 클레이엔 대역 노릇을 하며 활개를 치고 다녔을 때, 카루나는 여러 번 죽을 고비를 넘겼다.

라크안이 답례 삼아 보낸 독약과 암살자 때문이기도 했지만, 다른 사람들의 공격도 꽤 심했다. 라크안 말고도 클레이엔에게 원한을 가진 사람은 많았다. 마카레나 백작에게 증오를 품은 사람은 더더욱 많았고.

클레이엔에게 원한을 가져도, 마카레나 백작에게 증오를 품어도, 사람들은 모두 클레이엔을 공격했다. 그리고 꽤 많은 사람이 카루나를, 아니, 클레이엔의 대역인 카루나를 지키다 죽었다.

카루나 대신 독을 먹고 죽은 하녀나 하인도 여럿이었고, 암살자를 막다가 죽은 병사도 여럿이었다. 바로 눈앞에서 그들이 피를 토하고 죽는 모습도 봤다. 그때마다 크게 동요하고 슬퍼했다면, 카루나는 지금까지 살아남지 못했을 것이다.

죽은 이들의 가족들에게 보상금을 주고, 금전적 어려움 없이 살 수 있도록 챙겨 주곤 했지만. 그건 죽은 사람의 목숨값을 치러 준 것이었다. 그렇게 죽은 사람들은 마카레나 백작가와 계약을 맺고 계약대로 자신들의 임무를 수행한 것뿐이었다.

카루나를 사랑하고 아껴서, 카루나를 지켜야 한다는 사명감에 불타올라 카루나를 지킨 것이 아니었다. 때문에 카루나도 그들의 죽음에 죄책감을 느끼지 않았다. 아니, 가지지 않으려 발버둥 치며 자신을 합리화할 수 있었다.

'저들은 마카레나 백작에게 충성하는 거야. 정말 날 지키려다가 죽은 게 아니라고.'

살아남으려면, 오직 살아남는 게 목표였던 그때엔. 그렇게 제 주변의 죽음을 외면하면서 버틸 수 있었다.

하지만 리셴은 그들과 달랐다. 그는 오직 '카루나'를 위해 죽었다. 카루나를 좋아해서, 카루나를 살리고 싶은 마음에 자신의 목숨을 기꺼이 바쳤다. 죽는 순간까지 카루나를 염려해 주었다. 온통 카루나만을 생각해 주었다.

'죽지 않아요, 당신은 절대 죽지 않아요. 내가 반드시 당신을 살릴 거예요.'

그의 품에 안겨 카루나는 처음으로, 누군가의 죽음에 대한 죄책감을 느꼈다. 그건 헤어 나올 수 없는 수렁과 같았다. 자신을 사랑해서 목숨까지 바쳐 구해 준 그를. 여전히 자신을 사랑한다며, 자신에게 돌아온 그를.

카루나는 여전히, 사랑하지 않았다.

기억하는 것과 사랑하는 것은 너무도 다른 것이었다. 카루나는 감히 그를 사랑한다고 말할 수 없었다. 내가 당신의 반려가 맞다고 말할 수 없었다.

'나는 라안을, 좋아해. 그 사람을 사랑해.'

리센의 차가운 품에 안겨서, 카루나는 다시 한번 자신의 마음을 실감했다.

그의 몸이 차갑고, 심장이 뛰지 않는 건 그녀에게 자신의 생명을 넘겨주었기 때문일 것이다. 그런데 자신은. 그의 목숨을 받아 살아남은 주제에, 그를 사랑하지 않았다.

그가 넘겨준 온기를 가지고 살아가고 있으면서 차가워져 돌아온 그의 사랑에 아무런 보답도 해 줄 수가 없었다. 이기적이고 악녀다운 행태였다.

자신을 사랑하는 사람의 목숨을 빼앗아 살아남았으면서, 그가 준 목숨을 연명하며 다른 사람을 사랑하다니. 자신이 보고 싶어 돌아왔다는 그의 품에 안겨 다른 사람을 생각하다니.

카루나는 고개를 들어 리센을 바라보았다.

리센은 그녀를 품에 안고 있는 것만도 행복하다는 듯 웃고 있었다. 제 품 안에 있는 카루나를 신기하다는 듯 바라보고, 또 조심스럽게 카루나의 정수리에 입을 맞췄다.

오랫동안 카루나를 잃었다가 되찾은 사람처럼 굴었다. 그의 그런 모습이 카루나의 죄책감을 바닥없는 늪으로 만들었다. 그 늪에 빠져 익사하기 직전, 카루나가 떨어지지 않는 입을 억지로 열어 목소리를 쥐어짰다. 그 늪에서 헤어 나오기 위한 발버둥이였다.

"미안해요."

"……."

리센의 입매가 순식간에 굳었다. 조금 전까지 부드럽게 웃음 짓던 입술이라고 상상할 수 없을 만큼 차갑게 변했다.

"미안해요, 리센."

마음에 진 응어리는 고작 두 번의 사과로 풀릴 것이 아니었다. 백 번, 천 번, 아니 평생을 살며 미안해하리라. 카루나는 그럴 각오가 되어 있었다.

그게, 리센이 원하는 대답이 아니라는 걸 알았다. 그가 바라는 대답은 아마도 사랑. 그리고 반려. 하지만 그건, 카루나가 리센에게 줄 수 없는 유일한 것이었다.

목숨을 바칠 정도로 사랑했던 여자에게 사랑한다는 말 대신 미안하다는 말을 듣는 비참함을, 카루나는 감히 상상할 수 없었다. 그렇기에 차갑게 굳은 리센의 얼굴을 외면하지 않았다.

카루나는 리센의 품을 두 손으로 밀어내며, 그에게서 한 발자국 멀어졌다. 그러자, 마법처럼 세상이 다시 시끄러워졌다.

오직 자신과 리센, 단 둘뿐인 것처럼 고요하고 그저 아름답게만 보였던 세상이 사람을 집어삼켜 조종하는 검은 연기가 우글거리는 현실이 되었다. 살려 달라는 비명, 아파 죽을 것 같다는 신음.

"카, 읍! 으읍!"

입이 틀어막힌 상태에서도 카루나를 부르며 몸부림치는 황태자. 그 모든 것이 다시 카루나의 세상이 되었다. 녹색 눈에 물기가 고였다. 그런데도 녹색 눈동자는 탁하게 흐려지지도, 흔들리지도 않았다. 그 어느 때보다 강하게 빛나며, 제 앞에 선 사내를 노려보았다.

"당신, 누구야."

카루나가 빈주먹을 움켜쥐었다.

"그 사람을…… 어떻게 한 거야."

볼을 타고 눈물이 흘러내렸다.

"무슨 말을 하는 건가요. 카루나 아가씨. 제가 여기에 있는데."

"아니, 당신이 아니야."

카루나는 다시 한 발자국, 뒤로 물러섰다. 애써 웃음 짓던 리센의 얼굴이 다시 굳어 버렸다.

"카루나…… 아가씨?"

봄바람처럼 상냥하던 목소리에 금이 갔다. 웃음기 가득하던 노을빛 눈동자 역시 싸늘해졌다.

"역시 절, 잊어버렸군요. 당신을 살리기 위해서 내 목숨을 다 바쳤는데. 그렇게 당신을 사랑했는데, 당신은 날 까맣게 잊어버린 거야."

"아니, 아니야. 그렇지 않아. 난 그 사람을 잊지 않았어."

"그런데 왜 나한테서 도망치려 하는 거죠?"

리센이 자신과 카루나 사이에 생긴 틈을 내려다보았다. 싸하던 눈이 다시, 연극을 하듯 곱게 눈웃음 지었다. 그렇게 다시 표정을 꾸미고는 카루나를 바라보았다.

"내가 더 당신한테 줄 게 아무것도 없으니까? 그러니까 이제 날…… 아는 척조차 하지 않겠다는 건가요? 이기적이고, 잔인하군요. 당신을 사랑하는 나한테, 당신의 진짜 반려인 나한테, 어째서 이렇게까지 하는 건가요?"

웃음 짓는 눈꼬리에 눈물이 맺혔다. 그 눈물은 조금 전 카루나가 그러했듯 그의 뺨을 타고 내렸다. 그 모습이 더없이 가엾고 애처로워 보였다. 누구라도 손을 내밀어 그 눈물을 닦아 주고 싶게 만드는 모습이었다.

카루나 역시 저도 모르게 손을 내밀 뻔했다.

'정말 리센일지도 몰라.'

마음속에서 의심이 고개를 쳐들었다.

'그의 말대로 어디까지 잔인하고 이기적일 셈이야. 네가 그러고도 누굴 사랑한다고 말할 수 있어? 널 사랑한다는 사람의 마음을 이렇게 잔인하게 짓밟고?'

자신 말고 다른 사람이 자신의 마음속에 들어 있는 것 같았다. 그가 제멋대로 떠들어 댔다. 리센과 마음속의 목소리. 안과 밖에서 일방적인 비난이 쏟아졌다.

'아니, 아니야. 그게 아냐.'

카루나는 드레스 자락을 꽉 움켜쥐었다. 흔들리는 마음을 다잡고, 고개를 들었다.

'저 사람은 리센이 아니야.'

두 다리에 힘을 주었다. 혹시라도 저 사람을 리센이라고 생각하고, 그 앞에서 약한 모습을 보일까 봐. 그렇게, 자신을 사랑해 줬던 리센을 저버리게 될까 봐.

"기억하고 있으니까, 당신이 그 사람이 아닌 줄 아는 거야."

사랑하지 않는다고 해서 아무 관심도 없었던 건 아니다. 처음 봤을 때부터, 오랫동안 기다려 왔던 이상형의 남자라고 생각했다. 과거에 만약이란 있을 수 없는 일이지만.

그래도 만약에…… 라크안을 먼저 만나지 않고 리센을 만났다면. 아니, 라크안을 아예 만나지 않고 리센만 만났다면. 리센을 좋아하게 되었을지도 모른다.

착하고 상냥하고 웃는 모습이 예쁜 사람. 자신이 가지고 있지 않은 모든 좋은 것들을 가지고 있는 사람.

온통 빈틈에 허점투성이, 제대로 된 식사 예절도 모르고 밤이면 악몽에 시달려 제대로 자지도 못하고, 툭하면 화를 내고 짜증을 내고. 잘생긴 얼굴을 제대로 써먹지도 못하는 라크안과 견주기 미안할 정도로 좋은 사람이었다.

그런 사람을 놔두고 착하지도 않고 상냥하지도 않고 잘 웃지도 않는, 툭하면 늑대로 변해 난동이나 부리려고 하는 남자를 좋아하게 돼 버렸다. 그게 늘 미안했다.

그러니까 더 미안한 일은 만들고 싶지 않았다. 고작 죄책감 때문에 흔들려서 그가 준 사랑을 값어치 없는 것으로 만들 순 없었다. 물기 진 녹색 눈동자가 리센을 똑바로 바라보았다.

"그 사람은, 나한테 절대로, 그렇게 말하지 않아."

카루나가 아는 리센은 가장 화창한 날에 불어오는 봄바람처럼 상냥하고 따뜻한 사람이었다. 너무 상냥해서, 좋아한다는 말마저 쉽게 입에 담지 못했다. 혹여나 카루나가 부담스러워할까 봐.

리센은 항상 부끄러워하고 조심스러워했다. 좋아하는 마음이 빤히 보이는데도 자기 나름대로 숨기겠다고 애쓰는 모습이 안쓰럽기까지 했다. 그런 그의 마음을 알고 있었다. 그런데도 리센이 숨긴다고 모르는 척했다.

그게 리센을 이용해 먹기 더 쉬울 거라고 생각해서 그랬다. 그렇게 그의 마음을 휘두르며 상처 입혔다. 마지막까지 그는, 카루나를 원망하지 않았다. 원망하기는커녕 목숨을 바쳐 카루나를 살려 주었다.

그런 리센이 눈앞에 있는 남자처럼 말할 리 없었다. 정말로 눈앞의 남자가 리센이라면, 리센 본인이라면. 그는 분명.

'행복하신가요? 그럼 됐어요. 카루나 아가씨, 당신이 행복하면 저도 행복합니다. 부디, 제게 미안하다고 말하지 말아요. 저는, 당신을 구할 수 있어 기쁘고 행복했습니다.'

이렇게 말하리라.

그를 생각하는 것만으로 다시 울음이 복받쳤다. 어쩌면 자신의 멋대로,

리센에게 죄책감을 느끼지 않으려고 이렇게 생각하는 건지도 모른다. 실제로 리센은 자신 말고 라크안을 사랑하는 카루나를 보며 슬퍼할지도 모른다. 그렇다 해도 이렇게 그녀를 비난하지는 않을 것이다.

'차라리 당신이 나에게 화를 내고 비난할 수 있는 사람이었으면 좋겠어요. 그러면 차라리 덜 미안할 텐데, 뻔뻔해질 수 있을 텐데.'

그녀의 눈물과 사과를 받아야 하는 건, 리센의 모습을 뒤집어쓰고 리센의 흉내를 내며 자신에 대한 리센의 마음을 모욕하는 자가 아니었다.

"눈의 땅에서 왔다는 무언가…… 숲에서 사람들을 공격했던 거, 당신이지."

"……."

리센의 얼굴에서 웃음이 싹- 가셨다. 그러자 좀 더, 그가 리센이 아니라는 걸 실감할 수 있었다. 카루나는 주변을 둘러보았다. 이쪽은 상관도 하지 않고, 황태자를 끌어안은 채 헤실헤실 웃고 있는 클레이엔이 보였다.

그녀가 아무리 단순하고 생각이 없기로서니, 이런 짓을 벌일 수 있을 리 없었다. 그리고 마탑. 제국은 마법을 엄격히 관리한다. 마법에 재능이 있다 하면 평민이든 귀족이든 가리지 않고 마탑으로 보내 마법사로 기르고, 오직 황실에 충성하게 했다. 그러니 제국에서 마법을 쓴다는 건 오직 마탑의 마법사들만의 영역이었다.

마카레나 백작이 어찌 마탑의 마법사 한둘쯤은 빼돌릴 수 있을지 모르나, 그렇게 빼돌린 몇 명만으로는 이런 강력한 마법을 이뤄 낼 수 없으리라. 무엇보다 사람들을 얽맨 검은 연기. 그리고 그림자.

그걸 마탑의 마법으로 보기엔 무리가 있었다. 다른 사람은 몰라도, 카루나는 헷갈리지 않았다. 그녀는 이미 최초의 숲에서 이와 비슷한 광경을 본 적 있었으니까.

그러니 애초부터, 답은 하나였다. 라크안과 숲의 일족이 말하는 '눈의 땅에서 온 존재'.

"왜 다시 나타난 거야, 그것도 황성에, 황태자를 묶어 놓고 무슨 짓을 하려는 거야."

카루나는 리셴을 노려보았다.

"이런."

리셴이 난감하다는 듯 미소 지었다.

"그냥, 속아 넘어가지. 그럼 너도 나도, 한결 마음이 편했을 것을."

그러더니 금이 갈 대로 간 가면을 집어 던졌다. 웃음 한 점 없는 무표정한 얼굴이 되었다. 리셴의 얼굴에는 전혀 어울리지 않는 것이었다.

"나는 네 반려인 척하면서 네 사랑을 얻고, 너는 네 운명이 이끄는 대로 네 반려를 사랑하며 행복해하면 되고. 그러면 좋았을 것을."

"당신, 누구냐니까?"

"말했잖아? 너의 반려라고."

리셴의 얼굴을 한 사내가 카루나에게 다가왔다. 카루나는 돌아서 달아나려 하였으나 그가 좀 더 빨랐다. 그는 카루나의 얼굴 바로 앞까지 다가와 생글, 웃음 지었다. 하나도 상냥해 보이지 않는 미소였다.

"내게 입 맞춰 주겠어?"

"……지금 장난해?"

리셴인 줄 알고 있었어도 하지 않았을 행동이다. 그런데, 리셴인 척하는 정체 모를 놈에게 입맞춤이라니.

"웃기지 마. 당장, 리셴인 척하는 그 모습이나 치워 버려!"

카루나는 있는 힘껏 그의 발을 밟았다. 구두의 뾰족한 굽으로 밟았으니, 뼈가 부러지지는 않아도 꽤 아플 텐데.

"이런 이런, 반려의 몸을 함부로 대해서야 쓰나."

그는 전혀 아무렇지 않은 듯했다. 물러서기는커녕 좀 더 얼굴을 들이밀기까지 했다. 정말로 입맞춤을 바라듯이. 막 입술이 닿을 뻔한 순간. 카루나는 고개를 옆으로 돌려 그를 거부했다.

"이런⋯⋯."

리센은 꽤 상처 입은 듯한 표정을 지었다. 허나 카루나는 그의 표정을 볼 수 없었다. 그는 저를 외면하는 카루나를 보며 꽤 간절한 목소리로 속삭였다.

"그동안 너무 춥고 외로웠어. 오직 널 다시 만나기만을 기다렸어. 그리고 이제 다시, 널 만나게 되었는데, 반가움의 입맞춤도 해 줄 수 없는 건가?"

"더는 안 통해. 그런 말. 고작 날 희롱하려고 여기에 오진 않았을 텐데? 입 닥치고 원래 목적대로 차라리 황태자 전하를 괴롭히러 가!"

내내 자신을 걱정해 주고 있는 황태자가 듣는다면 서운해하겠지만. 그게 카루나의 진심이었다. 리센의 얼굴을 한, 리센이 아닌 놈에게 희롱당하는 건 구역질이 날 만큼 끔찍했다.

리센이 한숨을 내쉬었다. 그는 진심으로 안타까워하는 듯 보였다.

"왜 거부하는 거지? 이 몸은 너의 반려인데."

"더 이상 안 속아. 날 속이려 하지 마. 안 통하니까."

언제까지 리센인 척, 리센을 운운할 생각인 건지. 이제는 짜증을 넘어서 화가 날 것 같았다. 카루나는 분노를 참지 못하고 좀 더 쏴붙이려 입을 열려고 했다.

"도대⋯⋯."

"아니, 나는 널 속이지 않아. 계속 진실만을 말하고 있잖아? '이 몸'은 네 반려가 맞다고."

"⋯⋯뭐?"

카루나가 입을 벌린 채로 눈을 깜박였다.

"지금, 뭐라고⋯⋯."

"이런, 이런. 카나. 이기적이고 아름다운 내 누이. 알면서도 모르는 척하는 네 모습이 참으로 사랑스러워."

그가 다시 얼굴을 디밀었다. 카루나는 뒤로 물러서려 했으나 그가 고개를 작게 저었다. 카루나는 도망가려던 걸 멈췄다. 두 사람의 얼굴이, 서로의 코가 맞닿을 만큼 가까워졌다. 카루나의 숨이 그의 입술에 닿는데, 그의 숨은 카루나의 입술에 닿지 않았다. 숨을 쉬지 않는, 시체처럼.

"……!"

차가운 몸. 뛰지 않는 심장. 닿지 않는 숨결. 그것이 의미하는 건, 단 하나였다. ……죽은 자에 대한 진정한 모욕. 그는 허상도 꾸밈도 아니었다. 정말로 리센이었다. 그 차디찬 몸뚱이만은 분명히.

"……."

카루나는 눈뜬장님이 되어 버렸다. 그가 가까이 오는데 도망치지 못했고 그를 막지도 못했다. 그는 천천히 카루나를 품에 안았다. 카루나는 허리를 감싸는 차가운 손길에 흠칫, 몸을 떨었다.

주먹 쥔 손으로 그를 밀치려고 하였으나 차마, 그의 몸에 손을 대지 못했다. 죽어서마저 남에게 이용당하고, 안식을 방해받은 그의 몸을 차마 다치게 할 수 없었다.

카루나가 반항하지 않자, 그는 재밌다는 듯 킥킥댔다. 그러고는 카루나의 귀에 그 차가운 입술을 대고 속삭였다.

"잔인한 여자. 반려를 내버리고 다른 사내를, 돌연변이 늑대를 사랑하다니. 그의 생명만 빼앗고, 그를 버렸어."

그의 비난은 달콤했다.

"차갑게 식은 시신이 되어서라도 너에게 돌아오고 싶어 했는데, 너는 그를 알아보지도 않고 밀어내려 했어."

"넌 그 사람이 아니야!"

"정말 그렇게 생각해? 이 몸이, 허상인 거 같아? 만져 봤잖아. 너에게 모든 생명을 다 주고 차갑게 식어 버린 이 몸을."

그가 카루나의 손을 붙잡아 억지로 제 쪽으로 잡아당겼다. 카루나가 손을 빼내려 안간힘 썼으나 벗어나지 못했다. 그가 카루나의 손을 자신의 왼쪽 가슴 위에 얹었다. 온기라고는 한 점도 남아 있지 않은 몸. 차갑게 얼어붙어 뛰지 않는 심장. 카루나가 몸서리쳤다.

"당신 뭐야, 뭔데, 그 사람의 몸을 가지고 이런 장난을 치는 거야. 숲에 이어 황태자까지…… 뭐야, 이 대륙을 정복이라도 하려는 거야?"

클레이엔의 대역으로 살며 악녀 소리를 듣던 시절. 사람들은 뒤에서 수군대며 그녀가 제국을 집어삼키려 한다고 손가락질했다. 그래서 정말 그래 볼까, 생각해 본 적도 있었다. 만약 자신이 가짜 클레이엔이 아니었다면 한번 해 볼 만했을 텐데.

제국을 집어삼키는 게 별건가. 마카레나 백작가라는 든든한 뒷배가 있으니, 강하고 싸늘한 척하지만 사실 물러 터진 황태자를 남편으로 삼으면 될 일이었다.

불과 권세가의 딸인 척하는 자신도 그런 생각을 해 보았거늘. 이 정도로 기이한 능력을 지닌 존재라면 그 이상을 꿈꿔 봄 직도 했다. 최초의 숲에 이어 제국의 황성을 공격하는 그 행보만 봐도 의심이 갔다.

대륙을 정복하겠다거나 지배하고 싶다거나, 그런 탐욕을 가진 걸까. 아니면 제국의 건국 설화에 나오는 악룡처럼 세계 멸망을 꿈꿀 수도 있겠지. 카루나는 그가 그런 탐욕을 가지고 있다고 의심했다.

"대륙의 정복? 맙소사, 내가 그런 걸 왜 바라겠어?"

재밌는 농담을 하는군. 그가 비웃음을 흘리며 말했다. 그러고는 비밀 이야기라도 하는 듯 목소리를 낮추어 카루나에게만 들리게 속삭였다.

"나는 너를 찾아온 거야. 카나."

"……뭐?"

카루나는 그의 말을 이해할 수 없었다.

"모르는 척하긴."

리센이 어깨를 으쓱였다.

"그, 게 무슨……."

"오, 맙소사. 정말로 모르는 거야? 아니면 모르는 척하는 거야? 숲을 공격한 건 네가 숲까지 왔기에 널 맞이하러 간 거였어. 이 황궁에 들어온 건, 너를 늑대의 소굴로부터 빼내 이 품에 안기 위해서였지."

"……나, 를 노렸다고? 나를 노린 거였다고?"

카루나는 몸을 돌려 홀의 단상 위를 올려다보았다. 황태자와 클레이엔이 보였다. 황태자는 여전히 검은 그림자에 꽁꽁 묶여 괴로워하고 있었고, 클레이엔은 그런 황태자를 끌어안으며 사랑의 말을 속삭이고 있었다.

"널 만나기 위해 이용했을 뿐이야."

리센은 담담하게, 클레이엔이 그저 도구였다고 말해 주었다. 황태자를 구하기 위해 달려왔건만, 황태자가 사실 자신 때문에 이런 고난을 겪고 있다는 말을 들으면 어떻게 해야 할까.

어떻게 이런 일이 있을 수 있을까. 내가 이런 민폐를 끼쳤다니, 하면서 눈물을 흘리고 좌절해야 할까? 날 원하면 나한테 찾아올 일이지 왜 나 말고 다른 사람들을 괴롭히고 힘들게 하냐고, 당장 황태자를 풀어 달라며 눈앞의 사내에게 애원해야 할까?

……그 어떤 것도 카루나답지 않은 방법이었다.

"웃기지 마. 내가 뭐라고 날 찾아와. 나 때문에 황태자 전하를 저렇게 만들어? 그딴 말에 내가 넘어갈 거 같아?"

카루나는 이를 악물고 리센을 바라보았다.

"그런 허튼 말에 놀아날 거로 생각했다면 큰 오산이야. 날 어떻게 보고 그런 얕은 수작질을 부리는 건지는 모르겠지만……."

"모르는 척하는 건가? 역시나 자기밖에 모르는 이기주의자. 사랑하는 내 누이, 내 사랑. 나의 카나답군."

사랑 고백인지 욕을 퍼붓는 건지 알 수 없는 말이었다.

"숲에서도 난 오직 너의 이름만을 불렀어. 네게만 손을 내밀었는데 그런데 그곳에선 돌연변이 늑대에게 달라붙어 날 본 척 만 척했지. 그리고 이제는 여기. 비린 바람이 부는 곳까지 내가 널 찾아왔는데, 여전히 날 외면하는구나. 정말로, 정말로 모르는 건가?"

그가 낙인을 찍듯 말했다.

"이 몸의 주인이 죽은 게 네 탓인 것처럼 그날, 숲에서 일어났던 일도. 지금 이 궁에서 일어나는 모든 일도, 다 너 때문에 벌어진 일이란다. 카나."

"당신, 뭐야. 뭔데 나한테 그런 말을 하는 거야. 뭔데 나한테 이러는 거야?"

"날 정말 모르겠어?"

리센이 그답지 않게, 보는 것만으로도 상대방을 얼어붙게 만드는 싸늘한 미소를 지었다. 그런데도 카루나를 향하는 그의 시선에는, 온갖 친애와 애정의 감정이 담겨 있었다.

"카나, 내 아름다운 누이. 내가 사랑하고 증오하는 이 세상 유일한 나의 반쪽."

그가 하나 남은 손으로 카루나의 턱을 살포시 잡고 자신의 쪽으로 잡아당겼다. 끝내 그녀에게 입을 맞출 것처럼 얼굴을 가까이 대고는, 그녀의 입술 바로 앞에서 자신의 차디찬 입술을 달싹였다.

"나는 네……."

그때였다. 카루나의 등 뒤에서 휙- 바람 가르는 소리가 들렸다. 그 바람은 정확히 카루나를 휘어잡았다. 동시에 날카로운 것이 카루나의 어깨를 지나 리센의 뺨을 스쳤다.

"카루나!"

"카루나!"

다급하고 간절한 부름. 이어 강인한 두 손이 카루나의 양어깨를 잡고 뒤로 잡아당겼다. 카루나의 몸이 맥없이 뒤로 쓰러졌다. 눈 깜짝일 새도 없이 카루나는 누군가의 품에 안겼다.

등에 닿는 단단한 촉감. 그리고 허리를 분지를 듯 끌어안는 강인한 팔. 귓가에 와닿는 더운 숨소리. 모두가 눈물 나게 익숙한 것이었다.

"라……안?"

보지 않아도 알 수 있었다. 그는 카루나의 부름에 답하지 않았다. 대신, 정면을 노려보고 이를 갈았다. 목울대에서 짐승의 울음소리를 닮은 신음이 울렸다. 절로 오싹해질 만큼 사나웠다.

카루나는 제 앞을 가로막은 사내의 뒷모습을 올려다보았다. 눈이 부실 정도로 찬란한 금발과 단단한 어깨를 감싼 푸른 예복과 금실로 짠 어깨 견장이 눈에 들어왔다.

"황태자 전하?"

단상 위에 있어야 할 클레이엔의 인질이 그의 앞에 서 있었다.

라크안의 손이 카루나의 왼쪽 어깨를, 황태자의 손이 오른쪽 어깨를. 두 사람은 혹여나 놓칠세라 그녀의 어깨를 세게 움켜쥐고는 다급히 숨을 내쉬었다.

두 사람의 눈은 카루나를 향해 있지 않았다. 카루나는 그들의 시선을 좇아 다시 앞을 바라보았다.

"하."

리센이 자신의 손을 바라보며 기가 찬다는 듯 웃었다. 그의 뺨엔 길게 상처가 나 있었다. 그 상처를 낸 검이 뒤의 벽에 박혀 부르르 떨리고 있었다.

라크안의 검이었다. 또한, 카루나에게 손을 댔던 그의 손은 너덜너덜 해져 있었다. 마치 칼로 난도질한 듯 보였다. 다만 얼굴의 상처에서도 손의 상처에서도 붉은 피는 흐르지 않았다.

피는 오히려 라크안이 흘리고 있었다. 뚝, 뚝. 카루나는 제 몸 위로 떨어지는 축축한 감촉을 느꼈다. 물이나 눈물이라고 하기에는, 코를 찌르는 냄새가 너무 진했다. 카루나는 벌써 잔뜩 젖은 제 어깨를 문질러 보았다. 손바닥에 피가 흥건했다.

'피?'

카루나가 라크안을 올려다보았다.

"라안!"

그러고는 급히 손을 뻗어 라크안의 뺨을, 얼굴을 더듬었다. 라크안은 피투성이였다. 두 눈은 실핏줄이 터져 시뻘게져 있었다. 붉은 눈동자와 흰자위가 구별되지 않을 정도였다. 양쪽 귀와 코, 입에서는 그 이상으로 붉은 피가 흘러내리고 있었다.

그뿐이 아니었다. 수백, 아니 수천의 적들과 맞서서 겨우 버틴 사람처럼. 온몸에 찢기고 짓이겨진 상처가 가득했다. 서 있는 게 용해 보일 정도였다.

그런 몸을 하고서는, 카루나를 놓치지 않았다. 겨우 되찾은 그녀를 품에 안고, 그녀를 빼앗고자 찾아온 적에게 이를 드러냈다.

"방해물들."

리센이 쯧, 혀를 차며 제게서 카루나를 빼앗아 간 두 남자를 바라보았다. 앞을 막아선 황태자의 양손에 바람이 맺혀 있었다. 카루나를 끌어안은 라크안의 두 눈은 세로로 갈라져, 짐승의 사나운 본성을 고스란히 드러내고 있었다.

"자각한 건가? 약속을 잊은 일족의 후계자여?"

"날 부르는 말인가?"

황태자는 리센과 눈을 마주치고 인상을 찌푸렸으나 곧 제 두 손 주변을 빙빙 도는 바람을 보고는 눈을 부릅떴다.

"······?"

말은 하지 않았으나 의아해하는 기색이 역력했다. 자신이 어떻게 검은 기운을 뿌리치고 단상을 뛰어 내려올 수 있었는지, 리센의 손을 난도질하여 카루나를 빼낼 수 있었던 건지, 자신도 알지 못하는 듯했다.

"화, 황태자 전하…… 끝내 그 계집에게 홀려, 저를…… 저를, 저버리시겠다는 건가요?"

단상 위에 홀로 남은 클레이엔이 절망하여 외쳤다. 그녀는 황태자가 기억하지 못하는 순간을 두 눈으로 똑똑히 본 증인이었다. 리센의 주변에 몰려든 어둠이 리센과 카루나 두 사람을 집어삼키려던 순간.

"안, 돼!"

황태자가 몸부림쳤다. 그 순간, 사방에서 상쾌한 바람이 몰려들었다. 그 바람이 단번에 클레이엔을 밀치고 황태자를 묶고 있던 검은 그림자의 족쇄를 갈가리 찢어 버렸다.

"까아악!"

클레이엔은 바닥에 쓰러지며, 제 앞을 지나치는 황태자를 바라보았다. 황태자는 클레이엔에게 눈길 한 번 내주지 않았다. 오직 카루나만을 바라보며, 카루나를 향해 손을 내밀었다. 바람은 그런 황태자를 껴안고 단번에, 그를 카루나에게로 인도했다.

때맞추어 라크안이 제 몸으로 문을 부수며 홀 안으로 뛰어 들어왔다. 그는 한 번 두리번거리지도 않고, 자신이 가야 할 방향을 알았다. 그렇게 두 남자는 동시에 카루나에게 손을 뻗었다. 한 명은 카루나를 품에 안았고, 다른 한 명은 카루나를 제 등 뒤에 숨기고 적과 맞섰다.

"어, 째서. 왜 내가 아니라 저 계집애인 거야? 내가, 내가 진짜 클레이엔인데……."

엉클어진 머리와 구겨진 드레스. 클레이엔은 그런 모습으로 홀로 쓰러져 있었다. 누구도 그녀에게 손을 내밀어 주지 않았다.

"왜…… 왜……!"

클레이엔은 핏발 선 눈으로 카루나를 노려보았다. 그런 클레이엔을 아무도 돌아보지 않았다. 라크안은 감히 제게서 카루나를 빼앗아 가려 한 자를 바라보았다.

"······리, 센?"

라안이 그를 부르는 목소리를 들으며, 카루나는 눈을 질끈 감았다. 그녀가 겪었던 혼란의 되풀이였다.

"아니에요. 아니야. 리센 님이, 리센이 아니야."

카루나는 라크안의 손등 위에 손을 올리며 말했다. 라크안에게 하는 말이었으며 동시에 자기 자신에게 하는 말이기도 했다.

'당신이 누구든, 왜 날 원하든, 상관없어.'

카루나는 리센이 남겨 준 씨앗 주머니를 움켜잡으며, 눈앞에 서 있는 리센을 노려보았다.

'절대, 절대 용서 못 해.'

주머니에 든 씨앗들이 싹을 틔웠다. 손바닥을 간지럽히는 여린 잎이 자라나 줄기를 엮어 카루나의 손을 타고 올라왔다.

줄기와 풀잎은 은색이었다. 멀리서 보면 카루나는 잠자리 날개처럼 얇은 은색 베일로 팔과 어깨를 감싼 것처럼 보였다. 어깨까지 타고 오른 얇은 풀잎들이 카루나의 귓가에서 살랑살랑 흔들렸다. 말을 거는 것 같기도 했고, 애교를 부리는 것 같기도 했다.

카루나는 간지러운 느낌을 이기지 못하고 손에 들었던 주머니를 놓쳤다. 주머니가 바닥에 떨어지며 씨앗들이 사방으로 빠져나갔다. 그 씨앗들이 일제히 싹을 틔웠다.

그건 신비롭고도 기이한 광경이었다. 카루나를 중심으로, 카루나를 보호하듯 식물들이 자라났다. 그것들은 단숨에 홀을 덮었다. 그러자 식물에 닿은 사람들의 몸에서 하얀 연기가 피어올랐다.

"꺄아아악!"

"아악!"

"뜨거워, 뜨거워!"

비명은 곧 기쁨으로 변했다.

"살았다!"

"이제 끝났어."

사람들은 비로소 춤추는 걸 멈출 수 있었다. 다들 식물로 뒤덮인 홀에 풀썩풀썩 쓰러졌다. 사방에서 울음소리가 터졌다. 영원히 끝나지 않을 것 같던 왈츠 음도 끝났다. 그렇게 사람들을 구해 낸 식물들은 단상 위까지 번져 올라갔다.

"내가 어떻게, 어떻게 해서 얻은 황태자비 자리인데. 드디어, 10년 만에 황태자 전하의 곁에 있게 됐는데. 네가, 또 네가!"

콰직- 클레이엔이 발치의 풀꽃을 짓이기며 카루나를 노려보았다.

"절대로 용서 못 해! 가만 안 둬, 부숴 버릴 거야!"

찢어질 듯한 비명이 들림과 동시에, 클레이엔의 몸에서 까만 불꽃이 솟구쳤다. 오직 리센에게만 신경 쓰고 있던 카루나는 그제야 클레이엔을 돌아보았다.

클레이엔은 검은 불꽃의 심지였다. 그녀에게서 뻗어 나온 불길은 식물들을 새까맣게 태웠다. 그녀의 걸음걸음마다 재가 흩날렸다. 녹음이 죽음의 불길에 맞서 카루나를 지키는 방어선을 만들어 냈다.

홀의 절반은 검은 불길이, 나머지 절반은 푸른 식물들이 점령했다. 검은 불길에 먹힌 사람들은 다시금 줄에 묶인 인형처럼 일어섰다. 그들은 흐느적흐느적 음악 없이 왈츠를 췄다. 클레이엔과 카루나, 두 여인의 눈이 마주쳤다.

"……!"

클레이엔의 눈에서 불똥이 튀었다.

"다 너 때문이야. 너 때문에!"

분노를 먹은 검은 불꽃이 더욱 거세졌다. 그 불길은 클레이엔의 생명을 제물로 삼아 타오르는 것이었다. 검은 불길이 거세질수록 클레이엔의 생명은 시들어 갔다.

"어떻게 한 거야. 마카레나 백작 영애, 클레이엔에겐 무슨 짓을 한 거야."

카루나가 아는 클레이엔은 마법사가 아니었다. 단순하고 멍청하며 안하무인에 제멋대로인 귀족 영애일 뿐이었다. 황태자만 좋아하지 않았더라면 마카레나 백작이 정해 준 적당한 귀족과 결혼하여, 마음껏 사치하고 추종자들에게 둘러싸여 살았을 여인이었다.

황태자를 사랑했기에, 10년 동안 지방 영지에 틀어박혀 얼굴을 바꾸는 마법 시술을 받았다. 눈곱만큼이라도 마법에 재능이 있었다면, 그렇게 오랜 시간을 허비하지는 않았으리라. 그런 그녀가 마법의 불로 몸을 감싸고, 제 생명을 태워 카루나의 힘에 맞서고 있었다.

'누군가'의 도움 없이는 불가능한 일이었다. 카루나는 그 '누군가'를 노려보았다.

"나는 그저, 그녀의 소원을 들어줬을 뿐."

"소원이라고? 황태자비가 되겠다는?"

"그건 단지 수단일 뿐이지. 그녀의 소원은 그게 아니었어. 설마 모른다고는 하지 않겠지?"

리센이 비웃음을 흘렸다.

"……황태자의 사랑을 받고 싶다는 거?"

"역시나 잘 알고 있군. 그럼 그 간절한 소원을 누가 망쳐 버렸는지도 잘 알고 있겠지?"

"……."

카루나는 답하지 못했고, 리센은 그런 카루나를 보며 흐뭇하게 웃었다.

"역시나 정답. 똑똑하기도 하지."

그는 여동생을 어르는 오빠같이 굴었다. 저보다 어린 여동생이 한없이 귀엽다가도 원수처럼 얄미워 견딜 수 없다는 듯이 카루나를 바라봤다.

'아냐, 착각이야.'

카루나는 고개를 흔들며, 그 생각을 일찌감치 털어 버렸다.

'숲의 장로에게 이상한 말을 들어서 그래. 나한테 오빠라니⋯⋯. 그럴 리가 없잖아.'

설사 오빠가 존재하고 살아 있다고 해도, 눈앞의 저자는 아니리라.

'뜬금없이 이상한 생각 하지 마. 어떻게든 이 상황을 해결해야 해. 아무리 클레이엔이 끔찍하게 싫어도, 저렇게 이용당하는 꼴을 보고 싶은 건 아니라고.'

클레이엔은 아직 카루나의 얼굴을 하고 있었다. 자신과 똑같은 얼굴을 한 채로 저렇게 망가져 가는 꼴을 가만 두고 볼 순 없었다.

'아니, 아니지. 그런 게 아니잖아. 왜 새삼 착한 척이야.'

카루나는 스스로를 비웃으며 리센을, 그리고 라크안을 바라봤다. 리센이 클레이엔을 저렇게 만들었다는 걸 믿고 싶지 않았다. 설령 리센의 몸뚱이뿐이라고 해도.

라크안이 저런 클레이엔을 막기 위해 다치고, 피 흘리고, 아파하는 걸 보고 싶지 않았다. 결국엔 클레이엔이 아니라 제 주변 사람들을 지키려는 것뿐이었다.

'그게 뭐 어때서.'

카루나는 은빛 풀잎을 움켜잡으며 고개를 들었다. 어느새 클레이엔은 코앞까지 다가와 있었다. 홀의 절반 이상이 검은 불꽃에 먹혔다. 잠시 멈췄던 왈츠가 다시 홀 안에 울려 퍼지기 시작했다. 느릿한 음이 음산하게 들렸다.

"무슨 방법을 써서라도 널 없애고 싶다기에 그 방법을 알려 줬을 뿐이야."

조금 전까지 카루나에게 입맞춤을 구걸하던 입술이 말했다.

"무슨 방법을 쓰든 상관없다길래 제 목숨으로 마법을 쓸 수 있도록 해 주었지."

노을빛 눈동자가 클레이엔의 검은 불꽃을 바라보며 더없이 만족해했다.

"반드시 널 없애 버리고 싶다기에 기꺼이 판을 깔아준 거야."

그는 기꺼이 클레이엔의 검은 불꽃으로 걸어 들어갔다.

"그녀가 가장 아끼는 이곳, 가장 사랑하는 사람 앞에서 널 죽이겠다 는데."

리센이 주연 배우를 소개하는 극장 주인처럼 클레이엔에게 손짓했다.

"널 죽이기 위해 자신의 생명을 바치겠다는 그녀를, 너는 감당할 수 있을까."

리센의 소개가 끝나자, 클레이엔에게서 검은 불꽃이 뿜어져 나왔다.

"카루나, 절대 용서 못 해!"

붉은 머리카락은 새까맣게 물들었다. 녹색 눈은 그 맑은 빛을 잃고 탁해졌다.

"카루나, 어서 피해."

그녀가 그토록 사랑하는 황태자는, 그녀로부터 카루나를 지키고자 나섰다.

"젠장, 이미 눈의 힘에 먹혀 버렸군."

그녀에게 눈길 한 번 준 적 없었던 사내는 카루나를 끌어안고 홀을 벗어 나려 했다. 그들을 바라보는 클레이엔의 두 눈에서 피눈물이 흘렀다.

'내가 뭘 잘못했다고? 왜 다들 저 계집한테만 가는 거야. 난 아무것도 안 했는데. 내가 한 모든 짓은 다 쟤가 한 일인데.'

억울했다. 원통했다. 화가 났다. 미웠다. 죽이고 싶을 만큼 미웠다.

'너만 없어지면 돼.'

클레이엔은 자신과 똑같은 얼굴을 한 카루나를 노려보며 두 손을 들었다. 그녀의 손길을 따라 검은 불꽃이 더욱 크게 번졌다. 카루나의 앞을 지키던 식물들이 순식간에 재로 변해 버렸다.

'죽어, 죽어. 죽어죽어죽어죽어죽어죽어! 제발 죽어!'

붙잡아서 저 얼굴을 손톱으로 긁고 할퀴어서 망가뜨려 버리리라. 그러면 아무도 카루나를 사랑하지 않을 테고, 카루나의 얼굴은 영원히 자신의 것이 되리라.

클레이엔이 카루나에게 달려들었다. 리센은 뒷짐을 지고 그 모습을 지켜보았다. 웃음 띤 얼굴이 카루나에게 묻고 있었다.

내 선물을 피해 도망칠 거니?

네 앞에 선 두 남자의 보호를 받으며?

그의 발아래 카루나가 틔운 풀잎이 까맣게 타들어 갔다. 카루나는 클레이엔을 보고, 리센을 보았다.

자신을 위해 목숨을 바친 리센의 몸을 멋대로 빼앗아서는. 자신이 무찔러야 하는 클레이엔을 제멋대로 사용하고, 자신이 사랑하는 라크안을 피투성이로 만들었다.

그것만으로도 이름 모를 존재는, 카루나의 적이 되기에 충분했다. 무서워서 도망치는 건 마카레나 백작에게 뒤통수를 맞았을 때 한 번이면 족했다.

"아니, 안 그래. 안 피해!"

제 말을 듣고는 황홀하다는 듯 웃어 보이는 리센을 보며 카루나는 결심했다. 반드시 저놈의 진짜 얼굴을, 꼭 한 번은 때리고야 말겠다고. 그 분노를 원동력으로, 제 안의 힘을 끌어 올렸다. 숨 쉬듯 자연스럽고 당연하게 할 수 있었다.

누가 시켜서, 알려 줘서 하는 게 아니었다. 그냥 당연하게, 해냈다.

"카루나!"

"카루나!"

황태자와 라크안이 동시에 카루나를 붙잡았다. 동시에 녹음이 그 둘의 팔과 다리를 붙들었다. 바로 눈앞까지 다가온 어둠이 카루나에게, 라크안과 황태자에게 날아들었다.

"윽!"

황태자는 눈을 질끈 감고 두 손을 앞으로 내밀었다. 날카로운 바람이 황태자의 몸에서 터져 나와 검은 불꽃을 꺼트렸다.

라크안을 지켜준 건, 카루나가 피워 낸 꽃이었다. 자잘한 들꽃 무덤이 방패가 되어 검은 연기를 밀어내고 라크안을 감쌌다. 카루나에게 느껴졌던 은은한 향기가 라크안을 감싸 안았다.

카루나는 두 손으로 치마를 움켜쥐었다. 치맛단 아래 살랑살랑 드러난 발로 바닥을 내리쳤다. 구둣발이 바닥을 찍자, 기다렸다는 듯 꽃이 피어나고 새싹이 돋았다. 검은 불꽃에 뒤덮인 곳에서도 대리석 틈을 비집고 녹음이 자라났다.

검은 불꽃과 푸른 식물이 각기 클레이엔과 카루나를 품어 안은 채 대립했다. 풀잎은 끊임없이 타들어 갔다. 새까맣게 바스라지면 새로운 잎사귀가 나고, 또 났다. 검은 불꽃은 그 무한한 생명력을 버틸 수 없었다.

"흐윽…… 하악…… 우윽……."

오래 지나지 않아 클레이엔이 흔들리기 시작했다. 클레이엔의 얼굴이 하얗게 질렸다. 그녀는 비틀거리더니 넘어질 뻔하다가 가까스로 버텨 섰다.

"그만해, 멈춰. 클레이엔."

"닥쳐, 나한테 명령하지 마!"

보다 못한 카루나가 손을 내밀었으나 그게 클레이엔을 더욱 비참하게 만들었다.

"네가 뭘 안다고, 뭘 안다고!"

클레이엔이 악을 쓰며, 꺾였던 허리를 치켜세웠다.

"그만해, 그러다가 네가 죽어. 죽는다고!"

"죽어도 상관없어. 황태자 전하를, 황태자 전하를 내가 얼마나 좋아했는데."

피눈물이 흐른 자국 위로 말간 눈물이 덧입혀졌다.

"네가 모든 걸 다 망쳤어. 너 따위를 내 집에 들이는 게 아니었어. 너때문에…… 너 때문에 난 황태자에게 미움을 받게 되었어. 황태자비가되면 뭘 해. 황태자 전하께 사랑받을 수 없는데."

마카레나 백작이 카루나에게 제안했던 건 단 하나였다. 황태자비가되는 것.

황태자를 사랑하라거나 황태자에게 사랑을 받아야 한다고 하지 않았다. 그래서 카루나는 갖은 방법을 다 동원하여 황태자비가 됐다. 그 과정에서황태자를 괴롭혔다. 그의 사랑을 받길 포기한 사람처럼. 카루나는 황태자가클레이엔을 좋아할 수 없도록 만들었다. 그렇게 10년을 살았다.

긴 공백을 견디고 돌아온 클레이엔은 카루나가 저지른 모든 일들의주인공이 되었다. 클레이엔은 카루나 덕분에 황태자의 옆자리를 거머쥐었으나 정작 가장 원했던 것만은 얻지 못했다. 황태자의 사랑.

황태자는 클레이엔을 증오했다. 그뿐만이 아니었다. 유능한 카루나에게 익숙한 고용인들은 은연중, 진짜 클레이엔을 보며 아쉬워했다. 끝내최측근은 그녀를 배신했다.

카루나는 클레이엔의 인생을 망친 원흉이요, 원수였다. 그 분노와절망, 슬픔이 한데 묶여 클레이엔을 불태웠다.

"죽어! 그냥 죽으란 말이야!"

클레이엔은 마지막 불길을 피워 올리며 카루나에게 달려들었다. 날카로운 손톱이 막 카루나에게 닿으려는 순간.

"누구 마음대로!"

라크안이 꽃 덤불을 헤치고 달려 나왔다. 카루나를 껴안고 등을 돌려클레이엔의 공격을 막았다. 검은 손톱이 라크안의 등을 할퀴었다. 옷이 찢기고, 손톱이 몸에 박혔다. 화끈하고 욱신거리더니 곧바로 구역질이 몰려왔다. 독을 바른 화살을 맞은 듯한 느낌이었다.

"크흑."

라크안이 나지막이 신음하며 이를 악물었다.

"라안!"

"괜찮아. 이 정도는 아무것도 아니야."

라크안이 팔을 휘둘러 클레이엔을 밀쳐냈다.

"꺄악!"

클레이엔은 몇 발자국 뒤로 밀려났으나 별 타격은 없어 보였다. 아무리 적이라 할지라도 여자이니, 라크안이 힘을 주지 않아 그런 것이었다. 또한 클레이엔을 뒤덮고 있는 검은 불꽃의 힘 때문이기도 했다.

"다쳤어요?"

"아니, 괜찮아."

"괜찮긴! 봐요. 내가 낫게 해 줄 수도 있어요."

"나중에, 지금 중요한 건 그게 아니야."

라크안은 제 등을 확인하려는 카루나를 말리며 카루나에게만 들리게 속삭였다.

"본체는 이 여자가 아니야."

"죽어어!"

클레이엔이 다시 달려들었다. 라크안은 카루나를 지키며 팔을 들어 올렸다.

"빌어먹을."

여자만 아니라면. 아니, 하다못해 검을 들고 무장이라도 하고 있었다면. 작은 검 하나만 들고 있었더라도, 클레이엔을 단숨에 내동댕이쳤을 것이다.

하지만 클레이엔은 드레스를 차려입은 귀족 여성이었다. 아무리 라크안이라 하더라도 손톱을 드러내고 달려드는 여인을 공격할 수는 없었다. 클레이엔의 손톱이 팔뚝에 박혔다.

"……."

라크안은 이를 악물고 신음을 참아 냈다. 카루나가 또 걱정할까 봐 그런 것이었는데, 의미 없는 행동이 되었다. 팔의 상처가 순식간에 곪아 들어가며 검은 피를 흘렸다.

"라안!"

"라안!"

카루나와 황태자가 동시에 비명을 질렀다.

"괜찮아. 나보다는 리…… 저놈한테 신경 써."

라크안은 카루나의 시선을 강제로 검은 불꽃 쪽으로 돌렸다. 클레이엔의 뒤에 구경꾼처럼 서 있는 남자. 라크안은 차마 그를 리센이라 부르지 못했다.

"알아요. 나도, 알고 있다구요. 똑똑히 보이니까."

카루나는 아랫입술을 깨물며 리센을 노려보았다. 리센의 몸에서 흘러나온 가느다란 검은 연기가 클레이엔에게 연결되어 있는 걸 보았다. 처음부터였는지, 폭주할 때부터였는지는 알 수 없지만.

"……."

"……."

카루나와 라크안, 두 사람의 눈이 마주쳤다. 잠깐이지만, 그걸로 충분했다.

"방해하지 마! 날 방해하지 말란 말이야!"

두 번이나 방해받은 클레이엔은 이제 이성을 잃고 달려들었다. 말 그대로 폭주였다. 그녀의 몸에서 폭발적으로 뻗쳐 나온 검은 불꽃이 단숨에 주변의 녹음을 집어삼켰다.

카루나와 라크안, 황태자. 모두가 그녀의 검은 불꽃에 휩싸였다. 까맣게 물든 손톱이 짐승의 발톱처럼 자라나 라크안의 목을 찍었다. 라크안은 신음하지도, 무너지지도 않았다.

짐승의 발처럼 변한 클레이엔의 손을 움켜잡아 들어 올렸다. 붉은 피가 분수처럼 뿜어져 나왔다. 동시에 클레이엔의 다른 손이 라크안의 오른쪽 가슴에 박혔다. 모든 게 카루나의 눈앞에서 벌어졌다.

"라안!"

"난 괜찮으니까, 어서!"

라크안이 이를 악물며 클레이엔의 두 손을 움켜잡았다.

"놔아아아아아! 다 죽여 버릴 거야!"

클레이엔의 비명이 귀청을 찢었다. 라크안과 카루나의 두 귀에서 피가 흘러내렸다. 순간 정신이 아득해졌지만, 카루나는 눈을 감지 않았다. 무엇 때문에 라크안이 제 몸을 희생하며 클레이엔을 붙들고 있단 말인가.

'내가, 내가 여기서 쓰러지면 안 돼.'

카루나는 라크안의 품속에서 나와 땅을 박찼다. 홀 안은 온통 어둠뿐이었다. 어둠에 먹힌 세상에서, 카루나의 발밑에 숨어 있던 단 하나의 싹이 고개를 들었다.

그 작고 보잘것없는 새싹이 카루나의 양팔과 다리를 감싸며 날개처럼 자라났다. 한 치 앞도 보이지 않는 어둠 속에 숨었던 연두색 머리카락과 노을빛 눈이 모습을 드러냈다. 그는 리센을 흉내 내며 환하게 웃어 보였다. 카루나는 그걸 더 이상은 견딜 수 없었다.

"내놔, 리센을 내놔!"

두 손으로 그의 멱살을 움켜잡았다. 손에 감겨 있던 녹음이 순식간에 그의 몸으로 번져 나갔다. 어깨에서 팔로, 가슴으로 허리로, 다리로. 녹음이 그를 뒤덮었다.

그러자 거짓말처럼 홀을 가득 채운 어둠이 흩어지기 시작했다. 어둠에 눌려 죽어 가던 사람들이 다시 숨을 쉬기 시작했다. 까맣게 타버린 잿더미

위에서 다시금 새싹이 돋고 꽃이 피어났다.

그 모든 생명의 근원인 카루나는, 제가 되살리지 못하는 유일한 죽음을 움켜잡고 눈물을 흘렸다.

"용서 못 해. 절대 용서 못 해!"

자신을 위해서 죽은 사람이다. 그런 사람의 시신을, 그런 사람의 죽음을 이렇게 이용하려 들다니.

"당신이 누구든 절대 용서치 않을 거야. 절대로, 절대로 가만두지 않아!"

마카레나 백작에게 이용만 당하다 죽임을 당했을 때도, 이토록 증오스럽지는 않았다. 운 좋게 살아났을 때에도 복수 따윈 생각하지 않았다. 오로지 살아남을 궁리만 할 뿐이었다.

그랬던 카루나가 복수를 다짐했다. 리센의 몸을 뒤집어쓴 그가 카루나를 그렇게 만들었다. 그는 아무 반항도 하지 않았다. 카루나의 녹음이 제 몸을 뒤덮든 말든, 그저 카루나를 올려다볼 뿐이었다. 그리고 서글피 웃었다.

"내가 누구든이라니, 날 궁금해하지 않을 셈인 거야?"

노을빛 눈동자 속에서 하얀 서리 같은 빛이 일렁였다.

"그럼 네가 누군지 말해. 평생 원망할 테니까. 반드시 복수할 테니까, 가만두지 않을 테니까!"

카루나가 악을 쓰듯 소리쳤다. 그러자 그가 황홀하다는 듯 웃음 지었다. 제게 원망과 증오를 쏟아 내는 카루나가 더없이 만족스러운 듯.

"그래, 그렇게. 날 원망하고 증오하고, 날 죽이고 싶어 해. 그렇게 나만을 생각하고, 나로 널 가득 채워. 내가 네게 그러하듯이."

그가 넝쿨에 감싸인 손을 겨우 들어 카루나의 얼굴을 붙잡았다. 카루나가 피할 새도 없이 그 차가운 입술을 카루나의 입술에 가져다 댔다.

"무, 무슨 짓을 하는 거야."

카루나는 순간 당황하여 몸을 뒤로 뺐다.

그는 그런 카루나를 녹음으로부터 빼앗듯 껴안으며 귓가에 속삭였다.

"날 증오한다니. 선물로 이 몸은 돌려주도록 하지."

"……뭐?"

"안녕, 내 사랑."

그는 자신이 걸어 주었던 목걸이를 움켜쥐었다. 그의 손안에서 목걸이에 박힌 녹색 돌이 부서졌다. 돌이 산산조각 나며 바닥에 떨어짐과 동시에, 카루나에게 닿은 그의 몸에서 새하얀 연기가 피어올랐다. 리센의 몸이 무너져 내렸다.

"아, 안 돼!"

카루나는 얼른 그 몸을 끌어안았다. 심장이 얼어붙을 정도로 차가웠다. 툭ㅡ 힘을 잃은 팔이 축 처졌다. 내내 이 몸을 채우고 있던 존재가 사라진 게 느껴졌다. 리센의 몸은 차가운 온기에 걸맞게 다시 비어 버렸다. 카루나는 온몸으로 그걸 느꼈다.

"아……."

안도감을 느낄 새도 없이 리센의 몸이 부서져 내렸다. 지난번 샘에서 경험했던 것과 똑같은 상황이었다. 카루나는 서둘러 리센을 놓으려고 하다가 멈칫, 했다.

'나, 때문이라고 했어. 날 노린 거라고 했어.'

리센의 몸을 훔쳐 나타난 눈의 존재는 분명 그렇게 말했다. 그는 스스로 물러나 사라졌다. 다시는 못 찾아오도록 해치우지 못했다. 그렇다면.

'……언제든 다시 찾아올 수 있어.'

또 리센의 몸을 훔칠지도 모른다. 거기까지 생각이 미쳤다. 카루나는 시시각각 제 품안에서 무너져 내리고 있는 리센을 바라보았다. 눈 감은 그의 얼굴은 편안해 보였다. 입가의 은은한 웃음도 여전했고. 당장이라도 눈을 뜨고 이렇게 말할 것 같았다.

'오늘도 평안한가요, 우리 카루나 아가씨.'

싱글벙글, 사람 좋아 보이는 웃음을 지으며. 카루나를 좋아하는 마음을 숨기려 애쓰지만 결국엔 티를 내는 어수룩한 모습으로. 그런 그가 하얀 서리가 어린 눈을 뜨고, 차갑게 웃는 모습은 두 번 다시 보고 싶지 않았다.

영원의 안식을 두 번 방해받도록 하고 싶지 않았다. 그래서, 리센을 놓지 않고 껴안았다. 철저하게 이기적인 행동이었다. 리센을, 리센의 죽음을 다시 빼앗기고 싶지 않다는 마음.

"미안해요. 정말, 미안해요. 미안, 미안……."

카루나는 리센을 꼭 끌어안고 끊임없이, 끊임없이 사과했다. 그는 천천히, 한가득 끌어안은 꽃잎이 천천히 흘러내리듯이 카루나의 품속에서 사라졌다.

리센이 입고 있던 옷만 남았을 때, 카루나는 북받쳐 오르는 울음을 참기 위해 이를 악물고 버텼다. 감히, 울 수가 없었다. 그런 그녀에게 한 사람이 다가왔다. 라크안이었다.

그는 검에 의지해 겨우 버틴 채 서 있었다. 피투성이가 되다 못해, 온몸이 까맣게 썩어 들어가고 있었다. 한 팔은 아예 움직여지지 않는 듯했고, 두 다리는 계속 무릎이 꺾여 몸이 어지럽게 휘청였다.

"카루나."

그가 검을 내던지며 카루나의 앞에 쓰러지듯 주저앉았다. 카루나는 리센의 옷을 움켜쥔 채로, 라크안을 올려다보았다. 녹색 눈에서는 쉼 없이 눈물이 흘러내렸다.

"리센이…… 리센 님이……."

"괜찮아. 잘했어."

라크안이 카루나를 품에 안았다. 그의 품은 여전히 단단하고 따뜻했지만, 진한 피 냄새가 났다. 조금 전까지 묻어나던 꽃향기는 온데간데없었다.

카루나는 피투성이인 가슴에 얼굴을 묻고 참았던 울음을 터뜨렸다.

라크안은 아무 말 없이 카루나를 끌어안아 주었다. 세상 모든 눈물을 홀로 쏟아 내는 카루나를 언제까지나 끌어안고 놓아주지 않았다.

카루나의 눈물을 받아먹은 녹음이 새까맣게 그을린 홀을 뒤덮었다. 홀은 연한 풀잎과 꽃으로 가득 차올랐다. 쓰러진 귀족들도, 그들을 돌보며 상태를 확인하던 황태자도, 뒤늦게 도착한 세나도, 더 늦게 도착한 황실 기사단도. 녹음으로 가득 찬 홀을 보며 넋을 잃었다.

"이제 다 끝난 건가."

황태자는 멍하니 중얼거렸다. 그는 모든 귀족들을 살피고 가장 늦게, 클레이엔의 상태를 확인했다.

클레이엔은 어둠이 사라지자 비명을 지르며 줄 끊긴 인형처럼 쓰러졌다. 다행인지 불행인지, 죽지 않고 정신만 잃었을 뿐이었다. 황태자는 클레이엔의 숨을 확인하고는 안도해야 할지, 아쉬워해야 할지 갈피를 잡지 못했다.

정신을 차린 귀족들은 흐느끼며, 제발 황태자의 말대로이기를 간절히 빌었다. 그런 그들을 위로하듯 바닥에 깔린 풀잎들이 살랑살랑 흔들렸다.

오직 라크안만이 녹음으로부터 아무런 위로도 받지 못했다. 라크안은 조금 전, 카루나의 말을 떠올렸다. 분명, 카루나는 말했다. 클레이엔과 리센의 사이에 연결된 선이 '보인다고.' 하지만 라크안은 카루나가 말하는 그것을 보지 못했다.

"나나 장로님, 그러니까 내 아버님만 희미하게 볼 수 있을 뿐이야. 숲의 장로는 숲의 힘을 이어받은 존재니까."

언젠가 리센이 말했다. 눈의 땅에서 온 존재들이 숲을 공격할 때. 그들을 조종하는 '핵'을 가지고 있는 단 하나의 개체를 찾아 파괴해야 하는데, 그걸 할 수 있는 건 오직 숲의 장로나 그 후계자뿐이라고.

그래서 리센은 라크안과 함께 제국 변방을 떠돌다가도 눈의 땅의 공격이

심해질 즈음이면 숲에 다녀오곤 했다. 라크안은 그걸 떠올려, 이 황태자궁에서 일어난 현상의 '핵'이 리센이 아닐까 생각했을 뿐이다.

그런데 리센마저도 희미하게 겨우 발견할 뿐이라는 걸, 카루나가 선명히 보았다.

'역대 그 어떤 장로도 가지지 못했던 숲의 힘.'

리센이 죽고 카루나가 살아났던 그날에 이어 오늘. 이걸로 끝일 리가 없었다. 라크안은 카루나를 안은 손에 힘을 주었다.

'아직, 아무것도 끝나지 않았어.'

* * *

카루나가 황태자궁을 둘러싼 미지의 힘 안으로 사라진 뒤. 라크안은 바이켈드 공작저에 갇혀 있던 우리겐 길튼을 데리고 왔다. 하녀장은 그에게 녹색 가발과 로브를 뒤집어씌워 보냈다. 라크안은 먼저 와 있던 마탑의 마법사들이 다른 곳을 살피게 했다.

그럼에도 그를 황궁으로 데리고 오는 건 위험한 일이었다.

마탑의 마법사는 제국의 재산이기에 마법사를 빼돌리는 건 중죄. 우리겐 길튼이 마탑의 마법사이며, 바이켈드 공작저에 갇혀 있었다는 게 들통 난다면 라크안은 꽤나 곤란해질 것이다.

하나 라크안은 그런 걱정은 조금도 하지 않았다. 지금 중요한 건 황실에 대한 불충, 그딴 게 아니었다. 우리겐 길튼은 황태자궁을 감싼 반투명한 막을 보며 감탄을 금치 못했다. 라크안이 옆에서 살기를 드러내지 않았다면 몇 날 며칠이고 감탄만 하고 있었을 것이다.

"좀 이해해 주십시오. 원래, 이쪽 인간들이 대개 이렇지 않습니까. 학구열이 뛰어난 것뿐입니다."

세나가 슬쩍 끼어들어 라크안의 살기를 튕겨 냈다.

"반려라 이건가?"

"누구보다 잘 아시지 않습니까."

세나가 우리겐을 감싸듯 서며 대꾸했다. 우리겐은 눈치를 보다 슬금 슬금 세나의 등 뒤에 바짝 달라붙었다.

"이걸 없앨 수 있겠어?"

세나가 겁먹은 우리겐을 진정시키고 상냥하게 물었다. 평소와는 전혀 다른 태도였다. 우리겐은 조금 망설이다 고개를 끄덕였다.

"완전히 없애는 건 안 돼……요. 이걸 만든 사람이 안에 있을 텐데, 그 사람만이 없앨 수 있을 겁니다, 요. 아주 정교하게 잘 만든 마법진이라."

우리겐은 자신의 전공 분야가 나오자, 금세 기가 살았다. 마법진의 구조 어쩌고저쩌고, 원동력은 또 어쩌고저쩌고, 말을 늘어놓았다. 마법사가 아니면 들어도 무슨 소리인지 전혀 모를 내용이었다.

라크안이 이를 꽉 깨물고 검을 들어 올리자, 우리겐은 기겁하여 다시 세나의 뒤로 숨었다.

"너무 겁주지 마십시오. 많이 여린 사람입니다."

세나는 우리겐을 다독이며 라크안을 째려보았다. 우리겐은 열심히 고개를 끄덕였다.

"맞아, 맞아. 마법사가 얼마나 섬세하고 예민한데."

하고 혼잣말하다 고개를 푹 숙였다.

"……요."

라크안과 눈이 마주칠까 봐 지레 겁에 질렸던 것이다. 장황한 설명을 다 걷어치우고 핵심만 추리자면, 우리겐은 마법진을 없앨 수 있었다.

아주 잠시 동안.

카루나에게 줬던 시간을 되돌리는 물약과 같은 원리라고 했다. 다만, 반작용이 있었다. 우리겐의 마법은 단지 '땅'의 시간을 되돌릴 뿐이다. 인간의 몸은 그 되돌린 시간에 속하지 않는다.

'되돌아간 땅의 시간'과 여전히 현재에 묶인 '인간의 몸이 가지고 있는 시간'이 부딪치는 것이다. 인간의 몸은 자신에게 익숙한 시간에서 자신이 감당해야 하는 물리력에 고스란히 노출된다. 즉, 마법진을 지나칠 순 있으나 마법진의 공격을 피할 수는 없게 되는 것이다.

"이게 시간과 공간의 어그러짐을…… 읍!"

세나는 또 뭔가 주절거리려는 우리겐의 입을 틀어막았다. 더없이 사랑하기에, 겨우 찾은 반려가 라크안의 손에 목이 꺾이는 것만은 막아야 했다.

"상관없으니까 당장 시행하게."

"나와 라안 님 둘이서 들어갈 거야."

라크안과 세나가 나섰다. 황실 기사단장이 자신들도 가겠다고 했으나, 우리겐이 먼저 고개를 저었다. 보통의 인간은 감당할 수 없을 터였다. 그는 세나를 걱정스레 바라보았다.

"정말로 가야겠어……요? 그, 그냥 공작 각하만 들어가시라고 하면……."

우리겐이 라크안의 눈치를 보며 작은 목소리로 말했다.

"그럴 순 없지."

"하, 하지만 진짜로 아플 거야……요."

"아픈 거에는 익숙해서 괜찮으니까 걱정 말고. 마법이 성공할 수는 있는 거겠지?"

"클레…… 아니, 카루나 아가씨한테 드렸던 걸 변형한 거니까 분명 성공할 거야……요."

"그럼 됐어. 난 반드시 가야 돼."

세나가 마법진을 바라보며 각오를 다졌다.

반려를 찾았다. 반려를 사랑한다. 반려를 위해서라면 뭐든지 할 수 있다. 라안에게 맞서는 것조차.

하지만 그것과는 별개로, 자꾸만 카루나에게 마음이 갔다. 카루나를 지키기 위해 목숨을 걸겠다는 맹세는 괜한 말이 아니었다. 진심이었다. 세나가 마음을 바꾸지 않자, 우리겐은 꾸물꾸물, 품에서 주먹만 한 약병을 꺼내들었다.

"언제까지 시간을 끌 생각이지?"

라크안이 이를 갈며 눈앞의 두 사람을 노려보았다. 인내심이 바닥나기 직전이었다. 세나도 우리겐을 재촉했다. 더는 미적거릴 수 없었다. 우리겐은 마법진 주변에 물약을 뿌리고는, 제가 만든 시간 마법을 펼쳤다.

긴 주문을 외운 후.

"……"

"……"

"……"

놀랍도록 아무 일도 일어나지 않았다. 하다못해 마법진 주변에 번쩍! 우르르! 쾅! 하는 효과라도 있어야 할 텐데, 그마저도 없었다.

"뭘 한 거지?"

황실 기사단장이 모두의 마음을 대변하듯 물었다.

"실패인가."

라크안이 우리겐을 죽일 듯이 노려보았다.

"그럴 리가, 그럴 리 없는데!"

우리겐의 얼굴에서 핏기가 가셨다. 그 순간. 마법진이 흐려지더니 아지랑이처럼 흔들렸다. 그걸 가장 먼저 눈치챈 건 세나였다.

"라안 님!"

이어 우리겐이 소리 질렀다.

"지금입니다!"

라크안과 세나는 곧바로 뛰어들었다. 지켜보던 황실 기사단 중 몇이 눈을 질끈 감았다. 저 마법진에 닿았던 동료들이 끔찍한 부상을 입었던 게 생각나서였다.

하지만 그들이 걱정하는 일은 일어나지 않았다. 두 사람이 사라졌다. 아지랑이처럼 흔들리던 마법진은 두 사람을 집어삼키고는 곧바로 원래대로 돌아갔다.

파스슷- 약물을 뿌렸던 마법진 주변이 까맣게 타들어 갔다.

"됐다!"

우리겐이 안도의 한숨을 쉬었다. 그러고는 스르륵 주저앉았다. 긴장이 풀린 듯했다. 철십자 기사들이 우리겐을 보호하듯 둘러쌌다.

한편, 마법진 안으로 들어온 라크안과 세나는.

"크윽."

"악!"

비명을 지르며 쓰러졌다. 눈의 실핏줄이 죄다 터져 피눈물이 흘렀다. 두 귀도 먹먹해지며 피가 흘렀다. 배 속에서 끓어오른 피가 코와 입을 통해 줄줄 샜다. 검붉은 피엔 살점이 섞여 있었다.

우웩. 큭. 라크안과 세나는 바닥을 뒹굴며 한참 동안 피를 토했다. 우리겐이 말한 반작용, 마법진을 통과한 것에 대한 타격이었다. 세나는 견디지 못하고 기절했다. 꿈틀대던 몸이 축- 늘어졌다.

라크안은 가물가물하게 흐려지는 눈을 부릅뜨고, 저를 덮치는 고통을 모두 씹어 삼켰다. 차라리 정신을 잃고 싶었다. 하지만 버텼다.

"카, 루나."

라크안은 핏빛 눈을 들어 황태자궁을 올려다보았다. 저기에 카루나가 있었다. 그러니, 이대로 쓰러져서는 안 됐다. 카루나가 걸어간 길을 쫓는 건 쉬운 일이었다. 그녀가 지나간 길을 따라 푸른 싹이 자라고 꽃이 피어 있었다.

라크안은 그 위를 걸었다. 카루나가 피워 낸 꽃잎이 피로 물들었다. 황태자궁으로 향하는 중에도 시시각각으로 몸의 상태가 괜찮아지는 걸 느꼈다.

찢겼던 고막이 붙어 소리가 들렸다. 카루나가 말한 왈츠가 점점 선명해졌다. 피눈물이 그치고, 흐릿하던 세상이 선명해졌다. 갈가리 찢긴 근육이 재생됐다. 라크안의 회복력은 숲의 일족에서도 유래를 찾아볼 수 없는 수준이었다. 너무 비정상적이어서, 돌연변이 같은 수준.

돌연변이.

늘 들었던 말이었다. 감탄과 섞이기도 했고, 등 뒤에서 손가락질과 함께 날아들기도 했다. 단 한 번도 신경 쓰이지 않았다. 발작할 때는 그 뛰어난 회복력이 차라리 저주로 느껴졌으니까. 카루나를 찾은 다음에는, 그녀를 지킬 수 있는 능력 중 하나로 생각했다.

하지만 이제는 다른 의미로 신경이 쓰였다. 반려가 없는, 남의 반려를 탐내는 돌연변이. 세상 모든 사람이 손가락질하는 것 같았다.

'저게 그 돌연변이래요. 글쎄 남의 반려를 빼앗으려한다지 뭐예요. 그냥 발작을 일으켜 죽어 버리지. 반려도 없는 게, 무슨 반려 있는 늑대인 척하면서 남의 반려를 지킨다 하는 걸까.'

고장 난 머리의 회복이 가장 느린 걸까. 쓸데없는 생각이 들었다. 마른세수를 하듯, 피로 범벅된 얼굴을 닦아 냈다. 투둑, 툭. 피가 떨어져 푸른 잔디를 적셨다. 아마도 카루나가 틔워 냈을 녹음을.

"그게, 뭐, 어떻다고."

라크안은 황태자궁으로 걸어가며, 어긋난 손가락뼈가 바로 서고, 그 위로 찢어진 살이 달라붙는 감각을 고스란히 느끼며 이를 악물었다. 하나도 아프지 않았다. 정작 아픈 건, 다른 곳이었다.

심장.

누군가 움켜쥐어 갈가리 찢어 내는 것 같았다. 카루나가 피워 낸 꽃을 밟고, 푸른 잎사귀 위에 제 피를 흘릴수록. 눈의 땅에서 온 존재와 맞서는 카루나의 힘을 느낄수록.

"내 반려야. 내 반려라고…… 난 지금, 내 반려를 구하러 가는 거야."

목에서 거친 쇳소리가 났다.

"아무에게도, 누구에게도 빼앗기지 않아."

황태자궁을 뒤덮은 검은 연기를 보는 두 눈의 동공이 갈라졌다. 목울대를 울리는 울음은, 짐승의 것이었다. 라크안은 부서지고 찢긴 두 다리로 땅을 박차고 궁 안으로 향했다.

저를 집어삼키려고 아우성인 검은 연기를 헤치며, 그 어둠 속에서 홀로 빛나고 있는 여인을 향해 손을 뻗었다. 그녀는 누가 뭐래도 그의 반려였다. 반려를 알아보는 건 자기 자신이었다. 반려를 지키는 것 역시, 자기 자신이었다.

그러니까 검은 불꽃에 휩싸인 클레이엔을 막아섰다. 눈의 존재가 쏟아 내는 저주에 몸을 내주었다. 몸이 썩든 죽든, 상관없었다. 차라리 카루나를 지키다 죽고 싶었다.

그러면 누구든 의심치 않을 텐데. 자신이 카루나의 반려라는 걸. 그리고…… 카루나는 자신을 위해서도 울어 주겠지.

카루나가 리센의 모습을 한 눈의 존재를 물리치자, 황태자궁을 뒤덮은 검은 기운이 존재한 적 없다는 듯 사라졌다. 그 짙은 어둠 속에서 바람의 보호를 받으며 안간힘 쓰던 황태자가 비틀거렸다.

검은 불꽃에 이용당하던 클레이엔은 줄 끊긴 인형처럼 쓰러졌다. 귀족들이 살려 달라며 신음했다. 그리고 황태자궁은, 어둠을 몰아낸 녹음으로 가득 찼다.

라크안은 그 한가운데에 서 있었다. 눈의 저주에 당한 몸은 시시각각 썩어 들어갔다. 라크안은 죽어 가는, 하지만 결국 돌연변이 같은 회복력으로 낫게 될 몸을 질질 끌고 어느새 자신의 품에서 벗어난 카루나에게 갔다.

그녀는 녹음의 심장이었다. 모든 식물이 그녀 쪽을 향해 몸을 굽혔다. 꽃망울은 그녀를 바라보며 피어올랐다. 모든 생명의 사랑을 한 몸에 받는 그녀는 자신이 구하지 못한 단 하나의 흔적을 껴안고 있었다.

그녀가 라크안을 올려다보았다. 자신 말고, 다른 사내를 위해 울면서. 그런 그녀를 안아 주었다. 품에 안자마자 뿌듯이 차오르는 충족감. 텅 빈 몸에 그녀에 대한 감정이 차올랐다.

감당할 수 없을 정도의 기쁨과 행복. 그리고 딱 그만큼의 슬픔.

리센을 향한 슬픔 때문인지, 눈의 존재를 상대한 것에 대한 피로감 때문인지, 아니면 둘 모두 때문인지.

카루나는 잠들 듯 정신을 잃었다. 라크안은 그녀의 이마에 입을 맞추며, 오랫동안 흔들렸던 마음을 다잡았다. 이제 죽는 날까지, 더는 흔들릴 일은 없을 것이다.

카루나가 마법진 안으로 사라졌을 때, 그리고 마법진 밖에서 그저 기다리는 것밖에 못 할 때, 뼈저리게 실감했다. 그간의 고민이 사치였다는 걸.

"누가 뭐래든 상관없어. 그대는 내 반려야. 그러니까 절대로 놓지 않겠어."

라크안은 주변을 뒤덮은 녹음을 노려보았다.

"무엇으로부터든, 누구에게든 절대로 빼앗기지 않겠어."

라크안은 카루나를 안은 손에 힘을 주었다. 몸을 타오르는 풀잎으로부터 카루나를 숨기려는 듯.

* * *

반투명한 막처럼 보이는 마법진이 사라졌다. 철십자 기사단과 황실 기사단은 피투성이가 되어 쓰러진 세나를 발견했고, 그녀를 깨워 짊어지고 황태자궁으로 향했다.

황태자궁은 그들이 기억하는 것과는 전혀 다른 모습으로 변해 있었다.

궁 자체가 하나의 커다란 숲이요, 나무 같아 보였다. 들어가는 입구 계단에서부터 천장, 지붕에 이르기까지 풀과 꽃이 얽혀 있었다.

그들이 홀에 도착했을 때는 모든 게 다 끝나 있었다. 황태자는 건강한 모습으로 쓰러진 귀족들을 돌보고 있었다. 황태자 근처에서는 계속 싱그러운 바람이 불었다. 그에 따라 아름다운 금발이 살랑살랑 흔들렸다.

그 바람이 쓰러진 귀족들을 깨웠다. 모두가 감히 가까이 가려 하지 않는 곳에는 클레이엔이 홀로 쓰러져 있었다. 기사 중 누구도 쓰러진 사람을 알아보지 못했다.

여인의 머리카락은 노파의 그것처럼 하얗게 세어 있었다. 머리카락 사이사이로 보이는 얼굴은 젊어 보였으나, 낯설었다. 눈가에 멍처럼 큰 점이 있었고, 턱이 갸름하지 않았다. 미인이긴 하나 눈에 확 띨 정도는 아니었고, 신경질적으로 보였다.

"저 여인이 마카레나 백작 여인이네. 끌고 가 감옥에 가두게. 사특한 마법을 부릴 줄 아니, 마탑의 마법사를 불러 지키게 하고."

황태자가 그녀를 손으로 가리키며 명령을 내렸기에, 그녀가 클레이엔이라는 걸 알아챘다. 황실 기사단은 당황하면서도 황태자에게 되묻지 않고 명을 따랐다.

황태자궁을 뒤덮는 거대한 마법진과 식물로 뒤덮인 황태자궁만으로도 그들의 상식을 깨부수기엔 충분했다. 갑자기 머리가 하얗게 세고 얼굴이 바뀐 마카레나 백작 영애쯤이야 놀랄 거리도 아니었다.

세나와 철십자 기사단은 그들의 주인에게 다가갔다. 라크안은 카루나와 함께였다. 카루나는 울다 지쳐 기절한 듯 잠들어 있었다. 라크안은 손을 들어 입을 가렸다. 쉿- 덜그럭거리는 갑옷을 입은 기사들이 그 자리에 멈추었다. 세나가 한쪽 다리를 질질 끌며 다가왔다.

"라안 님."

"눈의 땅에서 온 존재가 맞았어."

라크안이 세나에게만 들릴 정도로 작게 말했다. 세나의 눈이 가늘어졌다.

"설마……."

"우리 쪽을 공격하며 눈을 돌리고, 저쪽에 접근했어."

라크안이 클레이엔을 눈짓으로 가리켰다.

"양동 작전을 썼단 말입니까? 우리 쪽으로 공격을 해 온 숫자도 적지 않았는데. 그게 전부가 아니었다니……."

"아니, 우리 쪽에 온 게 그림자였다. 진짜배기는 저쪽에 붙어 있었더군."

"그게 단지 그림자…… 졸병일 뿐이었다니."

그간 눈에서 온 존재들을 막고, 싸웠던 기억이 머릿속을 스쳤다. 그게 고작 졸병 격인 그림자였다니. 본체는 다른 곳에 있었다니. 잠도 못 자고, 카루나의 호위 역할을 다하지 못했던 게 새삼 억울해졌다.

'고작 그림자를 잡자고 그 많은 밤을…….'

갈 길 잃은 분노와 짜증은 황실 기사들에게 붙잡혀 끌려가는 클레이엔을 향했다.

"그 정도로 강력한 힘을 가진 눈의 존재가 제국까지 내려왔다니, 이상한 일입니다."

"이전엔 없던 일이지. 숲에서 놓쳤다고 해도, 남쪽에 이르면 오래 버티지 못하고 소멸해 버리곤 했는데."

"그렇습니다. 그런데 숲의 놈들은, 자신들은 모르는 일이라는 말만 해 대고."

쯧, 세나가 혀를 찼다. 지난번에 카루나를 납치한 리셴을 잡으러 갔을 때도 느꼈지만, 숲의 일족 순혈들은 아무튼 머리가 꽃밭이었다. 아니라면 아닌 줄도 알아야 하는데, 무조건 자기들만 옳다고 고집이었다. 물론 리셴은 제외였다.

'아니, 여기에 눈의 존재가 이렇게 난리를 쳤다고. 그런데도 뭐? 그럴

리 없다고? 숲에선 눈의 존재를 단 하나도 놓치지 않았다고?'

아무튼, 마음에 안 들었다.

'숲 밖의 세상이 어떻게 돌아가는지 모르니 그런 거겠지. 답답이들.'

세나는 속으로 투덜댔다.

"그러니까 세나 경, 경이 숲에 갔다 와 줬으면 좋겠네만."

"……예?"

그래서 라크안의 말을 바로 알아듣지 못했다.

"아무리 숲에 연락을 보내도 자기들 쪽은 이상이 없다고 하는데. 정말 이상이 없었다면 이런 일이 일어날 리가 없잖아."

"그렇지요. 숲은 눈의 땅과 맞닿은 경계를 지키고, 숲에 다가오는 눈의 존재를 막으니까요."

세나는 순순히 고개를 끄덕였다.

"설사 공격을 피해 숲을 지나친다 해도, 이렇게 본격적으로, 이렇게 강대한 힘을……. 숲이, 숲의 일족이 못 알아챘을 리 없습니다."

"그런데도 아무런 움직임이 없는 게 뭔가 이상해. 그러니까 경이 숲으로 한 번 다녀와 줬으면 해."

숲을 지키고 있는 숲의 일족에 대한 신뢰가 흔들렸다. 라크안은 자신이 가장 믿을 수 있는 세나를 직접 숲에 보내고자 하는 것이었다. 세나는 라크안의 품속에서 축 늘어져 있는 카루나를 바라봤다. 많이 울었는지 눈가가 붉었다.

카루나를 이렇게 만든 건 눈의 땅에서 온 존재. 그리고 눈의 존재가 이 남쪽까지 내려오도록 만든 숲의 일족.

'감히 카루나 아가씨를.'

양쪽을 향한 짜증이 머리끝까지 치솟았다. 반려가 위험할 때 느끼는 분노와 비슷하면서도 다른 감정이었다. 뭔가 더 근원적이고, 기본적인. 반드시 따르고 지켜야 하는 존재에 대한 무조건적인 순종.

세나는 답답함을 느꼈다.

'이 감정이 뭐지?'

절대적이면서도 모호했고, 추상적이면서도 선명했다. 도대체 이 감정이 무엇인지, 아무리 고민해도 잡힐 듯 잡히지 않았다.

세나는 남의 기척에 예민할 뿐만 아니라 자기 자신의 상태에 대해서도 예민했다. 그런데도 이 감정, 이 느낌만큼은 쉽게 손에 잡히지 않았다. 그렇다고 하여 이 감정을 거스르고 싶은 생각은 없었다. 그건 애초부터 불가능했다.

"알겠습니다. 제가 다녀오겠습니다."

카루나를 위해서. 세나는 기꺼이 명을 받들었다.

"물론 그 몸이 좀 나으면 다녀오게."

"네, 몸이 회복되는 대로 바로 떠나겠습니다."

"겨우 반려를 찾았는데, 자꾸만 떨어뜨려 놓게 돼. 미안하군."

"아닙니다. 카루나 아가씨를 지키는 건 제 임무니까요."

거기까지 말했을 때, 싱그러운 바람이 불어왔다. 숨을 쉬고 있는데도 숨이 탁- 트였다. 머리끝까지 단번에 상쾌해지는 기분이랄까. 라크안과 세나는 약속이라도 한 듯 입을 다물었다. 곧 황태자가 둘에게 다가왔다.

"라안."

황태자는 곤혹스러워하고 있었다. 라크안은 왜 그러냐고 굳이 묻지 않았다. 뒤로 물러서는 세나 역시 작게 한숨을 내쉬며 고개를 설레설레 저었다. 숨 쉬는 것보다 편하게 새싹을 틔우고 식물을 자라게 하는 카루나. 거기에 상쾌한 바람을 몰고 다니는 황태자까지.

"여기에 물의 창을 가진 사람까지 나타나면 완벽하겠군."

라크안이 멀찍이 물러선 세나를 돌아보며 말했다.

"세나 경, 혹시 비를 부르는 능력을 가지고 있다면 미리 말해 주게. 우리 황태자 전하처럼 갑자기 내보이지 말고."

"라안, 내가 얼마나 당황스러운지 모르겠어? 나도 지금 이게, 어떻게 된 일인지 골치가 아프다고."

"어찌 된 일인지 모르겠다니요. 더없이 평범한 제게 그런 말씀을 하신들, 제가 어찌할 수 있겠습니까. 황태자 전하."

"농담이 아니래도."

"저 역시 그렇습니다, 황태자 전하. 더없이 궁금하군요. 어떻게 된 일입니까. 그 능력은? 혹시 마법에 재능이 있으셨던 겁니까?"

픽, 웃는 얼굴과 달리 붉은 두 눈은 무섭도록 차분하게 가라앉아 있었다. 황태자의 시선이 카루나를 향했다. 라크안은 그 시선을 피해, 카루나를 안은 손에 힘을 주었다. 카루나의 몸이 라크안의 품속에 파묻혔다.

"……."

황태자는 뭔가 말하고 싶은 듯한 표정이었으나, 쉽게 입을 열지 못했다. 라크안은 그가 하고 싶어 하는 말이 무엇인지 짐작했다. 클레이엔을 이용하던 존재와 그 존재를 물리친 카루나의 능력. 거기에 자신에게 갑자기 발현된 능력까지 더해서 묻고 싶은 게 많을 터였다.

황태자의 머릿속을 꽉 채운 의문 중 절반은, 라크안 역시 답해 줄 수 없는 것이었다. 이를테면 지금도 여전히 황태자의 주변을 돌고 있는 이 싱그러운 바람의 존재.

짐작 가는 바가 없는 건 아니나 확실하진 않았다. 그리고 라크안 자신이 생각하는 걸 황태자 역시 생각하고 있으리라 확신했다.

"라안, 혹시."

황태자가 겨우 말문을 뗄 때였다.

"전하, 황제 폐하께서 찾으십니다. 이곳의 뒤처리는 저희에게 맡기시고 어서 폐하께 드시지요."

황실 기사단장이 황태자를 불렀다.

"나중에 다시 이야기하지."

"기회가 된다면."

'그럴 기회를 만들지 않을 생각이지만.'

황태자는 물론이거니와 전설 속의 악령이 다시 살아 돌아온다 하더라도, 카루나를 내줄 생각은 조금도 없었다.

* * *

파라 제국은 수백 년 동안 대륙의 남쪽을 지배해 왔다. 그동안 만들어진 전설만 해도 수백, 수천 가지였다. 그것들은 사람들의 입에서 입으로 전해지며 살이 붙고, 결말이 바뀌고, 전혀 다른 이야기가 되기도 했다.

어떤 이야기는 오랫동안 살아남아 제국 백성들에게 사랑받고, 어떤 이야기는 얼마 지나지 않아 들어 본 적도 없는 이야기가 되어 사라졌다. 제국을 건국한 시조에 대한 전설은 살아남은 이야기 중 하나였다. 옛날 이야기답게 허황되고 위대했다.

옛날, 아주 먼 옛날.

아스칸 대륙의 하늘이 찢어졌다. 그 틈을 비집고 악룡이 내려와 대륙의 북쪽에 자리 잡았다. 악룡은 숨을 쉴 때마다 영원히 꺼지지 않는 불을 내뿜었고, 아스칸 대륙을 뜨거운 불길로 집어삼키려 하였다.

이에 각 일족의 용감한 네 사람이 힘을 합쳐 악룡을 무찌르기로 결심했다. 그 네 사람 중 한 명이 파라 제국의 시조였다. 그를 사랑한 바람의 여신은 그를 위해 바람으로 검을 빚어 주었다. 파라 제국의 시조는 그 검으로 광룡을 죽이고 돌아오리라 맹세했다.

네 사람은 해를 백 번 보고 달을 아흔아홉 번 셈하며 악룡을 찾아갔다.

백 번째 달이 뜨던 날.

네 사람은 악룡을 물리쳤다. 파라 제국의 시조가 악룡의 심장에 칼을 꽂았다. 아스칸 대륙은 악룡의 불길로부터 벗어났다. 파라 제국의 시조는 남쪽으로 돌아와 나라를 세우고, 악룡의 불길에서 살아남은 일족을 다스렸다.

하나 파라 제국의 시조는 행복하지 못했다. 악룡을 죽일 때 그 더러운 피를 뒤집어써서 저주에 걸려 버리고 만 것이다.

파라 제국의 시조는 오래가지 않아 미쳐 버렸다. 제국의 사람들은 슬퍼하며 그를 지키려고 애썼으나 그는 점점 더 광폭해져 갔다. 마치 광룡처럼.

보다 못한 동생이 들고 일어서 광룡을 죽였던 그 검으로 자신의 형, 파라 제국의 시조를 죽였다.

그리하여 파라 제국은 다시금 평화를 되찾았고. 시조의 동생으로부터 이어진 황실은 영원 무궁히 제국을 다스리고 있었다. 지금에 이르기까지.

광룡을 죽인 시조와 한 핏줄이며, 광룡의 저주로부터 제국을 지킨 두 번째 황제의 후손이자, 언젠가 제국을 이어받아 다스리게 될 차기 황제. 황태자가 사형장에 모습을 드러냈다.

사형대에 오른 이는 한때 그의 약혼자였던 마카레나 백작 영애, 클레이엔이었다. 클레이엔은 사특한 마법을 사용해 백합궁에서 피를 부르고, 황태자궁에서 황태자를 죽이려고 한 대역 죄인이었다.

백합궁에서의 일을 자신이 한 게 아니라고 발뺌하고 있던 중에 황태자궁에서 더 큰 사건을 일으켰다.

이번엔 백합궁에서와 달리 보는 눈이 많았다. 클레이엔 자신이 결혼식의 증인이랍시고 끌고 간 귀족들이 모두 증인이었다. 죽다 살아난 그들은 두려움에 휩싸여 클레이엔을 지탄했다.

"마녀예요, 사악한 마녀입니다. 악룡의 피를 이어받은 건지도 몰라요. 아니, 그 악룡이 다시 깨어나 사람의 모습을 하고 있는 게 분명해요."

"이상한 마법 같은 힘으로 우리를 내내 괴롭히고 죽이려 했습니다. 황태자 전하까지 꼼짝없이 묶여서 죽을 뻔하셨다구요."

"내 이름과 내 가문의 명예를 걸고, 이번 일이 저 마카레나 백작 영애의 짓이라는 걸 증언하겠습니다."

그들은 대부분 귀족파 귀족들이었다. 마카레나 백작이 수세에 몰렸음에도 끝까지 귀족파로 남아 있던 핵심 세력들이었다. 그들은 자신들을 위험에 빠트린 클레이엔에게 배신감을 느꼈다. 또한 감히 황궁 안에서, 그것도 황태자궁에서 황태자를 죽이려한 클레이엔과 같은 편으로 보여서는 안 된다는 절박함도 가지고 있었다.

백합궁에서 피를 흘린 건, 그러려니 하고 넘어갈 수도 있다. 분명 중죄이나, 본인이 끝까지 자신이 한 게 아니라고 주장하고 있고, 아직까지 증거가 명확히 발견되지 않았으니까.

물론 백합궁에서 피를 보이는 건 중죄 중의 중죄이나 그걸 차치하고라도, 황태자궁에서 황태자를 겁박한 건, 결코 용서받을 수 없는 죄였다. 비록 본인은 황태자에게 위해를 가하려 한 게 아니라 황태자비로서 결혼식을 올리려 한 거였다고 주장하긴 하지만.

그녀는 제국의 후계자를, 제국의 심장부에서 죽일 뻔했다.

이는 백합궁 소동과는 질적으로 다른 중죄였다. 귀족파의 수장, 어마무시한 권세를 휘두르는 마카레나 백작가의 영애라 할지라도 그 죗값을 벗을 순 없었다.

황제는 진노하여 황실 기사단과 제국 기사단을 총동원했다. 그들은 단번에 마카레나 백작저를 에워싸고, 그 안에 있는 모든 인간과 물건을 짓밟고 몰수하고 감금했다.

마카레나 백작이 변명할 틈도 없이 붙잡혔다. 귀족파 귀족들 중 어느누구도 나서서 그를 옹호하지 못했다. 클레이엔은 즉각 감옥으로 보내졌다. 마카레나 백작은 감옥까지는 아니나 황궁의 외진 곳에 연금되었다.

황제는 직접 믿을 만한 기사들을 선발하여 그들을 감시하도록 했다. 마카레나 백작과 클레이엔은 무언가를 모의할 틈도 없이, 서로에게 말 한마디 나누지 못한 채 갇혀 지냈다.

마카레나의 작위는 비록 백작이나 공작 부럽지 않은 권세를 자랑했다. 그는 황제 이외에는 제 머리 위에 그 누구도 없다는 듯 굴었다. 때로는 황제도 제 눈 아래 두듯이 행동했다. 그런 태도는 황궁에 갇혀서도 별반 달라지지 않았다.

"기이한 마법 물품을 가지고 있을지도 모르니 철저히 조사해라."

황실 기사단장은 백작을 죄인 취급하며 하대했고, 황실에 충성하는 기사들은 백작을 거칠게 다뤘다. 화를 내거나 굴욕스러워 해도 될 만한 상황이건만, 그는 오히려 웃음 지었다.

"다리를 저는 늙은이가 무슨 위협이 된다고 그러는가. 정 내가 위험 하게 보인다면 황궁이 아니라 다른 곳에 가둬 두는 게 낫지 않을는지. 어떤가, 경이 한 번 황제 폐하께 말씀을 드려 보지 않겠는가?"

백작은 황실 기사단장을 제 수하 부리듯 하려 했다.

"황제 폐하께선 이런 일에 일일이 신경 쓸 만큼 한가한 분이 아니오. 백작."

"흠, 말이 꽤 짧아졌군. 상황에 따라 바로 태도를 바꾸는 가벼운 인물일 줄이야. 내가 사람을 잘못 봤군."

"반역자에게 존대를 하란 말인가? 그럴 순 없지."

황실 기사단장이 마카레나 백작을 노려보며 이를 갈았다. 그는 황태자 궁에서 무슨 일이 일어나는지 두 눈으로 직접 본 사람 중 한 명이었다. 또한 카루나와 라크안이 황태자를 구하는 동안 무력하게 자리만 지키고 있던 충성스러운 기사이기도 했다. 그는 그 울분을 마카레나 백작에게 쏟아 냈다.

"단장, 진정하십시오."

"곧 죗값을 치를 겁니다."

기사들은 황실 기사단장을 뜯어말렸다. 말려야 하니 말리기는 하지만, 모두들 그가 평소보다 흥분하는 게 충분히 그럴 만하다고 생각하고 있었다.

황실 기사단장의 살기 어린 눈빛을 받으면서도, 마카레나 백작은 얼굴색 한 번 변하지 않았다. 백작은 헛웃음을 지으며 눈을 감았다. 무언의 축객령이었다.

황실 기사단장은 백작의 그런 태도를 보며 분하다는 듯 발을 굴렀다. 황실 기사들은 혹여나 그들의 단장이 울분을 못 이기고 마카레나 백작을 한 대 치지나 않을까 염려하며 그의 두툼한 손에서 눈을 떼지 못했다.

그들의 걱정이 괜한 것이 아니라는 듯, 황실 기사단장의 주먹 쥔 손이 부르르 떨렸다. 하지만 그 주먹으로 마카레나 백작을 내리치는 단계까지는 가지 않았다. 황실 기사단장은 한숨을 내쉬며 돌아섰다. 주변의 기사들도 따라서 안도의 한숨을 내쉬었다.

"철통같이 감시해라. 쥐새끼 한 마리도 얼씬해선 안 된다. 알겠나?"

"명을 따릅니다."

"명을 받들겠습니다."

기사들이 문을 쇠사슬로 잠그고 경계 태세를 폈다. 창문과 잠긴 문 앞에 기사들이 이중, 삼중으로 배치됐다. 모두가 황실 기사단장의 뜻이었다.

"아무리 황제 폐하께서 명령하셨다지만, 이렇게까지 할 필요가 있겠습니까?"

일부 기사들이 불만을 토로했다. 황제를 호위할 때보다 더 극성스럽게 죄인을 감시하라고 하니, 이런 말이 나올 법도 했다. 황실 기사단장은 굳은 얼굴로 질문을 던진 기사를 노려보았다. 기사는 찔끔하며 뒤로 물러섰다.

"아니, 저는, 그냥……."

"백합궁과 황태자궁에서 난동을 피운 족속이다. 무슨 짓을 어떻게 할지 몰라. 내일은 마탑에 연락을 넣어 마법사도 추가 배치할 예정이다. 엄중히 감시하도록."

황실 기사단장이 경계 선 기사들을 돌아보며 눈을 부라렸다.

* * *

깊은 밤.

별과 달이 하늘을 수놓아도, 황궁의 환한 불빛을 이겨 내지 못했다. 황궁은 한밤에도 대낮처럼 환히 빛났다. 가히 제국의 심장이라 할 만했다. 황궁 외곽의 격리된 작은 건물 역시 마찬가지였다.

5교대로 돌아가며 경계를 서는 기사들은 허투루 눈을 깜박이지도 않았다. 졸거나 한눈을 파는 기사도 없었다. 황실 기사단장의 말마따나 개미 한 마리 드나들 수 없도록, 철통같은 감시가 이어졌다.

그 건물 가장 깊은 곳에서, 마카레나 백작은 저녁 식사도 마다한 채 눈을 감고 있었다. 잠이 든 것은 아니었다. 침대 위에 반듯이 앉은 채, 그저 눈을 감고 있을 뿐이었다.

새끼손가락만 한 토막 초가 작은 탁자 앞에서 타올랐다. 그 초는 탁자 주변과 백작의 얼굴만 겨우 비추고 있을 뿐이었다. 순간, 그 초가 크게 흔들렸다. 백작의 얼굴에 드리운 불 그림자가 우쭐거렸다.

그제야 백작은 눈을 떠 앞을 보았다.

탁자 앞 낡은 나무 의자에 누군가가 앉아 있었다. 두툼한 몸집은 오랫동안 단련된 듯 단단해 보였다. 작은 촛불은 그의 어깨까지만 겨우 비출 뿐이었다. 그는 까만 옷을 입고 있었으며, 얼굴은 어둠 속에 묻혀 보이지 않았다.

"저녁 식사를 안 하셨다고 들었습니다. 식사를 거르면 어떡하십니까. 건강에 안 좋으십니다."

어둠 속의 사내가 혀를 차며 걱정스레 말했다.

"안 먹는 게 건강에 더 좋을 것 같군. 그래, 어떻게 되었나?"

"역시나 백작님 말씀대로입니다. 쭉정이들은 대부분 황제파로 돌아섰고, 알맹이들은 숨 죽여 백작님의 명령을 기다리고 있습니다."

"쭉정이에 쏠려 나간 알곡은?"

"역시나 백작님의 말씀대로입니다. 그 외에는 없습니다."

"그거 참 듣던 중 반가운 소리군."

그제야 마카레나 백작은 빙그레 웃음 지었다.

〈다음 권에서 계속〉